진상 おまえさん ——上

옮긴이 이규원

한국외국어대학교에서 일본어를 전공했다. 문학, 인문, 역사, 과학 등 여러 분야의 책을 기획하고 번역했으며 현재 전문 번역가로 활동중이다. 옮긴 책으로 미야베 미유키의 『이유』, 『얼간이』, 『하루살이』, 『미인』, 덴도 아라타의 『가족 사냥』, 다치바나 다카시의 『천황과 도쿄대』, 쓰네카와 고타로의 『야시』, 『천둥의 계절』, 사토 다카코의 『한순간 바람이 되어라』, 『슬로모션』, 슈카와 미나토의 『도시전설 세피아』, 『새빨간 사랑』, 마쓰모토 세이초의 『마쓰모토 세이초 걸작 단편 컬렉션』 등이 있다.

OMAESAN
by MIYABE Miyuki
Copyright © 2011 MIYABE Miyuki
All rights reserved.

Originally published in Japan by Kodansha Ltd., Tokyo.
Korean translation rights arranged with OSAWA OFFICE, Japan
through THE SAKAI AGENCY and SHINWON AGENCY CO.

이 책의 한국어판 저작권은 THE SAKAI AGENCY와 신원 에이전시를 통해
MIYABE Miyuki와의 독점계약으로 도서출판 북스피어에 있습니다.
저작권법에 의해 한국 내에서 보호를 받는 저작물이므로 무단전재와 무단복제를 금합니다.

* 이 도서의 국립중앙도서관 출판시도서목록(CIP)은 서지정보유통지원시스템 홈페이지(http://seoji.nl.go.kr)와 국가자료공동목록시스템(http://www.nl.go.kr/kolisnet)에서 이용하실 수 있습니다.(CIP제어번호: CIP2013006387)

上

차례

상권 ❈

진상(1~18) ... 007
편집자 후기 ... 538

하권 ❈

진상(19~21) ... 009
까치밥 ... 183
변신 ... 287
전복의 사랑 ... 373
이누오도시 ... 467

진 상
(1 ~ 1 8)

† **일러두기**
- 본문의 모든 주는 옮긴이 주입니다.
- 책의 뒷날개를 펼치면 등장인물 소개가 있습니다.
- 전작 『얼간이』와 『하루살이』에 등장한 '뎃핀 나가야'는 국립국어원 외래어 표기 일람에 의거하여 '데쓰빈 나가야'로 정정합니다.

1

 오토쿠는 한 손에 대빗자루를 들고 옆구리에 소금 단지를 안았다. 오산과 오몬은 제각기 흰 머리띠와 빨간 다스키일할 때 옷소매를 걷어 올려 고정시키기 위해 어깨에 묶는 끈를 단단히 조여 매고 커다란 갈퀴를 들었다.
 "자, 가자!"
 오토쿠가 호기롭게 외치며 걸음을 내딛자 아가씨들은 냉큼, "네, 아주머니!" 하고 응했지만, 목소리는 갈라져 꺽꺽거렸고 볼은 엄동설한에 목욕재계하는 행자마냥 핏기가 가셨다. 안 그래도 하얀 얼굴에 까만 점이 많아서 여간 신경을 쓰는 게 아닌 오산은, 아예 콩떡이 옷을 입은 듯하다.
 오토쿠는 의기양양했다. 잔뜩 힘이 들어간 어깨를 확 젖히며 호통을 쳤다.
 "목소리가 왜 그래, 너희! 며칠 굶었어? 아랫배에 좀 더 힘주고 대답하지 못해!"

"예에, 아주머니!"

거반 우는 목소리다.

저벅저벅 걷는 오토쿠와 울상을 짓고 뒤따르는 아가씨들을 고베나가야에도 시대 평민들이 모여 살던 공동 주택의 주민들이 열을 지어 배웅한다. 나가야 출구를 지나 밖으로 나서자 이웃 상가주택이나 상점 사람들이 마찬가지로 나란히 열을 짓고 서서 오토쿠 일행의 행진을 마른침을 삼키며 바라보고 있었다. 대열의 끝은 이 길 저쪽에 있는 미나미쓰지바시 다리 초입까지 닿아 있다.

입을 한일자로 꾹 다문 오토쿠는 이웃들이 종종 던지는 격려에도 아무 대답 없이 시선을 앞으로만 향했다. 하지만 오산과 오몬은,

"오산, 힘내!"

"오토쿠 아줌마가 하라는 대로만 하면 아무 일 없을 거야, 오몬."

하고 격려해 줄 때마다 울음이 터져 버리려는 것을 안간힘을 쓰며 참고 있었다.

오토쿠네의 단골인 여인이 구경꾼들 속에서 뛰어나와 오산과 오몬의 목에 뭔가를 걸어 주었다. 굵기가 어린애 눈방울만 한 염주를 꿴 목걸이다.

"이걸 하면 부처님이 지켜 주셔."

얼른 속삭이고 돌아서는 그녀에게 오토쿠가 걸음을 멈추고 우렁차게 일갈했다.

"그러느니 아예 당신이 그걸 목에 걸고 나를 도와주면 되잖아!"

여인은 히익! 하고 비명을 지르며 집 안으로 도망쳐 들어가고 말았다.

줄지어 행진하는 꼴이 되어 버렸지만, 고베 나가야에서 미나미쓰지바시 다리는 엎어지면 코 닿을 곳이다. 금세 다리맡에 당도하자, 오토쿠는 길에 늘어선 기묘한 열의 선두에 있는 고베와 얼굴을 마주하게 되었다. 인색하기로 소문난 늙은 관리인은 작은 단지를 소중하게 품고 있다. 술이다. 그 정도는 관리인이 준비하라고 오토쿠가 부탁 아닌 퉁을 준 것이다.

"정말 할 거야?"

눈을 끔적거리며 고베가 오토쿠에게 물었다.

"그냥 놔둘 수도 없잖아요. 저것을 어떻게든 해 보게 어르신도 좀 도와줘 봐요."

말은 해 보지만 기대하지는 않는다. 오토쿠가 '저것'이라고 턱짓으로 가리킨 다리맡에 있는 그것으로 고베는 눈길조차 주려 하지 않았다. 누가 봐도 당장 내뺄 기세다.

오토쿠는 관리인의 얼굴을 향해 훙, 하고 콧숨을 토하고 곁에 있는 사람들을 둘러보았다. 일동은 자라처럼 목을 감췄다.

"오산. 오몬."

오토쿠는 대빗자루를 발치에 내려놓고 '저것'이라고 말했던 것으로 다가갔다.

"이리 와!"

오산과 오몬은 옆에 있는 사람에게 갈퀴를 맡기고 오토쿠 곁으로 살금살금 다가갔다. 두 아가씨는 오토쿠의 등 뒤에 숨으려고 했지만, 아무리 오토쿠의 몸집이 튼실해도 그건 무리였다. 오토쿠는 오른쪽 어깨에 오산, 왼쪽 어깨에 오몬을 매단 모습으로 우뚝 서서 발치에 있는 그것을 지그시 내려다보았다.

등 뒤에 있는 두 아가씨는 눈을 질끈 감고 있다.

"이보오, 아무개 씨."

오토쿠는 발치의 그것에게 말을 걸었다. "물론 댁이야 억울해서 환장할 노릇이겠지만, 여기서 이렇게 모질게 버티시니 이 동네 주민들이 환장할 노릇이오. 세상에는 악한 사람만 있는 게 아니라 선한 사람도 많고, 덕은 베풀어서 남 주는 게 아니라고 하지 않소. 우리도 댁한테 섭섭지 않게 공양해 드릴 테니 댁도 이쯤에서 그만 떠나 주시면 좋겠소."

옆구리의 단지를 고쳐 끼고는 그 안에 오른손을 집어넣어 소금 한 줌을 쥔다. 그러고는 백설 같은 왕소금을 그것 위에 뿌렸다.

"자, 합장해야지."

오토쿠의 재촉에 오산과 오몬은 눈을 질끈 감은 채 합장했다.

"나무아미타불, 나무아미타불."

"나무아미타불, 나무아미타불."

열을 짓고 구경하던 사람들도 따라 외웠다. 소리가 맞지 않는 '나무아미타불'이 높게 혹은 낮게 울려 퍼진다. 장마도 지나간 활짝 갠 창공 아래 고개를 조아리고 염불을 외고 있자니 이마에 금세 땀방울이 맺혔다. 무더운 날씨다.

그때 사람들 목소리를 뚫고 미성이 섞여 들었다. 참새들 지저귀는 곳에 제비 한 마리가 날아든 듯하다.

"나무아미타불, 나무아미타불."

사람들이 놀라며 목소리의 주인을 찾아 고개를 들었다. 마키바오리를 입은 핫초보리의 도신하급 무사. 공무를 집행할 때는 하오리 밑단을 허리춤에 찔러 넣은 마키바오리를 입었고, 핫초보리에는 중하급 무사들이 모여 살아 도신촌을 형성했다 한 사람이 어느새 다리를 건너와 이쪽에 서 있다. 오토쿠 일행의 맞은편에 서서 겨드랑이에 양손을 찌른 채 발치에 있는 그것에는 무관심한 표정으로 어금니를 깨물어 하품을 참아낸 참이다. 눈가나 코 주위에 중년 특유의 피로가 엿보이고, 말처럼 턱이 길쭉하다.

미성의 주인공은 따로 있었다. 그 중년 남자 옆에 열서너 살쯤 돼 보이는 소년이 합장한 채 절을 하고 있다. 시중에 사는 아이임을 한눈에 알 수 있는 차림이지만, 말쑥한 옷과 상투 모양은 보통 집 아이가 아님을 보여 주었다.

"어머나!" 오토쿠가 소리를 질렀다. "가와이야의 유미노스케 도련님이네."

"안녕하세요, 아주머니."

소년은 하얀 이를 드러내며 씩 웃고 오산과 오몬한테도 인사를 건넸다.

"염주 목걸이가 멋지네요. 꽤 무겁겠어요."

밝은 목소리로 말하자 오산과 오몬의 표정이 문득 환해졌다. 어머, 유미노스케 님, 하며 몸을 배배 꼰다.

더는 참지 못하고 요란하게 하품을 한 말상 도신은 오토쿠를 기점으로 주위를 빙 둘러본 뒤, 나른한 목소리로 느릿느릿 말한다.

"아침 댓바람에 이렇게 길가에 모여서 염불 법회를 열다니, 신심이 기특하구나."

"나리도 참, 그게 아녜요!"

야무지게 대꾸하는 오토쿠를 곁눈으로 보며 도신은 오산과 오몬한테도 웃음을 지어 보였다.

"용감도 하지. 꼭 소가 형제[12세기 말, 아버지의 원수를 갚고 죽은 소가 스케나리·소가 도키무네 형제. 형제의 일화는 일본의 3대 복수담 가운데 하나로 에도 시대 대중에게 인기가 많았다] 같구나."

오몬이 쑥스러운 듯 볼을 붉히며 머리에 두른 머리띠를 만졌다.

"놀리실 일이 아닙니다, 나리."

여전히 엉덩이를 엉거주춤 빼고 있던 고베 영감이 입을 삐죽거렸다. 도신은 불쑥 손을 뻗어 늙은 관리인이 안고 있던 단지를 낚아챘다. 찰랑, 하고 뭔가 출렁이는 소리가 난다.

"허, 이건 부정 씻는 술인가? 준비를 단단히 했군."

그러더니 비로소 호기심 어린 눈초리로 발치의 그것을 보았다.

얼핏 보면 그냥 땅바닥이다. 하지만 가만히 보면 다리 널판과 땅의 경계로부터 이쪽 편으로 색깔이 조금 다른 자리가 있다는 것을 알 수 있다. 색조가 다른 그 부분을 눈으로 좇아 보니 전체적인 꼴이 드러난다.

사람 형상이다. 몸을 살짝 비틀어 오른손은 앞으로 뻗고 왼쪽 팔꿈치는 구부린 채 막 몸을 일으키려는 듯하다. 굽은 팔꿈치의 모양과 아무렇게나 내던져진 듯한 다리의 각도로 보건대 엎드려 있었으리라는 짐작이 든다.

물론 그 자리에는 아무도 없다. 바싹 마른 땅바닥에 그런 형상의 얼룩이 나 있을 뿐이다. 사흘 전 새벽에 여기 쓰러져 있던 사체에서 흘러나온 피와 진물이 아직 사라지지 않고 남아 있는 것이다.

"원한이 깊은 게로군."

긴 턱을 손으로 쓸면서 도신 이즈쓰 헤이시로는 말했다.

"시체를 지신반에도의 평민 지역인 마치(町)에서 자치를 담당하는 자들이 모여, 오늘날의 파출소, 동사무소, 마을 회관 등을 합친 기능을 하던 곳으로 옮기고 나서 바로 청소를 했어요."

헤이시로는 오토쿠네 가게에 있다. 구석구석 눈에 익은 단골 가게다. 그는 근처에 있던 나무통에 엉덩이를 걸치고 오토쿠는 막 불을 지핀 솥 앞에 서 있었다. 가게로 돌아와 빗자루와 갈퀴를 치우고 머리띠를 풀어내자, 그제야 마음이 놓인 오산과 오몬은 마루방에 맥없이 주저앉아 유미노스케에게 위로를 받고 있다.

"그런데 시신을 치워도 그 흔적이 사라지질 않는 거예요. 뭐, 하루 정도야 그럴 수 있다고 생각했지만, 이튿날에도 또렷이 남아 있어서 다시 한 번 비로 쓸고, 흙을 긁어 바닥을 고른 뒤 소금도 뿌렸는데—."

그래도 사람 형상은 사라지지 않았다.

"결국 염불 법회를 연 건가?" 헤이시로가 한가롭게 웃으며 말했다. "그럴 거면 스님도 부르지 그랬어."

"물론 부탁했죠. 하지만 와 주시질 않잖아요." 오토쿠의 눈초리가 치켜 올라간다. "요리조리 핑계나 대고. 스님이란 분이 그 모양이니 볼 장 다 봤죠. 염불보다 잿밥이라더니."

고베 나가야에서 찬 가게를 하는 오토쿠와 이즈쓰 헤이시로는 오래전부터 아는 사이다. 오토쿠가 지금보다 훨씬 작은 점포에서 달랑 솥 하나 걸어 놓고 조림 가게를 하던 시절부터 시중을 순시하다 들러서 조림을 집어먹는 것이 헤이시로의 소소한 낙이었다. 편하기로 따지면 이십 년 전 가독을 물려받을 때 결혼해서 지금까지 변함없이 살고 있는 아내보다 더 나은지도 모른다.

나이는 오토쿠가 조금 많고 세상 물정에도 더 밝다. 그냥 하는 말이 아니라 정말 그렇다. 혼조 후카가와의 마치 순시관이 보지 못하는 것도 이 찬 가게 아줌마의 눈에는 빤히 보인다. 그래서 오토쿠お德의 훈계에는 이름대로 덕이 있고, 그녀가 하는 일은 알맹이가 있다. 오토쿠가 하는 말이면 고베 나가야 주민만이 아니라 근방 사람들도 모두 수긍하고 따른다.

그러나 오늘 아침 염불 법회만은 사정이 달랐던 모양이다. 오토쿠가, "모두 다시 가서 염불을 외고 액을 씻어냅시다"라고 말했지만 응하는 사람이 없었다. 따라나선 이는 이 가게의 점원인 오산과 오몬 두 사람뿐이다. 실은 두 아가씨도 본래 오토쿠와 경쟁하던 이웃 가게의 점원이었는데, 부득이한 사정으로 오토쿠가 거둬 준 지 이제 겨우 일 년이 채 못 된다. 용케 이만큼이나 충성심을 키워 놓았다.

"그래도 역시 오싹하네요."

어느새 잽싸게 주먹밥을 우물우물 먹으며 유미노스케가 말했다.

"그 사람 형상이 왜 없어지지 않는 거죠?"

"그 주먹밥은 뭐냐, 유미노스케?"

"아, 쟤들 먹일 아침밥이에요. 부정을 씻기 전에는 아무것도 먹어선 안 된다고 해서 주먹밥을 만들어 뒀어요."

오산과 오몬은 아직 밥이 목구멍으로 넘어가지 않는지 축 처져 있다. 헤이시로는 유미노스케에게 주먹밥을 접시째 가져오라고 했다.

"나리, 혹시 저런 걸 전에 본 적이 있으세요?"

그 물음에 헤이시로가 되물었다. "저런 거라니?"

오토쿠는 말하기 거북한 눈치다. "그러니까, 저런 거 말이에요."

"시체? 시체라면 봤지. 그것도 내 소임 가운데 하나니까."

"그게 아니라—."

"칼에 베여 죽은 시체도 여러 구 봤고."

"말허리 꺾지 말고요!"

오토쿠는 양손을 허리에 받치고 샐쭉한 얼굴이 되었다. 조림 솥에는 이제야 불이 자리를 잡아 맛난 냄새를 풍기는 하얀 김을 푹푹 뿜어내기 시작한다.

"시체를 치웠는데도 저런 흔적이 남는 것 말인가?"

네, 하고 오토쿠가 고개를 끄덕였다. 오산과 오몬도 흥미가 끌리는지 윗몸을 기울여 이쪽을 쳐다본다.

"글쎄, 기억에 없는데."

짱구한테 물어볼까, 하고 유미노스케에게 말을 건넸다. 처음 보는 거의 모든 사람을 놀라게 하고, 이미 익숙해진 지 오래인 헤이시로조차 여전히 흠칫할 때가 있을 만큼 터무니없이 어여쁜 이 소년은 손가락에 묻은 밥알을 일일이 떼어 먹으며 말한다.

"그럼 제가 조만간 만나서 물어볼게요."

짱구는 헤이시로가 종종 도움을 받는 혼조의 오캇피키관리로 일하는 무사들의 수하. 범인을 수색하거나 체포할 때 앞잡이 노릇을 했다 마사고로의 으뜸가는 수하다. 이름은 산타로이며 유미노스케와 동갑이다. 겉보기에는 아직 미덥지 못하지만 성실하기 짝이 없고 일도 잘하는 착한 소년이다.

만약 헤이시로가 그 소년에게 대놓고 "네가 바로 마사고로의 으뜸가는 부하다" 같은 말을 한다면 짱구는 별명의 유래인 그 널찍한 이마를 빨갛게 물들이며 어쩔 줄 몰라 할 것이다. 하지만 그게 사실이라, 지금까지 산타로의 재주가 헤이시로를 도운 적이 한두 번이 아니었다. 어떤 내용이든 한 번 들으면 바로 기억해 버리고 언제든 자유자재로 기억에서 끄집어낼 수 있는 편리하기 짝이 없는 희귀한 재주다.

그런 짱구라면 삼십 년 전이든 오십 년 전이든, 에도 어디에서 사람이 죽었는데 그 사체에서 나온 피와 진물이 다다미나 마루나 땅바닥에 스며들어 아무리 해도 지워지지 않더라는 일화를 알고 있을지 모른다. 어쩌면 그런 사례가 한둘이 아닐지도 모른다.

"뭐, 오늘 그렇게 정성으로 부정풀이를 했으니 이제는 괜찮겠지. 그런 얼굴 하고 있을 거 없네."

헤이시로는 오산과 오몬을 타이르며 그네들의 아침밥인 주먹밥을 먹어 치웠다.

오토쿠들은 사체 형상에 소금을 뿌리고 염불을 외웠다. 그리고 나서 그 자리에 물을 뿌려 땅바닥을 무르게 하고 갈퀴로 겉흙을 좍좍 긁어내 사체 형상을 깨끗이 없앴다. 걷어낸 흙은 나무통에 담아 강가로 가져간 뒤 다시 염불을 외며 강물에 전부 흘려보냈다. 흙을 걷어낸 자리는 평평하게 고른 다음 그 위에 소금과 술을 뿌려 다시 한참 동안 염불을 외웠다. 어디 사는 누구인지도 모르는 망자임을 고려하면 지나칠 정도로 정성스런 공양이다.

"그 사람, 역시 쓰지기리_{무사가 길에서 행인을 칼로 베어 죽이는 것. 칼날 시험이나 무술 수련, 금품 탈취, 단순한 기분 풀이 등의 이유로 자행되었는데 법으로는 금지되어 있었다}에 당했겠죠?" 오토쿠가 딱하다는 듯이 목소리를 낮춰 물었다. "상처가 끔찍했어요……."

망자는 남자이며 마흔을 몇 해쯤 지난 것으로 보였다. 발견되었을 때는 이미 사체 곳곳이 경직되어 있었고, 단말마의 얼굴은 처참했다. 당장이라도 튀어나올 듯한 두 눈을 휘둥그레 뜨고, 일그러진 입은 소리 없는 비명을 지르며 크게 벌어져 있었다. 게다가 등에는 그보다 훨씬 큰 상처가 아가리를 벌리고 있었다.

오른쪽 어깨에서 왼쪽 옆구리까지 단칼에 베였다. 일도양단, 소위 게사기리_{몸통을 대각 방향으로 내려 베는 기술}다. 검술을 아는 자의 짓임은 의심할 나위가 없었다. 무기도 틀림없이 칼이다.

죽은 남자에게서는 소지품이 하나도 나오지 않았다. 지갑은 물론이고 휴지조차 없었다. 그렇다면 더 볼 것도 없다. 이것은 쓰지기리며, 굶주린 낭인이 돈 욕심에 칼을 휘둘렀으리라―.

누구나 납득할 만한 추측이다. 하지만 헤이시로는 그렇게 단정하기가 조금 망설여졌다.

남자는 옷차림이 초라했다. 겉으로는 꿰맨 흔적이 눈에 띄지 않았지만 안감이나 안쪽에 덧댄 천은 꿰맨 자리투성이였고 덧댄 천은 색깔도 무늬도 제각각이었다. 띠는 얇아서 여름 해에 비춰 보면 건너편이 훤히 비쳐 보일 듯했다. 신발은 몹시 지저분했고 남자의 발바닥도 못지않게 더러웠다. 신으나 벗으나 별 차이가 없어 보인다.

게다가 남자는 몹시 수척했다. 갈비뼈가 불거지고 울대뼈는 초를 꽂을 수도 있겠다 싶을 정도였다. 먹을 것을 밝히는 헤이시로는 남자의 움푹 꺼진 배를 보고는, 저기에 음식다운 음식을 마지막으로 채운 것이 언제였을까, 하고 의아해하기도 전에 먼저 등골부터 서늘해졌다.

직인처럼 보이지는 않고 가게 점원도 아니다. 한량이라고 하기에는 너무나 궁핍해 보인다. 요컨대 정체불명이다. 다만 그 몸뚱이에 숨이 붙어 있어 제 발로 걸어 다닐 때부터 환자 같은 몰골이었을 테고, 제대로 먹지 못해 오그라들어 있었을 것임은 누가 보아도 분명했다.

쓰지기리가 그런 자를 노릴까?

사체가 발견된 시각은 동트기 전, 동녘 하늘이 훤해지다가 부지런한 해님이 얼굴을 내밀 즈음이었다. 발견한 사람은 해님보다 먼저 일어나 조개를 줍는 아이였다. 배짱이 제법 두둑했던 그 아이는 엎드려 있는 남자를 보고, 혹시 아직 숨이 붙어 있나 싶어 말을 걸며 목덜미를 건드려 보았다고 한다. 그때 이미 사체는 차가웠고 목은 딱딱하게 경직되어 있었다. 그걸 보면 살해된 시간은 늦어도 자정이 지나서였을 것이다.

쓰지기리가 야음 탓에 사냥감을 잘못 고르는 일은 능히 있을 수 있다. 하지만 칼이 닿을 정도까지 접근하면 상대방이 넉넉한 축인지 쪼들리는 축인지는 알 수 있었으리라.

아니, 그렇다고 해도 푼돈이라도 좋으니 해치우자고 생각할 만큼 궁지에 몰려서 쓰지기리를 하는 경우도 있지 않을까? 그 의견에도 헤이시로는 고개를 갸웃했다.

그렇다고 보기에는 살인에 쓰인 무기의 날이 너무나 잘 들었다.

칼은 무사의 혼이다. 끼니를 걸러도 칼 손질은 게을리하지 않는다. 얼마 전까지는—아니, 꽤 오래전에는 그런 무사가 여기 에도 시중에도 있었는지 모른다. 하지만 요즘은 사정이 다르다. 생계가 막힌 낭인이 제일 먼저 하는 일은 칼을 전당포에 잡히는 것이다. 무사의 자존심을 지키며 칼을 손질해 본들 벼슬길이 있는 것도 아니고, 검술이 녹슬지 않도록 단련을 계속해야 한다면 죽도로도 충분하다.

쓰지기리를 작정하고 전당포에서 칼을 빌린 것은 아닐까? 아니, 그것도 생각하기 힘들다. 칼 빌릴 돈은 어떻게 마련한단 말인가. 그럴 돈이 있으면 가게에서 싸구려 칼을 구입하면 될 일이다. '쓰지기리'라고는 해도 사냥감을 정말로 베어 죽이기보다는, 번쩍거리는 칼을 내보이며 "품에 있는 거 다 내놓고 가라!" 하고 위협하면 충분하다. 그래서 강탈에 성공하면 공연한 수고는 들이지 않아도 된다. 끝내 칼의 힘을 빌리게 되더라도 칼날을 그렇게까지 날카롭게 벼려 둘 필요는 없다.

이렇게 곰곰이 생각하고 있던 이는 실은 헤이시로가 아니다. 전부 유미노스케의 머릿속에서 튀어나온 생각이다. 오토쿠의 가게 바로 옆에서 한 남자가 단칼에 죽었다. 검시관의 조사가 있었고, 상세한 내용은 이러저러하다―하고 헤이시로가 들려주는 자리에서 유미노스케는 인형처럼 예쁜 얼굴을 긴장하며 이런 생각들을 잇달아 말했다.

그러더니 이렇게 덧붙인다.

"명도名刀를 시험해 보려는 게 아니었을까요, 이모부?"

헤이시로 역시 그럴지 모른다고 짐작은 했다. 대부분의 무사가 '끼니를 굶어도 이를 쑤신다'는 팍팍한 생활을 하고 있는 요즘 세상에, 명도를 즐길 돈과 시간과 지위를 다 가지고 있고, 그것을 아낌없

진상 · 21

이 쓸 수도 있지만, 칼날을 시험할 적당한 몸뚱이가 없어 어둠에 숨어 시중을 어슬렁거리다가 자급자족을 해야만 하는 무사가 있다면?

"과연 그런 자가 있을까?"

있을지도 모르지만, 여간 성가신 일이 아닐 텐데. 만사 번거로운 것은 딱 질색인 헤이시로는 그렇게 생각하지 않을 수 없었다.

여하튼 그 사체에는 아무래도 석연치 않은 점이 있다.

"그런데 이즈쓰 나리, 오늘 아침은 무슨 일로 이리 일찍 나오셨습니까?"

오토쿠의 훈도 덕분에 제법 공손하게 말하게 된 오산이 이제야 안색을 되찾으며 물었다.

"그야 너희가 다들 모여서 염불 법회를 한다니까 구경하러 왔지."

오산과 오몬만이 아니라 오토쿠까지, "네?" 하고 놀란다.

"어떻게 아셨어요?"

"소문이 짜해. 미나미쓰지바시 다리밑에 원령의 흔적이 있다고."

원령이란 말에 아가씨들이 또 저마다 떠들어 댔다. 시끄럽다! 하고 오토쿠가 일갈한다.

"겁낼 필요 없어요, 오산 씨, 오몬 씨."

유미노스케가 얼른 달래 준다. 그러다가 귀엽게 주먹밥 먹은 것을 트림한다.

"망자는 물론 죽인 자를 원망하고 있겠죠. 하지만 여기 '오토쿠야' 분들한테는 고마워하지는 못할망정 해코지할 마음이나 원한을 품을 리가 없어요."

여인의 가녀린(가늘지는 않지만) 몸으로 솥 하나 걸어 놓고 조림 가게를 일터로 삼아 온 오토쿠는 오산과 오몬을 점원으로 거두면서 지금의 찬 가게를 시작했다. 가게에서 직접 음식을 만들어 파는 장사지만 부탁이 들어오면 출장 요리도 한다.

조림 가게를 할 때는 오토쿠의 얼굴과 이름이 충분히 간판 역할을 했지만 이렇게 번듯한 점포를 마련했으니 옥호가 필요했다. 어서 옥호를 지으라고 재촉해도 무엇이 쑥스러운지 오토쿠는 그럴 엄두를 내지 않았고, 그러는 사이에 헤이시로들이 일단 '오토쿠야·야(屋)'는 가게를 뜻한다'라고 부르던 것을 그대로 사용하게 되었다.

"오늘 부정풀이로 그게 사라져 줄까요?"

오산이 얼굴의 점 하나를 손가락으로 만지작거리며 중얼거렸다.

"그야 뭐 사라지지 않는다면 소문이 더 퍼져서 요미우리·천재지변, 대화재, 대형 사건 등의 급보나 흥밋거리를 목판으로 인쇄해 거리에서 내용을 낭독하며 팔았던 소식지 혹은 그 업자가 찾아오겠지. 여기저기서 사람들이 모여들면 개중에는 덜렁대는 놈도 있을 테니 무심코 사체 형상을 밟아 줄 테고, 한 놈이 밟으면 덩달아 다른 놈들도 밟아 댈 테니, 그러다 보면 흔적도 사라져 버리겠지. 저걸 볼 수 있는 것도 지금 잠시뿐이야."

나리도 참, 또 싱거운 소리를 늘어놓으시네. 오토쿠가 화난 얼굴로 웃음을 터트렸다.

이유야 어찌 되었든 한 사람이 무참하게 살해당했다. 대행수 모시치에게 이곳 혼조 후카가와 지역의 일을 물려받은 마사고로는 헤이시로처럼 빈둥거리고 있을 수는 없을 터였다. 헤이시로는 유미노스케를 데리고 혼조 모토마치에 있는 마사고로의 집을 찾아갔다. 하지만 그의 아내 오콘이 꾸리는 메밀국숫집에서, 그이는 공교롭게도 오늘 아침 해가 뜨기 무섭게 나가서 여태 돌아오지 않았습니다, 라는 말을 들었다.

"마지마 나리가 열심히 뛰어다니며 조사하는 게지."

혼조 후카가와의 마치 순시관인 도신 마지마 신노스케. 십칠 세의 나이에 부친의 뒤를 이어 올해 초 수습 딱지를 떼고 마치 순시관으로 승격한 젊은 관리다.

"마사고로는 마지마 나리한테 정식으로 증을 받기로 했다지?"

오콘은 약간 조심스러운 눈빛을 하며 고개를 끄덕였다. "예. 이즈쓰 나리께는 죄송스럽게 되었습니다……."

헤이시로는 허허 웃었다. "나는 마사고로한테도 임시 순시관일 뿐이네. 이전과 달라지는 것은 전혀 없어. 마지마 나리는 뛰어난 무사지."

녹봉 쌀 서른 섬연간 세 번으로 나눠 지급하며, 현금으로 환산하여 지급했다에 2인분 후치매달 지급되는 직무 수당의 일종. 한 사람의 한 달 치 식비를 매달 지급하며, 2인분 후치를 받는 무사는 주겐 한 명을 의무적으로 고용해야 했다를 받으며 마치의 관리로 일하는 도신이란 신분은 본래 세습하는 자리가 아니다. 하지만 실제로는 아들이나 사위가 대를 잇고 있다. 헤이시로도(넷째 아들이긴 하지만) 그랬다. 마지마 신노스케도 마찬가지다.

헤이시로의 부친은 여러 가지로 칠칠치 못한 남자였지만, 단 한 가지 몹시 결벽한 구석이 있었다. 오캇피키를 부리려고 하지 않았던 것이다.

오캇피키, 혹은 메아카시라 불리는 자들은 정식 관리가 아니다.

마치부교쇼마치의 치안을 담당한 최고 기구의 요리키중급 무사. 부교쇼 소속으로 마치의 치안을 담당하며 도신을 지휘한다나 도신이 자기 재량으로 거느리는 심부름꾼 같은 자들이다. 또 시중을 탐색하는 일을 할 때는, 어둑하거나 칠흑같이 캄캄한 곳에 정통한 자들을 부리는 편이 유리하므로 자연히 과거가 떳떳지 못한 자들이 발탁되기도 한다. 개중에는 근성이 비뚤어진 자도 있어, "부교쇼의 엄명이시다"라고 호령하며 약자를 괴롭히거나 금품을 갈취하기도 한다. 그런 폐해가 묵과할 수 없을 만큼 늘어나자 막부가 '오캇피키·메아카시 금지령'을 내린 일도 있다. 하지만 그들을 활용하지 않고는 무사들이 공무를 제대로 해 나갈 수 없다는 사실이 금방 드러나 슬그머니 원상태로 돌아가고 말았다.

헤이시로의 부친은 이 세상 물정 모르는 금지령을 금과옥조로 떠받들었다.

그래서 부친의 자리를 세습할 때, 헤이시로는 수족처럼 부릴 오캇피키를 한 명도 물려받지 못했다. 그렇다고 일하기에 곤란하지는 않았다. 여봐란듯이 공을 세우고자 하는 생각이 없는 게으름뱅이인지라, 일상적인 업무는 주겐무가에 고용되어 잡무에 종사하는 자 고헤이지 하나만 있으면 충분했다. 내내 그렇게 지내 왔다.

하지만 벌써 이 년 전인가, 사소한 일이 계기가 되어 오캇피키 마사고로와 인연을 맺었다. 그러다 마사고로의 인품에 끌려 가깝게 지내게 되었다.

일반적으로 오캇피키는 특정한 요리키나 도신 밑에서 일하며, 그 무사의 명의를 빌려서 일을 한다. 그것을 흔히 '증을 받다'라고 표현한다. 예전에는 정말로 패찰 같은 것을 만들어서 주었다지만, 지금은 그렇게까지 구체적인 증표를 주는 일은 없다.

헤이시로와 처음 인연을 맺을 당시, 마사고로에게는 이미 증을 준 관리가 있었다. '관리'라고 모호하게 말한 까닭은 마사고로에게는 아무래도 그런 관리가 한 명이 아닌 모양이고 마치부교쇼 관리로 한정되지도 않는 듯했기 때문이다. 본인한테 직접 들은 이야기는 아니고 굳이 물어본 적도 없다. 다만 그동안 만나 오면서 어느 결에 그렇게 짐작되는 부분들이 있었다. 마사고로를 조련한 대행수 모시치는, '에코인의 모시치'라고 하면 울던 아이도 울음을 뚝 그친다고 할 만큼 대단한 자였으니, 마사고로가 구역을 물려받았을 때 무사와의 든든한 연줄도 함께 물려받았으리라는 것은 충분히 짐작할 수 있었다. 어중간한 관리인 헤이시로에게 거기에 대해 뒤를 캐 볼 권리는 없다. 그래서 헤이시로는 지금까지도 마사고로가 누구 밑에서 일하고 있는지 정확한 사정은 알지 못했다.

그랬던 것이 얼마 전에 분명해졌다.

"이번에 마지마 신노스케 님께 증을 받게 되었습니다"라고 마사고로가 제 입으로 헤이시로에게 고한 것이다. 두 달 전쯤의 일이다.

"그동안 마지마 나리께 신세를 많이 졌으니 보은을 위해서라도 그 아드님이신 신노스케 님을 위해 충실히 일하고자 합니다."

그렇게 사정을 밝힐 때도 마사고로는 전혀 미안해하는 기색이 없었다. 어느 나리한테 증을 받든 이즈쓰 나리와 저의 관계는 달라질 것이 전혀 없으니까요, 라고 표정으로 말하고 있었다. 물론 헤이시로도 그렇게 생각했으므로, "그래, 열심히 하게" 하고 가볍게 받아넘겼다.

그러자 마사고로는 대상인 같은 풍격 있는 웃음을 지으며 말했다.

"신노스케 님께서 이즈쓰 나리를 한번 만나 뵀으면 하십니다."

"나를 왜?"

"선친께서 이즈쓰 나리는 제법 풍류가 있는 분이시니 연줄을 대서라도 가까이 지내라고 귀띔해 주셨다고 합니다."

헤이시로는 놀라는 기색을 숨기지 않았다.

마치부교쇼의 도신들은 저마다 다종다양한 소임과 직책을 맡는다. 헤이시로도 여러 직책을 거쳐 지금은 혼조 후카가와의 임시 순시관으로 일하고 있다. 마지마 신노스케의 부친과는 어디선가 마주쳤을지 모르지만 면식은 없다. 시중을 건들건들 돌아다녀야 하는 직책에 있던 사람이 아니었는지도 모른다.

"그 부친이란 사람도 별나군. 부교쇼 관리가 저 꼴이 되면 곤란하다는 본보기로 나를 보여 줄 셈이었는지도 모르지."

천만에요, 나리, 하며 마사고로는 웃었다.

그런 연유로 헤이시로는 얼마 뒤, 마사고로 부부의 가게에서 마지마 신노스케를 만나게 되었다. 그날 도신촌의 자기 집으로 돌아온 헤이시로는 아내에게 이렇게 말했다.

"청운의 꿈이라는 말을 실감나게 하는 젊은이더군."

"어떤 점이요?" 하고 아내가 물었다.

"상투 아래 면도한 사카야키에도 시대 성인 남자가 이마에서 정수리까지 머리를 민 것가 반질반질 윤이 나. 남자도 젊을 때는 피부가 고와."

당신 하는 말은 알다가도 모르겠네요, 하고 아내는 어처구니가 없다는 표정을 지었다. 그러다가 금방 정색하고 말한다.

"나중에 유미노스케가 당신 뒤를 이을 때는 그 아이의 사카야키가 더 반질반질 윤이 날 거예요."

유미노스케의 경쟁 상대쯤으로 짐작하는 듯하다. 괜한 이야기는 피하고 싶어서 헤이시로는 화제를 바꾸었다.

"역시 유미노스케를 양자로 들이고 싶은가?"

"들이고 싶고 말고도 없잖아요?" 아내는 눈을 말똥거렸다. "이미 그렇게 정해진 줄 알았는데. 아닌가요?"

헤이시로와 아내 사이에는 자식이 없다. 조만간 대를 이을 양자를 들여야 한다. 유미노스케는 처형의 아들로, 사가초의 염료 도매상 가와이야의 다섯째 아들이다. 아내는 유미노스케를 양자로 들이기를 열망하고 있다.

헤이시로도 절반 이상은 마음이 그렇게 기울어 있었다. 유미노스케는 터무니없이 잘생긴 소년인데, 머리는 용모 이상으로 뛰어나다. 지금까지 그 소년을 데리고 다니며 배우거나 도움을 받은 적도 많다. 무엇보다 같이 다니면 즐겁다.

다만 상가에서 자란 아이가 핫초보리에 들어와 정말로 행복할 수 있을까 하는 근심도 있다. 마치의 관리가 되면 상인하고는 다른 각도에서 세상의 더럽고 어두운 구석들을 들여다봐야 한다. 실제로 유미노스케는 이즈쓰 가에 드나든 뒤로 심각한 사건을 두 번이나 겪었고 그때마다 힘겨워했다. 아마 몹시 힘들었으리라. 두 사건 모두 사실상 유미노스케가 해결한 거나 마찬가지였으니까.

당사자는 그런 일일랑 다 잊은 얼굴로 지금도 헤이시로 옆에서 다마고토지끓는 국에 달걀을 풀어 야채나 고기 같은 건더기를 부드럽게 감싼 요리를 맛나게 먹고 있다. 이미 익숙해졌다고 생각했지만 지금도 종종 흠칫흠칫 놀랄 만큼 예쁜 그 얼굴에 요즘은 가끔 늠름한 기운을 풍기는 선이 떠오르곤 한다. 아직은 희미하지만 그 선은 금세 뚜렷해질 것이다. 유미노스케는 성장하고 있다. 한편 헤이시로는 늙어 간다. 이야기를 매듭지으려면 서두르는 편이 좋다. 그러면서도 헤이시로는 여전히 결심을 굳히지 못하고 있다.

"조만간 결정하지뭐" 하며 이때도 뒤로 미루고 말았다.

여하튼 이마가 반들반들 윤이 나는 마지마 신노스케는 열의 넘치는 신참 마치 순시관인 도신이다. 마치 관리로서 긍지는 넘치지만 그렇다고 으스대지 않아서 마음에 든다. 부친을 통해서 마사고로의 활약상을 잘 알고 있는지, 마사고로에게도 '앞으로는 내가 자네를 부리게 될 거다'라는 식의 오만한 눈빛이 아니라 존경이라고 해도 좋을 만한 태도를 취해서 오히려 마사고로가 황송해하고 있다.

"마사고로에게 맡기면 사체의 신원도 금방 밝혀지겠지."

"예, 인상서를 배포해서 여기저기 알아보고 있는 모양입니다만……."

오콘은 살짝 고개를 갸웃거렸다.

"아무래도 쉽지 않을 듯해요. 칼에 베여 죽은 남자는 혼자였을까요? 걱정해 줄 사람이 아무도 없는 걸까요?"

"여기는 온갖 사람들이 모여드는 에도야. 별별 놈들이 다 있지."

"식구들이 아직 모르고 있는지도 모르지요."

다마고토지를 다 먹은 유미노스케가 잘 먹었다고 두 손 모아 인사를 하고 나서 말했다.

"가끔 며칠씩 집을 비우는 직업을 가진 사람인지도 모르죠."
"옷차림이 그렇게 추레한데?"

헤이시로는 메밀국수를 후루룩 마시며 반문했다. 유미노스케가 으음, 하고 신음 같은 소리를 낸다.

"그런데 짱구는 마사고로 씨의 심부름을 갔나요?"

유미노스케가 마사고로를 '행수님'이라고 부르면 마사고로는 어쩔 줄 몰라 한다. 마사고로가 유미노스케를 '도련님'이라고 부르면 유미노스케가 쑥스러워한다. 그래서 '씨'를 붙여 부르기로 합의했다.

"아뇨, 제가 잠깐 요 근처에 심부름을 보냈어요. 이제 돌아올 때가 다 됐습니다."

호랑이도 제 말 하면 온다더니 곧 짱구가 돌아왔다. 채소를 가득 채운 큰 자루를 안고 있다. 채소 가게에 다녀온 모양이다. 다른 수하에게는 없는 특기를 가지고 있지만 기특하게도 으스대는 일 없이 이런 잔심부름에도 열심이다.

"아, 유미노스케 님."

짱구 얼굴이 문득 환해졌다. 이즈쓰 나리, 안녕하세요, 하고 꾸뻑 고개를 숙인다.

"그래, 그냥 들러 봤다."
"예, 잘 오셨습니다."

그렇게 대답한 짱구가 그 자리에 선 채, 널찍한 이마에 주름을 잡고 눈코 입을 얼굴 한가운데로 오종종하게 모으더니 심호흡을 한 번 한다. 그러고는 말했다.

"사람이 죽어 나간 집이나 땅바닥에서 오래도록 혈흔이 사라지지 않은 사례라면 제가 대행수님한테 들은 것이 세 가지, 다른 데서 들은 것이 두 가지 있습니다. 뭐부터 여쭐까요?"

헤이시로는 몹시 기뻤다. "무엇부터면 어떠냐. 어서 다 말해 보거라."

짱구는 '사체 형상'이 나타난 과거의 일화들을 하나하나 암송했다. 유미노스케도 요령이 익어 얼른 휴대용 벼룻집과 작은 공책을 꺼내 일화의 요점을 적어 나간다. 짱구의 특기는 감탄스러운 것이지만, 기억한 일화를 암송하다가 도중에 방해를 받기라도 하면 맨 처음부터 다시 암송을 시작해야 한다는 약점이 있다. 그 약점을 보완하기 위해 요전번에 심각한 사건을 조사했을 때부터 유미노스케가 짱구의 암송을 글로 남기는 역할을 맡았다. 전부 받아 적을 수는 없어도, 요점을 적어 두면 다음에 짱구가 기억을 끄집어내려고 할 때 그 기록이 목차 노릇을 해 준다.

다섯 가지 일화는 모두, 죽음 뒤에 남은 사람 형상의 혈흔 때문에 주변 사람들이 크게 곤혹스러워하고 두려움에 떨었다는 내용이었다. 다만 그 형상 때문에 무슨 재앙이 일어났다는 사례는 없다.

"사람들은 그 흔적에게 정성으로 공양했고 그것이 마침내 사라질 때까지 함부로 대하지 않았다고 합니다."

그냥 두면 조만간 없어질 터라며 무심히 대할 수 있는 이는 헤이시로 정도밖에 없는 것이다.

유미노스케가 정리한 요점을 훑어보며 낮은 목소리로 말했다. "도리아부라초 사례에서는 방 안에 사람 형상이 남아 다다미를 바꿔도 금세 똑같은 형상이 나타났다고 하는데, 대체 어떻게 된 일일까요?"

다다미를 세 번이나 교체하고서야 사라졌다고 하니 참으로 집요했다.

"오싹하네요. 망자의 원한이 맺힌 걸까요?"

오콘이 겁에 질린 듯 목을 움츠렸지만 정작 그 말을 꺼낸 유미노스케는 태연하기만 하다.

"다다미 밑 널판에 피나 진물이 배어 있다가 새 다다미로 스며 올라왔는지도 모르죠."

짱구는, 나는 암송만 할 뿐 추리는 유미노스케 님 몫이에요, 라고 말하는 듯한 얼굴로 보리차를 마시고 있다. 유미노스케도 혼자 중얼중얼 말을 이어 갔다.

"이건 사건이 일어났을 때의 날씨와 관계가 있는지도 몰라요. 그 사건들은 모두 봄이나 여름에 일어났어요. 겨울에는 피나 진물이 금방 굳어 버리죠."

"하지만 다다미를 세 번이나 갈아도 배어날 정도로, 사람 몸에서 피나 진물이 많이 나올까?"

헤이시로의 물음에 유미노스케는 냉큼 대답했다.

"우리 몸은 칠 할이 물이래요."

"그건 누구한테 들었지?"

"고안 선생님이 가르쳐 주셨어요."

헤이시로의 지병인 요통을 치료해 주는 마치 의원이다. 나이가 들 만큼 든 노인이지만 실력과 담력은 전혀 시들지 않았다.

"언제부터 그 의원의 제자가 되었냐?"

"제자는 아녜요. 가끔 들러서 재미있는 이야기를 들을 뿐이죠. 짱구가 외워 둔 이야기에 덧붙이면 나중에 도움이 될 만한 지식들이 있거든요."

이런 이야기를 들으면 헤이시로의 아내는 분명 기뻐할 터이다. 봐요, 여보, 유미노스케는 벌써 마치 관리가 되어 에도 시중을 지킬 자질이 충분하잖아요. 하지만 헤이시로는 다르게 생각한다. 의원이나 학자가 되는 편이 세상에 보탬이 되지 않을까.

"이즈쓰 나리와 유미노스케 님은 미나미쓰지바시 다리맡의 사람 형상 앞에서 공양을 하셨다는구나."

오콘이 짱구에게 말했다. 짱구는 새삼 놀라는 표정이 된다.

"나도 가서 거들었으면 좋았을 텐데요."

"뭘, 나나 유미노스케는 그냥 구경만 했을 뿐이다. 공양을 한 사람은 오토쿠야. 오산하고 오몬이 거들었고. 볼만했지. 오산과 오몬은 머리띠까지 두르고. 부모 원수를 갚으러 나가는 사람처럼 두 눈을 부릅뜨고 갈퀴를 꼬나들었지."

두 아가씨의 이름이 나오자 짱구의 부리부리한 눈이 문득 초점을 잃었다. 한순간이지만 헤이시로는 분명히 그걸 보았다.

"네, 대단했겠네요."

곧 표정을 되찾아 얌전한 짱구로 돌아왔다.

"그 말씀을 들으니 더욱 제가 가서 거들었어야 했어요. 정말 죄송합니다."

나는 생각이 느려서 틀렸어요, 하며 어깨를 움츠린다. 눈치가 빠르지 못하다는 말을 하는 것이다.

"땅바닥에 사람 형상이 나타난다는 이야기는 행수님한테 들었으니 그런 일이 있을 줄 예상했어야 하는데."

"마사고로도 고베 나가야 일이라면 오토쿠한테 맡겨 두면 된다고 생각했겠지. 네가 미안해할 일은 아니다."

그런데 산타로, 하고 오콘이 미소를 지으며 끼어들었다.

"너도 이젠 어린애 같은 말버릇은 고치기로 하지 않으니? 앞으로는 '제'가 아니라 '소인'이라고 말하기로 했잖아?"

앗, 하고 소리를 지르며 짱구는 두 손으로 입을 막았다.

"아차. 그랬죠. 좀 더 일찍 말씀해 주시지 그랬어요."

헤이시로는 웃었고 유미노스케도 방글방글 웃고 있다.

"맞아요, 그러기로 했죠."

"너는 어떻게 할 거냐?" 헤이시로가 유미노스케에게 물었다.

"저는 그냥 저라고 해야겠죠. 아니면, 바꾸는 편이 좋을까요?"

짱구가, 그러면 너무 복잡해집니다, 하고 곤혹스러운 표정을 지어 보였다.

"그래. 당분간은 '저'랑 '소인'의 짝으로 정진하는 거다. 썩 잘 어울리는 짝이로군."

"예, 저도 그렇게 생각합니다."

유미노스케가 짱구에게 제안해서 과거에 있었던 쓰지기리나 강도 사건을 함께 짚어 보기로 했다. 환자나 행려병자와 같은 사냥감을 노린 쓰지기리 사례가 있었는지. 그런 끔찍한 사건에 사용된 무기의 칼날 상태에서 범인과 연결된 단서가 발견된 적이 있는지.

"고헤이지를 가와이야에 보내서 네가 여기 있으니 걱정하지 말라고 전해 두마."

"예, 고맙습니다, 이모부."

고헤이지는 이즈쓰의 주겐이다. 헤이시로가 부친의 직책을 세습했듯 고헤이지도 부친의 뒤를 이어 주겐으로 일하고 있다. 한때는 유미노스케의 등장으로 자기 자리가 없어지는 것은 아닌가 하고 몹시 경계했지만, 매사 똑 부러져 보이던 유미노스케에게도 밤중에 이불에 오줌을 지리는 어린애 같은 약점이 있음을 알고부터는 태도가 싹 바뀌었다. 게다가 유미노스케의 순진한 행실에도 마음이 풀어진 듯하다. 요즘은 헤이시로가 유미노스케를 데리고 다녀도 싫은 내색을 하지 않는다. 뿐만 아니라 어느새 아내의 편이 되어서, 얼른 양자 입적을 결정하고 청원서를 전해야 한다고 채근하기까지 한다.

주먹밥과 메밀국수로 배를 채웠으니 이제 무엇을 한다? 혼조 모토마치를 떠나면서도 헤이시로는 정처 없이 건들건들 걸었다. 어슬렁어슬렁 걸어 다니다 보면 마지마나 마사고로, 혹은 그 수하들 가운데 누구를 만날지도 모른다—.

너무 덥네, 하며 눈부신 햇살에 눈을 가늘게 뜨고 있는데 누군가가 부르는 소리가 들렸다.

"이즈쓰 나리, 이즈쓰 나리."

돌아다보니 수로 변에 있는 버드나무 아래에 나무 상자를 내려놓은 아사지로가 허리를 꺾어 인사한다. 아사지로는 핫초보리에 드나드는 이발사로, 헤이시로는 오늘 아침에도 그에게 상투를 맡겼다.

"오, 출장 나왔나?"

나무 상자는 이발 도구를 담는 상자다. 아사지로의 상자 옆구리에는 정교한 조각이 되어 있다. 복을 부른다는 보물들을 새긴 '다카라

즈쿠시' 문양이다. 요술 방망이, 보물선, 복고양이에 부채.

"아닙니다요. 지금 막 미나미쓰지바시 다리로 가려는 참입니다."

아사지로는 백지장처럼 하얀 피부에 행동거지도 나긋나긋한 것이 꼭 여자 같다. 체구는 오히려 튼실한 편이지만, 새삼 찬찬히 살펴보지 않으면 다부진 체구를 알아채지 못한다. 사람의 인상이라는 것은 움직이고 있을 때 배어나는 법이니까.

"소문이 자자한 그 사체 형상을 보고 싶어서요."

실은 사체 형상에게 공양을 한다는 이야기도 오늘 아침 아사지로한테 들었다. 이발사는 귀가 빨라 세간의 일에 훤하다. 마치 관리에게는 귀한 정보원이다.

"뭐야, 너도 얘기만 들었지 실물은 보지 못했단 말이냐."

"예, 뭔가 좀 무섭기도 해서요."

타고난 목소리는 굵고 거친 남자의 그것일 테지만 말투는 나긋나긋하다. 핫초보리에는 그의 이런 분위기를 싫어하는 사람도 있지만, 헤이시로는 전혀 개의치 않는다. 아사지로도 그를 언짢게 보는 시선에 개의치 않고, 하급 무사촌의 단골들을 찾아 낭창낭창 걸어 다니며 일을 하고 있다.

"그런데 쓰지기리를 당한 사람의 집념이 보통 강한 게 아닌가 봐요. 그런 망자는 두려워만 할 게 아니라 떠받들어 모시는 편이 나은지도 몰라요. 거의 신이나 마찬가지니까요."

길가에 서서 하는 이야기인지라 헤이시로는 목소리를 살짝 낮추었다.

"쓰지기리라고 했느냐?"

"예, 그렇습니다."

"정말 그렇게 생각하느냐? 오늘 아침 핫초보리에 소문이 그렇게 도는 모양이지?"

요컨대 다른 요리키나 도신들은 이번 사건을 어떻게 보고 있는지가 궁금하다는 말이다. 오늘 아침은 사체 형상에 대한 부정풀이 이야기만 하느라 그 점에 대해 미처 묻지 못했음을 아사지로의 얼굴을 보고서야 깨달았다. 헤이시로는 이렇게 '아차' 하는 일이 잦다. 하나 나중에라도 생각해 냈으니 문제없다고 여기는 점 역시 헤이시로답다.

아사지로가 길게 째진 눈을 재게 깜짝거렸다. 그러더니 몸을 쓱 움직여 헤이시로의 귓가에 얼굴을 바짝 댄다.

"소인이 알기로는 핫초보리에서 이번 사건을 예의 주시하는 나리는 거의 없는 모양입니다."

"그렇게 요란한 살인 사건인데?"

"망자가 어디서 굴러온 사람인지 모르니까요."

매정한 말을 참으로 매끄럽게도 한다.

"하다못해 돈푼깨나 있는 상인도 아니고, 착실한 장인도 아니잖습니까."

"흠." 헤이시로도 고개를 끄덕이지 않을 수 없다.

"아예 부랑자들끼리 다투다 죽은 게 아니겠는가 하고 단정 지어 말하는 분도 계십니다요."

"그렇다면 무기가 달라야지. 그자는 제대로 된 칼에 맞았어."

"요즘은 무사 나리들만 칼을 쓰는 것도 아니지 않습니까. 개탄스러운 일이기는 합니다만."

분명 상인의 자식이 도장에서 검술을 익히는 것도 벌써 오래전부터 드문 일이 아니게 되었다. 다만 아사지로의 말이 의미하는 바는 조금 달랐다. 칼이 무사의 혼으로서 각별하게 대접받던 시대는 벌써 지나가 버렸다는 말이다.

"부랑자라." 손으로 턱을 쓸면서 헤이시로는 중얼거렸다. "방탕하게 살다가 끼니를 잇기도 힘들어진 한량의 말로일까."

아사지로는 다소곳이 허리를 구부린 채 고개를 주억거렸다. 마사고로의 아내 오콘도 태가 나는 여인이라 고개를 살짝 숙이기라도 하면 제법 색을 풍기지만, 이자한테는 못 당한다.

"일단 소인은 일하는 곳마다 그 일을 화제로 삼고 있습니다. 미나미쓰지바시 다리맡에서 있었다는 쓰지기리 말입니다, 듣고 보니 정말 무섭더군요, 하면서요. 그러다 무언가 특별한 얘기라도 주워듣게 되면 나리께 냉큼 전해 올리겠습니다."

그래, 부탁하네, 하고 헤이시로가 말하자 아사지로는 꽃이 활짝 피듯이 웃었다.

"근데요, 나리. 딱 한 번 뵈었는데도 소인, 잊을 수가 없습니다요. 얼굴이 귀엽게 생기신 조카분은 안녕히 계신지요?"

유미노스케를 말하는 것이다. 아사지로는 유미노스케의 미모를 보고는, 소년이 이즈쓰 가에 양자로 들어오면 부디 자기한테 상투를 맡겨 달라며 뜨거운 한숨을 내쉬었던 적이 있다.

지금도 뜨겁다. 안 그래도 더운데 아사지로의 숨이 후끈하다. 헤이시로는 한 발 물러났다.

"잘 지내. 키도 훌쩍 크고."

"어마나, 좋아라!"

뭐가 좋다는 말인지.

"모쪼록 잘 전해 주십시오. 소인은 그 뒤로 도련님 꿈을 자주 꾸고 있습니다요."

헤이시로가 물러선 만큼 나긋나긋 다가서서는 속삭였다.

"오늘 아침에는 마님도 함께 계셔서 이런 말씀, 드리지 못했습니다."

아유, 부끄러워, 죄송해요, 하고 잔달음질로 가 버렸다. 헤이시로는 손등으로 이마의 땀을 훔쳤다.

아내는 유미노스케의 미모가 자칫 제 인생뿐만 아니라 남의 인생까지 망칠 수 있다면서 걱정한다. 아무리 그래도 그건 지나친 걱정이라고 웃어넘기곤 했지만, 지금 여기에 꿈을 꿀 정도로 유미노스케에게 홀딱 반한 사내가 적어도 한 놈은 있다는 사실을 알게 되었다. 더구나 자주 꾼다고 했겠다.

아사지로의 꿈에 나타난 유미노스케는 대체 무얼 하고 있었을까. 공연한 생각을 하자니 또 땀이 솟는다. 사체 형상의 저주보다 이쪽이 더 무섭지 않은가.

이렇게 망연히 넋을 놓고 있는 이즈쓰 헤이시로였다.

2

미나미쓰지바시 다리맡의 사체 형상은 곧 자취를 감췄다.

오토쿠들의 결사적인 표정을 지켜본 사람이라면 씻김 염불이 효험을 봤다고 말해 주고 싶겠지만, 실은 그 이틀 뒤에 쏟아진 호우 덕분이었다. 한여름이면 에도 시중에는 거의 매일 저녁마다 소나기가 지나가는데 올여름은 어찌 된 일인지 소나기도 뜸해서, 다리맡에 그 사체가 쓰러져 있기 전에는 벌써 열흘 남짓 비 한 방울 내리지 않았다. 땅이 바짝 메말랐다. 피와 진물이 스며들어 딱딱하게 굳어 버린 까닭도 아마 그런 날씨 탓이었으리라.

비는 소나기 정도가 아니라 오전부터 시작해 일 각(두 시간) 이상 퍼부었다. 종종 가늘어지나 싶다가도 이내 장대비로 돌아가곤 했다. 처음 내리기 시작할 때는 땅바닥이고 지붕이고 담장 위고 할 것 없이 굵은 빗방울이 떨어질 때마다 뽀얀 먼지가 일어났지만, 마침내 먼지 대신 물보라가 튀게 되었다. 뒷골목에는 여울 같은 소리를 내며 내가 흐르고 도랑이 넘쳤다. 구정물이 아이들 복사뼈를 넘는가 싶더니 이내 발목까지 잠겼다.

길에는 인기척이 사라졌다. 그 대신 처마라는 처마마다 차양이라는 차양마다, 비긋는 사람들이 뛰어들어 좁은 자리에 까치발을 하다시피 하고 나란히 서 있다. 메밀국숫집이나 선술집, 밥집마다 손님들이 넘쳐 난다. 봇짐장수나 멜대를 멘 행상들은 빈틈없이 들어찬 사람들의 눈치를 보느라 소중한 물건만 차양 밑에 디밀어 놓은 채, 저는 한데 나가 비에 흠뻑 젖고 있다.

오캇피키 마사고로는 아사쿠사 이마도초의 한 모퉁이에서 굵은 비를 만났다. 이 동네 작은 요릿집에, 미나미쓰지바시 다리맡에서 살해된 남자와 관련됐을지도 모르는 사연이 있다는 이야기를 듣고 일삼아 찾아왔던 것이다.

하지만 헛수고였다. 반년쯤 전에 여기서 허드렛일을 거들던 서른 살도 넘은 남자가 폐병을 앓는 듯해서 하는 수 없이 해고했는데, 앙심을 품은 남자가 주인 부부를 위협하는 말을 늘어놓고 자취를 감추었다고 한다. 그 사건의 신고서를 보고 마사고로는 미나미쓰지바시 다리맡에서 죽은 자의 병자 같은 수척한 모습과 부합한다고 생각했지만, 인상서를 본 주인 내외는 얼굴이 전혀 다르다고 일축했다.

"그 뒤로 소식을 알 수 없어 우리도 근심하고 있습니다."

악업을 쌓은 것 같아서요, 라고 부부는 말했지만 미안해한다기보다는 보복을 당할까 두려워하는 기색이다. 그 남자가 아니라는 것을 확인한 마사고로가 자리를 뜨려고 하자 내외는 그를 붙들어 앉히고, 원한을 풀 방법이 없어 무섭다는 둥 손님에게 피해가 가면 곤란하지 않느냐는 둥 상담인지 하소연인지 알 수 없는 말들을 주저리주저리 늘어놓았다. 가게 안쪽 방에서 이야기하면서 장지로 비쳐드는 빛이 갑자기 어두워지고 바람이 습기를 머금기 시작한 것은 느끼고 있었다. 하지만 이윽고 그 집을 나서면서 하늘을 올려다본 마사고로는 아뿔싸 하고 속으로 중얼거렸다. 서녘 하늘에서 비를 품은 먹장구름이 벌써 머리 바로 위까지 몰려와 뭉글뭉글했다. 곧 쏟아지겠다 싶어 뛰기 시작하는 순간, 첫 빗방울 하나가 이마를 때렸다. 그러더니 이내 장대비가 시작되었다.

논밭 한복판이 아니라 길가에 있던 것이 그나마 다행이었다. 오카와바시 다리를 눈앞에 두고 하나카와도초의 나무통 도매상 점포로 뛰어 들어가 한숨을 돌렸다.

다마이야라는 가게다. 마사고로 말고도 비를 긋는 이들이 많았다. 가게에서는 앞치마를 두른 점원들이 바지런히 움직여 친절하게 수건을 빌려 줬고 발이 젖어 쩔쩔매는 여인에게는 앉아서 쉬라며 적당한 나무통을 내주기도 했다.

그러다가 나이가 지긋한 점원 하나가 수건으로 빗물을 훔치는 마사고로의 허리춤에서 삐죽이 나온 짓테에도 시대 포리가 소지하던 짧은 쇠막대로, 흔히 경찰 권력의 상징물이었다를 본 모양이다. 그는 허리를 굽히고 다가와, 잠깐 안으로 드시라고 귀띔을 했다. 비긋는 다른 자들을 의식해서 마사고로도 목소리를 낮춰, "나는 혼조 후카가와에서 공무를 돕는 마사고로라고 하네만" 하고 신분을 밝히며 완곡하게 사양했다.

"지나가는 비니까 금방 그치겠지. 처마 밑에서 잠깐만 신세 지면 되네."

"아닙니다, 어느 동네 분이든 행수님을 처마 밑에 세워 둘 수는 없습죠."

쪽 염색을 한 긴 앞치마에 양손을 꼭꼭 문지르면서 늙은 점원이 계속 권한다. 마사고로는 조금 곤혹스러웠다.

오캇피키 중에는 종종, 남의 집 처마 밑에서 비그을 때조차도 슬쩍 짓테를 내보여 대접을 받으려는 작자가 있다. 그러니 상대방도 공연히 신경을 쓰지 않을 수 없는 것이다. 그런 자들과 한 묶음으로 비치기는 싫지만, 마냥 거절하기만 해서는 도리어 상대방을 곤란하게 할 뿐이다.

그렇게 주저하고 있는데 늙은 점원이 다시 목소리를 낮춰 말했다.
"저희 안주인께서 인사를 드리고 싶다고 하십니다. 실은 안주인이 행수님을 어디서 뵌 적이 있는 듯한데, 어쩌면 예전에 신세를 졌던 분이 아닌가 하십니다만."

오호? 하고 생각했다. 마사고로는 하나카와도초 근방에 있는 가게를 도와준 기억이 전혀 없다. 다만 여자는 시집을 가게 마련이니 예전에 신세를 졌다면 이곳 안주인이 여기로 시집오기 전의 이야기인지도 모른다.

마사고로는 머리를 까딱하며, 정 그러시면, 하고 안으로 들어갔다. 갑작스런 비로 공기가 눅눅해진 탓인지 높이 쌓아 둔 나무통에서 간장 냄새가 진하게 풍긴다.

하녀가 나와 발을 물로 씻겨 주었다. 진흙투성이 발이 깨끗해지자 기분도 개운해진다. 늙은 점원을 따라 계산대 옆을 지나 반질반질하게 닦인 복도를 걸어가는 동안, 아주 잠깐이기는 했으나 마사고로는 머리를 급하게 굴려 이제 곧 대면할 안주인에 어울릴 만한 여인의 얼굴이나, 그런 여인과 관련된 사건들을 되짚어 보았다.

그 기억들은 전부 빗나갔다.

다마이야의 안주인입니다, 하며 손가락 세 개를 짚고 절을 하는 여인은 서른을 살짝 넘겼을까. 가만히 얼굴을 드는 것을 보니 하얀 피부에 미모가 상당하다. 까만 눈동자가 유난히 커 보이는 또렷한 눈매로 마사고로를 지그시 바라본다. 그러더니 입가에 웃음을 지었다.

"아아, 역시 제 기억이 맞았군요."

하지만 마사고로는 통 기억이 없다. 어디서 만난 여자지?

기모노의 색조는 차분했지만 그것이 오히려 여인의 하얀 피부를 돋보이게 한다. 마루마게_흔히 유부녀가 하던 머리 모양의 하나로, 뒤통수 쪽이 평평해지도록 머리를 올린다_를 앙증맞게 틀어 올리고, 수국 꽃잎처럼 연푸른색에서 보라색으로 색깔이 번지듯이 변해 가는 댕기를 매고 있었다.

마사고로의 당혹을 눈치챘는지 안주인은 더 환하게 웃으며 다시 한 번 공손히 절했다.

"마사고로 행수님이시죠?"

"음, 마사고로가 맞소만."

"모시치 행수님은 여전히 건강하신지요?"

마사고로는 내심 미간을 찡그렸다. 대행수 모시치는 정신이야 지금도 정정하지만 육신은 역시 노쇠했다. 가끔 치료를 위해 온천에 가는 것 말고는 대부분 혼조 모토마치의 자택을 떠나지 않는다. 그도 그럴 것이 이미 미수를 넘겼다.

모시치가 '에코인 행수님'이라 불리며 뭇 사람들의 호감과 신뢰를 받던 시절은 벌써 이십 년이나 지난 이야기다. 당시라면 이 여인도 잘해야 열 살이나 되었을까.

기억해 내야 할 것은 여인이 얽힌 사건이 아니라 어린 계집아이였나.

"제 얼굴을 잊으셨군요? 하긴 그럴 만도 하죠."

안주인이 먼저 이야기를 꺼냈다.

"사는 형편이 달라져서 저도 많이 변했습니다. 여자의 외모는 머리 모양이나 옷에 따라 크게 달라지니까요. 그래도 제 이름은 기억하시지 않을까 싶습니다만."

제대로 된 인사가 이렇게 늦어서 죄송합니다, 하고 정중하게 사죄하더니, "오키에입니다"라고 제 이름을 밝힌다.

마사고로는 저도 모르게 어, 하는 소리를 내고 말았다.

그 이름이라면 잊을 리가 없다. 마음 한구석에 늘 자리 잡고 있었다.

하지만 그 오키에는 이렇게 아리따운 여인이 아니었고, 이렇게 젊을 리도 없다. 아니, 젊지는 않나? 여인이 솔직하게 밝힌 대로 화장과 옷 때문에 젊어 보일 뿐인가?

그렇다면―눈앞의 오키에는 역시 그 오키에인가?

"벌써 구 년 전인가요? 가네조 때문에 그때는 행수님께 큰 폐를 끼쳤죠."

바로 그랬다. 가네조는 당시 오키에의 남편 이름이다. 솜씨 좋은 창호 목수였는데, 주사가 심해서 끝내 사람을 죽이고 말았다. 그는 덴마초 감옥에서 죽고 오키에와 다섯 자식만 남았다.

"그쪽이 정말…… 오키에가 맞나?"

아직 믿기지 않아, 마사고로는 마음속 파문을 진정시키기 위해 느릿하게 물었다.

"예. 정말 오랜만에 뵙습니다."

안주인 얼굴에 웃음꽃이 피어난다. 활짝 웃자 입가와 눈가에 떠오르는 잔주름이 여인의 실제 연령을 말해 주었다.

구 년 전 그 사건이 일어났을 때 오키에는 이미 서른네다섯이었다. 그렇다면 지금은 마흔을 한참 전에 지났을 터이다. 젊어 보이는 정도가 아니라 아예 회춘을 해 버린 것이다.

"정말 놀랍군."

입에서는 그 말밖에 나오지 않았다. 마사고로는 비를 훔쳐 축축해진 수건을 품에서 끄집어내 다시 얼굴을 닦지 않을 수 없었다.

"여자는 도깨비라고 하잖아요?"

교태를 부리듯 입가를 날렵하게 올리며 오키에가 말했다. 장지 밖에서 목소리가 들리더니 아까 그 하녀가 쟁반을 들고 나타났다. 하녀가 들어와도 오키에의 표정은 변하지 않았다. 오히려 마사고로가 어색해졌다.

하녀가 나가자 그제야 마사고로가 물었다. "그러면 그쪽은 재혼을 한 건가?"

"예. 재혼한 지 삼 년이 됩니다."

여인이 전혀 주눅 든 기색도 없이 대답하자 마사고로는 깊은 혼란에 빠지고 말았다. 제일 먼저 물어야 할 말이 있지만, 그 질문이 차마 입 밖으로 나오질 않는다. 여전히 중대한 착각에 빠져 있는 듯한 기분을 떨칠 수 없다.

무엇보다 우선 이 고운 중년 여성이 오키에라면, 여인이 먼저 마사고로에게 물어야 할 터였다. 분명히 묻고 싶은 것이 있을 텐데.

산타로는 잘 있느냐고.

다섯 살에 헤어져 지금은 열네 살이 된 오키에의 아들이다. 다섯 자식 중에 셋째. 그래서 산타로三太郎라고 이름을 지었다.

짱구라는 애칭으로 친숙한 마사고로의 어린 수하다. 오키에는 그의 생모인 것이다.

가네조가 감옥에서 죽었을 때 오키에는 눈물로 호소했다. 제가 비록 홀몸이지만 아이들은 훌륭하게 키우겠습니다. 하지만 산타로만은 감당할 수 없습니다. 행수님께 폐를 끼치는 것은 죄스럽지만, 모쪼록 산타로에게 좋은 양부모나 머슴 자리를 알아봐 주십시오.

다섯 형제 중에 왜 그 아이만 버리려 하는가. 어째서 감당할 수 없다고 하는가.

산타로는 머리가 아둔하기 때문이라고 했다. 앞으로 닥칠 힘겨운 생활은 형제자매가 서로 도와야 버텨낼 수 있을 텐데, 산타로가 있으면 모두 발목을 잡힐 것이다.

말하자면 모자란 자식 산타로를 포기하겠다는 뜻이다.

구 년 전이라면 모시치는 벌써 자기 구역을 마사고로에게 넘겨주고 은퇴 생활을 하고 있을 때다. 그런데도 오키에가 모시치를 기억하고 있던 까닭은 산타로 하나만 버리겠다는 그녀의 결심에 모시치가 크게 노여워하며 훈계했기 때문이다. 대행수가 엄중한 목소리로 한참 꾸짖고 설득했지만, 오키에는 결심을 굽히지 않았다. 완강하게 버티며 산타로가 있으면 모두가 힘들다는 말을 거두려 하지 않았다.

물론 모시치도 받아들이지 않았다. 에코인 대행수는 료고쿠바시 근방을 혼자 다스렸을 만큼 강인한 사람이었다. 먼저 손을 들어 버린 쪽은 곁에서 듣고 있던 마사고로다. 보다 못해 끼어들었다. 아무래도 안 되겠습니다, 대행수님. 산타로는 저희 내외가 거두겠습니다. 그렇게 결정 난 것으로 해 주십시오.

나중에 안 일이지만, 복도에서 이 대화를 듣던 마사고로의 아내 오콘은 그보다 앞서 애가 끓어 눈물을 흘리고 있었다. 참다못해 문을 열고 뛰어 들어가, "그만하세요! 그렇게 산타로가 싫다면 제가 키우겠어요!" 하고 소리치며 오키에의 따귀를 치고 싶어 몸이 움찔거린 것이 한두 번이 아니었다고 한다.

또 한 가지, 마사고로와 오콘이 나중에 알게 된 사정이 있다. 그 대화로부터 이틀 뒤 오키에가 산타로의 손을 끌고 혼조 모토마치에 왔을 때였다.

오키에는 마중 나온 오콘에게 허리를 깊이 꺾으며 말했다.

"산타로에게는 앞으로 오캇피키 행수님 댁에서 착실하게 일을 배우면 장차 행수님 수하가 될 수 있을지도 모르니 말씀 잘 듣고 지내라고 말해 두었습니다."

이때부터 이미 앞짱구 머리가 눈에 띄던 산타로는 어머니를 따라 하듯이 그 커다란 머리를 꾸뻑 숙였다. 오콘은 눈물이 나오려는 것을 애써 참았다.

"점심은 먹었니, 산타로? 메밀국수라도 괜찮겠어?"

산타로를 안으로 데려다 놓고 얼른 밖으로 나와 보니 오키에는 넋 나간 얼굴로 앉아 있었다.

막상 상황이 닥치자 오키에가 마음을 고쳐먹지는 않았나 하는 기대감에 오콘은 숨을 죽이고 기다렸다. 하지만 오키에는 초점 없는 눈길로 허공을 허우적대고 있을 뿐이었다.

"저 아이는 이제 우리가 맡겠어요."

오콘은 오키에의 얼굴을 똑바로 쳐다보았다. 두세 간한 간은 약 1.8미터 떨어진 거리였지만 비수가 꽂히는 듯한 날카로운 눈길이었을 텐데도 오키에는 아무것도 느끼지 못하는 모양이었다.

"그러니까 마지막으로 솔직히 말해 봐요. 다섯 아이 중에 저 아이만 버리고 가는 이유가 뭐죠? 머리가 아둔하다는 건 그냥 핑계일 테고."

산타로의 부모와 형제자매의 얼굴을 아는 오콘에게는 이미 짚이는 구석이 있었다.

산타로만이 가족 누구와도 닮지 않았다.

그래도 오키에가 입을 꾹 다물고 있자 작정하고 추궁했다.

"산타로만 씨가 다른 거 아녜요? 아니면 당신 배에서 나온 아이가 아니거나."

오키에는 문득 물에서 빠져나온 개처럼 몸을 부르르 떨고는 오콘을 보았다. 흐릿한 눈빛 그대로 혼잣말처럼 중얼거렸다.

"—내 아들이에요."

그러더니, 하지만 나는 어리석은 년이에요, 하고 내처 말했다. 뭐가 어떻게 어리석다는 말인지 물으려는 오콘을 피해 오키에는 천천히 일어서서, 죄송합니다, 하고 일방적인 인사를 남긴 뒤 사라져 버렸다.

그것으로 끝이었다. 두 번 다시 나타나지 않았다.

어리석다는 말은 오콘의 짐작이 맞는다는 뜻일까? 아니면, 부부가 낳은 자식들 가운데 산타로만이 마음에 들지 않는다, 해서 고생해 가며 키울 수는 없다고 작정한 그 마음이 어리석다는 것일까?

자연스럽게 생각하자면 전자이리라. 하지만 오콘은 지금까지도 판단을 내리지 못하는 모양이었다. 그렇다면 그렇게 수수께끼 같은 말이 아니라 좀 더 분명하게 대답해도 좋았을 텐데. '하지만' 어리석다는 표현이 마음에 걸렸다. 어차피 산타로를 버린다는 결심이 변할 수 없다면, 이유가 없는 쪽이 더 이상하지 않아요—?

마사고로는 이제 그 일은 신경 쓰지 말라고 했다. 산타로가 누구 핏줄이든 이제는 아무 관계도 없다. 내내 그런 마음으로 산타로를 키워 왔다.

오키에를 떠올린 적도 없다.

그런데 지금 이렇게 맞닥뜨리다니.

마사고로는 눈을 크게 뜨고 앞에 있는 여인을 찬찬히 뜯어보았다. 가네조의 처였을 당시의 흔적은 조금도 남아 있지 않았다. 거무죽죽하게 부은 웃음기 없는 얼굴, 동작도 느릿하고 말할 때는 늘 상대방의 눈을 피하려는 듯이 고개를 숙이던 궁핍한 인상의 여인은 사라지고 없다.

오키에는 다시 태어난 듯했다.

"이 가게 주인은?"

마사고로는 겨우 목소리를 되찾아 물었다.

"다마이야의 주인은 센조라는 사람이에요. 다음에 만나면 잘 부탁드려요, 마사고로 행수님."

안주인다운 당당한 풍격을 보이며 오키에는 대답했다.

"공교롭게도 오늘 모임이 있어 출타중입니다. 이 비를 맞고 있지나 않은지 모르겠네요."

창밖으로 잠깐 얼굴을 돌리고 그칠 줄 모르는 비를 힐끔 쳐다보더니, 한여름이라도 노인 몸에는 냉기가 해로우니까요, 라고 덧붙인다. 나이 차가 많이 나는 남편이라는 사실을 넌지시 비친 것이다.
"저는 센조의 세 번째 처입니다. 처복이 없는 사람이죠. 그래도 덕분에 맨 나중에 들어온 제가 편하게 지내고 있어요."
조금 전부터 '저'라고 말할 때의 음색이 변했다. 교태도 짙어졌다.
"좋은 인연을 만났군."
마사고로 나름대로는 슬쩍 냉소를 담아서 말했다. 하지만 오키에는 더욱 스스럼없는 모습으로 반색했다.
"보시는 대로 나이도 들 만큼 들었지만 아직은 쓸 만한 데가 있나 봐요."
젊어지고 예뻐졌음을 자랑하고 있다.
"실례인지는 모르지만, 예전 일도 있고 하니 물어보지 않을 수도 없군. 자식들은 다 잘 있나?"
오키에의 눈초리에 얼핏 차가운 빛이 떠오르다 사라졌다.
"아이, 행수님도. 그런 걱정은 하지 않으셔도 돼요. 당연히 물어보셔야죠. 네, 아이들은 모두 잘 있습니다. 다들 잘 자라서 제 몫을 하고 삽니다."
"그럼 이 집에 같이?"
"아뇨, 아무리 그래도 그건 좀."
오키에는 우아한 몸짓으로 손을 내둘러 마사고로의 물음을 쳐내는 듯한 몸짓을 했다. 얼굴은 아직 웃고 있다.
"점원으로 들어가거나 양자로 들어갔어요. 다들 저처럼 편안하게 살고 있습니다."
그것도 센조가 힘을 써 준 덕분이라고 자랑스럽게 말했다.

"잘됐군."

그렇게밖에 말할 도리가 없었다.

"여기 남편의 자식은?"

"아이, 이제 그 나이에 아기를 낳기는 힘들죠, 행수님."

오키에가 웃는 얼굴로 몸을 꼬면서 말하는 모습을 마사고로는 웃지도 않고 쳐다보았다.

"전처 소생도 없었나?"

"병약한 여자들이었나 봐요, 두 사람 모두. 하지만 대를 잇지 못할까 걱정할 필요는 없습니다. 제 막내딸을 기억하시나요, 행수님?"

가네조가 감옥에서 죽었을 때 막내는 젖먹이였다. 딸이었던 모양이다.

"오스에라고 합니다. 이제 열 살이에요. 지금은 다마이야 친척 집에서 맡고 있는데, 남편은 조만간 그 아이를 불러들여 적당한 나이가 되면 데릴사위를 들여서 가게를 물려주기로 했습니다."

그때는 오스에라는 이름도 바꿔 줄 거라고 오키에는 말했다 스에는 '막내'라는 뜻. 눈이 반짝반짝 빛난다.

"그 또한 반가운 얘기로군. 그런데 집안을 물려줄 딸이라면 자네가 곁에 두고 키우는 편이 낫지 않은가?"

오키에는 고개를 살짝 숙인 채 치뜬 눈으로 마사고로를 보았다. 그 시선이 혀를 날름거리는 뱀 같은 인상을 풍긴다.

"아직 어린아이라서 집 안에 두면 아무래도 번거롭겠지요. 남편이 한동안은 부부끼리만 단출하게 지내고 싶다고 해서요."

"그런가. 나라면 그렇게 어린 계집아이가 들어온다면 딸하고 손녀가 동시에 생긴 듯해 오죽 좋을까 싶은데."

"그야 뭐, 제가 있으니까요."

새침한 표정으로 말한다.

"남편한테는 제가 딸 같은걸요."

"남편의 연세가 어떻게 되시나?"

"일흔입니다."

아까 하늘을 올려다보았을 때 뭉글뭉글 밀려오는 먹장구름을 보았다. 그와 똑같은 광경이 지금 그의 마음속에서 번져 가고 있다. 그 먹장구름이 품고 있는 것은 지나가는 비가 아니라 반감과 혐오다. 그것은 오키에의 뻔뻔한 태도에 기가 막힌 마사고로를 발끈하게 만들었다.

"산타로는 걱정되지 않던가?"

말투만은 온화하게 그리 물었다. 마사고로의 눈은 오키에를 쏘아보고 있었다.

오키에도 한순간 움찔하는 기미였다. 하지만 그 말을 기다리고 있었다는 듯이 호들갑스럽게 아양 떠는 시늉을 했다. 한 손을 앞섶에 대고 말한다.

"아아, 행수님이 언제 그 말씀을 꺼내시나 애태우고 있었잖아요."

"그렇다면 미안하군. 내가 먼저 꺼내기가 뭣해서 그랬네."

"어떻게 지내고 있나요, 그 아이는?"

자못 걱정하는 투다. 뱀의 혀가 다시 마사고로를 향해 날름거린다.

물으면 순순히 가르쳐 줄 작정이었다. 하지만 오키에의 그런 모습에 순간 마음이 바뀌었다.

"그 아이도 인연 닿는 데가 있어서 양자로 갔네. 우리 집에는 잠깐 있었을 뿐이야."

여기 에도에는 없어—하고 덧붙이자 오키에의 얼굴에 노골적으로 안도하는 기색이 떠올랐다. 마사고로는 내심 의아했다. 무엇에 안도하는 걸까. 산타로가 양자로 간 것에? 아니면 에도에 없다는 것에?

"그럼 행수님도 그 아이 소식은 모르시나요?"

"건강하게 지낸다는 것은 알지만 왕래는 없어. 꽤 먼 곳이라."

그런가요, 하며 오키에는 다시 가슴을 쓸어내리는 표정이 되었다. 마사고로는 한동안 숨을 고를 시간을 두고 기다렸지만 오키에에게, 왜 그렇게 먼 데로 입양되었나, 그 집은 어떤 곳인가, 하고 내처 물으려는 기미는 없어 보였다.

이제 그만두자. 부아가 치밀어 더는 참지 못하겠다. 비는 그칠 기미가 없지만 다행히 조금 전처럼 굵은 빗줄기는 아니다. 오키에에게 인사를 건네고 마사고로는 자리에서 일어섰다.

오키에는 붙잡지 않았다. "근처 요릿집에 하녀를 보내 놓았습니다. 변변치는 못하지만 점심이나 드시고 가시지요."

"천만에. 잠시 비긋게 해 주는 것만도 감지덕지."

오키에는 배웅 나오지 않았다. 마사고로는 가게 문까지 혼자 나왔다. 누가 보고 있지 않아도 언짢은 무언가를 피해 도망치는 듯한 걸음이 되는 게 못마땅해 애써 천천히 걸어 나왔다.

안내를 해 준 늙은 점원한테 인사나 하고 가려고 하자, 점원이 우산을 쓰고 가라고 권했다. 마사고로는 그걸 마다하고 밖으로 나섰다. 다마이야에서 조금 멀어지자 그동안 눌러 두었던 것들이 한꺼번에 치밀어 올라 목구멍 밖으로 터져 나오려고 했다. 그것은 놀라움과 분노와 의문이었고, 또 그것들을 압도할 만큼 강력한, 산타로에 대한 연민이었다.

하지만 짱구를 불쌍하게 여길 필요는 없다. 마사고로는 마음을 가다듬었다. 짱구는 지금 행복하다. 마사고로 내외가 안겨 준 행복이 아니라 그 아이가 스스로 붙잡은 행복이다. 그렇기에 높이 평가해 줄 만한 가치 있는 것이다.

생각해 보면 바로 작년 이맘때였다. 짱구가 갑자기 식음을 전폐하고 침울한 얼굴로 뭔가를 고민하던 시기가 있었다. 마사고로는 짝사랑이라도 하나 보다 짐작했고, 오콘은 생모를 그리워하는 게 아닌가 걱정했다. 식음을 전폐한 탓에 바짝 여위더니 마침내 눈이 뒤집히는 지경에 이르러 마치 의원 고안 선생에게 진료를 부탁했다.

결과적으로 마사고로와 오콘의 걱정은 다 쓸데없는 일이었다. 짱구의 고민은 전혀 달랐고, 아이는 그 고민을 스스로 극복했다. 이즈쓰 헤이시로에게 조금 도움을 받기도 했지만, 그 아이는 자신의 눈을 흐리게 하던 것을 제 힘으로 걷어냈다. 그 뒤로 아이가 조금 어른스러워진 듯하다고 마사고로는 느끼고 있다.

그것이 조금은 섭섭했을 정도로 마사고로의 내부에도 '아버지'의 마음이 자라 있었다. 새삼스레 그걸 깨닫고 스스로도 겸연쩍어했다.

마사고로는 가랑비 속에서 손차양을 하고 자신을 타일렀다. 짱구 인생은 짱구 거다. 그 아이 소식을 모른다고 오키에한테 거짓말한 것을 후회하지 않는다. 나중에 후회할지 모르지만, 그렇다 해도 후회하지 말기로 하자. 오키에는 산타로의 어머니로는 어울리지 않는다. 바로 지금 나 마사고로가 그렇게 결정했다.

스스로에게 타이르는 자기 내부의 목소리에만 몰두해 있었으므로 뒤에서 누가 부르고 있음을 조금 늦게 알아차렸다. 행수님, 행수님, 하며 쫓아오는 자가 있었다.

다마이야의 늙은 점원이다. 접힌 우산을 소중히 품에 안은 채 자신은 비를 맞고 있다.

"음, 무슨 일이지?"

오카와바시 다리맡을 지나고 히로코지_{건물을 타고 화재가 번지는 것을 방지하기 위해 설치한 폭이 넓은 도로}를 빠져나와 다와라마치로 접어들려는 참이었다. 마사고로는 방향도 생각하지 않고 걷고 있었다.

"아, 아까는 실례가 많았습니다."

늙은 점원이 숨을 가쁘게 쉬며 고개를 숙인다. 한참을 달려온 모양이다.

"이거 미안하게 됐군. 우산은 필요 없다고 했는데."

점원의 어깨를 감싸 안듯이 해서 바로 앞에 보이는 처마 밑으로 들어갔다. 빗줄기가 가늘어져서 비긋는 사람도 많지 않았다. 그 자리에는 마사고로와 점원밖에 없다.

"소, 소인은 지배인으로 일하는 제, 젠키치라고 합니다."

여전히 숨을 헐떡거리며 지배인은 공손하게 제 이름을 밝혔다.

"행수님께, 꼭 전해 드리고, 싶은 말이, 있어서요."

마사고로는 젠키치의 등을 쓸어 주었다. 노인은 심호흡을 하고 나서 손으로 얼굴을 쓸었다. 보기에는 마사고로의 절반 정도밖에 안 돼 보일 만큼 뼈대가 가늘고 체구가 작은 노인이지만 팔뚝이나 어깨에는 근육이 제법 붙어 있다. 성실한 일꾼이 분명하다.

"행수님은 역시 저희 안주인과 아는 사이셨습니까?"

"음, 예전에 조금 인연이 있었지."

젠키치는 새치 섞인 긴 눈썹을 움찔거리며 미간을 모았다. 숨이 찬 탓은 아니다.

"안주인이—아니, 오키에 님이 예전에 행수님께 무슨 신세 진 일이라도 있었는지요?"

심호흡을 한 번 하고 나서 말을 잇는다. "이 늙은이가 주인의 젊은 후처의 허물을 캐서 주인한테 고자질할 만큼 옹졸한 놈은 아닙니다. 그 사람이 다마이야에 오기 전에는 편안하게 살지 않았을 터임은 저도 잘 압니다. 하지만 공무를 보는 행수님께 예전에 폐를 끼친 적이 있다면 이야기는 또 달라집니다."

안주인이라 하지 않고 이름으로 말했다가 다시 '그 사람'으로 바꾸었다. 그것만 봐도 젠키치가 오키에를 어떻게 보고 있는지 짐작이 갔다.

"당신네 안주인이 무슨 짓을 저질렀던 건 아니야. 그저 나랑 아는 사이일 뿐이지."

그렇지 않고서야 오키에가 먼저 마사고로를 알아보고 만나자고 할 리가 없었다. 그 점을 지적해 주자 젠키치도 조금은 안도한 듯했지만, 작고 진지해 보이는 눈에서는 고집스러운 기미가 사라지지 않는다.

"그렇습니까. 제가 성급하게 오해를 했습니다."

"아니, 나이 차가 많이 나는 후처를 맞았으니 주인이야 행복하겠지만 점원들로서는 마음고생도 있겠지. 가게 지배인으로서는 당연한 걱정이야. 마음 쓸 거 없네."

"감사합니다."

젠키치는 허리를 꺾어 절을 했다. 표정은 풀어지지 않았다. 아직 무슨 할 말이 있는 모양이라고 생각해, 마사고로도 귀를 기울인 자세로 있었다.

하지만 그 뒤에 나온 젠키치의 말은 마사고로가 전혀 예상도 못한 것이었다.

"어차피 그분은 그리 오래 다마이야의 안주인으로 있지는 않을 겁니다."

내친김에 말하는 투가 아니다. 정해진 일을 담담히 설명했다는 표정이다.

"응? 무슨 말이지?"

마사고로는 그렇게밖에 물을 수 없었다. 젠키치는 목에 용수철이 달린 종이 세공 인형처럼 고개를 바삐 끄덕이고는 이윽고 눈길을 들어 마사고로를 보았다.

"다마이야에서는 종종 있는 일입니다. 저희 주인 센조 님께서는 그런 일을 즐기십니다. 그러니까 오키에 님도 이제 곧 때가 되었습니다."

이번에는 마사고로가 미간을 모을 차례였다.

"즐긴다면, 여색을 밝힌다는 말인가?"

마음에 드는 여자가 나타나면 금방 아내로 삼고 싶어서 이혼과 재혼을 거듭한다는 의미이리라.

"정력이 대단한가 보군. 돈이 있어야 누릴 수 있는 부러운 도락이지만."

나이가 일흔인데 대단한 호색한이다. 특이한 것은 굳이 여자를 정실로 맞아들인다는 점인데, 보통 여자를 자주 갈아 치우는 호색한이라면 첩으로 들이는 데 그치리라.

"다마이야 주인은 첩을 두는 걸 싫어하나?"

조롱하려는 의미도 담아서 마사고로는 웃었다. 젠키치는 웃지 않았다. 웃으려고 했지만 뜻대로 되지 않는 듯이 보였다.

뭔가 마음에 걸린다.

"오키에가 조만간 안주인이 아니게 된다는 말은 이미 다른 여자가 있다는 뜻인가?"

새끼손가락을 세워 보이며 마사고로가 물었다. 그 노골적인 표시에도 젠키치는 웃지 않았다. 쓴웃음도 실소도 없다.

"그럼 자네 주인은 오키에한테 싫증이 났나?"

젠키치는 대답을 하지 않은 채 입을 다물고 있다. 그동안 일을 해오면서 마사고로는 이런 얼굴, 이런 태도를 몇 번인가 대면했다. 하고 싶은 말이 있고 들어 줬으면 하는 말이 있지만, 아마 믿지 않겠지, 하고 저어하는 얼굴. 젠키치 같은 점원일 경우, 섣불리 발설했다가 가게 체면만 깎일지 모른다는 불안도 있을 수 있다. 그런데도 목까지 차오른 뭔가를 품고 있는 것이다.

"지배인 양반, 나라도 괜찮다면 털어놓아도 돼."

마사고로는 진지한 낯으로 돌아와 자그마한 젠키치에 맞춰 허리를 조금 굽혔다.

"이 근방은 내 구역도 아니고 오늘은 정말 지나가는 길에 비를 긋느라 잠깐 신세를 졌을 뿐이야. 아까도 말했지만 오키에하고는 공무로 고약한 인연을 맺은 것도 아니고. 우연히 만나서 내가 깜짝 놀랐지. 행복해 보여서 참 다행이다 생각했네."

그러나 그 행복에는 아무래도 어떤 그늘이 드리워 있는 듯하다. 젠키치는 그늘의 정체를 알고 있고, 자기 가슴에만 담아 두기가 힘겨운 모양이다. 마사고로가 오캇피키임을 알고 급히 쫓아온 까닭은 물론 오키에와의 관계를 묻고 싶었기 때문이었겠지만, 그것을 계기로 젠키치는 본의 아니게 흉중을 드러낼 뻔했다.

그러나 막 드러나려고 한 흉중을 젠키치는 단단히 닫아 버렸다. 그의 얼굴을 코앞에서 들여다보고 있는 마사고로에게는 닫히는 소리까지 들리는 듯했다.

"아닙니다, 방금 말씀드린 게 전부입니다."

주제넘은 짓이긴 합니다만, 하며 젠키치는 문득 정중한 말투로 말했다.

"주인님이 색을 밝히셔서 저는 오키에 님—안주인의 처지를 걱정하고 있었습니다. 행수님이 안주인을 오래전부터 알고 계셨다면 장차 무슨 일이 있을 때 상의드릴 수 있는 분인지도 모르겠다 싶었습니다. 중뿔난 생각이었죠. 이거 정말 나이도 들 만큼 들어서 분별없는 짓을 하고 말았습니다. 정말 죄송합니다."

별로 자연스럽지 못한 말을 서둘러 늘어놓고 젠키치는 마사고로의 손에 우산을 쥐여 주고는 몸을 돌려 뛰어갔다. 아니, 도망치듯 사라졌다.

마사고로는 멍하니 남겨졌다.

전혀 못 알아들을 이야기는 아니다. 일단 조리는 있는 말이다. 하지만 가슴에 남은 자잘한 먼지가 마사고로의 마음을 콕콕 찌르고 있었다.

─백주 대낮에 뭐에 홀린 기분이군.

지나가는 소나기가 요물이라도 몰고 왔나. 아니면 그 먹장구름 속에 고양이 귀신이라도 숨어 있었나.

비가 그친 뒤 다시 가 보면 다마이야라는 나무통 도매상은 자취도 없이 사라졌을지 모른다. 고개를 절레절레 젓고 마사고로는 걸음을 뗐다.

3

이튿날.

아침부터 절절 끓는 더위에 이즈쓰 헤이시로는 맥을 놓고 있었다. 이래 봬도 몇 년 전까지는 푹푹 찌는 여름을 좋아라 했다. 그런데 근자에는 땀을 흘리면 맥이 탁 풀린다. 따가운 햇살이 눈이 아프도록 부시다. 전에는 얇고 성긴 비단이나 견직물을 걸치는 철이 오면 그 가뿐함이 기분 좋고 시원하게 느껴졌지만, 지금은 더울 때 무엇을 걸쳐도 덥다.

나이가 들었어, 하고 절감한다.

"오늘은, 해가 있는 동안에는 오토쿠야에서나 빈둥거려야겠다."

점심 전에 부교쇼를 나서기 무섭게 헤이시로는 그렇게 내뱉었다. 헤이시로의 해석에 따르면 시중 순시관의 소임은 매우 폭넓은 것이라서, 오토쿠야처럼 잘나가는 가게에 앉아 거리를 오가는 사람들이나 찾아드는 손님들을 지켜보는 일도 엄연한 '순시'다. 자기가 돌아다니느냐 시중(의 일부분)이 돌아다니느냐의 차이만 있을 뿐이다.

고헤이지도 눈치가 빨라서, 그렇다면 나중에 모시러 가겠습니다요, 저는 볼일이 몇 가지 있어서요, 하고 말한다.

"하여간 눈치 빠른 주겐이라니까. 한데 생각해 보니 오늘쯤 마사고로네 젊은 수하가 마당을 청소하러 오지 않겠느냐?"

하급 무사촌 핫초보리는 드나드는 오캇피키의 수하들이 집안일을 돕는 것이 관례다. 헤이시로는 부친의 방침에 따라 오캇피키를 멀리하고 있었으므로 이렇게 편리한 혜택을 누리게 된 지는 불과 이 년 정도밖에 안 된다. 그래도 처음에는 사양했으나 마사고로가, 그러시면 저희 젊은 놈들을 가르칠 수 없게 됩니다, 하고 권하는 탓에 받아들이고 말았다.

그렇다고 그때까지 집안일을 혼자 도맡아 하던 고헤이지가 편해졌느냐 하면, 그 반대였다. 그는 찾아오는 젊은 수하들을 부리는 일을 맡아야 했다. 그래서 오늘도 잔뜩 힘이 들어간 것이다.

"그 아이들이 오니까 제가 집을 지키고 있어야죠."

"그렇구나. 그럼 수고해라."

고헤이지가 따라다닌다고 해서 업무를 등한시하는 데 눈치가 보이는 것은 아니다. 하지만 그가 붙어 다니지 않는 편이 한결 속이 편하다. 고헤이지가 붙어 다니면 오토쿠야 사람들이 눈치를 본다. 고헤이지를 어려워해서가 아니고, 그가 허세를 부려서도 아니다. 이 성실한 주겐이 오토쿠야에서도 얌전히 앉아 있지 못하고 무슨 일이든 거들려고 나서기 때문이다. 오토쿠들은 그것을 말리느라 공연히 마음고생을 한다. 하지만 헤이시로가 혼자 뒹굴고 있으면 다들 무심한 얼굴로 제 할 일을 한다. 그를 찾는 것은 간을 봐 달라고 할 때 정도다.

이런 연유로 헤이시로는 머리 위에서 그악스럽게 쨍쨍거리는 해님을 힐끔거리며 즐거운 마음으로 오토쿠야로 향했다. 도착하기 무섭게 냉큼 마루방으로 올라가 하오리를 벗어던지고 벌렁 드러누웠다. 오토쿠가 솥 옆에서 뭐라고 중얼거렸지만, 그것이 알맞은 자장가가 되었다.

"—세요."

오토쿠가 다시 뭐라고 말을 하고 있다. 꿈인가? 오토쿠는 더러 헤이시로의 꿈에 나타나곤 한다.

"에구, 이 나리 좀 봐. 나리! 일어나세욧!"

"아니, 그냥 좀 주무시게 내버려 둬요. 날이 이렇게 푹푹 찌잖아요."

낯선 목소리가 들렸다. 아무렴, 누군지 모르지만 말이 통하는 사람이군, 잠 좀 자게 놔두게, 덧없는 세상, 다리 아프게 돌아다니면 뭐하나—.

"죄송합니다. 너무 볼썽사나워서."

다시 오토쿠의 목소리다. 미안해서 쩔쩔매고 있다. 오토쿠야에 누가 왔기에 저럴까.

"마지마 나리의 선친께서는 이즈쓰 나리의 이런 모습을 아마 모르셨을 거예요. 그러니까 인사하고 지내라고 하셨겠죠. 곧이곧대로 믿으시면 안 됩니다요."

마지마 나리? 마지마?

헤이시로는 벌떡 일어나 앉았다. 그러자 바로 코앞에 그 마지마 신노스케의 젊디젊은 얼굴이 있었다. "아, 일어나셨습니까. 제 목소리가 컸던 모양이군요."

참으로 상큼한 목소리다. 벌렁 드러누워 잠을 자던 헤이시로를 야유하려는 기미는 조금도 없었다. 단정하게 정좌하고 땀도 비치지 않는다.

"오, 마지마 나리신가!"

정말 잘 오셨소! 헤이시로는 깨어났다고 생각했지만, 사실은 아직 덜 깬 상태였다. 이곳이 오토쿠야라는 사실을 잊고 도신촌의 자택에 있는 줄로만 믿고 있다. 손뼉을 쳐서 아내를 부르자, "나리, 나리!" 하고 누가 건드린다. 고개를 돌려 보니 곁에서 언짢아 보이는 표정을 짓고 있는 오토쿠가 있었다.

"여긴 제 가게예요. 여기서 마님을 찾으시니 우리 오몬이라도 보내 불러 드릴까요?"

한바탕 웃음이 쏟아졌다. 당사자 헤이시로가 제일 신나게 웃고, 이어서 마지마 신노스케가 웃고, 오산과 오몬이 웃고, 오토쿠만 부끄러워하고 있다.

"여기가 이즈쓰 나리께서 늘 들르시는 가게라고 아버님께 들었습니다."

 오토쿠가 가져다준 시원한 보리차로 목을 축이고 나서 신노스케가 입을 열었다.

 "그래서 이즈쓰 나리께 인사를 드리려면 이 가게로 오는 편이 낫겠다 싶던 차에 볼일이 있어서 지나가다가 들러 보았습니다. 마침 안에 계시다고 오토쿠 씨가 일러 주셔서."

 "이즈쓰 나리라면 안에서 낮잠을 자고 있으니 들어가 보시라고 말씀드렸어요."

 오토쿠는 퉁한 얼굴로 설명을 보태고 신노스케를 향해 공손히 고개를 숙였다.

 "더불어 저를 부르실 때는 그냥 오토쿠라고만 하셔도 됩니다. 핫초보리 나리께서 씨라고 불러 주시다니, 당치 않습니다."

 "하지만 오토쿠 씨는 이즈쓰 나리의 지혜 보따리잖습니까. 나는 그리 알고 있습니다."

 지혜 보따리! 헤이시로는 웃었고 오토쿠는 펄쩍 뛰며 놀랐다.

 "당치 않아요! 마지마 나리, 그런 풍문을 그냥 믿으시면 안 됩니다. 믿을 게 못 됩니다."

 한바탕 웃느라 숨을 뱉고 마시고 하다 보니 헤이시로도 그제야 정신이 맑아졌다.

 "나도 나리 자는 빼 주게. 그렇다고 이름만 부르기도 허전할 테니 이즈쓰 님이라고 하면 되겠군. 나도 자넬 편하게 부를 테니까."

 실은 그리 멀지 않은 장래에 마지마 신노스케를 말 그대로 '마지마 님'이라고 부를 날이 오리라는 것을 헤이시로는 확신하고 있었

진상 • 65

다. 신노스케 님은 부친을 능가하는 대단한 인물이라고 핫초보리 참새들이 열심히 속닥거리고 있다. 아무리 게으름뱅이에 엉성한 헤이시로라도 그 정도 귀동냥은 하고 산다. 이발사 아사지로한테도 자주 들었다. 무척 영민하다고 합니다요—.

다만 아사지로가 전한 내용은 그것만이 아니었다. 실은 핫초보리 참새들의 수다에도 다른 내용이 있었다. 있었지만 아사지로처럼 분명하게 말하지는 않을 뿐이다.

마지마 신노스케는 약관 스무 살. 훤칠한 장신에다 어깨도 떡 벌어졌다. 헤이시로에 비하면 자태의 차이가 뚜렷하다. 헤이시로가 서 있는 모습을 나태니 빈티니 하는 말로 표현할 수 있다면 신노스케의 그것은 늠름하다나 강건하다 정도가 되리라.

다만, 다시 말하지만 단서가 있다.

오토쿠야에서 일하는 두 점원 중에 오토쿠의 으뜸가는 일꾼 오산은 빈상의 토끼 얼굴에 검은 점이 여기저기 흩어져 있는 아가씨다. 두 번째 일꾼 오몬은 오토쿠가 거두어 줄 때 가타아게_{몸의 성장에 맞춰 옷을 입을 수 있도록 어린아이의 좁은 어깨 폭에 맞춰 옷의 어깨 부분을 집은 것}를 막 풀어낸 참이었고, 그로부터 일 년 가까이 지나서 제법 처녀 태가 나기 시작했지만 종이 세공 인형처럼 미덥지 못함은 유감스럽게도 여전하다. 잘 보면 눈이 크고 애교도 없지는 않지만, 늘 흠칫거리는 모습이 그나마 얼마 안 되는 예쁜 태를 지워 버린다.

그래도 두 아가씨는 한창때다. 다른 아가씨들처럼 젊은 남자한테 관심이 많다. 또 그래야 마땅하다. 세상은 그래야 굴러가니까.

그런데 두 아가씨는 지금 무엇을 하고 있는가. 이쪽을 힐끔 쳐다보는 일도 없이 오산은 채소를 썰고 있고 오몬은 손님을 상대하고 있다.

"어쨌거나 참 좋은 가게로군요. 눈에 보이는 음식이 다 맛나 보입니다."

활달하게 말하는 마지마 신노스케의 상큼한 목소리를 두 아가씨는 깨끗이 무시한다.

대단한 인물 마지마 신노스케한테는 약점이 있다. 사람들은 누구나 그것을 두고 큰 목소리로 '약점'이라고 말하지는 않는다. 오히려 그런 생각은 잘못이라고 말하리라.

겉으로는 말이다.

그러고는 말하겠지. "남자는 외모가 중요하지 않아."

그렇다면 왜 뒤에서 수군거리는가. 이 영민한 인물이 유감스럽게도 세상에 보기 드문 추남이라고 말이다.

이렇게 말하는 헤이시로부터가 견습 도신이 된 그를 처음 보았을 때는 평소 그렇게 좋아하는 감자조림을 떠올렸다. 양념이 잘 배어 간장 색을 띠고 각진 모서리가 둥글둥글하게 무너진 그것 말이다.

얼굴 윤곽이 울퉁불퉁하다. 좌우 귀 높이가 다르다. 내친김에 말하면 눈썹도 그렇다. 젊은 나이에 머리칼이 성긴 것인지 혹은 심하게 가는 것인지, 상투도 쪼그맣고 납작하게 붙어 있다. 그러면서도 면도 자국만은 짙푸르다. 코는 납작하고 입술은 두툼하다.

결정적인 부위는 이른바 옴팡눈이다. 푹 꺼진 눈구멍에 검은자위가 박힌 모습은 둥지 속에 숨어 머리만 빼죽 내밀고 밖을 내다보는 벌레라도 보는 듯하다. 웃으면 쇠 항아리의 아가리를 조이기라도 한 듯 주름이 진다.

사람 얼굴에서 가장 먼저 시선을 끄는 곳은 역시 눈이리라. 헤이시로는 심심풀이 삼아 생각해 본 적이 있다. 저 얼굴에서 다른 부위는 그대로 두고 최소한 눈이라도 제대로 생겼다면 조금은 보기가 낫겠지, 그렇다면 이 얼굴에 어떤 눈을 달아야 여자들의 심미안이라는 엄격한 잣대가 다만 얼마라도 값을 매겨 줄까, 하고 말이다. 참으로 쓸데없는 걱정이다. 더구나 자신의 말상 얼굴은 제쳐 놓고.

하지만 헤이시로도 마냥 장난스럽게 생각하고 있는 것만은 아니다. 마지마 신노스케의 인품은 선량하고 성실하며 두뇌는 명석하다. 그렇기 때문에 더욱 이 얼굴이라는 간판은 하늘의 장난이랄까 천부의 재앙처럼 느껴진다. 아니, 그렇게까지 말하면 지나친지도 모르지만, 여하튼.

―오호통재라.

하고 안타까워하지 않을 수 없는 것이다.

"왜요, 이즈쓰 님?"

상큼한 청년은 상큼한 말투로 헤이시로에게 물었다. 아마 헤이시로가 그의 얼굴을 넋 놓고 쳐다본 모양이다.

"아니, 아직 잠이 덜 깬 모양이네."

머리를 긁적이며 얼버무렸다. 오토쿠는 쟁반을 무릎 위에 세워 둔 채 마루방 입구에 듬직하게 앉아 있다. 이마와 볼이 반들반들 윤이 나서 누가 봐도 건장하고 속이 꽉 찬 성실한 아주머니의 표본이다. 이 오토쿠는 마지마 신노스케의 불행을 어떻게 보고 있을까. 얼굴을 찬찬히 뜯어볼 수 있기는 오늘이 처음이리라. 나중에 물어봐야지,

하고 생각하니 가슴이 설렐 지경이다. 이즈쓰 헤이시로도 마음자리가 고약할 때는 이렇게 고약하다.

"조금 전에 오토쿠 씨한테 원한 맺힌 사람 형상을 위해 씻김 염불을 했다는 이야기를 들었습니다."

"오토쿠라니까요, 오토쿠."

오토쿠가 편하게 부르라고 촉구한다. 신노스케가 쑥스러운 표정을 짓는다. 참으로 순박한 청년이다. 그러나 옴팡눈에 납작코다.

"저도 지나가는 길에 그 형상이 있던 자리를 살펴보았는데, 많이들 놀랐겠습니다."

"날이 건조할 때였으니까. 때가 나빴지."

"저는 저희가 그 남자의 신원을 알아낼 때까지 그 형상은 사라지지 않겠구나 생각했습니다. 원한이 서렸을 테니까요."

신노스케의 눈매가 긴장으로 팽팽해졌다. 그래도 좌우 눈썹의 높이가 제각각인 데는 변함없다. 아니, 더 두드러져 보인다.

"어디 사는 누구인지 하루라도 빨리 알아내야 한다, 그래서 걱정하고 있을 식구들에게 돌려보내야 한다, 하고 자신을 질타하는 채찍으로 삼았습니다만."

"칼에 베여 죽은 원한은 사라지지 않았을 거예요, 마지마 나리." 오토쿠가 격려하듯이 말했다. "그래서일 거예요, 마지마 나리처럼 훌륭한 젊은 무사 나리가 그렇게 생각해 주신 것이 통했을 겁니다. 그러니까 그 형상이 사라지지 않았을까요? 이제는 물러나도 괜찮겠다고 안심하고서."

"기특한 말일세, 오토쿠."

그런데 단서는 없을까? 마사고로도 애를 먹고 있나? 하고 헤이시로가 남의 일처럼 물으려고 할 때 바깥에서 여자의 새된 비명이 들렸다.

꺄아아아아! 그 비명이 한 음절 한 음절 똑똑히 들렸다.

"사람 살려, 사람 살려요!"

헤이시로는 어! 하고 긴장했다. 오토쿠가, 뭐야! 하고 눈을 동그랗게 뜨고 돌아다본다. 오몬이 꺄악! 하며 솥뚜껑을 떨어뜨렸다. 오산은, 아주머니! 하며 이쪽으로 뛰어온다.

이 모든 소리가 채 사라지기도 전에 마지마 신노스케가 자리에서 벌떡 일어섰다. 일어섰구나 싶었을 때는 이미 사라지고 없었다. 다다미 자국이 찍혀 있는 헤이시로의 긴 볼을 한 줄기 바람이 시원하게 쓰다듬는다. 방에서 뛰어나간 신노스케가 일으킨 바람이다.

"나리!" 하고 오토쿠가 헤이시로에게 일갈했다. 그제야 헤이시로도 정신을 차렸다. 옷자락을 떨치며 일어서려는데, 옷자락이 다리에 감겨 비틀거리고 말았다. 아유, 나리도 참! 하며 초조하게 외치고 오토쿠가 먼저 뛰어나갔다. 헤이시로는 뒤를 따르려고 하다가, 그녀와 갈마들듯이 방으로 도망쳐 들어오는 오산과 오몬에게 붙들렸다. 헤이시로는 두 아가씨가 달려드는 기세에 떠밀려 제자리로 돌아왔다가, 파랗게 질려 벌벌 떠는 두 아가씨를 양 소매에 하나씩 매단 모습으로 겨우 오토쿠야 문가까지 걸어 나갔다. 참 힘들게도 나갔다.

밖에서 무슨 일이 벌어지고 있는지 한눈에 알 수 있었다.

길 한복판에서 헤이시로보다 가로로나 세로로나 월등하게 큰 거구의 사내가 왼팔로 젊은 여자를 뒤에서 끌어안아 방패로 삼고 오른

손에 식칼을 쥐고 있다. 조금 전 비명의 주인은 이 여자일 텐데, 지금은 거한의 두툼한 팔뚝에 매달린 꼴이라 더 이상 소리가 나오지 않는 모양이다. 거한의 왼팔을 양손으로 잡고 물어뜯고 손톱을 세워 어떻게든 빠져나가려고, 적어도 숨이라도 편하게 쉬려고 필사적으로 버둥거렸지만 소용없는 저항이었다. 무서운 얼굴로 버티고 선 남자 앞에 매달린 여자는 얼굴에서 핏기가 사라졌다. 양손의 움직임도 점점 약해져 간다.

"지금 뭐라고 했어, 엉? 뭐야, 네놈들! 뭘 봐! 구경났냐!"

거한이 거품을 물고 침을 날리며 노성을 질렀다. 멀찍이 거리를 두고 빙 둘러서기 시작한 구경꾼들을 핏발 선 눈으로 노려보았다. 거한이 여자를 방패 삼아 위협하듯 재빨리 몸의 방향을 바꿀 때마다 그쪽에 있던 구경꾼들이 바람에 날리는 검불처럼 재빨리 물러난다.

거한은 상투도 옷차림도 영락없는 조닌에도 시대 도시 상인이나 장인 계층의 사람이었다. 상인처럼 보이지는 않지만 건달처럼 보이지도 않는다.

"저, 저건."

엉거주춤한 자세로 헤이시로의 소매에 매달린 오산이 우는 소리를 냈다.

"채소 가게 겐 씨네 며느리예요."

"맞아, 오히데 씨야." 오몬도 헤이시로의 등 뒤로 숨으며 말했다.

고베 나가야에서 대각 방향에 채소 가게가 하나 있다. 폭이 한 간에 불과한 작은 가게로, 그러고 보니 오토쿠가 얼마 전에, 그 집 아들이 장가를 갔으니 겐 씨도 이제 한시름 놓겠네, 하고 이야기하던 기억이 난다.

"저 덩치는 누구냐?"

헤이시로는 물었다. 아가씨들이 입을 모아, "몰라요!" 하고 엉덩이를 더욱 뒤로 빼는 바람에 소매와 등을 붙잡힌 헤이시로는 뒤로 벌렁 자빠질 뻔했다.

"너희들, 그렇게 무서우면 안으로 피해."

"하지만!"

"안 보면 더 무서운걸요!"

헤이시로는 아가씨들의 손을 하나하나 잡아 떼어내고 다시 앞을 바라보며 말했다. "무서워할 필요 없다. 마지마 나리가 이제 금방 처리해 줄 테니까."

말이 떨어지기 무섭게 과연 마지마 신노스케가 거한을 불렀다.

"내가 묻고 있지 않느냐. 여기저기 두리번거리지 말고 내 물음에 대답해라. 이런 곳에서 뭘 하고 있느냐고 물었다."

방에서 환담할 때와 다르지 않은 상큼한 목소리다. 신노스케는 거한으로부터 한 간 반쯤 거리를 두고 역시 길 한복판에 서 있었다. 자세를 잡고 있지는 않았다. 두 팔은 자연스럽게 내리고 발을 나란히 모으고 있다.

시끄러워! 조무래기 무사 주제에, 하고 거한이 탁한 소리를 내지르며 으르렁댄다. 침과 거품을 마구 날린다. 마치 광견병에 걸린 개 같지 않은가.

술주정인가? 하고 헤이시로는 생각했다. 거한의 얼굴이 붉은 까닭은 흥분한 탓만은 아닌지도 모른다. 그러나 그렇다고 보기에는 옷을 제대로 차려 입었다. 취한은 아닌 듯하다.

오히데가 안간힘으로 버둥거리는 탓에 거한의 앞섶이 벌어져 있다. 정강이부터 허벅지까지 훤히 들여다보인다. 축 늘어진 뱃살도 슬쩍 비친다. 보기 좋은 모습은 전혀 아니었다.

"그래, 나는 조무래기 무사이긴 하다만."

신노스케가 반 발자국 앞으로 나섰다. 그냥 발을 조금 앞으로 옮겼을 뿐이다. 하지만 거한은 얼굴에 횃불이라도 들이민 것처럼 펄쩍 뛰며 물러났다. 끌려가느라 오히데의 신발 한 짝이 벗겨졌다. 오히데는 기절했는지 눈을 감았고 눈물이 볼을 타고 줄줄 흐르고 있다.

거한이 움직이자 그 뒤에 있던 구경꾼들도 황급히 물러났다. 지금은 마지마 신노스케와 거한을 가운데 두고 구경꾼의 열이 좌우로 갈라져 있다. 옆에 있는 사람은 헤이시로와 오토쿠 둘뿐이다.

문득 보니 옆에 있는 오토쿠는 커다랗고 두꺼운 솥뚜껑을 들어 몸 앞에 대고 있다. 눈이 분노로 이글거린다.

"오토쿠, 괜한 짓 하지 마."

오토쿠는 솥뚜껑을 쳐든 채, "알고 있어요" 하고 짧게 대답했다. 작은 목소리였는데도 거한이 이쪽을 돌아보며 물어뜯기라도 할 듯 노려보았다.

"시끄럽다! 입 다물고 있어! 이 할망구야, 이게 안 보여? 이게!"

거한은 식칼을 오토쿠에게 향하고 칼부림을 할 것처럼 들이댔다. 구경꾼들이 웅성거리고 오산이 비명을 지른다. 오토쿠는 얼른 솥뚜껑을 쳐들며 응전할 태세를 취했다.

"어디에 대고 할망구래! 계속 씨불여 봐, 이 망나니 같으니!"

"뭐라고, 이 할망구가 정말!"

"함부로 할망구, 할망구 하지 마, 너도 죽지 않고 살면 할아범이 되는 거야, 이 썩을 놈아!"

제발 그만해, 오토쿠—헤이시로가 손으로 눈을 가렸을 때, 신노스케가 다시 바람처럼 움직였다.

신발 바닥이 땅바닥을 스쳤나 싶더니 벌써 거한의 바로 곁에 서 있었다. 언제 뽑았는지 오른손에 짓테가 들려 있다. 아주 작은 호를 그렸을 뿐인데도 오히데의 목을 감고 있는 거한의 팔꿈치를 알맞은 힘으로 가격했다. 거한이 짐승처럼 울부짖었다. 통증 때문에 느슨해진 팔뚝에서 스르륵 미끄러져 떨어지는 오히데의 몸을 신노스케가 왼팔로 가볍게 받아내나 싶더니 그대로 헤이시로 쪽으로 던졌다. 헤이시로는 오히데를 두 팔로 받아내고 그대로 비틀거리며 뒤로 밀려났다. 의외로 무겁다. 오산과 오몬이 꺄약! 비명을 지르며 헤이시로에게 가세했다.

인질을 놓친 거한은 분노와 아픔에 발광을 했는지 영문을 알 수 없는 고함을 지르며 신노스케에게 달려들었다. 신노스케는 슬쩍 피해 식칼을 쥔 손목을 짓테로 후려쳐 무기를 떨어뜨린 뒤, 앞으로 쏠린 거한의 두터운 등판 한가운데를 팔꿈치로 정확히 한 번 내리쳤다. 거한이 맥없이 무릎을 꿇었다. 그러자 이번에는 무릎차기가 아랫배에 끔찍하게 파고들었다. 둔탁한 소리가 났다.

거한은 한순간 그 자세로 가만히 있다가 "끄으으" 하는 소리를 냈다. 그러더니 땅바닥에 털썩 쓰러졌다. 어떤 무뢰한이라도 뻗을 때 그런 소리를 낸다는 이야기를 헤이시로도 들은 적이 있지만, 제 귀로 확인하기는 이게 처음이다. 목소리뿐이라면 귀엽다.

신노스케는 쥐며느리처럼 몸을 동그랗게 말고 기절해 버린 거한의 두 팔을 등 뒤로 돌려, 남색 오라를 꺼내 요령 좋게 포박했다. 능란한 솜씨에 넋을 놓고 있던 구경꾼들이 일제히 박수갈채를 보냈다.

마지마 신노스케는 겸연쩍은 얼굴이다. 오토쿠는 솥뚜껑으로 방어하는 자세를 풀고 등을 펴 심호흡을 한 번 했다.

"귀신같네요, 마지마 나리."

오토쿠가 만면에 웃음을 지으며 칭송했다. 아뇨, 천만에요—하며 신노스케의 귀가 발갛게 물들었다.

헤이시로와 오산과 오몬은 셋이서 오히데를 붙든 채 오토쿠야 문가에 나란히 주저앉아 있었다.

"흐음…… 그럼 그자도 일단은 손님이었군."

오토쿠는 자못 불쾌하다는 듯 '일단은'이라는 말에 힘을 주었다.

헤이시로는 오토쿠를 데리고 채소 가게 겐 상회에 와 있었다.

가게 이름의 유래이기도 한 주인 겐파치 노인과 가게 안의 네 첩 반짜리 방에 마주 앉았다. 겐파치는 특별한 병이 있는 것은 아니지만 오랫동안 쉼 없이 일한 탓에 무릎을 앓아 요즘은 혼자 변소 출입도 못할 지경이었다. 그래서 거한이 바로 눈앞에서 며느리 오히데를 인질로 끌고 가는데도 이를 갈며 지켜보는 수밖에 없었다. 소동이 벌어지는 동안 엉금엉금 기다시피 해서 간신히 문밖으로 나왔지만 상황을 파악하지 못해 안절부절못하고 있는 사이에 사태가 일단락된 것이다.

기절했던 오히데는 마지마 신노스케가 채소 가게까지 업어 왔다.

지금은 이층 부부 침실에 조용히 누워 있다. 겐파치의 아들 겐타는 부친을 대신하여 가게를 맡게 된 뒤에도 행상을 계속하고 있어서, 소동이 일어났을 때는 장사하러 나간 상황이었고 아직 돌아오지 않았다. 빨리 알리는 편이 좋겠다고 해서 이웃 몇 명이 그가 행상을 다닐 만한 곳으로 달려간 참이다.

그 거한은 업고 갈 수도 없고, 깨어나면 또 난동을 부릴지 모르므로 문짝을 들것 삼아서 기쿠카와초의 지신반까지 옮겼다. 물론 헤이시로는 마지막 신노스케에게 뒤처리를 부탁했다. 그의 공이다. 난동을 부린 자에 대한 조치는 신노스케에게 맡기고 그는 채소 가게에 가서 사정이나 들어 보기로 했다.

게다가 솔직히 지금은 가까운 지신반까지 걷기도 힘들었다. 허리가 아프다. 오히데를 받아낼 때 삐끗했다. 원래 헤이시로는 툭하면 허리가 삐끗하는 지병이 있다.

신노스케의 용감한 활약을 본 뒤로는 천하의 오토쿠도 그런 헤이시로가 한심했는지, 아니면 헤이시로의 자존심을 다치지 않게 하려는 그 나름의 배려인지 아까부터 헤이시로 얼굴을 쳐다보지 않는다.

"우리 가게에 뻔질나게 찾아오게 된 것은 반년쯤 전이었습니다."

겐파치는 오토쿠와 이웃지간이지만 헤이시로가 있으므로 공손하게 말했다. 체구는 작아도 몸이 단단하고 정신도 맑으며 나약한 구석은 전혀 보이지 않는다. 그런데 양 무릎이 말을 듣지 않는다. 차라리 온몸이 쇠약해진 것보다 딱한 상태인지도 모른다.

거한의 이름은 센타로라고 한단다. 나이는 헤이시로 눈에는 서른 안팎으로 보였지만, 겐파치에 따르면 웬걸, 마흔에 가까울 거라고 한다. 사람 나이를 헤아리는 눈은 연장자일수록 밝은 법이니 아마 겐파치 말이 맞으리라.

한량처럼 보이지는 않는다. 하지만 하루하루 열심히 일하며 사는 사람처럼 보이지도 않는다. 대낮부터 술 냄새를 풍기는 일도 적지 않았고, 기분 좋게 취해 채소 가게에 찾아와 오히데에게 치근거렸다. 오히데를 보려고 찾아오는 자이므로 하루에 두세 번씩 들르는 날도 있었다.

"짜증 나는 손님이었군."

헤이시로의 감상에 오토쿠가 똥하니 대꾸했다. "하지만 손님은 손님인걸요. 그게 장사하는 사람들의 고충이랍니다, 나리."

이렇게 작은 시중의 채소 가게이므로 대단한 사치품 따위가 있을 리 없지만, 센타로가 값을 깎거나 살까 말까 망설인 적은 한 번도 없었고 지불은 언제나 시원했다. 맏물이 나왔다 하면 제일 먼저 사 주었다.

겐파치는 오토쿠의 말에 이어 말했다.

"그래서 우리도 기분만 잘 맞춰 주면 손해 볼 거 없는 손님이라는 생각에 꾹 참았던 겁니다."

장사를 하자면 피할 수 없는 일이라며, 채소 가게 주인과 찬 가게 주인이 고개를 끄덕인다. 헤이시로는 손으로 긴 턱을 쓸었다.

"아까 그자는 술 냄새를 풍기지는 않았던 것 같은데."

마구 고함을 지를 때도 술 냄새는 나지 않았다. 동작을 봐도 취한 기미는 없었다.

겐파치는 몸을 웅크리고 원망하는 듯한 눈길로 헤이시로를 살폈다. "그러니까 이즈쓰 나리, 그자가 그렇게 술을 끊고 나서부터 저희들이 힘들어진 겁니다."

지난 한 달 정도 사이에 센타로의 모습이 변했다고 한다. 술을 끊었다. 주머니 사정도 나빠진 듯한 눈치였다.

원래 대낮부터 마셔 대는 취한이 주점이나 생선 가게도 아니고 채소 가게에 드나든 까닭은 오히데 때문이었다.

"센타로는, 내가 산 물건들을 배달해 주쇼, 오는 김에 주점에도 들러서 술도 사다 주시고, 수고비는 넉넉히 줄 테니까, 하는 식으로 말했습니다. 오히데를 자기 집으로 오게 하려고 했던 겁니다."

채소 가게 측에서는 센타로의 속을 빤히 알고 있었으므로 이 핑계 저 핑계로 근처 꼬마를 시키거나 주점에 사정을 설명해서 남자 점원에게 술을 가져다주게 하여 센타로를 피해 왔다. 번번이 뜻을 이루지 못했지만 센타로는 지칠 줄도 모르고 번번이 똑같은 수작을 걸곤 했다. 다만 그는 가끔 불쾌한 소리를 하거나, 오히데가 냉담하게 대하면, 무슨 착각을 했는지 간살을 떠는 일은 있어도 결코 난폭한 짓은 하지 않았다.

그런데 술을 마시지 않게 되고 나서는 분위기가 딴판으로 변했다. 종종 큰소리를 치거나 오히데의 팔을 잡고 억지로 밖으로 끌어내려 할 때도 있었다.

"안달이 난 게지" 하고 헤이시로가 말했다. 역시 술 때문일까. 술이 없으면 못 사는 사내가 술을 마시지 못하게 되자 행동이 거칠어진 것일까.

"그러다가 결국 오늘 그 사달이 난 겁니다." 겐파치는 크게 낙담해 있었다. "나도 늙은이의 성깔을 드러내서 며느리를 지켜 줄 생각이었는데 칼을 보니 오금이 저리더군요. 게다가 다리가 이 모양이라……."

겐파치는 수척해져서 근육도 없고 뼈가 불거진 무릎을 탁탁 쳐 보인다. 벌이라도 내리는 듯하다. 오토쿠가 따뜻한 말투로 위로했다.

"그런 난봉꾼은 누구라도 감당하지 못해요. 겐파치 씨만 그런 게 아녜요. 구경꾼이 그렇게 모여들었는데도 나선 사람이 하나도 없었잖아요. 마지막 나리가 안 계셨으면 어떻게 됐을지."

헤이시로가 먼저 말했다. "나도 아무런 도움이 못 된 자들 가운데 하나였으니까."

"잘 아시네요, 나리."

그럼, 하며 헤이시로는 웃었다. 오토쿠는 어처구니가 없어 했지만 눈빛이 살짝 부드러워진 듯하다.

"하긴 뭐, 검술은 나리의 특기가 아니니까요. 하는 수 없죠."

"그리 봐주니 고맙군. 이봐, 겐파치, 그 식칼은 센타로가 들고 온 건가?"

"예, 품에서 꺼내 며느리한테 들이대더군요."

처음부터 그럴 작정으로 온 것이다. 참으로 무모한 자다.

"센타로는 앞으로 어떻게 되나요?"

겐파치는 그 점이 걱정스러운 모양이다. 아들 내외를 생각하면 당연한 걱정이다.

"거리에서 칼을 휘둘렀으니 끌고 가서 당분간 덴마초에 처박아 두겠지. 그래서 주독이 완전히 빠진다면 그자를 위해서도 좋은 일일

데고."

센타로의 집은 사루에초의 짓토쿠+德 나가야에 있다고 한다.

"고혼마쓰 옆에 있는 나가야입니다."

"짓토쿠 나가야라. 꽤 좋은 이름이군."

언뜻 데쓰빈 나가야가 떠오른다.

"혹시 우물 속에서 짓토쿠+德에도 시대의 학자, 의원, 화가 등이 입던 검은 예복라도 나왔다던가?"

오토쿠는 알아듣겠지만 겐파치한테는 통할 리 없는 농담이다. 의아한 표정을 짓는 노인에게 오토쿠는, "됐어요, 농담하신 거예요"라고 한 뒤, 헤이시로에게 짓토쿠 나가야란 이름의 유래를 가르쳐 주었다. 실은 그 나가야를 지었을 때, 이름에 '덕' 자가 있는 사람이 관리인을 필두로 열 명이나 살았대요. 그래서 짓토쿠래요.

"그럼 자네도 그리로 이사할 걸 그랬나. 사루에초라면 몬젠마치門前町 유력한 신사나 사찰 앞에 발달한 시가로 참배객을 대상으로 한 유흥 업소와 숙박 업소가 많았다 근방 아닌가?"

사찰이 다섯 개 모여 있어서 찻집이 여러 채 처마를 나란히 하고 있다. 규모는 아주 작고 그리 변화한 분위기는 아니다. 그밖에 논밭도 있고 막부의 목재 창고도 있다.

"어디 한번 가서 들여다볼까. 센타로란 놈이 설마 처자식을 두고 있지는 않겠지."

나가야에 가 보니 혼란에 빠진 처와 자식 다섯이 눈물을 흘리고 있다면 헤이시로도 곤혹스러울 듯하다. 눈물 섞인 한탄이라면 딱 질색이다.

"처자식이 딸린 것 같지는 않았습니다." 겐파치가 고지식하게 일러 준다.

"나선 김에 오토쿠도 같이 가 보지그래?"

의향을 떠보았으나 찬 가게의 성실한 주인아줌마는 오산과 오몬이 걱정된다며 돌아가겠다고 한다.

"그 아이들도 허리나 삐끗하지 않았으면 좋겠지만요."

"나 들으라고 하는 소린가?"

오토쿠가 밝게 웃고는, 웬일로 헤이시로의 소매를 슬쩍 당긴다.

"저어, 나리. 아까 마지마 나리의 그거 말인데요."

그런 거, 나리도 하실 수 있나요? 하고 묻는다.

"짓테 권법이라고 해야 하나, 그런 거는 나리들이라면 다들 수련하시죠?"

수련하게 되어 있다. 헤이시로도 배운 적은 있지만 "직책에 따라 다르지" 하고 얼버무렸다.

"하지만 시중을 순시하다 보면 난폭한 놈들과 부딪힐 때도 있잖아요? 나리도 말예요."

헤이시로는 진지하기 짝이 없는 얼굴로 대답했다. "누구나 잘하는 게 있고 못하는 게 있지."

오랜 왕래 덕분에 오토쿠는 아, 예, 예, 하고 이야기를 접어주었다. 그럼 나리는 뭐를 잘하세요? 하는 맹랑한 질문은 하지 않는다.

"검술하고는 또 다르더라고요. 저도 무뢰배를 포박하는 모습을 그렇게 가까이서 보기는 처음이에요. 깜짝 놀랐어요."

마치 순시관 나리는 우리 같은 것들한테는 칼을 들이대지 않거든요—하고 작은 소리로 말했다.

"그야 그렇지. 당연한 일이야."

"왜 그런 거죠? 조닌을 베면 칼이 부정 타기라도 하나요?"

헤이시로는 조금 움찔했다. 오토쿠가 이런 말을 하다니.

"그럴 리가 있나. 우리 마치 관리들은 시중의 안전을 지키는 일이 소임이야. 그런 우리가 함부로 칼을 뽑으면 무난하게 수습될 일도 더치고 말지."

"하지만 아까처럼 상대방도 칼을 들고 나오면 베어 버리는 편이 나을지도 모르죠."

"자네도 제법 사납군. 만약 마지마가 그 자리에서 센타로를 베어 버렸다면 왜 그런 일이 벌어졌는지 알아낼 수 있겠나?"

"알아내야 하는군요, 역시?"

점점 이상한 소리를 한다. 오토쿠는 오늘 살벌한 소동 때문에 혼란에 빠진 듯하다.

"그렇지. 즉결처분권옳지 못한 짓을 하는 조닌이나 하급 무사를 베어 죽여도 면책받는 무사의 특권은 우리하고는 상관없네. 그래서는 소임을 다할 수 없고, 덴마초도 재판도 필요 없게 되겠지."

그렇군요, 네, 하고 오토쿠는 말했다. 하지만 건성이란 느낌이 든다. 얌전한 얼굴로, "그럼 수고하셔요" 하고 고개를 숙이고 고베 나가야로 돌아갔다.

혼자 걸으며 헤이시로는 생각했다. 방금 오토쿠의 솔직한 물음이 마음에 작은 파문을 일으키고 있다.

짓테는 상대방을 죽이거나 중상을 입히지 않고 제압하기 위한 도구이다. 찌르고 들어오는 칼을 막아내는 데도 쓰이지만, 그것은 어디까지나 그런 상황에서 나오는 대처이고, 애초부터 호신용 무기는 아니다.

짓테의 가장 주요한 용도는 상대방이 칼을 뽑으려 하거나 휘두르기 전에 그 동작을 봉쇄하는 데 있다. 공격적인 선제공격을 지향한다고나 할까. 수세적으로 상대방의 칼을 피하다가 틈을 노려 제압하는 것은 아니다.

그러므로 사실 짓테는 다루기가 어렵다. 어디까지나 먼저 덤벼드는 자를 제압할 목적으로 대치하는데, 이쪽에서 적극적으로 공격해야 하기 때문이다. 칼이라면 뽑기만 해도 상대방이 두려움을 품고 주눅이 드는 경우도 있지만—진검은 가까이서 보면 정말 무섭다—짓테로는 그렇게 되지 않는다. 무법자나 난봉꾼이 조금이라도 두려움을 품는다면 그것은 무기로서의 효력 때문이 아니라 짓테가 풍기는 권위에 대한 반응이다. 그것이 힘을 발휘하는 경우도 있지만 도리어 역효과를 내는 수도 있다. 자포자기해 버린 자에게는 권위고 뭐고 없기 때문이다.

그러나 마치 관리는 칼을 뽑지 않는다. 마치를 다스리는 관리이기 때문이다. 상대가 성町과 도검이 허락되지 않는 조닌이기 때문이다.

어디까지나 짓테를 사용한다.

아까 마지마 신노스케의 손놀림과 발놀림에서는 주저함이나 흐트러짐이 조금도 보이지 않았다. 센타로의 동작을 순식간에 읽어내고 필요한 행동을 꼭 필요한 만큼만 해냈다. 공격적인 선제의 표본 같은 낭비 없는 동작이었다.

하지만 무엇보다도 헤이시로가 감탄한 대목은 센타로의 손에서 식칼이 떨어졌음을 확인하자 무방비로 노출된 그의 등을 짓테가 아니라 팔꿈치로 찍어서 제압한 장면이다. 순간적인 판단에 따른 대처인데, 이는 결코 쉬운 일이 아니다.

짓테는 베거나 찌르는 무기가 아니라 타격 무기이므로 그에 걸맞은 무게를 가지고 있다. 현재 요통이 있는 헤이시로에게는 무거운 휴대품으로 느껴질 때가 있을 정도다.

그 상황에서 만약 신노스케가 다시 한 번 짓테를 사용했다면 센타로의 등뼈는 무사하지 못했다. 자칫 칼로 베어 죽이는 것과 다름없는 결과, 즉 센타로는 죽었으리라. 신노스케는 그것을 피했다. 고수란 증거다.

역시 인물이다. 대단한 물건이다.

―여자들이 반해서 교성을 조금 질러도 좋으련만.

헤이시로는 그만 그런 생각을 하고 말았다.

고혼마쓰 옆 짓토쿠 나가야에서는 센타로가 난동을 피웠다는 소식이 벌써 전해져, 나가야 출입문에 주민들 몇몇이 모여 열심히 입방아를 찧고 있었다. 헤이시로의 기하치조 견직물_{황색 줄무늬 견직물로 검은색 마키바오리와 더불어 도신의 상징적인 복장이었다}과 검은 하오리에 주민들은 공손한 모습을 보였지만 이야기를 하다가 헤이시로의 허술한 구석을 간파했는지 기세를 되찾아 저마다 잘도 떠들어 댔다.

관리인 도쿠에몬(지금은 그가 이름에 덕 자가 있는 유일한 사람이라고 한다)은 헤이시로와 갈마들듯 기쿠카와초 지신반에 불려 간 탓에 자리에 없었다.

"이곳 사람들은 모두 언젠가 이런 사달이 나지 않을까 걱정하고 있었습니다요."

마루스케라는 오십대 남자가 어두운 얼굴로 말한다. 말하는 모양새나 다른 사람들의 낌새를 보니 이 남자가 나가야의 장로격인 인물인 듯해, 헤이시로는 그의 집에 들어가 이야기하기로 했다.

마루스케는 몹시 쩔쩔맸지만 사 첩 반짜리 쪽방은 깨끗하게 정돈되어 있었다. 그가 내준 방석도 많이 닳기는 했지만 기분 좋게 말라 있었다.

"저도 이렇게 홀아비살림이지만 센타로도 독신입니다요. 그래서 그만 이것저것 쓸데없이 참견도 해 보았습니다만, 이런 일이 벌어지고 말았네요."

센타로가 짓토쿠 나가야에 온 것은 반년 전이라고 한다. 그 채소가게에 드나들게 된 즈음과 일치한다.

"그 전에는 어디서 살았는지 아는가?"

"본인은 아무 말도 없었습니다요. 이웃과 왕래하는 걸 싫어하는 사람이라서요."

도쿠에몬의 이야기로는 이리야에 있는 나가야에 살았다고 한다.

"왜 이사를 했지?"

"불이 나서라고 합니다요."

반년 전 이리야에서 화재가? 헤이시로에게는 그런 기억이 없다. 마치 관리라고 하여 에도에서 일어난 화재를 전부 알고 있는 것은 아니지만, 이리야라면 혼조 후카가와에서 멀지 않다. 반년 전이라면 아직 한겨울이었는데, 겨울철 화재는 십중팔구 크게 번지게 마련이고 애초에 주민이 떠나야 할 만한 화재라면 어디선가 이야기가 들려왔을 터였다.

"보증인은?"

셋집이나 나가야에 입주할 때는 신원 보증인이 반드시 필요하다.

"이리야 쪽 나가야의 관리인이 보증을 서 주었답니다."

화재를 이유로 이사하는 경우는 대개 그렇다.

"센타로의 직업은 뭔가? 상인 같지도 않고 직인 같지도 않고, 그렇다고 한량처럼 보이지도 않던데."

마루스케(마루는 동그랗다는 뜻)는 이름의 유래로 짐작되는 동그란 얼굴과 동그란 어깨를 더욱 동그랗게 오므리고 연신 고개를 끄덕였다.

"나리도 그리 생각하셨군요. 저희도 센타로가 뭐로 먹고사는지 모르고 있습니다요."

그러더니 뭘 떠올렸는지 문득 입을 손으로 가리고(손도 손가락도 동글동글하다) 조심스레 웃었다.

"저도 남 얘기 할 계제는 못 됩니다요. 나리, 제 밥벌이는 무얼 것 같습니까?"

그 질문을 듣고 짐작해 보았지만 전혀 감이 오지 않았다. 연장 따위가 보이지 않으니 장인은 아니리라. 가게 점원으로 보이지도 않는다. 마루스케는 헤이시로가 단서를 찾아 두리번거리는 모습을 등을 구부리고 바라보았다.

출입구 쪽 좁은 봉당 구석에 등태가 달린 커다란 바구니가 놓여 있다. 진흙이 조금 묻은 낡은 바구니다.

"저걸로," 헤이시로는 제법 뻔뻔스럽게 턱짓으로 가리켰다. "뭘 팔러라도 다니나?"

마루스케가 눈을 가늘게 뜨며 좋아라 한다. "역시 핫초보리 나리시군요."

요 근방 농가와 계약을 해서 매일 채소를 조금씩 받아다가 시중을 돌아다니며 팔아서 하루하루 끼니를 잇고 있단다.

"근방에 무가 저택이 많은데, 가카에 번저_{지방 영주들이 에도에 마련하는 일종의 '정부 청사' 격인 번저는 형식상 막부가 빌려 준 땅에 짓는다. 이와 달리 영주가 에도 성 주변의 개인 소유지를 사비로 사들여 지은 건물을 '가카에' 번저라고 하며, 농장, 대피소, 별장 같은 성격을 지닌다} 농지는 근처 농민들이 들어가서 경작하지 않습니까. 번저에서 다 먹지 못하는 채소를 내다 파는 겁니다요."

후카가와 동쪽 끝 언저리는 에도에서도 아직은 한적한 곳이다. 무가 저택이라도 대개 별택이라 분위기도 밝고 관리 감독도 느슨하다. 가카에 번저는 호농이나 부농의 건물을 주변의 농지와 함께 무가에서 사들여 사용하고 농지 경작이나 저택 관리는 지역 주민들에게 맡기는 방식으로 운영된다. 하녀나 머슴 따위도 지역 주민 중에서 쓴다. 벽지인 만큼 까다로운 격식에 얽매이지 않는 것이다.

"예전에는 쇠붙이로 패물이나 장신구를 만드는 장인이었는데, 그러다가—."

마루스케는 그렇게 말하며 오른손을 헤이시로 얼굴 가까이 쳐들었다. 둥근 손가락이 덜덜 떨리고 있다. 마루스케는 손가락을 굽혔다 폈다 해 보였지만, 동작이 어색하고 매끄럽지 못하다.

"이게 망가지고 말아서요."

"안됐군. 중풍인가?"

안쓰러워하면서도 거침없이 묻는다. 마루스케는 다시 웃었다.

"아뇨, 수레에 치였습죠. 벌써 팔 년쯤 됩니다요."

길 가는 사람이 수레에 치이거나 부딪혀서 다치는 일은 의외로 흔하다. 목숨을 잃는 사람도 있다.

"일을 못하게 된 뒤로 마누라 벌이로 먹고살았는데, 남편이 번둥빈둥 놀고만 있을 수도 없고 해서요."

짓토쿠 나가야로 흘러든 것도 그렇게 다친 뒤였다고 한다. 이곳에서는 두 번째 고참이란다. 최고참은 관리인이다.

"마누라가 죽은 지 이 년이 됐습죠. 역시 제가 고생을 시킨 탓입니다요."

그래서 지금은 홀아비로 살고 있다.

"마누라가 살아 있었으면 센타로의 밥벌이가 무엇인지 금방 알아챘을 겁니다요. 그런 데는 귀신이었으니까요."

자못 그리운 듯한 말투였다.

"하긴 모르는 사람 눈에는 저도 수상쩍은 놈으로 비치겠지요. 이렇게 통통하게 살이 오른 것도 수상쩍어 보일 테고요."

채소 행상이 벌이가 좋은 것은 아니다. 하지만 입에 풀칠하는 데는 문제가 없다. 돈은 없어도 궁핍하지는 않다.

"하지만 여기 산 지 팔 년 된 자네가 고참이라니, 이 나가야는 전출입이 잦은가?"

마루스케는 고개를 끄덕이고 더욱 등을 구부리며 목소리를 낮췄다. "여기는 말하자면 맨 밑바닥입죠."

"나가야 주민들은 다들 자기가 있는 곳을 그런 식으로 말하지."
"이곳은 밑바닥 중에서도 밑바닥이라니까요."
하지만 마루스케는 그걸 부끄러워하는 기색이 아니다. 말투가 태평하다.
"물가라 모기는 극성이지, 분뇨선이 뻔질나게 오가니 냄새는 또 얼마나 고약한지 모릅니다요."
입니다요 입니다요, 하는 게 말버릇인지, 덕분에 이야기가 제법 구성지다.
"아까 나리께서 보신 이곳 사람들은 다들 저보다 나을 것도 처질 것도 없는 엉성한 일을 하며 하루하루 살고 있습죠. 서로 거들며 살다 보니 다들 사이가 좋습니다요."
그래도 살림이 조금 피면 떠나는 사람이 많다고 한다. 그것도 좋은 일이라고 마루스케는 말했다. "그렇게 떠나면 축하할 일이지요. 하지만 그와 딴판으로 떠나는 사람도 있습니다요."
밑바닥 중에 밑바닥인 이곳에서도 버텨내지 못하고 더 추락하는 것이다.
"짓토쿠 나가야는 그런 나가야로 잘 알려져 있습죠."
헤이시로도 마루스케가 무슨 말을 하려는지 짐작이 갔다.
"센타로도 그걸 잘 알고서 이사 온 건가?"
마루스케는 잠시 생각해 보듯 눈을 가늘게 뜨더니 말했다.
"함부로 말씀드릴 수도 없고……."
"음. 그래도 말해 봐라."
"이건 순전히 제 생각인데요."

"음, 그래."

센타로는 무엇인가를, 혹은 누군가를 피해서 숨어 살지 않았나 싶단다.

헤이시로도 마루스케를 따라서 눈을 가늘게 떴다.

"숨어 있었다?"

"예."

"그럼, 뭐로 벌어먹고 살았시?"

마루스케가 동그란 머리를 갸웃한다. 모르겠다기보다 말하기가 곤란하다는 의미다.

"놀고먹었지? 더구나 그놈은 늘 술을 마셨다지 않느냐."

마루스케의 동그란 눈이 더 동그래졌다. "나리도 벌써 아시는군요."

"채소 가게에서 들었다. 다만 거기 노인의 말로는 요즘 술을 끊은 듯하다더군."

헤이시로는 하나하나 곱씹어 보았다. 숨어 살고 있었고, 하는 일도 없는데 술은 매일 마셨고, 그러나 요즘은 주머니 사정이 궁해 보였고.

"누구한테 돈을 갈취하고 있었다거나 예전에 갈취해 둔 돈으로 살았다거나—."

그러다가 최근 그 돈줄이 끊겼다. 혹은 갈취해 둔 돈이 바닥났다.

"그런데 센타로는 채소 가게 며느리한테 집착했지."

돈을 갖고 있고, 야릇한 곳에 찾아가서 원하는 대로 즐길 수 있었다면 채소 가게의 성실한 아낙에게 집적거리지 않았으리라.

"술을 매일 마셨다는 것도 흥청망청하고는 다른 듯하군. 나가야에 틀어박혀 술잔이나 홀짝거리는 일 말고는 기분을 풀 길이 없었을 거라는—."

마루스케가 무릎을 탁 쳤다. "저, 저도 그렇게 생각합니다요."

그러고는 문득 심각한 표정으로 간신히 들릴 만큼 목소리를 낮췄다. "나리, 어쩌면 말입니다."

"음." 헤이시로는 온몸으로 귀를 기울였다.

"이것도 그냥 제 생각입니다만."

"그래, 알았으니 어서 말해 봐."

"센타로가 쓰던 돈은 강도질이나 노상강도 같은 짓으로—."

마루스케는 뜻대로 안 되는 오른손까지 주먹을 쥐고 마른침을 삼켰다. 한동안 해 왔던 의심이지만 차마 말은 못하고 속으로만 품어 왔으리라.

헤이시로는 웃으며 고개를 가로저었다. "아니, 그렇지는 않으니 안심해라."

식칼을 휘두르던 그자의 움직임은 몹시 난폭하기는 해도 칼부림에 이골이 난 자의 그것은 아니었다.

"무엇보다 누굴 협박할 무기로 식칼밖에 떠올리지 못하지 않았느냐. 비수 한 자루 품고 다니지 않았던 게지."

"식칼도 없었는걸요."

"오, 그래? 그럼 그건 어디서 났지?"

관리인 집에 있던 식칼이 아닐까요, 하고 마루스케는 말한다.

"여기 주민들은 뭐든 부족한 게 있으면 관리인한테 빌리거든요.

다들 관리인 집을 드나들어서 뭐가 어디에 있는지도 알고 있죠."

만약 그렇다면 관리인도 처벌을 받는 게 아닐까 하고 마루스케는 걱정하는 얼굴이다. 헤이시로는 그 점도 걱정할 필요 없다고 안심시켜 주었다.

"센타로를 포박한 도신은 아주 영민한 사람이다. 품성이 곧고 이해심도 많지. 주인 허락도 없이 들고 나간 식칼 때문에 도쿠에몬이 곤장을 맞는 일은 없을 기다. 물론 세입자의 행실이 사악했으니 경고 정도는 듣겠지."

헤이시로도 엉성하게나마 조언을 하고자 했다.

"이봐, 마루스케" 하고 헤이시로가 불렀다. "자네 처가 사람 보는 눈이 있었다고 했지?"

"예." 마루스케가 고개를 조아린다.

"그렇다면 한번 이렇게 해 보지 않겠느냐. 센타로의 돈줄과 놈의 켕기는 구석이 무엇인지 궁리해 보는 거다."

"제가요?"

"아니, 자네가 자네 처가 됐다 치고 생각해 보는 거지. 처라면 어떻게 생각했을까 하고 말이야. 자네는 이 나가야의 고참이라 센타로에 대해서는 잘 알고 있잖아. 피차 홀아비 처지니까 남들보다 더 잘 알 수 있을 테지. 게다가 자네는 오랜 경험으로 세상 물정을 잘 알잖나."

마루스케는 부정하지는 않고 그저 쑥스러워했다. 왼손으로 둥근 얼굴을 쓸고 있다.

"재료는 자네가 구해 오고, 요리는 자네 처가 한다고 치자고. 어때, 할 수 있겠지?"

동그란 얼굴이 환해졌다. "실은 마누라가—."

"그래."

"종종 꿈결에 머리맡에 서 있습니다요."

그러니 꿈에 나타나면 한번 상의해 보겠습니다요, 하고 말한다. 헤이시로는 흡족해했다.

"그 결과를 들으러 조만간 다시 들르마."

"예. 그런데 나리도 참 재미난 말씀을 해 주시는군요. 나리는 역시 저희 같은 것들과는 머리가 다르십니다요."

상대방이 모처럼 감탄을 했지만, 헤이시로는 사실대로 말했다.

"내가 다른 누구였다면 어떻게 생각할까, 무슨 궁리를 했을까 하고 생각해 보는 것은 나도 열네 살짜리 조카한테 배웠다."

"조카분이라고요?"

"음. 유미노스케라는 아이다."

"무가 댁의 열네 살이면 이미 아이가 아니지요. 곧 관례를 올리실 텐데."

그 말을 듣는 순간 헤이시로는 이내 심각한 얼굴이 되었다. 맞아, 그렇지.

"아직 속은 철부지야. 게다가 우리 가문 쪽 아이가 아니거든. 무가 집안이 아니라 상인 집안 자식이다."

"아, 예."

"그래도 나보다 머리가 좋은 꼬맹이지. 이참에 나도 한번 흉내를 내 보았다."

돌아가려는 헤이시로를 붙들고 마루스케는 봉당 선반에서 채소 한 다발을 꺼냈다. 부디 받아달라고 한다.

"네 저녁 반찬 아니냐?"

"나리께 드리고 싶습니다요."

저희 관리인을 잘 부탁드립니다요, 하고 고개를 숙인다.

"더불어 센타로도요." 서둘러 덧붙인다. 사람이 좋다.

헤이시로는 마루스케의 마음을 고맙게 받기로 했다. 끈으로 묶은 채소를 그대로 들고 밖으로 나섰다.

기쿠카와초 지신반에 당도해 보니 마지마 신노스케도 없고 센타로도 보이지 않는다. 정신이 돌아온 센타로가 또 난동을 부려서 지신반 건물이 삐걱거릴 정도였던지라 일찌감치 큰 지신반^{지신반 중에서 구치소 시설을 갖춘 곳}으로 옮겼다고 한다.

"바닥이 꺼지는 줄 알았습니다."

그 바람에 깨진 찻잔도 보여 주었다.

"곤욕을 치렀군."

"하지만 그 덩치도 마지마 나리께서 제압하니까 꼼짝을 못하더군요."

그러고는 입을 꾹 다물더니 더는 아무 말도 하지 않더란다. 큰 지신반으로 신병을 옮긴 것은 그곳에서 조사관한테 맡기는 편이 낫겠다고 판단한 점도 있었으리라. 마지마 신노스케가 명민하긴 하지만 심문에는 아직 익숙지 못하다. 심문에는 나름대로 특별한 요령과 호흡이 필요하다.

"그런데 나리, 그 푸성귀는 무엇입니까?"

자경단원이 묻자 헤이시로는 자랑스럽게 푸성귀를 흔들어 보였다. "누가 줬다. 오늘 아침에 뽑았지."

"아, 그렇군요."

하급 무사촌의 집으로 돌아가자마자 아내에게 푸성귀를 보여 주었다. 아내도 때깔이 곱네요, 하며 좋아했다.

"무쳐야겠어요."

"데치면 마지마네로 가져가야겠어. 이걸 안주 삼아 한잔해야지."

그러자 아내가 고개를 갸웃했다. 왜 그러나 했더니, 잠시 뒤 작은 접시를 들고 왔다.

"자, 무쳤어요."

푸릇푸릇 맛있어 보이지만 겨우 한 움큼이다.

"푸성귀는 데치면 양이 형편없이 줄어요. 요걸 나눠 주자니―."

너무 적어서 손부끄럽네요, 하고 말한다.

"어쩜 당신이 같은 도신끼리 한잔하겠다고 해서, 별일도 다 있지 하고 어리둥절하다가 제가 너무 데쳐 버렸는지도 몰라요."

비아냥거리는 말이 아니다. 아내 말대로 헤이시로가 동료와 술잔을 나누는 일은 전에 없던 일이다. 애초에 술보다 단것을 밝히는 사람이다.

"그냥 관두지, 뭐."

그 무침은 저녁 밥상에 오르고 말았다. 신노스케는 내일 만나면 된다.

이튿날 아침, 헤이시로가 아침 목욕을 마치고 돌아오니 이발사 아사지로가 기다리고 있었다. 물론 상투를 다듬어야 하니 그가 와 있는 것은 좋은 일이지만 표정이 심상치 않다.

"왜, 무슨 일이 있었냐?"

유미노스케한테 무슨 일이라도 있느냐고 물으려다가 꾹 참았다. 아사지로와 유미노스케를 연결하는 것이 습관이 되면 곤란하다. 유미노스케가 싫어할 테니까.

"나리, 아침에 목욕탕에서 다른 나리를 만나지 않으셨나요?"

그린 민남이 귀찮아시 헤이시로는 아침 목욕만은 디무니없을 만큼 일찍 다닌다. 또 목욕탕에도 연줄을 만들어 놓고, 자리도 마음껏 옮겨 가며 하급 무사촌의 상관이나 동료들과 최대한 마주치지 않도록 조치해 두었다.

"아, 다행이네, 그렇다면 제가 제일 먼저 말씀드리게 되겠군요."

아사지로는 손으로 가슴을 쓸어내리고 바짝 다가섰다. 머릿기름 냄새가 향기롭다. 냄새 하나는 마음에 든다.

"어제 나왔다고 합니다."

미나미쓰지바시 다리맡에서 일어난 쓰지기리와 똑같이 베여 죽은 사체가 말이다.

4

사건이 일어난 곳은 미나미혼조 모토마치. 약방 가메야의 주인 신베가 오늘 이른 아침 침실에서 피투성이가 되어 죽어 있는 것을, 깨우러 온 집안사람이 발견했다고 한다.

등에 한쪽 어깨에서 반대쪽 겨드랑이 아래까지 사선으로 베인 상처가 딱 한 줄기 남아 있었다. 그것 말고는 아무것도 없다. 일격에 목숨을 잃은 듯하다. 그 점이 바로 미나미쓰지바시 다리맡 사건과 똑같다고 아사지로는 말했다.

"하지만 이번 사건은 집 안에서 일어났지 않느냐. 밖에서 죽은 것하고는 전혀 다르지."

집 안에서 공격당했다면 강도라고 봐야 한다.

아사지로는 고개를 갸웃하는 헤이시로를 채근하듯이 말했다. "무기가 똑같고 수법도 똑같다면 조사해 볼 가치는 있습니다."

이내 빈틈없이 보탠다.

"마지마 나리께는 벌써 알려 드렸습니다. 목욕탕에서 미나미혼조로 급히 달려가시더군요. 나리도 얼른 쫓아가셔야죠."

그 재촉에 헤이시로는 뭐가 뭔지 모르지만 일단 미나미혼조 모토마치에 가 보기로 했다.

피비린내 나는 살인이 일어났다고 하는데도 족히 반 정_{약 오십 미터}이나 전부터 구경꾼들이 모여서 수군거리고 있다. 가메야의 위치는 물어볼 필요도 없었다. 핫초보리 나리, 저쪽입니다, 하며 구경꾼들이 소매를 끌다시피 해서 안내해 주었다.

가메야는 가게 폭이 세 간이나 되고 벽 전체를 격자창으로 마감한 건물인데, 지금은 문이란 문이 전부 닫혀 있다. 그런데도 죽은 사람 살려내는 약이라도 팔기 시작했나 싶을 정도로 많은 사람이 모여들었다.

파는 상품에 따라 처마 밑에 갖가지 의장을 새긴 간판을 내거는 것이 에도 상점의 멋이고, 약재상이나 약방은 약봉지를 본뜬 봉지형 간판을 거는 법이다. 가메야의 간판도 커다란 봉지 한복판에 '생약'이라는 큼지막한 글자를 쓰고 그 오른쪽 옆에 작은 글씨로 '가메야', 왼쪽에는 '신베'라는 주인 이름이 적혀 있다.

게다가 또 하나, 차양과 덧댄 차양 사이에 사각 액자 간판이 화려하게 걸려 있는데, 거기에는 힘찬 붓글씨로 이렇게 적혀 있었다.

'영묘왕진고靈妙王疹膏'

작은 글씨로 '본가 다이코쿠야의 비방'이란 글씨도 보인다.

생약이라고 해도 그 종류와 모양은 가지각색이다. 먹는 약, 붙이는 약, 바르는 약. 먹는 약만 해도 환약과 달인 약이 있다. ○○환, ○○산, ○○단이라는 이름을 보면 대강 짐작할 수 있는데, 왕진고라고 하면 고약이다. '진疹' 자가 붙은 걸 보면 소양증 약이나 피부약이다.

헤이시로는 처음 보는 약 이름이었다. 항간에 팔리는 명물 안내서에는 약방도 자주 소개되는데, 각 약방이 가장 주력하는 약의 효능을 '상上'이니 '길吉'이니 하는 글자를 찍어서 평점을 매긴다. 헤이시로는 그런 걸 꼼꼼하게 들춰 보기를 좋아하므로, 전에 본 적이 있다면 기억하고 있을 터였다.

만능약으로 유명한 화중산和中散이나 정제定齊처럼 원조 약방이 아니라도 시중에 널리 판매되는 약은 차치하고, 이런 병이라면 어느 약방의 어떤 약이 특효다, 라는 평판은 그 약방에게 생명줄이나 다름없을 만큼 중요하다. 일단 에도 시중에 그 약명이 널리 알려지기만 하면 어지간한 실책이 없는 한 그 약방은 대대로 번성하게 마련이다. 서방정토 말고는 의원과 약이 필요 없는 동네가 없고, 이승에 사는 자들은 늘 무슨 병을 앓거나 어디가 아프거나 가렵거나 쓰린 법이다. 거기에서 돈이 솟는다.

왕진고인지 뭔지는 출시한 지 얼마 안 되는 신약인가? 그러고 보니 저 액자도 새것인 모양이다. 긴 턱을 한 손으로 비틀며 헤이시로가 멍하니 있는데, "나리" 하고 듣기 좋은 목소리가 짧게 부른다.

구경꾼 사이를 능숙하게 뚫고 마사고로가 다가온다. 키가 크고 풍채가 좋으며 헤이시로보다 훨씬 관록 있어 보이는 이 오캇피키는 필요하다면 뱀장어처럼 매끄럽게 움직일 수 있고, 걸으면서도 인사를 빠뜨리지 않는 유연함도 가지고 있다.

구경꾼이 많군요, 하고 마사고로가 쓴웃음을 짓는다.

"이래서는 들어가려야 들어갈 수도 없겠습니다."

실은 그것보다, 마치 관리인데도 구경꾼들이 조심스레 길을 터주지 않으니, 그만한 위풍도 없는 헤이시로의 잘못이다.

애초에 의욕도 없었다. 사체를 보는 일이 영 내키지 않기 때문이다.

"마지마 나리가 또 맹활약하고 있나?"

예, 하고 마사고로는 웃으며 대답했다.

"모토미야 님도 같이 오셨습니다."

헤이시로는 놀랐다.

"그 노인이?"

모토미야 겐에몬이라는 인물이다. 나이가 얼마나 되었을까. 고희를 맞았다고 들은 것이 이삼 년 전이었나?

"마침 아침에 목욕탕에 가셨다가 마지마 나리께 사건에 대해 들으시고 바로 달려오셨답니다."

헤이시로는 마사고로를 따라 뒷문 쪽으로 돌아가 안으로 들어갔다. 밖과는 딴판으로 가게 내부는 쥐 죽은 듯 조용하다. 문에는 마사고로의 수하가 지키고 있을 뿐, 약방 사람들은 보이지 않는다.

밖에서 봐서는 알 수 없지만 가메야 건물은 기역 자 모양이었다. 긴 복도가 중간에 한군데에서 꺾여 있다.

어둑하고 약 냄새가 난다. 헤이시로가 콧구멍을 벌름거리자 마사고로가 말했다.

"안에 약을 조제하는 방이 있습니다."

마사고로가 가리킨 쪽에는 가는 살을 끼운 격자문이 닫혀 있고, 그 문고리에 커다란 자물쇠가 매달려 있다.

"전에는 바깥채와 안채가 따로 있었다고 합니다. 그것을 연결해서 마당을 없애고 조제실을 마련했다더군요."

그게 오 년 전 일이라고 한다.

"그만큼 번창했단 얘기군."

왕진고가 잘 팔린 건가? 하고 헤이시로는 내처 물었다. 마사고로가 대답하려고 할 때, 앞에 있는 맹장지가 열리며 남녀가 나왔다. 눈이 약간 튀어나온 듯하고 애교가 있어 보이는 얼굴의 중년 남성과 얼핏 고참 하녀로 보이는 눈이 가늘고 깡마른 여성이다. 남자가 입고 있는 한텐_{작업용, 방한용으로 입는 겉옷}과 여자가 걸친 다스키는 같은 보라색이고, 한텐 목깃에는 '가메야', '왕진고'라는 글자가 좌우에 하얗게 홀치기염색으로 찍혀 있다.

남자는 약방 지배인 조지로이고, 여자는 역시 고참 하녀로, 이름을 오나오라고 했다. 헤이시로와 마주치자 두 사람은 무서운 것과 맞닥뜨리기라도 한 듯 뒷걸음질을 치며 황망히 허리를 숙였다.

"경황이 없겠군."

헤이시로는 온화한 목소리를 건넸다. 가만 보니 조지로도 오나오도 눈물로 얼굴이 젖어 있다.

"정말…… 해괴한 변고에…… 급히 달려오시게 해서…… 면목이 없습니다."

지배인은 그래도 의젓하게 말했지만 목이 메어 목소리가 떨리고 있었다. 고참 하녀는 손으로 얼굴을 가린 채 아무 말도 못한다.

"저는 약방에 나가 있겠습니다. 오늘은 문을 열지 못하지만, 급하게 약을 찾는 손님에게는 판매를 하라고 안주인님이 분부하셔서요."

저는 부엌에 있겠습니다, 하고 오나오가 손가락이라도 깨무는 듯한 울음 섞인 목소리로 간신히 말했다.

"저는 불을 지펴서 드실 것을 마련하겠습니다."

"알겠네만 무리할 필요는 없네. 조반이라면 이 근방 사람들에게 부탁하면 돼."

헤이시로가 생각지 못한 대답을 마사고로가 가볍게 건넨다. 오나오는 다시 얼굴을 손으로 가리고 허리를 깊이 꺾고는 도망치듯 안쪽으로 들어갔다.

"이 집에는 몇 사람이나 있지?" 헤이시로가 물었다.

"주인 신베, 안주인, 딸까지 해서 가족은 세 명입니다. 일하는 자는 조지로를 필두로 점원이 둘이고, 수습으로 일하는 꼬마가 하나.

하녀는 오나오 밑으로 두 명이 더 있습니다."

마사고로는 막힘없이 대답하고는 문득 손가락을 세웠다.

"그밖에 조제를 전문으로 하는 점원이 세 명 있습니다. 가메야에서는 이런 점원들을 '썩둑이'라고 부릅니다."

"썩둑이?"

"약재가 되는 풀뿌리나 나무 열매를 작두로 써는 소리에서 나온 말 같습니다. 가메야의 본가에 해당하는 혼초 다이코쿠야 안에서만 통하는 이름이라고 합니다."

그렇군. 처음 듣는 이름이다. 썩둑이라고 하면, 헤이시로의 경우 제일 먼저 떠오르는 것은 닭국에 썰어 넣는 파다.

"다들 이 건물에 기숙하나?"

"점원과 하녀 중에 통근하는 자가 한 명씩 있습니다. 썩둑이 셋도 그중 하나가 수습인데, 근처 나가야에 병치레중인 모친이 있어서 모친의 건강이 좋지 않을 때는 거기서 통근한다고 합니다. 다만 지난밤에는 이 집에서 묵었습니다."

헤이시로는 손가락을 꼽아 헤아렸다. 그렇다면 범행이 일어났을 때 여기 지붕 밑에는 신베 외에 열 명이 있었던 셈이다.

"이 방이 신베의 침실입니다."

실례하겠소, 하고 일러두고 마사고로가 맹장지를 열어 헤이시로를 안으로 안내했다. 방 안에 있던 자들이 흠칫하며 이쪽을 올려다보았다. 그 모습이 뜻밖에 화려해서 헤이시로는 저도 모르게 퍼뜩 놀랐다.

어깨를 맞대다시피 하며 세 사람이 앉아 있다. 모두 여자들이다.

"핫초보리의 이즈쓰 헤이시로 나리시다." 마사고로가 거침없이 말했다. "혼조 후카가와에서 일하시는 분으로, 마지마 나리의 고참이시다."

헤이시로는 엉거주춤한 자세로, 음음, 하며 역시 엉거주춤한 목소리를 냈다.

"실은 고참이랄 것도 없는 사람이고 별로 하는 일도 없다. 부탁할 게 있으면 마지마 나리한테 말해라. 그나저나 참으로 해괴한 일이로구나. 많이 두렵겠지."

괜찮으냐, 하고 헤이시로는 셋 중에 제일 어려 보이는 아가씨에게 물었다. 아가씨라기보다는 소녀.

"가메야 신베의 여식 후미노입니다."

소녀는 가녀린 목소리로, 그러나 야무지게 자신을 밝혔다. 얼굴에 핏기가 없고 볼 같은 곳은 소름이 돋은 듯이 까칠해 보이지만 울고 있지는 않았다. 몹시 긴장한 탓인지 토라져 보이는 얼굴을 하고 있다.

그래도 예쁜 소녀다. 약간 짙은 고소데_{소매통이 좁은 기모노} 목깃에서 날씬한 목이 뻗어 나오고 그 위에 히나 인형_{일왕과 왕후를 중심으로 대신, 궁녀, 반주자 등을 배치한 일본 전통의 장식용 인형}처럼 작고 가지런한 얼굴이 있다. 한 손으로도 들어 올릴 수 있을 듯한 맵시 있고 아름다운 세공품 인형 같다.

세 첩쯤 되는 이 방은 신베의 침실과 붙어 있다. 칸막이 맹장지 너머에는 무참한 사체가 누워 있으리라.

"힘들 텐데 애써 여기를 지키고 있지 않아도 된다. 조사는 이제 시작한 참이니 한참 걸릴 게야. 어디 다른 방에서 쉬고 있거라. 필요하면 부를 테니까."

후미노는 서늘한 눈길로 헤이시로를 올려다보며 도리질을 했다.

"아뇨, 괜찮습니다. 아빠—아버님 곁에 있겠습니다."

아빠를 아버님으로 고쳐 말할 때 목소리가 흔들렸다. 길게 자리 잡은 눈이 깜빡인다.

후미노 옆에서 넋을 놓은 듯한 여자의 등을, 바로 앞에 있는 세 번째 여자가 손바닥으로 가만히 쓸어 주었다. 그 손길을 받는 가운데 여자가 문득 태엽이 감긴 듯 움직이기 시작했다.

"처 사타에입니다."

억양도 없이 중얼거리듯이 말하고 부자연스럽게 고개를 숙인다. 나이는 서른이 넘었을까. 그래도 소녀의 언니처럼 젊게만 보인다.

"자네가 여기 안주인인가?"

"네, 신베의 후처입니다."

이 여인도 꽃 같은 미녀. 기운이 빠진 지금도 흠잡을 데 없는 미모를 가지고 있다. 후미노가 종이 세공 인형 같은 미소녀라면 이쪽은 '산 인형산 사람처럼 사실적으로 제작한 전통적인 등신대 인형' 같다.

그렇게 인사하는 게 고작이었는지, 사타에는 다시 목을 꺾듯 고개를 숙여 버렸다. 그러자 세 번째 여자가 무릎을 움직여 헤이시로 쪽으로 몸을 틀었다. 다다미에 양손을 짚어 절을 하더니 입을 열었다.

"이즈쓰 나리, 처음으로 인사 올립니다. 저는 미나미혼조 모토마치에서 이번 달 월번을 맡은 관리인관리인은 에도 마치 자치 위원 중 가장 말단에 속하는데, 집주인이나 지주에게 고용되어 셋집을 관리하는 일을 주업으로 하는 한편, 관리인들끼리 월번을 정해 돌아가며 소속 지역의 지신반을 지키고 그 지역에서 일어나는 다양한 사건들에 대처해야 했다 오토시라고 합니다. 가메야 주인의 변고를 듣고 왔습니다. 무례를 용서하십시오."

주판알을 굴리는 듯한 까랑까랑한 말씨다. 헤이시로보다 연장자처럼 보인다. 한창때가 지난 중년 부인이 분명하지만 이 역시 얼굴이 갸름한 미녀다.

"여자의 몸으로 감히 마치 자치 임원이란 중임을 맡았다가 이번일을 겪어서 조금 황망합니다. 한없이 부족한 월번이기는 하지만, 열과 성을 다해서 일하고 있으니 모쪼록 잘 이끌어 주십시오."

"뭐, 그렇게까지 인사를 차릴 필요는 없네." 헤이시로는 가볍게 웃어넘겼다. "흠, 자네가 월번이란 말이지? 참 특이하군."

마사고로에게도 웃어 보였지만 그는 공손히 물러선 채 대기하고 있었다.

"나도 여자 자치 임원은 처음 보았지만, 여자가 더 세심하게 살피고 더 부지런한 점은 있지. 잘 부탁하네."

헤이시로는 하지만, 이라 말하며 허리를 폈다.

"그렇게 무거운 얼굴로 앉아 있지 말고 지금은 일단 쉬도록 해. 고참 하녀가 밥을 짓겠다고 하던데, 뭐라도 먹어 두게. 부인과 따님을 부탁하네."

오토시는 그 말을 기다리고 있었는지, 사타에의 어깨를 안으며 후미노를 재촉했다. 후미노는 그래도 이 방에 있겠다고 버텼으나, "나리 하시는 일에 방해가 돼" 하는 오토시의 말에 마지못해 일어서려고 했다. 일어서던 소녀가 휘청거렸다. 마사고로가 손을 뻗어 부축해 주었다.

세 사람이 나가는 모습을 지켜보던 헤이시로가 마사고로를 돌아다보았다.

"가메야 신베란 사람은 남들이 부러워할 만큼 복이 많군."

딸, 후처, 관리인 등 나이대 별로 미녀만 모아 놓았다.

마사고로는 목소리를 살짝 낮추어 헤이시로의 한가한 물음에 이렇게 대답했다.

"그게 이런저런 말썽의 씨앗인 모양입니다만."

"―그런가?"

"예."

헤이시로는 닫혀 있는 맹장지를 쳐다보았다.

"어이, 마지마, 열어도 되겠나?"

네, 하고 즉답이 날아왔다.

맹장지를 다르륵 열었다. 시야로 날아든 것은 방 한가운데 있는 침상과 그 위에 엎드린 가메야 신베의 사체, 등에 길게 난 상처, 늘 갖고 다니는 것으로 짐작되는 커다란 돋보기를 신베의 상처에 갖다 대듯이 하고 검시를 하는 모토미야 겐에몬, 그리고―.

"오, 짱구도 왔구나!"

그러자 창백한 낯으로, "예, 이즈쓰 나리, 안녕하셨습니까" 하고 짱구 산타로가 인사를 한다. 얼굴만이 아니라, 별명의 유래가 된 훌륭한 앞짱구 이마에도 핏기가 없다. 아무래도 침상 머리 쪽 벽에 있는 선반과 그 밑에 있는 이단 서랍을 조사하고 있었던 모양인데, 헤이시로 눈에는 짱구가 선반에 의지해 겨우 버티고 서 있는 것처럼 보였다.

"어디 속이 불편하냐?"

"무섭습니다."

짱구는 한 손으로 배를 누르며 반쯤 울상을 짓고 있다.

"사체를 처음 보는 게로구나. 마사고로, 왜 또 이런 험악한 자리에 짱구를 데려왔나."

"오캇피키의 수하라면 누구나 겪어야 할 일이니까요."

마사고로는 태연하다. 봐줄 기색은 없어 보였다.

"옛 사건들만 암송해서는 제 몫을 해내는 일꾼으로 클 수가 없습니다."

"그렇다는구나, 짱구야. 조금만 참아라."

예, 하고 대답한 짱구가 씩씩하게 작업을 계속한다. 서랍에 있던 물건들을 꺼내서 일일이 기록하고 있는 듯하다.

"어떠셨습니까, 이즈쓰 님."

마지마 신노스케는 침상 발치 쪽에 서서 벽에 붙여 둔 작은 농을 조사하고 있었다. 농은 방수를 위해 철저히 밀폐되도록 만들어졌고, 열쇠가 없으면 열 수 없는 서랍도 있다. 신노스케는 위에서부터 꼼꼼하게 하나하나 내부를 살펴보는 듯하다.

"어떠냐니, 뭐가?"

"그 여자들 말입니다. 특이한 면면 아닙니까?"

검시를 해야 하므로 아직 사체를 움직일 수는 없다. 염불을 할 수도 없고 옷을 갈아입힐 수도 없다. 그러므로 떨어져 있으라고 했는데도 사타에와 후미노가 움직이려고 하지 않아서 곤란했다고 한다.

처음에는 두 사람 모두 경악과 공포로 넋이 나간 듯 보였다. 하지만 사타에는 몰라도 후미노의 모습이 아무래도 심상치 않았다. 신베 곁을 고집스레 지키려고 했다. 더 정확히 말하자면 계모의 행동을 감시하는 듯한 기미가 있었다. 마치 관리의 검시 현장에서 계모가 무슨 말을 하고 어떤 태도를 취하는지를 감시하는 듯한.

"그게 마음에 걸려서 이즈쓰 님께 어떤 말을 하는지 귀를 기울이고 있었습니다."

"하지만 내가 무슨 중요한 대답을 끌어낸 것 같지도 않은걸."

"만나보시고 느끼신 점은 없습니까?"

"벚꽃, 모란, 양옥란."

"네에?" 신노스케는 웃었다. "그게 뭡니까?"

"꽃에 비유하자면 그런 느낌이란 거지."

후미노가 벚꽃, 사타에가 모란.

"관리인 오토시는 양옥란입니까? 그게 어떻게 생긴 꽃이죠?"

신노스케가 일동에게 그렇게 묻자 짱구가 문득 가슴을 누르며 "우욱!" 하는 신음을 냈고, 마사고로는, "그거 하얀 꽃 아닙니까?" 하고 물었으며, 엎드린 사체는 물론 말이 없었다. 그때,

"원한이야!"

하는 굵은 음성이 울렸다.

모토미야 겐에몬이다. 헤이시로들이 이야기하는 동안에도 사체를 머리부터 발끝까지 핥듯이 검사하다가 마침내 얼굴을 들고 입을 열었다.

노인은 재판정에 나오기라도 한 듯 무릎을 모으고 꼿꼿이 고쳐 앉았다. 줄무늬 간이 기모노에 거의 검정에 가까운 진보랏빛 하오리를 걸치고 허리에는 물론 칼도 차고 있다. 없는 것은 짓테뿐, 헤이시로

들과 비슷한 차림새다.

"오랜만이군요. 모토미야 어르신."

헤이시로가 인사했다. 하지만 겐에몬은 정면을―장지 쪽을 향한 채 다시 소리쳤다.

"이건 원한 때문에 벌어진 일이야!"

놀라서 눈을 휘둥그레 뜬 짱구가 나머지 세 사람을 차례차례 쳐다보았다. 누구든 대답을 해야 하지 않나요?

"아, 예, 종조부님." 신노스케가 그답지 않은 얼빠진 목소리를 냈다. "그런데 그건 무슨 말씀입니까?"

겐에몬은 꼿꼿한 모습으로 들은 척도 하지 않고 있다. 마사고로가 입가에 가만히 손을 대더니, "조금 더 크게 말씀하셔야 합니다" 하고 일러 주었다.

헤이시로는 아랫배에 힘을 주고, 오토쿠야에서 점원을 부를 때처럼 소리쳤다. "모토미야 겐에몬 어르신, 정정하신 모습을 뵈니 정말 반갑습니다!"

노인은 채찍이라도 휘두르듯이 헤이시로를 홱 돌아보고 쓸데없이 커다란 돋보기를 쳐들어 앞으로 쑥 내밀었다.

"오, 자네는!"

대답하는 목소리도 역시 굵직하다. 헤이시로는 그 자리에 앉아 절을 했다.

"이즈쓰 헤이시로입니다!"

"오, 오랜만이오! 그래, 헤이노스케 나리는 별고 없으시고?"

이즈쓰 헤이노스케는 헤이시로의 부친이다.

진상 • 109

"웬걸요. 이십 년 하고도 오 년쯤 전에 저승으로 가셨는걸요."

"뭐!" 돋보기가 흔들린다. "헤이노스케 나리가 유명을 달리하셨다고?"

짱구가 눈을 동그랗게 떴다. 유명을 달리한다는 말은 죽었다는 뜻이야, 하고 마사고로가 작은 소리로 가르쳐 주었다.

"죄송합니다, 이즈쓰 님." 신노스케 얼굴이 붉으락푸르락하느라 바쁘다. "종조부님께서 얼마 전에 갑자기 귀가 어두워지셔서요."

"건망증은 전부터 있었네." 헤이시로는 웃었다. "나도 남 얘기 할 처지는 아니지. 겐에몬 영감이 자네 종조부님이셨나?"

"아뇨, 실은 좀 다릅니다."

외가 쪽 작은할아버지의 사촌형에 해당한단다. 핫초보리에 사는 요리키·도신들은 동료의 친인척과 혼인하는 경우가 많다. 예전부터 그랬다. 가계를 더듬어 올라가면 어떤 형태로든 친인척으로 연결되는 집안이 많다.

"일일이 따져서 부르기도 번거로워서 그냥 종조부님이라 부르고 있습니다."

"그렇군."

헤이시로는 개구리 같은 자세 그대로 쾌활하게 개골개골거렸다. "오늘 풋내 나는 저희에게 도움을 주셔서 정말 고맙습니다. 거사님이 오시니 천군만마를 얻은 듯합니다!"

모토미야 겐에몬은 씽긋 웃었다. 전체적인 인상은, 실수로 물에 적셨다가 방치하여 그대로 건조된 지리멘_{쪼글쪼글하게 가공한 비단}처럼 꼬깃꼬깃 쪼그맣게 말라 버린 노인 같다. 혹시라도 오토쿠가 보면 곤란하겠다. 뭐예요, 이건, 하며 뚤뚤 뭉쳐서 쓰레기통에 던져 버릴지 모른다. 그럴 때도 부스럭 소리밖에 나지 않으리라.

하지만 겐에몬의 웃음만은 싱싱하다. 허공에 쳐든 돋보기를 통해 확대된 눈동자도 맑기만 하다. 귀는 어둡고 건망증도 심하지만 겐에몬은 어엿한 현역인 것이다.

다만 '무슨' 현역이냐 하는 문제가 있다. 이 사람은 요리키도 아니고 도신도 아니기 때문이다.

모토미야 가는 남부 부교쇼에서 요리키로 일하는 집안으로, 겐에몬은 차남이다. 이즈쓰 가처럼 장남, 차남, 삼남이 모두 후계자 자리에서 떨어져 나가 사남에게 기회가 돌아오는 기이한 일도 없이, 모토미야 가에서는 장남이 집안을 상속했다. 그러니 겐에몬은 이른바 곁가지에 해당하는 처지다. 무가에서 집안을 상속하는 자식과 그 밖의 자식은 하늘과 땅만큼이나 차이가 난다. 상속자가 모든 것을 차지하고 다른 자식들은 국물도 없다.

그러니 차남 아래로는 서둘러 데릴사위로라도 들어가든가, 시중에 도장이나 서당을 열든가 해서 다른 직업이나 생계를 찾아야 한다. 겐에몬도 그런 처지였고, 실제로 관례를 올린 직후 어느 자손 없는 고케닌도쿠가와 쇼군 직속의 녹봉 만 석 이하 무사 중, 쇼군을 직접 알현할 권리가 없는 자 집안에 양자로 들어갔지만, 무슨 일이 있었는지 삼 년쯤 뒤에 핫초보리의 친가로 돌아오고 말았다. 그러고는 더부살이로 주저앉았다.

그렇다고 마냥 밥이나 축내며 지낸 것은 아니었다고 한다.

모토미야 가는 내직(부교쇼 안에서 근무하는 직책) 중에서도 대대로 판례 조사관으로 일해 왔는데, 이는 과거의 형벌이나 판결을 조사하는 까다로운 일이다. 겐에몬은 당주이자 후계자인 큰형이 이 까다로운 업무를 해낼 수 있도록 훌륭하게 도왔다.

때문에 모토미야 가에서는 겐에몬을 함부로 대하는 일이 없었다고 한다.

그러더라는 투로 말하는 까닭은, 첫째로, 주위 사람들은 그 속사정을 소문으로밖에 들을 수 없었기 때문이고, 둘째로, 마치 관리도 아니면서 핫초보리에 살고 있는 겐에몬에게 누구도 그 이유를 묻거나 따져 본 적이 없으며, 당사자도 변명이나 설명, 해명 등을 해 본 적이 없기 때문이다.

이례적이고 특이한 경우다. 모토미야 가에서는 그렇게 만사 문제 없이 흘러왔다고 한다.

그러나 세월은 흐른다. 세월만은 '그러더라'가 아니라 엄연히 흐른다. 겐에몬의 큰형이 은퇴하자 그 직책을 아들이 이었다. 그러다가 큰형이 타계했다. 직책을 상속한 아들은 혼인하여 자식을 낳았고, 이윽고 그 자식이 직책을 상속했다.

겐에몬도 나이를 먹는다. 하지만 꼿꼿하게 더부살이 겸 가내 보좌역을 해내고 있다. 젊을 때부터 체구가 작고 삭정이처럼 깡마른 풍모였다고 하지만(그때의 일은 헤이시로도 모른다) 병을 앓았던 적은 한 번도 없다고 한다. 큰형이 은퇴할 때 가와바타무라였는지 호리키리무라였는지 에도 경계선 밖 외딴 마을에 지은 집으로 이주해서 겐에몬도 함께 지낸 적이 있었지만, 겐에몬은 그때도 금방 돌아오고 말았다. 그 이유를 묻거나 따지는 자도 없어서 그 후로 내내 핫초보리의 모토미야 가에서 지내고 있다.

그 겐에몬도 요즘에는 아무래도 쇠약해졌다는 소문을 헤이시로는 극히 최근에야 들었다. 마침내 겐에몬도 은퇴하는가. 그러나 이 경우 은퇴라는 말이 적절한가를 두고 아내와 이야기한 기억이 있다.

헤이시로는 고개를 살짝 뽑으며 신노스케에게 물었다. "아침에 어르신과 목욕탕에서 같이 있었다고?"

"예." 신노스케가 관자놀이를 손가락으로 긁적인다. "실은 종조부님은 저희 집에서 지내십니다. 모토미야 가에서 이런저런 일이…… 있어서요."

마침내 누군가가 저 퇴물을 어떻게 좀 해 달라는 말을 꺼냈으리라.

"그럼 집안사람들이 '대야 돌리기귀찮은 것을 맡지 않으려고 서로 남에게 떠넘기는 짓'를 했단 말인가?"

종조부의 사촌이라도 친척이라면 친척이다. 하지만 상당히 먼 친척이므로 '대야'를 돌릴 때는 있는 힘껏 던져야 했으리라.

"자네 아버님과 정답게 은퇴 생활을 하시게 하면 어떤가?"

신노스케의 부친은 책을 좋아해서, 현역 때부터 글공부 쪽으로 제자가 있을 정도의 소양이 있다고 한다. 은퇴 후에는 핫초보리를 떠나 시중의 일반 주택에 살며 제자들에게 스승 대접을 받아 꽤 인망이 높다고 들었다.

"아버님과 함께 나란히 글을 가르치게 하거나 논어를 읽게 하면 될 텐데."

신노스케는 더욱 몸을 조아리고 관자놀이를 긁적이며 말했다. "아버님이 돌려보내셔서……."

헤이시로는 의아했다.

"이 대야를?"

용케 떠넘겼다.

"대야가 왜?"

겐에몬이 큰 소리로 물었다. 헤이시로, 신노스케, 짱구 세 사람은 목을 움츠렸다. 마사고로 혼자서만 즐거운 듯 미소를 짓는다.

"아무것도 아녜요, 종조부님." 신노스케가 등을 펴며 말했다. "그보다 원한이라고 하신 것은 무슨 뜻인지요?"

"원한이 원한이지!"

겐에몬은 돋보기를 다른 손으로 바꿔 들고 자루 끝으로 가메야 신베의 등에 난 무참한 상처를 가리켰다.

"사정없이 베였군요!"

큰 소리로 응하고 헤이시로는 내심 안심했다. 아까 그 여자들이 옆방에 있었다면 이런 식으로 이야기할 수 없었으리라.

"어르신께서는 이자의 목숨을 앗은 범인은 이자에게 원한을 품고 있다, 상처를 보면 알 수 있다는 말씀이시군요."

마사고로가 정중하게 해설한다. 극히 적절한 어투에 적절한 음량이다. 그런데도 겐에몬에게는 바로 통했다.

"그렇지!" 노인은 만족스러운 듯이 대답했다. 그러더니 지금에야 알았다는 듯이 짱구에게 고개를 돌리고 말했다.

"어허, 이 꼬마를 보게. 너 같은 꼬마가 검시 현장에 있으면 안 돼. 끔찍하지도 않느냐. 밖으로 나가거라."

마사고로는 어떻게 할지 잠깐 생각하더니 겐에몬에게 고개를 한

번 숙이고는 온화한 말투로 말했다.

"이 아이는 아직 어리지만 제 수하입니다. 공무를 거들기에는 한참 모자란 애송이긴 하지만, 저를 봐서라도 곁에서 일하게 해 주십시오, 부탁드립니다."

짱구도 얌전히 꿇어 앉아 허리를 숙인다. 겐에몬이 흠흠, 하며 고개를 끄덕인다.

"이 말씀도 벌써 세 번째네요." 신노스케가 아주 작은 목소리로 말했다. "오늘은 유난히 기억이 어두우신 것 같습니다."

"뭐라는 거냐, 신노스케."

돋보기가 갑자기 이쪽으로 돌아온다. 신노스케는 급히 진지한 표정으로 돌아간다. 헤이시로는 고개를 숙인 채 어금니를 꽉 물고 웃음을 죽였다.

"이즈쓰 나리, 마지마 나리." 수습하려는 듯한 얼굴로 마사고로가 몸을 돌렸다. "이건 흘려들어서는 안 될 말씀인 줄 압니다."

원한에 사로잡힌 칼부림이라.

"강도의 무기는 칼이군요, 어르신."

헤이시로도 조금 진지해지기로 했다.

"이건 창상創傷으로 봐도 틀림없겠지요?"

겐에몬의 지리멘같이 쭈글쭈글한 얼굴이 잠시 팽팽해진다. "강도가 아니야. 살인이지."

"아, 예."

"이 침실을 어지럽힌 흔적은 없습니다." 마사고로가 덧붙였다. "조사해 보았는데, 그렇더군요, 마지마 나리."

그 말에 신노스케도 고개를 끄덕였다. "애초에 신베는 이 방에 금품을 두는 일이 없었다고 합니다만, 청구서 같은 것을 담아 두는 작은 문고는 있었습니다."

"장식띠와 네쓰케허리띠에 주머니를 달 때 끈 끝에 달아 미끄러지지 않도록 하는 세공품도 그대로 있습니다."

짱구가 작은 오동나무 상자를 몇 개 가리켜 보였다. 선반이나 서랍에서 꺼낸 것들이다.

"안주인이나 따님의 물건으로 보입니다. 왜 여기에 들어 있는지는 나중에 물어보겠습니다만, 여하튼 그런 물건들도 전부 그대로 있습니다."

금품을 노린 침입이 아니므로 강도는 아니다. 신베의 목숨만을 노렸으니 살인범이라고 불러야 마땅하다는 말인가.

"발자국이든 뭐든 흔적은 없나?"

없습니다, 하고 신노스케와 마사고로가 동시에 대답했다.

"이 방만이 아닙니다. 이 집에 있는 모든 문이 전부 단단히 잠겨 있었고 어딜 만지거나 억지로 비틀어 열거나 망가뜨린 흔적은 없습니다."

어딘가에 손댄 흔적도 없고 발자국도 없다. 벽에 피가 튀었을 뿐.

헤이시로가 고개를 갸웃했다. "그럼, 범인은 여기 내부 사람인가."

"그, 그건 아닙니다. 이즈쓰 님." 얼른 그렇게 말하고 나서 신노스케는 당황했다. "죄송합니다. 아직 그렇게 단정하기는 이르겠지요."

이렇게 이야기를 하는 동안 겐에몬은 태연하게 앉아 있다. 아마 거의 들리지 않았으리라. 하지만 아까처럼 가끔은 몇 마디를 듣고 반응을 보이므로 방심해서는 안 된다.

"아사지로가 말이야." 헤이시로는 겨드랑이에 손을 찌른 채 입을 삐죽였다. "미나미쓰지바시 다리맡에서 일어난 쓰지기리와 똑같은 수법이라고 하더군. 신 상은 어떻게 생각하지?"

일일이 '마지마 신노스케'라고 부르기도 번거롭다. '신 상'이라 불린 신노스케도 의외라는 얼굴은 하지 않았다.

"창상이야 어느 경우나 엇비슷하니까 하나로 싸잡아 말할 수는 없습니다만……."

"그렇겠지. 미나미쓰지바시는 실외였고 지갑이 사라졌어. 이번 경우는 실내고 없어진 것은 목숨뿐이야. 그게 큰 차이겠지."

흠, 하고 콧김을 내쉴 때, "범인은 한 놈이야!" 하고 겐에몬이 지리멘 얼굴로 묵직하게 말했다.

"한 놈—이라시면?"

"미나미쓰지바시에서 있었던 쓰지기리를 저지른 바로 그자다."

헤이시로는 나머지 세 사람 얼굴을 차례대로 둘러보았다. 신노스케가 가만히 한숨을 짓는다.

"종조부님은 아까부터 이렇게 말씀하십니다."

그것도 역시 창상을 보면 알 수 있다면서 말이다.

"그런데 어르신은 미나미쓰지바시의 쓰지기리를 아세요?" 하고 헤이시로가 물었다.

"알지."

"그, 사체를 아신다고요?"

"내가 봤거든."

"보셨어요? 언제요?"

"사체를 지신반으로 옮겨 놓았을 때 내가 가서 검시를 했지."

헤이시로가 돌아다보자 신노스케는 난처한 듯이 옴팡눈을 한층 오므렸다.

"저도 몰랐습니다. 종조부님이 꽤 빠르시군요."

마사고로가 헤이시로에게 살짝 눈짓을 했다. 자세한 사정은 나중에 말씀드리지요, 하는 뜻이다.

"그러셨어요? 아이고, 이런, 몰라 뵀습니다."

헤이시로가 익살을 떤다. 겐에몬의 주름살 자글자글한 얼굴과 아이 같은 사랑스러운 눈동자의 조합은 어딘지 상대방의 마음을 풀어 주는 힘이 있다.

하지만 노인의 낯빛이 문득 흐려졌다. "그 형상은 사라졌나?"

피가 배어들어 생긴 저주의 형상.

"그것도 아셨습니까? 예, 결국 일전에 쏟아진 비에 씻겨 사라졌습니다. 동네 주민들이 가슴을 쓸어내리고 있습니다."

"그 피 말인데," 겐에몬이 말한다. "굳기가 쉬운 거야. 내가 그런 예를 하나 알고 있어."

"예에?"

무슨 말일까?

"약이야. 약을 조사해 봐야 해. 미나미쓰지바시의 사체는 죽기 전에 약을 먹었을 거야."

헤이시로는 신노스케와 얼굴을 마주 보았다. 신노스케가 눈을 재게 깜빡이고는 무릎걸음으로 겐에몬에게 다가갔다.

"종조부님, 그러고 보니 미나미쓰지바시의 사체는 보기에 병자 같았습니다. 그자가 무슨 병에 걸려 있었고, 그것을 치료하려고 약을 먹고 있었다—그 약 때문에 피가 쉽게 응고되는 상태였다, 그래서 땅바닥에 그런 형상이 생겼다, 이런 말씀인가요?"

노인의 지리멘 얼굴이 쓸쓸하게 눈을 가늘게 뜨고, 어느새 바로 뒤에 다가와 있는 마사고로를 보았다. 마사고로는 신노스케가 방금 한 말을 고스란히 반복했다. 그 옆에서 짱구가 그 말들을 기억하기 위해 소리 없이 입술만 움직여 암기하고 있었다.

이번에는 제대로 전해졌다. 마사고로는 거반 통역 같은 일을 한 것이다.

"아니면 피가 쉽게 굳는 병이었는지도 모르지."

피가 쉬 굳으니까 약을 먹었든, 약을 먹어서 피가 쉽게 굳게 되었든, 어쨌든 간에—.

"여기는 약방이야." 헤이시로는 말했다. "묘하게 연결되는군."

신노스케는 씩씩한 표정이 되었다. "미나미쓰지바시 사체의 신원을 알아내려고 마치 의원들은 거의 다 만나 보고 다니는 중입니다. 그런데 병자라고 해서 의원의 진료를 받고 있었다고 할 수는 없습니다. 거리에서 파는 약을 사다 먹고 있었는지도 모르죠."

에도 시중에는 수많은 약이 거리에서 팔리고 있다. 앞에서도 말했지만 명물 안내서에 실릴 정도다. 과자 못지않은 가짓수의 약들이 있는지도 모른다.

"허, 이런. 짐작도 못한 얘기로군."

모토미야 겐에몬, 무시할 수 없는 노인이다. 헤이시로가 감탄하는데, 당사자는 돋보기를 입에 대고 요란하게 하품을 했다. 지리멘이 죽죽 펴졌다가 다시 오므라든다.

"수고하셨습니다, 어르신." 마사고로가 얼른 나섰다. "짱구야, 어르신을 핫초보리까지 모셔다 드려라."

예, 하고 짱구가 일어선다.

"어르신이 푹 쉬시고 다시 기운을 차리시기를 기다렸다가 말씀을 듣고 오너라."

"어르신이 아신다는 그 피가 쉽게 굳는다는 사체 얘기를 말이죠." 짱구가 고개를 끄덕여 확인했다. "제가 대행수님한테 들은 얘기들과 견줘서 기억하도록 하겠습니다."

짱구도 눈치가 제법이다.

"종조부님, 일단은 댁으로 돌아가시지요. 저와 이즈쓰 님이 약방 사람들 얘기를 들어 보겠습니다. 그래서 알아낸 사실들은 전부 종조부님께 보고하고 다시 의견을 청하도록 하겠습니다."

들었는지 못 들었는지 분명하지 않지만 겐에몬은 돋보기를 지팡이 삼아 영차, 하고 일어섰다. 가메야 신베의 사체를 향해 합장한다.

그러더니 짱구에게 손을 쑥 내밀었다.

손을 끌어 달라는 몸짓이 아니다.

"가자" 하고 말했다. "꼬마가 이런 아수라장에 있으면 못쓴다."

짱구는 순순히 지리멘 노인의 손을 잡았다. 뜻밖에 정정한 걸음걸이로 겐에몬은 방을 나갔다.

마사고로는 두 사람을 바라보다가 조용히 맹장지를 닫고 몸을 돌렸다.

"공무를 거드는 저희들 사이에서 모토미야 님의 얼굴과 기풍은 익히 알려져 있었습니다."

"우리 집안사람들이 알지 못하는 사건 현장에 불쑥 나타나 귀찮게 했던 겁니까?"

마지마 신노스케가 착잡한 표정으로 묻는다. 하지만 마사고로는 고개를 천천히 가로저었다.

"천만에요. 그런 일은 없습니다. 오늘은 어르신이 마지마 나리와 같이 오셔서 놀랐을 뿐입니다."

대개는 마치 관리들이 물러간 뒤에야 슬쩍 찾아온다고 한다.

"찾아온다니, 이런 살인 현장에?"

"살인뿐이겠습니까. 목수가 디딤판에서 떨어졌다든가, 수레가 뒤집혀졌다든가, 수돗물을 마시고 식중독에 걸렸다든가, 괴질이 돈다든가 하는 다양한 현장에 나타나십니다."

다시 한 번 헤이시로는 신노스케와 얼굴을 마주 보았다.

"뭐하리 오시지?"

"사체를 보러 오시죠."

사체를 조사하러 온다는 말이다.

신노스케의 미간 주름이 깊어진다. "그건 결국 검시관의 일을 흉내 내는 게 아닙니까. 종조부님은 그런 일을 할 위치가 아니신데."

"아뇨, 그게 아닙니다, 마지마 나리."

마사고로는 두꺼운 손바닥을 들어 신노스케를 살짝 밀어내는 시늉을 했다.

진상 • 121

"거사님은—아, 죄송합니다. 저희는 자연히 그렇게 부르고 있는지라."

"아니, 괜찮네, 거사님이라고 해도." 헤이시로가 말했다. 모토미야 가에는 요리키로 일하는 당주가 있으므로 그편이 오히려 헷갈리지 않아서 좋다.

"거사님은 그저 사체를 보러 오실 뿐입니다. 검시를 하시는 건 아닙니다. 본인도 그렇게 말씀하십니다."

인간이란 생물의 허망한 죽음을 직접 보고 머리에 담아 두는 거라고 한다.

"그러므로 살인이냐 폭행이냐에 구애받지 않습니다."

"병이든 재난이든 사고든—원인이 뭐든 사체가 나오면 보러 온다는 말인가?"

"예, 그렇습니다."

헤이시로는 신노스케를 쳐다보았다. 이번에는 서로 얼굴을 마주보게 되지는 않았다. 마지마 신노스케는 거반 넋이 나간 얼굴로, 침상에 엎드려 있는 가메야 신베의 사체로 눈길을 떨어뜨리고 있다.

"이런—끔찍한 사체가."

혼잣말 같은 말투에는 희미하긴 해도 혐오의 울림이 있었다.

"뭐가 좋다고."

내뱉듯이 말한다. 쳐다보고 있는 동안 너부죽한 코가 분노로 점점 발갛게 되는 듯하다.

"종조부님이 저희 집에 오시고 나서 알게 되었는데요—."

억제한 것처럼 들리는 목소리에 헤이시로는, "흠" 하며 다음 말을 재촉했다. 마사고로는 조용히 쳐다보고 있다.

"그분은 자주 외출하십니다. 딱히 정해 둔 곳이 있지는 않습니다. 하체 단련이라고 하시지만 무사라기보다 의원 같은 차림을 하고 나가십니다."

옷에 짓토쿠를 걸치고 닷쓰케바카마_{남성용 바지의 일종으로, 무릎 아래를 좁게 만들어 활동에 편하다}에 신발을 신는다. 헤이시로는 잘 어울리겠다고 생각했다.

"시중을 돌아다니시는 겁니다." 마사고로가 가만히 말했다. "여기저기 다니시는 사이, 저희 같은 것들뿐만 아니라 기도반_{마치나 다리맡 등에 설치한 출입구를 지키는 문지기가 사는 집. 낯선 사람들의 출입을 통제하는 역할을 했다}이나 가게에 아는 얼굴들이 생겼겠지요. 그들한테 온갖 이야기를 들으실 테고, 또 그런 이야기를 듣고—."

시체를 구경하러 가신단 말입니까, 하고 신노스케는 노기를 드러내며 말했다.

"별난 사람이라는 세간의 평도, 가족들의 골칫거리라는 사실도 잘 알고 있었어요. 그러나 그 정도인 줄은 몰랐습니다. 그냥 별난 사람이 아니군요. 시체를 구경하러 다니다니, 천하기 짝이 없네요."

헤이시로는 조금 걱정스러워졌다. 하지만 곁에 있던 마사고로의 입에서는 미소가 가시지 않는다.

"마지마 나리, 안심하셔도 괜찮습니다."

오캇피키의 말에 신노스케는 미간을 모은 채 턱을 쓱 쳐들었다.

"뭘 어떻게 안심하라는 말입니까, 마사고로 씨."

"거사님의 거동은 하등 괴이할 게 없습니다. 만약 그것이 마지마 나리께서 근심하실 만한 일이었다면 저희도 그렇게 생각했겠죠. 거사님을 막을 방법이야 얼마든지 있습니다."

음, 그렇지, 하고 다시 헤이시로는 장단을 넣었다. 할 수 있는 말이 그것밖에 없다.

"그런 행동이 시작된 게 어제오늘의 일이 아니니까요."

신노스케는 여전히 착잡한 얼굴이다. "언제쯤부터요?"

"글쎄요, 한 이 년쯤 될까요?"

"우리 집에 오시기 전부터군요."

그 정도라면 그나마 괜찮다는 뜻인지, 더욱 못마땅하다는 뜻인지 말투에서는 짐작을 할 수 없다.

"거사님은 왜 사체를 구경하러 오십니까, 하는 제 물음에 이렇게 대답하시더군요."

—사체를 보면 살아 있음의 고마움을 절실히 느끼지.

신노스케의 굳게 닫힌 입매가 조금 느슨해진다.

"고마움을—절실히 느낀다."

마사고로는 고개를 크게 끄덕였다. "사체를 보러 오셔도 오랫동안 살펴보시는 것은 아닙니다. 잠깐 들렀다 가는 정도죠. 그러다가 떠나실 때는 꼭 이렇게, 아까도 그러시던데 고개를 숙이고 합장을 하시지요."

오캇피키는 합장을 해 보였다.

"저희들 하는 일이 에도 마치에는 매우 중요한 일이라고 격려해주시기도 합니다. 에도 마치에는—이라는 말씀은 결국 에도 마치에서 살아 있는 자들에게는, 이라는 의미겠지요, 마지마 나리."

흠, 하고 헤이시로는 납득했다.

"거사님은 훌륭한 분입니다." 마사고로는 계속 말했다. "여기 마치의 조금이라도 눈 밝은 오캇피키나 자경대원이라면 다들 압니다. 해서 비웃거나 하는 자도 없고, 그런 일로 핫초보리에 보고하는 눈치 없는 자도 없었습니다."

물론—하며 마사고로는 더는 못 참겠다는 듯이 웃음을 터뜨렸다.

"별난 분이심은 분명합니다. 아니, 친족분들이 근심하는 것도 당연하겠지요. 그래도 저희는 거사님이 싫지 않고 함부로 대하지도 못합니다. 이런 말씀이 무례하다는 사실은 잘 압니다만, 저어, 거사님은 저희들 사이에서는 대단한 명물이십니다."

헤이시로는 깊이 감탄하고 있었다.

"신 상, 종조부님이 그런 명물이었다는 것을 통 몰랐나 보군?"

신노스케는 말을 잊은 채 고개를 주억거렸다.

"나도 몰랐네. 아사지로는 알고 있었을까."

"핫초보리 이발사 말입니까? 아, 알고 있을 겁니다."

고자질하는 게 될까 두려워 말씀드리지 못했겠지요, 하고 마사고로는 부드럽게 말했다.

"세상은 넓은 것 같지만 알고 보면 좁아." 헤이시로는 신노스케를 흉내 내며 관자놀이를 긁적였다. "하여간 오캇피키한테는 못 당하겠군. 뭐, 그래서 오캇피키에게 의지하는 거지만."

"그건 그렇고, 오늘은 왜……."

기분이 풀렸는지 신노스케의 미간이 펴졌다. "종조부님께서는 늘 검시할 때 입던 옷차림이 아니고 검은 하오리 비슷한 차림으로 오셨을까요……."

"그야 뻔하잖아. 이게 신 상이 맡아야 할 살인 사건이니까 공연히 곤란하게 하고 싶지 않았겠지."

노망난 게 아니군, 그 노인.

"짱구랑 훌륭한 짝이 되겠어. 아낌없이 지혜를 빌려야지. 신 상도 이제 그런 얼굴을 하고 있을 필요 없네. 여기 망자한테도 미안한 일이고 말이야."

이 방에 언제까지나 앉아 있을 수도 없다. 조사는 이제 막 시작된 참이다.

마사고로가 가볍게 몸을 일으켜 약방 사람들을 부르러 갔다. 신노스케는 이마의 땀을 훔쳤다. 헤이시로는 신베의 등에 있는 상처가 보이지 않도록 이불을 덮어 주었다.

"나리, 마지마 나리."

돌아온 마사고로가 뜻밖에 당황한 얼굴이다.

"왜요?"

마사고로 뒤에는 얼굴이 부은 지배인 조지로가 숨어 있다.

"여기 지배인이—."

조지로는 연신 고개를 조아리며 앞으로 나와 얼굴을 숙인 채 작은 목소리로 입을 열었다. "나리들께서 부디 봐 주셨으면 하는 것이 있습니다."

가메님이 이상하다고 한다.

"가메님?"

헤이시로와 신노스케는 동시에 그렇게 말했다.

5

들어 보니 여기 가메야에는 '가메님'이라는 신이 있다고 한다.

조상신인가, 하고 헤이시로가 물었다. 위패나 불단인가? 하지만 조지로는 당치도 않다는 듯이 몸을 크게 젖히고는, 아닙니다, 그게 아닙니다, 하고 말했다.

"사람도 부처님도 아닙니다. 가메님은 신이시라니까요."

"그러니까 이 집안 몇 대 전 조상 중에 가메지로라든지 가메몬이라는 이름을 가진 사람이 있었는데, 그 사람이 신통한 약을 개발해서 오늘날 약국이 번창하게 된 토대를 만들었다, 뭐, 그런 이유로 가메님이라 부르며 신으로 섬겼다는 이야기 아니냐?"

그런 일화라면, 헤이시로도 금방 생각해 낼 만큼, 상인 집안에서는 드문 이야기도 아니다. 하지만 조지로는, 아닙니다, 그게 아닙니다요, 하는 말을 거듭한다.

"가메님은 '가메'라니까요."

"그러니까 가메지로—."

아하, 하고 신노스케가 소리를 질렀다. "알았다. 이즈쓰 나리, 그 가메가 아닙니다."

그러고는 조지로에게 묻는다. "그러니까 가메 말이로군?"

예, 하고 조지로는 온몸으로 끄덕였다.

"물건을 담는 항아리'가메'는 '항아리'란 뜻입니다, 이즈쓰 나리."

헤이시로도 그제야 이해했다. 하지만 이내 다음 의문에 부딪힌다. "어째서 항아리가 신이란 말이지?"

"여기는 약방입니다." 신노스케가 말한다. "방금 이즈쓰 나리가 말씀하신 대로 이 약방에서 뭔가 중요한 약을 만드는 데 사용된 항아리가 아니겠습니까. 그래서 떠받들겠지요."

그 말씀이 맞습니다요, 하고 절하는 조지로를 신노스케가 재촉했다. "그 가메님이 어떻다는 거지? 우리가 봐도 되는 거라면 어서 보여 주게."

그러자 마사고로가 옆에서 제지했다. "마지마 나리, 그게 좀—."

조지로가 덧붙인다. "가메님은 쇠붙이를 싫어하셔서요."

가메님을 뵐 때는 아무리 무사 나리라고 해도 도검을 치워 두어야 한다는 것이 이 집안의 규칙이라고 한다. 마치 관리라면 당연히 짓테도 빼 두어야 한다.

부탁합니다, 하고 조지로는 다시 머리를 조아렸다.

그래서 마사고로는 난처했다. 신노스케도 칼자루에 손을 얹은 채 역시 곤혹스런 얼굴을 하고 있다. 끔찍한 살인이 일어난 집에 조사하러 들어와서, 아직 사정도 모르는데 대뜸 무장 해제부터 하라니 무리도 아니다.

게다가 짓테는 마치 관리에게는 권위의 상징이다. 일개 상인 집안의 신 때문에, 예, 그렇습니까, 하고 떼어 놓아도 될까?

헤이시로는 지배인에게 물었다. "가메님은 어디 있지?"

창고나 다락방이나 구석진 방이 아닐까.

"썩둑이들, 아니, 조제인들이 있는," 조지로가 당황하며 말을 바꾼다. "작업실에 모셔 두었습니다."

아까 들어오다가 본, 격자문에 자물쇠가 달려 있던 방이다.

"그럼 먼저 내가 칼과 짓테를 맡기고 가메님을 뵙지. 신 상은 조제실 문 앞에서 대기하게. 가메님 앞에 나가지 않는 사람은 쇠붙이를 지니고 있어도 괜찮겠지?"

"예. 참으로 송구스럽습니다요."

일동은 조지로를 따라서 줄줄이 복도를 걸어 조제실로 향했다. 문은 절반쯤 열려 있고, 바로 안쪽의 마룻널을 깐 바닥에 단정한 모습으로 앉아 있는 후미노가 보인다. 후미노는 벗겨낸 자물통과 그것을 여는 데 사용했을 뭉툭한 열쇠를 꼭 쥔 채, 그 가녀린 손을 무릎 위에 올려놓고 있었다.

후미노는 헤이시로들을 보자 얼른 뒤로 물러나 절을 했다. 매번 그러지 않아도 된다, 하고 헤이시로가 말을 건넸다.

"들어가도 되겠느냐?"

"예, 어서 드시지요."

헤이시로는 문지방을 넘어 조제실에 발을 들여놓았다.

장지로 비쳐 든 하얀 빛이 구석구석까지 넘쳐 나고 있다. 면적은 대략 십이 첩 정도. 반질반질하게 닦인 나무 바닥에 긴 탁상이 3열로 놓여 있다. 얼핏 보면 서당 같은 분위기다. 탁상 곁에 동그란 방석이 여러 개 놓여 있다. 그곳이 조제인—썩둑이들이 앉는 자리일 터이다. 썩둑이는 세 명이라고 했지만, 방석은 그보다 많다. 작업의 종류나 내용에 따라 앉는 위치를 바꾸는 걸까.

긴 탁자의 옆이나 뒤에는 손잡이가 달린 나무 상자나 뚜껑이 있는 바구니, 뚜껑 없는 바구니, 나무 상자 안쪽의 격자에 작은 바구니를 끼워 놓은 것, 작은 이단 서랍, 작은 삼단 서랍, 문갑을 닮은 연장통으로 보이는 상자 등 다양한 것들을 정연하게 정돈해 놓았다. 크기가 제각각인 약연이 다섯 대 있는데 전부 두 번째 탁자 한쪽에 모여 있다. 그 옆에는 물기를 말리는 도구로 보이는 직사각형 그릇 안에 막자사발과 막자가 들어 있었다. 막자사발은 엎어져 있다.

건너편 왼쪽 벽에는 헤이시로의 눈높이까지 오는 약장이 붙박이로 마련되어 있었다. 그 작고 네모난 서랍 앞면에 작은 글자가 적힌 표지가 보인다. 낯선 한자들이 적혀 있는데, 뭐라고 적혀 있는지 헤이시로는 짐작도 할 수 없었다.

약장 위에는 고리짝 같은 가벼운 용기가 나란히 놓여 있다. 살이 가는 소쿠리를 덮어 놓은 무언가도 있었는데, 헤이시로는 아마 천칭이리라 짐작했다.

반대편 벽, 그러니까 들어서서 오른쪽으로는 장지문이 네 개 나란히 있다. 그래서 이렇게 실내가 밝다. 가메야는 본래 두 채였던 건물을 연결해서 한 채로 만들었다고 한다. 이 방은 기역 자 건물의 연결부에 해당하는 부분이다.

방 정면에는 미닫이 널문 한 쌍이 달려 있다. 그 양 옆의 하얀 토벽에는 달력 같은 종이가 몇 장 걸려 있다.

후미노가 가만히 일어선다. 자물쇠와 열쇠를 지배인에게 건넨 뒤,

"가메님은 저쪽입니다" 하고 손바닥을 위로 향하게 손을 뻗어 미닫이 널문 쪽을 가리켰다. 그러고는, 실례합니다, 하며 헤이시로보다 반 보 앞으로 나선다.

"훌륭하군. 어떻게 정리 정돈을 하지?"

헤이시로는 감탄에 겨워 그렇게 물었다. 그 정도로 말끔한 방이었

다. 비껴드는 햇빛에 떠다니는 먼지가 보일 만도 한데, 그것조차 보이지 않는다. 먼지 따위는 어디에도 보이지 않는다. 바닥 널 틈에 실밥 하나 끼어 있지 않았다.

"약방이니까요."

소녀의 목소리로, 그러나 말투는 어른스럽게 후미노가 대답했다. 약 냄새를 듬뿍 품은 서늘한 공기 속에 후미노의 음성만이 감미롭게 울린다.

"이 방에 드나드는 사람은 썩둑이 셋뿐인가?"

"아뇨, 저와 하녀들도 드나듭니다. 청소를 해야 하니까요."

후미노는 미닫이 널문 앞까지 가서 널문을 향해 고개 숙여 인사하고 그 자리에 앉았다. 헤이시로가 그대로 따라하고 정좌하자 놀란 얼굴로 그를 돌아다본다.

"가메님을 뵈는 것 아니냐? 그러니 나도 인사를 드려야지."

"감사합니다."

후미노는 바닥에 손을 짚고 헤이시로에게 절을 했다. 이어서 널문을 향해서도 절을 하고는 무릎으로 서서 양손을 문으로 뻗었다.

널문에는 은세공 손잡이가 달려 있었다. 후미노의 백어白漁 같은 손가락이 손잡이에 닿는다.

스르륵 하는 소리도 없이 널문이 열렸다.

항아리라고 했으니 항아리일 거라 짐작했다. 특별히 각오해야 할 일이 아니다. 그냥 항아리인 것이다. 무늬가 진기하든 형태가 이상하든 항아리는 항아리다.

하지만—그럼에도 헤이시로는 흠칫 놀랐다.

엄청나다.

미닫이문 너머에 바닥에서 두 척_{약 육십 센티미터}쯤 되는 높은 자리에, 헤이시로는 물론 덩치 큰 마사고라도 한 아름에 품기 힘들어 보이는 거대한 항아리가 묵직하게 놓여 있다.

흙색 바탕에 검은 유약이 흘러내리는 듯한 무늬가 나 있고 뚜껑은 없다. 둥근 목에 몸통 중간쯤이 불룩하게 나와 있고, 그 밑으로 내려갈수록 가늘어진다. 색깔도 형태도 흔해 빠진 항아리였다. 오토쿠가 매실 장아찌를 담글 때 사용하는 항아리와 아주 흡사하다.

다만 지나치다 싶을 만큼 크다.

"이야, 정말……."

말문이 막히고 만다. 헤이시로는 무릎을 꿇고 앉은 채 항아리를 올려다보았다. 보기에 따라서는 참으로 우스꽝스러운 광경이다.

"아가씨라면 쏙 들어가겠군. 어릴 때 여기 숨어 숨바꼭질 같은 거 하지 않았나?"

웃으며 물었지만 후미노는 웃지 않았다.

"그런 짓을 하면 벌을 받습니다."

"그래? 오, 그렇지, 가메님은 신이라고 했으니까."

가메님은 비단실을 섞어 짠 깔개 위에 안치되어 있고, 깔개 네 귀퉁이에는 하얀 소접시에 소금이 소복하게 쌓여 있다. 장식 비슷한 것은 그것이 전부였고 금줄이나 비쭈기나무_{신성한 나무라 하여 그 가지를 성소에 올렸다}는 보이지 않는다. 신에게 바치는 등불도 없는 듯하다.

안쪽 벽에는 창이 없다. 미닫이문을 닫으면 가메님은 암흑 속에 있게 된다. 문을 열었을 때만 모습을 드러내는 것이다.

"아침에 썩둑이들이 작업을 시작할 때 문을 열고 예를 올립니다. 저녁에 작업을 마칠 때도 그렇게 하고요."

"그때는 아가씨도 같이 예를 올리나?"

"예. 다만 썩둑이 이외의 점원들은 정월에만 합니다."

가메야 주인, 안주인, 딸 후미노, 썩둑이 세 명 이외의 사람들은 이 미닫이문에 손대는 것조차 금지되어 있다고 한다. 하녀가 청소하러 들어올 때도 미닫이문에는 접근하지 않는다.

"그럼 가메님 청소—라고 해도 되려나 모르겠다. 가메님을 깨끗이 닦아 드리는 사람은 누구지?"

"저나 사—어머님입니다."

후미노가 '사타에 씨'라고 말하려다가 멈춘 것은 명백했다.

"오늘 아침도 네가?"

"아뇨, 오늘 아침은 그 일 때문에."

후미노가 눈을 내리깔고 입술을 깨문다.

"아까 아버지 방에서 물러날 때까지는 여기 자물쇠를 여는 일조차 잊고 있었습니다."

그걸 떠올린 이는 여관리인의 위로를 받으며 신베의 침실을 나간 안주인 사타에였다.

"가메님께 아침 문안을 드리고 소금을 공양해야 한다고요."

"귀하게 모시는 신이니까."

"예. 그래서 둘이 함께 여기 들어왔습니다."

"그러다가 가메님 상태가 이상하다고 느꼈군."

후미노가 고개를 끄덕인다. 헤이시로는 머리를 긁적였다.

진상 • 133

"하지만 난 모르겠는데. 가메님의 어디가 어떻게 이상하다는 말이지?"

후미노는 가녀린 손가락으로 가메님을 가리켰다.

"가까이서 보십시오. 아, 송구합니다만 만지지는 말아 주세요."

"알았다, 알았다."

헤이시로는 두 손을 뒤로 돌리고 윗몸을 내밀며 시선을 모았다. 큼지막한 매실 장아찌 독처럼 생긴 가메님을 가만히 살펴본다.

"땀을 내고 계시죠?"

듣고 보니 그런 듯싶다. 항아리 표면이 분명히 물기로 흐릿해져 있는 것 같았다.

"지금까지 이런 일은 한 번도 없었습니다. 그래서 어머님이 나리들께 꼭 알려 드리라고 하셔서."

그 소식을 전해 들은 사람들은 어떻게 해야 한단 말일까.

"하지만 이것은…… 피도 아니고 그냥 물 아니냐."

"예."

"아, 미안하구나. 피라는 둥 해대서."

"저는 괜찮습니다."

후미노는 헤이시로에게 얼굴을 향하고 미소를 지으려 했다. 보면 볼수록 어여쁜 얼굴이지만 마음고생과 긴장 탓인지 눈가가 희미하게 떨리고 있다.

"저도 어머니도, 아버지한테 종종 들었던 이야기가 있습니다—."

가게에 중대한 일이 있을 때는 가메님에게 이변이 나타날 거라고 했단다.

"어머니는 이게 바로 그 이변이라고 하십니다."

"가메님이 땀을 내는 것이?"

"그 이변에는 반드시 의미가 있다고 아버지가 말씀하셨습니다."

주인이 몰래 침입한 범인에게 살해되고 항아리가 땀을 흘리고 있다. 이것이 단서인가?

뭐라고 할 말이 없어서 헤이시로는 짐짓 그래? 그렇군, 하고 응하기만 하다가 곧 자리에서 일어섰다.

"신 상, 나 대신 이쪽으로 와 보게. 자네 칼은 내가 맡아 줄 테니까."

말씀은 다 들었습니다, 하며 신노스케가 다가왔다. 후미노가 다시 한 번 사연을 설명했지만 신노스케도 역시, 흠, 그런가, 하는 대답밖에 할 수 없었다.

그렇더라도 헤이시로보다는 명민한 사람이다. 후미노에게 미닫이 문을 닫아 달라고 부탁한 신노스케가 조제실을 죽 둘러보고 물었다.

"가메님이 쇠붙이를 싫어한다면 왜 여기에 모셨지? 조제실이라면 썩둑이들이 날붙이를 쓸 수밖에 없을 텐데."

후미노는 냉큼 대답했다. "조석으로 가메님께 예를 올릴 때는 도구를 전부 정돈해 둡니다."

가뿐하게 일어나 나무 상자 몇 개를 열어서 보여 주었다. 가는 끌, 송곳이나 나사송곳 같은 것. 쇠로 만든 빗처럼 생긴 도구. 날 길이가 헤이시로의 새끼손가락 길이밖에 안 되는 칼.

"가메님은 썩둑이들의 작업을 여기서 지켜보십니다. 그러므로 다른 곳에 모실 수는 없습니다."

끼어들 마음은 없었으나 못내 이상해서, 헤이시로는 문가에서 물었다.

"날붙이라도 공구 상자에 넣어 두기만 하면 괜찮다고? 그럼 우리가 차고 다니는 칼도 칼집에 들어가 있으면 문제없지 않느냐? 뭐, 따지려는 것은 아니다만."

송구합니다, 하고 후미노는 고개를 조아렸다. 말하기가 어려운 표정이다.

"이즈쓰 님, 칼은 부정한 피와 통하는 물건이니 여기에서는 썩둑이들이 쓰는 연장보다 더 금기로 해야 하지 않겠습니까."

그렇지 않은가, 하고 신노스케가 후미노에게 묻는다. 후미노는 더욱 몸을 움츠렸지만 고개를 끄덕였다.

"그렇습니다. 송구합니다."

부정한 피와 통하기 때문이라고? 헤이시로는 턱을 쓸며 다른 생각을 했다. 부정 타는 것을 따지는 관습에서는 '부정한 피'는 오로지 여자의 달거리를 가리킨다. 나아가 그것은 여성 자체를 배제하는 근거가 되기도 한다. 하지만 가메님은 그런 관습에는 개의치 않는 듯하다.

약방의 신이기 때문인가.

"그나저나 신 상은 용케 그런 생각까지 하는군. 나는 칼이 부정하다는 생각은 전혀 떠올리지 못했는데."

허리에 차고 있을 뿐, 뽑아서 휘둘러 본 적이 없으니 무리도 아니다.

"역시 실력 있는 사람다워. 후미노, 여기 마지마 나리는 나 같은 사람이 눈 한 번 깜빡할 사이에 무뢰한을 베어 버릴 만한 기량이 있단다."

그러니 안심해라, 라고 말을 이으려는데, 후미노가 안 그래도 동그란 눈을 더욱 동그랗게 뜨고 물었다. "마지마 나리는 사람을 벤 적이 있나요?"

"아니, 아니, 벤 적은 없다." 신노스케가 얼른 말한다.

"방금 그 말은 일테면 그렇다는 말이다. 마지마 나리는 핫초보리에서도 인품이 좋기로 소문난 분이야. 말하자면 강하고 올곧고 나쁜 자들을 벌주고 약자를 돕는 분이시다."

"과, 과찬이십니다, 이즈쓰 님."

후미노의 눈길에 신노스케가 몹시 쑥스러워하고 있다. 그는 청년이고 상대는 미소녀다. 헤이시로도 알고 하는 소리였지만, 이렇게 솔직하게 볼을 붉히니 말을 꺼낸 사람도 낯간지럽다.

아아, 아깝네. 신노스케가 잘생긴 청년이었으면 이쯤에서 어심수심, 낙화유수의 애틋한 정경이 펼쳐지련만. 헤이시로는 역시 자신의 말상 얼굴일랑 잊은 채 그런 생각만 하고 있다.

"우리가 찬 칼을 금방 지적한 것을 보니—."

쑥스러움을 감출 요량인지 신노스케가 닫힌 미닫이문으로 눈길을 던지며 물었다. "전에도 여기에 무사가 들어온 적이 있나?"

"예, 있습니다."

후미노는 여전히 신노스케의 얼굴을 찬찬히 올려다보고 있다. 그녀에게는 수줍은 기미가 없다. 이럴 때는 여자가 더 당차다.

"저희 약방의 왕진고 덕을 톡톡히 보았다며 가메야의 신을 꼭 뵙고 싶다는 무사님이 들어오신 적이 있습니다."

"그래, 그 왕진고. 이 약방의 간판 상품이겠지? 그건 대체 무슨 약이지?"

소양증 약이라고 후미노는 대답했다. "종기, 땀띠, 습진, 벌레 물린 데 등 피부에 생기는 병에는 뭐든지 잘 듣습니다. 피부병을 고치려고 다른 약을 바르거나 붙였다가 더 악화됐을 때도 왕진고를 바르면 낫습니다."

"호, 대단한 약이로군."

헤이시로는 문득 오토쿠와 나눈 대화를 떠올렸다. 오토쿠의 죽은 남편 가키치에 대한 이야기였다.

가키치는 병으로 쓰러져 일 년 이상이나 고생하다 죽었다. 자리보전하는 남편을 오토쿠는 알뜰하게 보살폈는데, 곁에서 지켜볼 때 가장 힘들었던 일은 병 자체보다도 욕창이었다고 한다. 같은 자세로 하루 종일 누워 있으면 이불에 피부가 스쳐서 짓무르고 만다. 환자는 대개 바짝 여위어 살이 없기 때문에 증세가 심해지면 피부에 구멍이 나 뼈가 훤히 보인단다.

―그래도 나리, 환자도 통증이라면 그럭저럭 참을 수 있는 모양이더군요.

진짜 힘든 것은 욕창이 낫기 시작하면서 나타나는 가려움증이라고 한다.

―겨우 딱지가 앉은 것을 피가 나도록 벅벅 긁어 대야 할 만큼 가렵다는 거예요. 미치도록 가려워서 잠도 못 자고 밥도 못 먹더라고요. 아픈 거라면 주물러 줄 수도 있고 결린 거라면 풀어 줄 수도 있

지만 가렵다고 해서 긁어 주면 몸이 망가지잖아요. 참으라고 타이르기도 정말 괴롭더군요.

"오래된 약인가? 약방 앞에 걸린 액자는 그리 묵어 보이지는 않던데."

보셨어요? 하고 후미노는 미소를 지었다.

"그 액자는 매년 정월에 갈아 답니다. 왕진고 자체는 시판한 지 삼 년 되고요."

가키치가 죽은 지 벌써 육 년—아니, 칠 년인가. 당시 왕진고가 있었다면 오토쿠는 자랑거리인 그 무쇠 솥을 잡혀서라도 약을 사다가 남편의 등에 발라 주었을 게 틀림없다.

"아까 지배인이 이런 날이라도 급하게 달려오는 손님이 있다고 했는데, 그런 손님들도 역시 왕진고를 사러 오겠지?"

"그렇겠지요. 이즈쓰 나리의 말씀대로 고맙게도 저희 가게에서 제일 잘 팔리는 약이고, 많이 지어 놓고 두고두고 팔 수 있는 약이 아니거든요. 그래서 한 번에 많은 양을 팔 수도 없어요."

고약에는 그런 것이 많다.

"그런데 그 약은 누가 개발했지?"

"아버지입니다." 후미노는 즉시 대답했다. "아버지도 예전에는 썩 둑이였습니다. 이 가메야의 주인이 된 뒤에도 종종 이 방에서 썩둑이 셋과 함께 약을 짓곤 하셨습니다."

주인이 몸소 간판 상품을 지었다는 말인가.

"주판을 놓거나 장부를 정리하기보다 여기서 생약재를 썰고 있는 것이 더 편하다고 저한테도 말씀하신 적이 있습니다."

신노스케가 미닫이문 앞에 심각한 얼굴로 서서 팔짱을 꼈다.

"이 약방 건물은 두 채를 하나로 연결한 구조지. 공사가 오 년쯤 전에 있었다고 들었는데, 그렇다면 왕진고의 성공과는 관계가 없는 공사였군."

지금까지 어떤 물음에도 냉큼 대답하던 후미노가 이번에는 뜸을 들였다. 주근깨 하나 없는 복숭아 같은 볼이 살짝 긴장한 듯하다.

신노스케가 헤이시로 얼굴을 보았다. 헤이시로는 후미노에게 웃음을 지어 보였다.

"왕진고 덕분이 아니었다면, 이를테면 네 아버지가 후처를 들인 일이 확장 공사의 계기였다거나?"

후미노가 놀란 모양이다. 사체가 된 아버지, 몸져누운 새어머니를 대신하여 가메야 대표로 행동하던 외동딸에서 평범한 소녀로 돌아와 고개를 까딱 끄덕인다.

"뒷길에 면한 이쪽은 원래 셋집이었습니다."

"셋집치고는 꽤 큰 집이었군?"

그때는 마치 의원이 살고 있었다고 후미노는 다시 볼을 긴장하며 대답했다.

"그래?"

헤이시로가 멀리서 건너다보듯이 후미노를 쳐다본다. 후미노는 시선을 떨어뜨렸다.

"구리하시 분조라는 의원입니다."

"무가 출신이겠군?" 신노스케가 묻는다.

"예. 저도 자세히는 모르지만, 시모사 어느 번藩의 번의藩醫 집안이라고 합니다. 다만 장자가 아니어서 공부를 위해 에도로 올리왔다가 그대로 여기서 개업했다고 들었습니다."

혼인도 하고요—라고 덧붙이더니 다시 입을 다문다.

"처가 사타에였나?" 헤이시로가 입을 열었다. 신노스케가 옴팡눈을 휘둥그레 뜬다.

예, 하고 후미노는 작은 목소리로 대답했다. 헤이시로의 짐작도 맞을 때는 맞는다. 후미노는 참으로 안색을 읽기 쉬운 아가씨다.

"명의로 소문이 자자한 분이었습니다."

어여쁜 아가씨는 억양 없는 말투로 말했다.

"나이도 젊고—."

그런 구리하시 분조가 갑자기 죽었다. 애주가였던 그는 마치 의원 동료들과 요릿집에서 술을 마시고 밤중에 귀가하다가 취기에 걸음을 헛디뎠는지 이 근방 수로에 떨어지고 말았다.

"여름이었으니 물에 떨어졌다고 해서 목숨을 잃지는 않았겠죠. 머리를 부딪쳐 실신한 탓에 익사했다더군요."

처 사타에가 가메야의 후처로 들어가기로 정해지고 집 두 채를 연결하는 공사가 시작된 것은 구리하시 분조가 죽은 지 석 달도 지나지 않았을 때였다고 한다.

"의원과 약방 사이였으니 전부터 왕래가 잦았지요. 저희 식구들도 감기에 걸렸다, 배탈이 났다 하면 구리하시 의원에게 진료를 받았습니다. 그래서 사타에 씨도 잘 알고 있었고요."

"그래도 놀랐겠지. 이웃집 친한 아주머니라지만 어머니가 된다고 하면 얘기가 다르니까."

고개를 끄덕이려고 하던 후미노가 애써 미소를 지었다.

"아버지의 재혼에 대해서라면 저보다 오토시 씨가 더 잘 알 거예요. 그때 많이 거들었으니까요."

미모의 여관리인이다.

"그렇군. 오 년 전이면 너는 한참 어릴 때였구나."

열 살이었습니다, 하고 후미노는 열 살짜리 아이로 돌아간 듯한 목소리로 말했다.

그때 복도를 스르륵스르륵 미끄러지듯이 짱구가 찾아왔다. 핫초보리까지 갔다가 돌아왔다면 놀라울 정도로 빠르다. 무슨 일이냐, 하고 헤이시로가 물었다.

"예, 모토미야 거사님이 많이 피곤해 보이셔서 말씀은 다음에 듣기로 하고 가마를 불렀습니다."

겐에몬이 걸으면서 꾸벅꾸벅 졸았다고 한다. 역시 밀려오는 나이는 못 당한다.

"그래? 수고했다. 그럼 다음에 거사님한테 이야기를 들으러 갈 때는 나도 같이 가자."

신노스케는 그다지—라기보다는 거의 받아들이지 않는 듯했지만, 헤이시로는 겐에몬이 사체를 보고 단호하게 "원한이야"라고 단정한 점이 신경 쓰였다. 왜 그렇게 생각했는지 이유를 찬찬히 묻고 싶었다. 그러자면 오히려 신노스케가 없을 때가 더 낫다.

"예, 알겠습니다" 하고 대답하면서도 짱구는 조제실 안을 신기한 듯이 둘러보고 있다. 약을 짓는 방이군요, 하면서.

헤이시로가 짱구에게 두 사람 몫의 칼 네 자루를 맡기고 가볍게 일어선다.

밝게 비치는 장지문으로 다가가 절반쯤 열었다. 문 너머의 뒷길은 길이라기보다 골목이라고 하는 편이 어울릴 만한, 폭이 한 간쯤 되는 좁은 길이었다. 하지만 그 앞쪽은 화재가 번지는 것을 방지하기 위해 마련한 공터로, 대략 가메야 면적의 두 배쯤 되는 공터가 널찍하게 자리 잡고 있다. 그래서 밝은 것이다.

"저기는 본래 방화용防火用 공터인가?"

"아버지가 이곳에 가메야를 시작할 때 나가야가 있었다고 들었어요. 그것이 화재로 불타자 부교쇼의 지시로 비워 두게 되었다고 합니다."

"그럼 가메야 소유는 아니로군."

"예. 저희 땅은 이쪽뿐입니다."

가게 앞 대로는 구경꾼들로 소란하지만 뒷길까지 살펴보러 오는 자들은 없는 듯하다. 분위기가 조금은 차분해졌는지도 모른다.

마지마 신노스케는 조금 전부터 발소리를 죽여 조제실 안을 천천히 돌아다니고 있었다. 마침 한 바퀴를 돌아 헤이시로 곁으로 왔다.

"덧문이 튼튼하군요."

덧문을 열었을 때 문짝이 들어가는 덧문집을 들여다보다가 이내 눈길을 고정한다.

"하지만 뒷길과 가메야 사이에는 이 덧문과 장지밖에 없는 셈인데……."

신노스케의 혼잣말 같은 말에 후미노는 얼른 대답했다.

"썩둑이는 밤에도 여기서 작업을 하곤 합니다. 아무도 없을 때는 덧문을 닫고 반드시 빗장을 질러 두지요."

실제로 빗장을 세 군데서 잠그게 되어 있다.

"음. 어지간해서는 열 수 없는 문이군. 부수려고 들면 요란한 소리가 날 테고."

"오늘 아침에는 이 덧문을 언제 열었지?"

"아까 어머니와 함께 가메님께 예를 올리려 왔을 때입니다."

질문한 신노스케는, 그래? 하고 짧게 대답하더니 내처 물었다. "복도 쪽에도 자물쇠가 달려 있던데, 그건 왜 달아 놓았지? 집 안에서 그렇게 문단속을 할 일도 없을 텐데."

오랜만에 후미노의 볼에 긴장이 풀렸다. "예, 문단속이 조금 요란하긴 합니다. 그건 아버지의—뭐라고 해야 하나요, 경고라고 할까."

"경고?"

"이곳은 가메야에서 제일 중요한 방이다, 용무 없는 자, 허락받지 않은 자는 함부로 드나들지 말라는 뜻으로 자물쇠를 달게 되었습니다."

"처음부터 그랬나?"

"예. 조제실을 이런 형태로 만들기 전부터 썩둑이가 일하는 방에 대해서는 아버지도 유난히 까다롭게 출입을 단속하셨습니다."

썩둑이 옆에는 어김없이 가메님도 있었고요—하고 말한다.

"그렇지, 얘기의 순서가 뒤바뀌어서 미안하지만, 가메님의 유래를 말해 주지 않겠나? 이것도 왕진고와는 관계가 없겠구나. 이미 그 전부터 귀하게 받들었을 테니까."

후미노는 자세를 바로 하고 저도 모르는 새 자랑스러운 표정을 지었다.

"아까도 말씀드렸지만 아버지도 예전에는 썩둑이었지요. 열한 살 때 다이코쿠야에 머슴으로 들어가 생약 제조를 배우기 시작했다고 들었습니다."

본가 다이코쿠야. 왕진고 액자에도 적혀 있는 이름이다.

"다이코쿠야는 모토마치 3초메에 있는 생약 도매상입니다. 막부가 처음 설치되었던 시대까지 거슬러 올라가는 관록 있는 가게라고 아버지가 말씀해 주시더군요."

모토마치 3초메는 약방 거리다. 그 역사는 후미노가 말한 대로 도쿠가와 이에야스 공이 에도 성에 거처를 정할 때까지 거슬러 올라간다. 이때 오다와라의 약종상들이 모토마치 4초메에 오두막을 짓고 약을 팔기 시작한 것이 약방 거리의 효시다. 에도 마치가 번영함에 따라 그곳을 중심으로 점차 약방이 늘어났으므로 마침내 막부는 모토마치 3초메를 약재 도매상 구역으로 정한다.

그러니까 모토마치 3초메에 있는 약방이나 약재 도매상이라는 사실만으로도 그 가게의 역사가 오래되었음을 알 수 있다. 가게의 격을 보증받은 셈이나 마찬가지라고 할까.

"조제인을 썩둑이라 부르는 것도 다이코쿠야의 관습이라던데."

헤이시로가 묻자 후미노는 눈을 재게 깜빡였다. "그렇습니다. 잘 아시는군요, 이즈쓰 나리."

"알긴, 아까 들었을 뿐이다."

도착한 지 얼마 되지도 않았는데 그런 얘기를 어디서 들었을까 싶은지 후미노는 여전히 눈을 깜빡거리고 있다. 귀여운 모습이다. 그런 자잘한 이야기들을 잽싸게 모으는 자들이 오캇피키란다, 하고 자기 일처럼 자랑해 주고 싶었지만 일단은 참았다.

"여기 가메야에서도 그렇습니다만 썩둑이는 다른 직원과 달리 점원이나 지배인이 되지 않습니다. 썩둑이는 몇 년이 지나도 썩둑이로 남습니다. 장사와 조제는 다른 일이니까요."

수련을 쌓아 제 몫을 해내게 된 신베는 다이코쿠야 주인에게 청해서 독립을 했다. 딱 이십 년 전, 그가 서른 살 때였다고 한다.

"다이코쿠야에서는 그렇게 썩둑이를 독립시키는 일이 드물지 않았다고 합니다. 개중에는 고향으로 돌아가는 사람도 있다더군요."

생약 제조 기술과 지식을 안고 고향으로 금의환향한다.

"아버지는 본래 에도 사람이므로 에도를 떠나지 않았습니다. 독립한다고 바로 약방을 낼 수는 없으므로 처음에는 마치 의원 밑에 들어가 약을 조제하면서 차차 돈과 신용을 쌓아서—."

나가야에서 시작해 대로변 셋집으로 옮기고, 거기에서 약방 간판을 달았다. 가게 폭이 한 간에서 두 간으로. 두 간에서 지금 여기에 있는 이 가게로.

"조제와 장사에 몰두하느라 결혼이 늦어지신 탓에 저도 늦둥이로 태어났습니다."

마침 생각이 났다는 듯이 신노스케가 물었다. "아가씨 생모는?"

후미노는 눈동자를 그에게 또르륵 돌리고 대답했다. "저를 낳고 돌아가셨지요. 난산이었다고 합니다."

그런가? 하며 신노스케는 말끝을 흐렸다. 다, 다른 형제는? 하고 당황하며 덧붙인다.

"없습니다. 저는 외동딸입니다."

"그럼 아가씨가 이렇게 재기 있고 총명하게 자라 아버지가 아주 기뻐했겠군."

감사합니다, 하고 후미노가 인사를 차린다. 아깝네, 아까워. 총명하단 말은 그렇다 치고 왜 '재기' 있다고 했지? '어여쁘고'라고 하면 좋았잖아.

잠시 묘한 침묵이 흘렀다. 신노스케가 헛기침을 했다. 후미노도 이번에는 역시 부끄러워하는 눈치다.

"그런데 가메님 얘기는," 헤이시로가 슬쩍 거들어 주었다. "언제 할 거야?"

"아, 그것은, 예, 말씀드리죠."

이번에는 두 사람 모두 얼굴이 빨개진다. 귀엽긴 하지만 번거로운 일이군.

"아버지가 처음 가게를 낼 때 마침 근처 고물상의 잡동사니 속에서 발견하셨답니다."

너무나 커다란 항아리여서 지나가던 길에서도 잘 보였다고 한다.

"어지간한 간판을 거느니 커다란 항아리가 있는 가게라면 손님들도 쉽게 기억하리라 생각해서 거반 장난처럼 구입하셨다고."

비좁은 가게였으므로 항아리를 들여놓으니 신베가 잘 자리가 없었다고 한다.

"처음에는 그저 장식품이었습니다. 그러다 십오 년 전—."

본가 다이코쿠야에서 배운 생약 조제 기술 외에도 신베는 몸소 신약을 개발하기 위해 공부했다. 특히 그는 타박상에 잘 듣는 고약에 열중해 다양한 시험을 하고 있었다.

"타박상 약은 만들기가 쉽지 않습니다. 누구한테는 잘 듣지만 다른 사람한테는 안 듣습니다. 타박상 부위가 다르면 약효도 달라집니다. 약이란 본래 그런 법이지만, 타박상일 경우는 특히 그런 편차가 심하다고 아버지는 말씀하셨습니다."

어느 날 신베는 어떤 약의 조제법을 생각해 냈다. 상당히 잘 들을 거라고 기대했다. 하지만 실제로 재료를 썰고 볶고 찌고 이리저리 조합해 보아도 생각처럼 잘되지 않았다. 약이 되지 못하고 썩어 버리기도 했다.

"아무리 해도 벽에 부딪히자 자포자기하는 마음도 들어서, 간판으로 삼고 있는 항아리에 약재들을 죄 쓸어 넣고 한번 시험이나 해 볼까 했는데—."

이것이 실패 없이 곧장 성공하고 말았다. 새로운 약이 탄생한 것이다.

"그 약이 가메야가 지금처럼 번성하는 바탕이 되었습니다. 약효에 편차가 적어서 널리 쓰이게 되었지요."

그 뒤로 신베는 간판으로 삼은 커다란 항아리를 신으로 떠받들게 되었다.

"일단 조제에 성공하고 나서, 두 번째부터는 항아리를 바꾸어도 괜찮았나?"

신노스케가 자잘한 부분까지 궁금해한다. 후미노는 웃으며 연방 고개를 끄덕였다.

"일단 완성하고 나니까 길이 났다고 할까요. 썩둑이는 성공적이었을 때의 순서와 비율, 호흡 등을 기억한다고 합니다. 저는 조제 수련을 받은 적이 없어서 이 대목은 이야기로 들었을 뿐 실감할 수는 없습니다만."

대형 항아리는 어디까지나 계기였단 말인가. 그러나 바로 그렇기 때문에 떠받드는 것이다. 지혜와 노력만으로는 이르지 못할 곳으로 번쩍 들어서 옮겨 주는 것이 계기요, 운이기 때문이다.

"음, 잘 알았다." 헤이시로는 후미노에게 빙긋이 웃으며 고개를 끄덕였다. "네 부친이 가메님을 모실 수밖에 없었겠구나. 하지만 약방에 중대한 일이 일어날 때 가메님에게 이변이 생긴다는 이야기는, 나중에 갖다 붙였을 게다. 지금까지 실제로 그런 일이 있었을 리는 없으니."

가메님의 내력 자체가 고작 십오 년밖에 안 되니까.

후미노도 미소를 짓는다. "그렇지도요. 하지만 아빠의 믿음은 확고했습니다."

이제야 솔직하게 '아버지'가 아니라 '아빠'라고 부른다.

"우리는 누구나 그렇게 기댈 무엇이 없으면 불안해서 못 산다. 내가 아는 찬 가게 아줌마는 수십 년이나 써 온 솥을 신처럼 대하더군. 그걸 아차 실수로 태워 먹어서 구멍이 났을 때는 한참 풀이 죽어서 지냈지."

그렇다, 오토쿠는 지금도 불만스런 말투로 헤이시로에게 물을 때가 있다. 보세요, 나리. 우리 가게 조림 맛, 역시 변하지 않았나요? 그 맛은 제가 아니라 솥이 냈나 봐요.

"아빠도 가메님을 닦아 드리는 일은 직접 하겠다면서 우리한테는 좀처럼 맡기지 않았어요. 겨우 허락하신 것이 재작년이었습니다. 저와 사타에 씨는 가메님을 만져도 된다면서."

신베에게는 어느 쪽이나 소중한 여자다. 여자가 만지면 부정 탄다는 난폭한 말을 하지 않은 까닭은 신베가 사타에와 후미노를 깊이 사랑했기 때문이다.

"우리를 상대하느라 고생했다. 여러 가지를 말해 줘서 도움이 됐다."

일어서는 헤이시로를 신노스케가 당황하며 말렸다. "잠깐만요. 이즈쓰 님. 묻고 싶은 점이 하나 더 있습니다."

신노스케는 진지한 얼굴로 후미노를 돌아보고 긴장한 탓에 딱딱해진 말투로 물었다. "그 타박상 약도, 왕진고도 아가씨 부친이 궁리해서 만들어 냈다. 그러나 여기에는 썩둑이 셋이 있잖나. 그들에게 조제법을 가르치려면 글로 적은 무언가가 필요했겠지. 조제 안내문이나 책자 같은 것 말이야. 그런 건 어디에 있지?"

"침실의 반닫이가 아닐까?" 헤이시로가 끼어들었다. 자못 그럴듯한 보관 장소다.

"아뇨, 거기는 없었습니다. 금전 거래나 거래 내용에 대한 각서 등 장사에 관한 서류는 있지만 조제법에 대한 기록은 안 보이더군요. 그래서 이상하다고 생각했습니다."

도난당하기라도 했나, 하고 자세를 바로 하며 신노스케는 후미노에게 물었다. 그러나 아가씨는 전혀 동요하지 않았다.

"아뇨, 도난당하지는 않았습니다."

처음부터 없었으니까요, 하고 후미노는 명료하게 대답했다.

"없었어?"

"네, 전부 아버지 머릿속에 있었습니다. 기록은 없어요. 썩둑이한테도 말로 가르쳤습니다."

번번이 거론해서 지금쯤 당사자는 귓구멍이 간질간질하겠지만, 오토쿠도 오산과 오몬에게 조림 양념을 가르칠 때는 말과 시범으로밖에 가르칠 수 없으리라. 글로 적어서 보여 준다고 해도 이해하지 못할 테고, 중요한 것은 글로 다 표현할 수 없다. 그러므로 헤이시로는 놀라지 않았다.

"자, 그만하지. 여기서 너무 오래 떠들고 있으면 가메님이 노하시겠다. 그만 나갈까."

후미노를 선두로, 지금까지 나온 이야기들을 중얼중얼 암기하고 있는 짱구를 꼬리로 해서 네 사람은 조제실을 나왔다. 격자문을 닫기 전에 후미노는 가메님이 있는 널문을 향해 허리를 깊이 숙였다. 짱구도 공손하게 따라한다. 후미노는 고개를 들다가 앞이마가 커다란 사환처럼 보이는 수습 오캇피키가 여전히 허리를 꺾고 있어 흠칫 놀랐다가, 이내 꽃이 활짝 피듯 밝은 미소를 지었다.

"어머, 고마워요."

눈부신 웃음이다. 짱구는 멍멍한 얼굴이 되었다. 신노스케도 멍하니 넋을 놓고 있다.

짱구는 점원들이 약방에 모여 있다고 말했다.

"행수님이 이야기를 듣고 있습니다."

후미노는 안쪽 방으로 돌아가고, 헤이시로는 복도를 물러가면서 짐짓 들으라는 듯이 혼잣말을 했다.

"여하튼 미인이로고. 머리도 좋고 성품도 좋아 보이네."

곁눈으로 신노스케를 살피니 그의 얼굴은 조금 전의 넋 나간 표정을 지우고, 상당한 노력의 성과이겠지만 깐깐하고 관리다운 얼굴로 돌아와 있었다. 따분하군.

"저 아가씨는 새어머니를 의심하는 모양입니다."

흐음, 하고 헤이시로는 건성으로 대답했다.

"우리에게 어떻게든 그걸 전하려 애쓰는 기색이었습니다. 느끼셨습니까?"

"대놓고 물어보았어야 했을까?"

"아뇨, 그건 아직 이르겠지요. 다른 자들의 얘기도 듣고 결정하는 편이 좋겠습니다."

이번 사건은 만만치 않겠군요, 하고 신노스케가 혼잣말처럼 말한다. 딴 데 정신 팔아서는 안 돼, 안 되고말고, 하며 안간힘을 쓰는지 어깨에 잔뜩 힘이 들어가 있다.

만만치 않건 번거롭건 간에 여하튼 재미는 있겠다.

끔찍한 살인을 두고 괘씸한 태도인지도 모른다. 하지만 거대한 항아리를 간판 삼아 장사를 시작해서 크게 성공했을 만큼 재치 있던 가메야 신베이니, 헤이시로들이 비장한 얼굴로 호통을 쳐 대며 휘젓고 다니기보다는 딸의 미모와 가련함에 넋을 놓는 쪽을 더 기꺼워하지 않을까. 그래, 이 정도라면 이 관리 나리들이 딸을 위해서라도 혼신의 힘을 다해 범인을 잡아 줄 게 틀림없다, 가메야에 섭섭하게는 하지 않겠구나, 하고 말이다.

그런 생각을 하고 있는데 여전히 넋을 놓고 있는지 짱구가 발이 엉켜 헤이시로의 몸에 부딪쳤다. 아, 죄송합니다, 하고 사쇠하는 볼이 발갛게 물들어 있다.

"어떠냐, 유미노스케랑 한판 멋지게 대결할 만한 아가씨 아니냐?"

헤이시로의 물음에 짱구는 순순히, "예" 하고 대답했다.

6

그리고 이튿날.

마지마 신노스케는 마사고로와 그 수하들을 재촉해서 약방 가메야와 주인 신베의 주변을 조사하기 시작했다. 지난밤 가메야 주변 거리에서 수상한 자가 눈에 띄지 않았는지를 탐문하는 작업도 지시했다. 물론 신노스케 본인도 앉아만 있지는 않았고, '사람의 피를 굳기 쉽게 만드는' 약이 있는지에 대해서만큼은 자신이 직접 알아보고 싶다며 팔을 걷어붙이고 조사하기 시작했다.

한편 헤이시로는 무슨 일을 시작했는가 하면, 오토쿠야에 가서 오토쿠와 유미노스케를 상대로 한담을 나눴다.

분명히 말하지만 태업은 아니다. 오토쿠와 한담을 나누는 까닭은 오토쿠를 통해 미나미쓰지바시 다리맡에서 사체가 발견되었을 때의 상황을 다시 한 번 상세하게 듣고 싶었기 때문이다. 유미노스케와 수다를 떠는 것은 지금까지 사건의 대체적인 흐름을 들려주고 그의 견해를 듣고 싶었기 때문이다.

게다가 볼일이 하나 더 있었다. 헤이시로는 모토미야 겐에몬을 기다리는 중이다. 그래서 헤이시로 곁에는 청취 역할을 맡은 짱구도 대기하고 있다. 거사가 '원한이야!'라고 말한 까닭을 더 자세히 듣기 위해서다.

그렇다면 굳이 오토쿠야 같은 곳에 자리를 잡고 있을 게 아니라, 냉큼 핫초보리익 마지마 집을 찾아갈 일이다. 헤이시로도 실은 그렇게 해 보았다. 하지만 겐에몬은 집에 없었다. 적어도 문에 나와 대응한 마지마 가의 부인—그러니까 신노스케의 어머니다—은 그렇게 말했다.

"그분은 자주 시중으로 나가십니다. 아침 일찍 나가서서 해 떨어지기 전에는 돌아오시지 않습니다. 무슨 글을 쓰시다가, 글을 쓰려면 뭘 조사해 볼 게 있다고 하셨습니다."

그렇다면 말씀이나 전해 달라고 헤이시로는 부탁했다. 이즈쓰 헤이시로는 낮 아홉 점(정오경)부터 일곱 점(오후 네시경)까지 미나미쓰지바시 다리 근처 고베 나가야의 찬 가게 오토쿠야에 있을 테니 부디 그리로 와 주십사고. 신노스케의 어머니 이세는 별반 의아한 표정도 짓지 않고, 알겠습니다, 하고 차분하게 대답했다.

그런 연유로 헤이시로에게는 본래의 중요한 안건뿐만 아니라 신노스케의 얼굴이 아무래도 어머니를 닮은 듯하다는 것까지, 오토쿠와 유미노스케를 상대로 충분히 이야기할 시간이 있었다.

미나미쓰지바시 다리맡의 사체에 대한 오토쿠 이야기에는 새로운 내용이 없었다. 상세한 정황을 확인했을 뿐이다. 하지만 신노스케에 대해서는 오토쿠에게 몹시 말해 주고 싶은 이야기가 있었다. 실은 듣고 싶은 마음보다 말해 주고 싶은 마음이 더 급했다.

"나리도 참, 입만 떼시면 마지마 나리의 그 얼굴, 그 얼굴 하시네요. 그만하세요, 남자답지 않아요."

무사답지도 않고요, 하고 드물게 정색하고 헤이시로를 나무란다.

"아니, 뭐, 나도 놀리자고 하는 얘기는 아냐. 심심풀이로 삼으려는 게 아니라니까."

"그러고 계시잖아요, 지금."

"하지만 자네도 실은 딱하다고 생각하지 않아? 머리 좋지, 실력 출중하지, 인품도 좋지. 그런데—."

남자는 얼굴이 아니라니까요, 하고 오토쿠가 역정을 내며 단언한다. 헤이시로는 슬쩍 짱구를 보았다. 짱구가 헤이시로의 눈길을 받자, 이번에는 둘이서 동시에 잡기 힘든 물건의 가장자리를 잡고 건네주기라도 하듯이 유미노스케를 쳐다보았다.

유미노스케가 목을 움츠린다.

"저는, 그 얘기라면 뭐라고 말씀드리기가 참 어려운 처지입니다."

"어려운 처지라니, 또 자화자찬이냐."

헤이시로는 웃으며 말했지만 유미노스케는 더욱 몸을 움츠린다.

"달리 뭐라 말씀드려야 할지."

유미노스케는 미소년이다. 헤이시로의 아내에 따르면 '그 아이의 곁에 있는 사람의 인생을 바꿔 버릴 정도'의 위태로운 미모다. 더욱 걱정스러운 것은 그가 아직 소년이어서 앞으로 장성하리라는 점이다. 헤이시로가 이 소년과 어울린 지도 대략 이 년. 키는 두 치 남짓 컸고 어깨도 조금 넓어졌다. 체구는 아직 가녀리지만 어쩌다 문득 보면 헤이시로도 유미노스케가 몸 내부에서부터 변하고 있음을—이미 어린아이가 아니라 어엿한 소년이라는 것을 느끼고 흠칫 놀랄 만큼 성장했다.

앞으로 어떻게 될까. 장성해서 평범한 사람이 될 가능성은—별로 없다. 유미노스케는 미소년에서 미남으로 거침없이 자랄 테고, 가까이 다가오는 자들의 인생을 빙글빙글 휘돌려 놓을 터이다. 그 소용돌이가 내는 바람에 본인도 휩쓸려 중심을 잃고,

—잘못된 길로 들어설지도 몰라요.

하고 헤이시로의 아내는 애를 끓인다.

—그러니까 여보, 그 아이를 입양하자고요.

무슨 수를 써도 녹봉 쌀 삼십 석에 2인분 후치라는 한계를 벗어날 길이 없는 말단 관리로 만들자고 한다.

"이즈쓰 나리, 유미노스케 님에게 얼굴에 대해 물으시면 유미노스케 님이 딱합니다." 짱구가 차분한 목소리로 말했다. "얼굴이 예쁜 것은 유미노스케 님 탓은 아닙니다. 타고난 거니까요."

"그럼요." 오토쿠도 거든다. "나리도 참 이상하시네. 이 얘기만 나오면 묘하게 집요하세요."

"그래? 나는 그저 궁금할 뿐이다."

유미노스케처럼 타고나는 것과 신노스케처럼 타고나는 것. 그 차이는 어느 정도나 될까. 인생행로는 어떻게 달라질까.

자신의 말상 얼굴은 까맣게 잊고서 말이다.

"얼굴이 아니더라도 유미노스케 님은 출중한 분입니다."

짱구가 진지한 얼굴로 말한다. 유미노스케의 얼굴이 빨개졌다. 오토쿠도 쑥스러워한다.

"짱구는 참 착해."

칭찬을 듣자 이번에는 짱구의 얼굴이 빨개졌다. 출중한 분이라니, 제법 의젓한 말도 할 줄 알게 되었구나, 하며 헤이시로는 또 웃는다.

이쪽이 제법 소란해지자, 가게를 보라는 오토쿠의 명령을 받고 헤이시로들이 모여 있는 마루방에서 떨어져 있던 오산과 오몬이 연방 이쪽을 힐끔거린다. 두 아가씨가 저렇게 목을 빼고 있다가는 이제 곧 '로쿠로쿠비일본 요괴의 하나로, 생김새는 인간이나 목이 길게 늘어나거나 따로 분리되어 공중을 비행하기도 한다'가 되어 히가시료고쿠의 천막 극장에 출연하게 될 듯하다. 내내 아옹다옹 다투느라 시끄럽기만 하겠지만.

생각해 보면 오산과 오몬이 이쪽에 신경을 쓰는 것도 유미노스케가 와 있을 때뿐이다. 헤이시로 따위야 이미 이 가게의 군식구처럼 여겨지고 있고, 짱구도, "아, 안녕!" 하는 한 마디로 끝내고 만다. 오토쿠야에는 새 얼굴인 마지마 신노스케는 애초에 두 아가씨의 시야에 들어 있지도 않았다. 인질극을 벌이던 거한을 그토록 통쾌하게 제압했을 때도 두 아가씨는 별로 혹하는 모습이 아니었다.

마지마 신노스케. 아까운 남자다. 가지고 있는 뛰어난 점들을 더해 가자면 주판알을 한참 퉁겨야 할 사람이다. 그런데 외모가 다 가려 버리고 만다.

헤이시로는 요즘 아내한테도 이것에 대하여 미주알고주알 열심히 이야기한다. 아내의 의견은 명쾌해서, 만약 지금도 이 자리에 있다면 오토쿠한테 집요하다는 힐난을 들으면서도 꾸역꾸역 그 이야기를 꺼내는 헤이시로에게 정곡을 찌르는 충고를 던지리라. 이봐요, 당신, 내가 몇 번이나 말했지만 당신이 마지마 님의 외모에 연연함은 유미노스케의 장래를 걱정하고 있기 때문이에요. 마지마 님한테서 유미노스케와 상통하는 점을 보는 거라고요. 이쪽 끄트머리와 저쪽 끄트머리는 떨어져 있는 듯 보이지만 사실은 같은 거니까요.

그렇다. 양극단은 통한다. 바름은 그름으로 통하고, 그름은 어느새 바름으로 바뀐다.

아내 말이 맞는지도 모른다. 헤이시로도 마음 한쪽에서는 납득한다. 하지만 다른 한쪽은, 믿지도 않는 신에게 절을 할 때처럼 말짱하게 깨어 있다. 완전히 승복되지 않는 점이 있다. 그래서 유미노스케에게 다시 물었다.

"너 말이다, 얼굴이 이렇게 생기지 않았으면 좋았겠다고 생각해 본 적이 있니? 아니면, 아아, 이런 얼굴을 타고나서 다행이다, 하고 생각해 본 적은 있어?"

"이모부—." 유미노스케는 얼굴을 더욱 붉히고 발에 밟힌 개구리 같은 목소리를 냈다. "이제 그 말씀은 그만하시면 안 될까요?"

"얼굴 얘기를 하는 게 싫으냐?"

"저는 남자잖아요."

"남자 여자가 무슨 상관이냐."

그래, 바로 그거다. 제 입으로 말하고 나서야 헤이시로는 탁, 소리 나게 무릎을 쳤다. 뭐예요, 나리, 하며 오토쿠가 눈을 흘긴다.

"보통 외모는 여자들만의 관심사라고 생각했지? 남자는 관계없다고. 아까 오토쿠도 그렇게 말했어."

"무사답지 않다고 했죠."

"무사도 남자야." 헤이시로는 힘주어 말했다. "그런데, 정말 그럴까? 남자도 외모를 보고 상대를 좋아하고 싫어할 때가 있이. 외모 때문에 인생이 달라져. 인생행로가 달라진다고. 남자는 얼굴이 어떻든 상관없다고 애써 큰 목소리로 말해야 하는 까닭도 그 때문이야. 속마음을 감추기 위해서라고."

제풀에 고개를 끄덕이는 헤이시로 앞에서 나머지 세 사람이 서로 얼굴을 마주 보았다.

"그건 그럴지도 모르지만…… 지금은 그보다 더 중요한 이야기가 있지 않나요?"

유미노스케가 길게 한숨을 지었다. 화가 났다는 것을 보이려고 콧구멍을 넓힌다. 그러고 보니 유미노스케의 부친은 굳이 그렇게 하지 않아도 처음부터 코가 펑퍼짐했다. 이 아이는 미인인 어머니를 닮았다. 어머니를 닮는 것으로는 모자라 더 빼어난 미모를 타고났다.

"이모부 말씀을 듣고 제게는 한 가지 풀리지 않는 의문이 생겼습니다."

가메야 점포 앞에 화려하게 걸려 있는 액자 간판에 관한 의문이라고 한다.

"왕진고 간판이었지. 그게 왜?"

"'본가 다이코쿠야의 비방'이라고 적혀 있었죠?"

그거, 이상하지 않나요? 하고 유미노스케는 제 말투로 돌아와 묻고 자리를 고쳐 앉는다.

"왕진고는 삼 년 전에 시판되었잖아요. 가메야 주인 신베 씨가 개발했고, 신베 씨는 이십 년 전에 다이코쿠야에서 독립했지요. 가메야란 이름은 십오 년 전에 정해졌죠. 결국 왕진고는 신베 씨가 썩둑이로 일하던 모토마치 3초메의 다이코쿠야를 떠난 지 십칠 년 뒤에야 만들어 낸 약입니다."

이 정도라면 주판도 필요 없다. 간단한 뺄셈이다.

"그런데 왜 '다이코쿠야의 비방'일까요?"

헤이시로는 눈을 말똥거렸다. 그런 생각은 해 본 적도 없다.

"본가의 체면을 세워 주려 함이 아닐까요?" 오토쿠가 갸웃거리며 말했다. "가와이야에서도 친족이나 성실한 지배인이 독립해 자기 가게를 열기도 하잖아요? 그럴 때는, 우린 사가초의 가와이야에서 독립해 나온 가게입니다, 하고 알릴 수 있는 간판을 계속 사용하고요. 그거랑 마찬가지죠."

"그렇다면 그걸 나타낼 수 있는 다른 방법도 있겠죠. 왕진고는 가메야의 대표 상품이에요. 거기에 굳이 '비방'이란 말을 넣는 데는 뭔가 특별한 이유가 있을 듯하다는 생각이 듭니다만."

"그렇다면 왕진고라는 약을 제대로 완성한 장본인이 신베 씨였다고 해도 그 전에 바탕이 된 다른 약이 있었는지도 모르지. 그게 다이코쿠야에서 팔던 약이라거나."

오토쿠는 몸을 내밀며 약방이나 약 이름 몇 개를 꼽으면서 그런 사례는 드물지 않다고 설명했다.

"약이란 것은 계속 바뀌어 가요. 새로 개발한 약은 대개 이전 약보다 잘 듣죠. 밑바탕이 있고 거기에 궁리를 거듭해서 만드니까요. 부처님이 쓰다듬어 준 듯 용하게 듣는 약이 처음부터 그냥 나오는 일은 없지 않을까요."

오토쿠가 약에 밝은 까닭은 일찍이 데쓰빈 나가야에서 남편 가키치의 병 수발을 했고, 그 뒤에는 묘한 인연으로 굴러들어 온 오쿠메라는 화류병 걸린 여인을 돌봐 줬기 때문이리라. 오쿠메의 위패는 지금도 오토쿠가 지키고 있다. 헤이시로는, 스스럼없이 몸을 팔고 티끌 한 점 없이 명랑했으며 헤이시로에게도 어린 아가씨처럼 친근하게 대하던 오쿠메의 얼굴과 목소리를 떠올렸다. 이보세요, 나리, 오토쿠 씨는 나리한테 빠진 거예요. 그거 알아요?

유미노스케가 오토쿠의 이야기를 얌전히 듣더니, 잘 알겠어요, 고맙습니다, 하고 말한다. 그러고는 눈동자를 또르륵 굴려 짱구를 보았다.

"이 점에 대해서 마사고로 씨는 뭐라고 말씀하셨지?"

짱구는 고개를 한 번 끄떡이고 헤이시로를 보았다.

"행수님도 유미노스케 님과 같은 말씀을 하셨어요."

뭐든 말한 게 있느냐가 아니라 뭐라고 말했느냐고 묻는다. 짱구도 그게 당연하다는 듯이 대답한다. 헤이시로만 밀려나 있다. 저도 모르게 머리를 긁적였다.

"지배인 조지로 씨한테 들었어요."

"무슨 얘기를?" 하고 오토쿠가 묻는다.

―주인 어르신은 본래 다이코쿠야의 조제인이었습니다. 거기서 배우고 익힌 제약 기술이 있었기 때문에 왕진고도 만들 수 있었습니다. 그래서 비방이고, 그래서 간판에도 그렇게 적어 넣은 것입니다.

"거봐, 역시 그렇지." 오토쿠는 만족스러운 모습이다. "상인들 사이에서는 그런 배려가 중요하거든."

"후미노라는 따님도 그렇게 말했어? 내가 보기에는 안주인 사타에 씨보다 후미노 씨가 약방을 더 잘 관리하는 듯해 보이는데."

"예, 모두 유미노스케 님이 말한 대로예요."

간판에 대한 후미노의 설명도 조지로의 설명을 베낀 것처럼 똑같았다고 한다.

"손님이 가끔 물어본다는군요. 그때도 우리한테 말한 것처럼 대답한답니다."

손님은 감탄하겠지. 가메야 신베, 역시 장사 수완이 좋다.

감탄하는 헤이시로를 곁눈으로 보며 유미노스케가 내처 묻는다.

"그럼, 그래서 그 이야기를 듣고 너는 어떻게 했어?"

짱구는 회심의 미소라 할 만한 표정을 지었다. "유미노스케 님이라면 이럴 때 어떻게 했을까 생각했어요. 그래서 그렇게 했어요."

유미노스케가 다시 쑥스러워한다. 뭘 했는데? 하고 오토쿠가 끼어든다.

"다이코쿠야에 가서 왕진고를 주세요, 하고 말해 봤어요."

헤이시로는 입을 멍하니 벌렸다.

"다이코쿠야에서 뭐라고 했지?"

"매장에서 저를 맞아 준 점원이, 이 약방에서는 왕진고를 팔지 않는다면서 다른 소양증 약을 권했어요."

그래서 짱구는 가메야 간판 이야기를 하며 왕진고는 다이코쿠야의 약인 줄로만 알았다고 말했다.

그러자 다이코쿠야 점원은 잠깐이기는 했지만,

"언짢은 얼굴을 하더니,"

허어…… 하고 오토쿠가 맥 빠진 듯한 소리를 냈다.

"점원이 말하기를 가메야 주인은 이 가게의 조제인이었기 때문에 지금도 다이코쿠야를 본가라고 추어주겠지, 라고 하더군요."

금방 웃음을 지으며 그렇게 말했다고 한다.

"가메야에서 하는 말과 똑같군."

가게 점원다운 배려였다.

"언짢은 얼굴이라면 어떤 얼굴이지?"

유미노스케가 고삐를 늦추지 않는다.

"언짢은 얼굴에도 여러 가지가 있어요. 화를 낸다든지 기분 나빠 한다든지 말하기를 꺼려한다든지, 말을 했다가 꾸중을 들으면 어쩌나 걱정한다든지."

어이, 뭘 그런 것까지 물어—하고 헤이시로가 말리기도 이미 늦었다. 짱구는 두 눈동자를 바짝 모으고 흰자위를 드러내며 그때의 대화를 찾기 시작했다. 이 아이의 머릿속에는 기나긴 두루마리 같은 것이 있어서, 체험했거나 보고 들은 내용을 토씨 하나까지 거기에 적어 둔다. 그래서 기억을 끄집어낼 때는 그 두루마리 같은 것을 둘둘 풀어 가며 찾는다. 도중에 막히면 처음으로 다시 돌아가서 시작해야 한다. 유미노스케와 친해진 뒤에는 유미노스케에게 목차 같은 역할을 맡기면서 수고를 많이 덜게 되었지만, 두루마리 방식 자체는 변하지 않았으므로 이런 일이 일어나곤 한다.

잠시 후 흰자위를 드러낸 채 짱구가 중얼거렸다. "귀찮아하는 얼굴."

"아, 과연." 유미노스케가 고개를 끄덕였다. 그것을 신호로 짱구 얼굴이 본래대로 돌아온다.

"행수님은 아직 가메야 점원들을 상대로 얘기를 듣고 있어서 저는 일단 집으로 돌아갔습니다."

아주머니에게 한번 가 봐 달라고 부탁드리려고요, 하고 말한다. 마사고로의 아내 오콘은 메밀국숫집을 운영하고 있고, 짱구의 어머니 노릇을 하고 있다.

"왜 오콘에게 부탁했지?"

"가메야에 약을 사러 가서 점원에게 똑같은 질문을 했을 때 어떤 대답이 나올지 알아보려고요."

"하지만 후미노와 조지로에게 이미 들었지 않느냐?"

짱구 대신 유미노스케가 대답했다. "이모부, 오캇피키가 물을 때와 평범한 손님이 물을 때의 대답이 달라질지 모르기 때문입니다. 후미노 씨나 지배인, 거기에 그 밑에서 일하는 점원들이 하는 말이 서로 다를지도 모르고요. 확인해 봐야죠. 하지만 그러자니 짱구는 이미 얼굴이 알려져서 곤란하고요."

헤이시로는 기가 막혔다. 새삼 놀라지는 않았지만, 정말이지 머리가 잘도 돌아간다. 또 그런 유미노스케의 두뇌 회전에 짱구가 따라갈 수 있게 되었다는 것도 대단하다.

유미노스케와 마찬가지로 짱구도 성장하고 있다. 두 소년 모두 괜히 키가 크고 목소리가 굵어지는 게 아니다.

"그래서, 뭐라고 하든?"

오콘을 맞이한 것은 젊은 점원이었는데, 역시 마찬가지로 대답했다고 한다.

"수고가 많았네. 하지만 그런 일이라면 오콘 씨가 아니라 유미노스케 님한테 부탁하면 좋았을 텐데."

오토쿠가 곁길로 빠지는 이야기를 꺼냈다. 물론 본인은 제 길로 이어진다고 믿고 있겠지만.

"아, 예, 예." 쨩구가 적당히 얼버무리려고 한다. 말하기 곤란한 눈치다.

유미노스케가 세 번째로 얼굴이 빨개졌다. 이번의 그것은 그 전하고는 조금 달랐다. '언짢은 얼굴'도 여러 가지가 있듯 '얼굴이 빨개지는' 데도 다양한 이유가 있다.

"저는 어제 내내 집에 있었어요." 스스로 밝혔다. "쨩구가 왔지만 돌려보냈다는 얘기를 나중에 어머니한테 들었어. 미안해."

"뭐야, 또 담요를 적셨니?"

유미노스케의 유일하고도 최대의 약점이다. 아직 고치지 못했다.

"아녜요!"

항의라도 하듯이 소리를 지르고 나서, 이 소년에게는 보기 드문 모습이지만, 머릿속에 떠올리고 만 쓰디쓴 뭔가를 꼭 깨물며 입가를 일그러뜨렸다.

"······아버지한테 말대꾸를 했기 때문이에요."

"네가 그 사자탈을 닮은 아버지한테?"

왜 그랬어요? 하고 오토쿠가 부드러운 목소리로 묻는다. 유미노스케의 입술이 한일자가 되었다.

"아버지랑 다퉜어요. 부끄럽습니다. 용서하세요."

오늘 두 번째로 고개를 숙인다. 역시 어른이 되어 가는 중이라는 증거일까. 헤이시로가 그런 생각을 하며 겨드랑이에 손을 찌른 채 유미노스케의 얼굴을 요리조리 살펴보고 있을 때였다.

"계시오!"

틀림없는 그 목소리다. 굵은 음성과 함께 등장한다. 모토미야 겐에몬이다.

모두 일제히 돌아보니 가게 앞에 오산과 오몬이 벼락이라도 맞은 듯 바짝 얼어서 부둥켜안고 있다. 둘 다 혼비백산하기 직전이다. 헤이시로는 이런 광경을 바로 얼마 전에도 보았던 기분이 들었다. 식칼을 들고 난동을 부리던 거한을 볼 때였던가. 모토미야 거사가 그때와 같은 경악을 몰고 오토쿠야에 처음으로 나타났다.

"호오" 하며 겐에몬이 유미노스케의 얼굴을 본다. 그냥 쳐다보는 것이 아니다. 관찰하고 있다. 그 큼지막한 돋보기를 꺼내 들고.

"헤이노스케 나리의 조카님이신가."

헤이시로는 입을 열려다가 그만두어 버렸다. 거사는 헤이시로와 헤이시로의 부친을 헷갈리고 있다. 하지만 뜻이 통하므로 일일이 고쳐 줄 필요는 없어 보인다.

"시노 님의 친척인가? 얼굴 생김이 비슷하군."

시노는 헤이시로의 아버지 헤이노스케의 어머니다. 착각이 시대를 거슬러 올라가고 있다.

제대로 된 무사 앞에서는—헤이시로를 제외하고—삼가는 자세를 잊지 않는 오토쿠가 정중하게 인사를 하고 자리에서 일어나 가게로 나갔다. 오산과 오몬을 다그치는 모습을 보니 겐에몬을 대접하려고 서두르는 모양이다.

"이렇게 뵐 수 있어서 영광입니다."

유미노스케는 필요 이상으로 오랫동안 절을 했다. 거사의 시선이 부담스러웠으리라. 하지만 겐에몬은 전혀 개의치 않고 납작 절하는 유미노스케의 뒷덜미까지 들여다본다.

"시, 시, 시노 님이라는 분은." 유미노스케를 도울 생각인지 짱구가 입을 열었다. "아주 아름다운 분이셨나 봅니다, 이즈쓰 님."

"글쎄다. 나는 주름살이 자글자글한 할머니일 때의 얼굴밖에 모른다."

또한 나를 부를 때는 '나리'라고 해라, 하고 짱구한테 일러 주었다. "너는 어린애 같은 말버릇을 고치기로 했지 않느냐. 그 참에 나를 부르는 말도 바꿔라. 그편이 더 어울리겠다."

유미노스케는 고개를 들다가 겐에몬의 돋보기 테두리에 톡 부딪쳤다. 거사가 더욱 가까이 다가와서 관찰을 계속한다. 유미노스케는 몸을 뒤로 젖히며 물러났다.

그러자 거사가 문득 돋보기를 내리고 헤이시로를 쳐다보았다.

"마지마 가를 찾아 주셨다고 해서 황송했소."

"아뇨, 출타중이실 때 찾아봬서 죄송했습니다."

"이 몸은 마지마 가의 식객이라서."

예? 하고 헤이시로가 말했다. 유미노스케도 짱구도 놀란 얼굴로 거사의 시든 얼굴을 본다.

"이세는 내가 떠날 날만 고대하고 있소."

"마지마 가의 안주인 말씀입니까?"

"그렇소. 겐이치로도 본심은 똑같겠지만, 그 사람은 은퇴한 지금이 더 바쁜 몸이라서 애초에 나 따위는 개의치 않고 있지."

겐이치로는 신노스케 부친의 아명이라.

헤이시로는, 그럴 리가 있습니까, 거사님은 마지마 가의 홍석^{아치형 문의 중앙 머리에 끼우는 쐐기 모양의 돌}같은 분인걸요—따위의 발림소리를 꺼낼 마음을 잃었다. 애초에 그런 데 서툴다. 게다가 겐에몬은 꽤 씩씩한 모습이다.

그 대신 이렇게 물었다. "신 상은 어떻습니까?"

"그 아이도 나한테 별로 신경 쓰지 않아요."

한데 무슨 생각을 하고 있는지, 하며 고개를 갸웃한다.

"그날 이후로 묘하게 열의를 보이며 나한테 생약에 대해 이것저것 묻더구먼. 혹시 직무와 관계가 있는 문제인지."

있으니까 조사하는 것이다. 처음 약에 관한 이야기를 꺼낸 사람은 거사 본인이다. 그걸 잊은 모양이다.

헤이시로는 미소를 지었다. 짱구도 고개를 숙이고 곤혹스러운 듯 웃고 있다. 다만 유미노스케만이 진기한 새라도 발견한 듯이 눈을 동그랗게 뜨고 거사를 쳐다보았다.

"내가 핫초보리에 너무 오래 있었나 보오."

끄응, 하며 돋보기를 품에 집어넣으며 겐에몬이 말을 이었다.

"하지만 당장은 그 집을 떠날 핑계가 보이질 않아. 나라에 변란이라도 터져 이 쪼글쪼글한 배를 갈라서 사죄해야 하는 처지가 된다면 모르지만, 그런 중책하고는 처음부터 인연이 없는 몸이니. 천명이 다할 때까지 뻔뻔하게 식객으로 사는 수밖에. 이세도 신노스케도 속이 쓰리겠지. 나도 그 사람들한테 폐를 끼치고 싶지는 않소. 그래서 틈만 나면 집을 나와 시중을 돌아다니는 것으로 소일하고 있다오."

목소리는 역시 크지만 말투는 담담하다. 미소도 쓴웃음도 없고 비관하거나 동정심을 자극하려는 기미도 보이지 않는다. 체념해 버렸다고 할 만큼 싸늘하게 식어 있는 것은 아니다. 물론 불평하는 것도 아니다.

헛걸음을 한 헤이시로에게 자신이 부재중이었던 이유를 설명하고 있을 뿐이다. 그래서 나름대로 정중한 말투로 말하고 있다.

본래대로라면 딱하게 여겨야 하리라. 하지만 헤이시로의 마음은 달랐다. 재미있는 노인이군, 하는 생각이 먼저였다. 그만큼 헤이시로는 허식을 털어 버리기에는 아직 관록이 부족하다.

"저와 짱구 산타로는,"

유미노스케가 입을 열었다. 눈에 광채가 깃들어 있다.

"모토미야 어르신께 많은 이야기를 듣고 싶습니다. 허락해 주실 수 있으신지요?"

거사는 유미노스케를 보았다. "이야기라니, 무슨 얘기를?"

"지금까지 어르신이 보고 들은 시중의 온갖 사건들 말입니다."

짱구도 힘주어 고개를 끄덕였다.

"헤이시로 나리께 물어보면 되지."

오, 이번에는 이름을 제대로 말했군.

"저는 천성이 어리숙해서 거사님처럼 시중의 온갖 일들에 밝질 못합니다. 부끄럽기 짝이 없습니다만."

헤이시로는 오른손을 유미노스케 머리에, 왼손을 짱구의 머리에 얹었다. "이 산타로는 장차 짓테를 받아 오캇피키로 일할 아이입니

진상 · 169

다. 유미노스케는 어쩌면 우리 이즈쓰 가를 물려받을."

이때 불쑥 유미노스케가 끼어들었다. "저는 쪽 염료 도매상 가와이야의 아들입니다. 장차 상인이 될 겁니다."

단숨에 잘라 말한다. 헤이시로는 흠칫 놀라 유미노스케의 얼굴을 들여다보았다. 소년은 고집스럽게 그의 눈길을 외면하고 있다.

"그런 신분이긴 하지만 저는, 앞으로 장사를 하려면 점포 일뿐만 아니라 세상을 두루 알아야 한다고 생각합니다. 많은 것들을 알고 세상을 넓게 보는 눈을 가져야—."

겐에몬은 끝까지 듣지도 않고 헤이시로에게 물었다. "신노스케한테 들으셨나? 나는 내 발로 찾아다니며 사체를 구경한다고."

이야기 한가운데를 가로질러 자기 하고 싶은 말을 한다. 헤이시로는 예, 하고 대답했다.

"마지마 나리가 아니라 오캇피키 마사고로한테 들었습니다. 사체를 보면 살아 있음의 고마움을 절실하게 느끼신다는 말씀을 하셨다고요."

좋은 말씀입니다, 라고 덧붙이기도 전에 "괴상한 취미 아니오?"라는 물음이 날아왔다.

"아주 보기 드문 취미이기는 합니다만."

"그렇다면 내가 이 아이들에게 이상한 것을 가르칠지 모른다고 생각하지는 않소?"

"그 이상한 것들을 가르쳐 주셨으면 합니다, 거사님. 애초에 이 세상은 이상한 곳이니까요."

모토미야 겐에몬은 처진 눈꺼풀에 가려 절반만 뜬 듯한 가느다란 눈으로 헤이시로를 빤히 쳐다보았다.

"헤이노스케 님."

"헤이시로입니다."

"참 별나시우" 하고 겐에몬이 감탄한다.

다시 착각이 돌아와 헤이시로를 헤이시로의 부친으로 생각하고 있다면, 그 말은 제대로 된 소감일 터이다. 헤이시로는 부친과 기질이 맞지 않았다. 이즈쓰 헤이노스케는 마치 관리로서나 무사로서나 모토미야 겐에몬의 이런 언동을 온전히 받아 줄 사람이 아니었기 때문이다.

한데—하고 중얼거리며 겐에몬은 작고 허연 상투를 손으로 살짝 만졌다.

"그것이 그쪽의 용건이라면, 나는 무슨 얘기를 들려줘야 하나."

유미노스케와 짱구의 얼굴이 불을 댕긴 등롱처럼 확 밝아졌다.

방금 나온 말을 유미노스케가 말한 '허락'이라고 받아들여도 좋으리라. 헤이시로는 그제야 가메야 신베 사건을 꺼냈다. 이야기를 들려주면서 겐에몬이 차차 기억을 되살리는 모습을 지켜보았다. 지켜보고 있자니, 노인은 여기에 올 때만 해도 가메야 사건도 미나미쓰지바시 다리맡의 쓰지기리 사건도 깨끗이 잊고 있었던 모양이다. 이즈쓰 헤이노스케 님이 나에게 무슨 용건이지? 하고 고개를 갸웃거리며 오토쿠야에 찾아왔다.

흥미롭기는 하지만 조금 번거로운 노인이다.

"그 사체."

그제야 상황을 이해하고—아니, 다시 이해하고—겐에몬은 천천히 고개를 끄덕였다.

"범인은?"

"아직 모릅니다. 이제 밝혀내야죠. 그래서 거사님의 도움을 받고자."

조바심이 나는지 유미노스케가 무릎을 디민다.

"모토미야 어르신은 왜 두 사건의 범인이 동일 인물이라고 생각하십니까?"

"칼자국이 똑같으니까."

"비슷한 거겠죠?"

"비슷한 게 아니야. 똑같다니까."

유미노스케는 가슴이 뛰는 모양이다. 오늘 네 번째로 얼굴에 홍조를 띠우는데, 네 번 모두 이유가 제각각이다. 이번 홍조는 배움을 향한 흥분 탓이다. 이럴 때 유미노스케의 미모는 서슬이 오른다.

―그런데 요 녀석이.

헤이시로는 속으로 의아하게 여겼다.

―상인이 되겠다고 똑 부러지게 선을 그어 버려? 대체 무슨 생각이지?

전에 없는 일이었다.

"거사님은 칼자국만 봐도 그걸 알 수 있군요?"

"어디 사체를 한두 구 봤어야지."

젠에몬은 살짝 망연한 표정이 되었다.

"내가 생각해도 기가 막혀."

이 대목에서 노인이 과거를 회상한다면 다시 일이 번거로워진다.

헤이시로가 얼른 나서서, "무기도 똑같은 겁니까?" 히고 물었다.

"같은 칼이 아니면 똑같은 칼자국이 생기질 않소. 한 사람이 휘두르더라도 칼이 달라지면 칼자국도 달라지지. 무게가 다르고 길이가 다르고 날 두께도 다르니까. 절대로 똑같은 칼자국이 남지 않소."

젠에몬은 카랑카랑하게 말하고 문득 짱구의 괴상한 표정을 알아차렸다.

"이 아이가 지금 왜 이러지?"

눈동자를 가운데로 모은 얼굴을 보고 말한다.

"제 할 일을 하는 중이니 개의치 마십시오."

짱구는 귀로 들려오는 이야기를 이렇게 해서 토씨 하나 버리지 않고 기억합니다, 하고 유미노스케가 설명했다.

그러자 젠에몬은 더 이상한 짓을 했다. 입술을 오므리고 짱구 얼굴에 얼굴을 바짝 대고는 후우, 하고 숨을 불었다.

짱구는 눈동자를 모은 채 움직이지 않았다. 젠에몬은 그제야 만족한 듯하다. 자세를 바로 잡고 "와키자시_{무사는 반드시 긴 칼과 짧은 칼을 차고 다니는데, 이 중에 짧은 칼을 와키자시라고 한다} 같소" 하고 말했다. "비스듬하게 내리쳤는데 상처 길이가 짧거든."

"범인은 무술이 상당하다고 봐야 할까요?"

젠에몬은 잠시 생각에 잠겼다. 이내 고개를 한 번 끄떡했다가 가로젓더니, "신노스케 정도는 아니겠지만" 하고 말한다. "그래도 망설임은 없었을 터. 애초에 베려고 작정하고 있다가 벴으니."

중요한 점이다. 유미노스케가 헤이시로에게 날카로운 시선을 던지고 나서 물었다. "그래서 두 사람 사이에 원한이 있었을 거라고 하셨군요?"

겐에몬은 빙긋이 웃었다. "유미타로."

"유미노스케입니다."

"쓰지기리도 베기로 작정한 자를 벤다."

물론 그렇다.

"따라서 그것만으로는 쉽게 단정할 수 없다. 내가 그 사체—두 망자가 모두 원한을 산 자에게 당했으리라 짐작한 까닭은 그들이 도망치지도 않고 당했기 때문이다."

이번에는 유미노스케만이 아니라, 헤이시로도 유미노스케의 얼굴을 마주 보았다.

"그걸 어떻게 알죠?"

"칼자국이 비껴 나가질 않았어. 미나미쓰지바시의 사체도 가메야, 가메야—."

"신베."

"신베도 베일 때 가만히 있었다. 움직이질 않았어."

조용히 멈춰 있다가 뒤에서 칼에 맞았다는 얘기다.

"아마 얼어붙어 있었겠지." 겐에몬은 무겁게 말했다. "자기를 베려고 하는 자에게 베여 죽어도 어쩔 수 없을 만한 허물이 자신에게 있음을 알고 있었겠지."

"각오하고 있었다?"

겐에몬은 안면을 쪼글쪼글 우그러뜨리며 웃었다. "설마 그런 각오가 가능하겠소. 난 못 하오. 그러니까 얼어붙어 있었을 거라고 말하는 게지."

"하지만 예를 들어 강도니 쓰지기리가 칼을 들이댔을 때에도, 대항할 힘이 없는 자 역시 얼어붙고 맙니다."

유미노스케의 반론에 거사는 천천히 손가락 하나를 세워 유미노스케에게 가만히 보여 주고는 별안간 그의 얼굴을 향해 찌르는 시늉을 했다. 유미노스케가 흠칫 놀라 피한다.

"지금 내가 네 눈을 찌르려고 했다. 정말로 찌르려고 했다."

유미노스케는 마른침을 꿀꺽 삼켰다.

"저도 순간 찔리는 줄 알았습니다."

"그래도 너는 피했지."

"예. 역시, 순간적으로."

그렇게 말하고 유미노스케는 "아하" 하는 목소리를 냈다.

"눈앞에 칼이 다가와 겁에 질리더라도 정말 베인다고 생각하면 움직이고 만다. 그런 말씀이시죠?"

"그렇지. 그러나 얼어붙는다는 것은 전혀 달라. 움직일 수가 없으니까."

쉽게 베이고 만다―.

"범인과 망자 사이에는 모종의 대화가 있었을 거야. 베이려는 자는 필사적으로 목숨을 구걸했겠지. 하지만 도망칠 수는 없었어. 그 자리에서 얼어붙어 있었지. 그 자리에는 그만한 압박이 있었던 게다."

헤이시로는 목덜미가 서늘해졌다.

"가메야 신베는 범인에게 당할 때 소리를 지르지 않았습니다. 집 안에 있던 사람들은 아무 소리도 듣지 못했다고 합니다. 그것도―."

신베가 이중의 의미에서 도움을 청할 수 없었기 때문이 아닐까. 공포로 얼어붙어서, 그리고 사람을 불러 자신이 처한 상황을 드러내기는 곤란하니까.

감춰진 원한일까. 장사 수완이 뛰어난 약방 주인, 실력이 뛰어난 썩둑이라는 과거에 뭔가가 있는 것이다.

"미나미쓰지바시 사건 역시 일이 터졌을 때는 밤중이었다고 하는데도 근방 주민들은 비명이고 뭐고 아무것도 듣지 못했습니다."

헤이시로는 상상해 보려다가 그만두었다. 자기에게 원한을 품은 자가 눈앞에 서 있다. 그 원한은 오해도 착각도 아니고, 자신도 너무나 잘 아는 것이다.

내가 칼을 맞는다. 죽임을 당한다. 어떻게든 변명을 하려는 마음은 급하지만 몸은 꼼짝도 하지 않는다. 살려 달라고 도움을 청할 수도 없다. 목이 바싹 마르고 기백이 움츠러들어 목숨을 구걸할 말도 바닥이 나고, 저린 혀 위를 가쁜 숨만 헛되이 지나간다.

"사형된 시체를 놓고 칼날을 시험할 때 말고는 그런 칼자국을 본 기억이 없소."

겐에몬의 주름투성이 얼굴이 어느새 험악해져 있었다. 이만한 고령이 되면 주름이 지는 모양만으로는 표정을 읽기 힘들 때가 있다. 하지만 지금은 읽기 힘들고 말고가 없다. 겐에몬은 근심하고 있다.

"가메야 사건의 범인―두 건의 살인을 저지른 자의 원한이 보통 깊은 게 아니었고, 그 원한을 푸는 데 한 치의 망설임도 없었던 듯하오. 칼을 맞은 두 남자도 그 점을 잘 알았겠지."

여기서 겐에몬은 여전히 기이한 모습으로 눈동자를 모으고 있는 짱구를 보았다. 짱구가 중얼거리며 암기를 마칠 때까지 기다려 주었다.

"됐느냐?" 하며 빙긋이 웃고, 짱구가 숨을 한 번 몰아쉬자 이렇게 이었다.

"죽는 자가 각오를 단단히 했다면 칼이 많이 비껴 나가지는 않더라도 조금은 흔들리게 마련이다."

베이는 순간 사람은 저도 모르게 몸을 움츠리기 때문이라고 한다. 죽으면 움츠렸던 몸이 이완되므로 칼자국이 일그러지게 된다.

"두 사체의 칼자국에는 그런 세세한 일그러짐조차 없었다. 결국 범인이 베는 순간에도 아무런 전조를 보이지 않았다는 뜻이지. 글자 그대로 칼을 빼는 결에 벤 거야."

"검술이 능한 자군요?"

조금 전과 같은 말을 이번에는 유미노스케가 물었다. 하지만 겐에몬의 대답은 조금 전과는 달랐다.

"하지만 엉터리 검술이야."

제대로 된 공격이 아니라 비겁한 공격이라는 의미이리라. 거사는 거의 눈을 감고 있었다.

"무사가 한 짓이 아니라는 말씀인가요?"

"글쎄다. 나도 거기까지는 짐작하지 못하겠다. 무사들 중에도 엉터리 검술을 가진 자가 있어. 무사라는 것이 옛날과는 크게 달라져 버렸어."

그 전형이랄 수 있는 헤이시로는 슬쩍 부끄러워졌다.

"몸이 얼어붙을 정도로 공포에 빠뜨려 놓고 아무런 망설임도 자비도 없이 사람을 베어 죽일 정도라면 그건 엉터리 검술이야. 헤이노스케 님은 그리 생각하지 않소?"

이즈쓰 헤이노스케라면 냉큼, 과연 말씀하신 대로입니다, 하고 대답하겠지. 하지만 헤이시로는 차마 그렇게 대답하지 못했다.

"어떤 원한이었느냐에 따라 다르겠지요."

모토미야 겐에몬은 눈을 뜨고 헤이시로를 정면에서 쳐다보았다. 헤이시로도 그 눈길을 받아냈다.

유미노스케가 지켜보고 있다. 짱구가 암기하는 표정을 풀고 두 사람을 번갈아 쳐다본다.

별안간 겐에몬의 배가 꼬르르르르, 하고 나지막이 울리는 소리를 냈다.

일동은 침묵에 싸였다.

자, 자, 실례합니다, 하며 오토쿠가 가게에서 방으로 돌아와 기운차게 말했다.

"모토미야 겐에몬 어르신, 다시 한 번 인사 올립니다. 오토쿠야에 잘 오셨습니다. 오늘 이렇게 와 주셔서 감사드려요. 앞으로도 많이 격려해 주세요. 이 오토쿠, 있는 솜씨 없는 솜씨 다 쥐어짜서 이것저것 만들어 보았습니다. 많이 드세요. 하시던 말씀은 대강 끝나셨죠? 아이구, 나리, 멍하니 앉아 계시지만 말고 자리 좀 만들어 주세요!"

오산과 오몬이 접시와 주발을 연달아 들고 온다. 지금까지 헤이시로가 이 가게에서 본 적도 없고 들어 본 적도 없는 음식들이 여러 가지 섞여 있었다. 오토쿠가 그릇을 늘어놓으며 일일이 설명을 곁들였다. 이건 이세두부_{물기를 짜낸 두부를 흰 살 생선, 참마, 계란 흰자 따위와 함께 이겨서 틀에 넣어 익}

헌 요리, 이건 다로스케나마스도미, 전복 등 해산물을 얇게 저미고 양념 식초로 조리한 회 요리, 정어리 야채 찜에다 나가사키켄첸채를 친 채소와 물기를 짠 두부를 기름으로 볶고 유바나 얇은 계란 부침으로 말아서 기름에 튀겨낸 것—아, 이건 유바두유를 끓여 그 위에 뜨는 막을 걷어서 만든 식품로 돌돌 말아 놓은 겁니다—국물로는 무쿠낫토참새 고기를 넣은 낫토 국를 준비했습니다. 밥은 리큐메시利休飯고급 찻물로 지은 밥에 맛국물을 뿌리고 김과 양하를 잘게 썰어 고명으로 얹어 내는 밥와 재첩밥재첩과 맛국물, 간장 따위를 넣고 지은 밥으로 두 가지를 준비했으니 마음에 드시는 것으로 드셔요. 아니, 두 가지 다 드시는 쪽이 제일 좋지요!

"유미노스케 도련님, 짱구야. 과자도 여러 가지니까 맘껏 들어요."

두 아이가 모두 많이 컸구나, 하고 감탄을 한 것은 헤이시로만의 오해인 듯하다. 저마다 좋아라 하고 있다.

모토미야 겐에몬은 조용히 식사를 시작했다.

헤이시로는 오토쿠를 곁으로 불러 팔꿈치로 쿡 찔렀다.

"들었나?"

"뭘요? 꼬르륵 소리?"

오토쿠는 목소리를 낮춰 물었다. 그러더니 하루 종일 일을 하고 나서 조림을 사러 온 손님에게 인사를 건네듯이 따뜻하고 친절하게 살짝 웃어 보이며, "수고하셨어요, 여러분" 하고 말했다.

"나리. 모토미야 거사님께서 우리 가게를 마음에 들어 하실까요?"

그야 두말하면 잔소리지.

7

　오토쿠들이 사람 형상을 위해 씻김 염불을 한 지 십이 일째 되는 날, 미나미쓰지바시 다리맡에서 칼에 베여 죽은 깡마른 남자의 신원이 밝혀졌다.

　오캇피키의 일이 본래 두 발로 벌어먹는 것이라지만, 이번에는 그야말로 이중의 의미에서 '발'이 결정타가 되었다. 마사고로의 수하 가운데 하나가 간다 가지초의 뒷골목, 나막신 가게가 많이 모여 있어 흔히 게타진미치라 불리는 근방을 샅샅이 훑으며 탐문하던 중 마침내 성과를 올렸기 때문이다.

　깡마른 망자의 이름은 규스케였다. 놀랍게도 직업이─.

　"조제인이란 말인가?"

　헤이시로는 마지마 신노스케와 어깨를 나란히 하고 료고쿠 히로코지에서 우치칸다 다카사고초를 향해 걷고 있었다. 규스케를 석 달 전까지 진료했다는 마치 의원 무라타 겐토쿠의 집을 찾아가는 중이다.

　"피가 쉽게 굳는 병이니 생약이니 하는 말이 마냥 한가한 소리가 아니게 되었습니다. 가메야 신베 사건과 곧장 연결됩니다."

　신노스케는 큰 보폭으로 걸음을 서두르며 옴팡눈을 날카롭게 움직이고 있다.

　"더구나 겐토쿠 의원은 마사고로 수하에게 '썩둑이'라는 말을 썼다고 합니다. 그러고는, 아, 그건 생약을 조제하는 사람을 말한다고 다시 설명했다고 하니까요."

조제인을 '썩둑이'라 부르는 것은 다이코쿠야의 관습이다. 그것을 가메야에서 답습했다. 규스케는 두 가게 가운데 어느 한쪽과(혹은 양쪽 모두에) 관계가 있는 인물이라는 말이 된다.

"너무 서두를 필요 없네."

헤이시로는 긴 턱을 치켜들며 웃었다. 가을 냄새를 품은 바람이 코앞을 스쳐 지나간다. 걸어가며 화재 감시용 망루를 바라보니 거기 매달린 경종에 비치는 햇살에도 이제는 찌를 듯이 따가운 기운은 없었다.

"그나저나 용케 알아냈군. 뱀 다니는 길은 뱀이 안다더니."

"그보다는 나막신 가게 덕분입니다."

마사고로들은 당초에 규스케가 입고 있던 옷이나 신체 특징 등의 설명이 적힌 인상서를 들고 탐문하며 다녔다. 짚이는 데도 전혀 없어서 헛걸음만 거듭하고 있을 때, 수하 하나가 문득 신체 특징 중 한 부분에 눈길을 고정했다.

규스케의 발가락이다. 양발의 중지가 길게 뻗어 나와 있고, 그것과 균형을 맞추려는 듯 새끼발가락이 몹시 짧고 발톱이 작다고 되어 있다.

이런 것은 글자로 적어 놓아도 얼른 감이 오지 않게 마련이다. 수하는 얼른 규스케의 발 그림을 그려서 이번에는 그것을 들고 버선 가게나 신발 가게를 돌아다니기로 했다. 그러다가 게타진미치에서 결정적 증언을 얻었다.

어느 장사나 마찬가지지만 상인은 자기 손님을 잘 기억한다. 이발사 아사지로는 눈가리개를 씌워도 이마와 머리카락만 만져 보면 그게 누구인지 알 수 있다고 한다. 혹시 발에 관련된 물건을 파는 장사꾼이라면, 얼굴은 기억하지 못해도 이런 발을 기억하는 사람이 있을지도 모른다고 슈하는 생각했다. 참으로 재치가 뛰어난 자이다.

이 발이라면 다카사고초 의원 댁에 식객으로 있는 그 사람 아닌가? 하고 기억을 떠올린 자는 게타진미치에서는 아직 신참인 젊은 점원이었다고 한다. 언젠가는 출세할 사람이다.

슈하가 그 식객의 '그'의 의미를 묻자 점원은 난처한 듯이 웃으며 말했다고 한다.

"조제를 하는 사람이지만 본인부터가 병자라서 비쩍 말라 비실비실거렸습니다. 일을 돕기보다는 의원한테 보살핌을 받는 듯했습니다" 하고 말했다. "겐토쿠 선생이 워낙 인정이 많으니까."

마사고로의 슈하는 다카사고초로 급히 달려갔다. 그곳에서 마침내 인상서가 힘을 발휘하여 살해된 자가 조제인 규스케라는 사실이 밝혀졌다.

의원에도 여러 부류가 있다. 한방이냐 난방(에도 시대에 서양에서 전래된 의술)이냐를 말함이 아니다. 잘나가는 의원, 돌팔이 의원, 소아 의원, 대맥代脈(의원을 대신해서 진맥을 보는 사람), 부인병 의원 등을 말한다. 돌팔이 의원은 실력이 형편없는 의원이고 소아 의원은 말 그대로 오로지 어린아이만 진료하는 의원이다. 대맥은 아직 정식 의원이 되지 못한 수습 의원이고 부인병 의원은 출산과 여성 질병을 전문으로 진료한다. 암암리에 하는 낙태도 이 의원의 몫이다.

위의 다섯 가지 의원 중에 넷은 되고 싶어서 되기도 하고, 되고 싶지 않아도 되고 말지만 잘나가는 의원만은 다르다. 의원이라면 누구나 그렇게 되기를 바란다. 명의로 소문이 자자해서 환자로 문전성시를 이루는 의원인 것이다. 마치 의원이라도 평판이 자자해지면 왕진 때마다 가마꾼 네 명이 메는 가마를 타고, 연둣빛 사나다 끈_{굵은 무명실 혹은 비단실로 납작하게 엮은 튼튼한 끈}으로 묶은 오동나무 약상자를 든 수행자가 따라오는 호사스런 신분이 된다.

다카사고초의 겐토쿠 선생은 현관 앞 대기실의 혼잡한 풍경으로 보건대, 가마꾼 넷은 어렵더라도 두 명 정도는 부리지 않을까 싶다. 대기실에 있는 이는 환자와 그 가족만이 아니다. 약을 타려고 기다리는 사람들도 있다. 핫초보리의 나리가 겐토쿠 선생에게 무슨 볼일이 있나 의아해하는 자도 있고, 무슨 볼일인지 모르지만 얼른 끝내 주지 않으면 대기 시간이 더 길어진다고 안달하는 자도 있다.

이들을 맞아 준 이는 대맥인지, 볼이 살짝 발그레한 젊은이였다. 이마에 땀이 배어 있다. 상의 가슴께도 땀에 젖어 있었다.

헤이시로 일행은 대기실 옆 작은 방으로 안내되었다. 맹장지는 닫혀 있지만 소리는 고스란히 넘어오므로 꽤 소란스러운 방이었다. 겐토쿠 선생으로 짐작되는 굵직한 목소리가, 시키는 대로 하지 않으면 죽어! 하고 환자를 질타하는 목소리까지 다 들린다.

"내가 늘 신세 지는 고안 선생보다는 젊은 사람 같군."

고안은 헤이시로의 허리 병을 진료해 주는 연로한 의원이다. 작년 여름에는 짱구의 마음 병도 고쳐 주었다. 아니, 그건 제풀에 나은 거였나?

"마사고로 씨 얘기로는," 신노스케가 목소리를 낮춘다. "여기 겐토쿠 의원은 대단한 사람이라고 합니다. 약값을 떼어먹고 달아난 환자라도 다음에 다시 찾아오면 진료해 준다더군요."

그래서 인정이 많다는 소리를 듣는 모양이다.

"고안 선생 말로는 마치 의원이 가장 어려워하는 것이 환자를 포기할지 말지 정하는 일이라더군."

환자라고 하지만 온갖 사람들이 다 있다. 선인만 병을 앓는 것은 아니다. 악인도, 교활한 자도, 뻔뻔한 자도 병에 걸린다. 병에 걸리면 자신을 성찰하여 선인이 되는 것도 아니다. 투정을 받아 주자니 끝이 없고 매정하게 내쳐 버리자니 마음이 편치 못하다. 하지만 의원도 장사이므로 무상으로 치료할 수만은 없다.

"오래 기다리게 해서 죄송합니다. 규스케 일이라고 들었습니다."

갑자기 칸막이 문이 드르륵 열리고 거침없이 들어선 인물이 헤이시로와 신노스케 앞에 무릎을 꿇고 앉으며 말했다. 그러더니 이쪽에서 뭐라고 대답하기도 전에 말을 잇는다.

"해가 바뀐 직후에 굴러들어 와서는 석 달 전까지 여기서 지냈는데, 어느 날 훌쩍 나가더니 행방을 감추었습니다. 배은망덕한 자이긴 하지만 전에도 비슷한 짓을 했기에 원래 그렇게 생겨 먹은 사람인가 보다 했지요."

굉장히 말이 빠르다. 숨을 멈추고 단숨에 말을 토하는 게 아니라 유창한 것이다.

신노스케가 입을 열려고 했다. 하지만 겐토쿠 의원은 멈추지 않았다.

"제가 아직 어릴 적에 그자가 조제를 할 줄 안다면서 여기에 찾아왔습니다."

그를 고용한 이는 제 아버지입니다, 하고 말한다. 콧대가 높고 치렁치렁한 새카만 머리를 정수리 뒤에서 하나로 묶은 겐토쿠 의원은 이제 막 삼십대에 접어든 듯하다. 그런데 굵직한 목소리는 실제 나이보다 이십 년은 더 들어 보인다. 일행을 맞이해 준 젊은이와 마찬가지로 간소한 쓰쓰소데_{소맷자락이 없는 통 모양의 상의}를 입고 있어 체격이 듬직함을 한눈에 알 수 있었다.

"당시 규스케가 아마 열일곱이었을 텐데, 제 몫을 해내기에는 아직 기량이 부족해서 겨우 약연을 다룰 줄 아는 정도의 실력이었습니다. 그래도 다이코쿠야의 간곡한 부탁 때문에 제 아버지도 하는 수 없이 승낙하셨지요."

헤이시로와 신노스케는 동시에 소리를 질렀다. "다이코쿠야!"

눈앞의 마치 관리 두 명이 동시에 소리를 지르자 달변가 의원도 마침내 이야기를 그쳤다.

"다이코쿠야라면 모토마치 3초메의 약방 다이코쿠야 말입니까?"

몸을 내밀며 말하는 신노스케에게 겐토쿠 의원은 지체 없이 고개를 끄덕였다. 이내 한쪽 눈썹을 치켜세운다.

"다이코쿠야에 무슨 수상한 점이라도 있습니까?"

신노스케는 의원의 달변에 못지않은 기세로 그간의 경위를, 밝혀도 좋은 만큼만 간략하게 들려주었다. 그동안에도 닫혀 있는 맹장지 너머에서, 선생님, 선생님, 하고 대맥과 환자들이 의원을 부르는 소리가 들린다. 그럴 때마다 겐토쿠 의원은 뒤도 돌아보지 않고 화살을 쏘듯이 "곧 간다!" 하고 대답하며 신노스케의 얘기를 들었다.

"가메야의 왕진고라면 저도 알고 있습니다."

신노스케가 숨이 차서 이야기를 마치자, 기다렸다는 듯이 말한다.

"물론 잘 듣는 약입니다만 만병통치는 아닙니다. 오랫동안 쓰면 약효가 떨어지고, 근본 원인이 몸 내부에 있는 피부 질환일 경우에는 마음이나 달래 주는 효과밖에 없습니다. 그래도 명약은 명약이지요."

"주인 신베하고는 면식이 있습니까?"

"아뇨, 만난 적은 없습니다. 왕진고를 사 본 적도 없으니까요."

달변가 의원은 힐끔 뒤쪽을 의식했다.

"우리 환자들 중에는 가메야에 드나드는 사람도 있겠지만—."

문득 눈가에 날카로운 기운을 드러내며, "그렇군요. 왕진고가 원래 다이코쿠야에서 나왔군요—" 하고 중얼거린다.

"뭐 마음에 걸리는 일이라도?" 헤이시로가 물었다. 마치 뭔가 있는 듯한 말투처럼 들렸기 때문이다.

그걸 의식했는지 의원은 날카로운 기운을 지워 버리고 온화하게 말했다.

"다이코쿠야의 약 중에도 비슷한 게 있지 않을까 생각했습니다. 그런 일은 그리 드물지 않지요. 약이란 많은 의원과 조제인들을 거치며 개량에 개량을 거듭해서 만들어지는데다, 에도에 있는 조제인의, 그래, 대략적으로 육 할 정도는 모토마치 3초메에서 나오잖습니까. 재료가 비슷하다, 발상이 비슷하다, 바탕이 비슷하다고 해도 이상하지 않지요."

"조제인은 어느 약방에서 수련을 쌓다가 독립해서 자기 방식으로 조제를 하게 되는데, 그래도 바탕이 되는 부분은 수련을 쌓은 약방의 조제법을 유지한다는 말입니까?"

"그렇습니다."

선생님, 선생님, 여태 뭘 하시나, 원! 하고 안달하는 여성의 새된 목소리가 들렸다. 겐토쿠 의원은 그 소리를 무시했다.

"가메야에 걸려 있는 왕진고 간판에는 '본가 다이코쿠야의 비방'이라는 설명이 적혀 있더군요. 신베가 자기를 키워 준 다이코쿠야의 위신을 세워 주려 한다고 말하는 사람도 있는데, 그것도 좀 이상하지 않습니까?"

겐토쿠 의원은 고개를 살짝 갸웃거렸다. "다이코쿠야도 그걸 알고 있습니까?"

"그렇게 해 달라고 부탁한 적은 없는 모양입니다. 그렇다고 낯간지러우니까 그만두라고 말한 적도 없지요. 내버려 두었다고나 할까요. 다이코쿠야에서는 왕진고를 팔지 않고 있더군요."

"그렇다면 가메야의 대표 상품이라는 얘긴데," 의원도 고개를 끄덕인다. "그건 좀, 드물다고 할 수 있겠군요. 신베라는 주인의 인품을 모르니 그 이상은 뭐라 말씀드릴 수 없습니다만."

"여기 오는 환자들에게 왕진고가 실은 다이코쿠야의 비방이라고 하더라는 이야기를 들어 본 적은 없습니까?"

달변가 의원의 입술이 비로소 멈칫했다. 미소도 얼핏 떠오르다가 이내 사라진다.

"여기 오는 환자들은 대개 한자를 모릅니다. 읽을 수 있더라도 간판에 적혀 있는 내용까지 신경 쓰지는 않겠지요."

아이고, 선생님, 언제까지 기다려야 하나요. 여성의 목소리가 애원으로 바뀌었다.

헤이시로는 방금 나눈 대화를 곰곰이 되새겨 보았다. 간판에 있는 글귀에 유미노스케는 집요하게 관심을 보였다. 좀 드문 일이라는 의원의 견해에 그 아이는 어떤 반응을 보일까?

"규스케에 대해서 묻고 싶군요."

헤이시로가 이야기를 샛길로 끌고 나간 탓에 초조해하던 신노스케가 이야기를 본줄기로 돌린다.

"열일곱 살 때 여기 온 뒤로 계속 조제인으로 일했습니까? 아까 선생은 배은망덕한 자라고 하셨습니다만."

겐토쿠 의원은 빠른 말투로 설명을 시작했다. 헤이시로와 신노스케는 돌풍을 안면으로 받아내는 기분으로 그의 이야기를 들었다.

선대 무라타 의원—달변가 의원의 부친이 다이코쿠야의 간절한 부탁을 받고 아직 수련이 부족한 조제인 규스케를 떠맡은 것은 십팔 년 전이라고 한다.

"규스케는 어처구니없는 애물단지였습니다. 실력이 모자라서만이 아니라 그때부터 몸이 약해서 자기가 조제할 수 있는 약보다 필요로 하는 약이 더 많았을 정도니까요."

그런 상태가 스무 살을 넘길 때까지 계속되었다고 한다.

"그래도 아버지가 규스케를 곁에 두었던 까닭은 우선은 다이코쿠야에 대한 의리 때문이었을 테고, 또 몸이 약한데다 가족도 없다는 규스케를 내친다면 조만간 객사할 것이 뻔했기 때문이겠지요."

규스케에게 가족이 없다는 사실은 당시 본인이 직접 얘기한 모양이다. 어릴 때 화재로 부모를 잃고 양부모 밑에서 자라다가 열두 살 때 다이코쿠야에 머슴으로 들어갔다. 그 양부모도 이미 죽어 규스케는 천애고아였다고 한다.

"규스케 같은 애물단지한테 그런 이야기를 끌어냈을 만큼 아버지는 정이 많았습니다."

지금은 자신이 그런 평을 듣고 있다는 걸 모르는 모양이다.

"당시 다이코쿠야는 제 아버지와 친하게 지내던 선대 주인이 은퇴하고 상속자가 물려받은 참이었습니다. 규스케를 맡아 달라고 부탁한 이는 다이코쿠야를 막 물려받은 주인이었습니다."

달변가 의원은 물 흐르듯이 말하면서도 언뜻 미간을 찡그렸다.

"저는 아직 어렸으므로 이런 이야기는 나중에야 들었습니다만, 규스케가 다이코쿠야를 떠나게 된 사정은 다이코쿠야의 상속 문제와 관계가 있었나 보더군요. 자세한 사정은 모릅니다만."

모른다기보다 흥미가 없다는 투였다.

"그래도 다이코쿠야가 무슨 악의가 있어서 규스케를 쫓아낸 것은 아니었던 모양입니다. 그쪽에서 아버지에게 규스케를 맡길 때 머리를 숙이고 잘 부탁한다고 간곡하게 얘기했다더군요. 그 뒤에도 우리한테는 약을 저렴하게 주거나 구하기 어려운 약재를 종종 구해 준다거나 해서 편의를 봐주었습니다."

다이코쿠야 주인은 규스케의 상태에 대해서도 신경을 쓰는 눈치였다고 한다.

"자기 약방에는 둘 수 없지만 징계할 생각은 털끝만치도 없고, 완전히 저버리겠다는 뜻도 아닌 듯했습니다. 뭐, 거기에는 어떤 사정이 있었겠지만 떠맡게 된 이상은 우리 약방 식구였고, 아버지는 그런 문제에 두고두고 의문을 품는 분도 아니었습니다."

달변가 겐토쿠 선생은 규스케보다 세 살 연하라고 한다.

"그렇다고 친하게 지내는 사이가 되지는 않았지만, 규스케는 여하튼 얌전하달까 내성적인 사람으로 기억합니다. 다만 성실했음은 분명합니다."

규스케는 금방 이곳에 정착했다. 당시 무라타 가에 있던 다른 두 조제인하고도 관계가 나쁘지 않았다. 실은 그렇게 된 데에는 선대 의원의 부인, 즉 달변가 선생의 모친이 큰 힘이 되어 주었다고 한다. 덕분에 규스케는 이 집에 금방 적응하고, 병약한 몸이지만 조제인으로서 차차 수련도 쌓아 나갔다.

그리고 십일 년 뒤. 규스케가 스물여덟 살 때, 그러니까 지금으로부터 칠 년 전 일이다.

"그만두게 해 달라고 했습니다."

갑작스러운 말이었다.

"저는 스물다섯 살이 되어 나가사키에 유학하기로 정해져 있었습니다. 그 직전의 사건이라서 잘 기억합니다. 매화가 피기 시작하던 초봄이었습니다."

놀라서 이유를 물어볼 새도 없이 규스케는 짐을 꾸려서 떠나 버렸다. 행선지는 전혀 모른다. 도망치듯 떠났다.

"나중에 아버지가, 그러고 보니 연초부터 규스케가 이상했다, 왠지 안절부절못하는 모습이었다고 하셨습니다."

그러나 규스케가 갑자기 모습을 감춘 이유는 여전히 수수께끼로 남아 있다.

선대 겐토쿠 선생은 워낙 너그러운 사람이라 다이코쿠야에도 즉시 소식을 전했다. 하지만 저쪽에서는 크게 놀라기는 했어도 냉랭한 반응이었다.

"큰 폐를 끼쳐 죄송하다고 사죄하기는 했지만, 규스케의 행방을 걱정하지 않는 듯했고, 도망쳤다니 어쩔 수 없는 일이라고 할 뿐 찾아보려는 마음도 없어 보였습니다."

"부친께서도 찾아보지 않으셨나요?"

신노스케가 묻자 달변가 겐토쿠 선생은 짧게 한숨을 지었다. 한숨마저 급하다.

"당시 아버지는 지금의 저보다 배는 바쁘셨습니다."

지금도 마찬가지로 몹시 바쁘다. 선생이 자리를 비우자 대기실은 아비규환에 휩싸인 모양이었다. 소리만 들어도 충분히 알 수 있다. 두려워서 아예 내다볼 마음조차 생기지 않는다.

그것을 끝으로 무라타 가와 규스케의 인연은 끊겼다. 아울러 다이코쿠야와의 인연도 끊겼다.

"저쪽에게는 십일 년 전 약방에서 나가 인연이 끊긴 점원이므로 걱정해 줘야 할 의리 따위는 없었습니다. 다만 아버지로서는 그쪽의 냉정한 반응에 조금 섭섭한 마음도 있었겠지요."

인정이 깊은 사람이었다.

"그 일을 계기로 다이코쿠야와 왕래를 그만두었습니다."

무라타 가에서도 더는 어쩔 도리가 없었다. 모두 점차 규스케를 잊었고, 떠올리는 일조차 없게 되었는데—.

아무 소식도 없이 칠 년의 세월이 지나, 눈발이 날리던 새해 어느 날이었다. 규스케가 불쑥 나타났다.

"젊은 선생께서 몰라보게 훌륭해지셨습니다, 라더군요."

선대 겐토쿠 선생 내외는 타계한 지 오래였다. 그 말을 듣자 규스케는 몹시 안타까워했다. 그는 다다미에 이마를 찧으며 부탁했다.

무라타 가에 나타날 면목이 없다는 사실은 너무나 잘 알지만, 나는 보시다시피 이렇게 곤궁하고 달리 기댈 데도 없다. 잠잘 자리만 있어도 된다, 오래 신세 지지는 않겠다, 조제 일을 도울 테니 잠시 여기서 지내게 해 달라—.

"저는 아버지처럼 호인이 아니라서, 처음의 놀라움이 가라앉자 무슨 이렇게 뻔뻔한 자가 다 있나 싶어 기가 막힐 따름이었습니다. 하지만……."

규스케는 처음 이곳에 왔던 십칠 세 때와 마찬가지로, 아니, 나이를 먹은 만큼 더욱 초췌하고 수척해 보였다.

"이번에는 단순히 체질 탓이 아니라 병색이 완연했습니다."

심장에 문제가 있고 수종을 앓고 있다고 했다.

"그래서 선생 역시 선친과 마찬가지로 규스케를 차마 외면하지 못하셨소?"

헤이시로는 비아냥거리려는 마음이 전혀 없었지만 달변가 선생은 부끄러워하는 눈치였다.

"—뭐, 그런 셈이죠. 꽁꽁 얼어붙는 날씨가 걱정스럽기도 했고."

이곳에서 지내는 몇 개월 동안 규스케는 거의 보탬이 되지 않았다. 내내 자리보전이나 하는 상태였다고 한다.

"조제 일도 하지 못했습니다. 그래서 본인도 마음이 안 좋았는지,

몸 상태가 좋을 때는 머슴처럼 일했습니다."

게타진미치에 심부름을 몇 번 보낸 적이 있다고 한다. 불쑥 찾아왔을 때부터 제대로 된 신발을 신고 있지 않아서, 신발이나 사 신으라고 보냈다. 그리고 그 뒤에는,

"대기실에서 조리나 나막신이 없어지는 일이 종종 있습니다. 애초에 맨발로 오는 사람도 있고요. 환자가 발바닥을 차게 하면 좋지 않으므로 여기에서는 싸구려 나막신을 사 두었다가 급할 때는 환자에게 빌려 주고 있습니다."

그럴 때 쓸 나막신을 사 오라고 보내곤 했다.

"나막신 가게 점원이 용케 기억했군요. 눈도 밝지. 출세할 겁니다." 달변가 선생은 헤이시로와 같은 감상을 밝혔다.

"연초에 칠 년 만에 돌아왔을 때는 병으로 수척해진 것 말고 이상한 점은 없었나요?"

신노스케가 묻는다. 말이 빠른 겐토쿠 의원은 물론 두뇌 회전도 빨랐고, 그것은 지금까지 나눈 대화로도 충분히 알 수 있었다. 그런 사람이 이 대목에서 잠시 뜸을 두고 생각에 잠긴다.

대화가 멈추자 대기실의 아비규환이 귓전까지 밀려온다. 젊은 대맥이 대응에 나섰는지, 아까의 달변가 의원에 못지않은 굵은 목소리로 소란한 환자들을 진정시키고 있다.

"억측인지는 모르지만," 겐토쿠 의원의 말투가 신중해졌다. "옛날에 규스케가 여기 처음 왔을 때, 아버지 이상으로 그를 걱정하며 돌봐준 어머니가 지나가듯이 한 말이 있습니다."

―규스케는 아무래도 뭔가를 두려워하는 모양이구나.

"어머니는 온화한 분이라 웬만해서는 그런 말씀을 입 밖에 내는 분이 아니었습니다. 사실 이 집 식구들 사이에서는 병을 앓는 사람에 대한 이야기를 함부로 하질 않아요. 심심풀이 잡담에 올려도 좋은 얘기가 아니니까요."

부친도 입이 무거운 사람이었다고 한다.

"어머니도 몹시 걱정이 되니까 그런 말을 하셨겠지요. 그때 딱 한 번뿐이기는 했지만."

달변가 의원의 마음에는 남았다.

"그래서 제가 색안경을 끼게 되었는지도 모르죠. 그러고 보니—."

서른다섯의 영락한 중년 남성이 된 규스케에게서 뭔가를 겁내고 쫓기는 듯한 기미를 느꼈다.

"조만간 틈을 봐서 물어보려고 했는데 또 자취를 감춰 버렸습니다."

그런데 설마 살해되었을 줄이야, 하며 입을 꾹 다물었다.

"가만 생각해 보면 규스케의 평소 기질이나 일하는 모습과, 별안간 뛰쳐나갔다가 불쑥 돌아와 고개를 숙이는 모습은 전혀 어울리지 않았습니다. 어지간히 절박한 무엇이 없고서야—."

칠 년 전에도, 석 달 전에도. 생각에 잠긴 겐토쿠 선생의 눈에 그늘이 진다.

"규스케는 에도에 있었군요."

"그런 것 같은데, 아직 확실하지는 않습니다. 우리도 선생이라는 단서를 어렵게 잡은 참이고요."

무라타 가를 나간 뒤 석 달 동안 어디에 있었을까? 무엇을 하고 있었을까?

헤이시로는 미나미쓰지바시 다리맡의 사람 형상에 대해서 이야기했다. 달변가 의원은 처음 얼마 동안 생각에 잠긴 듯 건성으로 듣더니 피가 쉽게 응고한다는 등의 이야기가 나오자 곧 집중했다.

"규스케가 앓던 수종약 중에는 그런 종류가 없습니다. 적어도 저는 그런 약은 모르겠지만."

날카로운 눈빛이 되어 잠깐 허공을 노려본다.

"피가 쉽게 응고되는 체질이나 병이라면 있습니다."

헤이시로의 머리에 뭔가 떠올랐다. 규스케는 조제인 출신이다. 자기 병에 대해서도 일반인보다는 잘 알 테고, 때문에 제 손으로 약을 조달할 수도 있었으리라. 그렇게 지은 약 때문에 피가 쉽게 응고하게 되었을지도 모른다.

어쨌거나 그 사람 형상 자국은 역시 무슨 저주 따위가 아니었다.

"미나미쓰지바시 다리맡의 그 형상은 한때 소문이 자자했습니다" 하고 신노스케가 말한다. "환자들이 그런 소문을 말했을지도 모릅니다. 선생은 들어 본 적 없습니까?"

겐토쿠 의원은 가볍게 웃었다. "아까부터 들려오는 이 시끄러운 소리들을 어떻게 생각하세요?"

"아, 예, 대단하네요."

"환자들이 하는 말을 다 들어 주다가는 그것만으로 하루가 끝나 버립니다. 필요한 말은 듣고 쓸데없는 말들에는 귀를 봉하고 꼭 들어야 할 대답은 빠짐없이 듣습니다. 그것만으로도 벅찹니다."

그래서 이렇게 말이 빨라졌겠지만 그렇다면 말수가 적었다는 선대 의원은 어떤 식으로 환자들을 대했을까, 하고 헤이시로가 궁금해 하자 눈치 빠른 의원은 빙긋이 웃었다.

"아버지는 환자들의 존경을 받고 있었지만 환자들이 아주 두려워 하는 분이기도 했습니다. 안 되겠다 싶을 때는 벼락 치듯 호통을 치셨으니까요."

주먹을 살짝 쥐고 허공을 후려치는 시늉을 해 보인다. 벼락만이 아니라 꿀밤을 줄 때도 있었으리라. 호쾌한 의원이었나 보다.

"선생께서는 혼인은?" 하고 헤이시로가 물었다. 공연한 물음이지만 순수한 호기심이 생겼다.

"아직입니다."

확실히 이 집에 시집을 오려면 상당한 배짱과 도량이 필요하겠다. 게다가 말투가 이렇게 급해서는 흠모하는 여자가 생긴다고 해도 맺어지기 어렵겠다. 여자 쪽에서 의원의 이야기를 제대로 들어 주기가 힘들겠지. 하긴 정신없이 빠른 말로 여자의 얼을 빼 놓고 "예" 하는 대답을 끌어내는 수가 있을지는 모르지만.

"여기에는 대맥 선생이 있는 모양이더군요. 하녀도 있습니까?"

두 명이 있다고 한다. 대맥, 즉 수습으로 일하는 젊은이는 가미야 노보루라는 이름으로 규스케가 올 때까지는 그가 조제인도 겸했다.

"저도 조제를 합니다. 그것으로도 충분해서 조제만 하는 사람을 따로 고용하지는 않았습니다."

규스케는, 선대 때와는 다르군요, 하며 놀랐다고 한다.

"물론 아버지 시절하고는 사정이 달라졌습니다. 요즘은 굳이 제가 직접 짓지 않아도 효과가 분명한 약을 시중에서 쉽게 구할 수 있습니다. 그렇다면 그편이 환자에게도 좋지요."

"규스케는 그런 작금의 사정을 몰랐을까요?"

신노스케가 묻자 의원은 "아아" 하는 소리를 내며 눈을 깜빡였다. 눈 깜빡이는 속도도 빠르다.

"─듣고 보니 그렇군요."

조제라는 생업을 떠난 지 오래였던 걸까.

"가미야 선생과 하녀들에게 나중에 이야기를 들어 봐도 되겠습니까?"

"상관없지만 그 아이들은 아무것도 모를 텐데요. 저도 일단 물어는 봤습니다."

가미야 노보루와 두 하녀는 오히려 그런 식객을 집 안에 들인 의원을 못마땅해했다. 선생이 심한 잔소리를 들으며 쩔쩔맸다고 하니 참으로 용감한 하녀들이다.

"그 아이들은 예전의 규스케를 모르니까요." 의원은 조금 부드러운 말투가 되었다.

"규스케는 뭔가 사연이 있어 들어온 식객이었습니다. 그러나 예전에 이 집에 있을 때는 수고를 아끼지 않고 열심히 일했고, 외아들에 나이도 비슷한 저한테는 나름대로 친근하게 잘했습니다. 조제에 대해서 함께 이것저것 배우던 때도 있었죠."

인정이 깊은 것도 집안 내력이다.

"예전이나 최근에,"

숙연해진 분위기에서 신노스케가 애써 이야기를 본줄기로 되돌렸다.

"규스케가 다이코쿠야나 가메야에 대해서 뭐라고 얘기한 적은 없었습니까? 혹은 규스케가 이런 말을 하더라, 하고 부모님한테 들은 얘기가 있다거나?"

전혀요, 하고 달변가 의원은 고개를 가로저었다.

"다이코쿠야는 규스케한테는 금기라고나 할까, 본인도 말하고 싶어 하지 않을 테니 저도 캐묻지 않았습니다. 여기서는 누구랑 특별히 갈등이 있지는 않았으니 그럴 필요도 없었죠. 가메야에 대해서도 그가 여기 있을 동안에는 얘기한 적이 없습니다. 신베라는 조제인 이름도 저는 모릅니다."

칠 년 전 무라타 가를 떠난 뒤 어디서 무엇을 하고 지냈는지도 상세하게 물을 틈이 없었다. 다시 찾아왔을 때, 그동안 여기저기 떠돌아다니며 조제 일을 하기도 했지만 다른 일로 먹고산 적도 있다고 본인이 변명처럼 몇 마디 한 게 전부였다고 한다.

병자에다 형편없이 수척해진 몸으로 번번이 자리보전이나 하며 몇 개월밖에 지내지 않았으니 그럴 법도 하다. 규스케와 다이코쿠야의 관계를 알아낸 것만 해도 다행이다. 헤이시로가 신노스케에게 눈짓을 하자 신노스케도 희미하게 고개를 끄덕여 응했다.

"정말 고맙습니다. 시간을 많이 뺏어서 미안합니다."

인사를 채 마치기도 전에 달변가 의원은 자리에서 일어섰다. 칸막이 맹장지를 열고 진찰실로 성큼성큼 돌아간다. 아이고, 목 빠지겠습니다, 선생님, 하며 대기실 환자들이 저마다 투덜거렸다.

한 박자 두고 나서 의원의 노성이 터졌다.

"시끄러워!"

대기실이 잠잠해진다. 헤이시로는 고개를 숙이고 가만히 웃었다.

가미야 노보루와 두 하녀는 달변가 의원이 말한 대로 규스케에 대해 거의 몰랐다. 예전에 선대 의원에게 신세를 지던 조제인이며 배은망덕하게 뛰쳐나간 주제에 염치도 없이 돌아왔다, 괘씸한 작자지만 선생이 정이 깊고 그자도 고개를 조아리며 사죄하는데다 무엇보다 아픈 몸인지라 냉정하게 내칠 수도 없었다고 한다.

그가 여기 있는 동안 누가 찾아온 적은 없었다. 규스케는 이곳 사람들하고도 꼭 필요한 이야기만 했고, 심부름이 있을 때만 외출했다. 다만 무라타 가 사람들은 의원을 비롯하여 다들 몹시 바빴다.

"이상한 사람이구나 싶었지만 하루 종일 지켜보고 있을 수도 없으니까요."

자기들 눈이 미치지 않는 곳에서 규스케가 무슨 짓을 하고 있었는지는 알 수 없다.

"본인 말로는 돈도 없고 갈 데도 없다고 했는데, 아마 빈말이 아니었을 겁니다"라고 가미야 노보루는 말한다. "수종은 상당히 심각한 상태였습니다. 그대로 여기서 지냈다고 해도 일 년이나 이 년 버티는 것이 고작이었을 겁니다. 선생도 그렇게 진단하셨습니다."

"얼마나 짜증이 났는지 몰라요. 솔직히 저는 그 사람이 여기서 사라졌을 때는 속이 시원했습니다."

두 하녀 가운데 연장자는 그렇게 말했다. 애초에 관심도 없었으리라. 규스케가 칼에 맞아 죽었다는 소식을 듣고도 애통해하지 않았다. 혹시 그 일로 우리 의원님이 피해를 보는 일은 없겠지요? 하며 걱정할 뿐이다. 그런 걱정은 필요 없다고 신노스케가 안심시켜 주었다.

흥미로웠던 이는 연하의 하녀였다. 이름을 오신이라고 하는데, 연하라고 해도 그리 어리지는 않았다. 스물일고여덟이나 되었을까. 말수도 많고 궁금해하는 점도 많았지만, 특별히 규스케의 내력이나 그에게 숨겨진 수수께끼에 흥미를 보이지는 않았다.

"선생님이 왜 그런 사람에게 잘해 주시는지 속을 통 모르겠어서 저도 몇 번 말씀드렸어요."

입만 열었다 하면 어김없이 선생님, 선생님 한다.

"오신, 그렇게 화내지 마라, 아버지가 데리고 있던 조제인이니 쫓아낼 수는 없다, 돌아가신 아버지에게 공양하는 셈치고 한 식구로 받아 줘, 라고 하셨어요. 안 그래도 선생님은 눈코 뜰 새 없이 바쁘셔서 딴 데 신경 쓰실 수도 없으니, 그런 골칫거리까지 떠맡으면 선생님이 먼저 쓰러지신다고 제가 몇 번이나 말씀드렸는데."

그리고 무슨 이야기만 나오면, "선생님은 빨리 장가를 가셔야 해요"라는 말을 보탠다.

"혼담이 들어와도 이런저런 핑계로 거절하시고 내내 홀아비로 지내시잖아요. 그럭저럭하다 보니 벌써 서른 줄이고요. 이러다 정말 색싯감이 없어진단 말예요. 노보루 선생님이 먼저 장가드시고 말 걸요."

가미야 노보루는 무라타 가의 먼 친척으로, 나이는 스물둘. 달변가 의원의 대맥이 된 지 일 년이 채 못 되어 독립하려면 한참 멀었지만 이미 약혼자가 있다고 한다.

"자네들이 선생을 살뜰하게 보살펴 드리면 되지 않는가."

헤이시로가 짐짓 아무렇지도 않게 말하자 오신은 얼굴이 빨개졌다.

"하녀는 하녀지 부인이 아니잖아요! 나리, 그런 말씀을 하시면 곤란하죠."

규스케에 대해서 특별히 더 알아내진 못했지만 헤이시로는 한 가지 새로운 사실을 알았다. 오신은 겐토쿠 의원에게 홀딱 빠져 있다.

"그 하녀, 참 말도 많네요." 돌아가는 길에 신노스케가 어이가 없다는 투로 중얼거렸다. "쓸 만한 얘기는 하나도 없고 순 쓸데없는 말만 늘어놓고."

"하지만 그 하녀한테는 간절한 얘기였어." 헤이시로가 재밌어라 한다. "달변가 겐토쿠 선생은 제법 잘생겼고 실력도 출중하다고 하니 하녀가 넋을 놓을 만도 하지."

"오, 그런 거였습니까?"

저는 전혀 눈치채지 못했습니다, 하고 신노스케는 진지하게 반성한다.

"그거랑 규스케하고는 관계가 없지 않을까요—."

그럼, 없지, 하며 헤이시로는 손을 내두르고 껄껄 웃었다. "없기는 하지만 재미난 구경거리 아닌가."

"구경거리—입니까."

모퉁이를 돌기 전에 신노스케는 어깨 너머로 무라타 가를 슬쩍 돌아다보았다. 환자들이 드나들고 있다.

"규스케한테 여자는 없었을까?" 문득 생각이 나서 헤이시로가 그렇게 말해 보았다. "의지할 곳이 없는 처지라는 말을 액면 그대로 받아들여도 좋을까."

"병자 아닙니까."

"병자라도 좋아한다, 반했다 하는 마음은 있네. 병자가 아니었던 시기도 있었을 테고."

삼십오 년 인생이다. 다이코쿠야에 있을 때, 무라타 가에 있을 때, 무라타 가를 떠나 어딘가에서 지낼 때. 그 어디에선가 여자를 만날 기회가 있었을지 모른다. 남자 가는 데 여자 있고, 여자 가는 데 남자가 있다. 세상 이치가 그렇다.

가진 것 없고 몸도 쇠약해졌을 때 규스케 머리에 떠오른 것이 무라타 가뿐이었으리라 속단하기는 이르다. 관습이나 격식 따위에 얽매이지 않은 타고난 조닌이다. 어딘가에 규스케의 여자가 있었을 거라고 보는 편이 자연스럽지 않을까. 인생의 어느 시기에 어느 여자와 살림을 차렸을 가능성도 충분하다. 자식이 있다고 해도 이상하지 않다.

—하지만 처자식이 있다면, 그들은 규스케의 신변을 걱정하고 있지 않았을까?

"세상에는 그런 인연을 누리지 못하는 남자도 있습니다." 신노스케가 억양도 없는 묘한 투로 말했다.

"하긴 뭐, 에도에는 남자가 훨씬 많으니까."

"아뇨, 그 탓만이 아니라."

헤이시로는 옆에서 걷는 신노스케의 얼굴을 쳐다보았다. 옴팡눈이 왠지 어둡다. 그리고 뜻밖의 말을 한다.

"저는 늘 혼담을 거절당하는 쪽이라서."

거절이야 당할 수도 있지만 그 말을 본인의 입을 통해 듣다니 정말 뜻밖이다.

"―지금까지 몇 번이나?"

"두 번이요."

"두 번 갖고 뭘."

"예, 그런가요?"

고개를 떨어뜨리는 신노스케를 곁눈으로 보며 이 이야기는 일단 접어 두자, 하고 헤이시로는 생각했다.

"가메야 신베가 다이코쿠야에서 독립했을 때가 분명히 이십 년 전이라고 했지?"

"예. 서른 살 때였다고 합니다."

"규스케가 다이코쿠야를 나와서 무라타 선생 밑으로 들어간 것이 십팔 년 전이고."

"규스케가 열일곱 살 때였습니다."

규스케가 다이코쿠야에 수습 점원으로 들어간 것이 열두 살 때였으므로 도합 삼 년간은 신베와 한솥밥을 먹은 셈이다. 두 사람이 이 년의 차이는 있지만 다이코쿠야를 잇달아 떠났다. 게다가 규스케의 경우에는 뭔가 사정이 있었던 모양이다.

"모토미야 거사님이 두 사람을 죽인 범인은 동일 인물로, 두 사람에게 원한을 품은 자라고 짐작하신다는 말은 했지?"

이것은 궁금해서 묻는 말이 아니라 이야기를 진행하기 위한 말이었다. 한번 들은 내용을 쉽게 잊어버릴 마지마 신노스케가 아니다.

신노스케는 이내 쓸쓸한 표정이 된다. "예. 오토쿠야에서 나온 이야기지요."

"자네 종조부님의 안목을 가볍게 보면 안 돼. 나는 그 추측이 맞는 것 같아."

신노스케는 잠자코 있었다.

"원한인지 뭔지의 뿌리는 신베와 규스케가 다이코쿠야에서 보낸 삼 년 동안에 있을 거라고 생각하는데, 어떤가?"

신노스케의 걸음이 느려졌다. 헤이시로도 거기에 보조를 맞춘다.

"저는—이즈쓰 나리처럼 종조부님 생각이 맞는다고 보지는 않습니다. 근거가 부족하잖습니까."

"하지만 이보게, 신베와 규스케의 과거 중에 삼 년이 다이코쿠야에서 겹치고 있지 않나. 두 사람이 잇달아 비슷한 수법으로 살해된 것도 사실이고."

두 사건이 그냥 우연이고 범인도 다르고, 살인 동기도 제각각이라는 설이 더 이상하지 않은가.

"식객이라."

오늘 무라타 가에서 계속 들었던 말을 헤이시로는 중얼거렸다.

"규스케도 그렇지만, 자네 거사님도 그렇다고 하더군. 본인이 직접 말씀하셨네."

신노스케는 움찔하는 모습을 숨기지도 않았다. "종조부님이 말입니까?"

"음. 자네 모친은 거사님이 떠날 날만 손꼽아 기다리고 있다면서."

그건 저어, 말씀이 조금, 아니, 하지만―. 신노스케는 말을 더듬었다.

"집안 사정이니 다른 사람은 알 수 없는 이야기들이 많겠지. 이래라저래라 참견할 마음은 없어. 마지마 가의 골칫거리라는 상황도 이해하고. 하지만 겐에몬 어르신은 그렇게 보기 흉한 노인은 아니야. 그건 분명하네. 오토쿠만 해도 금세 마음에 들어 하잖나."

실제로 오토쿠는 엉뚱한 생각을 하고 있었다. 모토미야 거사를 오토쿠야에서 모시고 싶단다.

―저희 집 이층이 비어 있잖아요. 우리 세 여자야 일층 방 하나면 충분하니까요. 그래서 말인데요, 거사님이 이층에 와 계시면 좋지 않을까 싶어요.

자잘한 수발은 물론이고 세끼 식사도 오토쿠가 맡는다. 거사는 지금까지처럼 시중을 살피며 돌아다니고 글이나 쓰면 된다. 돈은 어떻게 하고? 헤이시로가 짐짓 심드렁하게 묻자, 그런 거 필요 없어요, 라고 하기에, 그건 곤란하지, 라고 일축했다. 마지마 가에도 체면이 있는데.

―그럼 거사님이 방을 얻어서 지내겠다고 마지마 가에 말하고 오토쿠야가 다만 몇 푼이나마 받으면 되겠네요? 형식일 뿐이지만요. 나리, 마지마 나리께 그렇게 말씀해 주시지 않을래요?

오토쿠는 그날 자신의 처지를 이야기하는 겐에몬의 말을 듣고 그만 동정심이 생겼다. 인정에 불이 붙었다.

인정 깊은 사람이 여기도 있었구나.

헤이시로도 좋은 생각이라 여겼다. 그러나 차마 그 말을 전할 수가 없었다. 아무리 녹봉 서른 섬에 2인분 후치의 무가라 해도 무가는 무가다. 우리 집안을 뭐로 보고 그런 소리를 하느냐며 마지마 가에서 역정을 내도 대꾸할 말이 없다.

"종조부님도—."

신노스케가 먼 데를 바라보는 눈길로 말했다.

"남들처럼 혼인을 하고 자식을 낳으셨으면 지금쯤 전혀 다른 처지였을 겁니다."

그건 그렇다. 아내 없이 사는 이는 달변가 의원만이 아니다.

"전에 한 번 떠나셨다가 돌아오셨다며? 이유를 들어 봤나?"

글쎄요, 하고 신노스케가 고개를 갸웃한다.

왠지 이야기가 어긋나 버린 꼴이 되어 두 사람은 묵묵히 걸었다. 일단 마사고로를 만나 보자, 하고 혼조 모토마치까지 왔지만, 마사고로네 메밀국수 가게의 포렴이 보이기 시작하자, 헤이시로는 그 자리에서 걸음을 멈췄다. 잠깐만, 하며 신노스케의 걸음도 막는다.

포렴을 헤치며 부리나케 나온 사람은 마사고로의 부인 오콘이었다. 짱구가 같이 나온다. 무슨 일인지 오콘은 짱구의 손을 끌고 나와서는 등을 밀고 있다. 포렴을 등지고 가게 문을 막아서듯이 버티고 서서 마치 짱구를 몰아내려고 하는 것처럼 보인다.

그런데 짱구가 말을 안 듣는 모양이다. 화를 내거나 울지는 않지만 오콘의 소매를 잡고 뭐라고 열심히 호소하고 있다.

헤이시로는 눈을 가늘게 떴다. 모자가 다투는 걸까요, 하고 신노스케가 말한다.

결국은 안주인의 권위에 밀린 짱구가 가게 앞을 떠나 걷기 시작했다. 어깨가 처져 있다. 오콘은 여전히 문 앞에 버티고 서서 짱구의 등을 지그시 쳐다본다. 짱구가 돌아다보자 인상 쓴 얼굴로 도리질을 해서 쫓아 버리는 시늉을 한다.

저쪽으로 가면 필시 오토쿠야로 가는 것이다. 짱구 모습이 사라지기를 기다렸다가 헤이시로는 가게로 다가가 오콘을 불렀다.

"별일이군. 산타로가 심부름하기 싫다고 하던가?"

오콘의 낯이 눈에 띄게 창백해졌다. 비틀거리다 신발이 벗겨질 뻔했을 정도다. 나리, 하고 맥없는 소리를 낸다.

"무슨 일이에요?" 신노스케도 묻는다.

오콘은 볼에 양손을 댔다. 그 손가락이 백분을 털어내기라도 하는 양 떨리고 있다. 눈가가 젖어 있다. 이내 눈물이 넘쳐 난다.

"들어오세요. 나리들이라면 상관없어요."

그렇게 말하고 오콘은 포렴을 들어올렸다. 그 동작이 매끄럽지 못하다.

"허어, 무슨 일이지?"

고개를 숙이고 입술을 깨물고 있다가, 산타로의—하고 입을 열던 오콘은 그만 목이 메고 말았다.

"그 아이의, 생모가 와 있어요."

8

여인의 이름은 오키에라고 했다.

하나카와도초에 있는 나무통 도매상 다마이야의 후처이며 안주인이라고 한다. 아니, 지금은 안주인이지만 그 자리가 위태로워, 어떻게든 자리를 보전할 길을 찾으려고 마사고로를 찾아온 모양이다.

마사고로와 오키에는 집 안쪽에 있는, 마사고로가 손님과 이야기할 때 사용하는 방에 앉아 대화를 나누고 있다. 처음에는 오콘도 그 자리에 있었다. 하지만 방에 들어서자마자 오키에가 울면서 매달렸는데 하필 그때 짱구가 심부름을 갔다가 돌아오는 바람에, 당황한 오콘이 다른 심부름거리를 만들어 억지로 내보냈다. 그것이 조금 전 광경에 대한 해명이었다. 짱구는 제법 총명한 아이라 안주인의 모습이 심상치 않은 이유와, 왜 자기가 집에 있어서는 안 되는지를 궁금해하며 저항했다. 그 아이로서는 보기 드문 행동이지만 뭔가 직감적으로 짚이는 일이 있었는지도 모른다.

그러나 한 번 들어서는 이해가 안 가는 이야기였다. 그도 그럴 것이 헤이시로들에게 사정을 설명하는 오콘도 잘 모르는 부분이 많았기 때문이다. 아무래도 마사고로는 오키에라는 여자—짱구 산타로의 생모를 얼마 전 우연히 만난 모양인데, 그 사실을 오콘한테는 말하지 않았던 듯하다.

"마사고로가 자네를 위해 나름대로 배려했겠지" 하고 헤이시로는 위로했다. 오콘도 그 정도는 안다.

"그래도 너무 섭섭해요."

눈물 자국이 남아 있는 볼을 손으로 누르고 있다.

"굳이 얘기할 필요도 없는 일이고, 이미 아무 관계도 없는 여자라고 생각했을 테니까."

"하지만 아까 산타로를 내보낼 때, 저더러 나가 있으라고 했단 말예요. 제가 옆에 있으면 곤란하다는 기색으로."

이 집과 왕래한 지 얼마 안 되는 마지마 신노스케는 자연스럽게 이야기 밖에 있었다. 하지만 그 역시 턱없이 진지하고 머리도 좋은 사람이므로 짱구에게, 마사고로 내외에게, 생모의 갑작스러운 출현이 어떤 의미를 가지는지 정도는 이해하는 얼굴이다.

왠지 대화가 이어지지 못해 자연히 입을 다물어 버린 헤이시로와 오콘 사이에서 신노스케가 불쑥 말했다. "종조부님은 산타로가 마음에 드셨나 봐요."

―특이한 아이지만, 귀엽더구나.

신노스케에게 그렇게 말했다고 한다.

"종조부님은 좀처럼 누굴 칭찬하는 분이 아닙니다. 상대가 아이라고 하지만 꽤 마음에 드신 모양입니다."

나이를 보면 증손자쯤 되리라.

"그 아이가 힘들어하게 된다면 종조부님도 안쓰러워하실 겁니다."

옴팡눈을 가늘게 뜨며 본인도 안타까워하는 모습이다.

"하지만 오키에란 여자가 짱구를 데려가겠다는 건 아니겠지? 자기가 안고 있는 문제 때문에 찾아와서 울며 매달리는 게 아니냐."

"그렇기는 하지만……."

집 안쪽을 얼핏 쳐다보는 오콘의 눈초리에는, '무슨 낯짝으로 찾아와 우리 남편한테 매달리고 야단이야' 하는 분노도 아주 조금은 담겨 있었다. 하기야 부아가 치미는 게 당연하다.

"들어가 볼까." 헤이시로가 신노스케에게 말했다. "끼어들어서 얘기나 들어 보지."

"괜찮을까요?"

"이런 게 마치 관리의 특권이야."

"그런가요?"

입으로는 주저하면서도 신노스케는 벌써 일어나고 있다. 헤이시로는 복도를 쿵쿵거리며 걸었다. 실은 그도 마사고로의 객실에 들어가기는 처음이다. 볼일이 있을 때는 마사고로가 헤이시로의 집이나 오토쿠야로 와 주었기 때문이다.

일부러 발소리를 내며 걸어가, "어이, 마사고로. 잠깐 들어가도 되겠나?" 하며 맹장지를 드르륵 열었다. 실례합니다, 하고 신노스케도 장단을 맞춘다.

마사고로는 화로 앞에 앉아 몹시 못마땅한 얼굴을 하고 있다가 눈길을 쳐들었다. 놀랐다는 듯, 오, 나리, 하고 얼른 자리를 고쳐 앉는다. 정말로 놀라는 기색은 아니다. 이 정도 호흡은 이심전심으로 통한다.

그와 마주 앉은 여자는 고양이처럼 등을 구부리고 울고 있다가, 코 앞에 휴지를 댄 채 고개를 돌려 올려다보았다.

"손님이 있었군. 이거 미안하이."

그렇게 말하며 헤이시로는 털썩 앉았다. 뒤에 선 신노스케가 맹장지를 눈치껏 한 치약 삼 센티미터쯤 남기고 닫는다. 이렇게 해 두면 오콘에게도 말소리가 잘 들릴 것이다.

"심각한 얘기를 하고 있었나 보지? 그렇다면 더욱 미안하군. 공무 때문에 들렀으니 부인도 이해하시게."

오키에는 퉁퉁 부은 눈을 끔적끔적 깜빡이고 있다. 휴지로 닦은 탓에 코끝이 새빨갰지만 그래도 꽤 가지런한 얼굴이다.

무엇보다 젊다. 짱구의 생모라면 마흔을 넘겼어도 이상하지 않다. 눈앞에 있는 여자는 아무리 봐도 서른 안팎으로 보인다.

마루마게를 크게 틀고 빨간 댕기를 묶었다. 마루마게는 유부녀들이 하는 머리 모양인데 젊을 때는 크게, 나이 들수록 점차 작게 트는 것이 일반적이다. 빨간 댕기도 젊은 처자들이나 한다.

기모노도 화사했다. 연지색 바탕에 검정에서 보라로, 빨강에서 노랑으로 변해가는 가느다란 세로줄 무늬. 오비는 이와 대조적으로 폭넓은 가로줄 무늬이며, 줄과 줄 사이에 작은 바둑무늬가 그려져 있다. 바둑무늬 안에는 금사 은사가 수놓아져 있고, 그 위를 선명한 빨간색 오비시메_{오비가 느슨해지지 않도록 묶는 끈}가 가로지른다. 댕기와 같은 색조의 빨강이다.

눈물로 백분이 지워진 볼이 번들거린다. 매일 정성스럽게 겨 주머니_{손바닥 안에 들어갈 정도로 작은 헝겊 주머니에 쌀겨를 넣어서 비누처럼 사용했다}로 문질러 주지 않고서는 이렇게 매끄러운 피부가 될 수 없다. 휴지를 쥐고 있는 손가락은 가느다랗고 손톱도 깨끗이 다듬어져 있는 걸 보아, 살림을 하는 여자의 손은 아니다.

"나리, 여기 더 안쪽으로 앉으시죠."

마사고로가 자리를 옮기려 하자 헤이시로가 웃으며 말렸다.

"본의 아니게 구경꾼처럼 기웃거리게 되고 말았군. 나한테 신경 쓸 필요 없네. 아니, 그냥 우리가 나갈까?"

그럴 마음도 없으면서 배려하는 척을 해 보인다. 연기하는 모양새가 스스로도 우습다.

마사고로는 물론 헤이시로의 눈짓을 보고 그 의도를 알아챘다. 하지만 그가 뭐라고 말하기도 전에 눈물로 젖어 있던 오키에가 입을 열었다. 아가씨처럼 도톰한 입술을 갖고 있다.

"……나리는, 핫초보리 나리십니까?"

"어, 잘 봤네." 헤이시로가 검은 하오리의 목깃을 잡고 펄럭여 보였다.

"공무가 있어서 들렀다." 신노스케가 위엄 있게 말했다.

"미안하지만 부인, 우리도 마사고로 씨에게 용무가 있는데―."

오키에의 눈이 반짝거렸다.

"행수님, 제가 참 운이 좋은 여자로군요. 역시 오늘은 길일이었어요. 마음먹고 찾아뵙길 잘했네요."

목소리에 활기가 묻어난다. 그녀는 다다미에 한 손을 짚고 마사고로 쪽으로 몸을 내밀었다. 어느새 울음은 사라지고 만면에 웃음을 짓는다.

"뭐냐, 짓테의 힘을 빌려야 하는 일이라도 있나? 그런 거라면 우리한테 맡겨라."

"어머, 고마우신 말씀."

기가 살아서 더욱 연기하는 기미가 짙어지는 헤이시로에게 오키에는 반갑다는 듯이 무릎걸음으로 다가왔다. 뒤에 있던 신노스케가 움찔하며 몸을 뒤로 뺀다.

"나리께서 제발 우리 남편을 혼내 주세요. 사람의 도리를 가르쳐 주세요. 나이는 일흔이나 돼 가지고, 철이 없어도 너무 없어요."

오키에는 가녀린 양손을 꼭 마주 쥐고 당장이라도 헤이시로의 무릎에 매달릴 기세였다. 그런 오키에를 곁눈으로 보면서 마사고로는 입가를 살짝 비틀듯이 숨을 한 번 내쉬고는 입을 열었다.

"그럼 먼저 제가 저간의 사정을 말씀드리겠습니다."

이리하여 헤이시로와 신노스케는 오키에의 현재 처지와, 마사고로와의 뜻밖의 재회에 대하여 알게 되었다.

이런 진술에 익숙한 마사고로는 막힘없이 이야기를 풀어냈다. 중간에 질문을 끼워 넣지 않아도 지장이 없으니 오히려 헤이시로는 자꾸 딴 데 정신을 팔았다. 저도 모르게 오키에의 얼굴을 빤히 쳐다보고 마는 것이다.

더 정확하게 말하자면 오키에의 입술에 눈길이 가고 만다.

어린 아가씨 같은 입술이구나, 하고 생각했다. 도톰하니 귀엽고 연지가 예쁘게 칠해져 있어 보기가 좋다. 하지만 잠시 바라보고 있자니 매우 엉뚱한 풍경을 연상하고 말았다.

황량한 겨울 잡목림 속, 완전히 알몸이 된 나뭇가지에 감 한 알이 덩그러니 매달려 있을 때가 있다. 멀리에서도 눈길을 끄는 풍경이다. 하얗게 빛바랜 경치 속에 채색된 홍일점.

오키에의 빨간 입술은 그런 홍시를 꼭 닮았다. 그곳에만 색채가 있으며, 그 색채는 햇볕을 받아 생기를 발한다.

아니, 오키에 자체가 생기를 발하고 옷까지 곱게 차려 입었으니 결코 메마른 나무라고는 할 수 없다. 제대로 비유하자면 오키에 자체가 그런 감을 닮았다고 해야 하리라. 하지만 보태거나 뺄 것도 없는 마사고로의 이야기에 오키에가 어떻게든 끼어들어 뭔가 말하려고 애쓸 때마다 빛나는 입술을 쳐다보고 있자니, 오키에의 형상은 점차 사라지고 붉은 입술만 도드라져 보인다. 그곳에만 다른 생물이 있는 듯하다.

작년 연말이었나. 유미노스케를 데리고 오지마에 있는 사키치 내외의 집을 방문한 적이 있다. 갓난아기 얼굴을 보러 갔던 것이다. 황량한 겨울철의 후카가와 주만쓰보의 논두렁길을 둘이서 한가롭게 걸으며 이런저런 잡담들을 나누는데 유미노스케가 멀리 잡목림 속에서 그런 감을 발견했다.

―이모부, 저런 감은 땡감일까요 단감일까요?

저런 감을 볼 때마다 궁금해요, 하고 걸음을 멈추더니 쳐다보았다.

그렇게 궁금해할 건 또 뭐냐, 하며 헤이시로는 웃었다. 잔가지에 매달린 덕분에 사람 손을 타지 않았군. 새조차 쪼아 먹지 않은 걸 보니 보나 마나 땡감이구나.

―그럴까요? 제 생각에는 왠지 단감일 것 같아요. 엄청나게 달고 맛있는 감이요. 저렇게 때깔이 곱잖아요.

땡감이 원래 빛깔은 곱다. 유미노스케도 잘 알고 있다. 하지만 그래도 역시 그런 느낌이 든다고 한다.

―게다가 저렇게 가지 끝에 딱 하나만 남은 감은 어김없이 멀리 보이는 감나무에만 있더군요. 길가에 있는 감나무에는 없어요. 언제나 아주 멀리 있는 나무라서, 일삼아 찾아가 손을 뻗어 볼 엄두조차

나지 않을 만큼 먼 곳에서만 보입니다.

그러니까 사람 손을 면하고 가지에 남아 있겠지만 헤이시로는 유미노스케의 말하는 모습이 재미있어서, 그럼 잠깐 가서 확인해 볼까, 하고 말했다.

―가까이서 보면 가지에 매달린 채 쪼글쪼글 말라 있을지도 모르지.

그러자 유미노스케는 도리질을 했다.

―그러면 가지 말죠. 그냥 계속 멀리서 보면서, 그것참 달겠다, 하고 생각하는 편이 나을 듯해요.

유미노스케의 말에 새삼 놀라진 않았지만, 헤이시로는 정말 특이한 생각을 하는 아이구나, 싶었다.

오키에의 입술에 시선을 빼앗긴 사이에 그 일이 떠올랐다.

애초에 속이나 제대로 찼을까.

"음. 그렇다면 부인은 오랜 고생을 면하고 이제야 겨우 행복을 잡았군."

곁에서 들려온 신노스케의 목소리가, 헤이시로의 몸을 떠나 둥둥 떠다니던 영혼을 제자리로 돌려놓았다.

마사고로가 슬며시 웃음을 머금은 눈길로 이쪽을 쳐다보고 있다. 나중에 감 얘기를 해 줘야지.

"예, 나리 말씀이 맞습니다."

오키에는 고개를 크게 끄덕이더니 다마이야에서 얼마나 호강하며 사는지, 남편 센조가 뭘 해 주고 뭘 사 주고 어디에 데려다 주고 얼마나 진기한 음식을 먹을 수 있게 해 주는지를 일일이 헤아리듯이

진상 • 215

늘어놓기 시작했다. 전부 예전에는 꿈도 꿔 보지 못한 일들뿐이라고 한다. 다마이야는 대단한 부자인 것이다. 짱구의 생모가 팔자가 확 폈구나, 하고 그제야 헤이시로는 놀랐다. 이러니까 인생은 함부로 예단할 수가 없다.

어느샌가 신노스케가 헤이시로를 지나 오키에와 가까운 자리에 앉아 있다. 대신 마사고로가 화로 귀퉁이 쪽으로 옮겨 와 헤이시로에게 몸을 기울이며 귀엣말을 했다.

"죄송합니다. 오콘이 달려가 소식을 전해 드린 건가요?"

"아니. 여기는 정말 그냥 들러 봤네. 자네 처는 그렇게 경솔한 사람이 아니야."

마사고로는 쑥스러운 듯 눈을 끔뻑거린다.

"그렇게 부인을 애지중지하던 남편이," 그제야 오키에의 이야기를 막으며 신노스케가 묻는다. "왜 갑자기 이혼하겠다는 말을 꺼냈을까. 모를 일이군. 부인은 뭐 짚이는 거라도 있나?"

갑자기 오키에가 허리를 요염하게 틀며 말했다.

"저는 남편 하나밖에 몰라요. 맹세컨대 다른 남자한테 마음을 준 적이 없습니다."

아니, 그런 이야기가 아닐세, 하고 신노스케가 당황한다. 이런 대화에서, '짚이는 거라도 있나?' 하고 물으면 오키에의 조금 전 대답과 같은 맥락의 이야기가 나올 수밖에 없는데, 혼담을 두 번 거절당한 이 남자는 그걸 모른다.

"저는 통 이유를 모르겠어요, 나리."

오키에가 다시 훌쩍훌쩍 울기 시작했다. 얼른 휴지를 끄집어낸다.

"그제 아침에 갑자기 그 말을 꺼내더군요. 마주 앉아 조반을 먹고 젓가락을 내려놓자마자—."

오늘은 날씨도 좋으니 관음님 참배라도 다녀올까, 라고 말하는 듯한 얼굴로 다마이야 주인 센조는 대수롭지 않게 이야기를 꺼냈다고 한다.

―자네와 이혼하기로 했네. 다마이야에서 나가 주게. 열흘 말미를 줄 테니 살 곳을 알아봐. 혼자 알아보기가 힘들 테니까 자잘한 일은 젠키치한테 부탁하면 될 게야. 그런 일이라면 젠키치가 훤하니까.

다마이야 주인 센조는 그 말만 던져 놓고, 어안이 벙벙하여 대답도 못하고 있는 오키에를 놔두고 냉큼 나가 버렸단다.

"아무 허물도 없는 아내에게 갑자기 이혼을 하자니, 이건 말도 안 됩니다. 그런 일방적인 처사는 나라 법에도 어긋나는 일 아닌가요?"

안타깝게도 나라 법은 아무리 부유한 상인이라도 부부의 갈등에는 참견하지 않게 되어 있다.

"이유는 물어보았나?" 하고 헤이시로가 물었다. 오키에는 눈물 맺힌 눈으로 헤이시로를 바라보며 답했다.

"당연히 소매를 붙들고 몇 번이나 물어 보았습니다. 따져 보았습니다."

그러나 센조는,

―자네는 알 것 없네.

어디까지나 온화한 말투로 그 말만 반복했다고 한다.

―이유를 알아본들 아무 소용없네. 이혼은 이미 정해진 일이야.

"부인은 후처로 들어갔다고 하던데, 결혼한 지 몇 년이나 되지?"

진상 • 217

"삼 년쯤 됩니다."

헤이시로가 눈을 가늘게 뜬다. "정말 짚이는 게 없나?"

없습니다, 하고 오키에가 입술을 삐죽거린다.

"저는 센조의 후처가 되기 전까지 아사쿠사고몬 옆 작은 밥집에서 일하고 있었습니다. 자식을 넷이나 데리고 하루하루 끼니를 잇고 있었지요. 센조는 그런 저를 자식들과 함께 받아 주었어요. 부처님처럼 후광이 보이더군요. 그런 고마운 은인을 제가 어찌 배반하겠습니까."

지난 삼 년 동안 부부 싸움 한 번 없었는데, 하고 오키에는 몸서리를 치며 소리쳤다.

"단란하게 지냈습니다. 어째서 갑자기 이혼을 하겠다는 말인지 그 이유를 전혀 모르겠어요."

다다미에 엎드리듯이 무너져 울음을 터트린다. 신노스케는 꼿꼿하게 앉은 채 당황하고 있었고, 헤이시로와 마사고로는 얼굴을 마주 보았다. 오캇피키의 눈이 '이 자리에서는 짱구의 일일랑 언급하지 말아 주십시오'라고 말하는 것을 읽고 헤이시로는 희미하게 고개를 끄덕였다.

마사고로는 신노스케를 향해 몸을 틀었다. "오키에 씨에게는 딸린 자식이 넷인데,"

넷이라는 대목에 유난히 힘을 준다. 그래서 신노스케도 마사고로의 뜻을 눈치챘다. 그도 마사고로에게 고개를 끄덕여 보였다.

"위로 셋은 남편의 알선으로 남의 가게에 들어가거나 양자로 들어갔습니다. 맨 밑의 여식은 열 살이었지, 오키에 씨?"

오키에는 엎드려 울면서 신음을 흘리듯이, 예, 하고 대답했다.

"다마이야의 친척한테 맡겼다고 합니다. 나중에 집으로 불러들여 키우다가 데릴사위를 들여서 가게를 물려주기로 얘기가 되어 있었다더군요."

그렇게 약속해 주었어요, 하고 오키에가 다시 신음한다.

"이혼을 하면 그 자식들은 어떻게 되죠?" 신노스케가 마사고로에게 물었다. 여전히 정중한 말투로 대하고 있다.

"위로 세 아들은 달라질 게 없을 테고 막내, 이름이 오스에라고 하는데, 그 아이만은 오키에 씨가 데리고 떠나라고 한답니다."

그렇지? 마사고로가 묻자 오키에는 힘겹게 몸을 일으켰다. 우는 척하는 게 아니다. 진짜 운다. 틀어 올린 머리가 흐트러져 앞머리 한 갈래가 스르륵 내려왔다.

"남편은 부인을 맨몸으로 내보내겠다고 하는가?"

신노스케의 물음에 오키에는 손가락으로 눈 밑을 훔치고 끅끅 늘키는 사이사이,

"스, 스무 냥, 주겠다고."

띄엄띄엄 대답하고는 다시 와앙, 하고 소리 높여 울었다.

"달랑 스무 냥으로, 앞으로 오스에랑, 둘이서 어떻게 먹고살란 말입니까."

이혼할 때 건네는 절연금(이런 말이 이 상황에 옳은지 어떤지 의심스럽지만)의 시세는 제쳐 두고라도 스무 냥이면 당분간은 사는 데 불편할 일이 없다. 오토쿠에게 이 이야기를 전하면 아마 자기 귀를 의심하며 대꾸하리라. 스무 냥? 스무 냥씩이나 받고도 달랑 스무 냥

이래요? 어느 갑부 집 마나님이 그래요?

요컨대 오키에는 호사가 몸에 배고 만 것이다. 다마이야에서 그 정도로 호강하며 살았다는 뜻이기도 하다.

그런데 어느 날 아침 난데없는 이혼장이 날아들었다.

"당신은 후처잖아."

헤이시로는 떠오른 생각을 그냥 뱉는 편이다.

"센조가 다른 여자를 만들었겠지. 당신이 전처를 대신한 것처럼 이번에는 당신이 교체당할 차례 아닌가?"

신노스케가 엉뚱하게 큰 목소리로 이의를 제기했다. "하지만 센조는 일흔 살이라고 합니다."

"개중에는 팔팔한 늙은이도 있어. 자네 종조부님도 훨씬 나이가 많지만 정정하시잖아."

"하, 하지만, 팔팔한 것의 질이 다르지 않습니까."

신노스케가 마치 제 얘기인 양 얼굴을 붉힌다. 헤이시로는 웃음을 터뜨리고 말았지만, 언뜻 마사코로를 보니 그는 미간을 찡그리고, 울다 지쳐 맥없이 앉아 있는 오키에를 바라보고 있었다.

"오키에 씨 얘기로는 본인이 다마이야의 세 번째 안주인이라고 합니다."

"거봐. 그렇지? 센조는 그런 남자야."

"그런데 오키에 씨의 말에 따르면, 전처는 이혼한 게 아니라 죽었답니다. 그렇지?"

오키에는 맥없이 고개를 끄덕거렸다.

"나리, 제 생각엔 그게 아무래도 수상합니다. 센조는 전에도 이런 식으로 처를 갈아 치웠는지도 모릅니다."

"그렇지, 그렇지."

마사고로는 두꺼운 손바닥을 쳐들어 막 열을 내려는 헤이시로를 말리는 시늉을 했다.

"그렇게 짐작하는 데는 까닭이 있습니다. 실은 오키에 씨한테는 말하지 않았습니다만."

마사고로는 오키에와 재회했을 때, 다마이야의 늙은 지배인 젠키치가 마사고로를 따라왔던 이야기를 했다.

―어차피 그분은 그리 오래 다마이야의 안주인으로 있지는 않을 겁니다.

―다마이야에서는 종종 있는 일입니다.

들을수록 눈이 휘둥그레지는 이야기다. 신노스케도 놀라고 있다.

"젠키치라면 조금 전에도 이름이 나왔죠."

주인 센조가, 그런 일이라면 훤하니까, 라고 평했던 인물이다.

"젠키치는 안주인과 제가 아는 사이라면 나중에 저와 상의를 할지도 모르겠다고 생각했다더군요. 많이 걱정하는 기색이었습니다."

그러나 오키에는 다르게 받아들인 듯하다. 훌쩍거리며 울던 쥐가 갑자기 꼬리를 곤추세우고 여우로 변했다.

"젠키치가 뒤에서 조종하고 있다는 말이죠, 행수님?"

"아니, 그런 말이 아니다."

"아뇨, 보나 마나 뻔해요." 갑자기 콧김까지 거칠어진다. "야비하고 미련한 늙은이, 나를 눈엣가시로 알고 가증스러운 짓만 한다고요. 뒷말하는 것도 모자라 다른 점원들에게 내내 험담을 하고 다마이야 친척들한테도 있는 얘기 없는 얘기 퍼뜨려서 나를 웃음거리로 만들었단 말예요."

 젠키치가 나를 쫓아내려고 무슨 헛소문을 퍼뜨려서 남편을 들쑤 신 게 분명해요. 암요, 그렇고말고요. 그렇게 말하며 스스로 고개를 끄덕인다.

 "주인에게 반항하는 점원은 목을 쳐서 옥문에 매달게 되어 있지 않나요? 나리, 젠키치를 체포해 주세요!"

 기운을 차린 것은 좋지만 눈을 돌린 방향이 엉뚱하다. 보다 못한 마사고로가 오키에를 달래기 시작했다.

 "오키에 씨, 당신이 다마이야 안주인이라면 그렇게 함부로 점원을 비난해서는 안 돼. 내 말을 잘 듣게. 젠키치는 당신을 걱정하고 있었 어. 나를 만나려고 비를 맞으며 달려왔다고."

 "뭔가 꿍꿍이가 있었던 게 틀림없어요!"

 요지부동이다. 그때 신노스케가 불쑥 엄중한 목소리로 말했다.

 "그렇다면 본인에게 직접 얘기를 들어 보죠."

 젠키치를 여기로 부르면 된다는 말이다.

 "마사고로 씨, 미안하지만 수하 하나를 보내서 부인을 하나카와도 까지 바래다주고 그 길에 젠키치를 데려오게 하면 좋겠는데요. 젠키 치가 알고 있는 내용을 다 듣고 나면 사정은 얼추 파악할 수 있을 겁 니다. 부인의 속도 풀릴 테고."

 이보게, 신 상, 하고 헤이시로가 그의 소매를 당겼다.

 "뭘 그렇게까지."

 "하지만 이즈쓰 나리도 걱정되시잖습니까?"

저는 마음에 걸립니다. 아주 걱정스럽습니다, 하고 허공을 노려보며 말했다.

"다마이야 주인 센조라는 자에게 어떤 꿍꿍이가 있는지 알고 싶습니다. 물론 부부가 헤어지고 말고는 우리 관리가 상관할 바가 아닙니다만."

그러고는 입을 꾹 다물고 있다가 덧붙인다.

"만에 하나 부인이 말한 대로 점원이 주인에게 악행을 하도록 부추겼다면 그냥 둘 수 없습니다. 뭣하면 센조를 직접 불러도 좋겠다는 생각도 듭니다만, 어떻습니까?"

마사고로도 헤이시로도 잠시 말없이 신노스케의 얼굴을 바라보았다. 오키에조차 신노스케의 날카로운 옆얼굴에 넋을 놓고 있는 것처럼 보인다.

"오키에 씨, 그래도 좋겠나?"

마사고로의 물음에 오키에는 흠칫 제정신으로 돌아온 얼굴로 고개를 열심히 끄덕였다. 다다미에 두 손을 짚고 절을 한다.

"정말 감사합니다. 모쪼록 젠키치의 악행을 밝혀서 센조와 저를 도와주십시오."

어허, 악행인지 아닌지 아직은 모른다니까 그러네.

오키에가 떠나자 헤이시로는 스스로 생각했던 이상으로 안도했다. 왠지 고양이 귀신한테 홀린 듯한 기분이라고 중얼거리자 마사고로가 웃는다.

"나리도 그러십니까? 저도 그 여자와 재회했을 때는 그런 기분이었습니다."

"저 사람이 틀림없이 짱구의 생모 맞나?"

예, 하고 마사고로가 고개를 끄덕이더니 마침 생각났다는 듯이, 집사람을 부르겠습니다, 하며 손뼉을 쳤다. 오콘이 바로 나타났다. 기다리고 있었으리라. 갈아 주러 가져온 찻물이 미지근해져 있다. 그래도 목이 말랐으므로 헤이시로는 한입에 들이켰다.

"밖에 있으라고 해서 미안했네."

마사고로가 처음부터 순순히 고개를 숙이고 나오자 노골적으로 불쾌해하던 오콘도 계속 화를 낼 수는 없었다. 걱정하는 기색이 더욱 짙어진다.

"그 여자, 이노지 씨가 바래다주러 갔습니다만."

마사고로는 사정을 간단히 설명했다. 희한한 이혼 이야기를 오콘이 어떻게 받아들일지 헤이시로는 흥미진진했지만, 뜻밖에 오콘은 그런 거야 아무렴 어떠냐는 표정이었다.

"그 여자가 산타로에 대해서는 아무 얘기도 없었나요? 이름을 입에 담지도 않았나요?"

천생 어머니로구나, 하고 헤이시로는 감탄했다. 아니, 반성했다. 낳은 어미냐 기른 어미냐가 무슨 상관이랴. 짱구의 어미는 한 사람밖에 없다.

"그건 내가 전에 만났을 때 거짓말을 해 두었으니까."

마사고로는 전에 오키에게 산타로는 어느 집에 양자로 가서 지금은 에도에도 없다고 말해 두었다고 했다.

오콘은 소매를 입가로 가져갔다. 터지려는 울음을 참고 있다.

"그래도 어미라면 걱정이 되겠지요. 어디에 사는지, 어떤 집에 들어갔는지, 건강하게 사는지 몹시 궁금할 거예요."

잊었을 거야—하고 마사고로는 따뜻하게 말했다.

"세상에는 그런 여자도 있어."

산타로는 어디로 심부름을 보냈느냐고 신노스케가 물었다. 오토쿠야입니다, 하고 오콘은 코를 팽, 풀고 마음을 추스르며 대답했다.

"오늘은 제가 바빠서 밥을 짓지 못할 듯하니 오토쿠야에 가서 뭐라도 먹고 오라고 몇 푼 쥐여 주었습니다."

오토쿠는 돈을 받지 않겠지. 산타로가 오토쿠에게 무엇을 어디까지 이야기할지 짐작할 수는 없지만, 상대는 오토쿠다. 마사고로 행수님 부인의 거동이 이상하네, 하고 낮에는 드러내지 않은 채 속으로 고개를 갸우뚱거리고 있을지 모른다.

"그 아이가 돌아오면 뭐라고 얘기하죠?"

오콘은 남편뿐만 아니라 헤이시로와 신노스케에게도 자문을 구하듯이 물었다. 그만큼 두려움이 깊은 것이다. 자신은 감히 감당할 수 없는 질문이라는 듯이 신노스케가 눈길을 내린다.

"일단은 잠자코 있어도 되겠지." 헤이시로가 말했다. "다만, 이야기를 만들어 둬야겠지."

"이야기를 만듭니까."

"짱구를 급하게 내보내야 할 만큼 중대한 사연을 들고 온 손님이 있었다고 말이야."

너한테는 아직 알리고 싶지 않은 이야기였단다, 미안하다. 그 정도면 된다.

"지금은 일단 마음 단단히 먹고 둘러대야겠지."

마사고로와 오콘이 눈을 맞추고 마음을 가라앉힌 듯이 한숨을 토했다. 마사고로가 먼저 웃음을 지었다.

"뭐, 어떻게든 되겠지."

오콘도 그제야 미소를 짓는다. 헤이시로는 그녀의 어깨를 가볍게 쳐 주었다.

"오콘, 기운 내. 산타로 어머니는 자네뿐이야. 오키에한테 신경 쓸 거 하나도 없네."

신노스케도 고개를 끄덕인다. 긴장한 표정을 하자 제법 남자다운 분위기가 짙어진다.

"하지만 그 아이는—."

생모를 그리워할지도 모른다. 오콘의 가슴에 박혀 빠지지 않는 가시가 입을 타고 말이 되어 흘러나왔다.

다시 말하지만 이즈쓰 헤이시로는 떠오르는 생각을 바로 말해 버리는 사람이다. 그래서 말했다.

"그런 인색한 마음일랑 이제 접어 두게, 오콘."

인색. 팽팽한 기운이 나머지 세 사람 사이를 흘렀다.

"어릴 때 부모와 생이별한 아이라면 누구라도 부모를 그리워하게 마련이야. 몇 살이 되어도 그 마음은 수그러들 수 없겠지. 짱구도 말은 하지 않지만 막연히 그리워하는 마음은 있을 거야. 그게 사람의 본성이지."

그러니까 시샘해 봐야 소용없어.

"누가 뭐래도 마음 크게 먹고 생글생글 웃어 주게. 짱구를 위해서는 그게 제일 좋아. 그 아이의 어머니는 여기 있는 자네뿐이니까."

오콘은 다시 소매로 얼굴을 가렸다. 더 이상 눈물을 막을 수 없어 고개를 숙이고 만다. 고맙습니다, 하는 뭉개진 목소리가 들렸다.

마사고로가 말없이 헤이시로에게 목례를 했다. 신노스케는 이번에는 도망치는 것이 아니라, 진지한 눈빛으로 시선을 비켜 놓고 있다. 헤이시로는 유미노스케가 있었으면, 하고 생각했다. 그 아이라면 이런 어색한 틈이 없도록 재치 있게 장단을 맞춰 줄 텐데.

"차를 다시 내오겠습니다. 아차, 나리, 메밀국수 드시겠어요?"

오콘이 방을 나가자 남자들은 약속이라도 해 놓은 것처럼 맥이 탁 풀렸다. 마사고로가 탁자형 화로의 서랍을 열고 담뱃대와 살담배를 꺼내 헤이시로들에게 권한다.

"호오, 자네도 담배를 피우나?"

전혀 몰랐다.

"집 안에서만 피웁니다."

곧 오콘이 메밀국수를 가져왔다. 헤이시로와 신노스케는 국물을 듬뿍 끼얹은 메밀국수를 먹으며, 애초에 여기 온 목적이었던 다카사고초의 달변가 의원을 만나서 나눈 이야기를, 서로 내용을 보충해 가며 마사고로에게 들려주었다.

"나리들께서 몸소 찾아가신 보람이 있군요. 단번에 상황이 많이 파악되었습니다."

겐토쿠 의원은 오캇피키라고 무시하며 제대로 상대해 주지 않을 인품은 아니지만, 그 달변가를 감당하려면 두 관리가 만나는 편이 더 나았음은 분명했다.

"이렇게 되면 다음은 다이코쿠야인가요?"

굳은 표정이 풀리면서 신노스케의 말투도 부드러워졌다.

"마사고로 씨는 어떻게 생각하세요? 이즈쓰 님 말씀대로 신베와 규스케의 과거 중 다이코쿠야에서 함께 있었던 삼 년에 이번 사건의 뿌리가 있다고 보세요?"

마사고로는 지금까지와는 전혀 다른 이유로 쑥스러운 미소를 지었다. "조사해 보고 싶습니다. 그런데 마지마 나리, 전에도 부탁드렸지만, 이제는 '마사고로 씨'는 그만두고 그냥 마사고로라고 불러주시면 좋겠습니다."

헤이시로는 큰 소리로 웃었다. "그냥 이름만 부르기가 정 마음에 걸리면 '행수'를 붙이면 어떤가?"

"그래서는 우리 같은 것들과 한 묶음이 되십니다, 나리."

"그럼, 차차―노력해 보는 쪽으로, 아니, 노력하지요."

헛기침을 한다 싶더니 본격적인 기침이 되고 말았다. 고명으로 얹은 파가 목에 걸린 모양이다.

겨우 진정되자 마사고로가 입을 열었다. "원한에 따른 살인이고 두 살인 사건의 범인이 동일 인물이라는 모토미야 거사님의 주장에 대해서는, 죄송합니다만 저는 아직 뭐라 말씀드릴 수가 없습니다. 그럴 수도 있겠다는 정도로 봅니다."

다만―하고 오캇피키다운 그늘진 눈빛이 되었다.

"수하들에게 가메야와 아울러 다이코쿠야 주변도 조사하게 했는데, 조금 냄새가 납니다."

"뭐 수상한 점이라도?"

"수상하다기보다 우리에게 뭔가 말하고 싶어 한다는 분위기가 느껴집니다."

다이코쿠야에 단골로 출입하는 가게의 점원이나 다이코쿠야의 이웃, 다이코쿠야의 아들이나 딸이나 손자 들의 지인들, 수습 점원 등 가장 먼 데서부터 서서히 좁혀 들어가서, 지금은 몇몇 점원한테도 이야기를 들을 수 있게 되었는데,

"가메야 사건인지 규스케 사건인지, 어쩌면 두 사건 모두인지는 모르겠지만, 다이코쿠야 내부에 뭔가 사정을 아는 자가 있는 듯합니다. 그것을 어떻게 말해야 할지 모르겠다, 섣부른 짓은 하고 싶지 않다—이런 느낌이었습니다."

"점원들이 뭔가 알고 있다는 뜻인가?"

담뱃대를 쥔 마사고로가 감도는 연기 속에서 생각에 잠긴다.

"알고 있다고 말할 수 있는 정도는 아닌 듯합니다. 다이코쿠야 주인 일가만 아는 이야기일 테니 점원들한테까지는 알려지지 않았겠지요."

그래도 가게에 기숙하며 늘 가까이 있는 만큼 낌새는 느꼈으리라. 지나가는 결에 몇 마디 주워들었을 수도 있다. 어떤 위태롭고 불길한 속닥거림이 다이코쿠야 안에서 오가고 있다. 그런 말인가?

"자꾸 왕진고가 거론되고 있더군요."

가메야의 대표 상품인 소양증 약. 그런데도 약방 앞에는 마치 다이코쿠야에 전해 내려오는 비방대로 만든 약인 것처럼 선전하는 간판이 걸려 있다.

헤이시로는 "흐음" 하고 반응했다. "아까 신 상이 말한 대로 이건

본인에게 직접 물어보는 편이 빠르겠군."

"다이코쿠야에 가 보시게요?"

"어쨌거나 규스케에 대해서 조사해 봐야 하지 않겠나. 점잖게 가치작가치작 건드려서, 글쎄요, 옛날에 일하던 점원이라 기억이 나질 않습니다, 하고 딴청 피우는 모습을 보느니, 쓸데없이 감추려고 하면 가만두지 않겠다, 이미 다 알고 왔다, 하고 정면에서 흔들어 보는 편이 낫지 않을까?"

정면에서 흔들어 본다. 고지식한 신노스케는 그게 내키지 않는다.

"모토마치 장로들 사이에서도 다이코쿠야가 조금 이상하다는 소문은 돌고 있는 모양입니다."

다이코쿠야 주인은 약재상이나 약방 주인 모임에도 얼굴을 내밀지 않고 있다고 한다.

"사람들 앞에 나타나시 않는나?" 신노스케가 중얼거렸다. "경계하는 걸까요? 두려워하는 걸까요?"

가메야 신베, 예전 점원 규스케. 그다음은 다이코쿠야의 누군가라는 말인가?

"마사고로의 눈은 틀림이 없거든. 다이코쿠야가 무슨 일로 어려움에 빠져 우리 관리나 오캇피키한테라도 털어놓고 싶어 한다면 마음고생 그만하게 해 주는 게 낫지. 장사를 하는 집안이니까 갑자기 체면을 잃게 되어도 불쌍하고."

탈이 없도록 제가 만반의 준비를 해 놓겠습니다, 하고 마사고로가 자청했다. 그때 오콘의 목소리가 들렸다. 이노지가 하나카와도에서 돌아왔습니다, 라고 한다.

"어디, 내막을 밝혀 볼까."

어떤 마술을 부렸는지. 아니면 정말로 고양이 귀신이었던 건지. 고양이 귀신조차 홀려 버릴 너구리 귀신이 다마이야 센조의 정체인 것인지.

9

이노지가 다마이야의 늙은 지배인 젠키치를 데리고 돌아왔다.

이노지※※는 이름과는 딴판으로 행동거지가 음전한 남자다. 서른이 넘은 착한 사람이라 오캇피키의 수하라기보다는 점원 같은 인상이다.

마사고로의 수하는 아마 헤이시로가 아는 것보다 인원이 많을 터이며, 저마다 역할이 있고 처지도 다르다. 이 집에 기숙하며 행수 부부와 생활을 함께하는 자도 있고, 필요할 때만 호출되어 잠깐씩 일하는 자도 있다. 그래서 분명하게 장담할 수는 없지만 적어도 헤이시로가 아는 한에서 마사고로의 수하들은 행실이 바르다. 그중에서도 이노지가 특히 그러한데, 행수에게 특별한 일이 없을 때에는 오콘의 메밀국숫집 일을 돕는다. 그가 가게에서 일하면 여자 손님이 늘고, 나이 지긋한 손님이 혼자 오거나 이 집에 처음 오는 경우라도 훌쩍 들어온다. 이노지는 그 정도로 사람을 편안하게 만드는 구석이 있는 남자다.

그래서 마사고로는 그런 수하를 시켜 오키에를 바래다주고 다마이야의 수수께끼를 해명해 줄 자를 데리고 오게 마음 썼던 것이다.

그래도 젠키치는 잔뜩 주눅이 들어 있었다.

마사고로가 이야기했듯이 그와 젠키치는 이미 만난 적이 있고, 그때 꽤 깊숙한 대화를 나눴다. 마사고로가 힘없는 자들을 괴롭히는 데 능한 악독한 오캇피키가 아니라는 사실 정도는 젠키치도 짐작하고 있을 터였다. 그렇지 않았다면 그도 다마이야의 수수께끼 같은 '안주인 교체'에 대하여 한 마디도 입 밖에 내지 않았을 테니.

하지만 이 늙은 지배인이 마사고로의 방으로 들어서기 무섭게 했던 행동은 그저 납작 엎드려 사죄하는 일이었다.

"도신 나리, 행수님, 정말 죄송합니다. 용서해 주십시오, 용서해 주십시오."

바짝 얼어서 다다미에 이마를 찧어 댄다. 오캇피키 집으로 부름을 받았다는 심상치 않은 상황에나, 끌려와 보니 핫초보리의 마키바오리가 두 명이나 진을 치고 있더라는 요란한 무대도 그의 공포에 기름을 부었으리라. 젠키치한테는 딱한 일이다.

헤이시로는 말상을 더욱 길게 만들고 익살을 떨어서 늙은 지배인의 공포심을 지워 주려고 했다. 한편 고지식한 신노스케는 사죄만 거듭하고 있는 젠키치를 고지식하게 타일러 그만두게 하려고 했으나, 젠키치는 더욱 황송해할 뿐이었다. 그 모습이 우스워 헤이시로는 정말로 웃음을 터뜨리고 말았다.

"이봐, 신 상. 자네 얼굴이 좀 무서워야지."

헤이시로는 두 사람 사이에 끼어들며 두 팔을 벌리고 껄껄 웃어 댔다.

"그런 얼굴로 바짝 다가가면 나라도 무섭겠다. 자넨 칼도 차고 있고 말이야."

신노스케는 상처를 받은 듯하다.

"제 얼굴이 그렇게 무섭습니까?"

부모에게 얻어맞은 아이 같은 표정으로 마사고로에게 묻는다. 마사고로는 마사고로대로 어금니를 물고 웃음을 참으며, 아뇨, 천만에요, 하고 손을 내두른다.

"오콘, 내 얼굴이 무섭소? 어느 구석이 얼마나 무서운 거지?"

이노지에 이어 젠키치를 방으로 안내해 온 오콘은 늙은 지배인이 발작하듯 사죄하는 모습에 놀라 그대로 못 박혀 있다가, 갑자기 날아온 질문에 눈을 동그랗게 떴다.

"마지마 나리도 참."

"아까 그 수하, 이름이 이노지였나? 이봐, 젠키치, 자네는 이노지 앞에서도 쩔쩔 맸겠지? 나랑 이노지랑 누가 더 무섭지?"

이번에는 젠키치에게 묻는다. 젠키치는 수레바퀴에 깔린 개구리처럼 다다미에 납작 엎드리고 말았다. 노인을 생각 없이 위협해서는 안 된다.

"그야 칼 차고 하오리를 입었으니 우리가 더 무섭겠지."

"얼굴 탓은 아니라는 말씀입니까?"

힐끔 보았을 뿐이지만 신노스케는 이노지가 순한 남자임을 알 수 있었다. 사람은 자기가 신경을 쓰는 부분에 대해서는 나스노 요이치

12세기 말경에 활약했다는 무장이며 명궁으로 유명하나 그 실존 여부는 불분명하다 가 쓩, 하고 쏜 화살보다 더 빠르게 알아채는 법이다.

당사자 이노지는 젠키치를 무사히 방으로 데려다주고는 얼른 물러가 버렸다. 남아 있으라는 명령이 없는 한 그렇게 하는 것이 수하의 도리다. 오콘이 메밀국숫집을 비울 때는 그가 그만큼 더 일을 해야 한다.

"오콘의 생각은 어떻소? 얼굴 탓은 아닐까?"

그렇습니다, 나리의 옴팡눈 탓입니다, 라고 대답할 수도 없다. 일동은 다시 마지마 신노스케가 마음속 깊은 곳에서는 얼굴 때문에 마음고생을 하고 있다는 움직일 수 없는 확증을 목도하고 마음이 조금 동요하기도 했다.

"나도 내 얼굴이 못났다는 것은 잘 압니다." 신노스케가 중얼거렸다. 결정타다. 자백이다.

"하지만, 못난 얼굴이 곧 무서운 얼굴은 아닐 겁니다. 아니면, 못난 얼굴은 그것만으로도 주변 사람을 두렵게 만드는 걸까요?"

힐문은 아니고 탄원하는 듯한 말투가 되고 말았다.

좌중이 쥐 죽은 듯 조용했다.

헤이시로는 알아챘다. 젠키치가 고개를 들고 눈물에 젖은 눈으로 입을 멍하니 벌린 채 신노스케를 멀거니 바라보고 있다. 소나기처럼 쏟아지던 '용서해 주십시오'도 어느새 그쳤다.

마사고로가 헛기침을 하고 가만히 말했다.

"젠키치 씨, 여러 가지로 놀라게 해서 미안하군. 어쨌든 진정하고 앉아 보게."

오콘이 재빨리 움직여 찻물을 갈아 주었다. 마사고로는 담배합을 내민다. 신노스케는 자기가 내놓은 질문이 허공에 붕 뜬 채 방치되는 것을 멍하니 바라보고 있다. 헤이시로가 휴지를 꺼내 젠키치 손에 쥐어 주었다.

"자, 얼굴이나 닦게."

젠키치는 이제 쩔쩔매던 것을 그만두고, 예, 하더니 순순히 코를 풀었다. 그게 꽤 상쾌한 소리를 내는 바람에 신노스케도 방심하고 있던 상태에서 깨어났다. 젠키치와 시선이 마주치자 젠키치는 고개를 꾸뻑 숙였다.

"내 수하가 사정을 설명했겠지만."

마사고로가 이야기를 꺼내자 젠키치는 겨우 기운을 되찾은 듯했다. 얼굴에 핏기도 조금은 살아났다.

"정말 죄송합니다요. 행수님께는 큰 폐를 끼치고 말았습니다."

설마 그분이 갑자기 행수님 댁을 찾아갈 줄이야—젠키치의 얼굴이 씁쓸한 표정으로 일그러졌다. 이렇게 보니 힘없는 노인 같아도 몸은 다부지게 생겼다. 다부지다고 하면 튼실한 살집을 떠올리겠지만 젠키치는 말랐다. 노인이지만 약골은 아니다. 부지런하고 노련한 점원이다.

"우리는 자네 가게 안주인이 와 있던 이 방에 우연히 합석했을 뿐이야." 헤이시로는 말했다. "그래서 얘기를 조금 얻어 들었다. 부부가 헤어지는 거야 그리 드문 일도 아니지. 요즘은 처가 남편에게 이혼하자고 나서는 일도 있다고 하니까. 어쨌든 그런 거야 남의 집안 얘기야. 관에서 참견할 일이 아니다."

"하지만 다마이야의 경우는 하도 별나서," 신노스케가 말을 받았다. "아무래도 마음에 걸려서 상황을 파악해 보고 싶었다."

조금 전에 자백과 방심이 있은 뒤라서 위엄은 없었지만 그런 만큼 젠키치의 마음을 편하게 만들어 주었으리라. 늙은 지배인은 신노스케를 똑바로 보며 고개를 크게 끄덕였다.

"예, 나리들께서 수상하게 보시는 것은 당연한 일입지요."

"오키에 씨가 가게로 돌아와 당신한테 화를 내지는 않았나?"

마사고로의 물음에도 젠키치는 고개를 끄덕였다.

"네 생각대로 되게끔 내버려 두지 않을 거라면서 무서운 얼굴로 노려보시더군요……."

"고역이었겠군." 헤이시로는 진심으로 동정했다. 하지만 그 정도로 끝났으니 다행이라고 해야 할지도 모른다. 오키에의 서슬을 보니 다짜고짜 따귀를 치거나 할퀴었다고 해도 이상하지 않다.

"이노지 씨라는 젊은 분이 제가 무사히 빠져나올 수 있도록 수습해 주셨고요."

마사고로의 수하는 빈틈이 없었던 것이다.

"마침 주인님이 외출했다 돌아오신 덕분에 그분의 눈총도 면할 수 있었습니다."

오늘 젠키치는 오키에를 '안주인'이라 부르지 않는다. 처음부터 '그분'이다.

"외출이라면," 신노스케가 미간을 살짝 찡그린다. "다음 여자를 만나러?"

더없이 직선적인 물음이지만, 제대로 맞혔다. 젠키치는 인정했다.

"아마 그럴 겁니다. 주인님은 벌써 다음 분을 정해 놓으셨겠지요."

전에도 그랬으니까요. 주목할 만한 말들이 뒤를 잇는다. 헤이시로와 마사고로, 신노스케와 오콘은 서로 얼굴을 마주 보았다.

"대체 네 주인 센조는 무슨 생각으로 처를 바꿔 치우는 거냐? 그냥 호색한하고는 다른 듯한데."

젠키치는 어깨를 조금 움츠리고 눈을 몇 번 깜빡였다.

"부끄럽습니다만."

그냥 하는 말이 아니라 온몸으로 부끄러워하고 있음을 금방 알 수 있었다.

"그건—주인님의 병입니다."

다마이야 센조는 여자를 주워서 새로 만드는 것이 취미라고 젠키치는 말했다.

새로 만든다? 잘못 들었나, 아니면 내 귀가 잘못되었나, 하며 헤이시로는 나머지 세 사람의 얼굴을 보았다. 신노스케도 마사고로도 오콘도 마찬가지 반응을 보이고 있다.

"헌 옷을 주워다가 수선하는 것도 아니고."

옷 짓는 일이라면 여자가 잘 안다. 제일 먼저 대답한 이는 오콘이었다.

예, 하고 젠키치가 송구스러워한다. "그래도 이렇게 말씀드리는 것이 가장 정확다고 저는 생각합니다. 원래 주인님도 그렇게 말씀하셨고요."

"여자를 다시 만든다고 말인가?"

"예……."

생활고에 허덕이는 여자를 궁핍에서 건져 주고 돈과 관심을 주면 금세 생기를 되찾고 아름다워진다. 생기가 넘쳐 나게 된다. 그 모습을 가까이서 보는 것을 센조는 그렇게 좋아한단다.

흐음, 듣고 보니 과연 '새로 만든다'가 맞는 말이다. 센조가 그런 일을 취미로 삼고 있다면 이번의 갑작스럽고도 이상한 이혼도 정확히 설명이 된다.

마사고로가 우헤, 하는 소리를 냈다. 헤이시로의 주겐, 고헤이지의 입버릇이다. 마사고로가 하니까 이것에 관해서는 내공이 쌓인 고헤이지보다 더 얼빠진 목소리처럼 들려서 귀엽다.

"나 참, 별난 취미도 다 있지. 아니, 젠키치 씨, 통 모르겠다는 말은 아니에요. 남자들은 다들 조금쯤 그런 마음을 품고 있을지도 모르지만."

옆에서 오콘이 무심코 썩은 감자라도 씹은 듯한 표정을 짓고 있다. 남편과 단둘이었다면 고개를 돌리며 우엑, 하고 게우는 시늉을 했으리라.

하지만 여기에는 아직 뭘 모르는 사람이 한 명 있다.

"그렇다면 굳이 여자를 갈아 치울 필요는 없을 텐데."

마지마 신노스케다. 우헤에, 도 아니고 우엑, 도 아닌 낭랑한 음성으로 그는 진지하게 의아해하고 있다.

"그 여자를 택한 이유는 어딘가 마음에 드는 점이 있어서 끌렸기 때문이 아닙니까. 여자가 점점 예뻐지고 생기 있어진다면 그보다 더 기쁜 일은 없겠죠. 함께 사이좋게 살면 될 텐데요."

지당한 말씀이다. 옳다. 틀린 말이 아니다. 하지만 방금 하던 이야기를 이해하지 못한 말이다. 헤이시로가 그 점을 말하려고 하는데 그 전에 먼저 오콘이 나섰다.

"나리. 주제넘은 말이지만…… 물론 그렇게 해로하는 것이 가장 좋다는 거야 저도 잘 압니다만,"

오콘은 고개를 살짝 뽑아 젠키치의 얼굴을 살피는 듯했다. 말하기가 어려운지 목소리도 작아진다.

"다마이야 주인이 중시하는 것은 여자가 아니라 다시 만드는 과정이겠죠? 중시한다고 할까 즐거워한다고 할까."

젠키치의 볼이 안도감으로 풀어졌다. "예, 부인 말씀이 맞습니다."

데려다가 다시 만든 여자가 충분히 아름답고 행복해지면 센조는 이내 싫증을 내고 만다. 요는 '그 여자'가 아니라 '빈궁에 허덕이는 여자'를 '아름답고 행복에 충만한 여자'로 바꿔 가는 과정에 있다. 바로 그것이 그의 낙이다.

"그러니까 여자를 새로이 바꾸게 되는 겁니다."

옴팡눈이라도 휘둥그레 뜨면 나름대로 눈이 살짝 나온다. 헤이시로는 신노스케가 저렇게 눈을 깜빡이지도 않고 있다가는 곧 안구가 말라 버리겠다고 공연한 걱정을 했다.

"뭐라고요?" 신노스케는 뱃속에서부터 나오는 목소리로 의문을 표했다. "지금 오콘이 뭐라고 했습니까. 젠키치는 무슨 말을 한 겁니까, 이즈쓰 나리."

나한테 묻지 말고 본인들에게 물어야지.

"그러니까—."

헤이시로는 책상다리를 고쳐 앉고 긴 턱을 당겼다. 면도하다 놓친 터럭이 손가락 끝에 까슬까슬 닿는다. 감촉이 좋아 터럭을 쓸면서

할 말을 찾았다.

"그러니까 헌 옷에 비유하면 이해가 쉽겠군. 예를 들어 오콘이 우시고메 헌 옷 가게 골목에 가서 헌 옷 하나를 샀다고 생각하게."

"예, 샀습니다" 하고 오콘이 응한다.

"얼룩지거나 칙칙해져서 그대로 입을 수 없어. 기워야 할 데도 있고. 오콘한테는 소매 기장도 안 맞아. 게다가 몸통과 소매의 안감도 바꾸고 싶어. 그래서 옷을 해체해서 다시 짓는 거야."

"예, 다시 짓습니다."

신노스케뿐만 아니라 젠키치도 귀를 기울이고 있다. 마사고로는 아직 놀라움이 가시지 않았는지 제 머릿속을 달래려는 듯 넓은 이마를 쓸고 있다.

"오콘이 밤새 열심히 바느질을 해. 한 땀 한 땀."

"사실 저는 바느질이 서툴고 오히려 이노지 씨가 잘하지만요. 요즘 짱구도 이노지 씨한테 배우고 있어요."

어머, 쓸데없는 소릴 했네요, 하는 얼굴로 오콘은 당황했다. "아, 예, 예, 한 땀 한 땀 합니다."

"바느질을 마치니 헌 옷은 몰라볼 만큼 좋은 옷이 되었어."

그런데 말이야, 하고 헤이시로는 목소리에 힘을 넣었다.

"완성하고 보니 오콘은 뭔가 개운치가 않아. 열심히 바느질할 때는 즐거웠지만, 완성된 기모노에는 영 마음이 가질 않는 거야. 그래서 그 옷은 옷장에 넣어 두고 말지. 아니면 누구한테 주든가."

신노스케가 입을 쑥 내민다. 당장이라도 반론을 펴려고 하는데 헤이시로가 손을 들어 말린다.

"하지만 옷을 새로 짓는 일은 정말 즐거웠어. 이제 할 일이 없으니 재미가 없지. 해서 오콘은 또 헌 옷 가게에 가는 거야. 전처럼 새로 만들 만한 헌 옷을 사지. 어쩌면 더 손질이 필요한 헌 옷을 만날지도 몰라. 그럼 더 즐거울 테니까 그것도 좋지. 뭐, 이런 얘기야."

예화가 끝나기 무섭게 헤이시로는 면도하다 빠뜨린 터럭을 쪽, 뽑았다.

신노스케의 표정이 굳어 있다.

"─여자는 헌 옷이 아닙니다, 이즈쓰 나리."

나머지 넷은 맥이 풀렸다. 젠키치는 식은땀을 흘리고 있다.

"그렇지. 당연히 그렇지. 그러니까 센조의 취미가 요상하다는 말이야."

젠키치가 꼭 쥔 휴지로 콧잔등의 땀을 닦고 다시 몸을 웅크리더니 고개를 연방 조아리기 시작했다.

"나리 말씀대로 참으로 엉뚱하고 요상한 취미입니다."

주름 깊은 눈꼬리에 눈물이 살짝 비친다. 젠키치는 얼른 그것도 닦아내고 얼굴을 들었다.

"그런데 그리되기까지는 사정이 있었습니다."

다마이야의 센조는 스물두 살 때 아버지가 돌림병으로 급사하자 가게를 물려받았다. 그는 다마이야의 외아들이었고 당시는 아직 총각이었지만, 부친상이 끝나자 바로 아내를 맞아 가정을 꾸렸다.

그즈음 다마이야에는 센조의 모친인 오카쓰와 구라조라는 노련한 지배인이 있었다. 다마이야는 센조의 부친이 홀로 일으킨 가게인데, 이 두 사람은 그때까지 고생을 함께하며 음으로 양으로 선친을 도운

공로자이기도 했다.

센조의 모친 오카쓰는 본래 기가 셌다. 남편을 잃고 아들이 가게를 물려받고 며느리까지 보았지만, 이쯤에서 가게 일에서 손을 떼고 유유자적하게 은퇴 생활이나 하자—라고 생각할 여자가 아니었다.

오카쓰는 가게라는 배의 키를 놓지 않았다. 게다가 이제는 외아들의 인생에도 이래라저래라 간섭하길 주저하지 않았다.

센조가 맞은 첫 부인, 다마이야의 2대 안주인은 이름이 오키치였다고 한다. 오카쓰에게는 형제자매가 많아서 조카들도 거치적거릴 정도로 많았는데, 오키치는 그 조카 가운데 하나였고, 센조에게는 사촌에 해당하는 여자였다. 마음씨 좋고 부지런해 오카쓰의 눈에 들어 며느리로 들인 것이다.

"주인 내외는 금실이 아주 좋아서 그야말로 실과 바늘처럼 어디든 꼭 같이 다녔습니다. 보기에도 흐뭇한 젊은 내외였는데—."

안타깝게도 오키치는 좀처럼 아기를 갖지 못했다. 그러자 오카쓰는 오키치가 시집온 지 삼 년이 되었을 때 냉정하게 이혼을 선언했다. 네 색시를 구했다며 오키치를 데려와 센조에게 붙여 주었을 때와 마찬가지로 갑자기, 오키치를 내보내야겠다, 라고 선언하더니 정말 빈손으로 몰아내 버렸다.

"주인님은 어머니 앞에 엎드려 생각을 바꿔 달라고 애원했습니다. 오키치 님도 눈물만 흘렸고요."

한번 말을 뱉고 나면 오카쓰는 누구의 말도 듣지 않는다. 조카이기도 한 오키치를 이렇게 몰아낸 탓에 형제자매하고도 사이가 틀어지고 말았지만 눈 하나 깜짝하지 않았다. 이로써 오카쓰는—그리고 다마이야는 일가친척들에게 완전히 외면당하고 말았다.

"그것이 다시 선대 안주인님의 드센 기질을 더욱 그악스럽게 만들었습니다."

중재자도 조언자도 없어졌기 때문이다. 다마이야는 오카쓰의 천하가 되었다.

얼마 후 장사를 하는 지인의 소개로 센조의 두 번째 부인이 들어왔다. 이때도 결정은 오카쓰의 몫이었다. 센조는 아무 불평 없이 따랐고 부부 사이도 나쁘지 않았지만, 자신이 택한 며느리인데도 사사건건 갈등을 일으키다가,

"일 년이 채 못 돼서—."

"또 이혼했나?" 헤이시로가 호응하자, 예, 하고 젠키치가 고개를 조아린다.

"그럼 또 세 번째 며느리를 데려왔겠군." 마사고로가 끼어든다. "이번엔 얼마나 버텼지?"

세 번째 며느리도 겨우 이 년 만에 어렵게 아기를 가졌지만 사산을 한 끝에 저승으로 가 버렸다고 한다.

"선대 안주인님은 세 번째 며느님하고도 사이가 그리 좋지 못했으므로…… 기가 꺾이지는 않았습니다만."

상황이 이렇게 되자 역시 주위의 시선이 싸늘해져서 센조에게 배필을 소개하려는 사람도 없어졌다. 세 번째 며느리의 죽음이 오카쓰의 구박 때문이라는 풍문도 떠돈 모양이다(젠키치는 차마 말하지 못하는 눈치지만, 그냥 풍문만은 아닌 듯도 하다). 이런 시선에도 오카쓰는 주눅 들지 않았지만 센조는 깊이 상심했다.

그 뒤, 다마이야에서는 모친 오카쓰가 안주인이 되고 아들 센조가 젊은 주인이 되어 큰 탈 없이 장사를 해 왔다. 늙은 구라조가 가게를 떠나자 그에게 충실히 조련을 받아 온 젠키치가 지배인이 되었다.

"제 수완은 감히 구라조 님에게는 미치지 못하지만, 안주인님도 장사를 잘 아는 분이라서 가게를 운영하는 데는 어려운 점이 없었습니다."

젠키치는 수고를 아끼지 않는 성실한 일꾼처럼 보이는데다 나무통 장사는 시세가 그때그때 달라지는 쌀이나 술에 비하면 어렵지 않은 분야다. 확보한 단골을 잘 간수하고 물품을 조심해서 다루면 어지간해서는 가게가 기울 만한 손실은 없을 터였다.

하지만.

다마이야의 불행, 아니 센조의 불행은 하필 어머니 오카쓰가 가게를 운영할 수 있는 여자였다는 데 뿌리가 있지 않을까 하고, 헤이시로는 생각했다.

"그럼 다마이야에서 센조는 내내 작은 주인일 뿐, 모친 앞에서 아무 주장도 하지 못했겠군?"

이 물음에 젠키치는 고개를 떨어뜨리듯이 주억거렸다.

"너희 점원들은 어땠지? 물론 안주인인지 큰 주인인지 하는 오카쓰가 두려웠겠지만, 젊은 주인님도 훌륭한 분이다, 우리 모두 힘을 합쳐 지켜 주자, 그런 마음도 있었을 텐데?"

"그랬습니다." 젠키치의 목소리가 작아진다. "그랬습니다만."

"어머니가 너무 강하면요." 젠키치를 성원하듯이 오콘이 중얼거렸다. "딸은 그런 어머니하고 다툴 수 있지만 아들은 그렇게 못 해요. 이상하게 들리겠지만, 원래 그런 거예요."

주인님은 착한 분입니다, 하고 젠키치는 더 작은 목소리로 말했다. "마음씨가 착하셔서 우리 같은 것들도 자상하게 배려해 주시는 좋은 주인님입니다. 하지만 선대 주인님이 워낙 눈치가 빠른 상인이라서……."

가게를 일으킨 부친이 출중해서 점원들이 모두 그 부친을 존경하면 아들이 엉뚱한 피해를 볼 수 있다. 무엇을 해도 금방 부친과 비교를 당하기 때문이다. 주변 사람들이 나름대로 아들을 지켜 주려고 애를 쓰면 쓸수록 아들의 미덥지 못한 구석만 도드라져, 아아, 부친하고는 다르다, 한심하다, 주변머리가 없다는 식으로 마음이 기울기 쉽다.

이런 일은 그리 드물지도 않다. 무가에서는 이와 비슷한 이야기들이 널렸다. 헤이시로는 겨드랑이에 손을 찌른 채, 알 만해, 알 만해, 하며 고개를 끄덕였다. 자기하고는 상관없는 얘기지만(사실 헤이시로의 경우, 그 기량은 별 보탬이 안 되지만 적어도 부친처럼 여색을 밝히지는 않는 만큼 더 낫다고 평가받은 쪽이다) 세간에서는 흔한 일이다.

마사고로가 무겁게 말했다. "센조 씨 편은 젠키치 씨, 당신 하나였군."

옆에서 오콘도 착잡한 얼굴을 하고 있다. "하지만 그 모친에게도 외아들 센조 씨가 무엇보다 귀했을 텐데요."

젠키치는 잠자코 있다. 그 말 없는 모습에서 오카쓰가 '얌전한' 외아들을 어떻게 생각하고 있었는지—적어도 젠키치를 비롯한 점원들

눈에는 어떻게 비쳤는지가 훤히 보였다.

보물처럼 귀하게 여긴다는 것과 자기 소유물처럼 귀하게 여긴다는 것은 비슷해 보이지만 실은 크게 다르다. 자기 소유물이면 제멋대로 할 수 있기 때문이다. 그런 모자지간이야 세간에서도 드물지 않게 볼 수 있으니 눈을 휘둥그레 뜰 일은 아니다.

센조에 대한 젠키치의 충성에는 다분히 동정심이 섞여 있으리라. 젠키치는, 어찌 그런 송구한 말씀을, 하며 황망히 부정할 게 틀림없지만 형제와 같은 심정도 있을지 모른다. 기가 센 모친에게 억눌리고 점원들에게 무시당하며 제자리를 찾지 못하는 젊은 주인을 충성스럽게 모셔 온 이유가 이해타산 때문은 아닐 것이다.

세상에는 이런 점원도 있다. 그리고 이는 드문 일이다.

오카쓰는 장수하다가 십 년 전 여든아홉으로 타계했다. 드러누운 지 사흘 만에 타계했다니 고생은 덜한 편이지만, 뒤집어 생각해 보면 죽기 사흘 전까지 다마이야에서 권세를 휘둘렀던 셈이다.

센조는 쉰아홉이 되어 있었다.

"오카쓰 씨는 미련이 남지 않았을까?"

말하기 어려운 듯 목소리를 낮춰서 마사고로가 급히 말을 이었다. "아, 후계 문제 말일세."

젠키치는 냉큼 대답했다. "돌아가시기 직전까지 양자를 들일 준비를 하셨습니다."

그 이야기는 오카쓰가 죽자 센조가 취소해 버렸다고 한다. 내내 짓눌려만 오던 아들이 난생 처음 어머니를 거역했다고 할 수 있다.

센조는 쉰아홉이 되어서야 어머니의 속박에서 풀려났다.

"제가 점원으로서 이런 생각을 하는 것이 오만한 짓임을 잘 알고 있습니다만, 가게는 아무 탈 없이 운영되고 있었으므로."

조금 즐기시면 어떻습니까, 하고 센조에게 권해 보았다고 한다. 구라조는 오래전에 죽고 젠키치는 지배인으로서 다마이야를 운영하는 처지에 있었다.

"자네야말로 지배인의 귀감이로군."

헤이시로는 크게 감탄했다.

"가게는 자네가 잘 꾸리겠다고 말했겠지. 센조는 복도 많군. 그래, 뭐라고 대답하던가?"

"예……." 젠키치는 천천히 코 밑을 문질렀다. "이미 그럴 나이가 지나 버렸다고 하셨습니다. 유곽 출입이나 계집질도 젊을 때 배워 두지 않으면 할 수 없어, 하시면서요."

앞으로 나는 무엇을 하면서 살까, 하고 센조는 어찌할 바를 모르겠다는 듯이 중얼거렸다고 한다.

좌중이 다시 쥐 죽은 듯 조용해지고 말았다.

그럴 리 없다. 그런 유흥이야 나이가 몇 살이라도 얼마든지 탐닉할 수 있다. 그래서 늦게 배운 도둑질에 날 새는 줄 모른다는 속담도 있는 것이다.

하지만 헤이시로는 그런 생각을 입 밖에 내지는 않았다. 마사고로도 오콘도, 신노스케조차 입을 다물고 있다.

센조의 경우는 물론 본인이 말하는 대로였겠지—하고 생각해 버렸기 때문이다.

센조는 그저 인내를 강요당해 온 게 아니다. 인내하고 있다는 사실조차 자각하지 못하는 생활을 해 왔다. 첫 번째 아내 오키치와 헤어질 때 어머니 앞에 엎드려 빌었다는 센조라는 인물은 그 후 오랜 세월 속에서 사라지고 말았다. 혹은 본인도 모를 정도로 조그맣게 위축되어 본인도 모르는 장소에 처박혀 버리고 말았다.

헤이시로는 생각을 고쳤다. 센조는 인내하며 살아온 게 아니다. 인내라면 반발할 수 있다. 센조는 체념으로 살아 온 것이다. 이것은 극복하기가 힘들다. 정말이지 어렵다.

"자네한테만 맡기지 말고 나도 조금 장사에 신경을 써 볼까, 하는 말씀도 있었습니다."

모친이 살아 있을 때는 마치 자치위원이나 도매상 모임에도 그녀가 참석했으므로 센조는 늘 열외였다고 한다. 즉 센조는 정말로 다마이야에 '있었을 뿐', 모친 곁에 우두커니 앉아 흐르는 세월을 멀거니 바라보며 살았던 것이다.

어쨌든 센조는 어머니를 대신하여 다마이야의 '얼굴'이 되었다. 사람들과 어울릴 기회도 늘었다.

"누구든 주인님을 유흥으로 이끌어 주시면 좋으련만, 하고 생각했습니다."

부처님 같은 지배인이다. 젠키치 본인도 처자식 없이 다마이야만을 위해서 살아왔다. 늙은 얼굴에는 주름살이 늘어 가지만 계속 일할 수 있는 신체는 유지하고 있다. 아마 자기가 노쇠할 때를 대비하여 목하의 점원들 중에 마땅한 자를 골라 조련하고 있으리라.

그리고 그것을 센조도 잘 알고 있겠지.

"알 것 같네요."

오콘이 입을 열었다. 말하느라 지쳤다기보다 기억을 떠올리느라 지쳤다는 인상을 풍기는 젠키치를 거들려고 나섰다.

"그렇게 바깥나들이를 시작하면서 센조 씨도 도락을 찾아냈군요. 자신만의 도락. 다른 사람들은 모르는—해 볼까 하는 생각조차 하지 못하는 도락이겠죠."

젠키치는 천천히 두 번 고개를 끄덕였다.

"하지만 부인, 처음에는 저도—아니, 주인님 당신도 그게 도락이라고 생각하지는 않았을 겁니다. 차차 도락이 되어 갔겠지요."

오카쓰가 죽고 일 년 뒤, 센조는 도매상 동업자들과의 모임에 참석하기 위해 이케노하타의 어느 요릿집에 갔다. 시노바즈노이케 호수에서 잡은 장어나 미꾸라지를 식재로 쓰는 가게로, 특별히 야릇한 곳은 아니다.

그곳에서 점원 하나를 알게 되었다.

"오사요라는 이름에 나이는 서른쯤 된 여자였습니다" 하고 젠키치가 말한다. "남편과 사별하고 자식을 셋이나 키우고 있었습니다."

센조는 첫눈에 반하여 이케노하타에 뻔질나게 드나들다가 마침내 그녀를 아내로 맞을 생각을 하게 된다.

"이제 삼갈 필요도 없으니 오사요 씨를 안주인으로 맞아도 됐지만, 주인님은 그렇게 하지 않았습니다. 제가 있었기 때문이겠지요."

아니, 그렇지 않다. 센조가 의식한 것은 젠키치의 시선이 아니었을 것이다. 어머니 오카쓰를 받들고 그 아들 센조를 낡은 복고양이 인형 정도로 여겨 온 다른 점원들의 시선을 의식했을 것이다. 어머니가 죽자 딸 같은 여자를 데려다가 아내로 삼다니, 기가 막혀 말도 안 나오네, 하고 경멸할 게 뻔했으므로.

"오사요 씨를 위해서 주인님은 상당한 돈을 썼습니다."

그게 잘못이라는 말은 아닙니다, 하고 당황하며 덧붙인다.

"다마이야에 그 정도 여유는 있습니다. 원래 주인님의 재산이고요."

여자 혼자 자식을 셋이나 키우며 생활고에 허덕이던 오사요는 센조라는 우산 밑으로 들어와 편안한 생활을 만끽했다.

"시타야에 셋집을 빌려 오사요 씨 식구들을 살게 했습니다. 저도 주인님을 모시고 몇 번 가 본 적이 있습니다."

센조가 젠키치에게 오사요와 자식들을 만나서 도와주라고 말했다고 한다. 장사 이야기도 해 주라고.

몇 번 만나 본 적은 없지만 오사요가 그때마다 변해 감을 알 수 있었다고 한다. 그냥 촌티를 벗는 정도가 아니었다. 다른 여자가 되어 가는 듯했다.

"오사요 씨는 주인님을 부처님처럼 떠받들었습니다."

오키에도 이 방에서 그렇게 말했다. 후광이 보인다고.

"그래서 주인님이 오사요와 관계를 끊겠다고 했을 때 제 귀를 의심했습니다."

센조가 오사요를 거두고 이 년 반쯤 지났을 때였다.

"얼마 전부터 주인님 얼굴이 어딘지 어두웠습니다. 오사요 씨 집에 갔다가 오시면 낯이 어두울 때가 있어서 저도 걱정하고 있었습니다. 그래도 갑자기 관계를 끊을 줄은 몰랐습니다."

무슨 일이 있었습니까? 하고 젠키치가 조심스레 물었다. 센조는 주인과 점원이라기보다 평생의 지기에게 고백이라도 하듯이 은밀하게 속삭였다고 한다.

—이제, 재미가 없어졌어.

오사요는 지금의 생활에 완전히 익숙해지고 말았어. 헌 옷을 벗어버리고 새로 태어나는 모습을 바라볼 때처럼 눈을 휘둥그레 뜰 일이 없어졌다. 예전처럼 센조에게 감사하다고 말하는 일도 없어졌다. 오히려 요즘은 불평이 잦다. 살림비가 적다, 자식들한테 뭘 어떻게 해 줄 거냐, 왜 나를 정실로 맞아 주지 않느냐, 이대로는 장래가 불안하다—.

결국 오사요에게 절연금을 쥐여 주고 내쫓는 일을 젠키치가 떠맡았다. 오사요는 착란 증세를 보일 만큼 놀라서 젠키치에게 다급하게 매달렸다. 마음 고쳐먹을게요, 이제 불평 같은 건 안 할게요, 그러니 제발 떠나라는 말씀만은 말아 주세요, 나리께 말씀 좀 잘해 주세요.

젠키치는 오사요를 달랬다. 그만 포기하게. 이미 틀렸어. 지나간 시간은 돌이킬 수 없어. 이제 예전으로 돌아갈 수는 없네.

헤이시로는 충분히 알 수 있었다. 젠키치는 총명하다. 오사요가 불평을 그치더라도, 전처럼 센조를 떠받드는 척해도 그것만으로는 안 된다는 사실을 그 시점에서 명확히 이해하고 있었으니까.

일단 다시 만들어진 헌 옷은 설령 옷 자체가 다시 지어지기를 원하며 스스로 해체하더라도 바느질하는 이의 흥을 끌어낼 수 없다. 바늘을 쥔 사람에게는 그것은 이미 손을 댔던 헌 옷에 불과하다.

마사고로가 언제까지 이어질지 궁금할 정도로 길고 긴 한숨을 지었다.

"그럼 오키에 씨까지, 지금껏 아내를 몇 명이나 갈았지? 오키에 씨는 자기가 세 번째라고 하던데."

젠키치는 고개를 떨어뜨린 채 손가락을 꼽았다.

"주인님이 데려온 여자를 안주인으로 삼기 시작한 뒤로는 오키에 씨가 세 번째입니다. 하지만 그 전에 그냥 데려다가 돌봐준 여자가 오사요 씨를 포함해서 세 명 있었습니다."

한 명은 아주 짧아서 일 년을 채 버티지 못했고요, 하며 계산이 맞지 않는 장부를 부끄러워하듯이 작은 목소리로 보탰다.

헤이시로는 생각했다.

아까 마사고로도 말했지만 다마이야 센조의 '취미'의 바탕이 되는 심리라면 헤이시로의 내부에도 없지는 않다. 남자라면 누구나 가지고 있다. 여자를 골라 갈고닦아서 자기 취향대로 다듬어 보고 싶다. 돈과 시간이 있다면 그렇게 재미난 놀이도 없겠지. 상대가 값비싼 오이란(몸값이 높은 고급 매춘부)이 아니라 생활고에 찌든 여염집 여인이라는 차이만 있을 뿐, 하는 짓은 다를 바 없다. 여자를 자기 뜻대로 하는 것, 여자를 제 뜻대로 복종케 하는 것이 가장 중요하기 때문이다.

그러나 센조의 경우는 그것만이 아니었다. 그래서 어렵다.

어릴 때부터 예순이 되기까지 센조는 누구에게 숭배를 받아 본 적이 없다. 제 뜻을 귀 기울여 들어 주고 고개를 크게 끄덕여 준다. 상대가 점원이라면, 우리 주인님은 믿음직스럽다든가 주인님이 있으니까 다마이야도 있는 거라고 인정해 준다. 물론 그들이 뒤에서 몰래 험담을 할 때도 있겠지만 그것도 주인의 권위가 있기 때문이며, 그 권위 때문에 '은근히' 반항하는 재미도 살아나는 것이다.

센조한테는 그런 경험이 없다. 당당한 남자로 살아가는 길에서 지칠 정도로 오랜 세월 동안 밀려나 있었다.

그런 센조가 여자를 데려다가 다시 만듦으로써 여자의 추앙을 받는 맛을 알았다.

소름이 돋을 만큼 짜릿하다. 헤어날 수 없는 즐거움이다.

그러나 센조가 여자에게 얻어낸 추앙은 불변의 감정이 아니다. 센조가 한 일이라곤 여자를 호강시켜 준 게 전부이며, 여자의 존경은 오직 그 하나에서만 솟아나고 있기 때문이다.

센조가 그것 말고도, 이를테면 여자가 요릿집 점원이란 신분 그대로 손님 센조를 상대하더라도 다마이야의 주인은 훌륭한 분이라 여길 만한 점을 가지고 있었다면, 그 존경심은 변치 않았을 테고 다른 사람 일반에게도 두루 통했으리라. 하지만 센조가 얻은 존경은 돈으로 산 것이었다. 돈으로 살 수 있는 은혜를 베풀었으므로 여자는 그대로 존경을 건네준 것이다.

두 사람의 관계가 계속되면서 타성에 젖으면 여자가 건네주는 존경의 크기는 줄어든다. 사람의 마음이란 그런 법이다. 아무리 대단한 행복이나 행운도 당연하게 여겨지면 고마움은 박해진다. 그러므로 몇 년이 지나도록 변치 않는 크기의 존경을 얻어내려면 센조는 필경 막대한 돈을 써야 하리라.

그것은 다마이야의 재산으로도 힘들다. 아울러 여자에게 그만큼 돈을 써도 여자 쪽에도 한계는 있다. 어느 정도 이상으로는 예뻐지지 않고 젊어지지도 않는다는 한계.

그래서 여자를 바꾸는 것이다.

"오키에 씨는 쫓겨날 수밖에 없겠군."

마사고로가 밝은 여름 햇살이 비껴드는 장지 쪽으로 눈길을 주며 가만히 말했다. 뜰에 있는 관목의 그림자가 장지에 비쳐 경련하듯 흔들리고 있다.

"이 일만은 되돌릴 방법이 없겠어. 그렇겠죠, 나리?"

헤이시로는 젠키치를 쳐다보았다. 무거운 짐을 부린 늙은 점원은 다시 짐질 때까지 짧은 휴식을 취하듯이 눈을 감고, 고개를 숙인 채 등을 웅크리고 있었다.

"종조부님께─."

누구하고도 눈길을 맞추지 않으려고 허공을 올려다보며 마지마 신노스케가 코로 맥 빠진 소리를 내어 중얼거렸다. "이 얘기를 들려드리면 뭐라고 하실까요."

이런저런 불평을 하긴 하지만 신노스케는 모토미야 겐에몬이 싫지는 않은 것이다. 오히려 좋아한다. 왜냐하면 비슷한 생각을 헤이시로도 지금 하고 있었으니까. 이 이야기를 유미노스케에게 들려주면 그 아이는 뭐라고 말할까, 하고.

10

이즈쓰 헤이시로의 처조카이며 가와이야의 다섯째 아들인 유미노스케는 한가한 몸이 아니다.

서당에 다닐 나이는 지났지만, 사사키 선생이라는 낭인─유미노스게 말로는 훌륭한 학식을 가진 스승이라지만, 헤이시로의 직감으로는 조금 위험한 구석이 있는 사상가인데—밑에서 한서를 읽고 검도를 연마한다. 주판알을 튕기는 유미노스케의 실력은 이미 상당한 수준이라 지배인도 크게 의지하고 있어, 이미 교습이 아니라 실전에 나서고 있다. 그러니 놀러 다닐 시간이 별로 없다.

하지만 지금까지는 그런 와중에도 틈틈이 시간을 쪼개서 사흘이 멀다 하고 핫초보리에 찾아오거나 오토쿠야에서 헤이시로를 기다리거나 짱구와 놀려고(이쪽도 제법 실전에 가깝게 활약하고 있지만) 마사고로네 메밀국숫집에 가거나 하며 바지런하게 움직였다.

그런데 요즘 유미노스케의 움직임이 뜸하다.

아니, 가만히 생각해 보면 '요즘'이라고 할 정도도 아니다. 초봄쯤부터 한 달 사이에 유미노스케의 얼굴을 보는 횟수가 줄어들기 시작했다.

내 착각인가? 헤이시로는 일단 젠키치와 만났던 날 저녁 식사 때 아내에게 그렇게 말을 건네 보았다.

그러자 아내는 인중을 길게 늘이며 헤이시로를 빤히 쳐다보았다. 아내는 희고 갸름한 얼굴에 눈매가 시원해서 소싯적에는 '핫초보리의 고마치오노노 고마치. 헤이안 시대의 여류 시인으로 절세미인이었다고 한다'라는 소리를 듣기도 했다. 본인도 상당히 낡은 그 간판을 지금껏 애지중지하는 경향이 있다. 그런 사람이 왜 또 요상한 표정을 지어 보이는 걸까.

"나보고 알아맞혀 보라고?"

자신도 인중을 길게 늘이며 물었다. 아내는 여전히 그 표정에다 치뜬 시선으로 헤이시로를 쳐다본다. 그녀는 마침 헤이시로가 밥을 한 공기 더 달라고 해서 밥을 푸려고 하던 참이어서 왼손에 밥공기, 오른손에 주걱을 쥔 자세였다. 그 자세로 치뜬 시선을 보내므로 수수께끼라도 내는 것처럼 보인다.

"모르겠어. 항복."

헤이시로가 말하자 아내는 한숨을 짓고 제 표정을 찾았다. 밥공기와 주걱도 내려놓는다.

"당신은 이제야 그걸 느낀 거예요?"

난 예전부터 그렇게 생각하고 있었는데, 하고 이번에는 한쪽 볼을 부풀려 보였다. 아내가 인중을 늘려 보인 것은 어이가 없다는 뜻이었던 모양이다.

"뭐야, 그랬으면 빨리 말해 주면 좋았잖아."

"혹시 당신과 유미노스케 사이에 무슨 약속이라도 있었나 해서 공연히 참견하지 말고 기다려 보자고 생각했거든요."

아닌 게 아니라 초봄부터 유미노스케 발길이 뜸해졌어요, 하고 아내는 말했다. 어딘지 말랑말랑한 모습으로, 조카가 아니라 사모하는 남자에 대하여 말하는 듯하다.

"처형한테 뭐 들은 얘기 없나?"

유미노스케의 어머니이며 가와이야의 안주인은 헤이시로 부인의 둘째 언니다. 첫째 언니는 역시 도신의 아내가 되어 이곳 핫초보리에 산다.

"아뇨, 뭐 특별한 얘기는."

우리도 요즘은 별로 왕래가 없어서, 하고 이어 말했다. "실은 연초에 그 집 장남의 혼담이 있었어요."

"그럼 경황이 없겠군."

유미노스케는 가와이야의 다섯째 아들이다. 장남은 유미노스케와 나이 차가 크다. 결혼이나 상속 얘기가 나와도 이상할 게 없다. 오히려 늦은 감이 있다.

네, 하고 아내는 고개를 끄덕인다. "하지만 경사를 준비하느라 경황이 없는 게 아니라 혼담이—삼월쯤부터 이상하게 꼬인 모양이에요."

"흐음."

남들 귀에는 알맹이 없는 반응처럼 들리겠지만 아내는 익숙해져 있다. 흐음, 하는 소리의 울림, '흐'에서 '음'까지의 길이, '음'의 꼬리를 끄는 소리의 미묘한 차이로 헤이시로가 얼마나 관심을 갖고 듣는지 알 수 있다고 하므로 헤이시로도 안심하고 흐음, 하는 소리를 내는 것이다. 방금 그것은 꽤 관심이 많음을 보여 주는 흐음, 이었다.

말이 난 김에, 아내에 따르면 '헤에~'에 대해서도 마찬가지로 판단할 수 있다는데, '헤에~' 쪽이 덜 난해하다고 한다. 헤이시로가, 어처구니없는 자로군(혹은 어이없는 얘기로군), 하고 생각할 때만 '헤에~'라고 말하기 때문이란다.

"가와이야의 장남 이름은 다이치로라고 하는데요."

흔해 빠진 이름이다. 그러고 보니 처음 알았다. 유미노스케는 제 가족에 대해서는 거의 이야기를 하지 않는다. 부모에 대해서는 그나마 조금 말하지만, 형제들 이야기는 들어 본 적이 없다.

"신부를 정하는 데 용모부터 본다네요."

미녀를 밝힌다고 한다.

"집안 내력 아닌가."

아내의 언니도 미녀다. 아니, 미녀였다.

"그게 아주 까다로워서 지금까지도 혼담을 여러 건이나 퇴짜를 놓았대요."

미녀가 아니면 노골적으로 '싫다'는 태도를 보여 상대방이 분노를 터뜨린 적도 있다고 한다.

"일일이 얼굴을 보여 주지 않으면 될 텐데."

"직접 확인하고 싶어 한대요, 다이치로가."

무가의 혼담도 그렇지만, 재산이 어느 정도 있는 상인 집안에서도 사위나 며느리를 정하는 것은 부모의 몫이다. 당사자의 의사는 어디까지나 그다음이다. 집안과 집안의 비교, 사업과 사업의 비교가 가장 중요하다. 그러나 가와이야에서는 다이치로가 가장 중요한 요소는 제쳐 놓고 제 주장만 내세우므로 혼담이 번번이 깨지고 만다.

"다이치로도 스물세 살이 되었다고 하니 올해 결정하지 않으면."

가와이야 주인은 아직 건강해서 당분간 타계할 일은 없어 보이지만, 집안을 물려받을 아들의 혼인을 가장이 죽고 난 뒤에야 서두르는 것도 보기 딱하다. 나무통 도매상 다마이야가 그랬지 않은가.

"가장이 장남의 말을 듣는 건가?"

아내는 그야말로 유령화에도 시대 말기에 혼이나 영혼을 그린 풍속화로 그려도 될 만한 원망 어린 표정을 지어 보였다. "며느리는 미녀여야 한다면서 아들 편을 든다네요."

장남 말을 듣는 정도가 아니라 앞장서서 미모를 본다는 것이다.

가와이야 주인은 귀와鬼瓦 같은 얼굴을 가진 주제에(그래서 더 그러는지는 모르지만) 여색을 밝혀 바깥에 숨겨 놓은 자식이 있느니 없느니 하는 이야기가 들려온 적도 있다. 그래서 부인의 마음고생이 그칠 날이 없다고 한다.

헤이시로는 문득 '가와이야 주인이란 놈이 설마 며느릿감한테 음흉한 마음을 품을 리는 없을 테지' 하는 불온하기 짝이 없는 생각을 하다가 얼른 지워 버렸다. 아무리 그래도 그런 꿍꿍이까지는 아니리라. 그냥 워낙 미모를 밝히니까 며느리도 미녀가 들어왔으면 하고 바랄 뿐이겠지.

"뭐, 장사에 지장이 없다면 상관없잖아."

아내는 전혀 동의하지 않는다. 원망하는 마음이 더 깊어진 듯 눈을 부라린다.

"그게 그렇지도 않아요……."

연초에 들어온 혼담은 상대가 대단한 미인이라 이번에는 잘되지 않을까 기대했다. 하지만 다이치로가 이상한 말을 했다. 자기한테는 이미 마음에 둔 여자가 있다고.

"그 여자가 보통 여자가 아니니까 골치가 아픈 거예요."

이번에는 헤이시로가 먼저 인중을 길게 늘여 보였다. 심상치 않은 말처럼 들렸기 때문이다.

"그건 또 무슨 소리지?"

다이치로가 사모하는 여자는 가와이야 주인이 바깥에 낳아 놓은 딸인지도 모른다는 것이다.

"고우타_{무로마치 시대부터 시작된 속요·속곡} 사범의 딸이라고 합디다."

시타야에 아담한 셋집을 얻어 모녀가 단둘이 살고 있단다.

"제 돈으로 빌린 건가, 아니면 누가 집세를 대 주나?" 하고 헤이시로가 물었다.

"누가 내 주고 있겠지요. 원래 그런 여자라고 하니까."

그 사범은 십칠팔 년 전부터 십오 년쯤 전까지 가와이야 주인과 심상치 않은 관계였다. 그런데 문제의 외동딸이 지금 열일곱 살이라는 것이다.

"그때는 간다 묘진시타에서 살았대요. 목소리가 곱고 얼굴이 예뻐서 에조시에도 시대에 간단한 그림을 넣어 항간의 사건을 설명한 인쇄물에 등장할 정도로 인기 있는 사범이었다더군요."

미인을 밝히는 가와이야 주인은 고우타를 배우러 갔다가 사범을 자기 여자로 만들었다. 아니, 정말로 자기 여자로 만들었다면 고민할 일도 없다. 그즈음 태어난 사범의 딸은 틀림없이 가와이야 주인의 씨앗이므로 다이치로하고는 배다른 오누이가 된다. 감히 부부가 될 수 없다.

하지만 이야기는 그리 단순하지가 않다. 이 사범이란 여자가 생계를 위해 의지하는 남자와, 정말로 마음을 준 남자를 교묘하게 관리하고 있었다.

"가와이야 주인은 그걸 알고 있었나?"

"당연히 알고 있었겠죠." 아내는 입을 삐죽거렸다. "그래도 당장은 좋았겠죠. 그러니까 이제 와서 골치를 앓는 것이고."

사범의 딸이 제 핏줄일까 아닐까.

"얼굴을 보면 모를까? 콧대가 이렇게 펑퍼짐하다든가."

가와이야 주인 얼굴이 그렇게 생겼다.

"얼굴을 따지는 다이치로가 홀딱 빠진 아가씨예요. 유감스럽게도 미녀랍니다."

헤이시로는 절반을 깨끗이 발라 먹은 마른 생선으로 시선을 떨어뜨렸다. 두 공기째 밥은 이걸로 먹어야지 생각하고 있었지만, 왠지 손을 놀리고 있기가 뭣해서 그만 젓가락을 대고 말았다.

살점을 발라서 씹다가 꿀꺽 삼키고 나서 말했다.

"다이치로는 대체 어떻게 그런 모녀를 알게 됐지?"

"그러니까 집안 내력이죠. 같이 놀러 다니는 동무한테 시타야의 허름한 여염집에 고우타 사범과 예쁜 딸이 살고 있다는 소리를 듣고 일삼아 찾아갔대요, 글쎄."

여색을 밝히는 자들에게는 세상이 좁은 법이다.

"다이치로는 그렇다 쳐도, 여자 쪽은 상대가 어쩌면 배다른 오라버니일지도 모른다는 소리를 듣고도 물러서지 않았어?"

아내는 고개를 가로저었다. 이미 단단히 맺어져 버린 두 젊은이는, 배다른 오누이가 아니다, 우리에 대해서는 우리가 제일 잘 안다고 주장하고 있단다.

"배짱이 대단하네." 헤이시로는 저도 모르게 감탄했다. "근거가 있을 턱이 없는데."

"속을 통 모르겠어요."

헤이시로는 아내가 눈을 부라리면 제법 무섭다는 것을 깨달았다.

"그런저런 일들로 언니가 힘들어해요. 물론 이런 소동은 형제들 귀에도 들어갔으니 집안도 평온할 수가 없겠죠. 유미노스케도 그래서 마음고생하느라 우리 집에 발길이 뜸해지지 않았나 싶어요."

"앉았나 싶다니, 처형한테 그 이후 상황을 듣지 못했나?"

그러자 아내가 노기를 띠었다. "듣고 싶어요, 나도. 하지만 언니 심정을 생각하면 도저히 물어볼 수가 없잖아요."

"그럼 처형한테서도 아무 소식이 없고?"

"당신이야말로 유미노스케한테 뭐 들은 얘기 없어요? 상담을 청했다거나."

없었다. 아무것도.

"그 아이도 나름대로 말하기가 힘들었겠지만……."

아내는 풀이 죽는다. 저녁 밥상을 앞에 놓고 기분이 오르락내리락하느라 바쁘다. 밥은 차분하게 먹으라는 것이 이즈쓰 가의 가훈인데.

"그 아이의 머리로 어떻게 해 볼 수 없을까요?"

이 문제만은 도저히 방법이 없겠다. 가령 유미노스케가 무슨 묘안을 떠올렸다고 해도 가와이야에서 받아들여질지가 문제다.

"청춘 남녀가 서로 좋다는데, 이치로 해결할 수 있겠나."

아내는 순순히 고개를 끄덕였지만 이내 반발이라도 하듯 눈초리를 치켜세웠다.

"배다른 오누이니 뭐니 하는 얘기는 제쳐 놓고라도 애당초 괘씸한 얘기 아녜요? 제 어미를 피눈물 흘리게 만든 여자의 딸을 색시로 삼으려 하다니, 난 그 심보부터가 마음에 안 들어요."

"며느리로 들인 다음, 마음 놓고 구박해서 앙갚음하는 방법도 있지."

"내 언니는 그렇게 그악스런 여자가 아녜요!"

실은 세상일은 생각하기 나름이라는 말을 하고 싶었을 뿐이다. 헤이시로는 고개를 움츠리고 긴 턱을 쓰다듬었다.

"미녀를 밝히는 게 집안 내력이라면 더 아리따운 아가씨를 소개해보면 어떨까?"

헤이시로의 머리에 가메야 후미노의 얼굴이 떠올랐다. 하지만 섣부른 생각인지도 모른다. 그 아가씨도 아버지와 새어머니 때문에 마음고생을 겪었다. 아버지가 타계한 지금도, 한 집에서 생활하고 있는 새어머니 사타에와 후미노의 사이는 그다지 좋아 보이지 않는다.

후미노는 사타에의 전남편—의원 구리하시 분조의 죽음에 대하여 말할 때 뭔가를 암시하려는 듯한 기색을 보였다. 의원이 만취하여 익사했다는 것, 그가 죽고 석 달도 지나기 전에 사타에가 가메야에 들어온 것에 대해서 말할 때 그랬다.

가메야 신베의 재혼에 대해서라면 관리인 오토시가 잘 알고 있다고 했다. 그때 마사고로가 당장 알아보겠다고 했는데 아직 헤이시로의 귀에 아무 이야기도 들어오지 않았다. 그렇다면 구리하시 의원의 죽음에 특별히 의심스러운 점은 없었다는 얘기가 된다.

살해된 자가 신베 하나라면 그에게 원한을 품은 자의 소행일 터이므로 구리하시 분조의 죽음도 주목해야 할 사건이 된다. 하지만 미나미쓰지바시 다리맡의 규스케 사건도 있었고, 더구나 두 망자가 아무래도 예전에 다이코쿠야에서 연결되는 듯하다는 사실이 드러났으므로 구리하시 분조의 횡사 혹은 급사에 대한 조사는 중단되었다. 불행한 사건이지만, 능히 일어날 수 있는 일이다. 사타에는 아름답지만 보기에 따라서는 나약하고 미덥지 못한 여자이므로 그저 혼자

살 수 없었을 뿐이었다. 의지할 기둥이 있어서 냉큼 기댔을 뿐이었다고 해도 이상하지 않다.

그런 이야기를 헤이시로는 아내에게 들려주었다. 계속 화를 내고 있으면 곤란하므로 아내의 마음이 다른 쪽으로 향하도록 이야기를 들려준 것이다. 아내도 열심히 듣는다.

"그럼 당신은 이제 그 다이코쿠야인지 뭔지에 가는 건가요?"

"아니. 우리가 다그치지 않아도 저쪽에서 얘기를 하고 싶어 해. 조만간 오토쿠네 가겟방을 빌려서 조용히 만나기로 했어."

다이코쿠야가 속을 터놓고 말해 준다면 규스케와 신베의 과거를 알게 될 테고, 두 사람을 죽인 범인도 의외로 쉽게 지목할 수 있지 않을까. 그러면 그자를 찾아내는 일만 남게 된다.

"자기 약방에서는 말하기 힘든 속사정이 있는 걸까요?"

"살해당한 두 사람이 모두 예전에 점원이었으니까. 지금 일하는 점원들한테 감추고 싶겠지. 상인인 만큼 세상 이목도 고려해야 하고."

왕진고—하고 아내는 의미심장하게 중얼거렸다. 곰곰이 생각하는 그 모습이 유미노스케를 흉내 내는 듯하다.

"당신이 말에 챌 뻔했나 짐수레에 깔릴 뻔했나 싶은 표정으로 돌아왔던 것도 지금 얘기한 그 사건 탓이었군요."

헤이시로는 제 얼굴을 만져 보았다. 말에 차여? 짐수레에 깔려? 비유가 너무 요란하군. 아내가 그런 생각을 하고 있었다니.

"내 얼굴이 그렇게 형편없었나?"

"너구리에 홀렸거나 여우한테 희롱당한 얼굴 같았어요. 왜 그런 얘기가 있잖아요. 따뜻한 목욕물이라고 믿고서 똥통에 앉아 있다든가."

어느 쪽이든 형편없는 비유이지만 그래도 헤이시로의 당시 심정과 비슷하긴 했다. 정말로 여우나 너구리한테 홀린 기분이었으니까.

"그건 또 다른 일 때문이었어. 너구리와 여우가 서로를 홀리려고 날뛰고 고양이 귀신들이 비술을 겨루는 판이야."

그건 또 무슨 말이에요, 하고 놀라는 아내에게 다마이야 센조의 요상한 취미를 들려주었다. 아내의 길게 생긴 눈이 점점 동그래진다. 입도 멍하니 벌어지고 만다. 그 탓에 얼굴 가죽이 늘어져도 잔주름은 사라지지 않는다. 이 사람도 나이를 먹었구나, 하고 헤이시로는 공연한 감상에 젖었다.

"―여자를 새로 만든다고요?"

"몹쓸 취미지?"

그건 사람의 도리에 어긋나는 짓이네요, 하고 노여워할 줄 알았는데, 웬걸, 아내는 한 손을 볼에 대고 상념에 빠진 아가씨처럼 먼 산 보는 눈을 한다.

"여자는 슬픈 생물이에요."

이건 또 무슨 말인가.

"아이도 슬프고 사랑스러운 생물이에요."

아내는 짱구를 모르지만, 그래도 그렇게 생각하겠지.

"어쨌거나 산타로는 생모의 정체를 모르고 사는 편이 좋아요. 나는 그렇게 생각해요. 세상엔 꼭 필요한 거짓말도 있으니까."

"나도 그렇게 생각하네."

부부는 잠시 숙연해졌다.

"그렇지만."

이내 아내의 눈초리가 차가워졌다.

"남자는 어리석어요. 바보예요."

이번에야말로 차갑게 내뱉듯 말한다. 헤이시로는 자리를 고쳐 앉았다.

"이봐."

"왜요?"

"그 밥 좀 줘."

결국 헤이시로는 젠키치의 해명을 듣고 사흘이나 지나서야 유미노스케를 만날 수 있었다. 실은 아무리 기다려도 유미노스케가 오지 않아 헤이시로가 자리를 털고 일어나 몸소 가와이야로 찾아갔다.

그때는 이미 오토쿠야의 이층 방을 빌려 다이코쿠야와 은밀히 만날 준비가 끝나 있었다. 헤이시로로서는 고백이든 불평이든 호소든, 다이코쿠야에게 사정을 듣기 전에 유미노스케부터 만나 보고 싶었다. 지금까지의 과정을 유미노스케에게 들려주고 그에게 유익한 조언을 받아서 자신의 생각을 정리해 보고 싶었기 때문이다.

유미노스케를 곁에 두게 된 뒤로 헤이시로는 꽤 오랫동안 처조카의 명석함에, 놀라는 동시에 경계해 왔다. 몇몇 사건을 겪으며 아이의 총명함을 확인할 때마다 헤이시로는 늘 마음속 어딘가가 쓰렸다. 해서 결국에는 유미노스케의 두뇌에 의지하고 말면서도 그런 자신을 나무라는 심정도 있었다. 살인 현장이나 사체가 누워 있는 곳에 달려가, 얽히고설킨 내용들 속에서 정말로 필요한 것들만 골라내어 진상을 파헤치는 작업은 본래 어린아이가 감당할 일이 아니다. 설사 아이에게 그런 일을 감당할 만한 우수한 능력이 있다고 해도 어른이 말려야 마땅하다. 그렇게 생각한다기보다는 그렇게 느끼고 있었다.

하지만 몇 가지 사건을 겪으면서 헤이시로는 체념했다. 아무리 헤이시로가 말상 얼굴의 긴 턱을 흔들며 참견을 하고, 뼈가 횃대처럼 불거진 어깨에 힘을 주며 두 팔을 벌려 막아도 유미노스케의 눈에는 세상이 보인다. 보이니까 생각하는 것이다. 해서 올바른 결론―진상에 도달하고 만다. 그렇다면 그 아이가 그것을 혼자 감내하고 감당하지 않아도 되게끔 이야기를 들어 주는 편이 낫다. 유미노스케의 능력을 살려 주는 편이 본인에게도 도움이 되지 않을까, 하는 생각도 하게 되었다.

게다가 이번에는 아무래도 그의 맏형 다이치로의 연애 사건의 전말이 마음에 걸린다. 초봄 이래 유미노스케의 발걸음이 뜸한 데는, 가와이야를 밑동부터 뒤흔들고 있음이 분명한 그 소동이 관련되어 있을 것이다.

그러나 헤이시로는 조금 어이가 없었다. 우리 마누라도 참 별나지. 입이 무거운 것은 무가의 여자로서 바람직하지만, 이렇게 중요한 일이라면 좀 더 일찍 귀띔해 줘도 좋았을 텐데.

나갈 참에 고헤이지를 데려갈까 말까 잠시 망설였다. 유미노스케를 처음 만났을 즈음에 고헤이지는 그 총명한 소년을 주겐인 자신의 영역에 침범할 강적으로 보고 늘 퉁명스럽게 대했지만, 요즘은 친밀하게 대한다. 머지않아 이즈쓰 가의 양자가 되어 헤이시로의 뒤를 이을 사람이라는 점도 염두에 둔 듯하다.

고헤이지는 열심히 걸레질을 하고 있었다. 하녀를 고용한 적이 몇 번 있지만 어느 하녀나 고헤이지의 성에 차질 않아서, 보름을 버틴 예가 없다. 어느샌가 고헤이지가 집안일을 도맡게 되었다. 본인은 그편이 오히려 반가운 듯하다. 헤이시로 수행을 상당 부분 유미노스케에게 양보하고 나서는 더욱 그랬다.

다다다닥, 소리를 내면서 걸레를 밀어 복도를 멀어져 가는 고헤이지의 엉덩이를 바라보며 헤이시로는 입을 열었다.

"이봐, 고헤이지, 요즘 유미노스케가 뜸한 걸 알고 있었느냐?"

거의 복도 끝까지 다다랐던 고헤이지는 미리 작정한 듯한 거리를 남겨 두고 고꾸라지듯이 데굴 굴렀다.

"우헤!" 하는 소리를 내며 일어선다. 헤이시로는 멀거니 서 있었다. 발치에는 고헤이지의 걸레 자국이 일직선으로 뻗어 있다.

"아이고, 깜짝 놀라서 그만."

고헤이지는 걸레를 든 채 그 자리에 무릎을 모으고 앉았다. 예이, 하고 고개를 끄덕인다.

"저는 나리께서 생각하신 바가 있어 그렇게 시키신 줄 알았습니다요."

"생각?"

"예. 드디어 도련님을 양자로 들이기로 결정하셔서 그 절차를 마칠 때까지 잠시 출입을 삼가도록 배려하신 줄 알았습니다요."

아무도 그런 배려는 하지 않았다.

"그게 아닌가 보네요."

고헤이지처럼 얼굴이 동그란 남자는 아저씨가 되면 될수록 얼굴에서 어떤 골계미가 나타난다. 울든 웃든 침울해하든 이 골계미는 사라지지 않는다. 다만 걱정스러운 표정을 지을 때만은 예외다.

"그렇다면 다른 사정이 있어서?"

고헤이지는 눈을 끔쩍거렸다.

"혹시 도련님이 편찮으신가요?"

"아니다. 내가 전혀 만나 보지 못한 건 아니야. 팔팔하기만 하더라."

"아, 그거 다행입니다요."

도련님은 도련님대로 바쁘시겠지요—하고 고헤이지는 제법 추측을 해 본다.

"메밀국숫집 행수님 수하 중에 친한 아이가 있잖습니까. 그 아이랑 같이 이런저런 공부를 하고 있는 것 같았습니다."

공부란 말이지. 하지만 그 말을 듣고 헤이시로는 안심했다. 고헤이지도 가와이야의 소동을 들어서 알고 있으면서 입을 다물고 있던 게 아니다. 헤이시로 혼자서만 몰랐던 것은 아닌 셈이다.

"출타하십니까?"

"응."

"제가 모실까요?"

"그러려고 했는데, 그만둬라."

고헤이지가 모르고 있다면 모르게 두는 편이 낫겠다. 유미노스케도 체면이 있으니까. 지금 벌어지는 소동은 가와이야가 부끄러워할 만한 일이다.

그런 연유로 헤이시로는 혼자 가와이야로 향했다. 검은 하오리는 그만두고 간단한 기모노 차림으로 나갔지만, 그래도 그쪽 점원들이 야단스레 맞아 주기는 마찬가지였다. 헤이시로는 물론 마치 관리지만 한편으로는 가와이야의 동서이기도 하다. 적당히 맞아 주는 편이 마음 편하다.

"때를 잘 맞추셨습니다요. 유미노스케 도련님은 조금 전 강습을 마치고 돌아오신 참입니다."

안내하겠다고 앞장서려는 지배인을 말리고, 헤이시로는 얼른 통용문으로 돌아갔다. 그 참에 담 너머 빨랫줄을 얼른 살펴보았다. 이불은 널려 있지 않았다. 조금 안도했다. 유미노스케는 뭔가 고민이 있으면 밤에 이불을 적시는 버릇이 있다. 요즘은 그 버릇도 마침내 고쳤는지 모른다.

통용문을 통해 안으로 들어가, 부엌에 있던 하녀가 야단스레 맞이하기 전에 물을 한 그릇 달라고 해 놓고 봉당 댓돌에 앉았다. 하녀가 내준 물을 입에 대기도 전에 찰싹찰싹 발소리가 나더니 유미노스케가 뛰어온다.

"오랜만이다." 헤이시로가 말했다. 유미노스케는 놀란 얼굴이다.

"뭘 그렇게 놀라냐."

유미노스케는 반듯하게 앉아, 어서 오십시오, 하고 머리를 숙였다.

"급한 일인가요?"

"일은 있지만 급하진 않다."

내일 다이코쿠야 주인을 만날 거다—하고 가볍게 이야기를 꺼내

보았다. 유미노스케 눈에 알아들었다는 기색이 떠올랐다.

"그 약방으로 가세요?"

"아냐. 평소처럼 오토쿠야에서 만날 거다."

아하, 하고 유미노스케는 볼의 긴장을 풀었다.

"이제 곧 이층 방에 모토미야 겐에몬 어른이 지내게 될 거라는 이야기는 이모부도 아시죠?"

어, 잠깐. 처음 듣는데. 이 얘기도 나만 몰랐나? 요즘 이런 일이 자꾸 일어나지 않는가.

"오토쿠가 그걸 바란다는 얘기는 들었다. 하지만 그 얘기에 진척이 있는 줄은 몰랐다. 마지마는 알고 있나?"

"이모부는 못 들으셨나요?"

못 들었다. 언제 만나도 마지마 신노스케 입에서는 그런 이야기가 나오지 않았다.

"어머." 유미노스케는 어린 아가씨처럼 손으로 입을 막았다. "그럼 마지마 나리도 모르실 수 있겠네요."

오토쿠와 겐에몬이 자기들끼리 결정해 버리기라도 했단 말인가.

"학문소를 연다고 합니다."

"그 거사님이?"

"예. 훌륭한 학문소가 될 겁니다. 사사키 선생님도 아주 기뻐하시며 꼭 찾아뵙고 가르침을 받겠다고 하셨습니다."

헤이시로가 이래라저래라 할 사안은 아니지만, 너무 앞지른 이야기가 아닌가 싶다.

아니지, 지금은 이쪽 문제가 먼저다.

"요 근처 기도반에 가서 시원한 참외라도 사 먹자. 요즘 여기저기서 먹어 봤지만 기쿠가와초 게 제일 달더라."

두 손을 정좌한 무릎 위에 얹고 있던 유미노스케가 그제야 배시시 웃었다.

"저는 오지마에 갔을 때 오케이 아줌마가 내주신 시원한 참외가 제일 달았어요."

헤이시로는 놀랐다. "뭐야, 언제 갔냐?"

"그제요. 짱구랑 같이."

이번 건 때문에 짱구는 의원이나 약방을 찾아다니며 많은 이야기를 듣고 있다. 맨손으로 찾아갈 수도 없어서 소소한 것을 사 갈 때도 있다.

"날이 이렇게 더워서 땀띠약이 잘 팔리고 있잖아요. 다로한테도 사다 주자는 얘기가 나와서."

다로는 오지마에 사는 동산바치 사키치와 그 부인 오케이 사이에 태어난 갓난아기다.

"아기는 건강하더냐?"

"예. 살이 통통하게 오르고 볼이 발갛더군요."

사키치와 오케이는 아기만으로는 만족하지 못하고 개까지 기르기 시작했다고 한다. 떠돌이 개를 데려왔단다.

"봄에 태어난 강아지라 아직 작습니다. 다로베라고 부르더군요."

이 다로베가 다로랑 잘 놀아 주는 듯하다. 강아지가 아기를 돌봐 준다. 덕분에 오케이는 한결 수월하다고 한다.

"뭐야, 열심히 돌아다니고 있었단 말이냐."

헤이시로로서는 맥이 빠지는 심정이다.

"돌아다니면 안 되는 사정이라도 있나요?"

유미노스케가 눈을 조금 크게 뜬다. 그저 산 인형처럼 예쁘고 귀엽다고만 여겨 온 그 얼굴, 그 콧잔등에 문득 늠름한 선이 어른거려 헤이시로는 대꾸할 말을 잠깐 잃어버렸다.

"아니다. 건강하면 됐지. 조금 걱정이 돼서 그랬다."

긴 턱을 당기는 헤이시로를 쳐다보며 유미노스케는 아항, 하고 말했다.

"뭐가 아항, 이냐."

"그러니까 이모님한테 전해 들으신 거군요?"

헤이시로는 왠지 치뜨는 눈길이 되어 처조카를 쳐다보았다. 유미노스케는 웃고 있다. 신경 쓰는 기색은 없었다.

"마침 이모부가 다이코쿠야 주인을 만나 보시기 전에 몇 가지 드리고 싶은 말씀도 있었어요. 시원한 참외 드시러 가시죠."

신발 가져올게요, 하고 유미노스케가 가볍게 일어선다. 헤이시로는 아직 턱을 가슴팍에 붙이고 있었다.

걷는 쪽이 대화하기에는 더 낫다. 정말로 오지마까지 갈 생각은 없었지만, 두 사람의 발은 어느새 동쪽으로 향했다. 그렇게 해를 등져야 눈이 편하다. 목이 마르면 도중에 물장수를 불러 세우면 된다. 햇살은 따갑지만 정오가 지난 터라 그늘도 많다.

"걱정을 끼쳐 드려서 죄송해요."

걷기 시작하자 유미노스케가 사죄했다.

"이모부가 걱정하시는 건 다이치로 큰형 때문이겠지요."

헤이시로는 '음'인지 '뭉'인지 알 수 없는 소리를 냈다.

"어떻게 되고 있냐, 그 뒤로?"

유미노스케는 작은 소리로 웃었다. 웃는 얼굴이 그다지 기운 있어 보이지는 않았다.

"정리되었어요."

헤이시로는 걸음을 멈췄다. 유미노스케는 계속 걷고 있다. 헤이시로는 유미노스케의 등에 바짝 붙듯이 보폭을 좁혀서 다시 걷기 시작했다.

"다이치로는, 뭐냐 그—사연이 복잡한 고우타 사범의 딸과 그, 그게 뭐냐."

유미노스케는 명쾌하게 말했다. "헤어졌어요."

헤이시로는 발끝이 걸려 넘어질 뻔했다. 유미노스케가 얼른 피한다.

"벌써 한 달쯤 됐어요. 이모님께는 어머니가 소식을 전하신 줄 알았는데……."

"아니. 아무것도 모르고 걱정만 하고 있다."

"그렇다면 더욱 죄송해요."

요는 다이치로 형의 열이 식은 거예요, 하고 유미노스케는 말을 이었다. "그 아가씨와 혼인하는 것이 얼마나 커다란 불효인지 생각해 봐라, 하고 주변 사람들이 모두 나서서 훈계를 하니까 그만 발끈했겠죠. 본래 다이치로 형은 아버지랑 사이가 좋지 않아서 아버지에게 반항하는 심정도 있었고요. 하지만 두 사람의 혼인으로 상처를 받는 쪽은 아버지가 아니죠. 어머니예요. 다이치로 형도 그걸 모를 만큼 아둔한 사람은 아니니까."

"그래서, 역시 그 아가씨는 다이치로의 배다른 오누이인지도 모른다는······."

"예, 그건 좀 의심스러웠어요."

그러나 그 아가씨의 아버지일지 모르는 남자는 가와이야 주인 말고도 있다.

"얼굴도 전혀 닮지 않았거든요. 저는 아버지의 딸은 아니라는 쪽에 걸어도 좋다고 생각했어요."

뭘 걸 거냐고 대꾸하기 전에 헤이시로는 저도 모르게 물었다.

"너, 만나 봤냐?"

"예."

모녀가 함께 가와이야에 찾아왔으니까요, 하고 놀라운 사실을 아무렇지도 않게 말한다.

"아니, 그게 언제냐?"

"벚나무 잎에 파랗게 물이 오를 때였습니다."

이번 소동의 제1막이 끝날 즈음이라고나 할까요—하고 유미노스케는 세련된 비유를 했다.

"네 이모는 딱따기 소리를 듣지 못한 게로구나 가부키, 인형극, 스모 등에서는 시작할 때와 막이 끝날 때 딱따기 소리를 낸다."

"평소 친하게 지내더라도 역시 이런 이야기는, 어머니도 이모님께 자세히 전하고 싶지는 않았겠죠. 이해해 주세요."

곧 이모님을 찾아가 말씀드릴 거라고 전해 주세요, 하고 다시 고개를 꾸뻑 숙인다.

"일이 막 벌어졌을 때는 어머니도 견디지 못하고 이모님께 속마음을 다 털어놓는 것이 급했겠지요. 하지만 시간이 지나고 마음이 가라앉자 부끄러워지셔서."

자매라도 두 사람 모두 한 가정의 안주인이다. 저마다 자존심이 있다.

"하는 수 없지." 헤이시로는 고개를 끄덕였다. "누구한테 속에 든 말을 다 털어놓았다가 나중에 후회하는 일이야 얼마든지 있으니."

다시 말하지만 자매지간이라도 그렇다. 아니 자매지간이기 때문에 더욱 그렇다.

"어머니는 이모님이 지금 비웃지나 않을까 걱정하고 계세요."

"어째서?"

"가족 중에 그런 행실을 하는 자식이 있다는 사실은 아내로서, 어머니로서, 가게 안주인으로서 내가 부족하기 때문이다, 아버지의 오랜 바람기를 바로잡지 못하고 내버려 둔 것도 내 잘못이다, 이렇게 하나부터 열까지 전부 자기 탓이라는 생각에."

유미노스케는 가볍게 말하고 얼굴을 들었다가 해를 쳐다보듯 눈을 가늘게 떴다.

"이모부, 여자는 가련해요."

아내와 비슷한 소리를 한다.

"언젠가 저랑 함께할 사람을 만나면 그 사람을 울리는 일만은 절대로 하지 않을 거예요."

감동적인 말이지만 헤이시로는 머리 한구석에서, 네가 아무리 마음을 써도 여자가 알아서 우는 것은 어쩔 수 없을 게다—하고 생각했다. 이런 얼굴이다. 장래의 아내뿐만 아니라 꽤 많은 여자들이 제풀에 울게 될 거다.

"큰형은 아버지한테 싸움을 걸고 싶었나 봐요."

헤이시로의 생각에 아랑곳없이 유미노스케의 시원한 목소리가 이어진다. 마침 스쳐 지나간 풍경 장수 쪽에서 상쾌한 음색이 유미노스케의 목소리와 겹치듯 여름 바람을 타고 날아올랐다. 어깨에 멘 멜대가 휘청거릴 정도로 많은 풍경이 매달려 있다.

옛날—이라고 할 만큼 오래전 일은 아니다. 그래 봐야 이 년쯤 지났을까. 한여름 대낮에 이렇게 함께 길을 걷다가 마침 지나가던 풍경 장수를 불러 세워서 유미노스케에게 풍경을 하나 사 준 적이 있다. 그때 생각이 났다. 그때 유미노스케는 금붕어 모양의 풍경을 사 달라고 했고, 사 주니 몹시 기뻐했다.

지금 유미노스케는 지나가는 풍경 소리에 편안하게 귀를 기울이다 잠깐 돌아보기도 했지만 갖고 싶어 하지는 않는다. 풍경 장수는, 풍경 사세요, 하고 느긋하고 구성지게 외치며 멀어져 간다.

"그 배다른 동생일지도 모르는 아가씨한테 정말로 반하지는 않았어요. 본인도 처음에는 그걸 깨닫지 못하다가 나중에야 깨닫고, 인정하고 싶지 않아서 몸부림을 쳤던 것 같아요."

아마 그 해석이 맞으리라.

"실은 우리 가게에 강도처럼 험악하고 오만하고 뻔뻔하게 쳐들어온 그 모녀의 모습에 형의 마음도 일찌감치 식어 버렸을 거예요. 그래서 계속 고집을 피우는 것이 형으로서도 힘든 일이었겠지요."

마각을 드러냈다. 백 년의 사랑도 식을 때는 식는다. 헤이시로는 몇 가지 비유를 떠올려 보았다.

"아버지는 어떠시냐? 부끄러워하더냐?"

아하하, 하고 유미노스케는 소리 내어 웃었다.

"글쎄요. 코는 여전히 펑퍼짐한 모습 그대로던데요. 그런 얼굴을 가진 사람은 좀처럼 속을 읽기가 힘들어요, 이모부."

헤이시로도 덩달아 큰 소리로 웃었다. 그렇게 해 주는 편이 스스로도 위로가 되고 유미노스케한테도 위안이 되리라 느꼈다.

"여색을 밝히는 건 병이니까."

"정말 그런가 봐요."

유미노스케는 아직 어린 티가 나는 음색으로 어른스럽게 대답했다. 그러나 이제 반년만 지나면 변성기를 알리는 징조가 나타나겠지―그렇게 생각하다가 헤이시로는 또 발이 엉켜 휘청거렸다. 아까 본 늠름한 표정, 그것이 이 아이 얼굴의 바탕이 된다면 달콤한 목소리는 어울리지 않게 되겠지. 유미노스케는 조금씩 변해 갈 테고, 어느 날 헤이시로나 아내는 확 변해 있는 유미노스케를 목도하고 놀라게 될 것이다.

그렇게 되기 전에 양자 건을 진지하게 고민해서 결정해야 한다.

"하지만 이모부, 여색을 밝히는 것만 병이 아닙니다. 음주란 병도 있어요."

유미노스케의 말투가 문득 날카로워진다.

"심각한 지경이었다던데."

"누구 얘기냐?"

"가메야 후처 사타에 씨의 전남편 구리하시 분조 의원이요."

짱구가 의원과 약방을 돌아다니며 그에 대한 평판과 죽음 전후의 상황에 대해 탐문했다고 한다.

"역시 알아보았느냐?"

"예, 마사고로 씨는 빈틈이 없잖아요."

유미노스케는 자기 일인 양 턱을 내밀며 으쓱했다.

"저도 거의 함께 다녔는데, 구리하시 의원의 좋은 평판과 나쁜 평판은 어디에서나 반반씩이었어요."

친절하고 맥을 잘 보는 명의라는 평판과 술 좋아하고 술버릇 고약하다는 악평이다.

"선생이 사망한 상황에는 수상한 점이 없었어요. 실은 당일 밤 현장 옆에 있던 집에서 풍덩 하는 물소리를 들은 사람이 몇 명 있었습니다."

그들은, 이게 무슨 소리지? 하고 처마 밑이나 창가로 나와서 야음 속을 살펴보았다.

"쥐 죽은 듯 조용했답니다. 사체 머리에 혹이 있었다고 하므로 구리하시 선생은 떨어지다가 운 나쁘게 머리를 부딪쳐 기절을 하는 바람에 버둥거리거나 헤엄을 칠 수 없었겠죠."

가메야의 후미노도 같은 이야기를 했었다. 다만, 그때의 표정에는 개운치 않은 무엇이 있었다.

"물론 다른 사람이 보이거나 하지도 않았대요."

"누가 도망치는 듯한 발소리도—."

"못 들었다고 합니다."

흐음. 그렇다면 가메야 신베가 살해된 원인은 역시 다이코쿠야에서 지낸 시절에 있다고 범위를 좁혀도 좋지 않을까. 구리하시 분조의 횡사와 사타에가 가메야의 후처가 된 것에는 특별한 원한이 깃들만 한 여지가 보이지 않으니까 말이다.

"하지만 이모부." 유미노스케는 헤이시로를 돌아다보았다. "아버지의 죽음과 관련해서 후미노 씨가 사타에 씨에게 보내는 눈초리에 무엇이 숨어 있느냐는 좀 더 자세히 조사해 봐야 할 듯해요."

지당한 말이다. 그 뒷맛을 남기는 말투에는 어딘지 개운치 않은 무엇이 있었다.

"어쨌거나 가족인데."

저도 모르게 탄식하는 헤이시로에게 유미노스케도 탄식으로 응했다.

"저는 자식이 인륜에 어긋나는 짓을 저지르면서까지 부모에게 반항하려고 하는 모습을 얼마 전까지 지켜봤어요."

부자지간이라도 방심할 수는 없다. 씁쓸하게 고개를 끄덕이는 헤이시로를 유미노스케가 올려다보았다.

"그런데 이모부, 시원한 참외 파는 데는 아직 멀었나요?"

11

다이코쿠야大黑屋의 주인 이름은 도에몬이라 한다.

헤이시로는 머릿속이 지극히 소박해, 옥호로 미루어보건대 주인은 대흑천大黑天처럼 어깨가 듬직하게 벌어진 인물이겠구나 하고 막연히 짐작했지만 실물은 딴판이었다. 키가 작다거나 비쩍 말랐다는 뜻이 아니라 전체적으로 작다. 여기에 주름살까지 자글자글했다면 모토미야 거사와 몹시 흡사했을 것이다. 나이는 가메야의 신베와 비슷할 테지만 십 년은 더 들어 보인다. 헤이시로는 신베의 얼굴을 사체로밖에 보지 못했지만 비록 사체였더라도 미녀에 둘러싸여 살던 남자 쪽 피부가 조금은 더 촉촉했던 것 같다.

다만 도에몬도 얼굴만은 둥글다. 게다가 어린애가 나뭇가지로 땅바닥에 낙서라도 해 놓은 듯한—얼굴 생김 전부를 선 하나로 그릴 수 있을 듯한—이목구비는 보는 이로 하여금 절로 미소를 짓게 하는 묘한 애교가 있었다. 고헤이지에 따르면 세상에는 길을 묻기 편한 얼굴과 차마 묻기 힘든 얼굴이 있다고 하는데 다이코쿠야 도에몬은 틀림없이 전자다. 아장아장 걷는 어린애라도 이런 얼굴을 보면, 아, 무서운 아저씨는 아니구나, 라고 생각할 것이다.

다만 그의 실눈이 눈물에 젖어 끔뻑끔뻑할 때마다 눈초리가 축축해 보이는 바람에 가련하다면 가련하고 궁상맞다면 궁상맞은 느낌이 든다는 점이 안타깝다고 할까. 잘나가는 약방 주인답게 에치젠스미나가시_수면에 먹물을 떨어뜨렸을 때 나타나는 무정형의 무늬를 그대로 염색한 것으로, 결코 동일한 문양이 나올 수 없다는 특징이 있다_ 무늬의 칙칙한 기모노와 하오리, 하카타 견직으로 짠 최고급 오비를 맞춰 입었지만 전혀 관록이 없어 보인다. 마치 갑자기 맞선을 보게 된 고참 지배인이 주인한테 옷을 빌려 입은 듯한 모양새다.

헤이시로는 오토쿠야 이층의 다다미방에는 처음 올라와 본다. 오토쿠가 모토미야 겐에몬에게 빌려 주면 어떨까 생각하는 방인 만큼 평소에는 비어 있어서 가구나 집기가 보이지 않는다. 청소는 말끔하게 되어 있고 어디선가 새콤달콤한 향기가 났다. 비워 둔 다다미방 특유의 퀴퀴한 냄새를 없애기 위해 뭔가 궁리를 한 듯하다.

다이코쿠야 도에몬은 점원 하나를 데리고 왔지만, 이층 방으로 올라올 때는 그를 돌려보내고 혼자 남았다. 맞이한 측은 헤이시로와 마지마 신노스케, 마사고로, 짱구까지 모두 네 명이고, 크게 말할 수는 없지만 맹장지 너머 세 첩짜리 방에는 유미노스케가 숨어 있다.

오토쿠는 일동을 안내하자 차를 가져다 놓고 바람처럼 사라졌다.

도에몬이 다다미에 양손을 짚었다.

"이번 사태로 나리들에게나 행수님에게 수고를 끼쳐 드려서 황송할 따름입니다. 이 다이코쿠야 도에몬, 간곡히 용서를 빌며 간절히 사죄 말씀을 올립니다."

서두가 길어질 눈치라 헤이시로가 얼른 막았다.

"신경 쓰지 말게. 보다시피 편안한 자리야. 딱딱한 인사는 그만두자고."

그래도 도에몬은 여전히 고개를 조아린다. 하지만 몇 번인가 고개를 조아리다가 조금 전부터 몹시 흥미롭다는 듯이 그를 뜯어보고 있는 짱구 산타로와 눈이 마주쳤다.

조아린 몸이 문득 풀린다.

"나리."

"뭔가?"

"이 아이는―."

어째서 이런 아이가 동석했는지 의아해한다.

"제 수하로, 서기 노릇을 하고 있습니다." 마사고로가 정중하게 대답했다. "있으나 없으나 표 나지 않는 아이니까 신경 쓰지 마십시오."

"아, 예, 그렇습니까."

정작 짱구는 신기하다는 듯이 도에몬의 얼굴에 시선을 못 박고 있다.

도에몬이 빙긋이 웃었다. "이 아이가 아마 이 몸의 실눈이 영 신기한가 봅니다."

헤이시로들은 일제히 짱구를 쳐다보았다. 짱구 얼굴이 벌게진다. 헤이시로도 같은 심정이었으므로 왠지 반갑다.

도에몬은 특별히 기분이 상한 눈치도 아니다. 게다가 밝게 웃으며 눈을 더욱 가늘게 떴다.

"젊을 때부터—그러니까 이 아이보다 더 어릴 적부터 저는 실눈, 실눈, 하고 불렸습니다. 가게에서도 이름을 부르는 사람은 아무도 없었습니다. 그냥 실눈이란 이름으로 통했습니다."

그렇게 말하면서 쑥스러운 듯이 자꾸 귀를 만진다.

"제 입으로 말하기는 뭣하지만 사실 이렇게 좁은 눈도 드물지요."

그래도 도련님 얼굴은 잘 보입니다, 하고 짱구에게 웃음을 지어 보인다.

"미안하지만 지금 그 얘기 말인데," 신노스케가 손을 가볍게 쳐들며 끼어들었다. "예전에 다이코쿠야에서도 실눈이라 불렸나?"

"예, 그렇습니다."

"그러나 당신은 전부터 가게를 상속할 후계자였잖아. 점원들이 그렇게 함부로 부를 수 있나? 뒤에서 하는 험담이라면 몰라도 당신 앞에서 대놓고 그렇게 불렀나?"

당신이라는 정중한 말이 황송했는지 도에몬은 뼈가 불거진 어깨를 조아렸다.

"저는 양자였습니다."

도에몬은 다이코쿠야의 선대 주인 도에몬의 조카뻘이었다고 한다.

"이 집안의 주인은 대대로 도에몬이란 이름을 써 왔습니다. 제가 7대째입니다. 조금 번거롭지만 이제부터 선대를 도에몬, 저는 젊은 시절의 이름인 나오이치라고 해도 괜찮을는지요."

무방하다. 일동은 그러라고 했다.

"서기 도련님은 제가 이렇게 술술 이야기해도 다 받아 적을 수 있습니까? 필기구를 꺼내시는 게 좋을 듯합니다만."

꽤 세심한 사람처럼 보인다.

"이 아이는 머릿속에 적어 두니까 필기구는 필요 없습니다." 마사고로는 목례하며 말했다. "그러니까 다이코쿠야 씨, 오늘 이 자리에서 나온 이야기는 글로는 남지 않습니다. 안심하시지요."

맹장지 너머에서는 유미노스케가 요점을 기록하고 있을 테지만, 그거야 그의 필요에 따른 일이고, 짱구가 기억을 살릴 때 목차로 이용될 뿐이므로 무시해도 좋을 것이다.

"황송합니다." 다이코쿠야의 나오이치도 고개를 숙여 응했다. "실은 아까부터 도련님 얼굴을 보고 있자니 처음 다이코쿠야에 들어갔을 때의 제 모습이 떠올라 왠지 가슴이 아릿해지고 말았습니다."

실눈이 웃는다. 눈초리가 눈물로 젖어 있다.

"다이코쿠야에는 몇 살에 들어갔나?" 하고 헤이시로가 물었다.

"열 살 때였습니다." 나오이치는 부드러운 선을 그리는 실눈을 짱구에게 향했다. 짱구가 살짝 미소로 답한다.

"이제부터 이 몸의 부끄러운 과거를 말씀드리게 되겠지만, 나리께서 묻는 내용과도 관계가 있는 얘기이므로 실례를 무릅쓰고 말씀드리겠습니다."

나오이치의 모친은 선대 도에몬의 누이동생으로, 대단한 말괄량이였는지, 열다섯 나이에 아비 없는 아이를 임신하여 가족들을 기함하게 했다. 그렇게 태어난 아기가 나오이치다. 아비가 누구인지는 아직도 모른다. 나오이치 본인도 아버지가 허우대 멀쩡한 수습 배우였다는 이야기를 선대 부부에게 얼핏 들은 적이 있다고 한다.

"한심한 짓을 저지르기는 했지만 그래도 어머니는 곧 혼담이 들어와 다른 집으로 시집을 갔습니다."

시집간 곳은 에도에서 먼 지방이었다. 처녀 시절에 저지른 연애 소동에서 멀리 떨어뜨려 놓으려는 주위의 의도가 있었으리라.

"세상 사람들 이목을 걱정해서 저는 태어나자마자 먼 친척 집으로 보내졌습니다. 해서 저는 어머니 얼굴을 모릅니다. 그 뒤로 만나 본 적도 없습니다. 선대가 건강하셨을 때 다이코쿠야에서 어머니 이야기는 금기였습니다. 선대께서 화를 내셔서요."

알 것 같다고 헤이시로는 생각했다.

선대에게 다시 선대에 해당하는 주인 내외는 나오이치의 어머니에게 부모가 되므로, 아무리 세상 이목이 두려워 멀리 시집을 보냈다고 해도 늘 마음에 걸렸을 것이다. 하지만 대가 바뀌어 주인이 된 선대 도에몬은 나오이치에게 외삼촌에 해당한다. 장가를 들어 가정을 꾸리면 다이코쿠야 주인이란 얼굴과 남편이란 얼굴과 아버지란 얼굴을 함께 가지게 된다. 가게를 지키기 위해서라도 부끄러운 행실을 저지른 누이동생한테 신경을 쓰고 있을 수 없다. 그뿐인가, 성인이 되기 전에 색에 눈을 떠 아비 없는 자식을 낳고 부모 얼굴에 똥칠을 하고 말썽만 피운 누이동생을 미워하고 있을지도 모른다.

그렇다면 나오이치는 외로운 처지가 아닌가.

신노스케가 겨드랑이에 손을 찌른 채 귀를 기울이고 있다. "그래도 선대는 열 살이 된 당신을 다이코쿠야로 불러들였군—."

삼촌으로서 시골에 떨어뜨려 놓은 조카가 조금은 걱정되었을까?

"선대의 선대께서 돌아가실 때 나오이치를 잘 부탁한다는 유언을 남기셨다고 합니다."

그래서 불러들였을까? 점원으로.

"시골 양부모는 좋은 분들이었지만, 아무래도 너무 가난해서······ 그날그날 끼니를 잇기에 바빴습니다. 모처럼 삼촌이 그렇게 말씀해 주시니 다이코쿠야에 점원으로 들어가는 편이 낫다면서 제 등을 밀어 주셨습니다."

그렇게 말하는 나오이치의 눈은 시작부터 젖어 있어서 마음을 읽기가 오히려 더 힘들었다.

짱구는 친한 사람을 올려다보듯이, 더 찬찬히 나오이치를 쳐다보고 있다. 헤이시로도 가슴이 콕콕 쑤시는 듯 아팠다.

마사고로만이 동요가 없다. "당시 점원으로 함께 일하던 사람들은 당신이 선대의 조카라는 사실을 알고 있었습니까?"

"몰랐을 겁니다. 선대도 아무 말 하지 않았고……."

"당신 입으로도, 아니지, 직접 말하기는 더욱 힘들었겠군."

말씀하신 대로입니다―하고 크게 고개를 끄덕이는 나오이치 앞에서 헤이시로는 내심 목소리를 높이고 있었다. 아니, 그런 처지라도 떠벌리는 놈은 떠벌려. 나는 너희랑 똑같은 점원이 아니야, 실은 주인의 조카란 말이다, 하며 으스대는 놈은 으스댄다. 말려도 꾸짖어도 그런 말은 참지 못한다. 그게 사람의 마음이다.

하지만 나오이치는 그런 기질이 아니었다. 마사고로는 그것을 간파하고 있다.

"그래서 한참 후에 제가 양자가 된다는 말이 나왔을 때는 다들 놀랐습니다."

뒤통수를 얻어맞았다고 섭섭해하는 점원도 있었다고 한다.

"좀 더 일찍 말해 주었으면 그에 걸맞은 대접을 해 주었을 거라는 말인가?" 하고 헤이시로는 저도 모르게 실소를 터뜨렸다. "실눈, 실눈, 하고 놀리지도 않았을 텐데 하고?"

나오이치는 곤혹스러운 듯이 눈초리를 늘어뜨렸다. "지금 생각하면 실제로 갑작스러운 일이었고 미안한 점도 있습니다."

그러나 사정이 사정이었다.

선대 도에몬에게는 딸 둘과 아들 둘이 있었다. 다행히 네 자식 모두 잘 자랐지만 위로 딸 둘을 시집보낸 뒤, 아래로 두 아들이 잇달아 가슴 병을 앓아 장남은 반년쯤 자리보전을 하다가 세상을 떴다. 그

때 겨우 스무 살이었다.

　게다가 차남도 회복은 했으나 병약한 체질이 되어, 틈틈이 가업을 돕고는 있었지만 아무래도 위태로웠다. 약방의 후계자가 폐를 앓아 번번이 자리에 드러눕는다면 사람들이 손가락질을 해도 대꾸할 말이 없다—라고 생각하고 있는데, 이 차남도 결국 스무 살이 되기 전에 병으로 세상을 뜨고 말았다.

　후계 문제를 어떻게 하나. 이제 와서 딸들을 불러들일 수도 없고.

　"그렇다면 차라리 나오이치를 앉히자는 말을 선대 안주인이 꺼내셨다더군요."

　선대 도에몬과 그의 누이동생에게는 다른 형제가 없었다. 달리 직계손이 없다. 먼 친척은 있으나 선대와 사이가 좋은 편이 아니었다. 다이코쿠야의 재산이 걸린 이야기이므로 잘못하면 역겨운 흥정이 벌어질 판이다.

　"선대는 시집간 딸에게 아들이 있었으므로 그 아이를—즉 손자를 다이코쿠야에 입적해서 집안을 물려주고 싶어 하셨습니다만."

　그러나 손자가 아닌가. 너무 어렸다. 아이는 일곱 살이 되기까지는 제 자식이 아니라는 말이 있을 정도로 언제 이승을 떠나 하늘로 올라갈지 알 수 없다.

　"그렇다면, 손자가 장성할 때까지는 임시방편으로라도 나오이치에게 물려주자, 그게 가장 좋겠다, 하며 안주인이 주선해 주셨던 것입니다."

　선대 도에몬은 반발했다. 약방의 기강이 어지러워진다는 이유에서였다. 어제까지 함부로 부리던 점원이 갑자기, 실은 주인과 핏줄이 닿는 자이므로 후계자가 될 거라고 하면 약방에서 일하는 자들이 혼란에 빠진다.

일리 있는 말이기는 하다. 하지만 선대 안주인은 남편을 끈기 있게 설득했다. 아들을 여의고 난 뒤에는 누구를 후계자로 삼아도 혼란이 일어나고 불만도 나온다. 애초에 지금까지 나오이치를 다른 점원과 똑같이 대접해 온 것이 잘못이다. 그 아이는 당신의 조카 아니냐. 지금이 그 잘못을 바로잡을 기회다. 갑자기 후계자로 앉히는 게 아니라 서서히 길들여 가면 될 일이다.

여전히 겨드랑이에 손을 찌르고는 있지만 신노스케가 문득 표정을 풀었다. "선대 안주인은 당신이 마음에 들었던 게로군."

실눈이 문득 쑥스러워했다. "아뇨, 그건……."

신노스케는 말을 이었다. "불평 없이 묵묵히 일하는 당신에게 믿음이 갔겠지. 불쌍하단 생각도 했을 테고."

헤이시로도 동감이었다. 선대 안주인은 뜻밖의 병마로 자식들을 여의고 말았다. 한없이 비통하게 지냈을 것이다. 그런 가운데 실눈 나오이치가 우직하게 일하는 모습에 어느새 마음이 움직였을지도 모른다.

"제가, 세상을 떠난 장남과 동갑이어서……."

마치 그게 유일한 이유라는 듯이 나오이치는 여전히 부끄러워하며 말했다.

그래도 선대 도에몬은 몹시 마뜩잖아했다. 길들이고 뭐고 가당키나 한가, 이런 일은 분명히 밝힐 때가 따로 있다고 하면서 그 뒤에도 나오이치를 평범한 점원으로 대했다. 아니, 오히려 전보다 더 냉랭하게 대했다고 한다.

　선대 안주인은 남편을 끈기 있게 설득하여 차남이 죽고 일 년이 지나서야 마침내 나오이치를 후계자로 삼을 수 있었다. 하지만 여전히 손자 중에 누군가 장성하여 다이코쿠야에 들어올 때까지라는 조건부였다. 부인이 남편을 설득하려고 꺼냈던 제안을 도에몬이 꼭 붙들고 물러서지 않았다고 한다.

　그럼 나오이치의 처지가 어렵게 되었겠군……. 턱을 끌어당기며 헤이시로는 생각했다. 나라면 사양할 텐데. 얼른 도망가겠지. 하지만 나도 형들이 도망치거나 일찍 죽은 탓에 넷째 아들 몸으로 부친의 직책을 물려받는 처지가 되었으니 남의 말 할 처지도 아니군.

　가업을 물려받는다는 것은 골치 아픈 일이다. 내 한 입 건사뿐만 아니라 다른 자들 생계까지 책임져야 하므로 부담스러운 것이다. 다이코쿠야에 비할 바는 못 되지만, 헤이시로도 주겐 고헤이지를 책임지고 있다. 물론 그 주겐은 이즈쓰 가가 몰락하더라도 일할 데가 없지는 않겠지만.

　"조금 앞지르는 이야기이긴 한데" 하고 마사고로가 끼어들었다. "손자를 양자로 들인다는 이야기는 지금 어떻게 되었습니까?"

　그렇지. 지금은 나오이치가 주인 도에몬이 되고 나이도 쉰에 가깝다. 임시방편이라면 너무나 길다.

　"그것이…… 따님들도 아들을 하나씩밖에 얻지 못해서요."

　두 딸이 시집간 집안도 상인 집안이므로 그쪽은 그쪽대로 후계자가 필요하다. 다이코쿠야에 양보할 여유가 없다.

　"저한테도 아들이 생겼는데, 다행히 건강하게 자라고 있어서……."

나쁜 짓이라도 저지른 자처럼 나오이치가 목을 움츠린다. "이대로 제 아들에게 약방을 물려주게 될 듯합니다."

"좋은 일 아닌가." 헤이시로는 너그러운 모습으로 말했다. "누가 뭐라고 하겠느냐. 엄연한 핏줄인데. 생판 타인이 끼어들어 집안을 가로챈 것도 아니잖나."

가로챘다는 말의 생생한 느낌에, 평소처럼 눈동자를 가운데로 모으고 암기를 하고 있던 짱구의 몸이 움찔거렸다.

"그렇군." 마사고로는 소리 나지 않게 무릎을 쳤다. "다이코쿠야 측에서 이번 사건으로 마음고생을 하고, 약방 점원들 귀에 얘기가 들어갈까 걱정하는 까닭은, 아드님께 이런 내력을 알리고 싶지 않기 때문이겠군요."

그러나 이미 다이코쿠야 안에서는, 가메야 신베의 죽음에 왕진고가 얽혀 있고, 나아가 그 제조원 '본가'라고 도드라지게 지목되고 있는 다이코쿠야도 살인 사건과 모종의 관계가 있지 않냐는 뒷말이 돌고 있었다.

뒤늦은 감이 없지 않지만 부모 마음은 이해할 수 있다. 헤이시로는 헤살을 놓지 않고, 그 대신 요란하게 손부채질을 하며 말했다. "푹푹 찌는군. 우리도 오늘은 검은 하오리를 입지 않았다. 다이코쿠야 주인도 하오리를 벗으면 어떤가. 기탄없이 얘기를 듣고 싶네. 편하게 이야기하게."

이 자리를 위해 오토쿠가 어련히 알아서 시원한 과자 같은 것을 준비해 놓지 않았을까. 근데 빨리 가져오지 않고 뭐하나, 하는 생각도 했다.

고맙습니다—나오이치는 다시 다다미에 이마가 닿도록 절을 하고 나서 고개를 들었다. 그렇게 봐서 그런지 실눈이 직선이 되어 보인다.

"제가 애를 끓이는 까닭은 약방 가메야의 주인 신베와 예전에 다이코쿠야에서 썩둑이로 일하던 규스케의 무참한 죽음 때문입니다. 나리들께서 묻고자 하는 바로 그 일이지요."

일동이 침묵을 지켰다. 신노스케가 고개를 끄덕인다. "가메야 신베도 독립하기 전에는 다이코쿠야의 썩둑이였지."

"예. 제가 점원으로 일할 때 친하게 지내던 동료였습니다."

나이는 나오이치가 두 살 아래다.

"규스케는 우리 두 사람보다 한참 어렸고, 숙달된 썩둑이가 아니라 수습이었습니다."

나오이치 얼굴에 어렴풋이 그늘이 진다.

"이번 사건의 뿌리에 있는 또 다른 사건을 저는 잘 알고 있습니다. 신베와 규스케가 누군가에게 살해된 것은 그 사건 때문이리라 저는 짐작합니다. 한참 지난 이야기입니다만."

이십 년 전의 일이다.

헤이시로가 하려던 말을 마사고로가 대신 해 주었다. "이십 년 전이라면 신베 씨가 다이코쿠야를 나와서 독립할 때로군요. 그때 서른 살이었답니다. 이건 신베 씨 따님한테 들은 이야기입니다."

"그렇습니다. 저는 스물여덟이었고 규스케는 열다섯이었습니다."

말하고 나서 나오이치는 실눈을 크게 뜨려는 듯한 표정을 지었다.

실제로 실눈이 크게 벌어지지는 않았지만.

"신베가 딸에게 옛날 일들을 들려주었다고 하던가요?"

"젊은 시절에 고생한 이야기는 들려준 모양이던데."

"그렇다면 부녀 간에 사이가 좋았나 보군요……."

나오이치의 말투에 망설임이 섞이는 것을 느끼며 헤이시로는 말했다. "뭐, 그냥 남들과 비슷한 정도였지. 하지만 딸도 아버지한테 섭섭한 마음이 없진 않았어. 아버지가 후처를 들인 일 때문에."

"이즈쓰 님, 그것은," 신노스케가 당황하며 막는다. 헤이시로는 멈추지 않았다.

"이제 신베는 이승에 없으니 자네가 새삼 얘기를 감출 필요는 없다는 말이야. 이런 이야기가 신베의 딸에게 전해지면 그 딸이 상처를 받겠구나, 뭐, 이런 염려도 할 필요 없네."

나오이치의 실눈이 꾹 닫혔다. 그리고 그 선이 다시 느슨해졌다.

"그렇군요. 저 따위가 지레 걱정할 필요는 없었군요."

이제 신베 씨도 없고—작은 중얼거림이 한숨과 함께 새어 나왔다.

헤이시로는 흠칫했다. 그 목소리에 담긴 슬픔이 심상치 않았기 때문이다. 물론 가메야에서도 점원들의 눈물과 비탄을 접했지만, 조금 전 그 한마디처럼 헤이시로의 마음에 깊이 울리는 말은 없었다.

"우리는 마음이 잘 맞는 동료였습니다." 나오이치는 말을 이었다. "서로 신 상, 나오 상이라고 불렀습니다. 규스케는 동생 같은 사람이라 부담 없이 심부름이나 허드렛일을 시켰지만 서로 아껴 주었지요."

규스케는 두 사람보다 한참 어리다. 신경을 써 줘야 할 대상이지만 편하게 심부름을 시킬 수도 있다.

"조금 전에 말씀드린 제 개인 이야기와 신베가 독립한 이야기를 합쳐 보면 잘 아실 수 있겠지만,"

신베의 독립과 나오이치가 선대 주인의 조카로서 정식으로 인정을 받고 임시방편이기는 하지만 다이코쿠야의 후계자로 정해진 것은 거의 같은 시기였다.

"제 처지가 바뀌리란 것은 그 반년쯤 전부터 점원들에게도 알려져 있었습니다. 선대 주인께서 점원들에게 다 이야기했거든요."

나오이치의 처지를 알자 신베는 몹시 놀랐다고 한다.

─이거야 원, 뒤에서 칼을 맞은 기분이군.

조금 기분이 상한 기색을 보이기도 했다.

"그래도 신베라는 사람은 아주 담백한 성격이라서 오래도록 마음에 두지는 않았습니다. 나오 상을 위해서는 아주 좋은 일이라며 기뻐해 주었고요."

─정말이지 너란 놈은. 왜 여태 말하지 않은 거야. 나라면 여기 처음 들어올 때부터, 나는 그냥 점원이 아니다, 주인의 조카로 제대로 대접해라, 하고 큰소리를 쳐 두었을 텐데.

그 시절이 그리운지 나오이치의 실눈이 웃고 있다.

"그렇게 물러 터져서는 후계자가 되어도 앞날이 걱정스럽다, 저 너구리 같은 지배인한테 함부로 휘둘릴 거다, 하녀들한테도 무시당한다, 고참 썩둑이가 은근히 괴롭힐지도 모르니 조심해라, 하고 아주 세세하게 충고해 주었습니다."

한편 신베는 몹시 낙담했다고 한다.

―낭패네. 이제 내 꿍꿍이는 완전히 물거품이 되고 말았어.

"꿍꿍이?" 신노스케가 눈썹을 쳐들었다.

"표현이 좀 그렇습니다만, 그렇게 말하더군요."

다이코쿠야의 장남이 죽고 차남이 자리보전하는 날이 잦아졌을 때 신베는 한 가지 야망을 품게 되었다.

언젠가 다이코쿠야의 상좌에 앉겠다는 야망이다.

"사악한 야망은 아닙니다. 썩둑이로 실력을 키워서 다이코쿠야에 꼭 필요한 점원이 되어 약방 관리를 맡고 싶다는 정도의 희망이었습니다."

―친척 중에서 양자를 들여 약방을 물려준다 해도 조제의 조 자도 모르는 사람이 갑자기 주인이 되면 약방이 잘 돌아갈 리 없다. 그런 시기가 오면 실력이 뛰어난 썩둑이가 힘을 행사하게 될 거다.

"상황이 유리하게 풀린다면, 주인 내외가 나를 좋게 봐서 양자가 아닌 양녀를 들여 나를 데릴사위로 삼고 가게를 물려주자, 뭐, 그런 일이 일어날지도 모른다고 생각했었지, 하고 웃더군요."

그런 야망도 나오이치 때문에 깨지고 말았다.

―맥이 풀리는군. 계획이 어그러졌어. 이렇게 되었으니 나도 고용살이 썩둑이로 살다가 죽고 싶지는 않아. 독립해서 내 가게를 차리고 싶은데 그게 그리 쉽지는 않겠지.

"신베의 기량은 좋았습니까?"

마사고로의 물음에 나오이치는 주저 없이 고개를 끄덕였다.

"성실하고 열심이었고 일처리도 차분했습니다. 적극적으로 배우려고도 했고 새로운 궁리도 하려고 노력했습니다. 제가 봐도 누구보다 뛰어난 썩둑이였습니다."

"그렇다면 독립도 그리 어려운 일은 아니겠지. 물론 주인의 허락이 필요할 테고 밑천도 필요하겠지만."

나오이치는 잠시 생각했다. 다음 이야기를 궁리하는 듯하다.

"약방에는 저마다 '특기로 내세우는' 약이 있습니다."

가메야의 왕진고처럼.

"신베는 성실했지만 모험심도 강해서, 독립을 한다면 세상에 널리 알려질 만한 새로운 약을 개발해서 그걸 간판으로 삼고 싶다고 생각했습니다. 그 마음은 저도 이해할 수 있었습니다."

약방은 한 상품만 유명해지면 크게 버는 장사다. 굶을 염려가 없다.

─이제 나오 상은 주인한테 꼼짝없이 붙들려서 후계자 훈련을 받겠지. 많이 힘들겠군. 나야 속 편한 처지니 신약 개발에나 매진하겠어. 좋은 약을 만들면 다이코쿠야를 나갈 거야.

"저는 거지반 진지하게, 거지반은 건성으로 듣고 말았습니다."

신약 조제가 그리 쉬운 일이 아님을 두 사람 다 잘 알고 있었다.

"오히려 저는, 제가 정식으로─형편상 그리되었다 해도, 다이코쿠야 주인이 되면 신 상을 기꺼이 수석 조제인으로 앉히고 둘이서 다이코쿠야를 지켜 나가고 싶다는 바람이 있었습니다."

"신베에게 그런 이야기를 했나?"

신노스케가 물었다. 표정이 조금 날카로워졌다.

"분명하게 말한 적은 없습니다. 다만 규스케한테는, 그렇게 되면 얼마나 좋을까, 너도 일할 맛이 날 테고, 하며 역시 농담처럼 말한

적이 있습니다."

규스케도 눈알을 반짝였다고 한다.

"규스케는 썩둑이가 되겠다고 했지만,"

나오이치의 말투가 조금 흐려졌다. 기억을 떠올리는지 고개를 기울이고 있다.

"솔직히 썩둑이에 맞는 사람은 아니었습니다. 그 아이는, 뭐라고 할까…… 손재주도 있고 본인도 열심히 배우려고 했지만 아무래도 매사를 대충대충 한다고 할까, 경솔한 구석이 있었습니다."

규스케는 열두 살에 점원으로 들어와 당시 삼 년차였다. 썩둑이 수련은 이제 막 시작한 참이라 사환이나 다름없는 처지였다. 그 시점에 일찌감치 그런 결점을 드러내고 있었다면 역시 맞지 않는 사람이었을 것이다.

"신베와 저는 오히려 규스케가 앞으로 단단히 마음먹고 자신의 부족한 점을 고쳐 나가지 않으면 썩둑이는 고사하고 쫓겨나기 십상이라고 걱정했을 정도입니다."

마사고로가 헤이시로를 힐끔 쳐다보며 뭔가 묻는 표정을 지어 보였다. 무슨 말을 하고 싶었는지 알 수 있었다. 헤이시로도 같은 생각을 했으니까.

이십 년 뒤 규스케는 심장을 앓았다. 열일곱 살에 다이코쿠야를 나온 뒤에도 썩둑이 수련은 계속했고, 그 비슷한 일을 생업으로 삼고 있었다. 자기 병에 필요한 약도 직접 조제했던 듯하다.

그러나 그 엉성한 기질은 고치지 못한 게 아닐까. 규스케가 조제한 약이 전혀 효과가 없진 않았겠지만, 그게 뭐든 효력이 있었기 때문에 도리어 더 나빴던 것은 아닐까. 그의 몸은 어째선지 피가 쉽게 응고되게끔 되었다. 그가 조제해서 먹은 약이 오랜 세월 동안 그의 몸을 그렇게 바꿔 버린 게 아닐까.

나오이치는 오토쿠가 권했지만 손도 대지 않고 있던 찻잔에 그제야 손을 뻗었다. 매끄럽게 잡지를 못한다. 손이 떨리고 있다.

마침 머릿속으로 이야기를 암기하던 짱구의 눈이 제 모습을 찾은 참이라, 짱구는 그 모습을 보고 놀라고 있었다. 마사고로 걱정스러운 표정으로 몸을 앞으로 내밀었고, 신노스케는 미간의 주름을 깊게 잡았다.

결국 나오이치는 찻잔 들기를 포기하고 손을 무릎 위로 돌려놓았다.

"아아, 못난 모습을 보여 드려서 죄송합니다."

안색이 달라졌다. 상냥하던 실눈이 일그러져 있다.

"그 사건을 잊은 적이 없습니다. 단 하루도요. 이렇게 입에 올리기는―지난 이십 년 이래 처음입니다. 머릿속에 떠오르는 일들이 숨통을 조이는 것 같습니다."

그 정도로 꺼림칙한 일인가.

나오이치는 잠시 주먹을 꼭 쥐고 고개를 숙인 채 마음을 추슬렀다. 일동은 마른침을 삼키며 그를 지켜보고 있다.

"약장사는 아홉 곱 장사라고들 합니다."

약 가격은 원가의 아홉 배다, 약방은 그만큼 이윤이 높은 장사를 한다는 말이다.

"물론 약은 비쌉니다. 다만 약방에서도 무턱대고 비싸게 파는 것은 아닙니다. 조제에는 지혜와 기술이 필요하고 무엇보다 일손이 필요합니다."

약연이든 절구든, 한 가지 약을 조제하고 나면 바로 씻거나 청소해야 한다. 여러 약재가 마구 섞여서는 안 되기 때문이다. 생약의 재료가 되는 식물이나 씨앗을 잘게 써는 날붙이들도 마찬가지다. 사용하면 바로 씻는다. 매일이 그 반복이다. 약재 정리나 분류, 관리에도 신경을 써야 한다. 보관 방법이 나쁘면 약재는 금방 부패하거나 곰팡이가 슨다.

조제한 약을 싸는 종이를 자르거나 탕약을 담는 봉지를 준비할 때도 자칫 실수를 하면 약에 티끌이 섞일 수 있으므로 신경을 많이 쓴다. 요컨대 조제라는 작업의 주변에는 잡다한 일들이 산더미처럼 기다리고 있는 것이다.

"그래서 약방에는 의외로 점원이 많습니다. 매장은 작아도 거기서 일하는 일손은 많지요. 그만큼 삯도 필요하고—."

고용한 점원이 약방 작업을 감당하지 못할 만큼 산만한 사람이면 바로 해고된다. 따라서 조제를 맡은 썩둑이는 바뀌는 경우가 드물지만 그 밑에서 일하는 자들은 교체가 잦다고 한다.

"규스케도 그런 쪽이었나?"

헤이시로가 저도 모르게 불쑥 묻자 나오이치는 고개를 떨어뜨렸다.

"그자는 다이코쿠야를 떠난 뒤에도 계속 썩둑이 일을 했다더군."

고개를 숙인 채 나오이치는 끄덕였다. "예, 압니다. 오 년쯤 전에 다이코쿠야에 찾아온 적이 있습니다."

이 말에는 일동이 모두 놀랐다. 짱구도 눈을 휘둥그레 뜬다.

"자네를 찾아서?"

"예. 가게 앞에 손님처럼 찾아와서⋯⋯."

여기 주인에게 예전에 신세를 많이 진 몸이라 간만에 찾아와 봤다고 하므로 눈치 빠른 지배인이 나오이치에게 보고했다고 한다.

"몰골이 말이 아닌 것이, 형편이 어려워 보였습니다. 수종을 앓고 있지 않았나 싶은데."

역시 첫눈에 알아본 듯하다. 그 말에 마사고로가 고개를 끄덕였다. "그때부터 이미 건강이 많이 나빴군요."

"본인도 잘 알고 있는 모양이었습니다."

그가 찾아온 까닭은 역시 돈이 필요해서였다.

"저는 그 사람을 얼른 안쪽 방으로 들이고 점원들 모르게 몇 푼 쥐어 주었습니다. 규스케는 고맙다, 이제 궁기를 면하게 생겼다면서 연방 인사하더군요."

물론 나오이치는 규스케에게 요즘 어떻게 사느냐고 물어보았다. 규스케는 어물쩍 넘겼다.

"옛날 일도 있고 해서 저는—나름대로 짐작을 하고."

말하기 곤란한 듯이 나오이치의 목이 꺽꺽댄다.

"규스케에게 다시 다이코쿠야에서 일할 마음은 없느냐고 물었습니다. 그 사람이 매달리면 도와줄 수도 있다고 생각하고서 했던 말입니다."

하지만 규스케는 고개를 가로저었다.

―가게에서 일하는 건 싫다. 무섭다.

그렇게 말했다고 한다.

나오이치의 입에서 흘러나온 말에 일동은 저마다 복잡한 생각들을 곱씹었다. 싫다는 말은 이해할 수 있다. 하지만 무섭다니, 뭐가 무섭단 말이지?

나오이치가 말하는 '옛날 일'—그것인가?

"신 상은 만나 봤나? 이제 찾아갈 참인가? 저는 그것도 물어보았습니다. 마음에 걸려서요."

규스케는 이 물음에도 아니라고 대답했다.

—나오이치 형님, 아니, 이제는 도에몬 님이군요. 당신보다 신베 씨가 무서워요. 무슨 짓을 할지 알 수 없잖아요. 함부로 찾아갈 수는 없지요.

"규스케는 저도 조금쯤 무서워하고 있었는지 모릅니다. 돈을 품에 찔러 넣더니 바로 떠나더군요."

그 뒤로 다시 찾아온 적은 없었다.

"다이코쿠야."

일동이 침묵하는 가운데 마지마 신노스케가 입을 열었다.

"예전 후배가 훌륭한 약방의 주인이 된 선배에게 살기가 힘들어 손을 벌렸다면, 물론 못나 보이기는 해도 한 번이고 두 번이고 세 번이고 부탁한다고 해서 이상한 일은 아니지. 하지만 지금 말을 들어 보면 신베와 규스케와 자네 사이에는 그냥 선후배 사이로 끝나지 않는 인연이 있어 보이는군."

당신이라는 호칭이 자네로 변했다.

"보다시피 나는 마치 관리로서는 신출내기네. 이즈쓰 나리의 노련함도 없고 마사고로의 연륜도 갖추지 못한 몸이야."

"검술은 일류잖나." 헤이시로가 냉큼 장난스럽게 받아쳤다. 다이코쿠야 나오이치가 식은땀을 흘리며 몸을 조아리고 있는 모습이 딱해 보였기 때문이다.

신노스케는 헤이시로의 말에 개의치 않고 다이코쿠야를 똑바로 바라보았다.

"나같이 젊은 사람은 이런 상황을 지그시 참고 있지 못해. 그래서 대놓고 묻겠다. 너희 셋은 이십 년 전에 무슨 짓을 했지? 셋이서 꽁꽁 숨겨야 하는 죄를 저지르기라도 했나? 대체 무슨 짓을 한 거야?"

작은 체구에 부드러운 목소리, 실눈을 한 다이코쿠야 주인이 헤이시로 면전에서 몸을 떨고 있다. 이마가 손등에 닿도록 고개를 푹 숙이고 어깨가 굳어 버린 그 모습. 몸을 벌벌 떠는 까닭은 그의 내부에서 나오이치였던 자신과 도에몬이 된 자신이 격렬하게 다투고 있기 때문이 아닐까? 다 털어놓자. 그러려고 온 것이다. 아니 잠깐만. 털어놓는다면 대관절 뭐라고 말할 건데? 아직은 발뺌할 수 있다.

과거를 두려워하는 나오이치와 현재의 위치를 잃을까 두려워하는 도에몬이 씨름하고 있다. 격돌하고 있다.

결국 나오이치가 이겼다. 손바닥으로 얼굴을 가렸지만 그의 실눈이 한껏 벌어졌음을 헤이시로는 알 수 있었다. 자신의 옛날을 직시하고 있겠지.

"사람을—."

짱구의 눈동자가 위태로워 보일 정도로 가운데로 쏠린다.

"사람을, 죽였습니다."

마사고로의 조용한 숨소리가 들려온다.

"누구를?"

신노스케가 묻는다.

"다이코쿠야의—썩둑이입니다."

신노스케가 몸을 흠칫하며 눈을 휘둥그레 뜬다. "왜?"

나오이치는 두 손으로 머리를 감쌌다. 허리를 꺾어 다다미에 엎드리고 헛구역질을 하면서, 위장에 든 것을 게워내듯이 말했다.

"왕진고입니다. 모든 게 다 그 약 때문입니다!"

그 약의 조제법을 훔쳐내고 그 비밀을 지키기 위해서.

"그걸 궁리하고 처방을 만든 썩둑이를 저희 셋이 달려들어 죽여버린 겁니다!"

12

그때였다.

와장창, 땡그랑!

맹장지 너머에서 요란한 소리가 났다.

마지마 신노스케가 한쪽 무릎을 세우며 칼자루를 쥐려고 했다. 그 손을 마사고로가 막았다. 굵은 눈썹이 처지고 입가가 휜 것이 아무래도 웃음을 참고 있는 듯하다. 그 옆에서는 짱구가 눈동자를 가운데로 모으고 있다. 다이코쿠야 주인은 바닥에 납작 엎드린 자세에서 고개만 살짝 들었다. 거북이 새끼 같다.

헤이시로가 한 손으로 긴 얼굴을 가렸다.

"잠깐 실례."

마사고로가 가볍게 일어나 맹장지를 스르륵 열었다. 오르막 계단이 끝나는 반 첩도 안 되는 마룻바닥에 오토쿠가 엎어져 있다. 바닥에는 소접시 몇 개가 엎어져 있고 우무 덩어리를 손으로 찢어 놓은 듯한 것이 흩어져 있다. 걸쭉한 무언가도 쏟아져 있다. 흩어져 있는 노란 것은 콩가루인가?

"죄, 죄송합니다, 법석을 떨어서."

황급히 손으로 바닥을 쓸면서 오토쿠가 어린 아가씨처럼 울상을 짓는다. 헤이시로는 가만히 일어나더니 짱구 옆을 지나 오토쿠가 기어 다니는 곳으로 가서 쪼그리고 앉았다.

"이건 뭐야? 냄새가 달콤한데?"

"치, 칡과자예요, 나리. 아, 행수님, 그냥 두세요, 손 더러워져요."

오토쿠가 얼굴이 새빨개져서 거들려고 하는 마사고로를 밀어낸다. 그러면서도 손은 창피함에 바들바들 떨고 있어서 영 뜻대로 움직이지 못했다.

아주머니, 아주머니, 하고 아래층에서 부르는 소리가 났다. 밑을 내려다보니 낡은 수건 뭉치를 들고 뛰어 올라오는 사람은—.

"오, 히코이치 아닌가."

오토쿠의 지인으로, 고비키초 6초메에 있는 요릿집 이사와야의 수석 조리사—말하자면 주방장이다. 기량이 출중하고 인품도 좋다. 작년 초가을부터 연초까지는 오토쿠의 장사를 거들며 요리 선생 노릇을 하기도 했다. 유미노스케가 장난삼아 '요리 스승'이라고 부르자 몹시 겸연쩍어하던 기억이 난다.

"뭐야, 자네 여기 와 있었나? 오래간만이네."

"예, 그간 격조했습니다. 나리께서는 더 건강해 보이십니다요."

인사를 하면서도 히코이치는 바닥에 떨어진 음식을 얼른 치우고 수건으로 닦는다.

헤이시로는 오토쿠가 얌전히 들고 있는 쟁반 위에서 손가락으로 뭔가를 집어서 입안에 던져 넣었다. 매끈매끈하고 살짝 달콤하다.

"아이고, 안 돼요, 나리. 바닥에 떨어진 걸 드시다니!"

"아, 맛 좋다."

"오토쿠 씨, 아니, 오토쿠야 주인이 손수 만든 칡과자입니다."

히코이치가 말했다. 그러고는 맹장지 너머 방에서 깜짝 놀라 이쪽으로 고개만 돌리고 있는 세 사람에게,

"안녕하십니까. 이거 소란을 피워서 정말 죄송합니다."

다시 차려서 금방 대령하겠습니다요—하며 살갑게 웃는 것도 잊지 않는다.

헤이시로는 쪼그려 앉은 자세 그대로, 히코이치가 깨끗이 닦아 놓은 마룻바닥으로 냉큼 자리를 옮겼다. 말없이 눈짓하자 마사고로가 금방 알아채고 맹장지를 닫는다. 산타로, 일단 쉬어도 괜찮다, 하는 목소리가 들렸다. 짱구가 여전히 눈을 모으고 있었던 모양이다.

"천하의 오토쿠도 놀랐나 보지?"

작은 목소리로 놀렸다. 오토쿠의 홍조는 금방 희미해졌지만 고개를 끄덕이는 그녀의 눈초리에 표독한 기운이 감돈다.

"근데 너무하잖아요? 갑자기 누굴 죽였다는 얘기가 나왔으니."

방 안에 들릴락 말락 할 정도로 목소리를 죽여서 말한다. 누구에게 목이라도 졸리는 듯한 목소리다.

"하필 그때 올라올 게 뭔가. 그보다, 빨리 간식 좀 먹게 해 줘. 남겨 둔 거 있겠지?"

나도 거들지, 하며 헤이시로는 오토쿠와 히코이치를 채근해 아래층으로 내려갔다. 가게에서는 오산과 오몬이 위층을 살피고 있었다.

"너희, 자꾸 그렇게 목을 빼고 있으면 료고쿠 히로코지의 천막 극장에 팔아 버린다. 찬 가게의 기린 모가지 아가씨들이 왔어요, 다들 와서 구경하시오, 하고."

아가씨들은 웃긴 했지만 언니인 오산은 아무래도 걱정이 되는지, "아주머니, 요란한 소리가 나던데, 괜찮으세요?" 하고 묻는다.

"소리가 근사했지? 너희, 몰랐구나. 그거 오토쿠의 숨겨 둔 재주란다. 궁둥이 북이라고."

"또 쓸데없는 말씀!"

화를 내는 오토쿠에게 히코이치가, 역시 오토쿠야는 떠들썩해서 좋아요, 하고 꽤 즐거운 얼굴로 말했다. 동생인 오몬도 꿀물에 푹 젖은 수건을 나무통에 던져 넣고 우물가로 걸어가면서 손으로 입을 가리고 웃는다.

"그런데 히코이치, 다시 여기서 일할 참이냐? 이사와야에 또 불이 나진 않았을 테고."

히코이치가 오토쿠와 알게 된 것은 이사와야가 대형 화재에 휩쓸린 탓에 재건축 공사를 하고 있을 때였다. 일할 곳을 잃고 빈둥거리던 히코이치는 오토쿠의 조림을 우연히 맛보고 그 맛에 감격하여 이

가게에 드나들게 되었다. 그러다가, 이사와야 재건축 공사가 끝나도 그 요릿집으로 돌아가지 않겠다, 이제 여기서 오토쿠 씨를 도와서 찬 가게를 하겠다, 라고 말했다. 그가 그렇게 작심한 데는 나름의 사정도 있어서 한참을 두고 고민했던 것이다.

하지만 여차여차한 사정으로 히코이치는 다시 이사와야로 돌아갔다. 그 뒤로 헤이시로는 그와 만날 기회가 없어서, 히코이치가 예전 생활로 돌아간 줄로만 알고 있었다.

"이사와야는 무사합니다. 덕분에 장사도 잘되고 있습니다. 그래서 이제 저는 그만둘까 합니다."

"이 사람도 덩달아 쓸데없는 말을 하네!"

오토쿠가 화를 펄펄 내며 새 칡과자를 소접시에 담았다. 히코이치는 옆에 서서 작은 주발에 있던 콩가루를 보기 좋게 뿌리고 있다.

"이사와야로 돌아간 지 일 년도 안 됐잖아. 그렇게 궁둥이 가벼운 남자는 우리 가게에서도 못 버텨."

"아, 예, 예. 아주머니가 변함없이 엄하시네요."

히코이치의 웃는 얼굴에 오토쿠야에 대한 존경심이 엿보인다.

"이 칡과자를 해 보려고 히코이치 씨더러 와 달라고 했어요."

오산이 솥 옆에서 땀이 밴 얼굴을 감물 먹인 부채로 부치며 말했다. "모토마치의 커다란 약방 주인이 오신다니까 아주머니가 귀한 과자를 준비해야겠다 하시면서."

"아니, 나리들께 드리고 싶었기 때문이겠죠. 그렇죠?" 하고 히코이치가 말한다. "만드는 방법은 별로 어렵지 않아요. 다음부터는 아주머니 혼자서도 금방 만드실 수 있을 겁니다. 오산도 배워 두면 좋을 거야."

정말 여분을 남겨 두길 잘했네. 담아내기를 마치고 오토쿠가 그제야 숨을 돌린다.

"하지만 나중에 거사님하고 유미노스케 님한테 줄 게 줄어들었어."

유미노스케는 그렇다 치고, '거사님'이라니?

"누구?"

오토쿠가 시치미를 뗀다. "누구긴요, 모토미야 거사님이죠."

헤이시로는 주위를 빙 둘러보았다. "어디 있지?"

"유미노스케 님이랑 같이요."

오늘 모임이 결정되자 유미노스케가 노인을 부르러 갔다고 한다.

"모르셨어요, 나리?"

신노스케도 모를 텐데. 알고 있었으면 나한테 말해 주었겠지.

"오늘 아침 이른 시각에 도착해서 내내 위층 작은 방에서 기다리고 계셨어요. 여기서 중식도 드시고."

중식이라니. 아마 겐에몬이 쓴 말이겠지.

"유미노스케 님은 오늘 나올 얘기를 거사님이 꼭 들어야 한다면서 야단이었어요."

맹랑한 놈. 나한테 미리 한마디 해 두었으면 좋았잖아.

"그 벌로 그놈 찹과자는 몰수다. 내가 먹겠어."

이런 이런, 하며 무마하려는 듯 웃는 히코이치를 따라서 헤이시로도 위층으로 올라갔다. 히코이치는 찹과자 쟁반을 두 손으로 들고 있었으므로 헤이시로가 맹장지를 열어 주었다. 방 안에 있던 일동은 아까와 달라진 자세로, 얼이 나간 표정을 하고 있는 다이코쿠야 나오이치를 둘러싸고 어딘지 어색한 분위기를 자아내고 있었다.
"자, 맛있는 칡과자다. 조금씩 맛이나 보게."
헤이시로의 말에 히코이치가 접시를 나눠 주고 바지런하게 드나들며 곧 차를 가져왔다.
"모처럼 귀한 음식을 대접하겠다니 다이코쿠야 씨도 마지마 나리도 어서 드시지요."
마사고로가 웃는 낯으로 권한다. 짱구한테도, 오늘 호강하는구나, 하고 웃음을 지어 보였다.
"귀한 음식이다. 아주머니가 정성으로 만드셨으니 고마운 마음으로 들어라."
순진한 짱구는 기쁜 표정으로 소접시를 향해 손을 뻗으면서도 반대편 맹장지 칸막이 쪽을 힐끔 쳐다보았다. 그 너머에 유미노스케(와 모토미야 겐에몬)가 숨어 있기 때문이다.
"자, 다이코쿠야. 사양하지 말고 들게."
제일 먼저 칡과자를 맛보면서 헤이시로가 다시 권했다. 나오이치는 과거의 엄청난 죄를 자백한 순간 엉뚱한 소동이 벌어진 탓에 눈을 희뜩거리고 있었겠지만 공교롭게도 실눈이라 그런 기미가 전혀 보이지 않는다.
천천히 소접시를 들었지만 이쑤시개를 잡은 손가락이 희미하게 떨리고 있다. 헤이시로는 고개를 끄덕여 재촉했다. 체념한 듯이 조심스레 숨을 쉬며 나오이치는 칡과자를 입으로 옮겼다.
"정말 맛있네요."

신노스케가 천천히 음미하며 감탄했다.

"그렇지? 오토쿠도 참 대단해."

이쑤시개가 꽂힌 칡과자 하나를 눈높이로 들어 올리며 신노스케가 감탄했다.

"어떻게 만든 걸까요?"

차를 다 나눠 주고 문지방 앞에 무릎을 꿇고 앉은 히코이치를 헤이시로가 돌아다보았다. "묻잖나."

"솥에 똑같은 양의 갈분과 물을 넣고 거기에 물엿을 넣어 푹 달입니다. 적당히 걸쭉해지면 국자로 떠서 냉수에 넣어 재빨리 식힌 다음 수건에 얹어 물기를 뺍니다."

"여기 위에 끼얹은 꿀은?"

"그것도 물엿입니다. 빙사탕을 달여서 만듭니다. 과자 가게에서는 대개 갈분과 물을 섞을 때 물엿도 같은 양을 넣고 달이지만, 그렇게 하면 콩가루를 끼얹어 드릴 때 너무 메마른 느낌이 나니까 오토쿠야에서는 물엿의 양을 줄여서 나중에 끼얹었습니다. 이렇게 하면 손님들 취향에 맞는 단맛으로 마무리할 수 있거든요."

히코이치의 청산유수 같은 설명이 흐르는 동안 마사고로가 짱구를 귀엣말로 훈계했다. 이쑤시개를 그렇게 빠는 게 아니다. 자, 내 걸 하나 가져다 먹으렴.

"사설이 길었습니다요. 자, 천천히 드십시오."

히코이치는 고개 숙여 인사하고 나갔다. 방에는 물엿의 달콤한 향이 감돌고 있다.

나오이치는 한 손에 소접시를 들고 이쑤시개로 칡과자를 먹고 있다. 우물거리는 입 모양이 꾀죄죄하다. 이가 시원치 않은 걸까.

이 남자의 나이와 겪어 온 세월을 헤이시로는 문득 생각했다.

"—정말 맛이 훌륭합니다."

무심코 흘리듯이 나오이치가 말했다. 그의 입김에 콩가루가 훅 날아올랐다.

"이렇게."

실눈이 닫혀 선이 되었다. 그가 눈을 깜빡이자 눈꼬리에 고여 있던 눈물이 한 줄기 볼을 타고 떨어졌다.

"이렇게 맛난 과자는 생전 처음 먹어 보았습니다."

"오토쿠가 들으면 좋아하겠군. 하지만 아무리 그래도 과찬이겠지. 다이코쿠야에는 외국에서 건너온 물건도 많을 텐데, 재산이 그 정도면 에도의 명물 과자를 얼마든지 먹을 수 있잖나."

나오이치는 손에 든 소접시로 시선을 떨어뜨렸다. 지극히 아끼는 듯한 눈초리다.

"아뇨, 이즈쓰 나리. 지금까지 먹어 본 어떤 고급 과자보다 이 칡 과자가 더 맛있습니다."

오랜 세월 가슴에 쌓인 것을 토해낸 뒤에 느낀 맛이니까.

예전에 사람을 죽였다고 했다.

소접시를 내려놓고 나오이치는 자리를 고쳐 앉았다. 헤이시로의 얼굴을 실눈이 똑바로 쳐다보고 있다.

"이렇게 나리께 묵은 죄를 자백하자고 마음먹은 이유는, 자백을 하면 이 몸은 벌을 받아도 다이코쿠야의 재산은 무사하지 않을까 싶었기 때문입니다. 나아가 상황에 따라서는 저도 혹시 용서를 받을지 모른다는 염치없는 생각도 있었습니다."

신노스케의 표정이 차가워지고 있다. 짱구가 설거지를 한 것처럼 깨끗해진 자기 소접시를 무릎에 놓고 얼른 눈동자를 가운데로 모은다.

"게다가, 그런 생각 이전에, 이대로 입을 다물고 있다가는 결국 나도 목숨을 잃겠다―그게 너무나 무서웠습니다. 규스케, 신베, 다음은 접니다. 이제 저밖에 남지 않았습니다. 엉치에 불이 붙은 것처럼 안절부절못하고 심장은 얼어붙는 듯하고, 잠자리에 들어도 잠이 오지 않고 일어나 앉아도 정신은 허공에 붕 떠 있는 듯했습니다."

저는 욕심이 많습니다, 하고 나오이치는 말했다.

"과자가 이렇게 맛있습니다. 살아 있다는 것이 고맙고 행복합니다. 저는 아직 죽고 싶지 않습니다."

부끄러운 듯 고개를 숙인다. 실눈이 일그러진다.

"―누구나 마찬가지지." 헤이시로가 말했다. "욕심이 없으면 어찌 살려고. 가문의 체통이니 무사의 명예니 하는 소리가 사라진 지 오래된 세상이다. 하물며 자네는 상인이야. 부모이기도 하지. 열심히 벌어서 식구들 부양하고 이 세상에 매달려 살아야지, 다른 게 뭐가 있겠나."

나오이치의 실눈에서 눈물이 똑 떨어졌다.

"이십 년 전 동료 썩둑이들 중에 요시마쓰라는 사람이 있었습니다."

말투는 차분했다. 목소리는 낮지만 이제 떨리지는 않았다. 나오이치는 그야말로 마음을 굳게 먹고 털어놓으려 하고 있다.

"고약 조제에 특히 뛰어난 썩둑이로 약방에서 한두 수 위로 인정을 받고 있었습니다."

그가 조제한 고약은 효능이 뛰어날 뿐 아니라 피부에 지저분하게 들러붙지도 않았다. 그런데도 이른바 '발 달린 고약'과 달라서 환부에 붙여 놓으면 그 자리에서 움직일 줄 몰랐다. 떼어낼 때 아프지 않게 깨끗이 떨어진다.

"같은 재료로 조제를 해도 우리가 만들면 그렇게 되질 않았습니다. 섞는 기술이 따로 있었겠죠."

나이는 신베보다 세 살 많았다. 일곱 살에 잔심부름꾼으로 들어와 열네 살 때부터 썩둑이로 조제실에 자리를 받았다고 하므로 예사로운 실력이 아니다. 물론 머리도 좋았다.

"요시마쓰 덕분에 다이코쿠야는 수입이 많이 늘었습니다. 그러므로 선대도 총애하셨고."

고약뿐만 아니라 무엇을 조제해도 성과가 좋았다. 손재주도 좋고 실패가 없으므로 재료를 낭비하지도 않는다.

"타고난 재능인가?"

신노스케의 말에 나오이치는 고개를 끄덕였다.

"장인 중에서도 썩둑이 같은 분야에서 종종 그런 자가 나타나곤 합니다. 그 일을 하려고 타고난 사람, 수재 말입니다."

다만 요시마쓰는 동료들에게 호감을 사지 못했다.

"실적이 뛰어난 자는 물론 동료들에게 시샘을 받기도 합니다. 하지만 요시마쓰의 경우는 그것만이 아니었습니다."

그는 별난 사람이었다. 남들과 교류하기를 싫어하고 후배를 돌볼 줄 몰랐으며 선배 말을 듣지 않았다. 늘 자기가 하고 싶은 일을 제 방식대로 할 뿐이었다.

"볼일이 없으면 옆 사람에게 하루 종일 한 마디도 건네지 않습니다. 인사조차 하지 않습니다. 자기 작업에 거치적거린다 싶으면 남이 하던 작업이라도 함부로 내다 버리고, 남들이 고심해서 마련해 둔 재료를 말도 없이 써 버리는 등 행실이 그야말로 방약무인이었습니다."

그러니 동료들과 잘 지낼 수가 없었다. 당시 최고참 썩둑이는 말수가 적고 얌전한 노인이었는데, 요시마쓰를 뱀이나 전갈 보듯 하여 눈을 맞추는 일조차 드물었다.

결국 요시마쓰를 모른 척 내버려 두라는 것이 당시 다이코쿠야 썩둑이들과 점원들의 묵계처럼 되었다. 요시마쓰도 주변의 냉담한 반응에 신경 쓰는 기미가 없었다.

"다만 신 상—신베 씨만은 조금 달랐습니다."

그도 그럴 것이 신베는 장차 수석 조제인이 되어 다이코쿠야를 관리하고 싶다는 꿈을 품고 있었다. 요시마쓰 같은 자를 적으로 돌리기는 아깝다, 어떻게든 자기 사람으로 만들고 싶어 했다.

—바보와 가위는 쓰기 나름이라는 말도 있잖아. 요시마쓰는 조제에 미친 바보다. 내가 요령 좋게 써먹어야 할 놈이다.

종종 그렇게 큰소리쳤다고 한다.

"그러나 신베 처지에서 보자면 요시마쓰는 선배 썩둑이다. 기량도 당해낼 수 없었을 테지? 자기 사람으로 만들기가 어려웠을 텐데?"

헤이시로가 턱을 당기며 고개를 갸웃하자 실눈 나오이치가 희미한 미소를 지었다.

"신 상—신베 씨라면 가능했습니다."

요시마쓰가 아무리 독단적이고 실력이 뛰어나더라도 결국 썩둑이는 약방의 뒷방 차지이며 세상에 이름을 알릴 기회가 없다. 용하다는 평판을 얻는 것은 어디까지나 '다이코쿠야'라는 약방이지 요시마쓰가 아니다. 내 손이 움직여야 명약이 나온다고 자부하더라도 그 으쓱거리는 모습을 봐줄 사람은 지극히 한정되어 있다. 손님 대부분은 그의 이름도 얼굴도 모른다.

때문에 요시마쓰는 자기 약방을 차려 독립하고 싶어 했다.

"그런 바람을 선대께서 흔쾌히 들어줄 리가 없었습니다."

돈을 벌어다 주는 썩둑이다. 놓아 줄까 보냐.

"나리들께서도 아시겠지만 약방은 조제만 알면 누구나 간판을 걸 수 있는 장사가 아닙니다. 동업자 계란 게 있으니까요."

새로 독립하는 가게는 반드시 기존 계에 속한 도매상이나 가게로부터 분점을 내는 형식을 취한다. 계원과 아무 관계가 없거나 연줄이 없는 자는 제아무리 뛰어난 약을 만들더라도 마음대로 가게를 낼 수가 없다. 조제한 약을 팔 수도 없다. 만약 판다면 그것은 암매일 뿐이다. 이는 막부도 공인하는 구조였다.

즉 다이코쿠야가 허락을 하지 않으면 요시마쓰는 아무리 독립을 하려고 해도 약방을 차릴 수 없는 것이다.

"그럼 신베 때는 다이코쿠야가 허락을 한 셈이군."

신베의 과거를 떠올리며 헤이시로가 중얼거렸다. 그러자 신노스케가 즉시, "아뇨, 아닙니다" 하고 나섰다.

"신베도 바로 가메야를 차려서 독립한 것은 아닙니다, 이즈쓰 나리. 한동안 마치 의원 밑에서 일했습니다."

아, 그런가. 그러나 그것은,

"밑천을 모으기 위해서였나?"

이번에는 나오이치가 몸을 앞으로 내밀며 입을 열었다.

"선대는 이십 년 전의 그 사건 직후에 신베가 다이코쿠야를 떠날 수 있게 허락해 주셨습니다. 그때 저도 한마디 거들었는데 분점을 내는 것이 아니었습니다. 신베는 그저 다이코쿠야를 떠나기만 했을 뿐입니다."

고용된 썩둑이가 서른 살 정도에 분점을 내어 독립하는 일은 있을 수 없다고 한다.

듣고 보니 그럴 법도 하다. 혈육도 아닌 자에게 그렇게 쉽게 분점을 허락한다면 경쟁자만 늘어나지 않겠나. 허리가 꼬부라질 때까지 약방에 묶어 두고 싶은 것이 주인의 본심이리라.

"신베가 마침내 약방 간판을 건 것은 다이코쿠야의 선대가 돌아가신 해였습니다. 제가 그러라고 허락했습니다."

약방을 물려받은 나오이치는 다이코쿠야 도에몬으로서 신베에게 분점을 내주는 형식으로 독립시켜 주었다고 한다.

"이름뿐인 분점이지만 제가 예전에 신베와 동료 사이였음은 동업자 계에도 잘 알려져 있었으므로 특별히 의심을 사는 일은 없었습니다. 그러니까 그,"

"형식만 갖추면 그만이지 실지 내용은 다양해질 수 있다는 말이로군."

앞질러 간 헤이시로에게 나오이치는 얌전히 고개를 끄덕였다.
"뭐, 상인 계만 그런 건 아니다. 핫초보리에서도 겉으로는 직책을 세습할 수 없다고 하지만 어느 집안에서나 세습을 하고 있지."
"무가와 비교하는 것은 외람된 일입니다만."
말씀하신 대로입니다, 하며 나오이치는 고개를 숙인다. "그것 말고도 방법은 있습니다. 예를 들면 경영이 어려운 약방을 간판째 사들인다든가."
간판은 곧 경영권을 말한다. 이 방식은 계원들도 순순히 받아들인다.
"하지만 돈이 많이 들겠지."
"예. 그래서 일개 점원인 요시마쓰는 이 방식을 쓸 수 없었습니다."
그러나 실력 말고는 가진 게 없는 썩둑이한테도 일찍 독립할 수 있는 방법이 딱 하나 있다고 한다. 그 방법을 요시마쓰가 시도했다.
"신약을 만드는 겁니다."
인기 상품이 될 만한 신약을 조제하여 그 조제법을 바치는 대가로 분점을 허락받는 것이다.
이것은 매우 힘든 일이다. 신약 조제는 그 썩둑이가 혼자서 은밀히 추진해야 하기 때문이다. 주인에게 들키면 국물도 없다. 주인이 알면 즉시 상품이 되고 만다. 완성할 때까지 꽁꽁 숨기는 것이 중요하다.
만드는 일뿐이라면 그나마 숨길 수도 있지만, 약은 실제로 시험을 해 보지 않으면 효과를 알 수 없다. 비밀리에 실험하는 만큼 자기 몸을 이용하는 수밖에 없는데, 그 몸이란 것이 하나밖에 없다. 약효는 노인과 젊은이, 남자와 여자, 어른과 어린이에 따라 다르다. 혹은 효능 외에 예상치 못한 부작용이 있는지도 알아봐야 하는데, 이 문제는 어느 정도 세월을 두고 폭넓게 지속적으로 시험해 봐야 한다. 불안이 클 수밖에 없다. 게다가 자기 혼자서만 계속 시험하면 몸에 이상이 생길 수도 있다.

"―약방에서는 손님을 상대로 그런 실험을 하나?"

저도 모르게 뱉은 말처럼 신노스케가 물었다. 나오이치의 실눈이 일순 긴장했다. 천만에요, 그렇지 않습니다, 하고 황망히 부정한다.

"그렇게 위험한 짓은 하지 않습니다. 약방 내부에서 시험합니다. 따로 사람을 고용해서 시험하기도 하고요. 시험에 또 시험을 거듭해서 완벽하게 만들어지기 전에는 어떤 약도 팔지 않습니다!"

나오이치에서 갑자기 다이코쿠야의 주인 도에몬으로 돌아온 듯한 말투였다. 침이 튈 기세다. 이 모습에는 신노스케도 쓴웃음을 지었다. 그냥 물어봤다, 하며 손을 쳐든다.

"알았으니 진정하게. 말허리를 꺾어서 미안하군."

신노스케는 머리를 긁적였다. 옴팡눈이 쑥스러운 빛을 띠고 있다.

"물론 잘 알아들었네. 그러니까 신베는 동료들에게 미운털만 박히고 제 편이 하나도 없는 요시마쓰에게 그 외로운 신약 개발 작업을 도와주겠다고 제안해서 회유하려고 한 건가?"

그래, 애초에 그런 이야기였지. 헤이시로는 잊을 뻔했다.

나오이치는 옷깃을 여미며 자세를 바로 했다. "오히려 신약을 만들어서 주인과 흥정을 해라, 당신이라면 어려운 일도 아니다, 라고 처음부터 신베가 부채질을 했다고 하는 편이 옳겠지요."

요시마쓰가 그 권유에 응했다.

"그런 이야기가 나오기 시작할 때만 해도 제가 후계자가 된다는 사실은 전혀 거론되지 않고 있었습니다."

요시마쓰가 정말로 대표 상품이 될 만한 신약을 조제하는 데 성공한다면 그 약은 다이코쿠야의 보물이 될 것이다. 신베가 장차 자기가 지배하려고 하는, 혹은 데릴사위로 들어가 물려받기를 꿈꾸는 다이코쿠야의 재산이 될 것이다.

"게다가 이 계획이 잘되기만 하면 아무한테도 호감을 못 사는 요시마쓰가 다이코쿠야에서 사라지게 됩니다. 눈엣가시가 사라지는 겁니다. 신 상으로서는 일석이조였습니다."

"그런 얘기를, 자네가?"

"—다 듣고 있었습니다."

"흉중을 나누는 사이였군."

—나오 상도 도와줘. 요시마쓰 씨를 말로 부추기면 되는 거야. 살살 밀어만 주면 돼.

그 정도로 다 터놓고 지내는 사이였기 때문에 나중에 나오이치가 실은 다이코쿠야의 핏줄이며 상속자가 되리라는 사실을 알았을 때 신베가 그렇게 한탄했던 것이다.

—뒤에서 칼 맞은 기분이군.

그러나 처지가 달라져도 나오이치는 배반하지 않았다. 여전히 신약 개발을 계속하는 요시마쓰를 지켜보기만 했다.

나오이치에게는 특별히 불리한 것도 없었기 때문이다. 오히려 후계자로 정해진 처지로서는, 기량은 뛰어나지만 부리기 힘들고 대하기 거북한 썩둑이 요시마쓰가 어서 신약을 개발해서 다이코쿠야에 넘겨주고 나가는 쪽이 속 편했다.

"요시마쓰는 저를 깔보고 있었습니다."

어둡지만 담담하게 억제된 말투에 문득 분노가 깃들었다.

"딱 한 번이지만, 너 따위가 주인이 된다니 다이코쿠야도 끝났군, 우물쭈물하다가는 분점을 낼 기회도 사라져 버리겠다, 하고 대놓고 경멸한 적도 있었습니다."

드물게 입을 여나 싶더니 가혹하기 짝이 없는 비난이었다. 너 말 잘했다, 나가, 당장 나가! 나오이치는 그렇게 소리치고 싶었다. 다만 나도 거저 내보내진 못한다. 어서 황금 알 같은 신약을 만들어 내라. 그다음에 나가.

그러나 신베의 마음이 달라졌다.

속을 터놓고 지낸 동료라고 하지만 나오이치는 주인이 될 몸이다. 그러나 자신은 여전히 점원일 뿐이다. 둘이서 다이코쿠야를 크게 키워 보자고 말해 본들 신베는 나오이치와 동등한 처지에 설 수 없다.

그렇다면 나도 독립하고 싶다.

나오이치의 긴 고백이 천천히 돌고 돌아서 헤이시로의 머릿속에서 재구성되어 간다.

신베도 신약을 원했다. 그것만 있으면 자기가 직접 선대와 흥정해서 분점을 허락받을 수 있다.

―이제부터 신약 조제에 힘써야겠어.

바로 조금 전, 나오이치는 신베의 그런 말을 흉내 내듯이 말했다.

그러나 지금은 그 뒤에 다른 울림이 깃들었다.

구태여 힘들게 신약을 만들 필요가 있을까. 이 몸에 약을 시험하다가 두드러기를 앓거나 퉁퉁 붓는 일도 이제 질색이다.

신약이라면 요시마쓰가 만들고 있지 않은가.

애초에 요시마쓰에게 신약을 만들라고 권한 사람은 나 신베다. 내게도 이익이 되기 때문에 권했지만 이제는 사정이 완전히 바뀌었다. 이대로 가면 이득을 보는 사람은 요시마쓰와 나오이치─다이코쿠야뿐이다. 나만 빈손이다.

그렇다면.

헤이시로는 나오이치를 응시하며 말했다. "신베가 요시마쓰의 신약을 가로채기로 작정했군?"

나오이치는 말없이 고개를 떨어뜨렸다.

"약은 완성되어 있었나?" 신노스케가 물었다.

나오이치는 실눈을 손가락 끝으로 눌렀다. "마침 제가─후계자로 공표되었을 때는 거의 완성되어 있었습니다."

때를 잘 맞췄다고 해야 할까, 못 맞췄다고 해야 할까. 불행한 일치였다.

나오이치도 신베를 오래도록 알고 지냈다. 그의 꿍꿍이 정도는 쉽게 짐작할 수 있었다.

"설마 험악한 생각을 하는 건 아니겠지, 하고 단도직입적으로 물어보았습니다."

신베는 근본이 사악한 자가 아니다. 나오이치한테는 마음을 감추지 않았다. 속을 간파당했다고 생각하자 노골적으로 나왔다.

―맞아. 뭐 어때. 요시마쓰는 그런 놈이잖아.

신약 조제법만 빼앗을 게 아니라, 아예 그자를 알몸으로 벗겨서 내쫓아 버리자고. 나오 상도 저 녀석한테 함부로 무시당해서 속이 부글부글 끓잖아?

나오이치의 시선이 먼 데로 향한다. 시선은 분명 제 무릎에 떨어지고 있었지만 나오이치는 그곳을 지나서 아득히 깊은 곳, 그에게만 보이는 깊은 어둠을 들여다보고 있었다.

"저는 혹했습니다."

그렇게 속삭이는 목소리가 헤이시로의 뱃속에 울렸다.

"신약을 대가로 요시마쓰에게 분점을 내주면 앞으로 어떻게 될 것인지를 생각했습니다. 선대가 살아 계실 때는 괜찮겠지만, 내 대가 된다면―."

요시마쓰가 말하는 대로 자기에게는 다이코쿠야를 감당할 만한 능력이 없는지도 모른다. 반면에 요시마쓰는 재능을 살려 번창할지도 모른다. 다이코쿠야가 기울면 요시마쓰는, 그것 보라니까, 하며 조롱하리라.

"설령 쌍방이 다 번성한다고 해도."

꽤 한참 만에 마사고로가 입을 열었다. 온화한 말투였다.

"다이코쿠야가 번창한 것도 자기가 개발한 조제법 덕분이라고 여기겠지요. 그렇게 떠벌리고 다닐지도 모르고요. 나오이치 씨는 그렇게 생각했던 거로군요."

나오이치는 마사고로의 얼굴로 멍한 눈길을 던졌다. "떠벌리고 다니겠지가 아닙니다. 틀림없이 그렇게 할 겁니다. 요시마쓰는 그런 사람이었습니다."

마사고로는 입을 꾹 다물고 고개를 끄덕였다.

"저는 스스로 생각하던 것보다 훨씬 더 깊이 요시마쓰를 증오하고 있었습니다."

그늘에서 살아온 자의 비뚤어진 심정이었는지도 모릅니다, 하고 작은 소리로 덧붙인다. 핏줄이 닿는 몸이지만 냉대를 받아온 자신과 썩둑이 신분이지만 기량이 뛰어나 선대의 인정을 받고 있던 요시마쓰를 마음속 어두운 구석에서 견줘 보고 있었다.

"그 신약이 왕진고인가?"

신노스케가 단도로 깊이 찌르듯이 주저 없이 물었다. 예, 하고 나오이치는 짧게 대답했다.

가메야의 돈줄. 가려움증에 관한 한 만병통치약.

"신베나 저나 썩둑이였으므로 조제하는 모습을 곁에서 보고 있으면 대략적인 것은 알 수 있습니다. 빈틈없는 신베는 요시마쓰가 조제법을 적어서 감춰 둔 장소도 알고 있었습니다."

이제 남은 일은 요시마쓰의 입을 봉해 버리는 일이었다. 신베와 나오이치의 계획은 소박했다.

"아무리 그래도—역시."

아무리 미운 놈이라도. 그놈만 사라지면 엄청난 이익이 들어온다고 해도.

"사람을 하나 없애는 일입니다."

그럴 수 없었다. 차마 결심하지 못했다.

"저와 신베는 만나기만 하면 소곤거렸습니다. 그럴 때는 아무리 악독한 짓이라도 저지를 수 있을 것 같았습니다. 아무리 추한 짓이라도 저지를 수 있을 것 같았습니다. 이불을 씌워서 질식시켜 버리자. 쥐약을 먹이자."

"주위 사람들 눈이 걱정되지 않던가?"

신노스케가 묻는다. 너무나도 천연덕스럽게 흘러나오는 나오이치의 이야기에 그는 놀라고 있었다.

"그런 방법으로 요시마쓰를 죽이면 반드시 소동이 일어나겠지. 즉시 살인을 의심하지는 않는다 해도 분명히 변사 아닌가. 좀 더 용의주도하게 움직일 생각은 해 보지 않았나?"

나오이치는 무엇을 묻는지 모르겠다는 얼굴을 하고 있었다. 신노스케의 물음이 얼른 납득되지 않는 듯했다.

그를 대신하여 헤이시로가 말했다. "이보게. 가게에 따라서는 점원 목숨이 대수롭지 않은 곳도 있어."

"그러나…… 약방 아닙니까."

"약방이니까 더하지." 헤이시로는 신중히 말했다. "이건 그냥 내 짐작이지만, 의원이나 약방처럼 사람 목숨에 관계된 장사를 하는 곳일수록, 내부에서 이상한 사망자가 나오면 외부에 감추고 싶어 하지 않을까?"

혹시 간판에 흠이 갈까 두려워하기 때문이다.

"그래서 숨기는 거야. 이건 마사고로에게 듣는 게 좋겠군."

마사고로가 굵은 눈썹을 움찔하며 신노스케를 향해 고개를 끄덕였다.

"칼자국이 분명한 사체라면 감추지 못하겠지만 눈에 띄는 상처가 없는 사체라면."

"음독사라도?" 신노스케가 물고 늘어졌다.

"아차 실수로 식수에 이와미긴잔 쥐약_{이와미 은광에서 발견된, 비소 화합물을 다량 함유한 비석(砒石)으로, 흔히 쥐약으로 팔렸다}이 섞이는 사고라면 가끔 있습니다."

마사고로는 안타까운 듯이 눈을 껌뻑거리며 손가락으로 콧잔등을 문질렀다.

"그런 걸 간과하는 오캇피키도 문제입니다만."

신노스케가 끄응, 하는 소리를 냈다. 이야기가 끊기고 그의 으르렁거리는 듯한 소리가 꽤 길게 꼬리를 끌었다.

"하면, 어떻게 했지?"

신노스케는 허물없는 말과는 딴판인 날이 선 말투로 나오이치에게 물었다. "실제로는 어떻게 했지?"

하질 못했습니다, 라고 나오이치는 대답했다. 김이 빠져 버린 듯한 힘없는 목소리였다.

말뿐이라면 무슨 짓을 못할까.

"결국 아무 짓도 못 하고 이대로 끝나 버리는 것 아닌가—."

살인은 터무니없는 짓이다.

"못 하면 못 하는 대로 좋지 않은가. 저는 그런 생각도 품게 되었습니다. 신베도 말은 하지 않았지만 마찬가지였겠지요. 항상 기세등등했던 것은 말뿐이었으니까요."

역시 두 사람 모두 악인은 아니었다.

하지만 운명은 얄궂다.

"—목욕탕에, 갔습니다."

살이 꽁꽁 에이는 겨울밤이었다. 신베와 나오이치와 규스케가 나란히 약방을 나섰다. 눈이 희끗희끗 날렸고 주위 상점들은 전부 문을 닫았다. 셋은 수건을 감은 얼굴로 하얀 입김을 토하며 밤길을 걸었다.

문 닫기 직전의 대중탕은 텅 비어 있었다.

"그즈음 저와 신베는 밀담을 나누기 위해서라도 일삼아 문 닫기 직전에 대중탕에 가곤 했습니다. 그날 밤 규스케가 같이 갔던 것은 우연이었습니다."

어둑한 욕실에 다른 손님은 보이지 않았다. 추위 탓인지 김은 유난히 짙었다.

"요시마쓰가 탕 속에 있더군요. 그가 말을 걸기 전까지도 몰랐습니다."

요시마쓰가 나오이치와 신베에게 아는 척을 했던 것은 아니었다. 그가 규스케를 발견하고는 통명스레 타박을 했던 것이다.

"규스케는 막 탕에 발을 넣고 몸을 담그려던 참이었습니다. 어두운 김 속에서 갑자기 누군가 말을 걸자 깜짝 놀라 발이 미끄러졌지요."

텀벙, 하고 뜨거운 물이 튀어 오르고 규스케가 물속에 빠졌다. 나오이치와 신베가 놀라서 얼른 탕으로 뛰어들었다. 급하게 건져 올린 규스케는 더운 물을 마시고 헐떡이고 있었다.

"하얀 김이 갈라지면서 요시마쓰의 심술궂은 얼굴이 얼핏 보였습니다."

그가 또 뭐라고 말했다. 이런 얼간이가 어쨌다 저쨌다 하는 말이었다. 그러고 보니 규스케는 그날 낮에도 뭔가 실수를 해서 수석 썩둑이한테 꾸중을 들었고 요시마쓰에게 머리를 맞았다. 요시마쓰의 작업을 돕다가 실수를 했나 보다, 하고 나오이치는 생각했다.

"아직 어린아이니까 용서해 주라고 신베가 말했습니다."

신베는 이럴 때 선선히 웃으며 중재할 줄도 아는 사람이었다. 자, 자, 요시마쓰 씨, 피차 하루 종일 말 한 마디 못하고 나란히 앉아서 약재나 썰고 있는 사람들 아닙니까. 신참내기 규스케는 아직 일하는 게 서툴지만 이 아이도 나름대로 애쓰고 있으니 고참 요시마쓰 씨가 너그럽게 봐주세요.

—같이 목욕이나 하면서 오늘 있었던 섭섭한 일도 물에 싹 씻어내자고요.

그러나 요시마쓰한테는 통하지 않았다.

"나중에 신 상하고도 얘기했지만" 하고 나오이치는 말했다. "그날 밤 요시마쓰는 눈빛이 유난히 이상했습니다. 어쩌면 신약을 마침내 완성하고 흥분해 있었는지도 모릅니다."

욕설이든 뭐든 그들에게는 평소 거의 말을 건네지 않는 사람이었기 때문이다.

—집어치워!

그가 내뱉었다.

—아무 보탬이 안 되는 밥벌레들끼리 우르르 몰려다니기나 하고!

그냥 말만 놓고 보면 최악의 험담은 아니었다. 참기 힘들었던 것은 그 목소리였다. 경멸이 뚝뚝 묻어났다.

오물을 뒤집어쓴 기분이었다.

한겨울 뜨거운 탕 속에서 몸도 마음도 따뜻해지고 있어야 마땅한데 나오이치의 가슴은 얼음처럼 식어 버렸다. 등줄기로 오한이 치달았다.

문득 보니 하얀 김에 젖은 신베의 안색도 돌변해 있었다.

두 사람은 욕조에서 나가려고 하는 요시마쓰에게 달려들었다. 뒤에서 양 어깻죽지를 조여 뜨거운 물속에 쓰러뜨리고 머리를 누르며 등에 올라탔다. 요시마쓰는 버둥거리며 물속으로 가라앉았다. 미친 듯이 몸부림치며 빠져나오려고 하는 그를 더 단단히 눌렀다.

―규스케, 너도 와서 거들어! 이 새끼 죽여 버려!

신베의 질타에 규스케가 비칠비칠 탕을 가로질러 가세했다.

새로 들어오는 손님은 없었다. 때밀이 남자도 보이지 않았다. 이제 세 사람에게 짓눌린 요시마쓰는 안간힘을 써서 버둥거려 봤자 잔물결만 일으킬 뿐이었다.

마침내 그 잔물결도 잦아들었다.

요시마쓰가 저항을 멈추자 셋은 퍼뜩 제정신을 차렸다. 아무 말도 없이 얼른 요시마쓰한테서 손을 떼고 탕에서 뛰쳐나왔다.

요시마쓰의 등이 물 위로 떠올랐다. 헝클어진 머리칼이 물결에 흔들리고 있었다.

해치웠구나.

신베의 눈썹에서도 코끝에서도 땀 섞인 물방울이 뚝뚝 떨어졌다. 그는 나오이치의 눈을 보며 가까스로 웃었다.

―결국, 하니까 되잖아.

천장에서 떨어진 차가운 물방울이 등을 때려 나오이치는 몸서리를 쳤다.

이즈쓰 헤이시로는 콩가루 알갱이 하나 남지 않은 자신의 소접시로 눈길을 떨어뜨리고 있었다. 조금 전까지 입안에 남아 있던, 오토쿠가 직접 만든 칡과자의 뒷맛도 지금은 사라지고 말았다.

마지마 신노스케가 나오이치를 응시하고 있다. 마사고로는 옆에서 암기를 하는 짱구를 보고 있다. 짱구의 눈동자는 늘 그렇듯이 얼굴 가운데로 쏠려 있다.

다이코쿠야 나오이치는 주위의 모든 시선으로부터 몸을 숨기려는 듯 등을 동그랗게 웅크리고 있다. 이마가 식은땀에 젖어 있다. 이마 가장자리에 삐죽 서 있는 가는 머리칼들이 하얗게 빛났다.

그들이 요시마쓰를 죽일 때도 나오이치의 머리카락은 욕실 천장에서 떨어지는 물방울에 젖었을 테고, 요시마쓰가 버둥거리며 튀긴 물을 뒤집어쓰고 무디게 빛났으리라. 방금 사람 하나를 익사시키느라 어깨를 치켜 올린 채 거친 호흡으로 벌거벗은 가슴을 급하게 벌떡거리는 세 명의 남자. 그 가운데 하나는 아직 신참인 규스케였다. 그의 빈약한 가슴에는 갈빗대가 도드라져 있었으리라.

"뒤처리는," 마사고로가 입을 열었다. "어떻게 했습니까?"

나오이치는 눈길을 들었다. 몸을 꽁꽁 움츠린 자세여서 흡사 지장보살 석상이 문득 눈을 끔뻑이기라도 한 듯한 기묘한 모습이었다.

"저희가 욕실에 들어갔을 때는."

요시마쓰가 탕에 들어가 있다는 사실을 몰랐다.

"탕에 몸을 담갔을 때도 몰랐다고 말했습니다."

셋이서, 자, 그만 나갈까, 하고 말했을 때야 비로소 요시마쓰의 등이 탕 속에서 떠올라 시야에 들어왔다고 주장했다.

그 이야기는 신베가 즉석에서 지어냈다. 나오이치와 규스케는 그가 시키는 대로 말했다.

"목욕탕 주인이 의심하지 않던가?" 신노스케가 물었다. 믿기지 않는다는 투였다.

나오이치는 지장보살 석상의 모습 그대로 고개를 끄덕였다. "저희들이 놀라는 모습, 당황하는 모습이 진짜처럼 보였기 때문입니다."

분명 그 점에서는 연극 따위를 할 필요가 없었을 것이다.

"목욕탕에서는 손님이 탕에서 쓰러지거나 넘어져서 다친 부위가 나쁘면, 재수가 없을 때는 그대로 목숨을 잃는 일도 전혀 없지 않습니다."

마사고로는 표정을 바꾸지 않은 채 나오이치의 무릎 쪽으로 눈길을 주며 담담하게 말했다.

"아이들이 탕에서 장난치다가 넘어진다. 노인이 엄동설한에 갑자기 뜨거운 탕에 들어갔다가 현기증을 일으켜 쓰러진다. 한잔 걸치고 탕에 들어갔다가 갑자기 술기운이 돌아 졸도한다―."

헤아리듯이 중얼거리고 신노스케의 얼굴을 보았다.

"십 년쯤 전까지는 시중의 욕탕은 대개 혼욕을 했습니다. 여자 손님한테 장난을 치는 남자 손님이 끊이지 않자 막부가 풍기문란을 이유로 명을 내려, 마침내 지금처럼 남녀가 탕을 나누게 됐죠."

헤이시로도 말했다. "탕도 요즘은 많이 밝아졌지."

"예. 제가 이 짱구만 할 때는 손을 더듬고 다녀야 할 만큼 어두웠습니다."

 등불에 쓰는 어유 탓이다. 본래 냄새가 강한 어유는 습기가 많은 탕에서는 더 고약해진다. 그렇다고 유채 기름이나 초를 쓰자니 값이 비싸다.

 이야기로 들은 적은 있지만—하고 신노스케는 풀이 죽은 표정을 지었다.

 "해서 목욕탕 지배인은 어지간한 사고에 익숙해져 있습니다. 사태를 크게 키우고 싶어 하지 않는 경향도 있습니다. 요시마쓰가 죽었을 때도 지배인은 다이코쿠야 사람들이 말한 대로일 거라 이해하고 의심하지 않았을 겁니다."

 그들이 모두 같은 약방의 점원이라는 점도 이 경우에는 다행이었다.

 "신 상은 규스케를 급히 가게로 보냈습니다."

 규스케는 울면서 약방으로 돌아갔다고 한다. 급보를 전해 들은 다이코쿠야 사람들은 규스케의 울음을 결코 수상쩍게 보지 않았다. 규스케가 아무리 이성을 잃어도 이상할 게 없었다. 약방 동료가 욕탕에서 급사를 했으므로.

 "요시마쓰는 늘 목욕탕에 혼자 다녔습니다. 대개 이 정도 늦은 시간에 다녔고, 그래서 목욕탕 지배인도 새삼 이상하게 여기지 않았을 겁니다. 혼자 탕에 들어갔다가 현기증이라도 일으켰거나 운 나쁘게 익사했겠지 하고—."

 여기서 나오이치는 문득 웃었다. 아니, 웃었던 것 같다. 얼굴이 일그러졌다.

"목욕탕 지배인은 우리하고도 낯이 익은 노인이었는데, 오히려 탕에서 손님이 익사했다는 얘기를 다른 사람들한테 하지 말아 달라고 부탁할 정도였습니다. 그 은혜는 잊지 않겠다면서."

신베는 그건 그렇게 하겠지만, 영감님, 오늘 밤 욕조의 물을 꼭 갈아 줘요, 라고 말했다고 한다.

"약방에서도 요시마쓰의 급사를 의심하는 사람이 아무도 없었나?" 하고 신노스케가 물었다. 나오이치의 얼굴은 여전히 일그러져 있었지만, 웃음이 묻어날 듯한 쾌활한 목소리는 원래대로 돌아왔다.

"의심할 리가 없었습니다."

"그래? 자네와 신베가 그만큼 천연덕스럽게 처신한 거로군."

은근한 비난에도 나오이치는 더 이상 몸을 조아리지 않았다. 마음이 움츠러들 대로 움츠러들어 더 이상 움츠릴 수도 없었던 것이다.

"울면서 소식을 전하는 규스케의 모습이 너무나 딱했기 때문인지도 모릅니다."

비쩍 말라 버린 중년남 규스케—그것도 사체로밖에 접하지 못한 헤이시로로서는 아직 장성하기 전, 어린 티를 벗지 못한 어리숙한 규스케의 모습을 상상하기가 어려웠다.

"규스케가 용케 진실을 털어놓지 않았군."

헤이시로가 저도 모르게 흘린 말에 나오이치는 말했다. "모두 신상이 손을 쓴 덕분입니다."

요시마쓰의 죽음은 욕실 탕 속으로 가라앉았다. 의심하는 자는 없었다. 신베와 나오이치는 요시마쓰가 만들어 낸 신약 조제법을 고스란히 가로챌 수 있었다.

그러나 신베의 현명함은 그 이후에 발휘되었다. 그는 신약을 당장 공표하려고 하지 않았다.

"당분간은 감춰 두자. 이것은 말하자면 우리 두 사람만 아는 묻어 둔 돈이라고 했습니다."

"하지만 신베는 요시마쓰가 죽자 곧 다이코쿠야에서 독립하지 않았나?"

"그때는 아직 선대가 살아 계셨습니다. 그래서 신 상은 다른 핑계를 생각해 냈습니다."

오랫동안 조제 일을 가르쳐 주고 돌봐 준 요시마쓰 씨가 그렇게 죽었다. 같은 목욕탕에 있으면서도 몰랐다. 조금이라도 빨리 요시마쓰 씨를 발견했다면 살려낼 수 있었는지도 모른다. 그 생각만 하면 너무 괴롭고, 자꾸 그 일만 떠올라 밤에도 잠을 이루지 못한다. 요시마쓰 씨는 주인님과 이 약방에게 제일 중요한 조제인이었는데 내가 칠칠치 못해서 원통하게 죽고 말았다.

"이제는 여기를 떠나는 수밖에 없습니다. 부디 허락해 주십시오, 하고 선대에게 호소했습니다."

선대는 그 말을 들어주었다. 요시마쓰가 죽은 지 한 달쯤 지나서였다고 한다.

"흠, 그랬군."

헤이시로는 무릎을 쳤다. 치기 직전에 머뭇거려 시원스럽지는 못했다. 손가락 끝으로만 슬쩍 쳤으므로 커다란 소리는 나지 않았다.

"교묘하군. 그러니 선대도 허락할 수밖에. 붙잡아 두기도 힘들었 겠지."

가메야 신베는 머리가 좋은 남자였다.

"그 참에 자네에 대해서도 선대에게 좋게 말해 두었겠지. 나오이치 씨는 약방을 맡을 중요한 사람입니다. 그는 요시마쓰 씨의 죽음에 아무 잘못도 없으니 지금까지 해 주신 것처럼 잘 부탁합니다, 하는 식으로."

나오이치는 고개를 툭 떨어뜨리듯이 딱 한 번 끄덕였다. "덕분에 저는 다이코쿠야에서 도망칠 수 없게 되었습니다."

도망치고 싶었단 말인가?

"신 상이 선대 앞에 늘어놓은 말들이 어디까지가 진짜인지는 저도 모릅니다. 그래도 다 거짓이었다고는 생각하지 않습니다. 저 역시 단 하루도 잊을 수 없었으니까요."

무참하게 죽던 요시마쓰의 모습을.

그런 나오이치에게 신베는 말했다. 이런 일에는 세월이 약이야. 견디고 살다 보면 잊힐 날이 올 거야. 나오 상, 참지 못하고 다이코쿠야의 후계자 자리를 차 버리거나 하면 안 돼. 나를 위해서라도 나오 상이 다이코쿠야에 있어 줘야 해.

그리고 세월이 지나면 요시마쓰한테 빼낸 이 신약으로 우리 두 사람이 크게 벌어 보자고—.

"규스케도 다이코쿠야를 떠나고 싶어 했지만 그렇게 놔둘 수는 없었습니다. 그 녀석이 우리 눈이 미치지 않는 곳으로 가 버리는 건 최악의 일이라고 생각했습니다"

신베와 나오이치는 규스케를 어르고 달랬다. 심약한 규스케는 두 사람을 거역할 힘이 없어 다이코쿠야에 눌러앉았다.

하지만 이 년이 한계였다. 요시마쓰가 죽고 이 년 뒤, 그는 결국 견디지 못하고 나오이치에게 호소했다.

"선대가 은퇴하고 제가 막 주인이 되었을 때입니다. 규스케도 나름대로 그때를 기다리고 있었겠지요."

―요시마쓰 씨가 꿈에 나타나요.

밤마다 원한 맺힌 눈빛을 하고 꿈에 나타난다. 어떨 때는 대낮에 조제실에 나타나기도 한다. 나를 지그시 노려본다.

이제 여기에 못 있겠다. 제발 봐 달라. 소리쳐 울 기력도 없는지 규스케는 퀭한 얼굴로 하염없이 애원했다고 한다.

―요시마쓰 씨만이 아닙니다. 그 여자도 무서워요. 그 여자는 우리가 한 짓을 다 알고 있어요. 반드시 원수를 갚겠다고 했어요.

규스케의 맥없는 목소리를 흉내 낸 나오이치의 말에 일동은 채찍이라도 후려 맞은 듯이 놀랐다. 눈동자를 제자리로 돌리고 잠깐 쉬고 있던 짱구가 당황해서 다시 눈동자를 가운데로 모았다.

"그 여자?"

누구 말인가? 신노스케가 굵고 거친 목소리를 냈다. 나오이치는 짱구가 암기 태세를 갖추기를 기다렸다가 헤이시로들을 차분히 둘러보았다.

"요시마쓰에게는 여자가 있었습니다."

아무도 몰랐다. 사람을 싫어하는 별종 요시마쓰에게 사랑하는 여인이 있을 줄이야.

"더구나 요시마쓰의 아이를 잉태하고 있었습니다."

여자의 출신은 알지 못한다. 본인 말로는 찻집에서 일한다고 했다. 사실 그런 여자가 아니면 요시마쓰와 만날 일도 없었을 것이다.

"저는 그렇게 생각하고 있었지만, 신 상은 처음부터, 아니다, 그 여자는 은밀히 몸을 파는 여자라고 했습니다. 요시마쓰는 돈으로 여자를 사고 있었던 거라고."

요시마쓰는 약방에서 숙식하는 조제인이지만 가끔은 볼일을 보러 외출도 했다. 그럴 때 잠깐 즐기기도 했겠지. 그도 남자니까.

"그런 여자가 있다는 사실은 어떻게 알았지?"

신노스케는 더욱 날카로워진 얼굴로 물었다.

"여자가 다이코쿠야에 찾아왔습니다. 신 상이 그만둔 직후였습니다."

열흘도 안 지났을 때였다고 한다.

"나중에 점원들에게 물어보니 그 전에도 두어 번 다이코쿠야에 찾아온 적이 있다고 합니다. 서른이 넘어 한창때를 넘긴 여자이고 안색도 칙칙해서 특별히 눈길을 끌 만한 여자는 아니었지만, 무엇보다 배가 불룩해서 점원들 기억에 남았을 겁니다."

여기서 조제 일을 하는 요시마쓰 씨를 만나고 싶다. 여자는 그렇게 말했다. 저는 요시마쓰 씨와 혼인하기로 약속했습니다. 보시는 바와 같이 배 속에 그이의 아기가 있어요. 이제 곧 태어납니다. 그이도 기대하고 있습니다. 그런데 벌써 한 달 동안 만나 보지 못했습니다. 무슨 일이 생겼나 걱정이 돼서 왔습니다. 요시마쓰 씨는 약방에는 절대 오지 말라고 했지만, 달리 방법이 없어서 찾아왔습니다.

"당시 그 여자는 가지마치에 있는 쪽방 나가야에 살고 있었다고 했습니다."

나오이치의 목소리가 갈라졌다. 말하느라 지쳐서가 아니다. 이야기가 그가 품고 있는 공포의 핵심으로 접어들자 목소리가 오그라든 탓이다.

"요시마쓰는 매달 한 번은 그녀를 찾아왔다고 합니다. 도저히 짬을 못 내서 두 달이나 오지 못할 때도 있었지만, 그럴 때는 반드시 어떻게든 미리 기별을 주었다, 아무 기별도 없이 얼굴을 비치지 않는 것이 이상하다, 하며 이쪽에서 뭐라고 설명할 틈도 없이 단숨에 말했습니다."

신경질적인 목소리가 매장을 시끄럽게 해서는 장사에 지장이 있다. 나오이치는 여자를 통용문으로 불러들여 방 안에 앉혀 놓고, 다른 점원들에게는,

"타계한 요시마쓰 씨 일이니, 죽을 때 옆에 있던 내가 설명하겠다고 해서 사람들을 물리쳤습니다."

그러고는 요시마쓰가 탕에서 어쩌다 실수로 익사했다고 말했다.

"요시마쓰 씨에게 가족이 없는 줄 알고 있었으므로 어쩔 수 없이 약방에서 장례를 마쳤습니다. 정말 면목 없게 됐습니다—제가 그렇게 설명했지만 여자는 좀처럼 믿질 않았습니다."

임신으로 쉽게 흥분하는 상태인데다, 한동안 만나지 못한 남자를 만나러 왔다가 이미 한 달 전에 죽었다는 말을 들었으니 그럴 만도 했다. 여자는 요시마쓰를 만나게 해 달라고 울부짖으며 다이코쿠야의 안쪽으로 가려고 소동을 피웠다. 나오이치는 여자를 진정시키느라 애를 먹었다.

"그래도 제가, 이러면 배 속의 아기한테 좋지 않다고 말하자, 그

말이 효과가 있었는지 갑자기 몸을 지탱하던 실이 툭 끊어진 것처럼 풀이 죽더군요."

요시마쓰 씨는 당신을 버리지 않았다. 정말로 불행한 일이지만 목욕탕에서 급사했을 뿐이다. 위로할 요량으로 나오이치가 차근차근 설명했다. 그는 한참을 설득했고 여자는 내내 울었다. 가까스로 눈물이 마르고 울음을 그치자 그녀는 푸르죽죽해진 얼굴로 나오이치를 똑바로 쳐다보았다.

―이봐요, 아까부터 요시마쓰 씨가 나를 버렸다, 버렸다 하는데.

아니, 버렸다고 말하는 게 아닙니다.

―내가 버림을 받았다고 믿고 여기에 달려왔다고 생각하는 거예요?

물론 여자 처지에서는 버림을 받은 것처럼 느끼리라고 나오이치는 짐작하고 있었다.

"제가 얼른 대답을 못하자 여자의 눈초리가 범처럼 매서워졌습니다."

―요시마쓰 씨는 나를 버리지 않아요. 같이 살 날을 고대하고 있었다고요. 아기도 손꼽아 기다렸고요. 이제 곧 새 약이 완성되니까, 그것으로 다이코쿠야에서 독립을 허락받을 수 있다, 이제 조금만 더 고생하면 된다고 늘 말했단 말예요.

새로운 약의 완성. 그 말에 나오이치는 혼란에 빠졌다. 이 여자가 알고 있었단 말인가. 요시마쓰가 어디까지 말했을까.

혼란에 빠진 마음이 얼굴로 드러났다. 여자는 그 얼굴을 보고 짐승 같은 촉각으로 알아챘다.

―당신도 알고 있었지? 당신도 조제인이잖아? 요시마쓰 씨한테 들었지? 새 약에 대해서. 어떤 가려움증이라도 단박에 멈추는 부처님 손 같은 고약 말이야!

나오이치의 마음은 더욱 혼란에 빠졌다. 알고 있었구나. 이 여자는 알고 있다. 그들이 탈취한 조제법에는 분명히 가려움증을 고치는 고약의 처방이 적혀 있었다.

―그 약, 어떻게 했지? 요시마쓰 씨가 만들어 낸 약이야! 그이가 죽었다면 그 약은 어떻게 했느냐고.

말문이 막힌 나오이치 앞에서 여자가 눈을 치떴다. 조금 전까지 울고 있던 여자는 이제 분노로 활활 타오르고 있었다.

―그이가 몇 번이나 말했어. 이 조제법을 약방 사람들이 알지 못하게 숨겨야 한다고. 사람들이 알면 빼앗을 거라고. 그러면 다 헛수고가 된다고.

그걸 당신도 알고 있었지? 말해, 어떻게 한 거야, 그 약을.

"저는 여자를 쫓아냈습니다."

웅크린 채 굳어 있던 나오이치의 몸이 조금씩 떨어져 나가는 것처럼 희미하게 좌우로 흔들린다.

"뭐라고 하면서 쫓아냈는지 정확하게는 기억나지 않습니다. 개를 몰아내듯이 마구 몰아냈습니다."

이제는 견딜 수 없을 만큼 두려웠기 때문이다.

"딱할 정도로 고지식했군." 헤이시로가 말했다. "여자의 머릿속에 얼핏 스친 의혹에 자네가 불을 지른 거야. 어설펐어."

나오이치도 자신이 실수했음을 알고 있었다. 그래서 즉시 신베에게 알렸다. 놀란 신베는 여자가 혹시 또 찾아오면 자기한테 데려오라고 일렀다. 무슨 일이 있어도 일단 다이코쿠야에서 떼어 놓아야 한다.

─어떻게든 달래 봐야지.

그러나 신베가 만나서 설득해도 여자는 오히려 의심만 키웠다. 이제 요시마쓰 씨가 죽었다는 사실은 인정하겠다, 하지만 그가 열심히 연구하던 신약은 어떻게 된 거냐, 그건 요시마쓰 씨의 약이다, 나아가 나와 배 속의 아기 것이다. 내놔, 내놔, 내놓으란 말이야!

나오이치의 고지식한 태도가 불을 붙이고 신베의 달변이 오히려 의혹을 부채질했다. 여자는 분노만 키울 뿐이었고 만나면 만날수록 이야기는 틀어지기만 했다. 신베가 살기 시작한 나가야에서는 여자가 내지르는 고성이 이웃들에게도 다 들려, 관리인이 걱정스러운 얼굴로 찾아올 정도였다고 한다.

"요시마쓰 씨가 연구했다는 신약은 다이코쿠야의 조제인들도 전혀 모르는 일이다. 들어 본 적도 없다. 요시마쓰 씨가 몰래 만들었다면 누가 알겠는가. 우리는 내내 그렇게 버텼습니다. 증인을 세워 보자면서 규스케를 부른 적도 있습니다."

벌벌 떠는 규스케의 모습은 여자의 의혹과 분노에 기름을 부었다. 요시마쓰를 죽인 세 사람은 실수를 보탰을 뿐이다.

─당신들, 약에 대해서 알고 있는 거지? 요시마쓰 씨가 죽은 뒤에 훔쳤지?

"배짱이 제일 두둑한 신 상조차 이 여자는 못 당하겠다면서 주눅이 들어 있더군요."

여자가 정곡을 찔렀기 때문이다. 과녁의 정중앙을 말이다.

―목욕탕에서 익사했다는 점부터가 수상해. 혹시 당신들이 작당해서 신약 조제법을 훔치려고 요시마쓰 씨를 죽인 거 아냐?

관청에 고발하겠어. 마침내 여자는 그렇게 위협했다.

그 지경에 접어들자 신베가 반격에 나섰다. 두뇌 회전이 빠른 남자가 그 두뇌라는 무기를 사용해서 여자를 달래는 대신 제압할 구실을 찾아냈던 것이다.

"좋아, 고발하려면 고발해 봐, 하고 신 상이 여자에게 말했습니다."

―하지만 관청이 하는 일이란 공정한 법이야. 상황을 하나부터 샅샅이 조사하지. 그럼 당신도 여태까지 무슨 짓을 해서 먹고살았는지 밝혀야 할 거야.

요시마쓰와 어디서 알게 됐지? 당신 밥벌이는 뭐지? 부교쇼 나리 앞에 나가 당당하게 고할 수 있는 밥벌이였나?

여자의 가장 아픈 구석을 신베의 화살이 꿰뚫었다. 어차피 은밀하게 몸을 파는 여자일 거라는 그의 짐작은 틀리지 않았다.

―고발해도 좋은데, 먼저 오라를 받을 쪽은 당신 아냐?

―배 속의 아기도 정말 요시마쓰의 씨인지 뭔지 알 게 뭐야.

나오이치의 안색이 거무죽죽하게 가라앉았다. 목소리가 한없이 잦아들자 헤이시로는 어느새 몸을 기울여 귀를 세우고 있었다.

"여자도 체념할 수밖에 없었겠군."

신노스케의 굵은 목소리에 헤이시로는 안도했다. 옆을 보니 마사고로도 자세를 허물고 자리를 고쳐 앉고 있다.

"예." 나오이치는 고개를 끄덕였다. 한 번, 두 번, 세 번.

"그래도 원한은 남았습니다."

똑똑히 기억해 둬. 이 원한은 반드시 갚겠어. 언젠가 반드시 증거를 찾아내서 너희가 그 사람을 죽이고 약을 훔쳤다는 사실을 세상 사람들이 다 알게 만들어 줄 테야.

반드시, 반드시, 원수를 갚아 주마. 너희가 저지른 짓은 하늘이 알고 있어. 언젠가 때가 오면 반드시 벌을 받을 거야. 내가 벌을 주겠다.

그래, 할 테면 해 봐. 신베가 여자의 등에다 뱉은 말과 목소리를 나오이치는 지금도 잊지 못한다. 신베 옆에서 훌쩍거리며 울던 규스케의 사체 같은 안색도.

딸칵, 하고 어디서 가벼운 소리가 났다. 나오이치는 못 들은 모양이었지만 헤이시로는 흠칫했다. 받아 적느라 지쳤는지 이야기의 무게에 짓눌렸는지 맹장지 너머에 숨어 있는 유미노스케가 붓을 떨어뜨린 모양이다.

"여자의 이름은?"

역시 그 소리를 들었을 신노스케가 짐짓 모르는 척하며 물었다.

"오세쓰라고 했습니다. 부모가 지어 준 이름인지 어떤지는 모릅니다만."

오세쓰가 나타나 사태의 전말을 간파함으로써 나오이치들은 위태로운 지경에 처했다.

"신 상과 저는, 제가 다이코쿠야를 상속받는 즉시 요시마쓰의 신약을 만들어 팔 작정이었습니다."

각본은 이랬다. 신베가 새로운 소양증 약을 개발했다고 하면서 다이코쿠야에 찾아온다. 나오이치는 짐짓 그럴듯하게 시험해 본다. 사정이 있어서 그만두기는 했지만 신베는 오랫동안 함께 일했던 동료 조제인이다. 부자연스러운 일이 아니다.

시험해 보니 과연 약효가 뛰어나다. 당장 판매해야 되겠군. 이름은? 그렇지, '왕진고'라고 하자.

먼저 다이코쿠야에서 팔기 시작한다. 약은 머지않아 소문이 날 것이다. 그러면 나오이치—이제는 다이코쿠야 주인 도에몬이 된 나오이치가 신베에게 분점을 허락한다. 독립해서 약방을 차린 신베는 문 앞에 '본가 다이코쿠야의 비방'이라고 적힌 간판을 걸고 역시 왕진고를 팔기 시작한다. 두 가게는 나란히 번성한다.

그러나.

"저희가 왕진고를 팔기 시작한다면 오세쓰의 눈에는 그것이 무엇보다 명확한 증거로 보이겠지요."

요시마쓰 씨가 개발한 신약이 바로 저것이구나.

"저희는 그 여자를 약에 대해서 아무것도 모르는 까막눈이라고 생각했습니다. 그래도 뒤가 켕겼습니다."

신베와 상의해서 왕진고 출시를 미루기로 했다. 언제까지? 오세쓰가 포기할 때까지.

"신 상은 한동안 오세쓰가 어떻게 사는지 감시했습니다. 그래서 그 여자가 가지마치의 나가야에서 아기를 낳은 일까지는 저희도 알고 있습니다."

아들이었다고 한다.

하지만 어느 날 그녀는 아기를 안고 자취를 감추었다. 신베가 여러 방면으로 손을 써 보았지만 그녀의 행방은 알 수 없었다.

"자네들을 피해서 숨었겠지." 헤이시로가 말했다. 나오이치는 대답하지 않았다. 무슨 생각을 하는지 실눈이 한일자가 되어 있다.

"그런데 자네도 용케 독한 마음을 먹지 않았군. 오세쓰의 입을 아예 막아 버리고 싶었을 텐데."

"오세쓰만이 아니겠지요." 신노스케가 말을 이었다. "겁에 질려 쩔쩔매는 규스케도 있지. 언제 발설해도 이상하지 않잖나. 규스케를 살려 두는 것은 너와 신베에게 득책이 아니었을 텐데?"

나오이치는 실눈을 떴다. 틈새로 보이는 눈동자를 헤이시로도 눈을 가늘게 뜨고 들여다보려고 했다. 거기에 비친 것을 보고 싶었다.

"신베나 저나 아무래도 그렇게까지 악독해질 수는 없었다고…… 생각해 주실 수는 없는지요."

매달리는 듯한 말에 헤이시로는 스스로도 놀랄 만큼 흔들렸다.

신노스케는 입을 다물고 있다. 마사고로가 낮은 목소리로, "음" 하고 응해 주었다.

"신베는 장사 수완이 좋았습니다."

나오이치는 마사고로의 반응에 위안을 얻었는지 아주 조금은 부드러워진 목소리로 말했다. "대형 항아리를 간판으로 삼는 등 그 사람다운 기발한 착상이 많았습니다. 조제 실력도 본래 뛰어났으므로 가메야는 잘나가는 약방으로 컸지요."

왕진고가 없어도 신 상은 장사를 잘하고 있지 않은가. 나도 다이코쿠야를 그럭저럭 잘해 나가고 있다. 왕진고는 아직 묻어 두자. 신베와 나오이치는 서로 그렇게 스스로를 달래고 있었다. 적어도 나오이치는 신베와 그런 합의가 맺어졌다고 느꼈다.

"저는 이대로 계속 왕진고를 묻어 두어도 좋겠다는 생각까지 했습니다."

상황에 변화가 찾아온 것은 오 년 전이다.

"신베가 찾아와, 이제는 괜찮을 거라고 했습니다."

왕진고를 시판하자.

"오세쓰도 이제는 포기했겠지. 벌써 죽었는지도 몰라. 이젠 괜찮지 않겠어? 하더군요."

나오이치는 의아했다. 가메야는 잘되고 있다. 왜 지금 왕진고가 필요한가.

"사타에 때문이군." 헤이시로가 앞질러 말했다. 눈앞이 문득 환해진 기분이었다.

"오 년 전이라고 했지? 신베는 그때 사타에를 후처로 맞으려고 했어."

알고 계셨습니까, 하고 나오이치는 눈을 깜빡였다. "아름다운 부인이죠."

그래도 당시 나오이치는 한 번 더 만류했다. 젊고 아름다운 후처를 들이더니 곧장 신약을 대대적으로 시판한다면 필시 사람들의 눈길을 끈다. 조금 더 기다리자.

"이 년을 더 기다리게 했습니다."

이제 더는 못 참겠다고 신베는 말했다. 사타에를 위해 집도 크게 증축했다. 여기저기 들어갈 돈이 많았다. 대대로 재산을 비축해 온 다이코쿠야와는 달리 가메야는 신베가 혼자 일으킨 약방이다. 이쯤에서 크게 한 번 더 꽃을 피우지 못하면 기세는 점차 내리막을 타고 말리라.

이리하여 왕진고는 세상에 나왔다. 가려움증으로 고생하던 많은 이를 구했다.

"그렇다면 그 간판은 어떻게 된 거지?"

"신베는 저와 약속한 대로 했을 뿐입니다."

"그러나 다이코쿠야에서는 왕진고를 팔지 않았잖아?"

나오이치는 문득 맥이 빠진 기색으로 콧김을 내쉬었다.

"팔지 않았습니다. 앞으로도 팔지 않을 겁니다. 저에게 왕진고는 이 세상에 없는 약입니다."

왕진고로 돈을 벌지는 않겠다. 그것이 나오이치가 생각하는 최소한의 속죄였다. 요시마쓰에 대한 속죄, 오세쓰에 대한 속죄, 그리고 두 사람의 아들에 대한 속죄.

"신베는 위선이라고 비웃었습니다."

—왕진고로 돈을 벌지 않더라도 나오 상은 이미 손을 더럽혔어. 자네 혼자 깨끗한 척하고 있긴가.

"결국 그 간판은 빈정거리기 위함이었군요." 마사고로가 소리를 높인다. 빈정거림. 딱 맞는 표현이었다.

요시마쓰는 나 혼자 죽이지 않았어. 그 간판에는 신베의 붓으로 그렇게 적혀 있던 것이다.

"그래서 다이코쿠야 쪽에서는 왕진고에 대해서 무엇을 물어도 모른다, 없다로 일관했군. 점원들한테도 그렇게 대답하라고 일러두었겠지."

 가메야의 주인은 예전에 다이코쿠야에서 조제를 하던 사람이다, 인연은 그게 전부다, 라고.

 "분점을 차려 독립한 일에 대해서 업계 사람들이 물어도, 이제는 분점도 아니고 이미 결별한 상태다, 가메야는 신베 씨의 약방이고 다이코쿠야하고는 아무 관계도 없다고 말하라 일러두었습니다. 사실 예전 상황을 아는 사람도 이제는 거의 없어졌으므로 요즘은 그렇게 묻는 사람도 별로 없습니다."

 이십 년 세월이 눈처럼 쌓여서 예전에는 잘 보이던 것들을 덮어 버렸다. 다이코쿠야 도에몬은 아무것도 모른 채 그 위에서 살고 있는 점원들과 함께 약방을 지탱하고 있다.

 신베에게는 가메야가 있고 아름다운 후처와 딸이 있었다. 세간의 평판도 좋았다.

 아무것도 없는 규스케는 빈털터리에 병약했지만 목숨만은 잇고 있었다.

 세 사람이 꽁꽁 감춰 온 과거의 죄.

 세 사람 곁으로 다시 날아든 죄.

 "오세쓰가 이제 와서 새삼 복수를 한다고 볼 수도 없다. 건강하더라도 쉰은 넘었을 여자가 혼자서 무슨 짓을 하겠나. 하물며 장정을 두 명이나 칼로 베어 죽이는 짓이 가능할 리 없지."

 마지마 신노스케는 나오이치의 긴 이야기에 지치지 않았다. 눈빛도 마음도 흔들리지 않았다.

 "그렇다면 자네들이 두려워한 것은 뭔가?"

"제가 두려워한 것은."

나오이치는 눈길을 외면했다. 헤이시로들이나 자신의 떨리는 손을 외면하는 게 아니라 자신이 두려워하는 것 자체에서 눈길을 피하고 있다. 그러나 언어는 목구멍을 스쳐 쉰 목소리로 흘러나온다.

"신베도, 규스케도 두려워하던 것은."

오세쓰는 무사히 아기를 낳았다.

"잘 자랐다면 스무 살이 되었을까요. 어엿한 장정이겠지요."

그 아들의 눈이 마침내 가메야 앞에 걸린 '왕진고'라는 글자를 올려다본 것은 아닐까.

언젠가 때가 되면, 이라고 오세쓰는 말했다.

그 '때'를 오세쓰의 아들이 맞이했다면.

벌을 내린다.

"오세쓰의 소식을 알아봐야겠군요."

마사고로가 단호하게 말했을 때 맹장지 너머에서 커다란 재채기 소리가 났다. 두 사람의 소리다. 노인과 소년. 겐에몬과 유미노스케다.

헤이시로는 긴 턱을 손으로 쓸었다. 때를 맞춰 얼른 재채기를 하려고 했지만 뜻대로 나와 주는 것이 아니다.

그러자 짱구가 "에이취!" 하는 시늉을 냈다.

맹장지 너머에서 유미노스케가 쑥스러운 듯이 소리 죽여 웃었다.

13

이즈쓰 헤이시로는 무료하기 짝이 없었다.

벌써 해가 중천에 가까운데도 툇마루를 낸 침실에서 뒹굴뒹굴하고 있다. 시원한 바람이 기분 좋아서 툇마루를 등지고 팔베개를 하고 누워 있다.

오늘 아침에는 일찌감치 마지마 신노스케와 목욕탕에 다녀왔다. 한껏 의욕에 차 있는 신노스케의 옴팡눈이 욕탕의 희미한 김 너머에서 반짝반짝 빛났다.

다이코쿠야의 고백 덕분에 가메야 신베와 썩둑이 출신 규스케가 살해된 사건의 윤곽이 희미하게나마 드러났다. 이름도 거처도 아직은 모르지만 누굴 추적해야 하는지를 파악한 만큼 이미 절반은 해결된 셈이나 마찬가지다.

그쪽을 추적하는 동시에 다이코쿠야에도 감시를 붙여 놓았다. 범인이 마침내 나오이치―도에몬의 목숨을 노리고 접근한다면 새그물을 쳐 놓고 잡아낼 작정이다. 새그물이라는 점이 특색이다. 약방에 박혀 있는 마사고로의 수하들은 달리 꾸미지 않아도 점원 같은 얼굴을 하고 있다. 외부에서 찾아오는 자들은 분간이 쉽지 않으리라.

이제 모든 일은 마사고로들에게 맡겨 두면 되는데―.

"나중에 저한테 배울 후배를 위해서라도 마사고로의 수하들과 함께 움직여 볼까 합니다."

신노스케는 씩씩하게 말했다. 헤이시로는 충고했다.

"그럴 목적으로 마사고로 수하들과 함께 움직일 거라면 조닌 차림이 좋겠지."

 오캇피키의 수하만이 아니라 검은 마키바오리를 입는 마치 관리까지 왔다는 사실을 알면 그 순간부터 꾹 닫혀 버릴 입도 있을 터이다. 권위가 필요한 경우와 방해가 되는 경우를 잘 가려서 움직이는 편이 좋다.

 "하오리를 벗고 약식 기모노를 입어도 좋을까요?"
 "그건 곤란해. 아주 꾀죄죄하고 굶주린 낭인 모습이라면 모르지만, 그렇게 어정쩡한 차림은 더 이상해 보이지 않겠나? 뭐야, 이 무사는, 하며 거북이 새끼처럼 모가지를 쏙 집어넣겠지. 그러면 아무리 천둥 번개가 쳐도 모가지를 내밀지 않을걸."
 "……그거, 자라 얘기 아닙니까? 한번 물면 절대 놓지 않는다는,'자라는 물면 천둥이 쳐도 놓지 않는다'라는 말이 있다. 실제로 자라에게 물렸을 때 억지로 떼어내리고 하면 자라목이 등껍질 안으로 들어가 더 떼어내기 힘들다고 한다."

 글쎄, 아무튼 따라오게, 하며 헤이시로는 신노스케를 데리고 집으로 돌아왔다. 집에서 아사지로가 기다리고 있었다. 어머, 안녕하십니까, 나리—하고 나긋나긋하게 인사한다.
 "소인 아사지로, 마지마 나리께 처음으로 문안드립니다. 명성은 익히 듣고 있었사옵니다. 존안을 뵈오니 이렇게 기쁠 수가 없습니다."

 신노스케는 별로 놀라지 않았다. 마지마 가에 드나드는 이발사한테 이미 아사지로 이야기를 듣고 있었는지도 모른다.
 헤이시로는 아사지로가 부친에게 이발사 직업을 물려받을 때 단골을 몇 사람 잃었다는 소문을 들은 적이 있다. 이 나긋나긋한 거동이 문제였다. 헤이시로는 전혀 개의치 않지만, 영 신경에 거슬린다는 사람도 있었으리라. 신노스케는 그런 정도는 아닌지 스스럼없이 고개를 끄덕이며 말했다.

"존안은 무슨. 추안이다."

"어머, 재밌으시다!"

절대 그렇지 않습니다요, 하면서 부정하지도 않고 어물쩍 넘기려고도 하지 않는다. 아사지로는 천연덕스럽다. 이렇게 묘하게 아부를 떨 줄 모르는 점도 헤이시로는 마음에 든다.

"아사지로, 오늘은 네가 마지막 나리를 변장시켜 주면 좋겠다."

헤이시로가 그렇게 말하자 이번에는 신노스케가 놀랐다. "지금 당장 말입니까?"

"좋은 일은 서둘러야지."

그 이야기를 듣자 아사지로가 반색을 했다. 맡겨만 주세요, 하며 두툼한 가슴을 두드린다. 저런 체격으로 나긋나긋 능숙하게 몸을 배배 꼬다니, 뭔가 특별한 수련이라도 쌓았을까.

"머리 모양은 제가 알아서 해 보겠지만, 옷은 어떻게 할까요? 나리께서 준비해 둔 옷이 있나요? 외람된 말씀이지만, 맡겨 주시면 옷도 제가 갖춰 드릴 수 있습니다만."

"너한테 일임하도록 하지."

"좋습니다. 그럼 맡겨 주세요. 잠깐 여기 하녀를 빌려도 되겠습니까?"

가메지마바시 다리를 건너 가와구치초의 아사지로네 가게에 가서 옷을 가져와야 한단다. 그야 어려운 일도 아니다. 헤이시로는 고헤이지를 불렀다.

"어머, 나리를 수행해야 하는 분에게 부탁하다니, 그럼 제가 너무 송구스럽잖아요. 하녀를 시켜도 됩니다."

"우리 집에는 하녀가 없다. 고헤이지 혼자 열 하녀 몫을 해내니까."

열 하녀 몫을 한다는 주겐이 부름을 받고 달려오자 아사지로는 정중하면서도 빈틈없이 심부름 내용을 전했다. 우리 집에 가서서 오카즈라는 이에게 이대로 말씀해 주시면 눈 깜짝할 사이에 준비해 줄 테니까 잘 부탁드립니다.

"오카즈?"

고헤이지가 물은 것은 그것뿐이었다.

"예. 제 누이동생입니다."

맛있어 보이는 이름이다 오카즈는 '반찬'이란 뜻도 있다.

고헤이지가 다녀오는 동안 헤이시로가 먼저 머리를 다듬고 상투를 틀었다. 아내가 차를 따라 주고 나갔다. 탕에서 나와 벌겋게 상기된 얼굴에 손부채질을 하고 있던 신노스케는 헤이시로의 부인이 나타나자 얼른 자세를 바로 하고 내내 흐트러지지 않았다.

"안주인님이 참 고우시죠?" 아사지로가 씽긋 웃으며 말했다.

"아, 그야 뭐."

신노스케가 땀을 흘리고 있다. 헤이시로도 아사지로의 말을 받아 천연덕스럽게 말한다. "많이 삭은 게 저 정도야. 소싯적엔 더 미인이었지."

"아, 예……."

"뭐, 어른들끼리 정한 혼담이었으니까. 저쪽에서는 내 얼굴이 이렇게 길고 못난 줄은 전혀 몰랐지. 얼굴을 보고 아주 낙담했을 거야. 이십이 년이나 지났으니 이제 겨우 익숙해졌으려나."

"느낌이 좋은 상입니다요, 나리 얼굴은."

아사지로가 말하면 아부처럼 들리지 않는다.

"그, 그, 그런데." 얼굴 이야기를 피하려는지 신노스케가 맥락이 닿지 않는 말을 꺼냈다. "아사지로, 자네는 미나미쓰지바시 다리맡에서 그 '저주의 사람 형상'이란 걸 직접 본 적 있나?"

아사지로는 손길을 멈추고 나무아미타불, 하며 합장을 하더니 예, 하고 대답했다. "정말 좀처럼 볼 수 없는 무서운 모습이었습니다."

"그 살인 사건에 관해 여기 무사촌에서 무슨 특별한 소문이 돌지는 않던가?"

엉뚱한 추측이 떠돌지는 않는지 신경을 쓰는 것이다. 그다운 신중함이고 신출내기다운 소심함이기도 하다.

"아뇨." 아사지로는 또렷하게 생긴(하지만 두터운) 입술을 오므려 보였다. "그 사건은 나리께서 해결해 주실 거잖아요? 모두 그렇게 말하던걸요."

그래?—하고 신노스케는 솔직하게 콧방울을 부풀렸다.

"그보다 마지마 나리에 대해서 대단한 소문을 듣고 있습니다. 짓테라면 핫초보리에서 으뜸가는 명수라고요."

오토쿠야 근처 채소 가게 며느리 오히데가 식칼을 든 난폭한 자에게 인질로 잡혔을 때 신노스케가 그림처럼 제압한 덕분이다.

"암. 정말 대단한 활약이었지. 지금도 눈에 선하다니까."

아유, 그걸 봤어야 하는데, 하며 아사지로가 헤이시로의 머리칼을 빗질하며 몸을 꼬았다.

"짓테 기술이라면 우리도 다들 한 번은 배우지. 하지만 그때 자네 기술은 보통 무술하고는 조금 다르더군. 육박이 빠르고 몸 기술과 결합된 것처럼 보이던데……."

신노스케의 옴팡눈이 깜빡거리고 있었다. "눈이 밝으시군요."

칭찬을 듣자 헤이시로는 기분이 좋아졌다.

"그때도 생각했던 거지만, 한 가지 물어봐도 되겠나?"

"물론입니다."

"그건 자네 혼자 수련한 기술인가? 아니면 따로 사범한테 배웠나? 마지마 집안에 내려오는 기술인가? 자네 부친이 짓테에 능하다는 말은 들어 본 적이 없는데. 내가 몰랐던 건가?"

신노스케는 잠시 망설였다. 대답이 곤란해서라기보다 대답을 해도 믿어 줄지 어떨지 자신이 없는 얼굴처럼 보인다.

그는 주저주저 목소리를 낮추어,

"마지마 집안의 내림—이긴 합니다."

그렇게 말하고 신노스케는 왠지 눈길을 내렸다. 헤이시로는 "호오", 아사지로는 "어머~"하고 소리를 질렀다.

"아버지한테 배웠습니다. 다만 아버지는 그 무술을 공무에 써 볼 기회가 없었습니다. 적어도 아버지 당신은 그렇게 말씀하셨습니다만."

어떠냐, 하며 신노스케는 아사지로에게 눈길을 돌렸다. "어디서 그런 소문을 들어 본 적은 있나?"

"없습니다, 나리." 아사지로는 진지한 표정으로 대답했다. "저희 이발사들은 서로 연락을 하고 지내서, 누구 하나라도 그런 소문을 들었다면 조만간 모두 알게 됩니다요. 하지만 마지마 나리의 선친께서 짓테에 능하다는 이야기는 지금껏 들어 본 적이 없습니다."

"그건 조부에 대해서도 마찬가지겠군."

핫초보리는 좁다. 그런 두드러진 사건이 있다면 한 세대나 두 세대 만에 소문이 사라지거나 하지는 않는다.

"그렇습니다. 할아버지 역시 수련은 했지만 활용할 기회가 없었습니다."

신노스케 대에 이르러 비로소 빛을 본 무술인 셈이다.

"그럴 기회가 없었다고 하지만 신 상은 이렇게 일찌감치 그 무술을 써먹었잖아."

조부도 부친도 과시하려고 들었다면 그럴 기회는 있지 않았을까.

"이즈쓰 님 말씀이 맞습니다. 솔직히 할아버지나 아버지나 무술을 쓸 마음이 처음부터 없었던 거라고 저는 해석하고 있습니다."

"아깝군."

아, 예…… 하며 신노스케가 고개를 더 깊이 숙인다.

"실은 그 짓테 무술은 그것만 따로 존재하는 것이 아닙니다. 몸통이 되는 무술이 따로 있습니다."

"몸통?"

헤이시로와 아사지로는 입을 모아 말했다. 아사지로는 고이초_상투를 작게 트는 머리 모양으로, 흔히 도신이나 요리키, 상인층 등이 애호했다_를 완성해 놓고 툇마루에 무릎을 꿇고 앉아 쉬고 있다.

"마지마 집안에 내려오는 비전의 무술은 오히려 그 몸통에 해당하는 무술입니다. 그런데, 그것이—."

"진짜 비술인 모양이죠?"

그 물음에 신노스케는 허벅지 위에서 주먹을 꼭 쥐고 허공을 올려다보았다.

"……그렇게 말할 만큼 대단한 무술이라고 하기에는."

"뭘, 비술이 틀림없겠군."

아사지로가 나긋나긋 몸을 꼬는 짓보다 더 어려울 기술임에 틀림없을 터였다.

"하지만……."

"됐네." 헤이시로는 웃었다. "굳이 캐물을 생각은 없어."

"소인도요. 그리고 이 이야기는 함부로 발설하지 않겠습니다."

아사지로는 제 입술을 봉하는 시늉을 했다.

"핫초보리에 드나드는 이발사는 입에 빗장이 달려 있습니다요. 한번 봉해 버리면 절대로 새지 않죠."

그 점에 대해서는 헤이시로도 보증을 설 수 있다.

"다만" 하고 아사지로가 고개를 갸웃거렸다. "그렇게 삼대에 걸쳐 단련하셨다면 어지간해서는 소문이 났을 법도 한데요. 이웃분들께서는 아시지 않았을까요?"

그렇지. 아사지로가 그럴듯한 말을 했다.

신노스케는 아사지로를 빤히 쳐다보며 물었다.

"정말 아무도 알지 못하는 것 같던가?"

"예. 핫초보리 이발사들이 모를 정도면 핫초보리에는 전혀 알려지지 않았다는 뜻입니다요."

신노스케는 가만히 한숨을 토했다. "수련은 저택 안에서 합니다. 봉당이나 다다미방, 부엌이나 측간 옆에서 할 때도 있었습니다."

그러니까 그—하며 이마를 훔치고 말을 이었다.

"그런 비술인 겁니다. 짓테 무술도 그렇지만, 정식 결투에 쓰는 기술이 아니니까 좁은 장소에서 수련해 두지 않으면 비상시에 보탬이 안 됩니다. 큰 소리로 기합을 넣을 필요도 없습니다. 조용하고 은밀하게, 한결같이 신속하게 움직이는 것이 중요합니다."

헤이시로와 아사지로는 얼굴을 마주 보고 고개를 크게 끄덕였다. 신노스케가 놀라운 활약을 펼쳤던 장소도 좁은 도로였다. 옆에는 집이 늘어서 있고 구경꾼들도 빙 둘러 서 있었다. 신노스케가 움직일 수 있는 공간은 아주 제한되어 있었다.

"와, 정말 대단하군요." 아사지로가 고개를 숙였다.

헤이시로는 손뼉을 짝, 쳤다. "오래간만에 속 시원히 납득이 가는 이야기를 들었네."

"부끄럽습니다."

신노스케가 머리를 긁적이고 있을 때 고헤이지가 심부름에서 돌아왔다.

마지마 신노스케는 조닌 상투가 잘 어울렸다. 남자다운 분위기가 삼 할쯤 커진 듯하다.

물결무늬에 뗏목 그림을 수놓은, 기장이 짧은 마 홑옷을 입고 허리띠는 오른쪽 허리에서 낚아 올리듯 비스듬히 매듭지었다. 이것이 요즘 젊은이들 사이에 유행이라고 한다.

안팎으로 옷감과 색이 다른 구지라오비를 두르면 더 좋겠지만, 흑공단이 너무 화려해서 아마 싫으실 테죠. 그렇다면 이런 줄무늬가 좋을 듯해서—아사지로는 입혔다 벗겼다 하길 즐기고 있다.

"집안 훈육이 좋은 태는 감출 수 없는 법이니까, 섣불리 껄렁한 한량 흉내를 내기보다는 시중에 흔한 상인 집안의 차남이라서 먹고 사는 데 지장이 없는 처지 정도로 가는 편이 좋겠습니다요."

옷을 다 입혀 놓고는 조금 물러나 턱을 당기고, 완성된 모양새를 점검하며 만면에 웃음을 짓는다. 그러더니 저도 모르게 중얼거리듯 한숨 섞인 목소리로 말했다.

"어머, 멋지다."

헤이시로 눈에도 멋져 보였다. 누구나 멋지다고 칭찬해 마지않는 핫초보리의 마키바오리와 고이초 상투지만, 신노스케의 경우는 그런 차림이 오히려 더 이상해 보이지 않았던가.

빈틈없는 아사지로는 셋타^{죽순 껍질을 엮어 만든 조리의 바닥에 가죽을 덧댄 신발}도 몇 켤레 가져오게 해 놓은 상태였다. 신노스케가 고른 셋타를 신겨 주고 끈의 위치도 정리해 주었다.

"이야, 정말이지, 비밀 순시관 나리님 같은걸요."

마음에 들어 죽겠다는 투로 쳐다보는 아사지로 앞에서 신노스케는 땀을 뻘뻘 흘리며 몸 둘 바를 몰라 한다.

"마사지로의 수하가 집에 들렀다 돌아갈 때 하는 거동을 잘 봐 두었다가 그대로 흉내 내면 돼."

"어, 어떻게요?"

"고헤이지, 잠깐 가르쳐 드려라."

마당 앞에 대기해 있던 고헤이지가 우헤, 하고 답했다.

"그, 글쎄요, 어떻게 하라는 말씀이신지."

결국 아사지로의 안내를 받아 하급 무사촌의 뒷문으로 외출해 보기로 했다. 저녁 무렵 여섯 점(오후 여섯시)에는 다시 이곳에 돌아와 도신 차림으로 갈아입고서 자기 집으로 귀가해야 한다. 안 그러면 신노스케의 모친이 졸도하고 말 테니.

"기다리고 있겠습니다요, 나리—아니지, 가명도 준비해야겠는걸요."

"신 상이면 됐지. 신스케 정도로 해 두자고."

그러고는 문득 생각났다는 듯이 내처 말했다.

"탐문만이 아니라 다이코쿠야 잠복도 도와주면 좋겠군. 그 차림이라면 문제없을 거야."

더불어 가메야의 상황도 보러가서 그 김에 가메야의 외동딸 후미노에게 제법 남자답게 변한 모습을 보여 주는 것도 좋겠지—하고 생각했지만, 이 말은 하지 않기로 했다. 말을 하면 신노스케는 도리어 가지 않을 것이다.

이리하여 두 사람이 떠난 것이 가을 아침 다섯 점(오전 여덟시)이 지난 참이었다.

그 뒤로 헤이시로는 한가로웠다.

할 일이 없다. 이제는 그게 무엇이든 성과가 들어오기를 기다리는 일만 남았다.

특별히 좀이 쑤시거나 하지는 않다. 어차피 게으름뱅이라고 자인

하고, 그렇게 인정받는 몸이다. 다만 혼자 벌렁 누워서 기다리자니 재미없다는 기분도 든다. 이런 일은 좀처럼 없었다.

—나도 늙었나.

재미없다는 기분이 들 줄이야. 오토쿠한테 말하면, 나리, 큰일 났네요, 하며 웃겠지.

신노스케의 젊음과 패기가 살짝 눈부셔 보였는지도 모르지. 내게도 그런 시절이―없었다고 생각하지만, 없었던 게 거의 확실하지만, 있었던 듯 아련하고 씁쓸한 기분이 들고 만다.

—나이가 든 거지.

혼잣말을 하고 다시 뒹굴뒹굴한다. 그렇다고 잠이 오는 것은 아니고 머릿속은 내내 움직이고 있었다. 온갖 소소한 일들을 맥락도 없이 잇달아 떠올리고 있다.

그러고 보니 오래도록 '까만콩'한테 기별을 주지 않았구나. 잘 지내고 있는지.

까만콩은 물론 별명이고, 이름은 쓰지 에이노스케이다. 헤이시로보다 열 살 연하지만 어릴 적부터 형제처럼 각별하게 지냈다. 체구도 작고 살갗이 가무잡잡해서 까만콩이다.

그를 떠올린 까닭은 아사지로가 '비밀 순시관 같다'고 말했기 때문이다. 에이노스케가 바로 비밀 순시관으로 일하는 도신이다.

마지막으로 얼굴을 본 게 언제였지? 이 집 창고에서 은밀히 만났었다. 그때 까만콩은 폐지 장수로 변장해 있었다.

당시 후카가와 기타마치에 있던 데쓰빈 나가야에서 내밀하고 조용하면서도 요상하기 짝이 없는 일이 벌어지고 있어서, 그걸 해결하려고 까만콩의 힘을 빌렸다. 그 건이 끝날 때까지는 편지를 주고받았지만 직접 만난 건 그때 한 번뿐이다.

까만콩이야 어련히 잘 지낼까. 무슨 일이 있으면 기별을 하겠지. 무소식이 희소식이라지 않던가.

헤이시로는 코털을 뽑았다. 아담하긴 하지만 마사고로 수하들 덕분에 말끔하게 손질된 가을 마당을 바라보며 한가롭게 이런저런 생각을 하고 있다.

―신 상이 과연 가메야를 방문할까?

가 보라고 확실하게 말했어야 했나? 후미노가 아사지로처럼 '어머나' 하며 몸을 배배 꼬지는 않더라도 눈을 동그랗게 뜨고 봐 주기라도 한다면 얼마나 근사한 일인가.

하지만 신노스케는 성격이 그 모양이다. 적당한 구실을 대고 가메야를 찾아가도 후미노가, 범인을 잡을 수 있을 것 같나요? 하고 물으면, 속속들이 털어놓지야 않겠지만 얼굴에 그대로 드러내 버리고 말겠지.

후미노는 총명한 아가씨다. 게다가 부녀지간에 골이 있어 보였다. 그 아가씨가 뭔가 감을 잡는다면, 조닌 상투가 잘 어울리네요, 따위의 부드러운 대화가 오가지는 않으리라. 결코 그럴 수 없을 것이다.

―가메야에 가는 것은 어림없는 일인가.

그러나 다이코쿠야에서는 신노스케가 몸소 잠복한다고 하면 크게 반가워할 게다. 어쩌면 거기에서 예쁜 딸을 보고 혹할 수도 있겠지. 도에몬은 딸이 있다는 말은 하지 않았지만.

아니, 하지만 도에몬은 역시 사람을 죽인 죄인이다. 그런 자의 딸을 핫초보리 도신이 아내로 맞이할 수는 없지. 아무도 모른다면 상관없다는 생각도 들지만.

헤이시로는 몸을 뒤척였다. 그 참에 팔다리를 죽 뻗어 기지개도 켜 본다.

헤이시로는 이미 도에몬의 죄를 징치하고 싶은 마음이 사라진 상태다. 아니, 실은 애초부터 그럴 마음이 없었다.

계획된 살인은 아니었다. 아니, 계획하기는 했으나, 실제로 일어난 일은 어디까지나 우발적이었다. 요시마쓰나 나오이치 일행 가운데 어느 한쪽이 목욕탕 가는 시간을 달리해서 양쪽이 얼굴을 마주치지 않았더라면 아무 일도 없었을 것이다.

나오이치—도에몬에게 그간의 세월은 감옥에 갇힌 것과 다름없지 않았을까. 물론 다이코쿠야 주인으로 대접받으며 맛난 음식을 먹고 포근한 이불을 덮고 비단옷을 입고 명주를 마시고 처자식 곁에서 살았다. 그런 일상이 즐거웠겠지. 하지만 바로 그렇기 때문에 도에몬 내면의 감옥은 더욱 단단히 문을 걸어 잠그고 그를 가두지 않았을까.

도에몬은 이미 충분히 벌을 받았다. 헤이시로는 그렇게 생각한다. 그는 왕진고로 돈을 벌지도 않았다. 팔겠다고 하는 신베를 말리기까지 했다.

범인이 정말 오세쓰나 그 아들이라면, 이런 변론을 순순히 받아들일 리 없다. 세 사람이 아무리 후회를 하고 두려움 속에서 살았더라도 원수는 원수다. 이미 두 사람은 처리했다. 남은 이는 도에몬 하나다. 그냥 넘어갈 줄 아는가. 봐줄 이유는 하나도 없다.

지금은 다이코쿠야에 감시가 붙어 있다. 마사고로가 그물을 치고 있는 한 도에몬이 쉽게 살해당하지는 않을 터이다.

범인은 감옥행이다. 사형을 면키 어렵다.

여기까지 생각하다가 헤이시로는 귀 위쪽을 벅벅 긁었다. 얼굴을 찡그린다.

범인이 오세쓰의 아들이라면 심문할 때 신베와 규스케를 죽이고 도에몬을 노린 이유를 말하겠지. 그래서 죄가 가벼워지지는 않겠지만, 그 이유를 말하지 않을 리가 없다.

그럼 도에몬도 다이코쿠야도 끝장이다. 헤이시로 혼자 눈감아 줘도 좋지 않은가, 하고 말해 봐야 씨알도 먹히지 않는다.

즉 다이코쿠야를 구해 주려면 범인도 눈감아 주어야 한다. 심문을 거쳐 재판정에 끌려 나가는 일이 없도록 사건 자체를 어둠에 묻어야 한다.

약관의 마지마 신노스케가 올린 눈부신 첫 성과는 허공으로 사라진다.

─신 상은 그래도 좋다고 할까?

진상이 밝혀지면 가메야도 무사하기 어렵다. 다이코쿠야와 마찬가지로 주인이 살인죄를 저질렀다. 사타에나 후미노가 옥에 갇히는 일은 없겠지만 재산 몰수는 피할 수 없다.

─신 상은 그래도 좋다고 할까?

가메야가 무너지면 왕진고도 사라진다. 가려움증으로 고생하는 사람들을 도울 수 없다. 물론 가메야의 썩둑이들이 다른 약방으로 옮기거나 독립해서 약방을 차릴 수만 있다면 이런 염려를 할 필요는 없겠지.

이리저리 생각을 굴린다. 일단 상의를 해 봐야겠군. 마사고로는 과연 뭐라고 할까.

헤이시로는 엎드린 채 팔을 세워 턱을 괬다. 금방 허리가 쑤시기 시작하자 다시 모로 누웠다가, 또 다시 바로 누워 큰 대 자로 팔다리를 벌린다.

─마사고로 하니까 생각나는데, 그 뒤에 다마이야 센조와 오키에는 어떻게 되었을까?

헤이시로가 자꾸 참견할 일이 아니라서 잠자코 있었고, 마사고로도 아무 말이 없었다.

오키에는 벌써 쫓겨났을까? 센조는 벌써 다음 여자를 데려다가 다시 만드는 데 열중하고 있을까?

짱구 산타로는 아무것도 모르고 있다. 그것만이 유일한 위안이었다.

다마이야에 가 볼까? 지배인 젠키치를 만나면 상황을 알 수 있겠지─하고 생각하다가 이내 생각을 고쳤다. 역시 이건 헤이시로가 끼어들 일이 아니다.

따분하군.

다른 생각이나 해 보자. 마지마 가에 은밀히 내려오는 짓테 무술과 '그 몸통' 말이다. 정말 궁금하다. 신노스케의 우물쭈물하는 모습 때문에 더욱 궁금해진다.

짓테 무술의 '몸통'이라면 역시 검술이겠지. 비검^{秘劍}이라 해야 옳겠다. 짓테로는 감당할 수 없게 되었을 때 자연히 칼집을 열고 칼을 뽑아든다—.

그런데, 대관절 어떤 무술일까.

신노스케의 말투나 안색을 보면 '누설해서는 안 되는 비술이라서 말을 못 하겠다'는 것만은 아닌 듯하고. 원래 겸손한 사람이지만 '대단한 무술은 아니다'라는 말은 액면 그대로 받아들여도 좋을 듯하다. 이건 순전히 느낌이지만 헤이시로의 감은 맞을 때는 맞는다.

뜻밖에 엉성한 무술은 아닐까? 사실은 워낙에 볼품이 없다거나. 그래서 신노스케도 말하기를 꺼려했던 게 아닐까?

큰 대 자로 누워서 바라보는 천장에, 나뭇결과 옹이가 어우러져 마치 사람 얼굴처럼 보이는 곳이 있다. 나뭇결의 곡선이 윤곽이 되고 옹이가 두 개의 동그란 눈처럼 보인다. 무슨 까닭인지 이런 얼굴 모양들은 대개 무섭다. 분노한 얼굴이거나 고통스러운 얼굴이거나 원한 맺힌 얼굴처럼 보인다.

헤이시로의 바로 위에는 무언가를 외치는 듯한 일그러진 얼굴 모양이 있다.

—난동을 부리던 센타로와 닮았군.

칼을 들고 인질극을 벌이다가 신노스케에게 제압당한 남자다. 채소 가게 며느리 오히데를 인질로 잡고 거품을 물며 악을 썼다. 뭘 봐, 구경났냐!

체포된 뒤 어떻게 되었을까. 그 이후 상황은 듣지 못했고, 신노스케도 말이 없다. 그렇다면 심문을 받고 옥에 갇혔을까?

에도의 마치부교쇼에서는 죄인(혹은 죄인으로 짐작되는 자)을 체포한 순서대로 심문하지는 않는다. 중죄인을 먼저 심문하는 경우도 있고, 복잡한 사건이면 뒤로 미루는 경우도 있다. 그 결정은 심문 담당 요리키에게 일임되어, 결국은 그들 하기 나름인 것이다.

이래서는 안 된다. 규칙을 세워 놓고 그에 따라 처리해야 한다고 하는 사람도 있고, 효조쇼評定所에도 시대의 최고 재판소에서 그런 지시가 하달되기도 한다. 로주쇼군 직속으로 정무를 관할하는 막부 최고위직의 측근인 지체 높은 유학자가 그런 의견서를 올린 적도 있다. 그러나 그 어느 것도 힘을 발휘하지 못한 채 오늘에 이르렀다. 관리들은 자신의 일상 업무가 우선이기 때문이다.

법이나 훈령을 만드는 사람은 그런 법이나 훈령이 없어도 인륜에 반하는 짓을 저지를 마음이 없는 사람들이다. 인품과 풍채가 천하지 않고 먹고 입는 데 부족함이 없고 배움도 있는 사람들이다. 하지만 적어도 마치부교쇼가 통괄하는 조닌들은 그렇지 않다. 그 법과 훈령에 의해 죄인으로서 재판을 받는 사람들은 그 법과 훈령을 읽을 줄도 모르는 자들이며, 그들이 죄를 저지르게 된 이유나 동기는 종종 법이나 훈령의 그 많은 조항에서도 다루어지지 않는다. 조항이 부족해서 다루지 못한 것이 아니라 아예 생각이 미치지 못한 것이다. 배움 있는 무사나 학자들 머릿속에 있는 윤리가 미처 담지 못하는 하찮은 불만이나 터무니없는 울분, 거친 분노 때문에 조닌들은 죄를 저지른다.

그렇게 되면 그들을 직접 다루는 마치 관리는 법이나 훈령이 다루지 못한 만큼을 임기응변으로 보완하거나 끼워 맞춰야 한다. 그러자면 지혜만이 아니라 연륜이 필요하다. 그러므로 노련한 심문 담당 요리키의 권한은 클 수밖에 없다. 법에 근거한 권력이 아니라 오랜 경험에서 오는 알토란 같은 권력이다. 그 재량권은 절대적이다.

 돈 문제 때문에 동료 상인을 죽였다. 단골 창녀를 놓고 싸움이 벌어져 상대방을 때린다는 것이 그만 죽이고 말았다. 그런 일이라면 사정은 대강 알 만하다. 본인의 진술도 뻔하다. 재판을 당장 하나 일 년 뒤에 하나 마찬가지다. 여하튼 벌 받아 마땅한 자가 분명하니 일단 감옥에 넣어 두어라.

 헤이시로는 심한 경우로, 심문도 없이 이십 년이나 감옥에 갇혀 있었다는 도적을 알고 있다. 다른 이유가 있어서가 아니라 그저 잊히고 만 것이다.

 재미있게도—라고 말하면 미안하지만, 덴마초 감옥에서 이십 년을 살아남았다면 그자는 대단한 걸물이라고 봐야 한다. 감방장이 되지는 못했어도(그러려면 별도의 다양한 조건이 필요하다), 살아남았다는 사실만으로도 대단한 것이다. 그 정도로 가혹한 곳이다.

 —센타로는 어떻게 지내고 있을까.

 얌전히 심문을 받고 있을 것 같지는 않다. 만약 그렇다면 심문 담당 요리키가 한 번쯤 헤이시로에게 뭔가를 물었을 테고, 그것은 신노스케도 마찬가지다.

 센타로가 식칼을 들고 나선 까닭은, 채소 가게의 며느리 오히데를 흠모했지만 내내 외면을 당하자 안달이 나서 제 뜻을 강요하기 위해서였다. 동정의 여지가 없다. 그런데 그자는 난동을 부릴 때 술기운이 없었는데도 몹시 흥분해 있었다. 될 대로 되라는 식의 난동처럼 보였다.

 "이 천치 같은 놈은 대가리가 식을 때까지 옥에 처넣어 둬라."

그렇게 투옥된 채 방치되어 있을 공산이 가장 크다.

헤이시로는 천장의 울부짖는 얼굴 형상과 눈싸움을 계속한다.

당시 센타로가 살던 사루에초 고혼마쓰 옆의 짓토쿠 나가야에서는 주민들이, 언젠가 이런 사달이 날 줄 알았다면서 입을 모아 걱정하고 있었다. 그 정도로, 센타로의 생활은 위태로워 보일 만큼 거칠었다는 것이다. 센타로는 덩치가 커서 이웃 주민들도 감히 손을 쓸 수가 없었다.

채소 행상을 하며, 나가야에서 어른 역할을 하는 마루스케라는 노인은 센타로가 어떻게 벌어먹고 살았는지 의아해했다. 짓토쿠 나가야는 궁핍한 자들이 모여 사는 곳이지만, 그런 곳에 살면서도 센타로는 술과 안주를 매일같이 사 먹으며 한량처럼 생활했던 것이다.

하지만 유곽에 드나드는 호사스러운 짓은 하지 않았다. 늘 혼자 집 안에 틀어박혀 있었다.

마루스케는 이런 말도 했다. 이런 밑바닥 나가야에 살면서 그렇게 먹고 마시는 것을 보면 센타로는 혹시 무엇을 피해, 혹은 누군가를 피해 숨어 사는 게 아닐까, 라고.

그때 마루스케와 약속도 했다. 노인의 죽은 아내가 사람 보는 눈이 특별했다고 하므로, 자네가 처가 되었다 생각하고 센타로의 돈줄이 무엇이었을지와 그렇게 이상하게 생활했던 까닭을 알아보게, 하고 일러두었다.

짓토쿠 나가야에나 가 보자. 헤이시로는 벌떡 일어났다.

그러자 기다렸다는 듯이 마당에 작은 그림자가 어른거렸다.

"이모부, 저 왔습니다. 어머니께서 감을 조금 가져다 드리라고 해서요."

유미노스케다. 헤이시로는 반가웠다.

"천리안이 따로 없네."

"예?"

"감일랑 고헤이지한테 맡겨 두고 나랑 같이 좀 나가자."

사루에초로 향하는 동안 헤이시로는 유미노스케에게 센타로 건을 들려주었다. 다마이야 오키에의 이야기와는 달리 거리낄 사정이 없으므로 아무 부담 없이 들려줄 수 있었다.

"채소 가게 소동이라면 오산 씨와 오몬 씨한테 들었습니다."

유미노스케는 시원한 얼굴로 걷고 있다.

"마지마 나리의 짓테 무술이 귀신같았다면서요?"

오토쿠 밑에서 일하는 아가씨들도 다 보고 있었던 모양이다. 이렇게 소문을 낼 정도면 몹시 감탄한 듯하다.

"그 아이들은 혼비백산해서 숨어 있었는데."

"예, 이모부하고 같이요."

그것들이 쓸데없는 말까지 지껄였군.

"센타로라는 자의 생활비는 공갈 같은 짓을 해서 뜯어낸 것이 아닐까요?"

헤이시로도 비슷하게 짐작은 하고 있었다. "그래. 그래서 나도 그 돈줄이 끊긴 게 아닐까 생각해 봤다."

"숨어 산 이유도 돈을 갈취하던 자에게 자기 거처를 숨기려고—그런 거라면 앞뒤가 딱딱 맞아요."

"그러나 공갈로 돈을 뜯어 온 거라면 어지간해서는 없애기 힘든 약점을 잡았다는 얘긴데? 없애기 힘든 약점이니까 상대방도 계속 돈을 줬을 테고. 돈을 내주지 않으려고 했다면 또 다른 소동이 벌어졌겠지."

돈을 내주던 자가 센타로를 없애 버리려고 한다. 그 시도가 뜻대로 된다면 센타로가 죽을 테고, 센타로가 반격에 성공한다면 상대방이 죽게 된다. 사체가 나오면 누군가에게 발견될 테고 마치 관리가 등장하게 된다.

"돈을 내주던 자가 갑자기 죽는다면 이야기는 또 달라지겠지요."

아무렇지도 않은 얼굴로 말하고 유미노스케는 헤이시로의 긴 얼굴을 올려다보았다.

"예를 들면 가메야의 신베 씨처럼."

헤이시로는 걸음을 멈췄다. 터무니없이 어여쁜 유미노스케의 얼굴에 그림자가 드리워져 있다. 헤이시로가 드리운 그늘이다.

유미노스케는 그늘에서 배시시 웃었다. "가메야의 경우는 비밀을 아는 이가 신베 씨 한 사람이니까 신베 씨가 죽어 버리면 공갈을 할 수 없게 됩니다. 가족들을 찾아가 사정이 이러저러하다고 윽박질러 본들 관에 신고당해서 오라나 받게 되겠지요."

"―다이코쿠야에는 가지 않았을까?"

"센타로는 다이코쿠야 씨나 규스케 씨까지는 몰랐겠지요. 신베 씨가 아무한테도 말하지 않고 혼자 감당하고 있었다면요."

왕진고로 큰돈을 벌고 있는 가메야다. 게다가 신베는 세상 물정에 빤하고 언변도 좋은데다 두뇌 회전까지 빠른 사람이다. 공갈하는 자에게 푼돈을 던져 주며 능숙하게 다루는 일 정도는 식은 죽 먹기였으리라. 덩치만 컸지 머리는 둔하다—라고 단언할 수야 없겠지만, 센타로가 신베에 맞설 만한 두뇌를 가지고 있을 성싶지는 않다.

긴 턱을 당긴 채 우두커니 서서 생각에 잠겨 있자 유미노스케가 소매를 잡아끈다.

"이모부, 죄송해요. 방금 드린 말씀은 그냥 가정이었어요."

"가정?"

"예. 센타로가 돈을 갈취한 상대가 신베 씨라고 하면 물론 아귀는 잘 맞아 보이지만, 시기가 맞질 않아요. 센타로는 반 년 전에 짓토쿠나가야로 이사 왔다고 했죠? 그때는 신베 씨도 건강하게 일하고 있었어요."

그렇군. 헤이시로도 기억을 떠올렸다. 신베가 자기 침실에서 참살된 채 발견된 것은 센타로가 채소 가게에서 소동을 일으킨 그 이튿날 새벽이었다. 센타로의 짝사랑에서 비롯된 난동이 먼저였다.

헤이시로는 아무 말 없이 살짝 무서운 표정을 지어 보였다. 그러고는 한 손으로 유미노스케 머리를 톡 쳤다. 유미노스케는 목을 움츠리며 얌전히 맞았다.

"너 말이다."

"예, 이모부."

"너의, 여기" 하며, 머리를 친 그 손으로 이번에는 유미노스케의 머리를 쓱쓱 쓰다듬어 주었다.

"—에서 나오는 생각이라면 이 이모부는 무턱대고 마음의 문을 활짝 열어 버리거든. 그러니까, 놀리지 마라."

그때 마치 때를 맞추기라도 한 듯 머리 위 높은 곳에서 "활짝 열렸네, 젠장!" 하는 남자의 목소리가 날아왔다. 헤이시로는 퍼뜩 위를 쳐다보았다가 눈부신 빛에 눈을 찡그렸다. 뭐가 저렇게 번쩍거리지?

가만히 보니 경종이다. 화재 감시용 망루에 남자 하나가 올라가서 경종을 닦고 있었다. 두 사람이 서 있던 곳이 마침 지신반 앞이었다.

"그러게 말이야. 정말 질려 버렸네."

살펴보니 지신반 문 앞에는 길에 물을 뿌리려는지 물통과 국자를 든 당번이 나와서 경종을 올려다보고 있었다.

유미노스케가 다시 헤이시로의 소매를 당기며 귀엣말을 했다. "화재 감시 망루에 있는 사람이 아래 있는 지신반 당번에게 오늘도 하늘이 활짝 열린 것처럼 아주 맑은 날이라 몹시 덥겠다는 뜻으로 말한 거예요."

헤이시로는 뜨악한 얼굴이 되었다. 지신반 당번이 그제야 그를 알아봤는지 허리를 꺾으며, 공무에 얼마나 노고가 많으십니까, 나리, 하며 깍듯하게 인사했다.

"가자."

"죄송해요."

제가 요즘 그런 걸 배우고 있거든요, 하고 유미노스케는 말했다.

"역시 그 사사키 선생한테? 그런 거라니 대체 뭘 배운다는 거냐?"

"세상에 일어나는 모든 일들이 인과의 끈—인과율로 연결되어 있다고 생각하면 사물을 보는 시각이 달라진다는 거예요."

"결국 견강부회 같은 것 아니냐."

예, 하고 유미노스케가 순순히 인정하며 웃는다.

"그래요. 그래서 사사키 선생님께선 그런 건 잘못된 사고 방법이라고 가르쳐 주십니다. 이 세상을 인과율만으로 읽으려고 들면 반드시 일을 그르친다, 집정자가 인과율로 정치를 펼치면 나라가 망하고 백성은 궁핍해진다고."

변함없이 위험한 사상을 가르치는 선생이군.

"그래도 인과율은 멋대로 활용하기가 편한 이치이므로 매우 조심해야 합니다. 또 인과율이 바르게 작동하는 경우도 있으므로 그 점을 잘 헤아리는 것이 중요합니다."

후카가와에 들어서서 계속 동쪽으로 걸어가니 풍경이 점차 한적해지고 논밭이 많이 보인다. 노란색 기운이 짙어진 논을 가로질러 오는 바람에, 와, 시원하다, 하며 유미노스케는 눈을 가늘게 떴다.

"사키치 씨가 사는 오지마보다는 니혼바시에 더 가까운 곳인데도 한결 시골스럽게 보입니다."

"여기는 새로 매립해 만든 논뿐이니까. 수로도 똑바로 나 있고."

조키부네뱃머리가 뾰족하게 생긴 작고 빠른 배가 떠 있는 수로에 창공이 아름답게 비친다. 유미노스케는 둑에서 풀 줄기 하나를 꺾어 입에 물었다. 인기척에 놀랐는지 물가에서 물고기들이 잽싸게 달아났다.

"이렇게 한적한 곳에 살던 사람이 왜 갑자기 흥분해서 식칼을 휘두르게 되었을까요?"

헤이시로는 조금 전에 놀림당한 것을 앙갚음해 주자는 생각이 들었다.

"너, 혹시 좋아하는 아가씨 있니?"

유미노스케는 풀 줄기를 풋, 하고 뱉었다.

"그, 그게 갑자기 무슨 말씀이세요?"

"그 아가씨가 네 말을 통 들어주질 않고 웃어 주지도 않고 뭐라고 꼬드겨도 계속 싫다고만 한다고 치자. 그럼 아무리 너라도 눈에 핏발이 서겠지? 밤엔 잠도 못 잘 테니."

"그, 그렇다고 식칼 같은 걸 들지는 않아요, 저는."

"연심에 눈이 멀면 모를 일이지. 그럴 때는 차마 내가 너를 체포할 수는 없으니 신 상한테 부탁해야겠다."

이 정도면 충분히 갚아 주었다고 생각하며 헤이시로는 창공을 향해 웃음을 날렸다. 살짝 입을 삐죽거리고 있던 유미노스케도 덩달아 쿡쿡 웃기 시작했다.

형편없이 허름한 나가야라는 말은 들었지만 막상 짓토쿠 나가야의 기울어진 출입문이며 울퉁불퉁한 지붕을 보니 유미노스케는 마음이 안 좋은 눈치였다.

"여기에는 오토쿠 아줌마 같은 사람이 없나 봐요."

"있어. 이제 곧 만날 노인이 그런 사람이지. 오토쿠처럼 활달하진 않지만 이 나가야의 장로 격이야."

마루스케는 집에 있었다. 출입문의 장지를 떼어 놓아, 노인이 마룻귀틀에 앉아 수건으로 땀을 훔치는 모습이 훤히 들여다보인다.

"어이."

헤이시로가 부르자 마루스케는 냉큼 일어섰다.

"아이고, 나리!"

"잠깐 얘기 좀 할까. 자네랑 약속을 해 놓고 통 연락을 못 해서 미안하네."

마루스케는 헤이시로의 손을 잡아끌듯이 집 안으로 안내했다. 저번에 찾아왔을 때와 마찬가지로 말끔하게 정돈된 통풍이 잘되는 네 첩짜리 단칸방이다. 오물 냄새가 심해 조금 괴롭긴 했지만.

"나리께서 일부러 소인을 찾아오시다니요. 혹시 센타로 때문인가요?"

유미노스케는 문가에 얌전히 섰다. 마루스케가 급하게 말을 하고 있으므로 일단은 막지 않고 듣겠다는 자세였다.

"그거, 알아냈습니다요."

센타로가 쓰던 돈의 출처나 밥벌이를 말하는 것이다.

"자네 처가 꿈에 나타나 가르쳐 주었나?"

"아뇨, 그건 아닙니다요."

이 '다요'로 끝내는 것이 마루스케의 독특한 말버릇이었다.

"나리께서 다녀가시고 보름쯤 지나서 센타로와 아는 사이라는 아가씨 하나가 찾아왔습니다요. 훌쩍훌쩍 울면서 이런저런 얘기를 하더구먼요."

아가씨의 말에 따르면, 짝사랑에 몸이 달아 난동을 저지른 센타로는 대략 이 년 전만 해도 신이었다고 한다.

14

아가씨의 이름은 '오테이'라고 하는데, 나이는 스물하나나 둘 정도

일 거라고 마루스케는 말했다. "아주 활달하고 당찬 아가씨였습니다요. 그런 아가씨가 얘기를 하다가 서럽게 울기 시작할 때는 저도 요기가 짠해져서" 하며 손바닥으로 제 가슴을 쓸었다.

오테이는 이리야의 하치에몬 나가야에서 왔다고 한다. 이리야도 이곳 정도는 아니지만 아직 변두리 분위기가 짙게 남아 있는 동네다. '하치에몬'은 집주인 이름이다.

이리야라면 센타로가 전에 살던 곳이다.

"같은 나가야에 살던 아가씨인가?"

"예. 오테이는 집주인 댁에서 기숙하는 하녀인데, 병치레가 잦은 모친이 나가야에 혼자 살고 있어서 종종 모친을 살펴보러 외출할 수 있도록 허락을 받았다고 합니다요."

이야기를 들으며 헤이시로는 마루스케와 나란히 마룻귀틀에 앉았다. 그러자 마루스케는 얼른 마루 위로 올라 무릎을 꿇다가 그제야 유미노스케를 알아보았다. 그 동그란 눈이 더욱 동그래졌다.

"허, 어느 댁 도련님이시더라?"

실례합니다, 하고 유미노스케가 정중하게 고개를 숙였다.

"아, 나랑 같이 온 아이다."

"나리하고요?" 마루스케의 입까지 동그래진다. "정말 곱게도 생긴 도련님이네요, 나리. 나리는 참 자녀복도 많으십니다요. 근데 어째서 상인 집 아이처럼 차려입었습니까요?"

"상인 집 자식이니까." 헤이시로는 웃었다. "내 아들이 아니라 조카야."

"사가초 염료 도매상 가와이야의 아들입니다. 유미노스케라고 합니다."

유미노스케는 다시 한 번 고개를 꾸뻑 숙였다. 덩달아 마루스케도 머리를 조아리며 인사를 했다.

"내 처조카일세. 가끔 나를 따라다니며 세상 공부를 하고 있지."

아하, 하며 마루스케는 감탄했다. "그렇다면 도련님, 유미노스케 님, 이리 드시지요. 거기 그렇게 서 계시지 말고요."

마루스케는 통통한 손으로 유미노스케에게 손짓하며 자리를 비켜 주었다. 유미노스케가, 그럼 실례합니다, 하더니 엉거주춤 들어서서 마루스케를 가운데 두고 앉아 씽긋 웃는다.

"친절하게 맞아 주시니 고맙습니다."

마루스케는 또 감탄했다. "아이고, 참으로 어여쁜 도련님이시네요. 예절도 바르시고."

"이 아이가 나보다 머리가 좋아서 가끔은 내 일에 보탬이 되는 말을 해 주기도 하네. 같이 자네 얘기를 듣기로 하지."

마루스케는 이야기를 듣고 있지 않았다. 풀린 얼굴로 넋을 놓고 유미노스케를 쳐다보고 있다. 그러자 유미노스케가 먼저 이야기를 꺼냈다.

"오테이라는 하녀는 센타로 씨를 잘 알고 있던가요?"

아, 예, 예, 하며 마루스케는 고개를 끄덕였다. 당황한 듯이 눈을 깜빡거리더니 그제야 제정신을 차린 듯하다.

"그렇습니다요. 센타로가 난동을 부렸다는 소문을 듣고 상황을 보러 왔다더군요."

센타로가 여기로 이사할 때 보증을 서 준 사람은 하치에몬 나가야의 관리인인데, 그 관리인은 당연히 집주인의 수하이므로 난동이 벌어지자 이리야 쪽에도 즉시 사태의 전말이 전해졌다. 나가야 주민의 추태는 그들의 생활을 감독할 책임이 있는 관리인의 잘못이기도 하다. 센타로가 감옥에 갇힐 짓을 저질렀으니 이리야 쪽에 모종의 징벌이 떨어져도 이상하지 않다.

"우리 관리인과 그쪽 관리인이 나란히 출두해서 엄중 경고에도 시대 서민에게 내리는 처벌 중 가장 가벼운 것으로, 부교쇼에 출두하여 꾸중을 듣는 것를 들었습니다요. 그 정도 선에서 끝나서 저희도 가슴을 쓸어내렸습죠."

장본인 센타로가 어떤 처벌을 받았는지에 대해서는 짓토쿠 나가야의 어느 누구도 알지 못한다고 한다.

"나리께서도 모르시나요?"

"음." 별로 곤혹스러워하지도 않고 헤이시로는 선선히 인정했다.

"담당이 아니라서." 마루스케의 말투를 흉내 내서 말했다.

"하지만 당분간 덴마초에서 나오지는 못할 거다. 길거리에서 칼을 쥐고 인질을 잡았으니."

그 말에 마루스케는 어깨를 떨어뜨렸다. 몹시 딱하게 여기는 듯하다. 센타로는 여기 짓토쿠 나가야의 골칫거리였을 텐데.

"그럼 오테이 씨는 하녀로 일하는 주인집에서 센타로 씨의 난동 소식을 듣고 내내 걱정하고 있었겠군요. 그러다 어렵게 시간을 내서 한 달쯤 전에 여기로 찾아왔다는 거죠?"

유미노스케의 정리에 마루스케가 대답했다. 예, 도련님 말씀이 맞습니다요.

"또 오테이 씨가 훌쩍훌쩍 울었다고 하니 아마 센타로 씨랑 사이가 좋았을 거예요. 혹시 두 사람이 사귀고 있었을까요?"

유미노스케는 악의 없는 눈빛으로 고개를 갸웃했다. 그러자 마루스케는 얼굴을 붉혔다.

"아니, 아니, 그런 눈치는 아니었습니다요. 저도 혹시나 해서 오테이한테 물어보았는데, 서로 좋아하던 사이는 아닌 것 같더구먼요."

다만 센타로 씨는 좋은 이웃이어서 어머니가 평소 신세를 많이 졌거든요—라고 오테이는 말했다고 한다. 마음이 아주 따뜻하고 친절한 사람이었어요.

"이곳에 살던 센타로하고는 아주 다른 모습 아닌가."

"예. 저도 어리둥절했습니다요."

센타로는 떠돌이 목수였다. 정해진 대목수 밑에서 일하는 게 아니라 여기저기 품팔이로 일하는 목수다. 장인으로서는 어중간한 위치였고, 기량도 그다지 뛰어나지는 못했던 모양이다.

오테이는 센타로의 처지에 대해서는 잘 모른다고 했다. 어려서 부모와 사별했고 형제자매도 없다. 많은 양부모의 집을 여기저기 떠돌면서 어깨너머로 목수 일을 배웠다. 그러다 열다섯 살 때 차라리 제대로 배워 보자 싶어서 어느 대목 밑에 도제로 들어갔지만, 고참이 혹독하게 괴롭힌 탓에 끝내 견디지 못하고 도망쳐 나왔다. 그 뒤로 혼자서 하루 벌어 하루 사는 식으로 지내 왔다는 정도만 알 뿐이다.

"그 정도면 충분하지." 헤이시로는 말했다. "홀몸에 품팔이 목수라면 대개 그렇겠지."

오테이도 홀어머니 밑에서 외동딸로 지낸다. 부친은 오래전에 죽었다. 모녀 둘이서 각종 채소를 삶아서 팔거나 멜대로 지고 행상을 하면서 단란하게 살아왔지만, 어머니가 자리보전을 하자 오테이 혼자 어머니 몫까지 벌어야 했다. 다행히 마침 주인집에 하녀로 들어가게 되었으나 아픈 어머니를 나가야에 두고 떠나는 것이 괴로웠다.

그럴 때 센타로가 어머니는 내가 돌봐 드릴 테니까 안심하고 주인집에 들어가 일하라고 말해 주었다. 그 전에도 모녀의 살림에 사심 없이 친절을 베풀어 온 센타로였으므로 오테이도 염치없이 의지할 수 있었다고 한다.

"그 전부터 친절하게 대해 주었다고?" 헤이시로가 제 턱을 손으로 비틀었다. "오테이가 미녀던가?"

마루스케가 동그란 머리를 갸웃한다. "글쎄요, 보는 사람마다 다르겠지요."

"센타로 씨는 몇 살이죠?"

"서른다섯입니다, 도련님."

오테이 처지에서 보자면 그야말로 아저씨뻘이다. 특별히 잘생긴 남자도 아니다. 채소 가게의 오히데에 대해서도 그랬듯이 센타로의 짝사랑이었을까?

"오테이는, 센타로 자신이 외로운 처지였기 때문에 우리 모녀가 사이좋게 지낼 수 있도록 도와주고 싶었던 게 아닐까 생각하더군요."

소박한 선의를 소박하게 해석하면 그렇게 되리라.

여하튼 이리하여 오테이는 하녀살이를 시작했다. 다행히 주인 내외는 너그럽고 이해심이 있는 사람들이라, 오테이 어머니가 아프다는 사실을 알고는 가끔 나가야에 가서 어머니를 돌볼 수 있도록 허락했다.

센타로는 약속대로 오테이의 모친을 알뜰하게 보살펴 주었다. 오테이는 모친에게 센타로가 잘 도와준다는 말을 들었다. 오테이는 종종 그의 뒷모습을 향해 두 손을 모으곤 했다. 눈앞에서 고맙다고 말하면 센타로가 쑥스러워 피해 버리기 때문이다.

헤이시로 입에서는 '흐음'도 '우헤'도 나오지 않았다. 하치에몬 나가야의 센타로와 짓토쿠 나가야에 이사하여 채소 가게를 드나들던 센타로가 전혀 다른 사람 같았다.

"하치에몬 나가야에 있을 때, 센타로 씨는 술을 좋아했나요?"

유미노스케가 좋은 질문을 했다. 마루스케도 기운을 내는 듯이 몸을 앞으로 내밀었다.

"그게요, 도련님, 한 방울도 안 마셨다고 합니다요."

짓토쿠 나가야에서는 매일 술에 절어 살았는데.

"그렇다면 하치에몬 나가야에 있을 때 무슨 일을 겪으면서 센타로 씨 인격이 확 변했다고 봐야겠군요. 그게 무슨 일인지는 몰라도 아마 오테이 씨를 울릴 만한 일이었을 겁니다요."

유미노스케도 마루스케의 억양을 흉내 낸다.

"바로 그겁니다요, 도련님." 마루스케의 노인답지 않은 동글동글한 볼이 이번에는 흥분으로 발갛게 달아올랐다. "오테이한테 그간의 사정을 듣고 저도 깜짝 놀랐습니다요."

헤이시로는 미간을 찡그렸다. "그래, 무슨 일이 있었나?"

마루스케는 긴장감을 연출하려던 건 아니었겠지만, 숨을 꿀꺽 삼키느라 뜸을 두었다. 헤이시로와 유미노스케도 숨을 죽였다.

"보, 복권."

마루스케는 숨을 너무 세게 삼키다가 밭은기침을 했다.

"복권?"

"그, 그렇습니다요."

헤이시로는 영문을 알 수 없었다. 하지만 유미노스케의 눈동자가 반짝, 하고 빛났다.

"센타로 씨가 복권에 당첨되었군요?"

여전히 기침을 해 대며 마루스케는 어깨를 움츠리고 고개를 연방 끄덕였다. "사, 삼."

"삼백 냥!"

까닭은 알 수 없지만 마루스케와 유미노스케는 어느새 손을 맞잡고 있었다. 맞잡은 손을 휘휘 휘두르며 삼백 냥, 삼백 냥, 하는 소리를 반복한다.

"오호, 거참 경사스런 얘기다만…… 무슨 복권이었지?"

"야나카 덴노지 절의 복권이었답니다요." 그렇게 대답하고 나서야 마루스케의 숨이 안정되었다. "복권이 센타로의 유일한 낙이었다고 합니다요. 그 사람, 술도 안 마시고 여자도 몰랐답니다요. 없는 살림이지만 한 푼 두 푼 모아 여기저기서 복권을 샀다고 합니다요."

복권은 흔히 복돌福突이라고도 한다. 번호가 기록된 나무판을 긴 송곳으로 찌른다고 해서 나온 이름일 것이다. 발행주가 적당한 가격으로 복권을 많이 팔아서 돈을 모으고 추첨을 한다. 당첨 번호를 사 가지고 있던 자는 상금을 받는다. 나머지 돈은 전부 주최 측 차지가 된다.

그렇지만 복권의 발행 주최는 전부 사찰이나 신사다. 복권은 사찰이나 신사가 가람의 수리나 유지에 드는 비용을 마련하기 위한 방편인 것이다. 그렇다고 마음대로 발행할 수는 없다. 아무리 유서 깊은 신사나 사찰이라도 복권을 발행하고 싶으면 지샤부교쇼_{절이나 신사의 영지·인사·소송 등 잡무를 담당하던 막부 관청}에 신청서를 제출하고 로주의 재가를 받아야 한다—.

한편 복권은 일확천금을 꿈꾸는 서민의 오락이기도 해서 에도에서는 늘 유행해 왔다. 지나치게 유행하자 막부가 과거에 몇 번인가 단속하기도 했지만 그리 효과를 거두지는 못했다.

작년 한 해 복권 발행 횟수가 칠십 회라고도 하고 칠십이 회라고도 하는 이야기를 헤이시로도 얼핏 들은 기억이 있다. 그것이 이제 백 회를 넘었다고 해서 화제가 되었다. 얼마나 유행하고 있는지는 이것만 봐도 알 수 있다. 그러므로 센타로가 '여기저기'서 복권을 구입하고 있었다는 것도 이해하지 못할 이야기는 아니지만—.

"요즘 한 장에 얼마나 하지? 이 주_{朱는 에도 시대 금화의 단위로 한 냥의 16분의 1이었다}였나?"

여전히 손을 맞잡은 채 마루스케는 눈을 멀뚱히 떴다. 유미노스케도 아는 게 없는 눈치다.

"이 주라면 꽤—."

"비싸네요."

그렇게 말을 잇고 나서 두 사람은 얼굴을 마주 보았다. 사실 나가야에 사는 홀아비가 술을 멀리하고 특별한 도락도 없다면, 이 주 정도면 보름—아니, 한 달은 살 수 있지 않을까.

"센타로가 정말로 삼백 냥을 받았다고 하던가?"

"예, 분명히 그랬습니다요."

"그럼 사설 복권은 아니로군. 혼자 삼백 냥을 받았다면 공동구매 복권도 아닐 테고."

긴 턱을 앞으로 잡아당기며 중얼거리는 헤이시로를 마루스케와 유미노스케가 쳐다보고 있다.

"복권에 꽤 해박하시네요, 이모부?"

"물론 업무 때문이겠죠?"

턱살이 통통한 노인과 인형 같은 미모의 소년이 나란히 눈을 동그랗게 뜨고 있는 모습이 우스워서 헤이시로는 웃음을 터뜨렸다.

"복권은 지샤부교쇼 관할이야. 나야 그냥 시중에서 주워들었을 뿐이다. 고헤이지 일도 있었고."

아뿔싸, 괜한 말을 했군.

"고헤이지 씨 일이요?" 하고 유미노스케가 반복했다. 내처 캐물으려는 표정이다.

"뭐, 됐다. 네가 우리 집에 드나들기 이전이니까 네가 신경 쓸 일은 아니지만, 너, 이걸 고헤이지의 약점으로 잡으려고 하면 안 된다."

"예, 명심하겠습니다."

복권은 사찰이나 신사의 수리나 유지 관리에 드는 비용을 마련하는 것이 목적이지만, 결국은 도박이다. 실제로 에도 막부가 수립된 직후에는 사찰이나 신사의 유지 관리비 마련과는 관계없는 순수한 도박으로 유행하다가 막부가 금지령을 내려 단속한 적이 있다. 그러므로 지샤부교쇼 관할 아래 진행되는 지금의 복권은 '관인 복권'이라고도 한다.

도박의 일종인 만큼 무가에서 복권을 구입하는 것은 금지되어 있다. 몰래 하는 무사도 있는 듯하지만, 마치 관리의 경우는 어림도 없다. 발각되면 큰일 난다.

벌써 오래전 일이지만, 고헤이지가 주겐 동료에게 공동구매 복권을 사자는 권유를 받았다고 헤이시로에게 상의를 한 적이 있다. 이번이 처음은 아니라고 했다. 전부터 꽤 집요하게 권유하고 있다는 것이었다.

공동구매 복권이란 여러 사람이 돈을 모아서 복권을 사는 것을 말한다. 만약 당첨되면 상금을 인원수대로 나눈다.

주겐은 관리의 수하이므로 이치상 복권 구입은 불법이다. 하지만 고헤이지가 어울리는 주겐 중에는 복권은 물론이고 본격적인 도박으로 재산을 탕진하는 자들도 있어 복권 정도는 거리낌 없이 산다. 열심히 산다. 애초에 복권의 가장 커다란 구매층은 이런 도박 애호가들과 하루살이처럼 사는 조닌들이다. 어느 정도 여유가 있는 상인층은 잘 구입하지 않는다.

주겐은 주겐끼리 어울린다. '자네, 왜 이래, 불법이잖아!' 하고 야단을 치기는 쉽지만, 그렇게 해서 물리칠 수 있다면 고헤이지도 굳이 상담을 청하지는 않았을 것이다. 고헤이지에게도 당첨금 욕심이 있긴 했으리라. 그래서 헤이시로는 대책을 바꾸었다. 즉 정말 당첨이라도 되면 엄청난 소동이 벌어진다는 사실을 고헤이지에게 말해 주었다.

"쓰노다루_{검게 혹은 붉게 칠한 술통에 뿔처럼 긴 손잡이가 두 개 달린 것으로, 잔치 석상에 등장한다}와 오카시라쓰키_{머리와 꼬리를 이어놓은 생선으로 역시 잔치 석상에 올린다}를 실은 대형 수레에 상금으로 나온 금화를 쌓아, 젊은이들이 집까지 영차영차 요란하게 가져다준다더군. 애초에 비밀리에 당첨금을 챙길 수가 없단 말이다. 동네방네 모르는 사람이 없게 되겠지."

이 말만으로도 고헤이지는 기가 죽었다.

"그런 요란한 행차를 피하고 싶으면 주최 측에 미리 손을 써 두어야 해. 그러려면 터무니없이 많은 돈이 들겠지. 당첨금을 은밀하게 타기 위한 뒷돈 말이야. 그러니 왕창 뜯겨도 어디 하소연할 데도 없어. 결국 복권 값 정도밖에 안 남는 경우도 있다더라. 얼마든지 있을 수 있는 일이지."

"우헤" 하고 고헤이지는 낙담했다. "공동구매로 샀다가 당첨되어도 대형 수레가 행차하게 될까요, 나리?"

헤이시로는 몸을 한껏 젖히며 말했다.

"당연히 우르르 몰려오지. 그렇게 사람들을 동원하는 비용도 당첨금에서 공제한다더라. 당첨자가 몇 사람이든 똑같이 배달해. 예를 들어 천 냥이 나온다고 해 봐. 다섯이서 샀으면 한 놈당 이백 냥이지. 하지만 결국 너희들은 금화 꾸러미를 풀어 보기도 전에 오라를 받게 될 거다. 나도 주겐을 잘못 거느린 죄로 재산과 직책을 몰수당할 테고."

고헤이지의 당첨금 욕심은 어느새 사라지고 말았다. 그런 사태에 빠지지 않고 잘 빠져나가는 주겐들도 있습니다, 하고 항변할 수 있었다면 애초에 고민하지도 않았을 것이다.

"너한테 복권을 공동구매하자고 꼬드긴 놈은 복권을 몇 번이나 사 봤겠지만 한 번도 당첨된 적이 없었을 게야. 그러니 당첨됐을 때 일어나는 일을 각오하지 않았겠지. 그런 놈 궁둥이를 따라다녀도 좋으냐, 고헤이지?"

그리고 나서 둘이 상의한 끝에, 고헤이지의 죽은 부친이 매일 밤 두 눈을 부릅뜬 시퍼런 얼굴로 꿈에 나타나, "복권 같은 거에 손만 대 봐. 그랬다간 네놈 목덜미를 쥐고 지옥에 넘겨 버릴 테다!" 하고 윽박질러서 견딜 수가 없다—라는 핑계를 준비했다. 복권을 함께 사자고 찾아온 주겐이 그 말을 믿었는지, 아니면 그저 어이없어했는지는 알 수 없다. 고헤이지는 며칠을 고민하느라 얼굴이 해쓱해져 있었으므로 의외로 진짜처럼 들렸을지도 모른다. 그 뒤 고헤이지가 복권을 공동구매하자는 권유를 받는 일은 없었다.

사설 복권은, 정규 복권의 그늘 아래서 누군가 멋대로 발행주가 되어, 일 문文엽전의 단위. 시기별로 차이는 있으나 평균 금화 한 냥이 엽전 사천 문이었다고 한다 단위로 복권을 팔고 관인 복권의 당첨 번호대로 구입가의 여덟 배를 상금으로 지급한다. 물론 이는 불법 도박이므로 적발되면 처벌을 받는다. 하지만 복권이 유행할수록 사설 복권도 활발해졌다. 아니, 공공연히 팔지 않아 눈에 띄지 않을 뿐, 사찰이나 신사에서 발행하는 복권을 능가하여, 이제는 이쪽이 더 활발한지도 모른다.

"사설 복권이든 공동구매 복권이든 나중에는, 이거 얘기가 다르지 않느냐, 속았다며 말썽이 나게 마련이지. 임시 순시관인 나도 그런 싸움을 중재하거나 호통을 친 적이 여러 번이니까. 짱구라면 모시치

대행수한테 복권과 관련된 요란한 소동을 몇 가지 들었을지도 모르겠군."

문득 보니 마루스케가 문어처럼 입을 삐죽 내밀고 있다. 불만이 있어서가 아니라 골똘히 귀를 기울이고 있는 듯하다.

"나리, 그 말씀이 바로 오테이가 한 얘기와 똑같습니다요."

실제로 삼백 냥에 당첨된 센타로 집으로 깃발을 요란하게 장식한 대형 수레와 사람들이 몰려왔다고 한다.

나가야 사람들이 모두 소스라치게 놀랐다. 관리인이 집주인한테 보고하러 달려온 덕분에 오테이도 곧바로 그 소식을 알았다.

"대단한 행운이다. 센타로는 평소 행실이 착실하니까 큰 복을 만난 거라고 기뻐했다는데……."

목소리가 갈수록 가늘어진다. 고개도 점점 숙이고 만다. 헤이시로가 그의 심정을 짐작하고 입을 열었다.

"그런데도 센타로는 엄청난 거금을 얻은 뒤로 행실이 망가진 게로군. 전혀 행운이 아니었어."

마루스케는 눈을 깜빡였다. "아뇨, 그게 아닙니다요, 나리."

센타로는 당첨금을 받은 탓에 행실이 망가진 것은 아니라고 한다. 오테이 말에 따르면 다른 사정이 있었다.

이럴 때면 유미노스케의 머리가 더 냉정해진다. "그렇군요. 이 년 전만 해도 센타로 씨가 신이었다는 아까 그 말씀과 연결되겠군요?"

"그렇습니다요, 도련님."

삼 등 복권에 당첨되자 센타로는 갑자기 '하치에몬 나가야의 복신'으로 추어올려지고 말았다.

"하치에몬 나가야도, 물론 우리 나가야 정도는 아니지만, 가난한 이들이 모여 사는 곳이라고 합니다요. 그런 곳에 사는 품팔이 목수가 삼백 냥에 당첨되었으니, 센타로의 머리에 복신이 깃든 것이라고 했답니다요."

주변 사람들이 합장하며 절을 하는 대상이 되고 말았다. 이것은 센타로가 당첨 복권을 구입한 이케노하타의 간이찻집이 앞장서서 바람을 잡은 탓도 있는 모양이다.

에도 시중에는 복권 도매상이 네 군데밖에 없다. 너무 늘리면 풍기문란으로 이어지기 때문이다. 그리고 간이찻집 중에는 복권 판매를 부업으로 삼는 곳이 많다.

그런 판매소에서는 당첨자가 나오면 자기 가게를 선전하려고 요란하게 소문을 퍼뜨린다.

"옛날에 간다 묘진시타에서, 그게 가마꾼 두령이었던가? 천 냥 복권에 당첨돼서 사람들이 산부처로 떠받든 지 열흘도 안 돼 급사해 버렸다는 이야기는 나도 들어 봤지."

가마꾼 두령이라면, 그 밑에서 일하는 자들도 술 좋아하고 거칠기로 소문난 자들이다. 연일 술통을 비워내다가 술독이 올라 죽었다는 이야기였다. 누구한테 들었더라? 아버지였나?

"오테이 씨에게 센타로 씨는 삼백 냥을 타기 전부터 산부처였겠지요." 유미노스케가 낮은 소리로 말한다. "하지만 삼백 냥에 당첨되었으니까 복신이시다—하며 절하는 사람들 마음이 다 오테이 씨 같지는 않았겠지요."

순수하게 놀라고 감탄하고, 사심 없이 합장하는 기특한 자가 전혀 없진 않았겠지만.

나가야 주민들만이 아니다. 소문이 퍼지면 아무 인연도 없고 안면도 없는 자들까지 몰려든다. 대단한 분이다, 나도 저랬으면 좋겠다, 하며 센타로를 경배하는 데에 그치지 않는다.

"센타로 씨는 사람이 착하고—."

게다가 욕심도 없어요—하며 마루스케가 여자처럼 나긋나긋한 투로 말한다. 오테이 말투를 흉내 내는 듯하다.

"복신님, 산부처님, 하며 이런저런 이유로 돈이 없어 애를 태우는 저희를 구해 주소서, 하고 절을 하면 요만큼도 의심하지 않고 달라는 대로 돈을 내주었다고 합니다요."

그러면 또 떠받든다. 그렇게 떠받드는 자들을 간이찻집 주인이 더 부채질한다. 센타로 님을 만나고 싶다고? 그럼 먼저 나랑 얘기해야 해, 그분과 연결하는 일을 우리가 도맡았거든, 하며 넉살 좋게 나선다. 그러면서 슬쩍 알선료를 챙겼을 게 틀림없다.

"그런 일을 했다면……." 유미노스케가 양손을 입가에 댔다. "삼백 냥 정도는 금방 바닥나고 말았겠군요."

오테이에 따르면 그래도 넉 달은 버텼다고 한다. 용케 넉 달을 버틴 거죠.

보다 못해 관리인이 몇 번이나 꾸짖었다. 오테이도 그런 소동이 시작된 직후에 하치에몬 나가야에 가서 센타로를 만났다.

—이렇게 돈을 마구 나눠 주는 것은 센타로 씨한테나 그 돈을 받는 사람한테나 결코 도움이 안 된다, 이제 그러지 마라.

간절히 설득했지만 센타로는 귀를 기울이지 않았다.

술도 마시지 않는 사람이 잔뜩 취한 눈빛을 하고 있었다고 한다.

취해 있었겠지. 다들 떠받들고 절을 하고 합장을 하니. 취해서 눈이 흐려지면 사람들이 진심으로 그러는 것인지 그저 돈을 바라고 아부하는 것인지 분간하지 못하게 된다.

"오테이 씨한테도 스무 냥을 주겠다고 했답니다요."

오테이는 그가 내민 금화 주머니를 되밀고, 당시 그 곁에 있던 간이찻집 안주인이라는 여자를 매섭게 비난했다. 이봐요, 아줌마, 이런 짓을 하면서 천벌이 무섭지도 않아요? 센타로 씨처럼 착한 사람을 아줌마가 망쳐 놓고 있는 거라고요!

정작 센타로는 웃는 낯으로 그런 오테이를 말리며, 다음 추첨에서는 천 냥짜리에 당첨될 테니까, 그때는 오테이한테 백 냥을 주겠다고 했다. 오테이는 하도 속이 상해서 나가야를 뛰쳐나가 주인집으로 돌아가 버렸다.

오테이의 바른 소리가 상황을 악화시켰다. 쓸데없이 참견하는 자를 떼어 놓으려고 간이찻집 안주인이 손을 쓴 것이다. 하치에몬 나가야에 살던 센타로를 이케노하타의 간이찻집으로 옮기게 했다. 센타로는 그곳에서 자신을 떠받드는 자들의 신이 되어서 계속 돈을 뿌렸다.

간이찻집에서는 금빛으로 번쩍번쩍 빛나는 자리를 마련해서 그를 앉혀 놓고, 찾아온 '신자'가 그 앞에서 얌전하게 고개를 숙이면 무녀 복장을 한 안주인이 축사를 읊고 고헤이_{신을 부를 때 휘두르는 도구로, 나무 막대나 대나무에 흰 종이를 끼운 것}를 흔들었다고 한다. 아예 발 벗고 나선 것이다. 센타로는 신이라는 소문과는 달리 그냥 신관 차림에 에보시 모자를 쓰고 두툼한 방석에 앉아 있었다. 여기저기로 복권을 구입하러 돌아다니다 보니 센타로는 어느새 추첨이 시작되기 전에 스님이 외는 대반야경을 외워 버렸는데, '신자'가 뭐든 한 말씀 해 달라고 조르면 그것을 외워 주웠다.

그는 쉽게 말해서 선전 도구였다.

한번은 관리인이 그를 만나러 갔는데(물론 비싼 기도료인지 새전인지를 준비하고) 하도 딱해서 눈물이 나오더랍니다, 하며 오테이는 이야기했다. 마루스케에게 그 대목을 전할 때는 오테이도 울기 시작했다고 한다.

센타로는 그곳에서 술맛을 알았다. 여자에도 조금은 재미를 붙였는지 모른다. 돈이 남아 있는 동안은 간이찻집도 그를 부처님 모시듯이 했을 테니까.

하지만 다음 추첨에서는 허탕이었다. 그다음도 마찬가지였다. 그다음 번에도, 다시 그다음 번에도.

센타로에게 깃들어 있었을지도 모르는 복신은 떠나가 버렸다. 센타로가 복신으로 화했던 게 사실이었다 해도, 이제는 끝났다.

돈이 떨어지자 센타로는 이윽고 하치에몬 나가야로 돌아왔다. 돌아왔다기보다 간이찻집에서 쫓겨났다. 이쯤에서 다시 예전의 단순한 생활로 돌아가면 복이 다시 붙을 거라는 둥, 간이찻집 주인의 세치 혀에 놀아난 듯하다.

간이찻집 안주인을 비롯하여 이제는 어느 누구도 취해 있지 않았다. 하지만 센타로만은 여전히 혼자 취해 있었다. 또 당첨될지 모른다. 다음에는 확실하다. 틀림없이 맞는다.

그런 일은 없었다.

마침내 센타로는 끼니까지 거르게 되었다. 안 그래도 뛰어나지 못했던 목수로서의 기량도, 복신 놀음을 하다 보니 완전히 무뎌지고 말았다.

하치에몬 나가야의 어느 누구도—센타로에게 얼마간을 받았던 자들조차—그의 얼굴을 똑바로 보려고 하지 않았다. 모두 슬금슬금 눈길을 피했다. 막 돌아왔을 때는 짐짓 쾌활하게 행동하며, "다음 추첨 때 보라니까" 하며 들러붙듯이 말하던 센타로도 마침내 다른 사람들처럼 주뼛거리게 되었다.

이제 여기에서는 더 이상 살 수 없다. 어디 다른 데로 이사해서 삼백 냥은 없었던 셈치고 처음부터 다시 시작해라. 관리인이 센타로를 그렇게 설득했다. 그리고 관리인은 혼자 이케노하타로 찾아가 센타로를 조종하던 안주인에게 윽박질렀다.

"자네들이 거둬들인 새전과 기도료에서 센타로가 당분간 먹고살 돈을 내놔. 당장 내놓지 않으면 당신들, 다다미 위에서 편히 죽지 못할 줄 알아!"

이 대목에서 마루스케는 다시 관리인 흉내를 내며 말했다.

"믿음직한 관리인이군요." 유미노스케도 감탄했다. "훌륭한 행동입니다. 흥정으로 보더라도 제대로 해냈군요. 그런데 오테이 씨는 그런 뒷얘기를 누구한테 들었을까요?"

마루스케는 제 표정으로 돌아와 머리를 긁적였다. "들은 게 아닙니다요, 도련님. 오테이가 간이찻집에 쳐들어가서 돈을 받아내겠다고 하니까 관리인이 놀라서, 그럼 내가 가마, 했던 겁니다요."

센타로가 하치에몬 나가야로 돌아온 뒤 오테이가 그를 만난 것은 그때 단 한 번이었다.

─비루먹은 개처럼 되고 말았습니다.

센타로는 오테이의 얼굴을 보려고 하지도 않았다. 이미 오테이의 어머니를 돌봐 주지도 않았다. 그런 여유와 배려는 신으로 있는 동안 사라져 버린 듯했다.

혹은 흔쾌하게 뿌린 돈과 함께 모두 남에게 주어 버렸거나.

헤이시로는 그제야, "흐음" 하는 소리를 냈다.

"센타로가 짓토쿠 나가야에서 빈둥거리며 지냈던 것도 그 돈 덕분인가."

일은 안 하고 술만 마시며 살았다면 반년도 못 돼 빈털터리가 되었다고 해도 이상하지 않다.

"애초에 센타로 씨는 왜 복권을 샀을까요?"

유미노스케는 이야기를 출발점으로 돌리듯이 말하고, 헤이시로와 마루스케의 얼굴을 번갈아 쳐다보았다.

"도박을 좋아하지도 않았잖아요. 그렇다면 뭔가 특별한 이유가 있어서 거금을 원했던 게 아닐까요? 먹는 걸 줄이면서까지 한 장에 이 주씩이나 하는 복권을 사고 있었어요. 그것도 한두 가지만 산 게 아니었어요. 어떤 생각이 있지 않았을까요?"

마루스케가 동그란 머리를 긁적인다. 나리는 어떻게 보십니까? 하고 묻는 눈초리를 하고 있다.

"뭔가 계기가 있었겠지." 헤이시로는 말했다. "그건 본인한테 물어보기 전에는 알 수 없겠고. 오테이가 뭐라고 한 말은 없었나?"

마루스케는 고개를 저었다. "아무 말도……. 저는 물어보지도 못했습니다요. 그런 생각을 해 본 적이 없어서."

그러고는 무릎을 움직여 유미노스케 쪽으로 몸을 틀었다.

"듣고 보니 도련님 말씀이 맞습니다요. 근데 복권을 사는 데 꼭 무슨 이유가 있어야 할까요?"

나도 모르겠다는 듯이 유미노스케가 눈을 동그랗게 떴다. "무슨 말씀이죠?"

"아뇨, 꼭 도박이 좋아서가 아니라, 당첨되면 얼마나 좋을까 하고 복권을 산대도 별로 이상하지 않은데요, 저는. 하루 벌어 하루 먹고 사는 가난뱅이들의 꿈 아니겠습니까요."

유미노스케는 생각도 못한 곳에서 날아온 돌멩이에 얻어맞은 것처럼 문득 몸을 움찔했다. 헤이시로는 그것을 가만히 보고 있었다.

"마루스케 말이 맞다." 헤이시로는 곧 유미노스케에게 말했다. "특별한 이유가 뭐 있겠냐. 달리 즐길 거리가 없는 외로운 사내가 재미로 샀겠지. 그러다 탈이 난 거야."

마루스케와 유미노스케가 입을 모았다. "탈이 나요?"

"그래. 센타로한테는 잔인한 말이겠지만—."

양손을 겨드랑이에 낀 헤이시로가 씁쓸히 웃었다.

"아까 내가 고헤이지에게 했다는 훈계 말이다. '너한테 복권을 공동구매하자고 꼬드긴 놈은 복권을 몇 번이나 사 봤겠지만 한 번도 당첨된 적이 없었을 게야. 그러니 당첨됐을 때 일어나는 일을 각오하지 않았겠지.' 사실대로 말하면 그건 내가 생각해 낸 말이 아니야. 누구한테 주워들은 말을 살짝 바꿔 봤을 뿐이지."

유미노스케는 금방 깨달았다. "오토쿠 아줌마로군요?"

들켜 버렸네. "정답."

"오토쿠 아줌마가 복권을?"

"설마 그랬겠느냐. 전혀 다른 이야기 중에 나왔다."

당시 오토쿠는 데쓰빈 나가야에 살고 있었다. 나가야의 장로 노릇을 하며 단골손님의 고민도 줄여 주는 오지랖 넓은 조림 가게 아줌마였다. 장소만 바뀌었을 뿐 지금도 여전하다.

"단골 아가씨가 연애 문제로 고민하면서 간기를 끊고 서원을 세우겠다고 했다더군 서원을 세울 때 자신이 가장 애착을 갖는 것. 이를테면 술이나 차를 일정 기간 끊는 관습이 있었는데 그중에서도 가장 고통스러운 것이 소금기를 끊는 것이었다. 오토쿠가 그 아가씨 말을 듣고 일장 훈시를 늘어놓은 거야."

연적 때문에 고민이라는 아가씨의 말은 결국, 얄미운 연적을 거꾸러뜨리기 위해 서원을 세우겠다는 말이었다.

"그 아가씨가 몹시 화가 났는지, 상대 여자가 죽어 버리면 좋겠다는 둥 마마를 앓아 차마 보기 힘든 곰보가 되어 버리면 좋겠다는 둥 하면서 눈에 쌍심지를 세웠다더군."

어허, 무서워라, 하며 마루스케가 목을 움츠린다.

"진짜로 그렇게 만들겠다고 작정했을 리야 없지. 자신의 그런 말이 상대방 귀에까지 들어갔으면 좋겠다는 정도였겠지만, 그래도 간기를 끊겠다고 했으니 보통 각오가 아니었던 거야. 자기는 그 남자를 그만큼 좋아하고 있다고 떠벌린 거지."

오토쿠는 그 심보에 분노했다.

―이봐, 아가씨, 서원 세우는 건 좋아. 그야 아가씨 마음이지. 하

지만 만약 그 서원이 이루어져서 정말로 연적이 죽어 버리거나 마마 때문에 곰보가 돼 버리면 어쩔 거야?

아유 고소해라, 하고 손뼉 치며 좋아할래? 그때도 지금처럼 큰 소리로 떠벌릴 수 있을 것 같아? 후회도 없고 꺼림칙할 일도 없고 무서운 일도 없이, 마냥 좋기만 할 것 같아?

―차분히 생각해 봐. 서원이 실현되었을 때의 상황을 고스란히 감당해 낼 자신이 없으면 서원 따위는 처음부터 세우지 말아야 하는 거야. 간기를 끊는다니, 말도 안 되는 소리를 하고 있네.

그러고는 소금 단지를 안고 나와, 그 비뚤어진 심보를 고치기 전에는 우리 가게에 오지 마! 어차피 간기를 끊을 거면 우리 가게 조림 먹기는 틀렸네, 하며 아가씨한테 소금을 마구 뿌렸다. 소금 먹고 싶지 않으면 입 꼭 다물어!

"어허, 무서워라." 마루스케가 또 그 소리를 한다. "하지만 그게 얼마나 무서운 짓인지는 저도 알 듯하군요."

"그렇지? 좋은 훈계 아니냐. 그래서 나도 슬쩍 빌려 봤다."

유미노스케는 시선을 내리고 있었다. 긴 속눈썹이 그림자를 드리운다. "……마찬가지군요."

센타로는 제발 당첨됐으면 하면서 복권을 샀다. 여기저기서 다양한 복권을 샀다. 하지만 '정말로 당첨되면 어떻게 할까'를 제대로 생각해 본 적이 한 번도 없었다. 꿈은 꿨지만 마음의 준비는 없었다.

그래서 막상 당첨되자 휩쓸리고 말았다. 떠밀려 가고 말았다. 사람들에게 친절하고 너그럽다는 그의 미덕도 돈을 마구 뿌리는 가운데 고갈되고 말았다.

"……하지만, 저도, 똑같이 될 것 같다는 생각이 듭니다요."

마루스케는 역시 사람이 착하다. 이 자리에 없는 센타로를 감싸 주려는 듯이 작은 소리로 말했다.

"저희 같은 가난뱅이들은 다 마찬가지죠. 그러니까 복권 같은 것은 함부로 사면 안 되겠군요."

오테이도 그런 말을 남기고 돌아갔다고 한다.

돌아갈 때는 기분 탓인지 유미노스케의 보폭이 작아져 있었다.

"그간의 사정은 알았지만 어떻게 해 줄 방법이 없는 듯해요."

헤이시로의 걸음도 무겁다.

"모처럼 관리인이 새로 출발할 수 있게 도와주었는데도 정상적인 생활로 돌아오지 못했다면 그건 센타로 본인 탓이겠지."

나무통에 물이 새는 문제라면 장인에게 부탁해서 테를 다시 조이면 해결된다. 하지만 안타깝게도 인간의 헐거워진 테를 고쳐 줄 장인은 없다.

"이모부," 유미노스케가 헤이시로의 얼굴을 올려다본다. "얼마 전에 비슷한 이야기를 들었습니다."

다마이야의 센조 씨 말입니다—하고 말할 때까지 헤이시로는 전혀 짐작하지 못했다.

"센타로 씨는 돈이 문제였고 센조 씨는 여자가 문제였으니 사정은 전혀 다르죠. 하지만 일단 신처럼 떠받들어진 뒤에는 그 맛을 잊지 못했다는 점에서 비슷한 이야기 아닌가요?"

그렇군. 이 녀석의 머리 회전에는 이미 익숙해진 듯해도 이렇게 번번이 놀라는구나.

"센타로 씨도 예전 생활로, 평범한 사람으로 돌아가고 싶었겠죠."

"……그렇겠지."

하지만 돌아가지 못했다. 한번 '신'이 되고 나서는.

오히데에 대한 집착도 색욕 탓만은 아닐 것이다. 어서 오세요, 늘 고맙습니다, 하며 웃는 낯으로 인사해 주는 젊은 여인의 웃는 얼굴이 필요했으리라. 상인이라면 누구나 손님에게 환한 얼굴로 인사한다. 손님이야말로 돈을 가져다주는 복신이니까.

그렇지—채소 가게에 가면 센타로도 다시 복신이 될 수 있었던 거다.

"유미노스케."

"예."

"얼굴이 시무룩하구나. 업어 주랴?"

유미노스케는 그제야 웃음을 보였다. "저도 이제 꼬맹이가 아녜요, 이모부."

"……그렇지."

실은 헤이시로도 마음이 하도 짠해서, 그걸 흩어 버리려고 말해 봤을 뿐이다.

15

짓토쿠 나가야를 방문하고 그 다음 날, 이즈쓰 헤이시로는 아침부터 고민이었다. 순찰을 돌면서도 이럴까 저럴까 고민에 고민을 거듭했다. 평소처럼 들른 오토쿠야에서 오토쿠가 이상한 눈으로 쳐다보았을 정도다.

"나리가 넋을 빼놓고 다니시는 거야 드문 일도 아니지만, 오늘은 또 조금 다른 분위기네요."

먹을 것을 달라고 재촉하지 않다니, 희한하다.

"배탈이라도 나셨나요?"

오토쿠야 점원인 오산과 오몬도 처음 얼마 동안은 웃으며 쳐다보았지만, 점점 미간을 찡그리며 고개를 갸웃거리게 되었다. 외람되지만 혹시 어디 편찮으세요, 하며 몹시 어려운 나리를 대하듯이 공손하게 묻는다.

"이제 곧 히코이치 씨가 올 거예요. 듣고 계세요, 나리?"

마루방 문턱에 앉아 멍하니 차를 홀짝이고 있는 헤이시로의 귓전에다 대고 오토쿠가 목청을 높였다.

"히코이치 씨가 결국 이사와야를 그만두기로 했대요. 고비키초의 요릿집 이사와야 말예요. 거기서 주방장으로 일하는 히코이치 씨요. 듣고 있어요, 나리?"

오토쿠는 우람한 허리에 손을 받치고 한숨을 토하더니 문가에서 얌전히 대기하고 있는 고헤이지를 돌아다보았다.

"넋이 나가 버리셨네. 쯧쯧."

고헤이지는 "우헤" 하고 놀라서 목을 움츠린다.

"나리가 왜 이러셔요? 결국 안주인께서 가출이라도 하셨나?"

"에구, 그런 큰일 날 소리 마세요, 아줌마."

"이혼병離魂病 아닐까요?" 오산이 끼어들었다. 살결은 희지만 얼굴에 점이 유난히 많은 오산은 그걸 몹시 신경 써 늘 고개를 푹 숙이고 다닌다. 그 탓에 둔하고 그늘져 보이는 아가씨다. 하지만 지금은 묘하게 씩씩했다. 더구나 오토쿠가 처음 들어 보는 말을 하면서.

"그 이혼병이란 게 뭐냐?"

"몸뚱이에서 혼이 빠져나가 버리는 거예요, 아주머니."

혼이 빠져나가 멋대로 훨훨 날아다니는 병이라고 한다.

"그러다가 마음에 드는 남자한테 날아가기도 한대요."

오토쿠는 오산을 모로 째려보았다. "너 요즘 노란 표지그림을 곁들인 흥미 본위의 읽을거리로 표지가 노랗다고 해서 '노란 표지(黃表紙)'라 불렸다 보니?"

이번에는 오산이 목을 움츠렸다. 때마침 나룻배를 타고 조림을 찾는 손님이 도착하자, 예, 예, 어서 오세요, 손님~, 하며 내뺀다.

"어허, 오토쿠 씨. 오산도 이제 어린애가 아녜요. 노란 표지 정도는 괜찮잖아요?"

처녀가 다 된 딸을 둔 고헤이지가 역성을 들어 주었다. 스무 살 오산보다는 한참 어린 오몬도 내 말이 바로 그거라는 듯이 고개를 끄덕였다.

"오몬, 너도냐?"

매섭게 묻자 오몬은 우물쭈물하며 제 소맷자락을 비틀었다. "저야 글을 익히려고……."

"글을 익힌다면 다야? 읽어서 득이 되는 글과 아무짝에도 쓸모없는 글이 있어. 읽을수록 쓸데없는 꾀만 늘어서 오히려 좋지 않은 글도 있는 거야."

노란 표지에 연애니 돈벌이니 하는 것 말고 뭐가 더 나오나, 하고 오토쿠는 장작이라도 패듯이 단언했다.

"그럼 주인아주머니도 읽어 본 적이 있어요?"

오몬의 솔직한 물음에 오토쿠는 목이 콕 막혔다. 고헤이지가 대장의 갑옷 어깨에 화살이 박힌 광경을 보고 내빼는 잡병처럼 슬금슬금 뒤로 물러난다. 그 와중에도 오산에게 잔돈을 헤아려서 건네주고 있는 손님에게, 늘 고맙습니다, 하며 눈치껏 인사까지 했다.

헤이시로는 눈을 깜빡이고 문득 제정신을 차렸다. "연애라."

히코이치는 그 뒤 오로쿠랑 잘되고 있을까?

"이사와야를 그만두는 것도 오로쿠랑 살림을 차리기 때문인가?"

오몬이 눈을 동그랗게 뜬다.

"그런 대목에서는 귀가 밝으시네요. 평소의 나리셔요. 달라진 곳이 아무 데도 없어요."

쓴웃음을 지으면서도 오토쿠는 헤이시로의 찻물을 갈아 주었다.

"오로쿠 씨랑 어떻게 되고 있는지는 저도 몰라요. 다만 이사와야는 이미 그만두기로 결정한 모양이에요. 주인 내외도 허락해 주었다고 하더군요."

"오토쿠야에서 일하고 싶다고 하던데, 그건 어떻게 되었지?"

히코이치는 원래 오토쿠의 찬 가게에서 느낀 바가 있어, 호사스런 요릿집 주방장 생활이 아닌 뭔가 다른 삶을 살고 싶어 하게 되었다. 오토쿠에게 심취한 히코이치는 그녀를 격려하며 장사를 더 크게 해 보라고 권해 오토쿠야로 가게를 확장하는 데 큰 힘이 되어 주었다.

"제가 딱 잘라 거절했어요."

도리에 맞지 않으니까요, 하고 오토쿠는 말한다.

"그냥 우리 가게로 옮기는 것만으로는 안 돼요. 이사와야를 그만 둘 거면 독립을 해야죠."

"그래도 앞으로 우리 가게를 최대한 돕겠다고 했어요." 오몬이 설명을 보탰다. "요전번에도 그래서 여기에 오셨던 거예요. 왜 있잖아요, 나리의 중요한 손님을 접대하던 그날."

다이코쿠야와 만날 때 오토쿠가 넘어져서 쏟아 버린 칡과자 말이다. 정말 맛있었다.

"작은 가게끼리 서로 돕고 살자는 건가. 좋은 얘기로군."

"예. 게다가 오로쿠 씨도 히코이치 씨네 새 가게에서 일할 거래요."

오늘 오토쿠의 눈이 몹시 바쁘다. 아까까지는 옆쪽을 내려다보거나 매섭게 가늘어지더니 이번에는 동그래졌다.

"네가 어떻게 그런 걸 아니?"

오몬은 전혀 주눅 들지 않는다. 자기 일이 아니므로 소맷자락을 비틀지도 않는다. "히코이치 씨가 그렇게 말하던걸요."

아, 좋겠다, 하고 오몬은 동경하는 눈빛으로 말했다. "나도 언젠가 히코이치 씨처럼 요리 잘하는 사람을 만나서 맛난 것 먹으면서 살고 싶어."

"히코이치 씨가 만드는 것은 파는 음식이야. 자기가 만든 음식으로 제 배를 채우면 어떻게 먹고살겠니, 멍청하긴."

"맛난 음식이라면 지금도 먹고 있잖아, 오몬은."

달라진 분위기를 감지했는지 고헤이지가 돌아왔다.

"오토쿠 아주머니가 지어 주는 밥을 먹고 있으니까. 안 그러니, 오산?"

오산은 생선을 굽는 척하며 못 들은 척한다. 배를 갈라 내장을 빼고 소금을 친 다음 꼬치에 꿰는 손놀림이 익을 대로 익었다.

"하지만." 오몬이 입을 조금 빼죽거린다. "그래도 우리 음식이 이사와야의 요리만 하겠어요?"

흥미롭게도 이 가게의 아가씨들은 고헤이지를 참으로 허물없이 대한다. 헤이시로한테는 공손하게, 유미노스케한테는 어딘지 조금 들떠서, 짱구한테는 동생을 감싸듯이, 마사고로한테는 깍듯하게 대하는데, 고헤이지한테만은 아무 스스럼이 없어서 마치 옆집 아저씨처럼 친근하게 대하거나 방자하게 굴기까지 한다.

"오몬한테는 호사스러운 음식이 곧 맛난 거겠지" 하고 고헤이지가 말했다. 헤이시로는 어? 하고 생각했다. 고헤이지 역시 이 아가씨들한테만은 너그럽다. 게다가 방금 그 말은 제법 예리하지 않은가.

"호사스러운 것과 맛난 것은 다른가요?"

화난 듯한 얼굴을 하고 있는 오토쿠 옆에서 고헤이지가 싱글벙글 웃으며 대답했다. "다르지."

"난 모르겠네요."

"나중에 히코이치 씨한테 물어 보렴. 오로쿠 씨한테 물어도 좋고."

오로쿠는 헤이시로가 연이 닿아 알게 되고, 또 연이 닿아 히코이치에게 소개해 준 사랑스러운 청상과부다. 그녀보다 더 사랑스러운 자식이 둘 딸렸다. 히코이치와는 나이 차이도 적당해서 잘 어울리는 한 쌍인데, 주변에서 떠밀지 않아도 머지않아 살림을 차릴 듯하다.

한편 이사와야에는 조금 까다롭다고 할까 심성이 비뚤어졌다고 할까, 아무튼 히코이치를 마뜩잖아하는 선배가 있는데, 이사와야에 대한 히코이치의 충성심이 무뎌진 까닭은 어느 정도 그 선배 탓이었다. 오토쿠는 그 때문에 히코이치를 꾸짖고, 헤이시로도 단순히 선배가 싫다고 이사와야를 그만둔다면 자네 고민은 사라지지 않을 거라는 이야기를 한참 떠벌렸던 기억이 있다.

헤이시로는 턱을 비틀었다. 면도하다 빠뜨린 까칠까칠한 터럭을 만져 본다. 결국 어떤 형태로든 그런 고민을 해결할 길을 찾았기 때문에 히코이치도 독립을 결심했으리라. 그렇다면 참으로 축하할 일이 아닌가.

오늘은 히코이치나 만나러 갈까 싶었는데, 그보다 먼저 마사고로가 찾아왔다. 젊은 수하를 데리고 왔구나 생각하다가, 눈을 깜박여 다시 보니 마지마 신노스케였다.

간장통 위에 묵직하게 앉아 있던 오토쿠가 튀어 오르듯 뛰어나가며, "어머나! 마지마—"라고 하다가 손으로 제 입을 막았다. 마치 관리가 조닌 차림을 한 데는 그럴 만한 이유가 있으리라고 짐작하지 못할 오토쿠가 아니다. 신노스케는 조닌 차림이 전혀 어색하지 않고 잘 어울렸지만, 그래도 이런 면면 앞에 나서는 일은 처음이므로 꽤 쑥스러울 터였다. 출입문 문지방을 넘으면서 마치 외박하고 그 이유를 둘러대는 사람처럼, 공무 때문이야, 어쩔 수 없잖아, 공무 때문인데, 하고 중얼거렸다.

늘 그렇듯이 마사고로는 싱글벙글이다. "와 계셨군요, 나리. 마침 잘됐습니다."

이층 방을 빌리기로 했다. 헤이시로가 앞장서서 계단을 올라갔다. 뒤에서는 오토쿠가 마사고로와 신노스케에게 소리 죽여 급히 보고했다.

"오늘은 나리 상태가 영 이상해요. 이혼병이 아니냐는 얘기가 있던데요."

"이혼병? 그게 뭔데요?"

그게 뭔지 잘 모르는 오토쿠가 하는 말이므로 제대로 전달되지 않는 것이다.

"뭐라더라, 혼이 이별을 하는 거래요, 행수님."

아무리 오토쿠라도 아는 척 할 때가 있지만 아는 척을 한다는 사실은 대개 들통이 난다.

"혼이 이별을 해요?"

"그게 아니라, 이혼병이라면, 혼이 몸에서 빠져나가는 병 아닙니까?" 신노스케가 매우 진지하게 대답한다.

"어서 올라오기나 해. 엉뚱하게 이별이니 이혼이니 찾지 말고."

자리가 정돈되자 헤이시로는, "간단히 말하지" 하고 말문을 떼더니 먼저 센타로 이야기를 들려주었다.

"복권 당첨이 불행의 시작입니까."

마사고로는 별로 놀라는 기색도 없이 작은 소리로 말했다.

"금전으로 엮인 인연은 십중팔구 망가진다—대행수님이 하신 말씀입니다."

마사고로를 유능한 오캇피키로 길러낸 대행수, 에코인의 모시치다운 교훈이다.

"비슷한 이야기군요." 신노스케가 씁쓸한 투로 말한다. "다마이야 주인의 그 도락 말입니다."

헤이시로는 조금 놀라면서도 무척 기뻤다. 신 상이 첫마디로 유미노스케와 똑같은 말을 할 줄이야.

"조금 가엾은 이야기이기는 하지만, 아, 그래서 나리께서 생각이 많으신 거군요."

마사고로는 눈치가 빠르다.

"어떻게 손을 좀 써 줄 수 없을까 싶어서 말일세." 헤이시로는 신노스케에게 물었다. "센타로와 관련해서 심문 담당한테 뭐 들은 거 없나?"

"아뇨, 전혀."

심문할 때가 되면 헤이시로나 신노스케 중 한 사람에게 심문에 입회하라는 명령이 한 번은 떨어질 것이다.

"센타로가 난동을 부리긴 했지만, 사람을 다치게 하지는 않았습니다. 빨리 재판을 받게 하기보다는—."

"감옥에 넣어 두는 것도 처벌이지."

"처형되지는 않겠지요. 섬으로 귀양 가지도 않을 줄로 압니다만."

"나도 그렇게 생각하기는 하는데."

감옥 생활이 길어지면 센타로는 버티지 못할 것이다. 악독한 자가 아니다. 이를테면 병자에 가까운 사람이다. 몸이 아니라 마음의 테가 망가져 버린 환자이다.

"심문 담당관한테 이런 사정을 말씀드려 보는 쪽이 우선 아니겠습니까? 오카다 나리께라도."

오카다라는 노련한 심문 담당 요리키는 신노스케의 부친과 친한 사이이다.

"음." 헤이시로는 모호하게 대답하고 마사고로를 힐끔 쳐다보며 덜미를 긁적였다. "그게 순서라는 건 잘 알지만 효과가 있겠나."

신노스케는 아직 모르니까 그런 말을 하는 것이다. 심문이란 그런 게 아니다.

"사정이 어떻든 센타로가 몹쓸 난동을 부린 일은 틀림없는 사실이니까."

마사고로도 눈썹을 움찔하며 고개를 끄덕였다.

"만약에 센타로가 행패를 부린 상대가 그놈한테 돈을 우려낸 간이찻집 여자였다면 어떻게 중재해 볼 방법도 있겠지만……."

"채소 가게의 오히데는 아무 관계가 없어. 졸지에 날벼락을 맞았을 뿐이지."

"그 뒤로 오히데는 어떻게 지냅니까?" 신노스케가 창문 아래 한길로 목을 빼는 시늉을 했다. "이즈쓰 나리는 그 뒤 오히데와 만나 보셨습니까?"

헤이시로는 고개를 가로저었다. "불쑥 찾아가면 오히려 겁먹을 듯해서. 여기 들를 때 그 가게를 슬쩍 들여다보았을 뿐이야. 오히데는 가게에 나와 있지 않은 모양이더군."

채소 가게 노인과 그 아들은 헤이시로가 지나가면서 "별일 없나?" 하고 물으면 냉큼 허리를 꺾고 절을 할 것이다. 실은 그게 부담스러워서 헤이시로는 애써 채소 가게를 쳐다보려 하지도 않았다.

"얼른 잊고 싶을 테니까. 우리를 보면 싫어도 기억이 날 거야."

"오토쿠 씨는—" 하고 마사고로가 눈짓을 한다.

"오토쿠도 눈치가 빤하니까 그런 얘기는 하지 않았겠지. 아무 일도 없었다는 듯 예전처럼 대하나 보더군."

오토쿠도 헤이시로에게 채소 가게의 그 이후 상황이나 센타로의 처벌 등에 대하여 아무 말이 없다. 오토쿠 나름의 마무리였던 모양이다.

"센타로가 의외로 가벼운 처벌을 받는다면 채소 가게 쪽이 납득하지 않겠지요."

마사고로의 말이 맞다. 오히데의 처지에서 보자면 센타로 같은 자는 앞으로 영원히 세상에 나오지 않기를 바랄 것이다. 그자한테도 딱한 형편이 있었다고 말해 본들 역시 채소 가게와는 무관한 일이다. 부교쇼 나리가 공정하지 못한 판결을 내렸다, 왜 못된 자의 말만 들어 주는가, 하고 생각하겠지.

"다만 오테이가 딱해서 그러네."

"그래도 센타로를 위해서라면 다행이라고 생각할 수도 있습니다, 나리."

센타로를 위해서 울어 줄 사람이 한 명은 있다는 의미다.

"그런 난동을 피우다 잡혀갔으니 센타로는 '목숨 줄'이 없을 겁니다. 젊은 수하를 이리야의 오테이에게 보내서 감옥에 차입을 해 주도록 손을 쓸까요?"

목숨 줄이란 감옥 안에서 쓰는 돈을 말한다. 감옥에서는 다른 무엇보다 이것이 힘을 발휘한다.

"미안하지만 그리해 주겠나."

"어려울 것 없습니다. 당장 조치하겠습니다."

그런 말을 주고받는데 신노스케가 문득 앓는 듯한 신음을 냈다.

"왜 그러나?"

"죄송합니다. 그런데 이즈쓰 나리, 센타로가 신세를 망치게 된 계기가 복권에 당첨된 일이었다는 사실은 역시 감춰 두는 편이 좋겠습니다."

좋게 작용하지 않는 정도가 아니라 역효과를 낼지도 모른다고 한다.

"아버지한테 들은 이야기인데, 로주께서 조만간 대대적인 사치 금지령을 내리실 계획이라고 합니다."

헤이시로와 마사고로는 얼굴을 마주 보았다.

"또?"

사치를 금하는 명이라면 전에도 몇 번이나 내려왔다. 의식주 전반에 대하여 검약에 힘쓰라. 함부로 사치를 부리는 자는 엄벌에 처하겠다. 이때 무엇을 두고 사치라고 하느냐면, 비단이나 은사를 풍부하게 사용한 옷을 입거나, 보옥, 호박, 별갑으로 만든 비녀를 꽂거나, 요릿집에 드나들거나, 많은 인원이 몰려가 유흥을 즐기며 무대극을 구경하고 유람을 다니거나, 때로는 풍속화나 그림책 등도 대상이 되는 등 매우 세세하고 광범위했다. 그런 사치 금지령을 비웃는 내용의 요미우리가 처벌을 받은 적도 있다. 막부에 반항해서가 아니라 그 요미우리가 여러 색깔을 구사한 인쇄물이라는 이유에서였다.

"한두 번 나온 명령이 아니지만, 이번 금지령에서는 복권도 일체 금지된다고 합니다."

그 이야기에는 헤이시로도 놀랐다. 마사고로도 눈을 동그랗게 떴다. "사설 복권이 아니라 관인 복권까지 말입니까?"

"네. 전부 허가가 취소된답니다. 백성들이 다들 돈, 돈, 하며 광분하는 이유도, 땀은 흘리지 않고 행운을 빌어 거금을 차지할 수 있는 복권이 세상에 유행하기 때문이라는 겁니다. 풍기문란의 근원이니 단호히 척결해야 한다는 주장이죠."

관인 복권은 흥행 횟수가 지나치게 많아져서 적당히 줄이는 조치라면 몇 번인가 있었다. 하지만 전면적인 금지령은 처음이다.

"지샤부교쇼가 그 명령에 순순히 따를까."

자기 일은 아니지만 헤이시로는 조금 걱정이 되었다.

"시중의 사치를 금지한다고 에도 성 금고가 가득 찰 리도 없을 텐데."

요즘 돈을 쥐고 있는 자는 대상인층이다. 쇼군이든 영주든, 상업이라는 거대한 흐름에 낚싯대를 드리우고 부를 쌓는 자들한테는 당해내지 못한다. 하지만 당해내지 못한다고 해서 손 놓고 있다가는 세상의 질서가 어지러워지므로 막부는 종종 이런 단속령을 내려서, 가장 중요한 것은 돈이 아니라 규율이라고 선전한다. 선전만으로 재정이 근본적으로 개선되고 충실해지지는 않으니, 이런 금지령은 조만간 흐지부지되고 철회되게 마련이다.

이렇게 야유하는 헤이시로도 비록 말단 무사라지만 막부 측 사람이다. 사치 금지령이 발포되면 단속에 나서지 않을 수 없다.

"히코이치가 이사와야를 그만두길 잘했군."

저도 모르게 그렇게 중얼거렸다. 고급 요릿집의 주방장이라면 사치를 세상에 퍼뜨리는 일을 생업으로 삼았다는 죄로 주인과 함께 오라를 받을 염려가 있다.

"그렇군요." 마사고로가 고개를 끄덕이자 헤이시로는, 암, 하며 응했지만, 마사고로는 히코이치나 이사와야가 아니라 센타로의 문제를 생각하고 있었다.

"상황이 그렇게 된다면, 센타로가 복권으로 삼백 냥을 얻었다는 사실이 공개될 경우 오히려 처벌이 더 무거워질지도 모릅니다. 괘씸죄까지 보태져서요."

아, 그런가, 하고 헤이시로도 납득했다.

"하지만," 신노스케가 제 무릎을 가볍게 쳤다. 옴팡눈이 반짝하고 빛난다. "센타로에게서 돈을 우려낸 간이찻집 놈들을 금지령을 내세워 몽땅 잡아들일 수 있을지도 모릅니다."

지금 상태에서는 간이찻집 작자들을 처벌할 근거가 없다. 하지만 금지령이 떨어지면 그걸 근거로 삼을 수 있다. 금지령을 어긴 죄가 아니라 금지령이 떨어질 만한 풍기문란으로 지금까지 많은 돈을 벌어들인 놈들이다. 본보기로 잡아들이자—이런 논리다. 이런 일은 현장에서 재량으로 얼마든지 처분할 수 있다. 비록 말단 무사라 해도 '관'의 힘이 이런 데 있다.

"나중에 필요할지 모르니까 그쪽 사정도 알아봐 두겠습니다."

마사고로는 믿고 의지할 만한 사람이다. 헤이시로가 아침부터 해온 고민은 이것으로 대강 해소되었다.

대강이지 전부는 아니다. 하지만 지금은 그 정도면 족하다고 생각해 두자.

"자, 그럼," 헤이시로는 자리를 고쳐 앉았다. "다이코쿠야 쪽은 어떻게 되고 있지?"

긴장하고 있다고 한다.

"나오이치, 즉 도에몬의 목숨을 노리고 찾아오는 자는 아직—."

그럴 기미조차 보이지 않는다.

"그렇다고 마음을 놓을 수는 없습니다. 가메야 신베에게 그렇게 대담하게 칼을 휘두른 자니까."

신노스케는 늠름하게 눈썹을 움찔거렸다. 헤이시로는 그의 얼굴을 찬찬히 뜯어보며, 역시 이 사람은 조닌 상투가 보기에 낫다고 새삼 생각했다. 낫다고 해서 잘생겨 보인다는 말은 아니지만, 그래도 낫게 보이는 편이 좋은 일 아닌가.

"오세쓰와 그 아들 소식 말입니다만."

그쪽도 조사에 어려움을 겪고 있다고 한다.

"이십 년 전 일이니까요" 하고 신노스케가 탄식했다.

에도 시중에 살려면 나가야에 사는 전형적인 조닌이라도 근본 없는 자로 있을 수는 없다. 먼저 관리인이 있다. 사찰에는 과거장^{사찰마다 신도의 생몰연대, 속명, 생전의 일화 등을 적어 놓은 기록부}이 있고, 이웃들과도 교류해야 한다. 오세쓰가 신베와 도에몬이 짐작한 대로 떳떳지 못한 직업을 가지고 있었다면, 그것은 더욱 여자 혼자서는 해 나갈 수 없는 장사다. 반드시 우두머리나 중개자가 있었으리라. 그런 데서부터 실마리를 찾아 살살 당겨 나간다면 어딘가에서 오세쓰에게 당도할 수 있으리라.

하지만 아무래도 이십여 년이란 세월의 실은 길다. 도중에 누군가가 죽어서 실이 끊긴 부분도 있을 것이다. 오세쓰가 신베의 행동에 겁을 먹고 도망친 거라면 일부러 끊어 버렸을 수도 있다.

"이렇게 근성이 필요한 일거리가 저희 몫이고, 또 저희가 실력을 과시할 수 있는 기회이기도 하지요. 조금만 더 기다려 주십시오."

그렇게 말하지 않아도 헤이시로는 큰 배라도 탄 것처럼 든든하다. 하지만 걱정되는 문제는 또 있다.

"신 상, 그 뒤에 가메야에 가 봤나?"

의아하다고 해야 할지 당연하다고 해야 할지 모르겠지만, 신노스케는 기가 죽어 있다.

"범인의 윤곽이 드러난 만큼 이제 가메야에 갈 필요가 없잖습니까."

그 정도라면 헤이시로도 생각했다. 그렇다면 얼굴이 벌게질 일도 없지 않은가.

"신베의 처나 딸이 과연 범인을 잡을 수 있을지 몹시 궁금해하고 있을 테니까 하는 말이야. 무슨 기별은 없던가?"

마사고로에게 던진 질문이었다. 당당한 풍채의 오캇피키는 턱을 당겨 얼굴을 숙이고는 어금니를 문 채 웃음을 참고 있다.

"마지마 나리, 말씀하시지요."

"네? 내가 뭘?"

"직접 말씀하시지 않으면 제가 이즈쓰 나리께 고하겠습니다."

마사고로가 어금니를 물고 참는 웃음은 냉소가 아니라 아무런 티끌이 없는 웃음이었다. 그것을 다 알고 있을 텐데도 신노스케는 이야기를 얼버무리려고 딴청을 부리며 당혹스러워한다.

"가 보셨습니다."

마침내 마사고로가 입을 열었다. 아니, 그게—하며 신노스케가 얼굴을 더욱 붉힌다.

"이런 차림이면 가메야에 드나들어도 의심을 사지 않을 테고, 저쪽도 편할 거라시면서."

탐문을 시작한 직후 후미노를 만나러 갔다는 말이다.

"아니, 그게 아닙니다, 마사고로! 그게 아닙니다, 이즈쓰 나리. 저는 후미노를 찾아간 게 아니라 가메야의 그 후 상황을—."

알겠네, 알겠네. 헤이시로는 겨드랑이에 양손을 찌른 채 고개를 끄덕였다.

"그래, 어떻던가?"

"어떠냐니요?"

"상황이 여차여차하게 되었다고 그 아가씨한테 말해 주었나?"

신노스케는 조닌 차림이지만 턱없이 진지한 마치 관리의 모습을 되찾고, "아니요" 하고 말했다.

"자세한 이야기는 하지 않았습니다. 후미노가 이런저런 걱정이 많아서, 뭔가 단서는 찾았느냐고 제게 묻기도 했지만……."

헤이시로는 겨드랑이에 손을 찌른 채 몸을 앞으로 살짝 기울이고 치뜬 눈길로 바라보았다. "울렸나?"

"우, 울리다뇨, 무슨."

울렸군. 저렇게 쩔쩔매는 걸 보니.

마사고로는 대인이다. 헤이시로가 아는 한, 그에 견줄 만한 대인은 헤이시로의 아내 정도밖에 없다. 유미노스케도 있지만, 그 아이는 아직 어리므로 대인이라기보다는 걸물이라고 해야겠지. 뭐 이런 주석이야 아무렴 상관없다.

아무튼 대인인 그가 헤이시로의 장난기를 여유롭게 막으며 신노스케를 안정시키고, 나아가 바르게 뜻을 전하기 시작했다. "실은 나리" 하고 자리를 고쳐 앉는다.

"마지마 나리 말씀대로 모든 사실을 말해 주지는 않았지만, 만에 하나 가메야 사람들이 신베에게 모종의 과거 이야기를 들었을 수도 있잖습니까."

신베는 오래전 썩둑이 시절에 생약 조제를 놓고 누군가와 다툰 적이 있다. 그 진상이 무엇이고 신베에게 죄가 있는지는 분명하지 않다. 하지만 여하튼 그 일이 원인이 되어 이번에 비운을 맞이한 듯하다—대강 그런 이야기를 마사고로와 신노스케는 사타에와 후미노, 지배인(신베가 죽은 지금은 대지배인이 되었다) 조지로, 그리고 나머지 한 사람에게 입단속을 단단히 하고 나서 들려주었다고 한다.

그 나머지 한 사람이란.

"오토시라는 관리인을 기억하십니까, 나리?"

잊을 리가 없다. 가메야 안주인과 딸과 오토시라는 관리인이 나란히 있으니 꽃밭을 보는 듯했다.

"그때 월번이라고 했지."

"예. 그 뒤로 가메야에 자주 드나들며 필요한 도움을 주고 있더군요. 물론 약방 일에는 관여하지 않지만, 안주인 사타에라는 사람은 아무래도 낙담이 심한 듯하고, 안살림을 후미노에게만 맡기기도 딱하다면서."

마사고로는 자상한 남자여서 사타에를 나쁘게 말하지는 않는다. 안주인으로나 후미노의 계모로나 부족함이 많다는 비판은 결코 비치지 않는다.

"그래, 그 사람들은 어떻던가? 뭔가 아는 눈치였나?"

전혀요. 그제야 평정을 되찾고 신노스케가 고개를 저었다.

"신베가 누구한테 원한을 샀다니, 도저히 믿을 수 없다고 다들 놀라고 두려워했습니다."

신베의 죽음에 충격을 받아서 안 그래도 반 병자 같던 사타에는 요즘 하루의 태반을 자리에 누워서 지내며, 밥도 제대로 못 먹을 만큼 쇠약해졌다고 한다.

"원한을 산 사람이 신베만이 아니라는 이야기도 했나?"

"하지 않았습니다. 그러나 신베가 썩둑이로 일하던 시절의 사건이라고 했으니 짐작하겠지요. 조지로가, 다이코쿠야에서도 이걸 알고 있냐고 에둘러 묻더군요."

모호하게 대답해 두었다고 한다.

"그럼 규스케 이야기도?"

마사고로가 고개를 끄덕였다. "말하지 않았습니다."

가메야 사람들 말로는 누가 신베의 옛 지인이라고 하면서 찾아온 적은 없었다고 한다.

도에몬과 규스케는 신베를 두려워하고 있었다고 했다. 물론 생계가 막막한 규스케는 다이코쿠야에는 손을 벌려도 가메야에는 얼씬도 하지 않았을 것으로 보인다.

"후미노한테는 상황이 딱하게 되었군."

부친이 누군가에게 살해되었다는 사실만으로도 충분히 비극이다. 그런데 그것도 그냥 강도가 아니라 원한에서 비롯된 일이었다. 꽃잎처럼 여린 아가씨 마음에 그늘이 지고 상처를 받았으리라.

"그 아가씨는 아버지가 사타에를 가메야의 안주인으로 맞이해 마음이 몹시 상해 있었어. 제 입으로 그렇게 말하지는 않았지만 태도나 말투에 뻔히 드러나더군."

그럴 만한 나이니까요, 하고 마사고로는 말했다.

"뒤집어 보면 그만큼 부친과 가까웠다는 뜻이겠지. 질투가 나니까 사이도 틀어지는 거야. 처음부터 아버지가 무얼 하든 나는 상관없다고 생각했다면 새파란 새어머니가 들어오든 아버지가 계집질을 하든 별로 개의치 않았겠지."

후미노는—하고 신노스케가 말을 하려다가 제 목소리에 움찔했는지 험, 하고 헛기침을 하더니 말을 이었다. "그런 사정을 듣고 나서야 너무나 후회가 된다면서 울기 시작하더군요."

가메야 신베에게 만약 누군가로부터 원한을 살 만한 과거가 있었다면,

"그게 마음에 무거운 짐이었을 텐데, 아무한테도 털어놓지 못하고 아버지 혼자 마음고생을 했다니 자식 된 입장에서 부끄럽다. 더구나 쓸데없는 일로 토라지기까지 했으니, 어리석은 딸이었다고 누누이 말했습니다."

그때까지는 예전에 헤이시로들을 안내하며 가메야의 유래에 대하여 들려주었을 때와 마찬가지로 차분하고 예의 바르고 신중하게 행동했다. 하지만 신노스케와 이야기하던 도중 갑자기 봇물 터지듯 울면서 자기는 불효한 딸이었다고 말하더란다.

헤이시로는 그 모습을 상상해 보려고 했다. 가슴이 먹먹해지는 슬픈 광경이다. 아울러 나이도 들 만큼 든 이 말상조차 볼이 살짝 붉어질 정도로 낙화유수의 정취가 느껴지는 풍경이기도 하다.

회상에 빠졌는지 신노스케의 옴팡눈에 열기가 감돌고 있다.

"아버지는 결코 누구의 원한을 살 분이 아닙니다, 라고는 말하지 않았단 말이지?"

"상인이라면 그럴 마음이 없더라도 남을 궁지에 빠뜨릴 수 있다, 본인은 기억이 없더라도 원한을 살 수 있다, 어쩔 수 없는 일이다, 라더군요."

상대는 매혹적인 아가씨다. 기량과 미모가 뛰어난 아가씨가 눈앞에서 눈물을 흘렸다. 헤이시로는 늦기는 했지만 깨달았다. 마지마 신노스케의 외모가 나아 보이는 까닭은 상투나 옷차림을 바꾼 탓만은 아니다. 후미노의 눈물이 신노스케의 얼굴 분위기를 바꾼 게 아닐까.

"토라져 있었다고 했단 말이지?"

"이즈쓰 님 말씀대로 그 아가씨는 아버지의 재혼에 화가 나 있었습니다. 어른스럽지 못한 행동이었어요, 라고 조용히 말하더군요."

어른스럽지 못할 수밖에. 아직 어린 아가씨 아닌가. 그 어여쁜 아가씨가 눈앞에서 울면—아아, 한이 없으니 그만하자.

"자리에 누워 있는 사타에 씨에게는 전보다 더 다정하게 대하는 모양입니다." 마사고로가 말했다. "이건 조지로한테서도 들었습니다. 잔걱정 많은 지배인도 마음을 놓은 듯했습니다."

후미노가 마음만 먹으면 사타에를 내쫓아 버릴 수도 있다. 점원들의 신임은 허수아비나 다름없는 안주인보다 당찬 외동딸 쪽으로 가 있다.

하지만 그런 사태는 내키지 않으리라. 충분히 가능한 일이겠지만 인간으로서 해서는 안 되는 일이 있다. 후미노가 사타에를 정답게 대하고, 비록 피를 나누지는 않았지만 모녀로서 한 지붕 아래 살아가려고 한다면 이보다 보기 좋은 일도 없다.

하지만 사타에의 상태가 좋아질 기미가 없어서 흡사 대낮에 출몰한 유령 같은 모습이었다고 마사고로는 말했다.

"그 부인도 혼이 나가는 병인지 뭔지에 걸린 게로군."

신베의 횡사가 사타에로부터 혼을 빼 버렸다. 생각해 보면 사타에라는 여인은 참으로 불행하다. 멀쩡한 생니를 뽑히듯 두 남편과 사별했다.

"앞으로 가메야는 어떻게 될까. 신베가 자수성가해서 키운 약방이다. 시끄럽게 참견하고 나설 친척도 없을 테고."

마사고로가 곁눈으로 신노스케를 보았다. 오토쿠가 오산이나 오몬에게 보낼 때만큼 노골적인 눈초리는 아니지만, 제법 능숙한 곁눈질이다.

"일단은 후미노가 데릴사위를 맞는 게 무난하겠지요."

헤이시로도 곁눈으로 신노스케를 본다. 당사자는 그 눈길을 느끼면서도 짐짓 모르는 척하기로 작정하고 있다.

"가메야를 꾸려 나갈 인물이니 역시 썩둑이여야 하겠지요?"

볼이 붉어지지는 않는다. 희미하게 긴장하고 있다.

"썩둑이는 장인이야. 약방을 운영하려면 장부 계산에 능한 사람이 좋지 않을까?"

"지배인은 나이 차이가 너무 납니다."

헤이시로는 웃어 보였다. "아무도 조지로와 혼인하면 좋겠다고 말하지 않았네."

"어쨌거나," 마사고로가 끼어든다. "신베를 해친 범인이 잡히기 전에는 가메야에서도 차분하게 앞날을 생각하긴 어렵겠지요. 뭐, 지금도 약방은 훌륭하게 운영되고 있습니다. 후미노는 당찬 아가씨입니다. 이상한 간섭이 없도록 잘 지켜봐 준다면 젊은 안주인 노릇을 잘해 낼 수 있을 겁니다."

누가 '잘 지켜봐' 줄 수 있을까. 마지마 신노스케 말고 누가 있지?

모처럼 마사고로가 에둘러 말하는데도 당사자는 여전히 모르는 척한다.

"신 상, 당분간 그 아가씨 뒷배를 봐주게. 혹시 후미노가 가게를 버리고라도 핫초보리로 시집을 오겠다고 한다면."

"이, 이즈쓰 님!"

"―그때 다시 이야기를 해 보자고."

결국 히죽히죽 웃음이 비어져 나온다. 마사고로도 웃고 있다. 헤이시로보다는 훨씬 기품 있는 웃음이지만, 중늙은이 남자들이 젊은 이를 거반 희롱하고 거반 부러워하는 풍경임에는 틀림없다.

"저는, 그냥."

신노스케가 머리로 피가 잔뜩 쏠려서 졸도해 버리기 전에, 헤이시로는 배 속에서 나오는 굵은 목소리로 오토쿠를 불렀다. 아래층에서 남자 목소리가 대답한다. 히코이치다.

"오, 자네 왔나."

곧 히코이치가 다과를 들고 올라왔다. 오몬이 거든다. 헤이시로는 잠시 바빴다. 차를 마시고 과자를 먹는 와중에 마지마 신노스케에게 히코이치를 소개하고, 히코이치의 인사말을 자르고 들어가서는 그와 오토쿠의 인연, 오로쿠와의 만남, 그들의 도움으로 해결한 이모아라이 언덕 사건의 전말을 들려주었다. 그 틈틈이 히코이치는 마사고로하고도 간만에 이야기를 나누었다.

"에고, 정신이 하나도 없네."

오몬이 내뺄 만도 하다.

"아까 이즈쓰 나리 말씀을 듣고 알았습니다. 그 칡과자는 당연히 맛있을 수밖에 없었구나, 이사와야의 주방장이라니."

제가 운이 좋았군요. 아무나 먹어 볼 수 있는 게 아닌데, 하며 신노스케는 솔직하게 칭찬했다. 히코이치의 오목조목한 얼굴이 기쁨과 부끄러움으로 더욱 오종종해졌다.

"유명한 것은 이사와야라는 요릿집이지 제 솜씨가 아닙니다. 이사와야 주방에는 저보다 기량이 뛰어난 조리사도 있습니다."

"그래서 그만둬도 좋겠다고 결정했나?"

히코이치는 머리를 긁적였다. "오토쿠 씨가 다 말씀드린 모양이군요. 평소에는 입이 무거운 분인데 이즈쓰 나리한테는 뭐든지 다 이야기해 버리는 듯합니다."

"그게 바로 이 말상 얼굴의 힘이야."

이사와야는 이웃에서 번진 불로 건물이 불타자 대대적인 재건축을 거쳐서 다시 예전처럼 번성하고 있다. 손님이 전보다 더 늘었을 정도라고 한다.

"새 가게는 역시 손님을 끄는 법입니다."

공사가 한창일 때 헤이시로도 찾아가 본 적이 있다. 대팻밥이 날아다닐 만큼 바람이 강한 날이었다. 막 가공한 목재들의 나무 냄새가 향기로웠다.

"그자는, 이름이 하나이치였나? 역시 사이가 좋아지지 못했나?"

히코이치는 선배인 하나이치라는 조리사를 추월해서 주방장이 되었다. 자존심이 꺾인 하나이치는 히코이치를 삐딱하게 대하기 시작했다. 히코이치는 선배의 심술보다 그와 틀어지고 만 상황이 괴로워서 이사와야에서 도망치려고 했다.

"그 문제는 그럭저럭 해결할 수 있었습니다." 히코이치는 말했다. 가만 보니 조금 살이 찐 듯하다. "선배도 술을 끊고 요리 기량도 다시 좋아졌습니다. 어린애가 아니니까 언제까지 엇나갈 수는 없음을 본인도 잘 알고 있었겠지요."

헤이시로가 만나 본 하나이치는 그런 이성적인 생각이 전혀 통하지 않을 사람처럼 보였다. 하지만 이사와야라는 일터가 되살아나서 자신들이 기량을 발휘할 장이 돌아오자 하나이치도 조금은 정신을 차렸는지 모른다.

히코이치는 이사와야로 돌아가 열 달 하고 열흘 동안 주방장으로 일했다. 그리고 그만두기로 했다.

"갓난아이와 마찬가지입니다. 다시 태어나기로 한 겁니다, 나리."

히코이치는 새로운 바람을 갖게 되었다고 한다. 평생 벌어들인 돈을 다 털어내도 이사와야의 요리를 먹어 볼 수 없는 사람들이 애용할 만한 가게를 꾸리고 싶어졌다. 이번 꿈에는 도망치거나 숨거나 피하려는 비겁한 마음은 전혀 섞여 있지 않다. 스스로도 그런 자신이 있었기에 결단할 수 있었다.

"주인이 말렸을 텐데."

"그게 그렇지도 않습니다, 나리."

히코이치의 눈이 확고하게 앞을 바라보고 있었기 때문이리라. 그래서 이번에는 오토쿠도 꾸중하거나 말리려고 하지 않았다.

"선배한테는, 뭐, 싫은 소리를 조금 들었습니다만, 그렇다고 말리지는 않더군요."

오로쿠는 어떻게 할 작정이냐고 묻자 히코이치의 볼이 살짝 홍조를 띤다. 오늘은 나이도 들 만큼 든 남자들이 홍시처럼 발갛게 물드는 데 좋은 날인 모양이다.

"살림을 차리자거나 하는 얘기는 아직 없습니다."

아직이란다.

"오로쿠 씨는 지금 일하는 곳에서도 신뢰를 얻고 있고요. ······하지만 저도 여자 손이 필요할 테니까 조만간 그 사람한테 도움을." 그러다가 문득 당황한 표정으로 고개를 들고 말했다. "그런데 저는 여기 오토쿠야의 조리사이기도 하니까요. 오토쿠 씨는 제 스승이거든요."

누가 스승이라고? 커다란 소리가 들렸다. 오토쿠가 찻물을 끓인 옹기 주전자를 들고 무서운 얼굴로 서 있다.

"이번엔 제발 넘어지지 말게."

"나리도 참, 또 싱거운 소리 하시네."

좁은 방에 빙 둘러앉은 사람들이 다시 저마다 떠들어 댄다. 헤이시로는 웃고 헤살 놓고 놀려 대고 하다가, 마사고로가 문득 한숨을 흘리듯이,

―좋군요, 젊다는 건.

하고 중얼거리는 소리를 듣고는 내심 고개를 끄덕이며 동의했다.

일동은 완전히 긴장이 풀려 있었다. 두 건의 살인 사건도 한 줄기 길이 열려 답이 보이니, 이제는 그 길을 따라 차근차근 짚어 가는 일만 남았다는 안도감이 앞섰다.

하지만 그렇게 쉽게 끝날 일은 아니라는 듯 그로부터 사흘 뒤, 규스케와 신베와 똑같이 칼에 베여 살해된 매음녀의 사체가 스미다가와 강 하류로 밀려왔다.

16

햇폰구이에 걸려 있었다는 사체는, 헤이시로가 달려갔을 때 이미 고마도메바시 다리 밑으로 인양되어 있었다. 얼굴을 보기 전인데도, 축축하고 더러운 거적을 쓰고 누워 있는 모습부터가 끔찍했다.

헤이시로는 거적을 슬쩍 젖히고 얼른 살펴보았다. 꼼꼼히 보지는

않았다. 등을 모로 베고 지나간 칼자국만 확인하고 얼른 거적을 다시 덮었다. 옆에 있던 마사고로의 수하가 가볍게 고개를 숙여 인사했다.

과연 규스케와 가메야 신베의 등에 있던 상처와 유사했다.

마지마 신노스케가 먼저 도착해 있을 터였다. 헤이시로는 두어 걸음 떨어진 곳에서 사체를 향해 한 손으로 합장하는 시늉을 하고 물가 쪽으로 눈길을 돌렸다. 갈대로 보이는 풀이 무성한 곳을 마사고로의 수하가 낫으로 베어 치워 놓았다. 베어 넘긴 풀이 흩어지지 않도록 말끔하게 정리되어 있다.

행수 자신은 다른 수하 하나와 좌우로 갈려 까치걸음으로 물가를 왔다갔다 걸어 다니기를 반복한다. 잠시 지켜보고 있자니 두 사람이 왕복할 때마다 조금씩 경로를 달리하고 있음을 알 수 있었다. 그냥 걷고 있는 것이 아니라 무언가를 찾는 중이다. 사체 외에 무슨 단서가 될 만한 것이 떠내려와 있을지 모른다.

햣폰구이百本杭는 고마도메바시 다리 주변의 강기슭이 급한 물살에 침식되는 것을 막기 위해 나무 말뚝을 빽빽이 박아 둔 데서 비롯된 속칭이다. 스미다가와 강의 물살은 수많은 나무 말뚝에 부딪혀 흐름이 바뀌거나 느려진다. 그래서 일설로는 고마도메바시 다리 위쪽에서 스미다가와 강에 버린 물건의 팔 할 정도는 햣폰구이에 걸린다고 한다.

따라서 익사체가 발견되는 곳으로도 잘 알려져 있다.

장소가 장소인지라 매음녀들도 이곳에서는 호객 행위를 하지 않는다. 손님의 소매를 잡아끄는 데 요행히 성공해도 이 다리 밑이 워낙 음침한데다, 작은 배를 대려고 해도 핫폰구이 말뚝 때문에 힘들다. 관리나 마치의 자경 당번들이 빈번하게 순찰을 돌아(그 이유도 익사체가 많이 발견되기 때문이다) 매음녀들을 불안하게 한다.

애초에 말뚝이 빽빽이 박힌 물가를 찾는 별난 자는 없다. 말뚝 사이에서 노는 작은 물고기를 노리고 아이들이 낚싯대라도 드리울라치면, 근처의 눈 밝은 어른들이 금방 알아보고 위험하니까 당장 그만두라고 악을 쓰게 마련이다. 말뚝 사이로 발이 미끄러져 넘어지기라도 하면 뜻밖에 심하게 다칠 수 있고, 말뚝 사이에 끼어 버리면 수심이 무릎 정도라 해도 물에 빠져 죽기엔 충분하다. 헤이시로도 혼조 후카가와 지역을 처음 맡았을 때 그런 사례를 본 적이 있다.

정리하자면 매음녀가 칼에 베인 곳은 이곳이 아니다. 그곳이 어디인지 단서를 잡으려면 빨리 매음녀의 신원을 알아내어, 이 가련한 여인이 평소 어디서 호객 행위를 했는지 알아내야 한다.

코를 쥐고 둑에 멍하니 쪼그려 앉아 있는 헤이시로 앞으로 조키부네가 쓱 가로질러 갔다. 배는 핫폰구이 말뚝 바로 앞쪽에서 상류를 향해 노를 저어 올라가고 있었다. 마지마 신노스케가 이물 근처에 엉거주춤 서 있다가 헤이시로 쪽을 향해 조심스레 손을 들어 보였다. 물론 오늘은 마치 관리 차림이다.

신노스케에게는 동승자가 있었다. 한 사람은 모토미야 겐에몬으로, 배 중간에 보인다. 또 한 사람은 유미노스케다. 두 사람 모두 가슴 위쪽밖에 보이지 않지만 틀림없이 그들이다.

"아, 이모부!"

유미노스케가 알아보고 손을 흔들었다. 그러더니 양손을 동그랗게 모아 입에 대고 거리낌 없이 외쳤다.

"조금 거슬러 올라가서 상류 강가를 살펴보려고요~."

헤이시로는 오, 그러냐, 알았다, 알았다, 하며 손을 흔들어 주었다.

마사고로도 그 목소리에 고개를 들고, 조심하세요, 도련님, 뱃전 밖으로 몸을 내밀면 큰일 납니다아, 하고 소리쳐 주었다. 예~, 하고 유미노스케가 출랑거리는 투로 대답한다. 배를 처음 타 보는 걸까? 좋아서 어쩔 줄 모르는구먼.

신노스케는 목을 움츠리고 거북한 자세로 쪼그려 앉았다. 평소처럼 짓토쿠를 입은 모토미야 거사만은 귓전을 오가는 목소리들이 어디서 부는 바람이냐 하는 듯한 모습이다. 목청껏 소리를 주고받는 사람들을 쳐다보지도 않고 꿋꿋이 앞쪽만 바라보고 있다. 혹시 졸고 있는 걸까?

고물에서 노를 젓는 사공은 세 승객의 묘한 조합이 아무래도 의아한지 노 젓는 동작과는 맞지 않게 고개를 갸웃거리는데, 그 모습이 보기 딱하다. 입고 있는 옥호가 박힌 한텐을 보니 가까운 뱃집에서 급하게 불려 나온 모양이다.

"잽싸게 손을 쓰는군."

헤이시로가 감탄하자, 둑을 올라온 마사고로가 웃었다. "유미노스케 님이 마침 거사님과 같이 있었다고 하더군요."

"오토쿠야 이층에?"

"아시는군요."

오토쿠는 아무래도 진심으로 겐에몬을 가게 이층에 데려오고 싶은 모양이고, 또 거사도 종종 오토쿠야에 들렀다. 그러면 유미노스케가 오토쿠야로 달려간다. 오산과 오몬이, 거사님이 와 계세요, 하고 그때그때 기별을 주기 때문이다. 그렇게 해 달라고 부탁하신 거예요, 하고 얼마 전에 오토쿠야에서 들었다.

―유미노스케 님은 모토미야 거사님한테 배울 게 아주 많다고 했어요.

"그럼 이번 사건도 똑같은 수법이었다는 것은 거사님 의견이겠군."

"예."

사체를 보자마자 그렇게 말했다고 한다.

"신 상은 뭐라고 했지?"

마사고로는 잠시 생각하더니 대답했다. "판단을 못하고 고민하시는 듯합니다."

그 소견에 잘못된 점은 없습니까, 정말 자신이 있는 겁니까, 종조부님? 하고 체구도 작은 거사에게 따져 묻기도 했단다.

"거사님은?"

"착각하기도 힘들 만큼 명백하다 하셨습니다."

헤이시로는 흐음, 하고는 다시 코를 쥐었다. 수면에 비친 햇살이 눈부셔서 재채기가 나올 뻔했다.

고마도메바시 다리 위에서는 근방의 기도반 문지기나 마치 지신반 당번들, 거기에 마사고로의 수하들까지 가세하여 소란한 구경꾼들을 밀어내느라 애를 먹고 있었다. 헤이시로는 밑에서, 너무 한쪽으로만 몰리면 다리가 무너진다! 하고 굵은 목소리로 호통을 쳤다.

구경꾼들이 흠칫 놀라서 저마다 뭐라고 떠들며 난간에서 멀어진다.

"그렇군. 이것도 그거야. 그거."

그렇게 짐작하지 못할 이유도 없다. 아직은 오세쓰와 그 아들이 저지른 복수극이라는 설이 틀렸다고 단언할 수 없다. 조사해 보면 그 매음녀와 신베, 규스케, 다이코쿠야의 관계가 밝혀질지 모른다고, 헤이시로는 어설프게 늘어놓았다.

"저도 그렇게 말씀드리기는 했지만."

신노스케는, 그렇게 우리가 바라는 대로만 해석해도 될까, 하고 고민하고 있는 것이다.

"어쨌거나 여자의 신원을 빨리 밝혀내겠습니다. 그리 어려운 일은 아닐 겁니다."

마사고로의 솜씨라면 그럴 테지.

"나는 다이코쿠야와 가메야에 가 보겠네."

헤이시로는 끄응, 하며 일어섰다. 둑에서 내려다보니 햇빛을 반짝반짝 반사하는 수면 풍경과 물가의 질척한 진흙 위에 거적을 뒤집어쓴 사체가 어쩔 수 없이 한눈에 들어왔다. 그제야 알았다. 아까 헤이시로의 손놀림이 거칠었던 탓이리라. 여자의 맨발 발가락 끝이 거적 밖으로 조금 비어져 나와 있었다. 살해되는 순간 경악하며 힘을 주었겠지. 발가락이 젖혀진 채 굳어 있다. 마치 진흙에 떨어진 엿인형_{대나무관 끝에 엿을 붙여 놓고 숨을 불어 동물이나 사람 모양으로 부풀린 것} 파편 같다.

범인은 이걸 보았을까.

아니, 그자가 보았을 때만 해도 저 발가락은 막 빚어낸 쌀떡처럼 부드럽고 발톱에도 혈기가 돌고 있었다. 그것이 이렇게 변해 버렸으리라는 사실을 범인은 모른다. 지금도 그것을 모른 채 어딘가에 있겠지.

나리. 마사고로가 조심스럽게 불렀다. 헤이시로는 눈을 껌뻑였다.

"이 사건을 얼른 전해 두는 게 좋겠군. 엉뚱한 소문으로 부풀려져서 알려지지 말란 법이 없지. 모두 이런 자극적인 얘기를 좋아하니까."

다이코쿠야 도에몬은 새로 일어난 매음녀 살해 사건에 대한 놀라움보다, 이 사건 때문에 관이 다이코쿠야에 쳐 둔 감시망을 풀어 버리지는 않을까 불안해했다.

"사태가 밝혀지기 전에는 자네를 방치하지 않을 거야. 공연한 걱정 말게."

이 말을 누차 반복하느라 헤이시로는 목이 마를 지경이었다. 다이코쿠야에서는 그 넉넉한 재산에 걸맞지 않는 싸구려 차를 내주었다.

"확인을 위해 다시 묻네만, 요시마쓰를 죽인 사실은 자네와 신베와 규스케, 이렇게 세 명밖에 모르는 게 맞나? 누구 다른 사람에게 들키지는 않았나? 누구한테 실수로 누설한 적도 없었나?"

예를 들면 가까이 지내는 여자한테—하고 헤이시로가 묻자 도에몬은 낯이 파랗게 질려 고개를 저었다. 오토쿠야에서 과거를 자백한 뒤로 어쩐지 살이 조금 찐 듯, 그냥 파랗게 질린 것이 아니라 퍼렇게 부어올라 보인다.

"없습니다. 어떻게 그런 말을 흘리겠습니까."

도에몬은 그렇더라도 신베나 규스케는 다를지도 모르지.

"규스케가 손을 벌리러 왔을 때 혹시 여자 얘기는 하지 않던가? 누구랑 같이 살고 있다든가. 여자한테 얹혀살고 있다든가."

도에몬은 그제야 가로젓던 고개를 바로 하고 잠시 생각하더니 대답했다. "그런 여자가 있었다면 저한테 손을 벌리러 오지는 않았을 것 같습니다만."

아, 그런가. 헤이시로는 목덜미를 긁적였다.

신베는 가정이 있었고 어엿한 약방의 주인이었다. 아무리 아쉽다고 해도 함부로 매음녀를 사리라고 생각하기는 힘들다. 하지만 규스케라면 이야기가 다르다. 매음녀하고도 어째 잘 어울려 보인다. 저 가련한 매음녀가 규스케와 가깝게 지내다가 과거의 비밀을 알게 되었다면 아귀가 맞지 않을까 생각했는데—.

하지만……. 헤이시로는 다시 출발점으로 돌아가서 생각했다. 그 매음녀가 이십 년 전 사건을 알고 있었다는 게 가능할까? 규스케가 살해된(여자로서는 행방을 알 수 없게 된, 혹은 며칠이고 거처로 돌아오지 않게 된) 시점에 여자가 소란을 피웠다면 몰라도 그런 움직임은 전혀 없었다. 규스케의 신원을 알아내기가 힘들었던 이유도 누구 하나 규스케를 찾지 않았기 때문이다.

"이즈쓰 나리." 도에몬은 여전히 헤이시로의 얼굴을 들여다보고 있다. "그보다는, 그 매음녀인지 뭔지가 규스케가 살해되는 현장을 목격했을 가능성이 더 높지 않겠습니까?"

범인의 얼굴을 보았다? 헤이시로는 그런 생각을 하면서 좌우 볼을 번갈아 부풀렸다. 양쪽을 두 번씩 부풀리고는 오른쪽 볼을 세 번째 부풀리다 푸우, 하고 숨을 토했다.

"현장을 보았다면 그 자리에서 죽었겠지."

"용케 현장에서 도망쳤을지도 모릅니다."

"도망쳤다면 어디 사는 누구인지 어찌 알겠나?"

"매음녀 아닙니까. 호객 행위를 하는 장소는 대개 정해져 있습니다. 그런 곳에 가서 이렇게 생긴 여자를 아느냐고 묻고 다니면 어렵지 않게 알 수 있습니다."

헤이시로는 왼쪽 볼을 세 번째 부풀렸다가 푸우, 하고 나서 말했다. "미나미쓰지바시 다리맡에는 매음녀가 얼쩡거리지 않아."

그랬다가는 오토쿠가 호통을 쳐서 쫓아 버리거나 사연을 물었을 터이다. 매음 말고 다른 살길을 찾아 주겠지.

"뭐, 여자의 신원을 알아내기도 전에 아무리 추측해 봐야 소용없는 일이지. 뭐든 떠오르면 즉시 알리게."

그런데 자네, 살이 찐 모양이군, 하고 말해 주자 도에몬은 낯이 푸르죽죽해졌다.

"바깥출입을 하지 못해서……."

울적한 마음에 그만 술을 마신다. 달리 기분을 풀 일이 없으므로 밥만 먹는다. 간식으로 과자나 물과자도 먹는다. 그 탓입니다, 하며 부끄러워한다.

"심정을 알겠네만 그러다간 오세쓰의 복수보다 통풍이 더 무서워지겠는걸."

슬쩍 겁을 준 까닭은 얄미운 마음이 들어서다. 간식까지 챙겨 먹으면서 헤이시로한테는 달랑 차 한 잔만 내놓고 과자도 없다. 도대체 달랑 차 한 잔만 내주는 것이 불길한 짓이라는 소리는 들어 보지도 못했나불단의 영정에 차를 공양할 때는 딱 한 잔만 올리므로, 손님에게 차만 한 잔 내주는 것은 결례로 알았다고 한다, 이놈의 집안은.

"아, 이제야 생각났습니다."

헤이시로의 은근한 불만은 알아채지 못한 채 도에몬은 고개를 들었다. "그제 있었던 일인데, 가메야 따님이 몸소 이곳을 찾아왔습니다."

문안을 드리러 왔다는 명목으로 유명한 과자점의 과자 상자와 도시락 따위를 사 들고 왔다고 한다.

"본래는 제가 먼저 문상을 가야 마땅한데, 참으로 부끄럽기 짝이 없었습니다."

그런데 참 어여쁜 아가씨더군요, 하며 감탄을 숨기지 않는다. 이런 모습도 얄밉다.

"부끄러워할라치면 다른 걸 부끄러워해야 하지 않나? 그 아가씨가 요시마쓰 건을 알고 있네."

그건 이즈쓰 나리와 마지마 나리께서 말씀하셨기 때문이겠지요, 하고 도에몬은 말했다. 본인은 그런 마음이 없을 테지만 조금 원망이 담긴 말처럼 들렸다.

"이미 한참 지난 일이고, 더구나 일부러 그런 게 아니다, 아버지도 오랫동안 괴로워했을 것이다―라고 말씀하시더군요, 후미노 아가씨는."

후미노를 방패로 삼고 있다. 헤이시로는 눈앞에 있는 도에몬의 얼굴을 새삼 살펴보았다.

뜻밖에도 이런 자였단 말인가.

오토쿠야 이층에서 눈물 흘리고 엎드려 빌며 요시마쓰의 일을 고백할 때는 이십 년 전에 저지른 죄의 무게에 압살될 듯이 보였다. 하지만 지금은 얼굴이 푸르딩딩 부은 실눈의 남자가 투덜대고 있을 뿐이다. 게다가 제 처지를 불쌍히 여기는 듯이 보이기까지 한다.

죄는 품고 있기보다 토해내는 쪽이 더 편한 법이다. 무거운 짐을 부려서 몸이 가벼워지면 다시 두뇌도 잘 돌게 되고 자기 걱정도 하게 된다. 변명도 생각해 낸다.

이곳은 다이코쿠야 안쪽 방이라 소란한 매장과 멀리 떨어져 있다. 도코노마_{객실에 바닥을 한 층 높여서 만들어 놓은 부분}에 걸린 두루마리는 누구 작품인지는 알 수 없으나 약사여래상이 수묵으로 그려져 있다. 약방에 잘 어울리는 그림이다.

헤이시로는 문득 약방에 있는 자들이 들을 수 있도록, 여기 있는 다이코쿠야 주인 도에몬은 살인자다~, 하고 앉은 자리에서 큰 소리로 알리고 싶어졌다.

더 고약한 방법도 있다는 생각이 들었다.

"우리가 자네를 요시마쓰를 살해한 명목으로 체포해 버리면 오세쓰와 그 아들도 복수를 포기하겠지."

도에몬 얼굴에서 핏기가 가셨다. 흥미롭게도 이런 실눈도 핏기가 가시자 눈꺼풀이 또렷하게 드러난다.

"그, 그리하시면 신베와 규스케를 살해한 자는 포기하시는 게 됩니다요."

말투까지 이상해진다. 헤이시로는 어금니를 물고 웃었다. "서로 한 수씩 주고받았다고 치면 되지. 아비 원수가 없어지면 오세쓰의

진상 • 435

아들도 더 이상 칼부림을 하지 않을 테니까."

도에몬은 땀을 흘리기 시작했다. 이렇게 살이 쪄서는 통풍 정도가 아니라 목숨이 위태로운 소갈증에 걸리기도 쉽겠군. 잠깐 땀을 쥐어짜 주는 것도 좋겠다.

"뭐, 요시마쓰 건은 요시마쓰 건이고 이번 건은 이번 건이다. 너무 안심하지는 마라."

그렇게 말해 두고 헤이시로는 방을 나왔다. 일단 복도로 나왔다가 문득 생각난 것이 있어 다시 돌아가, 여전히 땀을 흘리며 엎드려 있는 도에몬 앞을 뚜벅뚜벅 가로질러 툇마루로 나섰다. 마사고로의 수하 하나가 뜰을 쓸고 있었다. 다이코쿠야의 앞치마를 두르고 있다. 귀가 뾰족한 특징적인 얼굴이다.

"자네, 미노키치였나?"

"아뇨, 저는 고타입니다."

마사고로에게는 수하가 많다. 행수와의 관계는 다양하고 서열도 파악하기 힘들다. 헤이시로는 아무래도 외워지지가 않는다.

"신을 가져다 드릴까요, 나리?"

"음, 그래 다오."

도에몬이 장지를 가만히 열고 얼굴을 내밀었지만 헤이시로는 개의치 않고 콧노래를 흥얼거렸다. 뜰은 손질이 잘되어 있었다.

고타가 돌아와 신발을 내려놓자 헤이시로는 그를 손짓으로 불러 귀엣말을 했다.

"여기 밥은 먹을 만하더냐?"

고타는 힘차게 고개를 끄덕였다. "예, 먹기 미안할 지경입니다."

"간식도 주나?"

"이가 썩을까 걱정될 정도입니다, 나리."

가메야로 가는 길에 헤이시로는 도에몬에게 좀 더 겁을 줄걸, 하고 못내 아쉬워했다. 먹는 것에 원한이 맺히면 무섭다.

가메야에 가 보니 후미노와 지배인 조지로가 자리를 비우고 없었다. 모임이 있어서 외출했다고 한다.

헤이시로를 맞아 준 사람은 관리인 오토시였다. 그녀가 안내한 방에서 헤이시로는 도코노마를 보았다. 그림 족자도 없고 어긋나게 짠 선반에는 장식물도 없다. 꽃병에 흰 국화 세 송이만 단출하게 꽂혀 있다. 아, 이 집은 상중이지. 당연한 일인데 깜빡 잊고 있었군.

바지런히 움직이며 다과나 담배합을 내놓은 오토시가 이윽고 자리에 앉자 헤이시로는 매음녀 사건을 꺼냈다. 조사를 해 보기 전에는 이 사건이 신베나 규스케 사건과 어떻게 연결되는지를 알 수 없다. 알 수 없으니까 놀랄 필요 없다는 얘기를 해 주러 왔다—고 상대가 놀라기 전에 서둘러 이야기했다. 오토시는 얌전히 듣고 있었다.

"알겠습니다." 오토시가 다다미에 손을 짚으며 말한다. "후미노 아가씨와 조지로한테도 그대로 전해 두겠습니다. 서둘러 알려 주셔서 감사합니다."

헤이시로는 잠시 뜸을 두었다가 앞에 놓인 차로 손을 뻗었다. 가만 보니 과자도 흰 단팥을 국화 모양으로 빚은 고급 생과자였다.

처음 여기서 만났을 때—신베 사체가 발견된 바로 그날이다—오토시는 중년이지만 여전히 화사하고 아름다워 보였다.

지금은 조금 다르다. 아름다움보다는 연륜에 걸맞은 관록이 두드러져 보인다. 왜일까? 그런 의문 때문에 헤이시로는 그토록 매혹적인 과자에도 금방 손을 뻗지 못했다.

"자네가 요즘 내내 가메야를 드나들며 돕고 있다고 들었네."

"네. 하지만 미미한 도움밖에 못 되고 있습니다."

"안주인은 괜찮은가?"

오토시가 입가를 움찔거리며 대답을 망설인다.

"괜찮지 못한 게로군. 뭐, 그것만은 왕진고로도 고치기 힘들 테니까."

황송합니다, 하고 오토시가 다시 다다미를 짚으며 고개를 숙인다.

"이럴 때는 세심한 여자가 더 보탬이 되지. 후미노로서도 자네가 관리인이라 다행이야."

오토시의 가지런한 이목구비에 문득 부드러운 곡선이 떠올랐다.

"고마운 말씀이십니다. 실례입니다만 이즈쓰 나리께서는 제가 처음 인사드릴 때 여자 관리인이라고 하는데도 그다지 놀라지 않으시더군요."

"음, 그랬지."

헤이시로가 순순히 인정하자 오토시는 어딘지 조금 맥이 빠지는 표정을 짓더니 이내 스스럼없이 웃었다.

"왜 그런지 여쭤 봐도 좋을는지요?"

"자네보다 훨씬 더 관리인답지 못한 관리인이 소임을 훌륭하게 해내는 모습을 본 적이 있기 때문이야" 하고 헤이시로도 웃었다. "하지만 자네도 날 때부터 관리인으로 정해져 있던 건 아니겠지. 무슨 사정이라도 있었나?"

오토시는 주저하는 기색도 없이 대답했다. "죽은 남편의 뒤를 이었습니다."

아마 그렇지 않을까 짐작은 했다.

"달리 사람이 없었나?"

"아들이 있었지만, 남편과 함께 잃었습니다."

식중독이었다고 한다. 팔 년 전 일이다. 그때는 오토시도 생사지경을 헤맸다고 하니 하마터면 일가족 세 사람이 나란히 저승으로 갈 뻔했다.

"무얼 먹었기에?"

헤이시로는 공연한 호기심을 이기지 못해 묻고 말았다. 오토시는 말하기가 어려운지 문득 한 손으로 입을 가렸다.

"그게, 젓갈이었습니다. 남편이 담갔죠. 젓갈을 맛나게 담그는 사람이었습니다."

실제로 맛있었다고 한다. 얼마나 맛있었는지 모릅니다, 하더니 저도 모르게 손짓까지 섞어 가며 말할 때 오토시의 얼굴은 어느새 젊어졌다. 금실 좋은 부부였을 거라고 헤이시로는 짐작했다.

"그래서 저나 아들이나 그 젓갈을 먹는 데 아무 망설임이 없었습니다. 아마 남편도 그랬겠지요."

자기가 직접 담근 젓갈에 탈이 났으니 어디 하소연할 데도 없었다. 독살이나 암살일 가능성도 없다.

"장로님들과 상의해서 일단 급한 대로 제가 관리인 자리를 승계하면서 곧 누구든 어울리는 사람을 물색해 보기로 했습니다. 하지만 막상 찾아봐도 좀처럼 적임자가 보이지 않아서 제가 계속 떠맡게 됐지요."

지금도 여자 관리인 오토시를 탐탁지 않게 보는 사람이 많을 터이다. 그도 그럴 것이 전례가 없기 때문이다. 하지만 그런 자들은 저마다 욕심을 내보이며, 자기주장은 관철하고 싶지만 다른 놈 주장은 들어줄 수 없다는 식으로 서로 아웅다웅하느라 후계를 정하지 못했다.

"월번이나 나가야 관리는 남편이 하던 일을 어깨너머로 보아 그럭저럭 흉내를 낼 수는 있습니다. 하지만 관리인의 관록이 필요한 상황에서는 역시 많이 부족합니다."

"자네를 쉽게 보고 집세를 뭉개려 드는 놈은 없나?"

가끔—하며 오토시는 고개를 끄덕였다. 투덜거리지 않는다. 고자질을 하려는 얼굴도 아니다.

"어르고 달래고 해서 받아내는 것도 관리인의 능력이겠지요."

헤이시로는 생과자를 하나 먹었다. 안에 단팥이 들어 있다. 기품이 느껴지는 단맛이다.

"이 약방의 돌아가신 주인은," 오토시는 소리를 조금 낮춰 이야기했다. "생전의 남편과 무척 가까운 사이였고, 그래서 늘 제 뒷배가 되어 주셨습니다. 이런 뜻밖의 사태가 벌어져서 뭐라고 말씀을 드려야 좋을지……."

가메야 신베는 오토시에게 종종, "내가 죽기 전까지 어떤 식중독에도 잘 듣는 약을 조제해 주겠소" 하고 말했다고 한다.

헤이시로가 "그런 신베에게" 하고 살짝 가락을 붙여서 말했다.

"사람을 죽인 과거가 있다는 사실은 어떻게 생각하나?"

오토시는 흐트러지지도 않은 목깃을 살짝 쓰다듬듯이 매만졌다. 고개를 조금 숙인다.

"장사를 하자면 갈등이 있게 마련이지요."

불행한 인연에서 비롯된 일이었다고 봅니다.

"젊은 치기의 결과—라고 말하면 돌아가신 분한테 원한을 살지 모르겠습니다만."

"신베를 비난할 생각은 없는 모양이군?"

"가메야 씨가 건강해서 지금 제 눈앞에 계시다면, 비난할 마음도 생기겠지요. 하지만 이미 망자가 되셨습니다."

오토시는 헤이시로가 말하기 전에 서둘러 말을 이었다. "가메야 씨는 가메야 씨 나름대로 죄 갚음을 해 왔다는 생각도 듭니다."

"그게 무슨 말이지?"

오토시는 가슴 앞에서 두 손을 가볍게 마주 잡고는 막힘없이 말했다. 신베가 약값을 내지 못하는 사람들에게 슬쩍 약을 주곤 했다는 것. 값비싼 약을 장기간 복용해야 하는 사람에게는 값을 많이 깎아 주었다는 것. 한편 촌분을 아껴 신약 개발에 힘썼다는 것.

"마치 이 약방의 주인이라기보다 썩둑이 가운데 한 사람 같았습니다. 썩둑이들과는 위아래 격의 없이 대화를 나누시고."

전부터 그랬다. 남편이 살아 있다면 더 많은 이야기를 자세히 말씀드렸을 겁니다—그렇게 말하고 입을 다물 때 오토시의 눈빛이 희미하게 흔들렸다. 같이 살던 사람을 먼저 보내고 홀로 남은 자의 쓸쓸함이, 소매 속에 숨긴 향낭에서 훈훈한 향이 문득 피어오르듯이 여인의 몸에 감돌았다.

오토시와는 생김새도 다르고 분위기도 다른, 정말이지 달라도 너무나 다른 오토쿠가 가끔 이런 눈빛을 짓는 걸 헤이시로는 알고 있다. 죽은 남편 가키치를 기억할 때마다 그랬다.

"후미노는 어떻게 지내지? 당차다는 얘기는 들었지만, 그래도 아직 세상 물정 모르는 아가씨인데."

오토시가 자세를 바로 하고 헤이시로를 똑바로 올려다본다.

"예, 말씀하신 대로 정말 당찬 아가씨입니다. 하지만 이즈쓰 나리, 저는 후미노 아가씨가 오히려 세상 물정을 몰라서 다행이었는지도 모른다고 생각하고 있답니다."

남과 싸우고 증오하고 질투하고 멸시하고, 마침내 죽인다. 그런 비릿한 마음을 후미노는 모른다. 사람을 그렇게 움직이는 탁하고 걸쭉한 피의 흐름을 모른다.

"그래서, 이십 년 전에 가메야 씨가 저지른 일에 대해서도, 뭐랄까요—후미노 아가씨 나름대로 조리 있게 정리하기가 그리 어렵지만은 않았겠구나 싶습니다."

헤이시로는 고개를 천천히 끄덕였다. 이 세상의 허물은 모르면 모를수록 좋고, 얕은 여울을 지나듯 쉽게 건널 수 있는 강도 있다는 말일까.

아름다운 말이지만, 왠지 공허하게 들리기도 한다. 오토시는 진심으로 그렇게 생각하고 있을까?

"게다가—."

말을 잇다 오토시는 당황한 듯이 입을 다물었다. 흠, 지금 이 모습은 너무 연기 같군. 왜 그러냐고 물을 필요도 없이, 오토시가 뭔가 말하고 싶어 한다는 사실을 짐작할 수 있었다. 아마 그게 더 본심에 가까우리라. 그래서 짐짓 아무 말도 없이 그녀의 얼굴을 지그시 마주 보고만 있었다.

새삼 지척에서 살펴보니 너무나 반듯한 이목구비여서 위엄마저 느껴질 정도다. 아름답지만 남자형 얼굴이다.

그렇군. 그래서 처음에 얼핏 보았을 때와 인상이 다른 것이다. 후미노, 사타에와 나란히 있을 때는 그저 꽃처럼 보였다. 꽃은 꽃이되 오토시는 나무에 피는 꽃이다. 땅속으로 뻗은 뿌리가 나머지 두 여자하고는 다르다.

"또 한 분, 젊으신 나리, 마지마 나리였던가요?" 하며 오토시가 헤이시로를 쳐다본다.

"음. 신 상이 왜?"

"후미노 아가씨를 많이 배려해 주셔서, 이십 년 전 일로 가메야가 벌을 받는 일은 없을 거라고 위로해 주시더군요. 신베 씨는 이미 이승을 떠났고, 가메야를 문 닫게 하면 왕진고라는 귀중한 약도 끊기고 만다. 그러니 결코 그런 일이 없도록 당신께서 단단히 신경을 쓰겠노라고 말씀해 주셨습니다."

마지마 신노스케, 그렇게 말해서는 안 된다. 물론 배려를 하자면 얼마든지 배려해 줄 수 있고, 헤이시로도 그것은 괜찮다고 생각하지만, 혼자서만 앞서 나가 후미노에게 앞날을 장담해 버리다니 너무 성급한 짓이다.

"그래서 아가씨도 조금은 안심하고 그렇게 당차게 버틸 수 있는 모양입니다."

헤이시로는 꽃병에 꽂힌 하얀 국화로 눈길을 돌렸다. 국화는 원래 오래가는 꽃이지만, 이 꽃은 꽂은 지 얼마 안 돼 보인다. 뾰족뾰족한 꽃잎 끝이 온전히 살아 있다.

"그 사람도 용모가 조금만 나았으면 좋았을 텐데."

오토시는 스스럼없이 웃었다. "외모가 중요하겠습니까."

"그으래? 후미노가 그렇게 곱게 생겼으니 그에 걸맞은 남자가 아니면 안 되지 싶은데, 내 생각이 짧은 건가?"

어머, 하며 관리인이 눈을 휘둥그레 뜬다. "벌써 어울리고 말고 하는 말씀까지 하시나요? 무사님과 상인의 딸입니다. 쉽게 하실 말씀은 아닌 줄로 압니다, 나리."

헤이시로는 씨익 웃었다. "뭐, 신 상이 의지가 되어 준다면 더 바랄 게 없지. 하지만 자네, 방금 하려던 말은 그게 아니지?"

오토시의 웃음이 그대로 얼어 버렸다.

"실은 다른 얘기를 하려던 게 아닌가? 나한테라면 걱정하지 않아도 되네, 듣고도 못 들은 척하는 것이 내 장기거든. 빨리 먹기, 많이 먹기, 낮잠 자기 다음으로 잘하는 게 바로 그거야."

감긴 것을 풀듯 오토시의 웃음이 시나브로 사라져 간다. 완전히 사라질 때까지 헤이시로는 말없이 기다렸다. 도중에 뭐라고 말하면 오토시는 다시 뒤집어쓰고 말리라. 눈으로 보기에 제법 당차기는 하지만 어차피 여자 관리인이다. 부족하다―라고 비치는 쪽이 더 득이라는, 보이지 않는 두건을.

오토시는 다시 손가락 끝으로 목깃을 매만졌다. 이번에 매만진 것은 목깃만이 아닌 듯하다.

"짐작하셨습니까. 실은 이런 말씀까지 드린다니, 너무 뻔뻔하지 않나 싶어서 망설이고 있었습니다."

대개 그렇게 말머리를 두고 나서 결국은 말을 한다. 음, 음, 하며 헤이시로는 코끝으로 답했다.

"후미노 아가씨가 이렇게 힘겨운 상황에서도 꿋꿋하게 버티는 까닭과도 관련이 있는 이야기입니다."

후미노가 이십 년 전 요시마쓰 건에 대하여 이미 알았던 게 아닐까 짐작된다고 오토시는 말했다.

"마지마 나리와 그 행수님—마사고로 행수님이었나요? 두 분께 그 이야기를 들었을 때 저는 정신이 아뜩해질 정도로 놀랐습니다. 물론 아가씨도 놀라셨습니다. 그렇지만 저하고는 아무래도 다른 인상이었습니다."

"자네도 그 자리에 같이 있었군."

"예." 고개를 끄덕이고 오토시는 이내 목소리를 낮췄다. "아가씨가 그렇게 부탁했습니다. 사타에 씨는 없었습니다."

사타에는 지금도 전혀 모른다고 한다.

"가메야 씨가 예전에 욕심 때문에 사람을 죽였다는 사실을 알면 사타에 씨는 어떻게 되고 말 겁니다. 그 사람 귀에 들어가게 할 수는 없습니다."

그 사람이라고 했나?

"후미노가 알고 있었다면, 누구한테 들었을까?"

"그건 가메야 씨—아버지겠지요. 가게를 물려줄 외동딸입니다.

가메야 씨가 어느 날 그런 사실을 다 밝혀 두자고 결심했는지도 모릅니다. 왕진고의 등장하고도 관계가 있는 일이니까."

"신베가 딸에게 고백을 했을까?"

헤이시로는 이 대목에서는 일단 오토쿠가 되어 생각해 보기로 했다. 유미노스케로는 안 된다. 이런 상황이라면 오토쿠가 적임이다.

"만약 내가 신베였다면, 그래도 사타에한테는 말할 텐데."

오토시가 턱을 당기며 헤이시로를 본다. "그런가요? 어째서죠?"

"남자란 그런 거야. 제 약점을 드러낼 상대를 고르게 마련이지."

—남자란 사람들은요, 나리.

헤이시로 내부에서 오토쿠가 말한다.

—도저히 어쩔 수 없을 때가 오더라도 자기를 믿어 주는 사람이 아니면 의지하지 못해요. 자기보다 강한 사람한테는 기대지 못한다고요. 강한 남자일수록 그래요.

사타에는 신베가 오랜 비밀의 무게에 견디다 못해서 고백하는 이야기를 들었다고 해도 이해해 줄 수는 없을 것이다. 그저 들어 줄 뿐이다. 신베로서는 그것으로 족하다. 그냥 들어 주기만 하면 되니까.

하지만 후미노는 다르다. 듣고 나면 생각을 할 테고, 뭔가를 하려고도 하겠지. 예를 들면 아버지의 비밀을 지켜 주려고 한다거나. 혹은 아버지의 비밀을 공개하려고 한다거나. 혹은 아버지를 벌하려 한다거나.

"그럼 이번에는 내가 주제넘은 말을 해 보지. 후미노는 아버지 신베와 사이가 썩 좋지는 않았던 모양이더군. 그날 그 아가씨한테 이런저런 얘기를 들으면서 아주 확실하게 느꼈어. 내 짐작이 틀렸나?"

오토시는 눈길을 내렸다. 그것이 명백한 대답이 되었고, 오토시도 그 사실을 잘 알 터였다.

"그래서, 신베가 딸에게 자신의 떳떳지 못한 과거를 고백했을 리는 없다고 보는 거야."

그렇게 올곧고 아름답고, 완강한 눈빛을 가진 딸에게는.

"내친김에 한마디 더 하자면, 두 사람 사이가 서먹서먹해진 까닭은 신베가 사타에를 후처로 들였기 때문인 것 같더군. 그 전에는 아마 단란한 부녀지간이었겠지."

고개를 갸웃하며 오토시가 얼굴을 들었다.

"조금, 다릅니다."

"어떻게 다르지?"

"이즈쓰 나리 말씀대로 아가씨와 가메야 씨는 사이가 썩 좋지는 않았습니다. 하지만 그 계기는 가메야 씨의 재혼이 아닙니다. 그 전부터 그랬습니다."

사타에의 전남편, 의원 구리하시 분조가 익사할 즈음부터였다고 한다.

오토시는 헤이시로가 크게 놀랄 줄 알고 있었을 것이다. 그가 긴 턱을 손가락으로 긁적이며, 흐음, 하고만 대답하자 헛발을 디딘 듯한 표정을 지었다.

"후미노는 아버지의 재혼이라면 자기보다 자네가 더 잘 알고 있을 거라고 했어. 그야 그렇겠지, 당시 그 아가씨 나이가 열 살이었으니까."

"예. 에조시에 나오는 가구야 공주 일본의 가장 오래된 고전 설화 『다케토리모노가타리』의

진상 • 447

같은 열 살 소녀였지요."

가구야 공주 뺨치게 총명한 열 살짜리 소녀였습니다, 라고 말하고 오토시는 입을 꼭 다물었다.

"아버지가 근방의 잘나가는 의원의 부인을 흠모하다가 제 욕심을 채우려고 의원을 없애 버렸다—라는 생각까지 할 만큼 총명했다고 말하고 싶은 건가?"

그러자 오토시는 헤이시로의 기대와 본인의 각오를 합친 것 이상으로 놀랐다. 의외로 솔직한 여자다.

"이즈쓰 나리, 어떻게 그걸?"

"그 아가씨와 이야기를 하다 보니 뜻밖에 그런 냄새가 나더군." 헤이시로도 목소리를 낮췄다.

"하지만, 구리하시 분조의 죽음에는 수상한 구석이 없었겠지?"

"그렇습니다." 오토시는 단언했다.

"오 년 전 일이니까 자네는 벌써 관리인이었겠군. 무언가 빠뜨리진 않았나? 신베한테 포섭당했을 리도 없을 테고?"

거반 놀리듯이 말했지만, 오토시는 진지한 표정 그대로 고개를 가로젓는다.

"결코 그렇지 않습니다. 구리하시 선생은 술에 취해 수로에 추락해서 익사한 게 맞습니다."

"꽤 힘주어 말하는군."

마주 앉고 나서 처음으로 오토시가 후우, 하고 긴장을 풀며 한숨을 지었다. "후미노 아가씨는 모르시겠지만, 구리하시 선생한테는 그 전에도 몇 번인가 비슷한 사고가 있었습니다. 그건 저도, 죽은 남편도 잘 알고 있었습니다. 저희끼리 있을 때 남편은 구리하시 선생을 '도랑 덮개 선생'이라고 불렀을 정도입니다."

도랑 덮개를 밟으며 가난한 자를 위해 왕진을 다닌다는 명예로운 별명은 아니다. 술에 잔뜩 취해 종종 도랑 덮개에 구멍을 내 놓았기 때문이라고 한다.

"선생은 명의였고 인품도 나무랄 데 없는 분이었습니다. 다만 술이 과하다는 흠이 있었지요. 그 탓에 목숨까지 잃었습니다."

"하지만 후미노는 그렇게 생각하지 않았겠지."

"예. 나리도 짐작하셨군요." 오토시의 말이 문득 허물없는 투로 바뀌었다. "저 혼자만의 생각이 아니라니 다행이네요."

헤이시로는 두 번째 생과자를 집어 입으로 던져 넣었다. 우물우물 씹으며 묻는다. "왜 그르케 새가카지?"

그래도 제대로 들린 모양이다.

"여자아이는 조숙하고 시샘이 많게 마련입니다, 나리."

어려서 어머니를 여의고 아버지와 딸 단둘. 아버지는 수완 좋은 상인이라 가게를 크게 키우고 많은 병자를 구하고 썩둑이로서도 점원들의 존경을 받고 있다. 훌륭한 남자다. 풍채도 좋다. 후미노는 아버지를 흠모하였고 마음은 아버지에게 밀착되어 있었다.

하지만 아버지도 남자다. 홀아비다. 이웃집 아름다운 부인에게 은밀히 마음이 설렌다. 설레기만 할 뿐 사악한 짓을 하려는 것은 아니다. 다만 흔들리는 마음은 어쩔 수 없다.

아버지의 마음에 바짝 밀착해 있던 딸의 눈에는 그것이 몹시 흉하고 불결해 보였다. 그러던 차에 때마침 아름다운 부인의 남편이 갑자기 죽고 말았다ㅡ.

"해서, 아버지가 죽인 게 아닐까 의심한다."

"예."

"그렇게 의심하던 차에 과부가 된 부인을 아버지가 금방 후처로 맞아들였으니 의심은 점점 깊어진다. 의심이 확신으로 굳어진다."

"예."

헤이시로는 잠깐 웃었다. "정말 머리가 좋은 열 살배기군."

"머리가 좋다기보다 영악하다고 해야겠지요. 여자아이에게는 그런 면이 있습니다. 아니, 그런 여자아이도 있다고 해야 할까요?"

"후미노는 앞으로 사타에를 어떻게 할 생각일까. 들은 이야기 없나?"

"보기 흉하게 가메야에서 직접 쫓아내지는 않겠죠. 그렇게 하지 않아도 조만간 사타에 씨가 알아서 가메야를 나갈 겁니다."

헤이시로는 놀랐다. 이번에는 오토시의 승리다. 뜻밖의 말이었다. 헤이시로의 놀란 얼굴에 오토시는 희미하게 미소를 지었다. 오싹하다. 그야말로 마음 한쪽이 휙 돌면서 오싹한 냉풍이 일어난 듯하다.

"왜 나가? 어디 갈 데라도 있나?"

"아직은 잘 모르겠습니다. 하지만 나리, 그런 사람은 어떻게 해서든 기댈 데를 찾아내기 마련입니다. 겨우살이나 담쟁이덩굴 같은 사람이니까요."

또, 겨우살이나 담쟁이덩굴을 내버려 두지도 않죠. 어리석은 나무가 많으니까ㅡ하고 오토시는 입술 가장자리로 중얼거렸다. 거의 '내뱉었다'라는 표현이 어울릴 만한 말투였다.

"신베도 그런 어리석은 나무였나?"

"그쪽으로 가지를 뻗지 않더라도, 얽혀 드는 덩굴을 뿌리치지 않으면 허락이나 마찬가지겠지요."

덩굴이 얽혀 들자 신베가 기꺼이 받아들였다는 말인가?

오토시는 "글쎄요" 하고 작은 소리로 말하고 우향우라도 하듯이 말투와 화제를 되돌렸다.

"그렇네요, 나리. 아까는 제 착각이었습니다. 가메야 씨가 자신의 옛 죄를 따님에게 스스로 털어놓다니, 있을 수 없는 이야기입니다."

후미노는 아버지가 요시마쓰를 살해했단 사실은 몰랐다. 그러므로 놀라기는 했을 것이다. 하지만 이미 아버지를 살인자라고—오 년 전에 구리하시 분조를 죽였다고—믿고 있던 딸로서는, 거기에 이십 년 전의 살인이 보태어진다고 더 상심할 일이 없다. 아아, 역시, 하는 정도였으리라. 어차피 우리 아버지는 살인자인걸.

"이제 와서 이런 걸 묻는 것도 쓸데없지만, 신베가 알고 지내던 매음녀는 없었겠지?"

"돈으로 여자를 살 분은 아니었습니다." 대답하고 나서 오토시는 웃음을 터뜨렸다. "나리, 매음녀하고는 알고 지내는 것이 아니겠지요."

맞는 말일세. 헤이시로는 세 번째 생과자를 먹고 차를 마셨다. 오토시가 이야기를 하는 중에도 내내 차를 따라 주어서 이것이 세 잔째다. 그 가운데 한 잔을 다이코쿠야 쪽으로 붙여서, 그쪽이 생각 없이 대접한 차 한 잔의 불길함을 지웠다 치자.

돌아가는 길에 헤이시로는 말했다. "오늘은 후미노가 집을 비워서 차라리 다행이었군."

오토시는 다소곳이 고개를 숙였다.

"그런데, 그 뒤로 가메님은 어떻지?"

그 큰 항아리 말인가요, 하며 오토시가 되물었다. "별다른 일은 없습니다만."

"후미노는 가메야에 횡사가 있으면 가메님한테도 이변이 생긴다고 믿는 모양이던데."

신베의 사체가 발견된 날 대형 항아리가 땀을 흘리고 있었다.

"후미노 아가씨가 매일 열심히 닦고 있습니다. 아가씨한테는 그것이 아버지가 남긴 가장 중요한 기념물이나 다름없으니까요."

오토시의 말투에 희미한 동정과 배려가 담겨 있었다. 헤이시로는 후미노를 생각해서라기보다 자기 자신을 생각해서 안도했다.

이 여인을 싫어하게 되는 것을 원치 않았기 때문이다.

17

햣폰구이에서 발견된 매음녀 신원은 바로 그날 저녁에 확인되었다. 헤이시로는 마사고로에게 맡겨 두면 틀림없을 거라고 믿고서 마음 푹 놓고 늘어지게 잠을 잤으므로, 자세한 내용은 이튿날 아침, 뎃포즈의 고라쿠유 목욕탕에서 마지마 신노스케를 만났을 때 전해 들었다.

신노스케는 모토미야 겐에몬과 같이 와 있었다. 아침 시간에는 김이 그리 자옥하지 않은 욕탕에 신노스케의 몹시 못마땅해하는 얼굴과 거사의 쭈그러진 얼굴이 나란히 있었다.

신노스케는 "아!" 하고 일어나더니 대뜸, "정말 황당합니다, 이즈쓰 님" 하며 몹시 곤혹스러운 표정을 지었다.

"종조부님께서 조금도, 요만큼도 물러서질 않으세요. 그 매음녀의 창상이 규스케와 가메야 신베의 창상과 똑같다고 고집하시는군요."

그럴 리가 없다. 그래서는 앞뒤가 맞지 않는다. 잘못 본 게 아닌가. 애초에 사체의 상처만 보고 범인의 범행 수법까지 알 수 있단 말인가. 황당하지 않습니까? 옴팡눈을 오므리며 호소하듯이 말하는 신노스케는 자기 의견이 모순된다는 사실을 깨닫지 못하고 있었다.

모토미야 겐에몬의 의견을 믿지 않는다면 규스케와 신베를 베어 죽인 범인이 동일 인물이라는 전제부터 성립하지 못한다. 아니다, 그쪽은 오세쓰 모자라는 용의자가 있으므로 다르다, 라고 항변한다면 그것은 흔히 있는 끼워 맞추기로 후퇴하는 것이다. 두 사람을 베어 죽인 자가 각각 따로 있다고 가정한다면 오세쓰 모자의 복수설도 버려야 한다. 설마 어머니와 아들이 한 명씩 베어 죽였을 리도 없을 테고, 오세쓰 모자가 두 사람을 죽이는 데 각각 다른 자를 고용했을 리도 없다.

"뭘 그리 황당해하나." 헤이시로는 뜨거운 물로 어푸어푸 세수를 했다. "그래, 매음녀는 어디 사는 여자였지?"

사루에우라마치의 나가야에 사는 오쓰기라고 한다. 나이는 서른하나에, 매음으로 잔뼈가 굵은 여자란다.

또 사루에인가? 짓토쿠 나가야에서 가까운 곳이다. 별개의 사건이기는 하지만, 요즘엔 자꾸 그쪽으로 인연이 생긴다.

"오쓰기는 같은 일을 하는 오나카라는 여자와 함께 살고 있었답니다."

그 오나카라는 여자가, 그제 정오를 조금 넘긴 시각에 나가야를 나가 돌아오지 않는 오쓰기가 걱정돼서, 관리인과 상의한 끝에 사루에 지신반에 신고했기 때문에 핫폰구이의 사체와 금방 연결될 수 있었다. 그러나—.

"정오를 조금 넘긴 시각에 나갔다고?"

매음녀는 해가 떨어지고 나서야 일을 시작할 텐데.

"오나카에 따르면 잠깐 '아는 사람'을 만날 거다, 일 각쯤 지나서 돌아오겠다는 말을 남기고 나갔답니다."

오나카는 오쓰기의 사체를 보자 틀림없다고 하면서 쓰러져 울었다고 한다. 사람이 죽으면 인상이 변하므로 어쩌면 착각을 할 수도 있다. 하지만 이 경우는 그럴 염려가 없다던 모양이다. 오쓰기의 몸에는 그 색다른 이름의 유래가 된, 옷을 기운 자리처럼 보이는 묵은 흉터^{쓰기'에는 옷을 꿰매다, 깁다라는 뜻이 있다}가 있는데, 오나카가 그 흉터를 분명히 확인했다.

"오쓰기의 쓰기가 그 쓰기였군."

"오나카도 오래전에 오쓰기한테 들었다더군요."

예전에 오쓰기가 유곽에 있을 때, 만취한 손님이 동반 자살을 강요하며 비수를 들이댔다. 그녀가 도망치려고 하자 그는 주반^{기모노 속에 입는 옷} 위로 오른쪽 옆구리를 옆으로 그어 버렸다. 그 상처를 유곽의

'유객꾼'이 인두로 지진 뒤 바늘로 땀땀이 꿰매어 준 탓에 그런 흉터가 남았다.

유객꾼이란 본래 요시하라공적으로 허가를 받은 에도의 유곽에서 부리는 잔심부름꾼으로, 유곽이나 창가에서 여자들을 감시하는 동시에 보호해 주고 난폭한 손님을 제압하는 역할을 하는 남자들을 말한다. 어지간한 일에는 놀라지 않고 웬만한 말썽은 거의 다 처리하는 이들이기는 하나, 의술에 어두운 '유객꾼'이 인두와 바늘로 대충 처치했어도 탈이 없었다고 하므로 그리 깊은 상처는 아니었으리라. 또 그 흉터에서 애칭을 지어서 몸 파는 일을 해 왔다고 하니 오쓰기도 심약한 여자는 아니었던 것으로 보인다. 심지가 굳은 매춘부라고 해야 할까.

그런 여자가 단칼에 죽었다.

더구나 이야기를 듣고 보니 손님과 다퉜다거나 쓰지기리를 당한 것도 아닌 듯하다.

"범인은, 그날 만나기로 한 자로군."

턱까지 몸을 담근 겐에몬이 수면에 파문을 퍼뜨리며 중얼거렸다.

그렇겠지요. 헤이시로도 고개를 끄덕인다. 오쓰기는 대낮에 나갔다가 돌아오지 않았다. 만나기로 했다는 지인이 아무래도 수상하다.

"아는 남자의 부름을 받고 나갔다가 칼에 맞아 죽었다는 겁니까?"
신노스케가 헤이시로와 겐에몬 얼굴을 번갈아 쳐다보았다. "오후에 어디에선가 남자를 만나 칼에 베이고 밤중에 강물에 던져졌다는 뜻이죠?"

"꼭 남자란 법은 없지."

"오나카는 남자가 틀림없다고 주장합니다."

"누구 짚이는 사람이라도 있나?"

헤이시로가 저도 모르게 눈을 크게 떴을 때, 뜨거운 물이 튀었다. 거사가 탕에서 나간 것이다.

"열탕에 몸이 축축 늘어지네."

다들 마찬가지였으므로 헤이시로와 신노스케도 얼른 일어섰다. 거사는 망설이는 기미도 없이 계단을 척척 밟고 이층으로 올라간다. 함께 땀을 식히고 있는데 목욕탕 주인이 차를 들고 올라왔다.

"안녕하십니까."

주인은 정중하게 인사하고, 두부모에 눈코 입을 붙인 듯한 모난 얼굴로 웃으며 겐에몬 앞에 앉았다.

"거사님, 지난번에 도움을 주셔서 정말 고마웠습니다. 보잘것없지만 그 인사로 나리들께 조반을 지어 올리고 싶은데, 어떠신지요?"

겐에몬은 "음" 하고 말했다. 헤이시로가 신노스케와 얼굴을 마주 본다. 그러면 잠시 뒤에, 하며 두부 얼굴이 서둘러 계단을 내려갔다.

"종조부님, 여기서 뭘 도와주신 겁니까?"

"흠."

"흠, 하셔서는 알 수가 없지 않습니까."

까닭을 모르는데, 벌써 준비가 끝났는지 두부를 닮은 주인이 역시 두부를 닮은 부인인 듯한 여자와 함께 밥상을 들고 올라왔다. 부인은 하얀 피부까지 두부를 닮았다. 두 사람이 부지런히 움직여 밥상을 나란히 늘어놓고 공기에 밥을 퍼 담는다.

"이제 됐네. 우리는 잠깐 할 얘기가 있어서."

거사가 한마디 하자 두부 두 모는 애교 섞인 웃음을 지으며 물러

갔다.

신노스케의 옴팡눈이 의심스러운 듯 묵직한 빛을 발한다.

"뭘 도와주셨는데요, 종조부님?"

거사는 젓가락을 들고 밥상 앞에 고개 숙여 인사하더니 뜨거운 된장국을 후루룩 마셨다.

"아궁이에 불 지피는 요령을 가르쳐 줬지."

"예?"

"아궁이가 낡아서 장작만 많이 먹을 뿐 물이 금방 데워지질 않아서 큰일이라고 하기에, 이 목욕탕에서 사용하는 불쏘시개와 장작을 살펴보고 낭비 없이 불 지피는 요령을 궁리해서 가르쳐 줬다."

헤이시로는 반가웠다. "덕분에 우리가 잘 먹겠습니다."

생선구이에 계란, 피조개 야채 초무침까지 딸린 호사스런 조반이다. 초무침에 들어간 파는 아직 딱딱하지만 초를 친 된장은 맛있다.

신노스케는 조반에는 손을 대지 않고 목욕탕 이층에서 여우에 홀린 듯한 얼굴을 하고 있다.

"거사님은 꾀주머니인 게지, 신 상. 자, 먹어, 먹자고." 헤이시로는 쌀밥을 우적우적 먹기 시작했다. "그래, 오나카가 뭐라고 했지?"

아, 예, 하고 맥 빠진 목소리를 내고 신노스케는 하던 이야기로 돌아갔다. "두 사람 모두 매춘부이니 보통이라면 손님을 놓고 경쟁하게 마련이지만, 오쓰기와 오나카는 묘하게 마음이 잘 맞아서 사이좋게 지냈다는군요."

다만 한 가지, 오나카는 오쓰기가 걱정스러웠다. 오쓰기는 남자의 외모에 약해서, 잘생긴 남자한테는 정신을 차리지 못했다. 홀딱 빠지고 만다.

"몸 팔아 버는 돈이야 둘이 합해 봐도 뻔하죠. 그래도 오쓰기는 마음에 드는 손님을 만나면 얼마 안 되는 수입을 쪼개서 남자한테 쥐여 줍니다."

오나카가 몇 번이고 꾸짖고 잔소리를 해도 소용이 없었다.

"그럼, 오쓰기한테 애인이 있었다는 말인가?"

기울어진 바라지창에서, 나란히 놓은 밥상으로 아침 해가 비껴든다. 뜨거운 된장국이 맛깔스럽다. 대화 내용과는 전혀 어울리지 않는 풍경이다.

"애인—인지 뭔지." 신노스케는 손가락으로 관자놀이를 긁었다. "오나카는 내내 '마음에 드는 손님'이라고만 말했습니다. 단골손님이라는 말이겠죠."

단골에게 홀딱 반하면, 여자를 사러 왔을 손님에게 무료로 몸을 주는 것도 모자라 돈까지 쥐여 준다는 말인가? 손님에게는 이렇게 남는 장사도 없다. 그렇기는 하지만,

"대관절 그렇게 잘난 남자가 나이 든 매춘부를 찾기나 할까?"

"찾는 모양입니다."

신노스케는 문득 정신을 차린 듯 부끄러워하다가 갑자기 들뜬 모습으로 옆에 있는 종조부의 표정을 살폈다. 거사는 밥 먹는 데만 몰두하고 있었다.

"오나카와 오쓰기는 모두 유곽 출신입니다. 감히 넘볼 수도 없을 만큼 값비싼 유녀는 아니지만, 먹고살 길이 막막한 촌뜨기 여자가 어쩔 수 없이 몸을 파는 경우와는 다른, 그야말로 유곽 물맛을 아는

여자들입니다. 접객 요령이 좋았겠지요."

헤이시로는 절인 채소를 씹으며 생각했다. 오나카는 아마도 그런 식으로 말하지는 않았으리라. 접객 요령이라는 점잖은 말은.

—젊으신 나리, 달리 뭐가 있겠어요. 우리도 장사인데, 파는 물건이 좋은 거죠, 물건이.

정말로 그랬는지 어땠는지는 몰라도 아마 그런 식으로 말했겠지. 매춘하는 잠자리야 보나마나 불편하겠지만, 그래도 더 나은 자리가 있고 못한 자리가 있을 터이다.

"그러니까 한 번 돈을 주고 샀다가 오쓰기 마음에 들 경우 다음부터는 무료로 재미를 볼 수 있다고 한다면, 찾는 손님이 있다는 말인가—거사님, 한 공기 더 드시겠습니까?"

헤이시로는 겐에몬으로부터 빈 공기를 받아 들고 나무 밥통에서 밥을 고봉으로 퍼 담았다. 겐에몬은 식성이 좋다. 그것이 건강의 비결이리라.

"그러면 그제 오쓰기가 만나러 나간 자도 그런 단골손님이겠군."

"예. 상대방이 불렀는지 오쓰기가 불렀는지는 아직 모릅니다만."

오쓰기도 오나카 눈치를 보느라, 마음에 둔 손님이 어떤 남자인지 들키지 않으려고 평소 조심했던 모양이다. 오나카도 자기 밥벌이를 해야 하므로 오쓰기만 감시하고 있을 수는 없다. 그러므로 어디 사는 어떤 손님이 오쓰기가 좋아하는 사람이라고 지목하기는 어렵다. 하지만 여하튼 외모가 좋은 남자임에는 틀림없다고 한다.

이러니 차라리 없느니만 못한 단서였다. 일을 어렵게만 만드는 단서다.

아니, 그렇지 않을지도 모르지. 마지막으로 남은 밥 한 입을 꿀꺽 삼키고 헤이시로는 다시 생각했다.

오세쓰의 아들이 미남이라면.

몽상일 뿐일까? 좀 더 현실적인 사고를 해야 할까?

"오쓰기란 여자는 미남을 밝히는 여자였나? 아니면 미남에 약하기는 하지만 그렇지 않은 남자한테도 친절했나? 애초에 정이 많은 여자였나?"

글쎄요……, 하고 신노스케는 또 곤혹스러워한다. 생각해 보니 아직 젊은 그의 머리에 금방 답이 떠오를 질문은 아니다.

"됐네, 오나카를 만나서 물어보면 되겠군."

"뭘 물으시게요?"

"규스케를 아는지 확인해야지."

가메야 신베라면 그럴 리 없겠지만, 규스케라면 알뜰한 매춘부의 단골이 될 수도 있을 법하다. 그런 몸에 조제 실력도 후퇴했지만, 규스케는 그래도 죽기 전까지 그럭저럭 생활을 하고 있었다. 누군가에게 도움을 받았기 때문이라고 해도 그리 무리한 짐작은 아니리라.

궁핍한 규스케를 도울 수는 있어도 구원해 줄 수는 없었다. 그런 힘없는 지원자로서 나이 든 매춘부는 꼭 들어맞는다.

게다가 규스케는—그렇게 병약하지 않았다면 그럭저럭 미남형으로 볼 수도 있다. 상당히 무리가 따르지만. 곧이들리지는 않겠지만.

헤이시로도 겐에몬도 식사를 마쳤다. 신노스케의 밥상은 전혀 손을 타지 않았다. 아깝네.

책망하는 듯한 눈길을 느꼈는지 신노스케는 말하기 곤란한 듯 우물거렸다.

"여기서 아침을 먹으면 어머니가 차려 주시는 조반을—."

배가 꽉 차서 먹지 못하게 된다. 그렇군. 하지만 그렇다면 마지마 가에 얹혀살고 있는 거사도 사정은 마찬가지일 텐데.

헤이시로는 짐작했다. 겐에몬은 마지마 가에서는 배불리 먹지 않는 게다.

눈치가 보이나. 눈칫밥이 당연하다는 대접을 받고 있을까? 하긴 다들 마다해서 마지못해 떠맡은 식객이다.

겐에몬은 단정히 앉아서 느긋하게 이를 쑤시고 있다. 헤이시로는 또 깨달았다. 이 노인이 오토쿠야에서 지내는 것도 그리 나쁜 생각은 아닌지 모른다.

노인이 자활을 한다. 꾀주머니에서 지혜를 내고, 그것을 팔아 살아간다.

"먼저 돌아가지 그러냐."

조금은 뜻밖이지만 겐에몬이 신노스케에게 말했다. 그러고 보니 거사가 신노스케와 마주 앉아 무언가 말하는 모습을 보는 건 이번이 처음인 듯하다.

"나는 여기 주인한테 볼일이 있다."

"또 뭘 가르쳐 주시게요?"

겐에몬은 대답하지 않고, "아래층에 가서 주인한테 새 차를 달라고 말해 주고" 하고 내처 말했다.

자리에서 일어난 신노스케에게 헤이시로도 말했다.

"신 상은 지금까지 해 온 대로 오세쓰 모자를 추적해 주게. 오쓰기와 오나카는 내가 맡지. 그리고―."

역시 빙긋이 웃지 않을 수 없다.

"나나 마사고로나 이십 년 전 사건을 새삼 끄집어내서 다이코쿠야와 가메야를 무너뜨리고 싶은 마음은 없네. 하지만 너무 쉽게 약속하는 것도 곤란하지. 이런 일에는 순서가 필요하니까. 후미노를 격려할 때는 좀 더 말을 신중하게 해 주게."

마지마 신노스케의 얼굴이 잘 익은 홍시처럼 변했다.

"아, 알겠습니다."

쿵쾅거리며 계단을 내려간다. 그와 자리바꿈을 하듯 두부처럼 생긴 주인이 가벼운 몸놀림으로 올라와 찻물을 갈아 주었다.

"맛있게 먹었네." 겐에몬이 말했다.

"입맛에 맞으셨다니 오히려 제가 고맙습니다요."

말도 참 공순하게 하는 두부모 얼굴이다. 이런 점이 거사의 심금을 울렸을까.

"잠시 더 있게 될 텐데, 그래도 괜찮은가?"

"그럼요, 천천히 쉬시다 가십시오."

주인이 하코젠(식기를 넣어 두는 상자로, 식사 때는 뚜껑 위에 밥과 반찬을 늘어놓아 밥상으로 삼는다)을 들고 아래층으로 내려가자 모토미야 겐에몬은 가만히 헤이시로 쪽으로 몸을 틀었다.

"조카분 말이오만."

헤이시로는 웃었다. "조카분이라니, 그리 존대하실 필요 없습니다. 그 아이는 쪽 염료 도매상 집안의 아들입니다. 거사님께 폐를 끼치고 있으니 저야말로 고마울 따름입니다."

"총명한 도련님이더군요."

겐에몬은 전혀 웃지 않는 얼굴로 칭찬을 했다.

"이번 건과 관련해서 조카분한테 뭐 들으신 얘기 없소?"

헤이시로는 정색을 하며 자리를 고쳐 앉았다. "그 말씀은…… 그 아이가 거사님한테 무슨 허황된 말이라도 하던가요?"

유미노스케 녀석, 사건을 해결할 뭔가가 떠오르기라도 했나? 그렇다면 왜 나한테는 잠자코 있을까.

지척에서 보는 겐에몬은 당장이라도 재채기를 할 것 같다. 늘 재채기를 터뜨릴 듯한 상이다. 얼굴이 쪼그라든데다 주름살이 자글자글하다. 그런데도 눈빛은 날카롭다. 그리고 맑다. 유미노스케를 연상케 하는 눈동자다.

"이즈쓰 나리께는 말씀드리기 곤란한 일이라고 조카분이 말하더이다."

겐에몬은 그렇게 말하고 무릎 옆에 있는 둥근 찻잔으로 눈길을 내렸다.

"어쩌면 이즈쓰 나리는 신경 쓰지 않을지 모르지만 신노스케와의 관계가 이상해져 버릴 일이기 때문에 함부로 말할 수가 없다고."

헤이시로는 잠자코 거사의 얼굴을 보았다. 겐에몬도 말이 없다.

"그럼 유미노스케는 자기만 마지마에게 입 다물고 있으면 될 일이라고 생각했던 걸까요? 그 아이도 마냥 총명하기만 한 건 아닌가 보군요."

헤이시로가 긴 턱을 긁적이자 겐에몬은 눈길을 들어 아주 기이한 것을 보듯이 그 모습을 쳐다보았다. 그러더니 곧 입을 열었다.

"가메야 사건에는—."

헤이시로가 풀려 있던 얼굴을 긴장시킨다.

"반드시 내부에 길잡이가 있다."

유미노스케는 거사에게 그렇게 말했다고 한다.

"나도 같은 생각을 갖고 있소."

그렇게 말하는 노인은 유미노스케의 눈을 하고 있다.

"범인을 가메야로 끌어들여 신베의 침실로 안내하고 신베를 죽이게 한 뒤에는 범인을 도망치게 하는 역할까지 해낸 자가 약방 안에 있소."

헤이시로는 침을 꿀꺽 삼키는 대신 트림을 했다. 아침부터 과식을 하고 말았다.

"그 말씀은 가메야 내부에 신베에게 원한을 품은 자가 있다는 뜻입니까?"

"그렇게까지 말할 수는 없소. 다만 그자가 범인을 도왔다면 그럴 만한 이유가 있겠지요. 말씀하신 대로 그건 원한인지도 모릅니다. 혹은,"

쪼그라든 얼굴이 더욱 옹색하게 오므라든다.

"범인에 대한 모종의 배려인지도 모르고."

헤이시로의 머릿속 깊은 곳에 어떤 얼굴이 둥실 떠올랐다. 엉뚱한 생각이지만 근거가 없지는 않다. 바로 어제 그에 대해 관리인 오토시와 이야기를 나눈 참이다. 가메야에서 신베와 갈등을 겪었던 자.

총명하고 눈 밝은 유미노스케가 말하면 마지마 신노스케가 분노하거나 상처를 입거나 낭패하지 않을까 걱정되는 이름.

후미노.

하지만 아무리 애증이 깊다 해도 아버지를 죽이려는 자에게 친딸이 도움을 줄 수 있을까? 무엇보다 규중처녀 후미노가 어떻게 외부 남자와 만난단 말인가?

남자—그렇다, 남자다. 그 남자는 오세쓰의 아들일 것이다.

"유미노스케는 그게 누구인지 짐작하고 있습니까?"

노인은 고개를 가로저었다.

"거사님도?"

이번에는 끄덕인다.

헤이시로는 안도했다. 슬쩍 입을 함부로 놀리고 만다. "그렇다면 유미노스케는 공모자가 아직 누구인지는 모르지만 가메야 내부의 누구라고 말을 하면 그것만으로도 신 상이 후미노를 옹호하느라 갈팡질팡하지 않을까 걱정하는 거군요. 그러니까 후미노라고 단정한 것은 아니군요."

아하하하. 하지만 거사는 재채기를 터뜨릴 것 같은 얼굴 그대로 무표정하다.

헤이시로는 웃음을 그쳤다.

"방금 그 말씀을 뒤집어 보면, 조카분께서 공모자를 후미노라고 말한다면 이즈쓰 나리는 믿으시겠다는 말이군요."

뭐, 그건—하며 헤이시로는 말끝을 흐렸다.

"조카분의 짐작은 지금까지 틀린 적이 없었소."

"그 아이가 그렇게 말하던가요?"

"나는 조카분의 공훈담을 들은 것은 아니오. 전에 두 가지 사건이 있었고, 그것이 어떻게 마무리되었는지, 그때 조카분이 어떻게 생각했는지, 그걸 들었을 뿐이오."

그 결과 겐에몬은 유미노스케의 추리 혹은 착안에 감탄했다.

"말씀하신 대로입니다. 유미노스케가 범인은 누구라고 말한다면 저는 그걸 믿습니다. 아니, 무턱대고 믿지는 않지만, 왜 그렇게 생각하는지 이유를 듣고 나면 아마 납득할 겁니다."

지금까지 그래왔으니까.

"아직은 결정적인 근거가 없소."

겐에몬의 음성은 차분했다.

"재료가 모자란다고 해도 좋소. 하나 가메야 내부 사람이라면 누구나 범인을 도운 자일 가능성이 있지. 그건 다 똑같소."

즉 사타에도 후미노도 예외가 아니다. 그렇게 말하는 겐에몬은 더욱 재채기를 참는 듯한 얼굴이 되었다.

"신노스케는 하필 그 아가씨를 흠모하는 모양이더이다."

"아뇨, 아직 흠모라고 할 정도는."

"역성을 드는 것은 분명하오."

예, 하고 헤이시로는 순순히 말했다.

"이즈쓰 나리는 다 아시리라 보지만, 그건 마치 관리로서 바람직한 모습이 아니오."

말투는 변함없고 한숨도 없었지만 겐에몬은 낙담하는 듯했다. 아무리 그래도 신노스케에게 그렇게 낙담하는 건 조금 심하지 않나. 아직 젊은 사람 아닌가.

"미인도에 등장할 법한 어여쁜 아가씨입니다. 눈이 휘둥그레질 정도지요."

저도 모르게 감싸듯이 말했다. 애초에 신노스케를 부추긴 죄도 조금 있었다.

"신 상의 마음이 흔들렸다고 해도 어쩔 수 없지요. 관리도 사람이니까."

겐에몬은 아무런 대답이 없었다. 손을 뻗고 찻잔을 들어 올려 천천히 잔을 비운다. 손등도 얼굴과 마찬가지로 주름살이 자글자글하다. 관록은 이 주름살 틈새로 깃드는 겐가. 하면 오토쿠의 그 둥글둥글한 손등과 얼굴은 뭔가—하며 헤이시로는 엉뚱한 생각을 했다.

"조카분과 얘기해 보시지요."

"알겠습니다." 헤이시로는 책상다리를 한 채 양 무릎에 각각 손을 짚고 조금 엉성하게 고개를 숙였다. "앞으로도 그 아이를 잘 부탁합니다."

"이 늙은이가 무얼."

"그 아이가 거사님을 따르고 존경합니다."

기꺼워선지 겸연쩍어선지, 노인의 입술 가장자리가 희미하게 떨렸다. "계집애처럼 고자질이나 하는 늙은이인걸."

"방금 그 말씀 말입니까? 당치않습니다. 고자질이 아니라 유미노스케가 제게 말하기 힘들어하는 사실을 거사님이 대신 전해 주셨을 뿐이지요."

무릎을 꿇는 자세로 고쳐 앉고 다시 고개 숙여 인사하던 헤이시로가 동작을 뚝 멈추더니 말했다. "결례임은 잘 알지만, 확인을 위해 부득이 묻습니다만, 거사님—."

겐에몬이 말했다. "틀림없소."

헤이시로는 윗몸은 숙인 채 고개만 쳐들었다. 거사와 눈길이 마주쳤다.

"세 망자의 창상은 한 사람의 같은 수법, 같은 무기로 인해 생긴 상처요."

"그렇다면 거듭 묻겠습니다만, 매춘부 오쓰기 살해에서도 규스케나 신베의 사례처럼 원한의 흔적이 있었습니까?"

호흡 한 번 할 만한 뜸을 두고 겐에몬이 말했다.

"없었소."

그러고는 정말로 재채기를 했다. 헤이시로는 윗몸을 세웠다.

"내가 보기에 그 매춘부는 도망가려고도 하지 않았소. 자기가 칼을 맞을 참이었음을 모르지 않았나 싶소."

칼을 시험하기 위해 벤 죄인의 사체와 같은 상처는 앞의 두 사건과 같지만, 오쓰기는 몸을 움츠린 기미가 전혀 없었다. 범인에게 등을 보인 채 아무 불안도 느끼지 않고 있었을 거라고 한다.

"베인 자국이 똑바로 뻗어 있었소. 여자가 몸을 편안히 하고 있었기 때문이지."

"앉아 있었는지 서 있었는지 알 수 있습니까?"

"앉아 있었소. 무기—칼이라고 봐도 틀림없다고 보지만, 그 끝이 지나간 자리로 알 수 있소."

서 있는 자의 어깨나 몸뚱이, 등을 베는 경우, 범인은 있는 힘껏 칼을 휘두를 수 있다. 어지간히 무성한 잡목림 속이 아니라면 칼이 무엇에 걸릴 염려가 없기 때문이다. 하지만 앉아 있는 자를 상대로 칼을 휘두를 경우, 칼끝이 땅바닥이나 다다미, 마룻널에 닿을지도 모르므로—실제로 그렇게 되지는 않더라도 그런 기분이 작용해 자연히 동작이 가벼워진다. 그러면 상흔이, 특히 그 끄트머리가 달라진다. 칼이 일찍 빠져나가고, 기분 탓에 칼을 살짝 틀게 되므로 폭넓게 살이 깎인 듯한 흔적이 남는다고 겐에몬은 찻잔을 든 채 담담히 설명했다.

"앉아 있었다는 점은 규스케나 신베와 다르지 않소. 다만 그 둘은 범인이 시키는 대로 앉아 있었을 테고, 여자는 다르오."

"마음을 푹 놓고 앉아 있었다?"

"아마 그럴 거요."

그런 오쓰기를 범인은 냉혹하게도 단칼에 베어 죽였다.

"여자가 나가야를 나선 시각은 그제 점심이 지나서였고 사체가 발견된 시각은 어제 아침. 하루 밤낮 중에 언제 베였는지를 확실히 말하기는 어렵지만, 적어도 사체가 하룻밤 동안 물에 잠긴 채 천천히 떠내려 온 것처럼은 보이지 않소. 상처가 불어 있지 않았으니까."

오히려 동트기 전 핫폰구이로부터 그리 멀지 않은 곳에서 강물에 던져졌다고 봐야 한다고 겐에몬은 말했다.

"강가에 그럴 만한 흔적이 보이지 않는다면, 범인은 여자를 그 근방까지 배로 실어다가 물에 던졌을지도 모르지."

"굳이 핫폰구이까지 배로 실어 날랐다—."

"그렇소. 핫폰구이에 걸리지 않게 하려고."

헤이시로는 무릎을 쳤다. 과연, 스미다가와 강의 핫폰구이 부근에서 배를 타고 강 한가운데로 나가서 강물에 던졌다면 사체는 더

하류로 떠내려갈 터이다. 오히려 핫폰구이에 걸릴 염려가 없어진다.

"하지만 실제로는 핫폰구이로 흘러 와서 걸렸소. 사체가 범인의 의도보다 빨리 떠올랐기 때문이지. 왜냐하면 여자가 익사한 게 아니라, 칼에 베어 숨이 끊어진 뒤에 강물에 던져졌기 때문이오."

"무슨 차이가 있습니까?"

익사체는 일단 가라앉았다가 며칠쯤 지나서 사체가 부패하기 시작하면 물 위로 떠오른다고 헤이시로는 알고 있다.

"물에 빠져 죽은 자는 폐에,"

겐에몬은 한 손으로 제 가슴을 두드렸다.

"물이 찹니다. 그래서 가라앉지요. 하지만 죽은 채로 물에 빠지면 폐에 공기가 차 있지요. 그것이 물고기의 부레처럼 작용해서 몸뚱이가 뜨는 거요. 돌이라도 매달지 않으면 반드시 금세 떠오릅니다."

범인은 그 점을 잘못 짚지 않았나 싶소, 하며 겐에몬은 찻잔을 내려놓았다.

헤이시로는 손뼉을 짝, 쳤다. 그러자 모토미야 겐에몬의 얼굴에 아주 희미한 웃음이, 오글오글한 주름투성이 얼굴 위를 훅 쓸고 가듯이 떠올랐다.

"조카분은 벌써 그렇게 짐작하고 있을 거요. 한번 물어 보시오."

아, 예—하고 헤이시로는 방바닥에 두 주먹을 짚었다.

헤이시로가 집에 도착해 보니 툇마루에 아사지로와 유미노스케가 나란히 앉아 있었다.

"어머, 나리. 얼마나 기다렸다고요."

아사지로는 그렇게 말했지만, 기다리느라 힘들었다는 기미는 전혀 없었다. 오히려 한껏 기분이 좋아 보인다. 유미노스케와 같이 있었기 때문이다.

"몇 번을 묻지만, 네 눈은 혹시 천리안 아니냐?"

아니면 모토미야 거사랑 이미 말을 맞추었나? 이모부가 집에 돌아오면 깜짝 놀라게 해 주어라, 하고?

유미노스케는 아사지로에게 웃는 얼굴을 보이고 나서 답했다.

"제 기억으로는 분명히 네 번째 물으시네요. 짱구라면 더 정확한 횟수를 기억하겠지만."

"그래, 오늘은 무슨 일이냐?"

"이모부야말로 저를 부르실 참이었나 보군요. 저는 마사고로 씨 부탁을 받고 왔어요."

밤새 자세히 캐물었지만 매음녀 오나카는 규스케와 신베를 모른다고 했단다. 가메야와 다이코쿠야의 가족이나 점원들 얼굴도 모른다. 그들 중에는 단골도 없고 겪어 본 손님도 없다. 물론 딱 한 번 만난 손님이라면 얼굴을 잊을 수도 있으므로 뭐라고 단언할 수는 없지만, 처음 본 손님한테 그런 심각한 이야기를 들었다면 잊힐 리가 없다. 그러니 아마 없거나 모르는 것이다.

"그렇게 이모부께 전하라고 했어요."

빈틈없이 일하는군. 사실 헤이시로가 착상한 일을 마사고로가 하루 전에 착상했다고 해도 그리 이상하지는 않지만.

"마사고로 씨는 석연치 않은 얼굴이었어요. 오나카 씨를 일삼아 가메야와 다이코쿠야까지 몰래 데려가서 얼굴 확인까지 했는데."

점원들이 목욕탕에 가는 시간을 노렸다고 한다.

"규스케와 신베는 어떻게 확인하고?"

"인상서를 보여 줬대요."

어마, 하고 아사지로가 엉뚱한 교성을 질렀다.

"이렇게 옆모습을 보니 도련님 얼굴이 나리 마님을 닮았네요."

"이모와 조카 사이니까요." 유미노스케가 하얀 이를 드러낸다. "고우신 이모님을 닮았다니까 듣기는 좋네요."

"저도 좋습니다, 도련님."

목욕하고 한참이 지났지만 헤이시로는 뒤늦게 현기증을 느꼈다. 박수 쳐서 아내를 불렀다. 그러자 아내 대신 고헤이지가 달려왔다.

"나리, 조반은요?"

"목욕탕에서 먹고 왔다. 물이나 다오."

배를 누르며 툇마루에 앉았다. 아사지로가, 알겠습니다, 하는 얼굴로 헤이시로 뒤로 돌아가 도구 상자를 열었다.

"그래, 마사고로는 앞으로 어찌한다더냐?"

"일단 오나카 씨한테는 수하를 붙여 두셨어요. 혹시 다음에 해를 당하지 않는다고 장담할 수가 없으니까요."

오쓰기를 죽인 자가 오나카의 입을 막으려 할지 모른다는 말이다.

"누가 곁에 있으면 오나카 씨가 뭔가 중요한 것을 기억해 냈을 때 즉시 들을 수 있고요."

정말 도련님은 목소리까지 고우시네요, 하고 아사지로가 간주를 넣듯이 말했다. 헤이시로의 상투를 척척 풀고 빗질을 시작한다.

"오나카 씨는 오쓰기 씨 장례를 치러 주려고 뛰어다니고 있어요.

마사고로 씨는 오세쓰의 아들을 찾는 작업으로 돌아간다고 하셨고요. 두 분 모두 숙취로 고생하고 계시지만 오나카 씨가 더 멀쩡하다네요."

"어째서 숙취를?"

유미노스케는 입에 손을 대고 웃었다. "밤새 캐묻는다고 해도 마사고로 씨는 완력을 쓰는 오캇피키가 아니시잖아요. 오나카 씨랑 술을 마셨어요."

술을 마시고 눈물을 짓는 오나카를 달래 가면서 남김없이 캐물었다고 한다.

"덕분에 오나카 씨가 거짓말을 하거나 시치미를 떼는 일은 없었다고 장담하시더군요, 마사고로 씨는."

저도 소득 없이 숙취로 고생하진 않습니다.

"오콘한테 혼나지 않았나?"

"화가 많이 나셨어요."

"화를 안 내면 그게 오히려 큰일이죠" 하고 아사지로가 해설한다. "아무리 공무라도 매음녀랑 밤새 술을 마셨다는데, 부인이란 사람이 불평 한마디 없다면 그건 이미 끝장 난 부부죠. 질투의 질 자도 없다면 곁에 없는 거나 마찬가지 아닌가요?"

고헤이지가 물그릇을 들고 돌아왔다. 헤이시로는 아사지로에게 면도를 맡긴 채 벌컥벌컥 물을 들이켰다. 그가 무엇을 하든 아사지로의 손놀림에는 흔들림이 없다.

하지만 헤이시로가 한숨 돌렸을 때 아사지로는, 아, 그랬지, 참, 하고 소리를 지르며 손길을 멈췄다.

"저어, 나리. 작년에 이모아라이 언덕에서 무슨 일이 일어났을 때 만나셨던 사에키라는 나리, 기억하시죠?"

도신 사에키 조노스케. 헤이시로보다 몇 년 연상이고 모든 것이 길쭉한 남자였다. 헤이시로는 턱만 길지만 사에키는 두루 길었다. 빨래줄 받치는 장대 같았다. 그러면서도 초연하고 침착하다.

"기억하고말고. 사에키 나리는 어떻게 지내시나?"

"요전에 엉뚱한 곳에서 만나 뵀는데……." 아사지로는 혀를 쏙 내밀었다. "엉뚱한 곳이 어떤 곳인지 눈치 없이 물으시면 곤란해요."

알았다, 알았다.

"나리를 만나고 싶다고 하셨어요. 뭐라고 하셨더라, 지난번 일에 보답하는 의미로 술 한잔 사고 싶다시네요."

그쪽에서 보답해야 할 일이 있던가.

"나리께서 싫다고만 하지 않으신다면 제가 연락해 드리지요. 긍정적인 답을 전해 드려도 좋을까요?"

잘 모르겠지만, 만나기가 싫지는 않다. 흥미로운 인물이다.

"사에키 나리도 네 손님은 아니겠지?"

"엉뚱한 곳에서 만났다니까요. 제가 그랬잖아요, 자꾸 캐물으시면 곤란해요."

자, 다 됐습니다요, 하며 어깨 위에서 수건을 거둔다. "도련님 머리도 만져 드릴까요?"

"아뇨, 저는." 유미노스케는 툇마루에서 내려섰다. "심부름을 왔을 뿐이니까요."

"모처럼 만났으니 하지그러냐."

아사지로가 무릎걸음으로 얼른 다가와 뜻밖에 억센 힘으로 유미노스케의 팔꿈치를 잡았다. "뭘 그렇게 쑥스러워하십니까."

"아, 아니, 나는."

"이제 곧 사루에로 가서 몸 파는 여자와 만나야 할 거다. 근사하게 머리 손질을 해 둬."

유미노스케가 놀라서 눈을 깜빡인다. "오나카 씨를 만나러 가실 건가요? 또 만날 필요가 있을까요?"

"만나 볼 일이 있을지도 모르지."

석연치 않게 생각하는 이는 마사고로만이 아니다. 헤이시로도 의아해하고 있었다. 오쓰기와 신베, 규스케 사이에는 뭔가 연관이 있을 것이다. 없다면 이상하다. 모토미야 겐에몬의 눈을 믿는다면 뭔가 숨겨져 있으리라.

"네 눈으로 보면 다른 게 보일지도 모르니까."

하는 김에 유미노스케와 사루에까지 천천히 걸어가면서, 모토미야 거사한테는 말할 수 있는 일을 어째서 이 이모부한테는 말하지 못하는지, 녀석이 식은땀을 흘리도록 닦달질을 해야지.

한편 유미노스케는 헤이시로의 기분이 별로 좋지 않다고 벌써 느끼고 있었다.

"이모부, 사건 이야기는 조금 더 기다려 주세요. 걸으면서 말씀드리기는 힘든 얘기도 있습니다."

"말하기 힘들다는 얘기라면, 가메야 신베 사건에는 약방 내부에 길잡이 노릇을 한 자가 있다는 얘기겠지?"

유미노스케는 손가락으로 관자놀이를 긁적였다. "용서해 주세요."

헤이시로가 토라져 있음을 알고 있었던 것이다.

"내가 모토미야 거사처럼 눈이 밝지 못하니까 네 상대로는 부족한 점도 있겠지."

"또 왜 그러세요."

의도대로 살살 갈구다 보니 헤이시로 자신도 우스워졌다.

"이제 됐다. 그런데 사건 얘기 말고 또 다른 얘기가 있는 거냐?"

"역시 이모부세요. 금방 이해해 주셔서 다행이네요."

말씀드리기 부끄러운 집안일 말입니다, 하고 유미노스케는 계속 말했다. "이모부와 이모님께 걱정을 끼쳐 드렸지만, 전부 깨끗이 해결되었습니다. 다이치로 형님의 혼처가 정해졌어요. 늦어도 내년 초에는 혼인하게 될 거예요."

유미노스케의 집, 사가초의 쪽 염료 도매상 가와이야의 장남 다이치로가 어떤 아가씨를 사귀어 결혼을 하겠다고 했다. 그것이 집안의 기둥을 뿌리째 뒤흔드는 소동이 된 까닭은, 그 아가씨가 하필이면 여색을 밝히는 부친이 다른 여자를 통해 낳았을지도 모르는 아가씨였기 때문이다. 하지만 아비규환 같은 소동을 겪은 끝에 장남은 아가씨와 헤어졌다. 소동이 벌어지는 동안 아가씨와 그 모친이 본색을 드러낸 것이 장남의 뜨거운 사랑을 식히는 묘약이 된 듯하다. 또 장남으로서는 계집질로 온 집안을 힘들게 해 온 부친에게 반항하려는 의도도 있어서, 부친이 아들의 일격에 면목을 잃고 절망하는 모습을 보면서 응어리가 풀렸다는 점도 있었으리라.

"네 형이 유독 미녀를 밝힌다고 했던가?"

"아버지랑 똑같아요. 부전자전이라잖아요."

"이번에 정한 배필도 미녀겠지?"

"글쎄요, 모르겠어요. 니혼바시에 있는 환전상의 따님이라고 합니다만."

장차 형수가 될 사람인데도 꽤 담백하게 말한다.

"마음에 안 드냐?"

"저야 조만간 가와이야를 떠날 몸이니까요."

장남이 아니니까—하고 뭔가 할 말이 더 있는 것처럼 말했다.

유미노스케는 다섯째 아들이다. 하지만 헤이시로는 기억하고 있다. 처음 모토미야 겐에몬에게 인사를 시킬 때, 어쩌면 이즈쓰 가를 상속받게 될지도 모른다고 말하던 헤이시로의 말을 가로막으며 유미노스케는, 저는 쪽 염료 도매상집 아들이고, 장차 상인이 될 몸입니다—라고 유난히 힘주어 말했다.

"하지만 너는 상인이 될 생각 아니냐?"

곁눈으로 보며 묻자 유미노스케가 부끄러운 듯이 웃는다. "모르겠어요. 저는 뭐가 될 수 있을까요? 이모부는 어떻게 생각하세요?"

트집 잡을 마음은 없었지만, 헤이시로는 자기 귀로 분명히 들은 것이 있어 말했다. "전에 거사님한테는 상인이 될 거라고 말하지 않았느냐?"

유미노스케는 헤이시로 앞으로 돌아가서 손발을 가지런히 모으고 꾸뻑 고개를 숙였다. "죄송합니다. 그때 저는 조금 전의 이모부처럼 화가 나 있었습니다."

흐음, 하고 헤이시로는 팔짱을 꼈다. 길에 나와 있는지라 오가는 사람들이 보인다. 저 핫초보리 나리는 왜 저렇게 어린아이를 혼내고 있을까.

"남우세스럽다. 그만둬라."

유미노스케는 순순히 그 말에 따라, 헤이시로 곁에 나란히 섰다. 조금 부끄러운지 볼이 발갛게 달아올라 있다.

"왜 화가 났지?"

"그 직전에 다이치로 형과 말다툼을 했어요."

유미노스케는 이런 기질이다. 두뇌도 좋고 말주변도 좋다. 나이 차가 많이 나는 큰형 앞에서도 주눅이 들지 않는다. 아버지가 절망하고 어머니는 울고 다른 형들이 우왕좌왕하는 가운데에서 얼굴을 마주한 큰형에게 논리정연하고 당당하게 훈계를 늘어놓았다.

다이치로도 여색을 밝히는 아버지에게 반항할 정도의 기개가 있는 젊은이일 뿐 진짜 바보는 아니다. 그가 보기에는 아직 기저귀나 차고 있어야 할 어린 동생한테 입바른 소리를 들었으니, 자기가 하는 짓이 잘못임을 알고 있는 만큼 궁지에 몰리고 체면을 잃어, 끝내는 발끈하는 수밖에 없었으리라.

―너처럼 속 편하게 사는 어린애가 뭘 안다고 떠들어!

가게를 책임질 필요도 없고, 내키는 대로 살면서, 어머니에게 응석이나 부리고, 좋아하는 공부나 하다가 결국은 핫초보리 이즈쓰 가에 입양되어 마치 관리가 될 거 아니냐. 너는 네가 얼마나 복 받은 놈인지 알기나 하냐. 너와 내가 얼마나 처지가 다른지 알기나 해?

―나는 장남이라는 이유로 가와이야를 떠맡아야 하기 때문에 꿈

짝달싹도 못한단 말이다.

헤이시로는 흐으음, 하는 소리를 냈다. 너무 몰입한 탓에 발밑을 신경 쓰지 못해 헛디뎠을 정도다.

"형이 그런 말을 했단 말이지? 그렇다면 가와이야에서도 너를 우리 집에 내줄 마음이 있다는 말이군."

그럴 마음이 없다면 집안에서 화제에 올리지도 않았겠지.

"정말 염치없는 말이지만, 아버지 어머니께서는 그럴 생각이신 모양이에요."

미안해할 일은 아니다. 이즈쓰 가에서도 아내와 고헤이지는 그렇게 알고 있다. 헤이시로도 가끔 망설일 때는 있지만 대체로 같은 생각이다. 물론 유미노스케가 그걸 바란다면 말이지만.

"형하고 싸워서 그랬다, 이 말이지."

아, 예에, 하고 유미노스케가 말끝을 조금 길게 끌었다. 진지한 얼굴로 말하기는 부끄러운지 짐짓 장난스럽게 말한다.

"저는, 형한테 화가 났던 거예요. 가와이야를 억지로 떠맡다니, 그게 무슨 소린가 하고."

여러 번 말했지만 가와이야 주인이 여색을 밝혀도, 가게는 번창하여 재산도 많다. 게다가, 역시 여러 번 말했지만, 주인이 여색을 밝힌다는 점만 빼면 그야말로 그림으로 그려 놓은 듯 유복하고 안락하며 행복한 집안이다.

"네 큰형은 상인이 되기 싫다는 거냐?"

유미노스케는 어릿광대 탈 같은 표정을 했다. 다만 진기하게도 예쁘게 생긴 어릿광대 탈이다.

"다이치로 형은—이모부가 하시는 일에 관심이 많은 모양이에요."

"마치 관리 일에? 뭐냐, 무사가 되고 싶다는 거냐?"

"아뇨, 그보다는…… 저어, 제가 형한테 이런저런 재미난 이야기를……."

드물게도 유미노스케가 말끝을 흐린다. 헤이시로는 금방 짚이는 데가 있었다.

"그래? 자유로운 네 처지와는 달리 애초부터 후계자로 정해져서 꼼짝달싹도 못하는 자기 처지가 싫었던 게로구나. 스스로 생각하고 스스로 택할 수 없으니까."

유미노스케는 고개를 끄덕였다. "그래요. 형은 얼굴이 새빨개져서 말했어요. 하고 싶은 일을 뭐든지 해 볼 수 있으니까 애송이 네가 나보다는 훨씬 세상 물정에 밝지 않느냐. 나는 가와이야를 한 발도 벗어나지 못한 채 가와이야를 짊어진 채 늙어 갈 거라고."

대신 밥 굶을 일도 없고 유흥도 즐길 수 있지 않느냐—라고 반론해도 그때의 다이치로한테는 통하지 않았을 터이다. 자기한테 없는 것은 좋아 보이고, 가지고 있는 것은 보지 못한다. 젊을 때는 다들 조금은 그렇다.

"그럼 내가 후계자가 될 테니까 형은 어디든 나가서 하고 싶은 일을 해! 하고 저도 대꾸하고 말았어요."

그 심정이 남아 있었기 때문에 모토미야 거사와 처음 인사할 때 앵돌아진 말을 하고 말았던 것이다.

"죄송합니다. 지금은 부끄럽게 생각하고 있어요."

듣고 보니 별것도 아니다. 헤이시로도 개운했다. 하지만—.

"그럼 요즘 다이치로는 어떠냐? 가와이야를 짊어지고 늙어 갈 각오가 된 거냐?"

"그렇겠죠. 그러니까 혼인을 하는 거고."

"뭐야, 싱겁구나. 얘기해 보지 않았느냐?"

"새삼 얘기하기도 그래서요. 형도 저를 피하고 있고. 그런 대화는 어쩌다 하게 되는 거지 하려고 해서 하는 것은 아니죠."

이발사 아사지로가 바짝 달라붙을 때도 태연할 수 있는 아이가 이렇게 쑥스러워하는 모습은 헤이시로도 처음 보았다.

"그때 오고간 말들은 형이나 저나 흥분한 상태에서 뱉은 거였어요."

"그러냐? 내가 보기에는 본심 같은데."

"본심이란 것도 다 허상이죠."

오호? 재미난 말을 하는군.

"속에 담고 있을 때는 이것이 바로 진짜 자기 마음이라고 생각합니다. 하지만 입 밖에 내는 순간부터 이상해지죠. 본심이라 믿고 싶은 생각만 남아서 고집이 됩니다. 제가 그랬듯이 아마 형도 그랬겠죠."

뭐든 규정을 지어 버리면 거기에 미처 담기지 못하는 부분이 남게 마련이다. 헤이시로는 그렇게 생각한다. 하지만 지금은 유미노스케가 도달한 결론을 존중해 줘야겠지.

"그런데 너희가 그렇게 말다툼하는 동안 다른 형제들은 뭘 하고 있었지? 잠자코 구경만 하고 있었나?"

이번에는 유미노스케도 소리 내어 밝게 웃었다. "저와 마찬가지로 언젠가는 가와이야를 떠나서 살아야 하는 형들이잖아요. 그래서 다들 냉정하게 생각하고 있어요. 큰형은 어린애들이라고 무시하고 있는 모양이지만요."

위로부터 스물두 살, 스무 살, 열여덟 살. 각자 먹고살 길을 궁리하는 차남, 삼남, 사남이다. 차남 신지로에게는 이미 데릴사위로 들어오라는 집안이 있다고 한다.

뭐니 뭐니 해도 가와이야 주인이 될 다이치로 형은 행복한 사람이다. 행복한 사람은 자기가 어떤 행복을 쥐고 있는지 모르기 마련이라고 나중에 유미노스케를 슬쩍 위로해 준 사람이 셋째 형이라고 한다.

"셋째 형은 준자부로라고 하는데요. 그래요. 이 형이야말로 무사를 동경해서 일 년쯤 전까지만 해도 무사가 되겠다고 무술을 배우기도 했어요."

"역시 사사키 선생한테?"

"사사키 선생님은 학문을 가르치는 분이고 검술 지도는 본업이 아닙니다. 준자부로 형은 집 근처 도장에 다녔어요. 유파가 뭐였더라?" 유미노스케가 고개를 갸웃거린다. "후에이 류라고 했던가?"

"처음 들어 보는 유파로군. 이상한 자들 같지는 않더냐?"

헤이시로는 검술에 어두우므로 별로 믿을 게 못 되는 감상이다.

"그래도 준자부로 형은 열심이었어요. 어지간한 수준까지는 수련을 한 모양이에요."

상인의 아들이 칼 잡는 것을 좋아하면 소문이 좋지 못하다고, 어머니한테 꾸중을 듣고 그만두었다고 한다.

이제는 웃으며 하는 이야기지만, 하며 준자부로는 당시 유미노스케에게 이렇게 털어놓았다.

─그때는 검술을 배워 두면 아버지 어머니가 이즈쓰 가에 나를 보내 주시지 않을까 기대했다.

그러나 가와이야 주인은 몰라도 핫초보리에서 자란 어머니의 생각은 달랐다. 요즘 마치 관리뿐만 아니라 애초에 무사에게 필요한 것은 검술이 아니다. 재능이다. 두뇌다. 그렇다면 유미노스케가 가장 잘 어울린다.

─그리 말씀하시니 나야 할 말이 없지. 너는 학문을 좋아하지만 나는 영 틀렸거든. 한자가 나란히 있는 것만 봐도 머리가 어지럽고 산술이라면 진저리를 치니까.

하긴 태평한 세상이니까, 하며 준자부로는 웃었다고 한다.

검술도 산술도 논어도 모르지만 주사위를 굴린 듯한 운으로 지금의 신분에 있는 헤이시로서는 몹시 부끄러운 이야기였다. 그런 자신의 처지에 비추어 보고, "하지만 그렇다면 너는 장사꾼으로도 알맞은 거 아니냐? 상인이야말로 재능과 두뇌가 필요하지 않느냐" 하며 공연한 걱정까지 하고 만다.

그래요, 하고 유미노스케도 고개를 끄덕인다. "물론 그래요. 준자부로 형은 무얼 하면서 살 생각인지."

"넷째 형은 어떠냐?"

"아, 겐시로 형은 타고난 장사꾼이에요. 지금도 가게 일 돕는 데 제일 열심이라서 아버지도 좋아하세요. 겐시로 형은 언젠가 분가하지 않을까 싶어요."

아들 다섯을 낳은 데 만족하지 않고 훌륭하게 키우고 있다. 밖에서 보면 자식 복이 많지만, 각자의 진로를 생각해 주려고 들면 쉬운 일이 아니다. 헤이시로는 그런 고생을 거의 해 본 적이 없는 자기 부친의 얄미운 얼굴을 얼핏 떠올렸다. 여색을 밝히기는 마찬가지였지만 내 아버지에 비하면 유미노스케의 아비가 그래도 낫지.

사루에바시 다리를 건너자 강바람이 불어 유미노스케가, 와, 시원하다, 하고 소리를 질렀다. 헤이시로는 다리맡 골목에서 나오는 눈에 익은 동그란 얼굴을 보았다. 동그란 어깨에 멘 지게에 커다란 빈 바구니를 얹고 목에 감은 수건으로 열심히 땀을 훔치며 걸어가는 이는 짓토쿠 나가야의 마루스케가 분명하다.

어이~, 하고 부르자 마루스케도 금방 헤이시로와 유미노스케를 알아봤다. 우직하게도 이쪽으로 비칠비칠 뛰어온다.

"날이 많이 덥지요? 나리와 도련님께서는 오늘 또 무슨 일로?"

센타로와 오테이 때문입니까? 하고 기다리고 있었다는 듯한 표정을 한다. 내내 걱정하고 있던 모양이다.

"그 일이라면, 오테이가 센타로에게 '목숨 줄'을 넣어 줄 수 있도록 내가 아는 오캇피키가 손을 써 놓았다. 생긴 건 무섭지만 인정 많은 행수니까 맡겨 둬도 안심할 수 있지. 감옥에서는 푼돈이라도 요긴하게 쓰이니까 센타로도 조금은 편해질 거다."

마루스케는 몹시 고마워했다. "저도 뭔가 넣어 줄 수 있으면 좋을 텐데요."

가진 거라고는 푸성귀밖에 없으니, 하며 성긴 머리를 긁적인다.

"신경 쓰지 마라. 한데 내가 오늘 이 긴 턱을 끌고 온 까닭은 다른 일 때문이야."

이 근처에 매음녀 두 명이 같이 사는 곳이 있지 않느냐? 하고 묻자 마루스케는 금방 알아들었다. 쓰지기리를 당했다는 여자 말이지요? 그 여자들이라면,

"그 나가야도 우리 도쿠에몬 씨가 관리합니다요. 나가야의 격도 저희랑 엇비슷하고."

하지만 나리, 하고 목소리를 낮춘다.

"맨 밑바닥 나가야에 사는 사람들이라도 매음녀와 이웃하는 건 싫어합니다요. 특히 아줌마들이 싫어하죠. 나리가 직접 오나카란 여자의 집으로 찾아가시면 이웃들한테 더욱 눈총을 받게 될 겁니다요. 나가야 여자들은 나리께서 오나카를 잡아가러 왔다고 생각할 테니까요."

그러니까 제가 대신 가서 불러오겠습니다요, 하고 말한다. 이럴 때 마루스케는 참으로 마음이 따뜻하다. 이웃이라고 하지만 생판 타인인 매음녀를 배려해 주니 말이다.

"저야 오늘 장사도 다 끝냈으니까 그건 일도 아닙니다요. 그러니 잠시 저희 집에서 기다려 주십시오."

헤이시로와 유미노스케는 이미 둘러본 적이 있는 짓토쿠 나가야로 발길을 돌렸다. 언제 봐도 말끔하게 정돈되어 있는 마루스케의 집에서 물을 받아 마시며 쉬고 있자 곧 나막신 소리가 따각따각 나더니 마루스케가 유카타 차림의 여인을 데리고 돌아왔다.

마루스케는, 이쪽이 오나카입니다요, 하고 소개한 뒤 여자에게 어

서 오라고 재촉하고 빈틈없이 말을 보탰다. "같이 오신 분은 나리께서 아끼시는 도련님이시니까 결례되는 짓을 하면 경을 칠 줄 알아."

소년을 동반한 도신을 보고 오나카도 놀랐겠지만, 이쪽도 놀랐다. 오나카는 여자치고는 눈에 띌 만큼 키가 훤칠했다. 헤이시로와 엇비슷해 보인다. 몸매가 가늘어 마치 빨랫줄에 받치는 장대 같다.

"실례합니다."

문지방을 건널 때는 삼가는 듯했지만 유미노스케가 일어나, 안녕하세요, 하고 인사하자 오나카의 볼이 이내 말랑해졌다. 유미노스케 얼굴에는 이런 약효랄까 영험 같은 것이 있다.

"어머나, 도련님이 귀엽기도 하셔라. 이런 꼴로 찾아뵌 것을 용서하세요, 나리. 목욕탕에서 막 돌아온 참이라서요."

분도 바르지 않은 얼굴에 머리카락은 촉촉이 젖어 있다. 과연 막 목욕을 마친 모습이다.

"도련님 눈에는 해가 중천인데 목욕탕에 다녀오는 여자가 이상해 보이겠죠. 죄송합니다. 세상에는 이런 밥벌이도 있답니다."

쓸데없는 소리는 그만두고! 마루스케가 인상을 썼지만 오나카는 주눅 드는 기미가 없었다. 유미노스케도, "네, 알겠습니다" 하고 순순히 대답한다.

오나카는 작심한 듯이 냉정한 눈빛으로 헤이시로를 보았다.

"핫초보리 나리께서 오셨다고 해서 간 떨어지는 줄 알았어요."

"그럴 거 없다. 내가 온 이유는 알고 있겠지?"

"예. 오쓰기 사건과 관련해서 뭐든 알아내신 게 있나요? 범인이 밝혀졌나요?"

어허, 어딜 무례하게 함부로, 하며 마루스케가 당황했다. 그리 서 있지 말고 여기 앉아라, 하고 헤이시로가 말했지만, "어디 저 같은 여자가 나리나 도련님 옆에 앉겠습니까. 여기 있어도 괜찮습니다" 하는 대답이 돌아왔다.

오나카는 앞으로 나와 옹색한 봉당에 스스럼없이 무릎을 꿇고 앉아 두 손을 모았다.

"저희 같은 여자가 한두 명 죽어 봤자 관에서는 관심도 없는 줄 알았습니다. 하지만 그 행수님 하시는 걸 보니 그게 전혀 아니더군요. 게다가 오쓰기가 칼을 맞고 죽은 것은 다른 데서 일어난 살인 사건하고도 관련이 있다면서요? 행수님이 자세히 말씀해 주시지는 않았지만 그 정도는 제 머리로도 짐작할 수 있답니다."

얼굴을 확인하기 위해 가메야와 다이코쿠야에 가 봤으니까 당연하지—라고 생각한다면 섣부른 판단이다. 이 넓은 세상에는 그렇게 하고도 아무것도 눈치채지 못하는 사람도 있다. 그게 잘못이라는 이야기는 아니지만, 그런 자도 있기는 있다는 말이다.

오나카는 적어도 그런 사람은 아니다. 헤이시로는 그 사실이 반가웠다.

"그러다가 오늘은 나리께서 몸소 오셨어요. 더욱 중요한 사건이 되는 것 같군요. 뭐든 물어만 주세요. 도울 수만 있다면 뭐든지 돕겠습니다. 오쓰기의 원수를 갚는 일이라면 뭐든지 하겠습니다."

봉당 바닥에 이마가 닿도록 절을 하니 모처럼 목욕을 하고 온 것이 아깝다.

헤이시로는 작심했다. 마사고로가 삼가던 일을 해 보자. 오나카에게 상황을 전부 말해 주자. 지금까지의 상황을 파악하게 하면 오나카로서도 여러 가지를 떠올리기 좋을지 모른다.

게다가 이 여자에게는 얼핏, 이런 여자라면 괜찮겠다, 하고 생각하게 하는 무언가가 있다. 물론 비천한 처지이기는 하지만 제법 줏대가 단단해 보인다.

"유미노스케."

"예?"

오나카의 기세에 숨을 죽이고 있던 유미노스케는 조금 놀랐다.

"네가 이야기하는 게 낫겠다. 다 얘기해 주거라. 다만 간단하게 해 다오."

"전부, 전부 다 말합니까? 그래도 괜찮은가요?"

"그래. 얘기해 버려."

유미노스케는 헤이시로의 긴 얼굴을 힐끔 쳐다봤다가 오나카에게 시선을 옮기고, 다시 헤이시로를 힐끔 쳐다보고는 이해했다는 표정을 지었다. 헤이시로가 느낀 그녀의 '단단한' 무엇을 그도 알아차렸으리라.

이런 연유로 유미노스케가 사건의 전말을 이야기했고 헤이시로는 품에서 가메야 신베와 다이코쿠야 도에몬, 규스케의 인상서를 꺼내서 보여 주었다.

처음에는 멍하니 듣고 있다가 이야기가 진행됨에 따라 식은땀을 흘리기 시작한 이는 마루스케였다. 나리, 나리, 제가 이 말씀을 들어도 좋을까요?

"괜찮다. 너는 입이 무거우니까."

"하긴 귀띔할 상대도 없긴 합니다만."

있다면 마누라뿐이죠, 하며 위패로 시선을 던진다. 당장이라도 달려들어 위패를 꼭 끌어안고 싶어 하는 표정이다.

"그럼 더욱 상관없지. 자릿세로 치자."

이야기가 끝나자 오나카는 긴 한숨을 지었다.

"세상에…… 어처구니가 없는 일이네요."

생약 조제. 부모의 원수. 오나카는 달라진 말투로 중얼거리고, 이십 년이나 지난 이야기인데—하며 도리질을 했다.

"참으로 엉뚱하고 딱한 이야기지."

헤이시로가 말하자 오나카는 문득 입을 손가락으로 누르며 풋, 하고 웃음을 터뜨렸다.

"죄송합니다, 실없이 웃어서. 네, 정말 딱하네요. 하지만 나리, 나리도 부교쇼에서는 아주 특이한 분이라는 평판을 듣지 않나요?"

평판이랄 것도 없는 엉성한 관리다.

"왜 그런 생각을 했지?"

"저 같은 년에게 이렇게 중요한 이야기를 다 들려주시니까요."

그 행수님이 걱정하지 않을까요? 하고 헤이시로와 마사고로의 관계를 간파한 듯한 미묘한 말까지 한다.

"마사고로도 내심 너에게 모든 이야기를 다 들려주고 나서 솔직한 네 이야기를 듣고 싶었을 게다. 하지만 초장부터 네가 무서워할 복잡한 이야기로 너를 주눅 들게 하고 싶지 않았겠지."

오나카는 납득하는 듯하다. 그렇군요, 그 행수님이라면, 하고 중얼거린다. 나쁘게 받아들이지는 않는 표정이다.

"마사고로의 수하가 너를 지키고 있다. 알고 있느냐?"

어머! 하며 오나카가 눈을 동그랗게 뜬다.

"지금도 저쪽 어딘가에 있을 거다."

헤이시로는 출입문 너머를 턱짓으로 가리켰다. 마루스케가 오나카를 나가야에서 데리고 나올 때 뒤를 밟았을 터이다.

오나카가 주위를 두리번거린다. 마루스케까지 엉거주춤한 자세로 두리번거리는데, 그 모습이 보기 딱하지만 애교가 있었다.

"그렇게 쉽게 눈에 띄면 그 수하가 밥값을 못하는 놈이지. 네가 오쓰기처럼 당하면 안 되겠기에 지켜 주고 있는 거니까."

그러니 마루스케도 명심하게, 하고 쾌활하게 말했다. "혹시 네가 지금 들은 이야기를 가지고 무슨 좋지 않은 짓을 하려고 해도 금방 꼬리를 밟힐 테니까 그런 줄 알아."

"조, 좋지 않은 짓이라니요?"

마루스케는 동그란 얼굴 가득 땀을 흘리고 있다.

"이를테면 다이코쿠야에 찾아가 주인 도에몬을 협박해서 돈을 우려낸다든가."

당치 않습니다요, 하며 마루스케가 몸을 조아린다. 얼굴에서 핏기가 싹 가셨다.

"이모부. 지나친 걱정이세요. 농담이 조금 지나치셨어요."

마루스케 씨를 끌어들인 사람은 이모부시잖아요. 유미노스케가 진지한 얼굴로 말린다. 헤이시로는 웃었다.

"아, 미안, 미안. 입을 단단히 봉해 두라는 말이었다."

봉합니다, 봉하고말고요, 하며 어느새 마루스케도 오나카와 나란히 봉당에서 머리를 조아리고 있다. 유미노스케가 옆으로 다가가 두 사람을 달래서 일으켰다.

"자, 둘 다 이쪽에 앉거라. 마루스케, 여긴 네 집이잖아."

"보, 보리차라도 내올까요?"

오나카가 마루 가장자리에 앉았다. 분위기가 곧 차분해지자 그녀는 몹시 미안해하는 얼굴로 말했다.

"하지만 나리, 저는 역시 아무 도움도 드리지 못할 듯합니다."

신베도 규스케도 도에몬도 통 기억에 없다고 한다. 누구보다도 본인이 가장 실망한 표정이었다.

"저희 같은 여자들에게는 손님이, 너한테만 하는 이야기다, 비밀이다, 하고 이야기를 할 때가 있습니다. 하지만 그런 얘기들은 대개 푸성귀 쪼가리처럼 쓸데없는 이야기들뿐입니다."

그러니까 저희 같은 것들한테 말해 주는 거겠죠, 하고 주눅 드는 기미도 없이 시원하게 말한다.

"저희도 그런 얘기는 한쪽 귀로 듣고 한쪽 귀로 흘려버립니다. 하지만 방금 말씀하신 그런 심각한 이야기라면—사람을 죽였다는 둥 부자로 만들어 주는 약이라는 둥 하는 이야기라면 절대로 잊지 않아요. 제가 기억하고 있었다면 어제 행수님을 따라 다이코쿠야에 찾아갔을 때 숨기지 않고 모두 말씀드렸을 겁니다. 왕진고라면 저도 아는 약이니까요. 값이 비싸서 소문만 들었지 사 본 적은 없지만."

"흐음……." 헤이시로가 고개를 끄덕인다. "하지만 오쓰기는 어땠을까. 이건 사실 오쓰기의 문제 아니냐. 함부로 단정하면 안 되겠지만 너보다는 조금 마음이 가볍다고 할까 활달한 여자 같다는 생각이 드는데."

오나카는 집게손가락을 코앞에 대고 고개를 작게 몇 번 끄덕인 뒤 부드럽게 웃었다.

"예, 나리 말씀이 맞아요. 오쓰기는 활달한 여자였어요. 조금 멋을 내서 말한다면 놀 줄 아는 여자였죠."

잘생긴 남자를 밝히고 맛난 음식을 탐하고 예쁜 옷을 입고 싶어 하고.

"그걸 감당할 만한 살림은 아니었지만, 그래도 기분만은 그런 여자였습니다. 그렇기 때문에 만약 그런 심각한 이야기를 들었다면 입을 다물고 있지는 않았을 거예요. 반드시 제게 말했겠죠. 뭘 숨길 줄 아는 성격이 아니었으니까요."

"잘생긴 남자가, 이건 절대로 다른 사람한테 말하지 말라고 부탁해도?"

오나카는 헤이시로의 눈을 쳐다보며 고개를 저었다. "그래도 저는 예외였을 거예요. 저한테만은 말했을 거예요."

그러고는 얄팍한 제 가슴을 탁 쳤다. "이런 싸구려 목숨이라도 괜찮다면, 제 목숨을 걸겠어요. 오쓰기는 가메야나 다이코쿠야 주인의 비밀 같은 건 몰랐습니다. 그래서 죽은 게 아니에요."

헤이시로는 반듯하게 무릎을 꿇고 앉아 있는 유미노스케를 쳐다보았다. 미모의 소년은 눈도 깜빡이지 않고 가만히 입을 열었다.

"이 건에 대해서는 세 가지 경우를 생각해 볼 수 있어요" 하고 손가락을 꼽는다.

첫 번째, 오쓰기가 세 남자들 가운데 누군가를 통해서 사정을 알고 있었을 경우.

두 번째, 오쓰기가 세 남자를 노리는 범인을 통해서 사정을 알았을 경우.

"어느 경우나 범인은 오쓰기 씨가 쓸데없이 떠벌리고 다닐까 두려워 입을 막았다―라는 것이 됩니다."

두 번째 경우라면 범인은 매우 허술한 남자인 셈이다. 매춘부에게 흉금을 터놓고 살인 계획을 발설해 버린 거니까. 하지만 어쩌다 보니 상황이 그렇게 돼 버렸다거나 저도 모르게 긴장을 풀어 버리는 일도 있을 수 있다고 생각한다면, 불가능한 이야기는 아니다.

하지만 어쨌거나, 하며 헤이시로가 끼어들었다.

"첫 번째 설과 두 번째 설은 아까 오나카 이야기로 부정되었다. 그런 일은 없었어. 애초에 있을 수 없단 말이지?"

오나카가 고개를 끄덕이자 유미노스케도 고개를 끄덕이고 세 번째 손가락을 꼽았다.

"그러므로 세 번째 경우를 생각해야 합니다. 오쓰기 씨는 아무것도 몰랐습니다. 하지만 신베 씨나 도에몬 씨나 규스케 씨 가운데 누군가가 오쓰기 씨의 단골이었고 서로 친밀하게 지내는 듯해, 범인은 혹시 오쓰기 씨가 뭔가 알고 있지는 않은가, 그렇다면 함부로 떠들고 다니면 큰일 나겠다고 생각해 선수를 쳐서 입을 봉해 버렸다는 경우입니다."

마루스케가 쪼그리고 앉은 채 몸서리를 쳤다. "도련님이 무서운 생각을 하셨구먼요."

"그래요. 저도 몹쓸 성격이라고 생각해요." 유미노스케는 입을 조금 삐죽였다.

"어쨌거나 그 범인도 오쓰기의 손님이란 말이군요."

헤이시로가 짐작한 대로 오나카는 즉시 알아들었다.

"그렇지 않고서는 그 세 사람 중 누군가가 오쓰기의 단골이라는 사실을 알 길이 없을 테니까요. 오가다 우연히 보고 알게 되었다는 것은 말도 안 되는 이야기니까."

"그러니까 그 손님이 바로,"

"그제 오쓰기를 불러낸 사람이 아닐까 하는 거군요, 나리."

오나카가 눈을 면도날처럼 가늘게 떴다. 그 눈초리로 정말로 누군가를 그어 버릴 기세였다.

"역시, 그자가 오쓰기를 죽인 거예요……."

원한이 있는지 부모의 원수인지는 모르지만, 오쓰기는 아무 관계도 없지 않은가. 단숨에 다그치듯이 말하고는 주먹을 꼭 쥔다.

"아직은 몰라요. 단정하면 안 됩니다. 그자도 어쩌면 불러내는 역할만 했는지도 모릅니다" 하고 유미노스케가 흥분을 가라앉히려고 했다. "범인이 한 명이라고 장담할 수도 없고요."

헤이시로는 싫을 정도로 잘 알고 있다. 유미노스케는 합리적이다 싶은 가설이라면 철저히 따져 보는 성격이다. 그러므로 정말로 그 남자가 그저 유인해 내는 역할만 했다고 믿지는 않는다. 하지만 언어의 힘은 대단한 것이어서, 헤이시로는 오세쓰의 아들이 오쓰기를 유인해 내고 그 장소에서 기다리고 있던 늙은 오세쓰가, 미안하지만 너는 너무 많이 알고 있어, 하며 단칼에 오쓰기를 베어 죽이는 광경을 선명하게 떠올리고 말았다.

실제로 그랬는지도 모를 일이고.

유미노스케를 그렇게 깊이는 알지 못하는 오나카는 방금 그 말을 따뜻한 위안으로 받아들였으리라. 눈매가 부드럽다. 하지만 얼굴은 여전히 날카롭다. 그 날카로움은 후회에서 오는 것이었다. 오나카는 이렇게 말을 이었다.

"저는 몰라요. 오쓰기가 말하던 '좋은 사람'이 누구인지."

얇은 입술을 꼭 깨문다.

"조금 더 캐물었다면 좋았을 텐데. 그제도 붙잡고 물어봤다면 좋았을 거예요. 누구랑 어디로 가는 거냐고. 하지만······."

오쓰기에게는 '좋은 사람'이 종종 생겼다고 한다. 종종 생겼지만 금방 바뀌었다. 정말로 좋은 사람일 수도 있지만 어쩌다 만난 손님에게 오쓰기가 일방적으로 열을 올리는 데에 불과한 경우도 많았다. 그러므로 오나카는 오쓰기의 말을 언제나 거반, 혹은 그 이상으로 흘려들었다고 한다.

"그자는 우리가 찾아낼 거다. 반드시 찾아낼 테니까 그렇게 자책할 필요는 없다." 헤이시로는 부드럽게 말해 주었다. "그러다 얼굴 망가지겠다."

오나카가 풋, 하고 웃었다. 당찬 웃음이다. 그러고 나서 인상서로 손을 뻗어 세 장을 차례대로 지그시 들여다보았다. 다시 고개를 든다.

"가메야와 다이코쿠야 주인은 아주 별난 남자가 아닌 한 우리 같은 여자를 찾아올 사람이 아니에요."

물론 그렇다. "음. 그래서 우리는 규스케가 가장 수상하다고 보고 있지. 혹시 짚이는 게 없나?"

"규스케는" 하고 유미노스케가 규스케의 인상서를 손가락으로 짚었다. "병자였어요. 건강이 좋을 때와 나쁠 때의 표정이 많이 달랐을 겁니다. 더구나 이 인상서는 죽은 얼굴을 보고 그렸으니 이 그림하고는 조금 달랐을 거예요. 그 점을 감안해서 다시 한 번 기억을 떠올려 보세요. 그래도 기억나는 게 없나요?"

몸을 팔아 생활하는 중년 여인의 민얼굴. 입구와 창문에서 비껴드는 가을 햇빛이 그 얼굴을 비추고 있다. 그리 아름답지도 않고 색기를 풍기지도 않는다. 하지만,

"없어요. 죄송해요, 도련님."

다소곳이 사과를 하니 숨길 수 없는 여자의 냄새가 났다. 유미노스케가 눈을 연방 깜빡거린다.

"범인으로 의심할 정도면 뜨내기손님은 아닐 겁니다. 단골이겠죠. 미안하지만 이런 얼굴이라면 오쓰기가 반길 손님이 아니에요. 지갑이 아주 두툼하다면 모를까."

규스케는 돈이 거의 없었다. 정착한 곳이 있었는지도 의심스러울 정도다.

"저도 기억에 없어요."

"어제오늘이 아니라 몇 년쯤 전인지도 몰라요." 유미노스케도 쉽게 물러서지 않는다. "오쓰기 씨가 비밀을 알고 있을지 모른다고 범인이 의심을 시작한 시점이 범행을 시작하고 난 뒤였을 뿐."

"그런 일이 있을 수 있을까?" 저도 모르게 헤이시로가 대꾸했다. "한두 해 전 단골을 범인이 알 수가 있을까?"

"예를 들면 신베 씨나 규스케 씨가 죽었을 때, 순간적으로 말했는지도 몰라요. 과거 인연을 아는 자가 있다, 점원은 아니다, 내 주변에 있는 사람은 아니다, 하지만 내가 이상하게 죽으면 그자가 알고 소동을 피울 거다, 라는 식으로."

뭔가가 거품을 뿜는 듯한 소리가 났다. 마루스케다. 부르르 떨면서 몸을 움츠린다.

"도련님 머릿속에는 대관절 뭐가 들어 있는 겁니까. 저는 간이 오그라듭니다요."

"내 간은 가루가 된 지 오래다."

제 생각이 지나쳤나요, 하며 유미노스케가 고개를 떨어뜨렸다.

"몇 년 전이라도 오쓰기의 취향은 다르지 않아요. 미남을 밝히는 거야 그전부터 그랬으니까. 저도 실은—."

한숨을 짓나 싶더니 오나카가 문득 밝은 목소리를 냈다. "나리, 이 규스케란 사람, 키는 어느 정도였나요?"

인상서를 만들 때 옆에 키도 적어 두었다. 오 척 오 촌이라고 적혀 있다. 오나카는 글을 읽지 못하는 듯했다.

"아, 그럼 더욱 분명해요. 그 키라면 제가 좋아하는 손님도 아니네요."

"그게 무슨 말이야?" 하고 마루스케가 물었다. 그는 지게 옆 작은 나무통에 웅크리고 앉았다. 입에 물었던 거품도 어느새 보이지 않는다.

"제가 좋아하던 손님은 모두 키가 작습니다. 작은 남자뿐이에요."

오나카는 비쩍 마른 팔로 자신의 긴 몸을 쓰윽 쓰다듬는 시늉을 했다.

"보시는 대로 제 몸이 꼬챙이처럼 생겼거든요. 이런 여자가 좋아 죽겠다는 키 작은 남자를 최고의 손님으로 칩니다. 용서하세요, 도련님."

역시 유미노스케가 연방 눈만 깜빡이고 있자 오나카가 웃으며 사과했다.

"저는 몸 파는 처지지만, 지나가는 남자 소매를 잡아끄는 식으로 장사하지는 않아요. 그렇다고 제가 고급이라는 말은 아녜요. 다만 제가 먹고살 수 있을 만큼 저를 좋아하는 단골이 있어요."

키가 작기 때문에 오히려 훤칠한 여자를 좋아하는 손님이 말인가.

"이런 일에도 각자 나름대로 선호하는 길이란 게 있어요. 덕분에 저는 험한 꼴을 당하지 않고 지금까지 먹고살 수 있었어요."

역시 꽤 현명한 여자다.

몸을 파는 여자라고 해도 온갖 부류가 있다. 너는 달통한 축이구나, 하고 헤이시로가 말하자 오나카는 지극히 평온한 목소리로, 예, 하고 대답했다.

"하지만 오쓰기는 그렇지 않았군. 잘생긴 남자한테 약해서 도리어 돈을 갖다 바치는 짓까지 했어."

"아, 아아아—."

갑자기 유미노스케가 어디서 추락이라도 하는 듯한 소리를 냈다. 돌아보니 눈이 뒤집힌 듯 희뜩거렸고 낯이 흙빛으로 변해 있었다. 헤이시로는 얼른 유미노스케의 엉덩이 쪽을 살펴보았다. 넋이 나갔거나 맥을 놔 버려서, 깨어 있는 상태로 바지를 적시지는 않았는지

한순간 의심했다.

엉덩이는 멀쩡했다. 괜찮구나. 그러나 유미노스케는 소금에 절인 푸성귀 꼴이다.

"아아, 이런…… 머리가 어지러워요."

"뭐냐? 심상치 않구나."

"네, 그래요, 아주 심상치 않아요, 이모부. 저는…… 잠깐 쉬어야겠어요."

"보, 보리차를 더 드세요, 도련님."

마루스케가 바지런하게 움직여서, 등을 웅크리고 주저앉아 있는 유미노스케를 보살펴 주었다. 마침 잘됐다 싶어 헤이시로는 무릎을 한 걸음 움직여 오나카 쪽으로 다가갔다.

"너희 두 사람 모두 유곽 출신이라고 하던데?"

오나카의 유카타는 색은 바랬어도 나팔꽃 무늬였다. 가슴께나 소매나 밑단 쪽으로 꽃이 커다랗게 피어 있었다. 그 꽃에 지지 않을 만큼 예쁜 웃음을 지으며 오나카가 헤이시로를 쳐다보았다.

"나리 앞에서는 아뢰기가 곤란합니다만."

"단속하려고 이러는 게 아니지 않느냐. 자, 다른 의도는 없으니까 마음 놓고 말해 보아라."

고맙습니다, 하고 오나카는 고개를 숙였다. 장대 같은 몸이지만 몸짓은 나긋나긋하다.

"제 어린 시절은 얘기하지 않으렵니다. 다만 저나 오쓰기나 돈이 원수, 차용증이 원수였을 뿐입니다. 생각지도 못한 복을 만나서 그곳에서 빠져나올 수 있었어요."

오쓰기의 단골손님이 복권에 당첨됐던 것이다. 그 돈으로 빚을 갚아 줄까, 하고 말했다.

"오쓰기는, 그렇다면 내 동무 오나카도 함께 구해 달라고 부탁했어요. 마침 그분이 워낙 좋은 분이라 흔쾌하게 돈을 내준 겁니다."

당시 마흔을 넘긴 목수였다고 한다. 이름은 도미이치富一. 인생은 이름대로 풀린다고 했던가, 하고 헤이시로는 생각했다.

"복권!"

마루스케가 귀 밝게 알아들었다. 옆에서 유미노스케 혼자 여전히 머리를 감싸 쥐고 있다.

"얼마짜리에 당첨됐는데?"

"백 냥짜리였답니다."

"이름이 도미조富三였으면 삼백 냥이었을 텐데."

마루스케도 헤이시로와 똑같은 생각을 하고 있었던 셈이다.

"그럼, 너희 빚은?"

오쓰기의 차용증에 적힌 액수가 오십 냥, 오나카는 삼십 냥이었다.

오호, 하고 마루스케는 더욱 감탄한다. 두 사람이 지나치게 감탄을 해서 오나카 눈에 이상하게 비친 듯하다.

"복권에 당첨된 게 왜요?"

"아니, 다른 건 때문에 그런다. 마루스케한테 그럴 일이 있단다."

어머, 하고 오나카는 마루스케 얼굴을 지그시 쳐다보았다.

"아저씨도 복권 좋아하세요? 복권 덕을 본 제가 이런 말 하는 건 이상하지만, 그거, 적당히 하시는 게 좋아요. 그것도 도박이란 말에요. 제가 진 빚 서른 냥도 노름에 빠진 아버지 때문이었으니까."

마루스케의 귀에는 들리지 않는다. 복권으로 유곽에 있던 여자를 빼내 줘?—하고 중얼거리고 있다.

"그렇게 써야 조금은 속 편하겠지."

"알았다, 알았어. 마루스케, 잠깐만 잠자코 있어라."

마루스케는 양손으로 제 입을 막았다. 지게 옆에 쪼그려 앉으면서도 입안에서는 여전히 뭔가를 웅얼거리며 고개를 살살 가로젓는다.

"거참 기특한 자로구나. 오쓰기 하나만 빼 주었다면 그런가 보다 하겠지만."

"그렇죠? 부처님 같은 분이었어요."

"도미이치가 오쓰기한테 그 정도로 반했던 건가."

"물론 오쓰기를 좋아했어요. 그렇지 않고서는 단골이 되지 않으니까. 어머, 도련님, 낯이 창백하시네요."

유미노스케는 겨우 고개를 들었다. 헤이시로는 그 머리를 슥슥 쓰다듬어 주었다.

"너답지 않게 이게 무슨 꼴이냐."

"예. 죄송해요."

저는 괜찮으니까 하시던 말씀 계속하세요, 하고 미안해한다. 그의 마음은 헤아리지 못하지만, 조금이라도 기운을 주려고 했는지 오나카가 장난기를 드러냈다. "이런 얘기, 도련님한테는 아직 이른가요? 빚을 갚고 낙적하는 게 뭔지 아세요?"

"그냥 조금" 하고 유미노스케가 진지하게 대답한다. 오나카가 깔깔 웃었다.

진상 • 501

"하지만 나리. 그 두 사람은 부부가 되지는 않았어요. 오쓰기도 도미이치 씨한테 반한 것은 아니었고요. 그냥 단골손님이었죠."

도미이치는 두 창부를 빼내 준 뒤 자취를 감추고 말았다. 그 뒤로 한 번도 만난 적이 없다고 한다.

헤이시로와 유미노스케가 동시에 "으으음" 하는 소리를 냈다. 당연히 놀랄 만한 이야기다. 덕분에 유미노스케도 기운을 조금 차렸다.

"뭘까, 그자는."

오나카는 두 사람을 번갈아 쳐다보고는 어딘지 달래는 듯한 표정을 지었다. "그러니까 부처님이죠."

오쓰기는 당시부터 매사를 깊이 생각하지 않는 기질이었다고 하는데, 도미이치에게 왜 그렇게까지 대가도 바라지 않고 베푸느냐고 묻지도 않았다고 한다. 물어봐도 적당히 대답했을 테고 오쓰기도 더 깊이 캐묻지는 않았을 것이다. 어머, 좋은 사람이네요, 하는 정도로 그쳤으리라.

하지만 오나카는 물어보았다. 몇 번이나 물어보았다. 백 냥의 출처를 의심하는 말까지 했다고 한다.

"복권에 당첨된 게 아니라 뭔가 떳떳지 못한 돈 아녜요?"

도미이치는 화를 내지도 않고, 분명히 복권에 당첨되었다는 증거로 오나카를 동료 목수나 당시 그가 살고 있던 나가야 이웃들과 대면시켜 주었다. 복권에 당첨되면 도저히 숨길 수 없는 소동이 벌어지므로 도미이치 주변 사람들은 모두 당첨 사실을 알고 있었다. 그들이 오나카의 의혹을 풀어 주었다.

"저는 이렇게 말했어요. 그렇다면 도미이치 씨, 제가 이번에는 유곽의 차용증이 아니라 평생 갚지 못할 빚을 지고 말았군요, 라고요."

"도미이치는 뭐라고 했지? 그럼 다시 유곽으로 돌아갈래, 라고 하던가?"

오나카는 차분히 눈길을 내렸다. 고개를 가로젓는다.

"그런 섭섭한 말이 어디 있나, 나도 죽기 전에 한 번쯤 착한 일을 하고 싶었을 뿐이야, 라고 하더군요."

착한 일.

"실은 더 많은 사람을 돕고 싶지만 가진 돈이 백 냥이니 자네들 두 명이 고작이야, 미안하네, 라고 했어요."

오나카는 물었다. 만약 다시 복권에 당첨되거나 거금이 생긴다면 도미이치 씨는 또 이런 선행을 베풀 거냐고. 도미이치는 그럴 수만 있다면 그렇게 하고 싶다고, 뜨끈한 욕조에 몸을 담그고 있기라도 한 듯이 흐뭇한 얼굴로 대답했다고 한다.

뭔가가 있었겠지. 헤이시로는 생각했다. 그를 그쪽으로 움직이게 만든 이유나 사연이 있겠지. 오쓰기와 오나카가 때마침 그 자리에 있었고.

"산부처로군." 허공을 올려다보며 마루스케가 말했다. "센타로가 그 사람 반의 반만이라도ㅡ"

"알았으니 잠시만 더 입 다물고 있어라. 정신 사납다."

그런 말이 오가는 옆에서 오나카가 유미노스케에게 물었다. 센타로가 누구죠? 이 이야기하고는 관계없는 사람입니다. 아, 그래요?

"뭐, 그런저런 일로," 오나카는 후우, 하고 한숨을 지었다. "저는 오쓰기에게 은혜를 입었어요. 그 많은 창부 중에 나를 꼭 집어서 구해준 사람이 오쓰기니까요."

거기까지 말하더니 문득 말을 잇지 못했다.

"그런데도…… 그래요, 저희는 함께 살기로 했지만 가진 재주가 몸 파는 것밖에 없어서. 창부 출신에게는 제대로 된 밥벌이가 없었어요, 나리. 읽을 줄도 모르고 쓸 줄도 모르고 바느질도 서툴고. 아무리 숨기려고 해도 어느새 본색을 들켰어요. 손가락질만 당하고."

몹시 서러웠으리라. 입을 꾹 다문다.

"그래도 오쓰기랑 같이 있으면…… 자매 같아서 외롭진 않았어요. 혼자서는 굶어도 둘이서는 먹고살 수 있다고 하잖아요."

보통은 부부를 두고 하는 말이지만, 무슨 말을 하고 싶어 하는지 알 수 있었다.

"그럭저럭 먹고살게 되더군요. 꾸역꾸역 살아 왔죠. 오쓰기는 그렇게 놀기 좋아하는 여자였지만 한 남자한테 목숨 거는 기질이 아니라 정이 헤퍼서 오히려 다행이었어요. 좋아하던 남자한테 싫증이 나면 늘 저랑 함께 사는 생활로 돌아오곤 했거든요. 그래서 정말 위험한 처지에 빠지지 않을 수 있었죠."

반면 오나카는 남자를 믿지 않는다. 그래서 정부나 애인을 둔 적이 없다. 세상을 믿지 않는다. 극단적으로 말하면 자기 자신조차 믿지 않는다. 나는 칠칠치 못한 창부이지만 내 나름대로 살아가는 방식이 있다고 각오하고 그날그날을 보내며 세월을 버텨냈다. 그래도 아버지가 진 빚에 팔려가 차용증보다 가벼운 목숨이라는 소리를 듣던 나날보다는 훨씬 행복했다.

"그런데, 이제 오쓰기가 그렇게 가고 나니까."

딱하고 한심해서 눈물조차 말랐다고 하면서 유카타 소매로 눈을 훔친다. 눈물은 좀처럼 멈출 줄 몰랐다.

마루스케도 팽, 하고 코를 푼다.

"반드시 찾아내서 벌을 줄 겁니다!"

제법 사나운 말투로 유미노스케가 말했다. 헤이시로는 눈부신 것이라도 보는 표정으로 그의 얼굴을 바라보았다.

조금 전까진 한없이 주눅이 들어 있었지만 이제 꽤 기운을 차렸다. 아직 낯은 창백하지만 등을 꼿꼿이 펴고 있다.

상태가 영 심상치 않다고 하더니, 이제 좀 괜찮아졌나?

"꼭 잡아내겠습니다. 조금만 기다려 주세요."

유미노스케의 말에 오나카는 미소를 짓고 다시 눈물을 흘리기 시작했다. 눈물로 볼을 적신 채, 손을 쳐들어 유미노스케의 볼을 살짝 만지며 말했다.

"부탁드려요, 도련님. 부디 오쓰기의 원수를 갚아 주세요."

이 녀석은—창부를 품어 보기도 전에 유곽 출신 창부에게 신뢰와 기대를 받는 인생을 걷는구나. 헤이시로는 묘한 감개에 빠졌다.

18

이튿날.

마사고로는 동트기 전에 혼조 모토마치의 집을 나서서 핫초보리의 이즈쓰 헤이시로의 집으로 향했다.

그동안 오세쓰 모자의 소식을 추적한 결과 마침내 단서를 잡은 듯하다는 보고를 하기 위해서였다.

마사고로는 좀처럼 핫초보리를 출입하지 않는다. 헤이시로가 자주 찾아와 주기 때문인데, 물론 급할 때는 망설이지 않고 핫초보리로 달려간다. 급하게 서둘기는 했지만 마사고로답게 옷을 제대로 갖춰 입어서, 관록 있는 풍모와 어우러져 오캇피키라기보다 노련한 상인처럼 보인다.

헤이시로는 조반을 먹는 중이었다. 식사를 마칠 때까지 기다리려고 했지만 괜찮으니까 들어오라고 채근한다.

"실은 나도 자네한테 할 말이 있었네. 일찌감치 와 주니 마침 잘되었군."

나라기보다는 유미노스케가 전하고 싶어 하는 말이지만, 하고 말한다. 마사고로는 더욱 궁금해져서 헤이시로 앞에 앉았다.

"급한 일인 듯하니 자네부터 말하게. 낭보인가 흉보인가?"

"흉보라고 말씀드려야 할 듯싶습니다."

지금까지 오세쓰 모자의 소식을 사방팔방으로 추적해 왔다. 오세쓰가 이십 년 전에 살았다는 나가야는 이미 사라졌고, 관리인도 오래전에 죽었으며 이웃들도 다 흩어져서 단서가 없었다. 그래도 뱀 다니는 길은 뱀이 안다고, 마사고로는 수하들과 조닌 차림을 한 마지마 신노스케의 힘을 모아 끊어진 실을 이어 나가듯이 추적해서 오세쓰를 안다는 사람 세 명을 어렵게 찾아냈다. 다들 하루 벌어 하루 사는 조닌이고, 그중 둘은 이미 나이가 지긋했다.

그 두 사람은 모두 오세쓰의 손님이었다.

"그 말은" 하고 헤이시로가 눈썹을 쳐든다.

"예. 이십 년 전에 신베가 했던 짐작은 역시 정확했습니다."

오세쓰에게 도저히 말하지 못할 켕기는 일이 있는 듯하니 신베는 부교쇼에 고발하겠다고 큰 소리로 위협하는 오세쓰에게, 고발하면 당신이 더 곤란하지 않느냐고 역공을 취했다. 당신 생업이 뭐지? 무슨 짓을 해서 먹고살았지? 요시마쓰하고는 어디서 어떻게 알게 된 거지? 하고.

"오세쓰가 몸을 팔고 있었단 말이지." 헤이시로가 중얼거렸다.

유곽에 있던 여자는 아니고 창부도 아니다. 오세쓰 같은 여자들은 시중에 방을 얻어 놓고, 그 방을 빌려 준 뚜쟁이 노파에게 수고비를 주고 몰래 손님을 소개받는다. 흔히 말하는 은근짜였다.

에도 시중에는 여자가 턱없이 부족하다. 마사고로가 어릴 때에 비하면 그나마 많이 늘어났지만, 여전히 남자들의 꾀죄죄한 얼굴들만 우글대는 곳이 이 도시다. 게다가 예쁜 여자가 있는 곳은 몇 군데 없다. 양갓집 규수가 아니면 요시와라의 고급 창가밖에 없다. 그런 곳은 먹고살기 바쁜 남자들이 감히 엄두도 낼 수 없는 곳이다.

그러므로 역시 하루 벌어 하루 사는 가난한 여자들은 여차하면 몸을 팔게 된다. 살림에 보태려고 몸을 파는 처지이므로 좋은 의미에서든 나쁜 의미에서든 그 방면의 전문가는 아니다. 그러니 숨는다. 관에 적발되면 물론 처벌을 받는다.

"뭐, 새삼 놀랄 일도 아니군."

헤이시로가 쓴웃음을 지을 때 아내가 밥상을 물리러 나타났다. 그녀는 고개를 숙이는 마사고로에게 웃음을 보이며 익숙한 손놀림으로 찻잔을 내려놓고 나갔다.

"오세쓰를 아는 세 번째 인물도 당시 오세쓰가 신세를 지던 뚜쟁이 노파의 손녀입니다."

어렸을 때 오세쓰를 몇 번 본 적이 있다고 한다.

"그 손녀라는 여자가 오세쓰가 갓난아기를 안고 노파를 찾아온 일을 기억하고 있더군요."

그때 오세쓰는 조만간 에도를 떠날 거라고 말했다고 한다.

"오래된 일이라 다 기억나지는 않지만, 갓난아기를 안고 먼 길을 떠난다니 큰일이구나, 하고 걱정했다고 합니다."

"그렇다면 착각은 아닌 모양이군."

오세쓰는 어디로 간다고는 말하지 않았다. 말했다고 해도 손녀의 기억에는 남아 있지 않았다.

"노파도 근근이 장사를 하는 사람이었는데, 딸이 손녀를 떠넘기고 집을 나가 버린 탓에 먹고살기 위해 어쩔 수 없이 방을 빌려 주고 있었다니, 오세쓰가 걱정된다고 해서 뭘 어찌해 줄 처지는 아니었겠지요. 그 일을 끝으로 오세쓰 이야기를 한 적이 없답니다."

오세쓰의 손님이었던 두 남자는, 이 손녀한테 들은 이야기를 단서로 찾아냈다. 두 사람 모두 늙은이가 되어 있었는데, 노인들은 지난 일들을 의외로 시시콜콜 기억하게 마련이다.

"오세쓰란 이름만 듣고도 금방 기억하더군요."

두 노인은 따로 만나 이야기를 들었는데, 공통되게 하는 말이 애교가 있거나 귀여운 구석이 있는 여자는 아니었다고 한다.

"관의 눈을 피해서 하는 장사니까 매사 남의 눈치를 살피는 거야 당연하지만, 오세쓰는 몸을 판다는 사실을 몹시 부끄러워했던 모양입니다."

손님 처지에서 보자면 그것이 묘하게 색기를 풍겼다고 한다. 뒤로 빼는 모습이 좋아 보였다는 것이다. 그래서 오세쓰는 그럭저럭 벌이가 있었다.

"나리께서는 은근짜에 대해서 잘 모르실 터이니 한마디 설명을 드리자면, 이런 장사는 입을 타고 알려져서 손님이 붙습니다."

요시마쓰도 그렇게 해서 오세쓰를 알게 되었으리라.

"손님들은 오세쓰가 아기를 낳았다는 사실조차 몰랐습니다."

다만 어느 때부턴가 오세쓰가 뚜쟁이 노파 곁에서 보이지 않자 어떤 남자랑 살림을 차렸나 보다 하고 짐작했다고 한다.

헤이시로는 고개를 끄덕였다. "뚜쟁이 노파는 오세쓰의 임신은 알고 있었겠지."

물론 알고 있었다. 그래서 오세쓰는 그 장사를 그만두었다. 아기의 아빠가 될 사람과 살림을 차릴 거라고 말했던 모양이다. 이렇게 모호하게 말하는 까닭은 손녀가 그 이야기를 직접 들은 것은 아니고, 노파가 무슨 이야기를 하다가 우연히, 그래도 해산할 때쯤에는 남자한테 버림받고 말걸—하며 불평인지 험담인지 모를 말을 하는 것을 들었기 때문이다.

실제로 오세쓰는 아기를 낳았지만 남편을 맞지는 않았다. 요시마쓰는 이미 죽은 뒤였다. 오세쓰가 무엇을 생각하고 뚜쟁이 노파를 찾아갔는지 지금으로서는 알 길이 없지만, 어쩌면 두 사람 사이에 모종의 솔직한 이야기들이 오갔는지도 모른다. 노파가 그녀의 말을 곧이곧대로 받아들였는지, 아비 없는 자식을 낳은 여자가 자존심에서 꾸며낸 이야기일 거라고 받아들였는지는 분명하지 않다. 손녀는 오세쓰가 낳은 아기의 아버지에 대해서는 들은 바가 전혀 없었다.

한편 오세쓰의 손님이었던 두 남자는—지금은 늙은이가 되었지만—참으로 중요한 사실을 알고 있었다.

"이 이야기는 두 사람 가운데 한 명이 꺼냈는데, 다른 사람은 제가 짐짓 운을 띄우자 금방 기억해 낸 겁니다."

오세쓰에게 오빠가 있다. 아니, 있었다고 한다. 오빠가 하치오지에 산다고 오세쓰가 말했다 한다.

"무얼 해서 먹고사는 오빠인지, 사는 형편은 어떤지 하는 자세한 내용은 없습니다. 그래도,"

아기를 낳은 오세쓰가 에도를 떠나서 의지할 사람이라면 가족 말고는 없으리라. 마사고로는 즉시 수하를 하치오지로 보냈다.

"마지마 나리도 직접 가겠다고 하셨지만, 제가 말렸습니다" 하고 마사고로는 말했다. 마사고로가 짐작한 대로 헤이시로는 웃었다.

"말쑥하게 조닌 상투를 하고 에도 골방으로 쳐들어가겠다니. 뭐, 신 상한테 그런 배짱은 없겠지만."

하치오지는 에도 경계선 밖에 있지만 에도에서 당일로 다녀올 수 있는 지역인데, 조정 대신의 저택이 몰려 있는 에도 중심부보다는 술, 노름, 매음 같은 은밀한 유흥을 즐기기가 비교적 자유롭다. 그래서 흔히 '에도의 골방'이라 불린다.

그냥 하치오지라고만 해서는 지역이 너무 넓어 종잡기가 힘들다.

더구나 이십 년 전 일이다. 뭐라도 하나 건지면 횡재일 거라는 막연한 심정으로 수하를 보낸 마사고로였지만, 뜻밖에 일찌감치 단서를 찾아냈다.

사찰이었다.

조상의 위패를 모시는 절의 승려는 유복한 상인에게나 마치 관리에게나 부모나 다름없을 만큼 대단한 존재다. 그런 사찰은 그 지역의 중심이랄까 근본이 되는 자리에 든든하게 자리 잡고 있기 마련이다. 게다가 사찰에는 과거장이라는 문서가 있다. 뭔가를 조사할 때 도움이 되는 곳이라 마사고로의 수하도 하치오지에 도착하자 제일 먼저 사찰들을 돌아보는 일부터 시작했다. 오세쓰 본인보다는 오세쓰의 오빠나 가족으로 짐작되는 인물이 어느 사찰의 과거장에 기록되어 있기를 바라면서.

그런데.

"에도에서 갖가지 사연을 안고 흘러드는 자들이 모이는 지역이기도 하니까요. 사찰 중에는 관에서 세운 구빈원 만큼은 못해도 어려운 사람들이 찾아와 지붕을 빌려 비바람을 피하는 곳도 있습니다."

그런 절에 오세쓰인 듯한 여자가 자취를 남겼다.

하치오지 시중의 동쪽에 있는, 정토종에 속한 고젠지라는 절이다. 한결같은 마음으로 염불하면 누구나 차별 없이 정토로 갈 수 있다는 사상을 가진 사찰이니 이름도 돈도 힘도 없는 무력한 서민이 의지하기 쉬웠으리라.

"그 절의 불목하니가…… 백 살은 되지 않았나 싶을 정도로 주름이 쭈글쭈글한 노인이라는데, 오세쓰로 짐작되는 여자를 기억하고 있었습니다."

이십 년 전? 그렇게 오래전 일을 묻는 거요? 아, 갓난아기를 안고 찾아온 여자가 있긴 있었소.

"그 불목하니한테는 이 년 전이나 이십 년 전이나 별로 다를 게 없는 모양입니다."

"그렇게 오래 살았으니" 하고 헤이시로가 호응해 주었다.

고젠지 절에서는 하룻밤 잠자리와 한 끼 밥을 구해 찾아오는 자들에게 요사채 옆 헛간을 내주었다. 노름으로 빈털터리가 된 남자도 있고, 하녀로 일하다 주인의 학대를 피해 도망친 여자도 있다.

갓난아기를 안고 온 그 여자도 에도에서 왔다고 했단다. 가족을 찾아왔지만 만나지 못해서 곤란해했다. 그런 사연이라면 고젠지 같은 곳에서는 드문 것도 아니므로 불목하니 머리에 남아 있지 않았으리라. 여기로 흘러든 사람은 누구나 며칠 쉬었다가 다시 떠난다. 절에 정착할 수는 없고, 절에서도 그런 식객은 반가워하지 않는다. 어디까지나 잠깐 쉬었다 가는 곳이다.

늙은 불목하니가 그녀를 기억하는 까닭은, 여자가 안고 있던 갓난아기가 고젠지에서 죽는 바람에 장례를 치러 주었기 때문이다.

"절에 있는 동자묘에 안치해 주었다고 합니다."

아기는 절에 왔을 때 이미 상당히 쇠약해져 있었다. 어미의 젖도 가난 탓인지 바짝 말라 있었다고 한다. 어미도 궁상 이전에 병자였다.

―기침 소리가 심상치 않았소.

불목하니는 그렇게 말했다.

―감기를 앓는 듯했는데, 상당히 심해 보였소.

여자는 하치오지까지는 잘 왔지만 가족을 만나지 못해서 내내 노숙을 해 왔다고 했다. 몸에 좋을 리 없었다.

그 여자의 이름은 불목하니도 기억하지 못했다. 다만 여자가 아기 장례를 치를 때,

―자식 얼굴도 못 보고 흉악한 놈들에게 억울하게 죽은 애 아빠가 저승에서 잘 보살펴 줄 거예요.

눈물로 합장을 하면서 그렇게 중얼거리던 말을 기억하고 있었다. 그렇게 심상치 않은 이야기는 고젠지에서도 흔히 들을 수 없었다.

캐물어 본들 힘이 돼 줄 수도 없다. 여자가 하는 말의 진위도 확인할 길이 없다. 그래서 불목하니는 자세히 묻지 않았다. 한 사람 한 사람의 사연을 다 들어 주고 도우려 하다가는 아무리 고젠지라도 버텨낼 수 없다.

여자도 말하고 싶지 않은 듯했다.

"아기의 장례를 치르자 여자는 에도로 돌아가겠다면서 고젠지를 떠났다고 했지만……."

그 몸으로 무사히 돌아갔을 성싶지 않소, 하고 불목하니는 말했다. 에도까지는 가까운 듯해도 먼 길이라, 아마도 가다가 어디서 쓰러졌을 거라고 했다.

그 뒤로 여자의 행방은 모른다고 했다.

마사고로의 수하는 이런 성과를 얻어 지난밤 혼조 모토마치로 돌아왔다. 그래서 마사고로가 아침 댓바람에 집을 나섰던 것이다.

마사고로는 이야기를 멈추고 이즈쓰 헤이시로의 얼굴을 살펴보았

다. 언제 봐도 긴 턱이다. 그것을 지금 더욱 길게 내밀고 손가락 끝으로 박박 긁고 있다.

"오세쓰일까?"

"그런 것 같습니다만."

"여하튼 용케 알아냈군."

"장수하고 있는 불목하니 덕분입니다."

헤이시로는 흠, 하고 말했다. 이 나리의 '흠'에는 다양한 뜻이 있다. 방금 그것은 살짝 씁쓸하다.

"아기는 죽었단 말이지."

"오세쓰도 살아 있을 성싶지는 않습니다."

설령 고젠지에서 무사히 에도로 돌아왔다고 해도 제대로 살아갈 수 있었을까? 아니, 살아남을 수 있었을까?

"에도로 돌아왔다면 그 뚜쟁이 노파를 제일 먼저 찾아갔겠지."

"먹고살려면 그게 제일 쉬운 길이겠지요."

헤이시로는 마치 그것이 자신의 잘못인 양 손바닥으로 제 이마를 탁 쳤다.

"오빠란 자에게 도움을 받지 못한 게로군. 얼마나 낭패했을까, 오세쓰가."

딱하군—하고 덧붙였다. 그러고는 무엇에 놀란 듯 눈을 두어 번 깜빡거리다가, "유미노스케가 말이야" 하고 입을 열었다.

"예, 가와이야의 도련님이요." 마사고로도 무릎을 조금 들이민다.

"바로 어제 일인데, 수수께끼가 풀린 것 같다면서 머리를 감싸 쥐더라고."

마사고로도 헤이시로의 처조카 유미노스케의 명석함을 잘 안다. 잘 알면서도 가끔 통렬한 심정이 될 때가 있다.

"아직 몇 가지를 더 확인해야 한다더군. 그게 아까 내가 말한 부탁일세. 나도 자세히 캐묻지는 않았어. 하지만 영 마음이 쓰여서 일부라도 듣고 싶어서 물어봤지."

이번 일은 역시 오세쓰 모자의 복수극이냐? 하고.

"유미노스케란 녀석, 내가 불쑥 바테렌기독교를 이르는 속칭. 일본에 기독교를 전파하러 온 포르투갈 선교사의 이름에서 유래 주문이라도 외기 시작한 것처럼 어이없다는 표정을 하더군. 그러더니 이러는 거야."

―이모부, 혹시 벌써 오세쓰 씨 소식을 파악하셨나요?

"아니다. 마사고로가 여전히 추적하는 중이다, 하고 말해 주자 다시 머리를 감싸 쥐더군."

―이모부나 마사고로 씨 입장에서는 그쪽을 추적하지 않을 수도 없으니, 저도 그게 별 의미가 없다는 말씀을 차마 드리지 못했어요. 그런데 지금도 추적하고 있나요? 그런가요? 지금에 와서는 더욱 의미 없는 일이 되었지만, 제가 좀 더 일찍 말씀드려야 했을까요?

"오세쓰 모자를 찾아도 의미가 없다?" 마사고로가 따라 말했다.

"음. 마음 상하지는 말게."

"당치도 않습니다. 저도 가와이야 도련님의 안목을 잘 알고 있습니다."

"안목? 뭐, 그렇게 말할 수 있겠지."

그렇게 말하는 헤이시로도 어딘지 석연치 않은 표정이다.

"유미노스케의 말에 따르면 신베 건과 규스케 건, 그리고 창부 오쓰기 건이 다 연결되어 있대. 그 뿌리는 요시마쓰의 죽음이고. 그건 거의 틀림없다고 하더군."

그런데 오세쓰 모자는 관계가 없다고도 했다.

"이번 사건의 범인은 조금 더 가까운 곳에 있다고 하는군. 이십 년이나 거슬러 올라갈 일은 아니래. 그보다는 더 가깝다더군."

호오. 마사고로는 자리를 고쳐 앉았다. 헤이시로는 팔짱을 끼고 긴 턱을 가슴에 묻은 자세로 다다미를 노려보며 말했다.

"그래서 말인데, 유미노스케가 자네한테 부탁하고 싶다는 것은."

―저를 한번 가메야에 데려가 주실 수 없을까요?

"내가 같이 가면 곤란하다면서. 행수랑 같이 가야 한대. 신 상도 곤란하다고 하고."

그러니까 관리가 아니어야 한다는 말일까, 하고 마사고로는 생각한다.

"가메야에서 누굴 만나고 싶어 하시는 걸까요. 아니면 신베의 침실이 보고 싶으신 걸까요?"

흠, 하고 헤이시로는 대답했다. 이번의 '흠'은 양념도 진하고 먹기도 편하게 생겼지만, 그렇기 때문에 재료가 무엇인지 더욱 알기 힘든 반찬을 먹고 있다―고 말하는 듯한 요령부득의 울림이 있었다.

"먼저 가메님을 보고 싶다나."

가메야의 가문 신이랄까 장사의 수호신이랄까, 여하튼 그렇게 받들어지는 대형 항아리다.

"자네도 본 적이 있겠지?"

"예. 그 내력도 지배인 조지로 씨한테 들었습니다."

고개를 끄덕이고 헤이시로는 턱을 내밀어 마사고로의 얼굴을 쳐다보았다.

"그다음으로는, 안주인 사타에를 만나고 싶다고 하네. 직접 묻고 싶은 것이 있다는군."

"도련님 부탁이니 뭔가 그럴 만한 까닭이 있겠지요. 한데 사타에라는 사람은 이번 사건만이 아니라 가메야라는 약방 내부 상황을 거의 모르잖습니까. 중요한 일에서는 늘 제외되어 왔지요. 본인도 그걸로 충분하다 여기고, 안주인이란 자리는 그저 명목일 뿐입니다."

장식품으로 두는 히나 인형 같은 여자라고 마사고로는 생각하고 있었다. 그 인상이 어딘지 산타로—짱구의 생모 오키에로 연결되었고, 연결될 때마다 도리질을 해서 떨쳐내곤 했다. 곱게 차려입고 갖은 호사를 다 부리며 얌전히 앉아 있기만 하는 애완물. 그런 생활을 원하다가 마침내 이루어내 여유롭게 그 자리에 앉아 있다.

사실 오키에는 이미 쫓겨났겠지만. 다마이야의 주인 센조는 그 뒤 오키에를 어떻게 했을까?

"그래, 나도 그리 생각하네."

헤이시로의 목소리에 마사고로는 복잡하게 엉켜 가던 사고의 실을 얼른 정돈했다. 지금은 사타에 이야기를 하고 있다. 오키에가 아니다.

"하지만 유미노스케가 사타에에게 묻고 싶은 것은 가메야나 신베에 관해서가 아니라는군. 왕진고에 대해서도 아니고."

—하지만 지금은 아마 사타에 씨만 알고 있는 일이 있습니다.

마사고로는 이 나리에게는 그럴 필요가 없다고 생각하면서도 혹시 자기가 건성으로 대답하는 듯이 비칠까 봐 잠깐 뜸을 두고 나서 무릎을 가볍게 쳤다.

"알겠습니다. 도련님이 그리 말씀하셨다면 그리 해 드려야죠. 물론 빠를수록 좋겠지요."

헤이시로와 유미노스케를 처음 알게 되었을 무렵, 마사고로는 유미노스케가 뭔가 의견을 내놓을 때마다 그것이 문제의 핵심을 예리하게 찌른다는 걸 알고 놀랐다. 그래서 자신도 그리해 보려고 시험해 보곤 했다. 유미노스케 님은 대관절 어떻게 그런 생각을 짜내는 걸까. 어떻게 상황을 논리적으로 재구성하는 걸까. 자신도 그렇게 따라해 보려고 했다.

그것을 몇 번 거듭해 보다가 결국 체념했다. 소용이 없었다. 도저히 똑같이 할 수가 없었다.

가와이야 도련님은 보는 눈이 탁월하다. 물론 두뇌도 좋지만, 무엇보다 안목이 좋다. 그래서 아까도 안목이라고 말했다.

복잡하게 뒤엉킨 대상을 놓고 무엇이 줄기이고 무엇이 곁가지인지, 유미노스케는 금방 분간한다. 그것은 말하자면 새의 눈이다. 땅을 돌아다니는 개와 같은 우리네 눈하고는 구조부터가 다르다.

그렇기 때문에 마사고로는 가끔 유미노스케에게 애처로움을 느꼈다. 동정이 아니다. 슬픔과도 통하는 짠함이다.

새는, 외로운 생물처럼 보이지 않는가.

"고맙네. 점심때라도 유미노스케를 그리로 보내겠네."

이즈쓰 헤이시로는 별로 걱정하는 모습도 없다. 마사고로 이상으로 유미노스케의 생각과 행동에 익숙한 것이다.

"아, 그리고," 헤이시로는 물러가려는 마사고로를 붙들었다. "자네한테 미리 양해를 구해야 할 일이 하나 있네."

내 멋대로 굴어서 미안하네만, 하며 목덜미를 쓰다듬는다.

"유미노스케한테 다마이야 센조와 오키에 이야기를 하고 말았네. 무슨 얘기를 하다가 그랬는지 잘 기억나지는 않지만…… 나도 모르게 얘기가 나오고 말았어."

다만 오키에가 산타로의 생모라는 말은 하지 않았네, 라고 한다.

"내가 입이 가볍지만 그 정도는 아니지. 아무튼 미안하게 됐네."

마사고로는 미소를 지었다. 이즈쓰 나리는 이런 구석이 있다. 당신을 텅 빈 표주박처럼 가볍고 허술한 사람이라고 믿는 듯하다.

실은 그렇지 않다고 마사고로는 생각한다. 물론 표주박일지도 모르고 종잡을 수 없는 구석이 있는지도 모르지만, 텅 비어 있는 것은 아니다.

"나리께서도 그럴 만한 이유가 있어서 도련님께 말씀하셨겠지요. 소인은 늘 그런 생각으로 나리를 모시고 있습니다."

좀처럼 쓰지 않는 '소인'이니 '모신다'느니 하는 말을 섞어 가며 말한 까닭은 나름대로 겸연쩍기도 했고, 허세도 조금 있었기 때문이다. 하지만 헤이시로는 더욱 쑥스러워했다.

"이유 같은 게 뭐 있었겠나."

그는 코밑을 쓱쓱 문지르고, "있었다 해도 기억나지 않는 걸 보면 그리 대단한 이유도 아니었던 게지" 하며 허허, 웃어 버리고 말았다.

가와이야의 유미노스케는 이즈쓰 가의 주겐 고헤이지와 함께 마사고로네 메밀국숫집에 왔다.

"도련님을 잘 부탁드립니다요."

공손하게 고개를 숙이는 고헤이지에게 마사고로는, 마침 끼니때가 되었으니 잠깐 들어오시게, 하며 메밀국수를 주더니 아내 오콘에게 시중을 맡기고 나서, 유미노스케를 안쪽 방 화로 앞으로 데려갔다.

화로에는 불이 없었다. 유미노스케에게 담배를 권할 일도 없다. 하지만 이렇게 화로를 끼고 마주 앉는 편이 행수다워 보일 테니 유미노스케도 말하기가 편하리라 생각했다.

"나이 어린 제가 행수님께 폐를 끼치는 것이 괘씸한 짓인 줄은 알고 있습니다. 죄송합니다."

유미노스케는 고헤이지보다 더 공손하게 고개를 조아렸다.

"자꾸 그렇게 저를 어렵게 대하시면 저는 아예 가와이야 도련님이라고 부를랍니다."

마사고로가 놀리는 투로 말했다. 얼굴을 마주하고 그렇게 불리자 유미노스케는 몹시 쑥스러워했다.

"아아, 그것만은 좀."

식은땀을 흘리고 있는데 짱구가 보리차를 들고 와서 얼굴을 내밀었다.

"아, 산 짱."

"유미 님 오셨군요."

어느샌가 둘만의 호칭이 정해진 듯하다. 처음 듣는 마사고로는 조금 놀랐다.

"유미노스케 님, 이제 곧 가메야에 들를 텐데, 산타로의 짱구머리도 필요합니까?"

정확하게는 '짱구의 내용물'이지만.

"아뇨, 오늘은 저만 데려가시면 됩니다. 그렇지, 산 짱?"

이미 두 사람 사이에 이야기가 되어 있는 것이다. 짱구가 고개를 끄떡이고 나서 말했다.

"오늘은 유미노스케 님이 제 흉내를 내는 거예요. 행수님은 유미노스케 님과 함께 니닌바오리_{한 사람이 하오리를 걸치고 있으면 그 등 뒤에 바짝 붙은 채 얼굴을 숨긴 뒷사람이 앞사람의 하오리 소매에 제 팔을 끼워 넣어서 마치 앞사람의 팔인 것처럼 움직인다. 이렇게 하여 마치 한 사람이 움직이는 것처럼 가장하고 음식을 먹는 등 다양한 동작을 보여 주는 놀이로, 주로 연회 뒤풀이에서 즐기곤 한다}를 하시는 겁니다."

그래요, 하고 유미노스케가 고개를 끄덕인다.

"니닌바오리?"

"예. 가메야 측은 제가 이즈쓰 헤이시로의 조카라고 말해도 곧이듣지 않을 거예요. 번듯한 약방의 안주인을 상대하는 만큼 어린 제가 나서는 것은 실례이기도 하고요."

유미노스케가 사타에에게 묻고 싶은 것을 마사고로가 묻는다. 유미노스케는 옆에 앉아 평소 짱구가 하던 서기 역할을 흉내 낸다.

"그렇군요."

마사고로는 '유미 님'과 '산 짱'의 얼굴을 차례대로 쳐다보았다. 한쪽은 터무니없는 미모이고 한쪽은 귀여운 이목구비 위에 이마가 툭 튀어나온 짱구머리다. 이 두 개의 머리가 저희끼리 이마를 맞대고 어른들은 알 수 없는 궁리를 하는 모습을 떠올리자니 귀엽기도 하고

진상 • 521

불길하기도 해 마음이 사뭇 복잡해진다.

"그럼 제가 사타에 씨한테 무엇을 물으면 되겠습니까?"

유미노스케는 간결하게 대답했다. 들을수록 놀라운 내용이었지만, 마사고로는 사타에가 그 물음에 대답을 하면 자신이 더욱 놀랄 것 같아 미리 각오를 단단히 했다.

자꾸 안절부절못하는 마음을 가라앉히기 위해, 집을 나서기 전 붉은 술이 달린 짓테를 허리춤에 꾸욱 쑤셔 넣었다. 다녀오셔요, 하고 오콘과 짱구가 배웅을 한다.

"산 짱―산타로는 평소 마사고로 씨를 모실 때 어느 위치에서 걷나요?"

연극이 꽤 꼼꼼하다.

"제 왼쪽 바로 뒤에서 따라옵니다."

"그럼 저도 그렇게 하겠습니다."

그러고 보니 유미노스케의 키가 짱구보다 한 치쯤 크다. 둘이 나란히 서 있으면 신단에 올리는 술병들처럼 똑같아 보이는데 말이다.

"이름은 어떻게 할까요?"

"제 이름이요? 가명을 만들어야 하나요?"

"혹시 물으면 곤란하니까요." 마사고로가 자기 의견을 먼저 말했다. "유미타로가 어떻습니까. 전에 그런 가명을 쓴 적이 있지 않습니까?"

유미노스케는 동그란 눈을 데굴 굴렸다.

"어, 아시네요?"

이모부군요, 하고 웃는다. 아뇨, 이모아라이 언덕의 모쿠타로한테 들었습니다, 하고 마사고로는 출처를 밝혔다.

"그 사건 덕분에 연락하며 지내게 되었습니다. 모쿠타로는 지금도 유미노스케 님을 유미타로라고 믿고 있으니까 이번에도 그렇게 하시지요."

하지만 언젠가 밝혀지겠죠, 하며 유미노스케는 잠시 걱정하는 표정이다.

"괜한 말을 했나 봅니다."

"아뇨, 전혀 언짢거나 하지 않아요. 그것도 좋은 이름이에요."

"네, 저도 그렇게 생각합니다."

가메야가 있는 미나미혼조 모토마치는 지척이다. 다시 한 번 태세를 점검할 만한 여유도 없지만, 차라리 그게 잘됐는지도 모른다. 가는 길에 사람들이, 행수님, 어디 출타하세요? 하고 인사를 할 때마다 대답을 해 주는 사이, 어느새 가메야가 시야에 들어왔다.

어? 하며 마사고로가 걸음을 멈췄다. 약방이면 다들 출입구에 봉지 모양의 나무 간판을 단다. 그런데 예의 '본가 다이코쿠야의 비방 영묘 왕진고'란 액자가 보이지 않는다.

"없네요." 유미노스케도 지붕을 올려다보며 중얼거린다.

"바로 그저께 들렀을 때만 해도 걸려 있었는데요."

가메야에서는 지배인 조지로가 맞으러 나왔다. 여전하시군요, 하고 마사고로가 입을 열었다.

"문득 생각나서 들렀습니다. 요즘 안주인님 건강은 어떠십니까?"

사타에 씨 말입니까? 하고 조지로가 되묻는다. 지배인이 이렇게 되묻는 걸 보아도 사타에가 이 약방에서 차지하는 위상이 엿보인다.

"예. 혹시 괜찮으면 잠깐 만나 뵐 수 있을까요?"

마사고로와 유미노스케를 대기실로 안내해 놓은 조지로는 하녀에게 시키지 않고 몸소 안쪽으로 들어갔다. 그와 자리바꿈을 하듯이 나온 후미노에게 지배인이 빠른 말투로 뭐라고 속삭이는 소리가 맹장지 너머에서 들린다.

사타에 씨? 하고 후미노가 되묻는다.

후미노가 대기실로 들어오자 마사고로는 공손하면서도 대범한 모습으로 인사를 했다. 유미노스케도 얌전하면서도 귀엽게 고개를 숙인다.

"수고가 많으십니다."

그렇게 응하는 후미노는 차분한 쥐색 고소데를 입고 있다. 본래 이 또래 아가씨치고는 차분한 옷차림이지만, 후미노의 하얀 볼과 까만 눈동자, 붉은 입술과 어우러지니 오히려 눈에 확 들어온다.

"어머니께 용무가 있으시다고요?"

"용무랄 것까지는 아닙니다. 여태 안주인님께 제대로 인사도 못 드려서…… 갑자기 죄송한 생각이 들더군요."

마침 지나가는 길에—하며 넉살맞게 말을 이어 나갔다.

"잠깐 실례를 했습니다. 더구나 제 수하가,"

하며 유미노스케—유미타로를 가리켰다.

"가메야 문 위에 늘 걸려 있던 액자가 보이지 않는다고 해서요. 듣고 보니 그렇더군요. 마침 잘됐다, 물어나 보자 해서 이렇게 실례를 했습니다."

아아, 그거라면, 하며 후미노는 지붕을 올려다보는 시늉을 했다.

"어제 떼어냈습니다. 일전에 다이코쿠야에 문안 인사를 드리러 갔는데 주인 도에몬 씨께서 왕진고는 결코 다이코쿠야의 비방이 아니고, 그 액자도 부담스럽다고 말씀하셔서요."

이번에는 다소곳이 눈길을 내리고 말했다.

"그보다는, 다이코쿠야로서는 그 액자에 얽혀 있는 사연이 달갑지 않을 테지요. 속마음은 그럴 거예요. 저희 액자 때문에 다이코쿠야가 위험해질 수 있다고 여기는 것도 이해하고요. 하지만 관의 수사를 방해하게 되면 어쩌나 해서……."

망설이고 있던 차에,

"어제 처마 밑에 있던 새 둥지를 치우는 김에 그냥 떼어내기로 했던 겁니다."

그러면 안 되는 거였나요? 하며 어디까지나 차분하고 진지한 눈빛으로 묻는다.

"지금 새삼 그 액자가 있고 없고가 조사에 지장을 주지는 않습니다. 범인은 과거의 악연을 오래전에 알았을 겁니다. 그런 배려라면 하지 않으셔도 됩니다."

그때 조지로가 황망히 돌아왔다. 맹장지 옆으로 후미노를 불러내려고 하자, 마사고로가 질문을 던져서 가로막았다. "안주인님은 어떠십니까?"

사타에 씨는 틀림없이 만나 줄 거라는 말을 유미노스케한테 들은 터였다. 주변에서 말려도 만나고 싶어 할 겁니다. 그러니까 다소 강하게 밀어붙여도 괜찮습니다.

"아, 예. ……괜찮으신 모양이긴 합니다."

행수의 관록이 지배인을 압도했다. 조지로는 후미노의 안색을 곁눈으로 살피면서도 마사고로에게 대답했다. "안주인님도 행수님을 꼭 뵙고 싶다고 하십니다."

일단 첫 관문에서는 유미노스케의 예측이 맞았다.

"그거 잘됐군요." 마사고로가 냉큼 자리에서 일어섰다. 유미노스케도 얼른 무릎을 세우며 일어섰다.

"저어, 잠깐만요."

후미노가 따라 붙는다.

"어머니께서 괜찮다고 하신 것은 행수님에게 결례가 될까 봐 무리하고 계시는 듯합니다만."

"그냥 인사나 드리고 갈 거니까 걱정 안 하셔도 됩니다."

"어머니께 무슨 용무가 있으신가요? 그러면 제가—."

마사고로는 후미노에게 씽긋 웃어 보였다.

"아가씨, 그렇게 긴장하고 계시다가는 이번에 아가씨까지 자리에 눕고 말겠습니다."

마사고로가 조지로에게 안내를 재촉했지만 후미노는 여전히 물러서지 않았다. 그러자 아가씨 앞으로 유미노스케가 미끄러지듯이 끼어들어 동자승처럼 깍듯이 절을 했다.

"그럼 실례합니다."

그러고는 몸을 휙 돌려 마사고로를 따라갔다. 그 탓에 후미노는 따돌려진 형국이 되었다.

마사고로가 증축 때문에 복잡해진 가메야의 내부 구조에 현혹되어 착각을 일으킨 것이 아니라면, 사타에의 침소는 신베가 침소로 삼던 팔 첩 방에서 꽤 떨어진 위치에 있다. 신베가 살해될 때 이미 부부는 각방을 쓰고 있었다고 한다. 그것도 사타에가 병약한 탓이지만 그래도 이렇게 동떨어져 있으니 더욱 억측을 사는 게 아닌가.

"자, 이쪽입니다."

조지로는 복도에 무릎을 꿇고 뒤가 켕기는 듯이 목을 움츠렸다.

"안주인님, 혼조의 행수님을 모시고 왔습니다."

안으로 모시세요—하는 가녀린 여자 목소리가 들린다. 마사고로도 사타에와 마주하는 것은 살인이 있던 날 이후 처음이다.

이 집 북동쪽의 육 첩 방, 작은 안뜰에 면한 방에는 얇은 이불이 깔려 있었다. 옷매무시를 가다듬은 사타에가 무릎을 모으고 앉아 있고, 그 발치에는 마 잠옷이 단정하게 개켜져 있다.

"이렇게 흉한 꼴을 보여 드려서 죄송합니다."

절을 하고 가만히 고개를 든 사타에는 저번에 만났을 때와 거의 다르지 않았다. 더 수척해진 것 같지는 않다. 가녀린 몸매도 그대로이다. 창백한 안색은 볕을 쬐지 못한 탓이리라.

마사고로가 먼저 부탁할 필요도 없이 사타에가 상냥한 목소리로 조지로를 물러가게 했다. 안주인으로서 하는 명령이 아니라 부탁하는 투였다.

"손님 시중은 내가 알아서 할 테니 조지로 씨는 약방으로 돌아가 주세요. 손님이 많잖아요."

"하기는 요즘 한창 더위들을 먹을 때죠." 마사고로도 장단을 맞췄다. "약방이 없으면 아무리 에도 멋쟁이라도 사흘을 못 버티죠."

조지로는 더욱 켕긴다는 듯이, 미련이 남는다는 듯이 천천히 물러

갔다. 유미노스케가 복도에 면한 맹장지 옆으로 다가가 지배인이 닫은 맹장지를 손이 들어갈 만큼 열어 놓았다. 그러고 나서 그 자리에 가만히 무릎을 꿇고 앉았다. 이렇게 하면 훔쳐 듣는 자를 물리칠 수 있다. 빈틈이 없는 아이다.

후미노에게 말한 대로 마사고로는 수인사부터 시작했다. 사타에의 건강을 염려하는 말도 잊지 않는다. 수인사와 덕담인 만큼 마사고로는 가식도 거리낌도 없이, 차분하게 울리는 타고난 미성으로 이야기를 종횡으로 풀어 나갔다.

마사고로의 말에 종종 맞장구를 치면서 사타에는 조용히 앉아 있었다. 해가 높이 뜨면 꽃잎을 닫고 잎 그늘에 숨는 하얀 나팔꽃을 연상케 한다. 잠옷으로 삼은 유카타 위에 걸친 얇은 비단 옷이 안뜰에서 들어오는 바람에 희미하게 흔들린다.

잠시 감사와 사과와 축원의 말들이 오가고 나서 문득 침묵이 찾아왔다. 마사고로에게는 지금부터가 중요했다.

하지만 먼저 입을 뗀 이는 사타에였다.

"행수님—."

사타에는 유미노스케가 지키는 맹장지 쪽을 힐끗 확인했다. 다시 입을 열 때는 목소리가 한층 작아져 있었다.

"이렇게 저를 찾아 주셔서 감사합니다. 딸이나 점원들이 혹시 결례되는 말이나 하지 않았는지 모르겠습니다."

형식적인 말은 아니었다. 마사고로는 사타에가 이쪽의 의도를 살피고 있음을 즉시 알아챘다.

"그냥 마사고로라 부르셔도 좋습니다, 부인."

그도 목소리를 한층 낮췄다.

"당찬 따님에 노련한 지배인이 있으니 약방 운영에는 아무 걱정도 없겠지요. 집안일은 관리인 오토시 씨가 지금도 맡아 주고 있습니까?"

예, 하고 사타에는 고개를 끄덕였다. 모종의 그늘 같은 기미가 하얀 얼굴을 스친다. 마사고로에게 보여 주려고 짐짓 그랬으리라.

그렇다면 그것이 의미하는 바는 무엇일까?

"약방 사람들 모두 안주인의 건강을 걱정해, 저희가 안주인을 더 힘들게 하지나 않을까 하고 의심하는 듯하기는 했습니다."

마사고로는 씽긋 웃어 보였다.

"죄송합니다. 그 사람들이―조금 유난스러웠군요."

사타에의 그늘이 더욱 짙어졌다.

"저는 꽤 오래전부터 이렇게 한번은 도신 나리나 행수님을 만나 뵙고 남편에게 일어난 일들을 말씀드리고 싶었습니다만."

호오, 하고 마사고로가 반응을 보였다. "어떤 말씀이신지."

사타에는 고개를 숙이며 입을 다물었다. 얇은 옷에 감싸인 어깨가 가냘프다.

안뜰에서 벌레가 운다. 발 너머로 들리는 벌레 소리가 제법 시원하다.

사타에는 고개를 들고 마사고로의 눈을 쳐다보았다.

"이런 구석진 방에 틀어박혀 있지만 집 안에서 무슨 일이 일어나고 있는지 전혀 모르는 건 아닙니다. 얼마 전에 후미노가 다이코쿠야에 인사하러 간 사실도 알고 있습니다. 갑자기 무슨 인사냐고 물었더니 다이코쿠야는 제 남편 신베에게 부모와 같은 집안인데, 주인을 잃은 지금의 가메야로서는 만일의 사태를 대비하여 의지할 곳이 필요하다며 문안 인사를 하러 간다더군요."

하지만, 하며 혀로 입술을 적신다. 거기에는 연지의 흔적도 없는데 살짝 붉은 기운이 감돈다. 이 여인은 결코 병자가 아니다.

"남편 신베는 다이코쿠야를 부모처럼 여긴 적이 없습니다. 연락마저 끊고 살았습니다."

목소리를 한껏 낮춘 채 마사고로가 얼른 물었다.

"하지만 약방 앞에 걸린 액자에는 이 가게의 간판 상품 왕진고가 본가 다이코쿠야의 비방이라고 선전하고 있던데요."

사타에의 길게 째진 눈이 다시 맹장지 쪽을 살폈다. 유미노스케가 그에 응하듯 가볍게 고개를 끄덕였다. 안심하시고 계속 말씀하세요.

"그것을." 사타에는 숨을 삼켰다. 그러고 나서 말을 이었다. "그 액자를 걸라고 남편에게 부탁한 사람은 저였습니다."

깜짝 놀랄 뻔한 마음을 진정시키느라 마사고로도 숨을 멈췄다.

"마사고로 행수님은 이미 다 아시지요? 후미노나 오토시 씨를 보니까 대번에 알겠더군요, 여러분이 그것을 알아내서 여기 사람들한테도 알려주었다는 것을."

무슨 말씀입니까, 하고 마사고로가 신중에 신중을 거듭해 시치미를 뗀다.

"남편이—신베가 과거에 저지른 죄 말입니다. 왕진고 조제법은 남편이 옛날 썩둑이 동료한테서 훔쳐낸 것이었어요. 남편은 그 썩둑이를 해치기까지 했습니다."

사타에의 눈은 말라 있었다. 하지만 하얀 얼굴이 점점 창백해지고 있다. 위에 걸친 얇은 비단옷을 가슴께에 모아 매달리듯이 꼭 쥔다.

"남편 혼자 한 짓은 아닙니다. 지금의 다이코쿠야 주인과 또 한 사람이 있었다고 들었습니다. 셋이서 저지른 짓입니다. 하지만 남편은,"

여기에 이르러 비로소, 미처 억제하지 못한 것처럼 사타에의 목소리가 높아졌다.

"그 죄를 오랜 세월 짊어지고 고통받았습니다. 언젠가 그 죄가 드러나면 가메야는 끝장날 거라더군요. 악몽에 시달리기까지 했습니다. 그건 제가 잘 압니다."

요번 신베의 죽음은—하고 사타에는 목청을 떨며 물었다.

"역시 과거의 죄 때문에 벌어진 일입니까? 신베는 복수를 당한 걸까요? 그렇다면 다음은 다이코쿠야 차례일까요?"

마사고로는 소리가 나지 않도록 조심하며 숨을 토해냈다. 유미노스케가 전혀 움직이지 않는 것이 조금 짜증 날 정도다. 곁눈으로 보니 미모의 소년은 눈을 또랑또랑 뜨고 사타에를 쳐다보고 있었다.

"부인도 알고 계셨군요."

"예."

고개를 끄덕이며 인정하는 사타에의 눈동자에는 그저 애원하는 듯한 눈빛만이 아니라 강인한 뭔가가 있었다. 분노다—, 깨닫고 나서 마사고로는 충격을 받았다.

"그렇다면 굳이 감출 필요가 없겠군요."

장벽이 한순간에 제거된 듯해 마사고로는 솔직하게 웃음을 지었다. 어깨에서 힘이 빠져 나간다.

"말씀하신 대로 저희는 신베 씨를 죽인 범인이 과거 사건에 원한을 품은 자가 아닐까 추측하고 있습니다."

편해진 사람은 마사고로 한 사람만이 아니다. 사타에도 팽팽하던 표정이 풀어지고 눈이 촉촉해졌다. 눈물을 감추려고 눈을 깜빡이자 눈동자가 반짝거린다.

"그 말씀을, 드리고 싶었습니다."

연정을 고백하는 아가씨처럼 사타에는 망설임 없이 계속했다.

"행수님 쪽에서 밝혀내기 전까지 그걸 아는 사람은 저뿐이었습니다. 후미노는 아무것도 몰랐습니다. 남편은 딸한테는 죽어도 알리고 싶지 않다고 했으니까요."

"예, 그렇겠죠." 마사고로는 격려하듯이 말했다. "아가씨는 몰랐습니다."

"하지만 지금은 알고 있어요."

"—허."

"그런데 그 애는 어떻게 그렇게 침착하게 지낼 수 있는 걸까요."

거침없는 이야기에 노골적인 분노가 더해졌다.

"두려워하는 것 같지도 않고 상처를 받은 것 같지도 않아요. 슬퍼하지도 않아요. 마치 이미 다 알고 있었으니까 충격받을 일도 없다는 듯이."

"아가씨 혼자 끌어안고 있는 게 아니기 때문이겠지요. 오토시 씨가—."

그렇게 말하던 마사고로는 자신이 서툰 짓을 했음을 깨달았다. 사타에의 분노에 갑자기 수치가 더해졌다. 가녀린 손으로 얼굴을 가리며 묻는다.

"그 사람도 알고 말았나요?"

신음처럼 흘리는 말에는 자신보다 죽은 남편의 마음을 배려하는 아픔이 있었다.

잠시 침묵이 흘렀다. 유미노스케는 미동조차 하지 않은 채 숨소리까지 감추고 있다.

"두 사람은 내가 알고 있다는 사실은 모릅니다. 짐작조차 해 보지 않았을 거예요."

마사고로도 그랬다.

"후미노는 저를 좋게 보지 않아요. 이 집에 후처로 들어왔을 때부터 알고 있었습니다. 딸과 계모 사이니 어쩔 수 없지요. 각오는 했습니다. 사이좋게 지내는 경우가 오히려 드물겠지요."

그러나 사타에의 얼굴은 점점 어둡게 그늘졌다.

"하지만 후미노는 남편에 대해서도 여러 가지를 착각하고 있습니다. 남편도 그걸 알고 있었어요."

"아가씨가 아버지에 대해서 잘못 알고 있었다는 겁니까?"

사타에가 고개를 끄덕인다. 옆을 보니 유미노스케도 희미하게 고개를 끄덕이고 있다. 그럴 거예요, 맞아요, 하는 듯이.

"알고 있었지만 남편으로서는 어떻게 해 볼 수가 없었습니다. 이것도 자기가 받아야 할 벌 가운데 하나라고 체념한 기색이었어요."

벌이라고?

마사고로가 자세히 묻기 전에 사타에는 얼굴을 가린 손가락 사이

진상 • 533

로 토해 냈다. "신베가 남편을 여의고 홀몸이 된 저를 후처로 맞아 준 까닭은 신베와 전남편 구리하시 사이에 그런 약조가 있었기 때문입니다. 전남편 구리하시는 자기 신상에 무슨 일이 생기면 처를 잘 부탁한다는 말을 해 두었습니다. 남편은 그리 약속했고, 그 약속대로 저를 처로 맞아 준 겁니다. 여색을 밝혀서가 아닙니다. 후미노와 오토시가 내내 추측하고 있는 그런 일은 요만큼도 없었습니다!"

이때에 이르자 사타에는 오토시를 경칭도 없이 차갑게 불렀다.

마사고로는 목덜미가 딱딱하게 뭉쳐 오는 것을 느꼈다. 등줄기가 서늘하다. 사타에의 고백 탓이 아니다. 또 유미노스케가 정확하게 간파했구나, 그런 예감이 점점 분명해지고 있기 때문이다.

"그렇다면—그런 약속을 할 만큼 전남편 구리하시 선생과 신베 씨는 긴밀하게 상부상조하는 사이였군요? 절친한 사이였군요."

의원과 약방 주인. 의원과 조제인이다.

"부인, 아니, 사타에 씨."

마사고로는 숨을 골랐다. 유미노스케는 여전히 조용히 앉아 있다.

"두 사람은 그렇게 친했습니다. 남자 대 남자였고요. 그렇다면 혹시 신베 씨가 죄의식을 홀로 감당하지 못해서 언젠가 구리하시 선생한테 다 털어놓았다—그런 일은 없었을까요?"

사타에가 얼굴에서 손을 내리고 눈물로 범벅이 된 볼을 마사고로에게 향했다.

"예, 전남편은 알고 있었습니다. 그 자리에 저도 있었으니까요. 그래서 저도 알고 있는 거예요."

이번에야말로 마사고로는 견딜 수 없을 만큼 한기를 느끼며 몸서리 쳤다. 이미 익숙해졌다고 생각했지만 유미노스케의 안목에는 역시 말문이 막힌다.

유미노스케는 사타에에게 물어야 할 질문으로 제일 먼저 이걸 꼽았다.

―사타에 씨에게 물어봐 주세요. 당신은 신베 씨가 요시마쓰를 죽인 사실을 알고 있었지요. 그건 아마 전남편 구리하시 선생을 통해서였겠지요, 맞습니까? 라고요.

더불어 사타에는 반드시 대답을 해 줄 거라고 했다. 추측이 아니라 확신하는 말투였다.

"이걸 행수님이나 도신 나리들께 말해도 좋을지 어떨지 내내 고민했습니다."

사타에는 이제 눈물을 감추려고도 하지 않았다. 눈물이 조용히 줄줄 흐른다.

"제가 고하면 남편이 살인자라는 사실이 만천하에 알려지고 맙니다. 그 사람이 목숨보다 소중하게 여기던 가메야도 쓰러지겠지요. 하지만 제가 입을 다물고 있으면 남편을 죽인 자를 잡을 수 없게 됩니다."

신베가 죽은 뒤 사타에가 몹시 우울해하며 맥을 놓고 있던 까닭도 그 때문이다.

"남편이 없으면 저는 이 집안의 골칫거리이고 식객일 뿐입니다. 몸이 아프니 누워 있으면 그만이다 라는 듯, 이렇게 작은 방에 갇혀 있게 됐습니다. 차라리 잘됐다고 생각한 적도 있습니다. 제 속마음을 아무한테도 들키지 않고 지낼 수 있으니까요."

그러나 사정이 달라졌다. 신베의 과거가 폭로되었다. 이미 관에서도 알고 후미노도 알고 있다.

"제가—라기보다는 구리하시가 전부터 다 알고 있었다는 사실이 어쩌면 범인을 찾는 데 중요한 단서가 될지도 모릅니다. 이 나이가 되도록 세상 물정 모르는 여자의 쓸데없는 발버둥인지는 모르지만, 그런 생각을 하기 시작하자 도저히 참을 수 없었습니다."

그러나 사타에는 차마 그 사실을 마사고로들에게 전하지 못했다. 가메야라는 약방은 후미노가 관리하고 집안일은 오토시가 맡아 주고 있다. 사타에는 이 작은 방에 틀어박혀 있었다.

"따님한테 다 밝히자고 생각해 보지는 않았습니까?"

마사고로의 물음에 사타에는 잠시 대답을 망설였다. 하얀 이마에 희미하게 주름이 잡힌다.

"다 밝혀도 어떻게 받아들일지 걱정이었습니다. 더 말씀드리자면, 그 아이가 저를 믿지 않을 거라고 생각했습니다."

"거짓말을 한다고요? 하지만 이런 중대한 일을 두고 사타에 씨가 거짓말을 할 리가 없지요."

"거짓인지 참인지는 문제가 아니겠지요. 제가 하는 말을 후미노가 받아들이지 못한다는 말이에요."

그 정도로 그 아이는 저를 싫어합니다, 라고 사타에는 말했다. 그 아이는 저를 질투하고 있어요. 마사고로는 그렇게 새겨들었다.

"관리인 오토시 씨도 비슷한가요?"

"그렇다고 봐요. 그 사람은 저를 싫어한다기보다 경멸하고 있으니까."

정확히 간파하고 있다. 마사고로도 가메야에 올 때마다 그렇게 느꼈다. 하지만 한편으로는 후미노와 오토시 사이도 그렇게 매끄럽지만은 않다고 느꼈다. 그쪽은 그쪽 나름대로 앙금이 있어 보였다.

가메야 신베는 아름다운 세 여자에게 둘러싸인, 좀처럼 보기 힘든 행운아처럼 보였다.

하지만 그 행복은 거품이었던 모양이다.

마사고로가 감탄하고 있는 동안 사타에는 휴지로 눈물을 훔치고 옷깃을 여미며 가까스로 안색을 되찾았다. 마사고로는 장식 인형을 보듯 바라보았던 이 여인을, 숨 쉬고 눈물 흘리고 웃을 줄도 알고 고민도 하는 여자로 다시 보기 위하여 잠시 시선을 모으고 있었다.

유미노스케가 에헴, 하고 헛기침을 했다.

그렇지. 아직 넋을 놓을 때가 아니다. 해야 할 질문이 남아 있다.

"사타에 씨. 한 가지만 더 묻겠습니다. 다름이 아니라 구리하시 선생의 일입니다."

마사고로는 유미노스케가 부탁한 대로 물었다.

그러자 사타에는 유미노스케가 예상한 대로 대답했다.

마사고로는 유미노스케를 돌아다보았다. 미모의 소년은 인형극의 꼭두각시 인형처럼 눈을 깜빡깜빡 두 번 움직이더니, "행수님, 이제 그만 출발하셔야겠습니다. 시간이 많이 지났습니다" 하고 말했다. "그런데 출발하기 전에 그 영험하다는 가메님을 보고 싶다는 제 부탁을 안주인님께 전해 주시겠습니까?"

—하권에 계속

【편집자 후기의 진상】

사연은 이렇습니다. 상권을 편집하는 과정에서 마지막 여섯 페이지가 빈 공간으로 남고 말았습니다. 단행본은 네 페이지 단위로 편집을 하는데(그래서 모든 책의 마지막 페이지는 4의 배수로 끝납니다), 이럴 경우에는 대개 본문의 스타일을 조정하여 페이지를 채우거나, 두 페이지를 없애고 나머지에 자사 책 광고를 넣습니다. 음, 어떻게 하나. 뜬금없는 광고를 넣는 것은 내키지 않았습니다. 빈 페이지로 남겨두는 것도 별로. 그래서 이번에는 상권과 하권 사이에 편집자 후기를 써 보면 어떨까 하는 생각을 하였습니다. 마침 당부 드리고 싶은 얘기도 좀 있고. 야구에 비유하면 클리닝 타임인 셈입니다. 그러니 가벼운 마음으로 읽어 주시면 좋겠습니다. 물론 '나는 편집자의 당부 따위 들을 마음이 없다'는 분과 '다음에 나올 내용에 대해서는 조금이라도 미리 알고 싶지 않다'는 분은 그대로 하권을 향해 달려가시면 되겠습니다. 편집자 후기로 인해 책값이 올라가는 건 아니니까 그걸로 격분하지는 말아 주시기를.

이미 알고 계신 분들도 있을 텐데 이번 작품은 『얼간이』와 『하루살이』의 후속편입니다. 각각의 작품은 독립적인 완결성을 갖지만 특정 캐릭터가 계속해서 등장하기 때문에 연작의 형태를 취하고 있습니다. 『얼간이』와 『하루살이』가 단행본으로 나온 시점은 2000년과 2005년. 이후로 6년여가 지나 2011년에 『진상』이 출간되었습니다. 일본에서 이 책이 나왔을 때 저는 마쓰모토 세이초 기념관 취재 건으로 일본에 있었기 때문에 책의 인기를 직접 실감할 수 있었습니다. 당시에 『진상』은 '단행본 발매 후 시간이 흐른 뒤 문고본 발매'라는 공식을 깨고 이례적으로 단행본과 문고본이 동시에 발매되었습니다. "260만 부가 팔린 『얼간이』와 『하루살이』를 잇는 대작"이라는 플래카드와 함께 그득그득 쌓인 책들이 서점에서 가장 잘 보이는 위치에 진열되어 있더군요. 귀국하자마자 저는 곧바로 이 작품을 계약했습니다.

『진상』을 펴내며 작가는 이렇게 말했다고 합니다. "이번에는 농도 짙은 연애 소설을 써 보고 싶었습니다. 헤이시로와 부인도 결혼하고 세월이 꽤 오래 지났지만 사이가 무척 좋습니다. 제가 이상적으로 여기는 부부입니다. 부럽기 짝이 없습니다. 오토쿠는 비록 남편이 죽었지만 계속 소중하게 마음에 담아두고 있습니다. 한편으로 여러 사람의 슬픈 사랑도 있습니다. 사랑이란 매우 잔혹한 것입니다. 터무니없는 정열이 결실을 맺어 결혼을 하더라도 그 감정이 지속되지 않는 경우가 많습니다. 사랑은 언젠가 식는 것이니까 그 잔혹함과 허무함도 써 보고 싶었습니다." 그렇습니다. 아직 하권의 내용을 모르시는 분들은 고개를 갸우뚱할지도 모르지만 이 작품은 연애 소설입니다. 아기자기한 사랑 이야기가 아닙니다. 혹시 상권을 읽으면서 이와 같은 작가의 집필 의도를 눈치채셨습니까. 이를테면 헤이시로가 다른 이들의 외모에 관해 이런저런 논평을 하는데, 저는 처음에 이 양반이 왜 이토록 집요하게 다른 이들의 외모에 집착할까 의아해하다가 작가의 말을 듣고 비로소 무릎을 쳤습니다. 작가는 외모가 '남녀 관계'에 어떻게 작용하는지에 관해 고찰합니다.

그렇다면 마지마 신노스케라는 인물의 설정도 이해가 갑니다. 이미 헤이시로의 시선을 통해 여러 번 확인하셨겠지만 그는 절정의 꽃미남인 유미노스케와 완전히 정반대의 인물입니다. 한마디로, 못생겼지요. 외모 때문인지는 모르겠지만 성격도 고지식합니다. 신노스케를 희대의 추남으로 설정한 이유에 대해 작가가 한 말이 재미있습니다. "여성과 마찬가지로 남성 역시 외모가 인생에 큰 영향을 끼치고 있지 않습니까. 남자는 외모가 중요하지 않다거나 남자는 외모보다 능력이라는 말들을 하지만 실제로는 그렇지 않습니다. 외모도 중요합니다. 하지만 현실은 어떤가요. 여성은 외모에 대한 생각을 입에 담기 수월하고, 외모에 대해 이야기하거나 신경을 쓰는 일도 자연스러우며, 지적받아 상처받는 감정을 표현하는 일도 쉽습니다. 그래서 굴절되지 않는다고 생각합니다. 반면 남성의 경우, 외모에 신경 쓰고 있다고 입 밖에 내기가 아무래도 여성에 비해 어렵습니다. 그래서 이중 삼중으로 굴절되어 버리는 게 아닐까요. 계속 생각했던 것이어서 한번 써 보고 싶었습니다. 특히 에도 시대에는 명확한 신분 제도가 있으니까 신노스케와 같은 관리는 한 단계 위의 존재입니다. 그런데 시중 사람들이 '추남이네'라고 속삭이는 소리를 듣는다면 상당히 괴롭지 않았을까요." 그런 만큼 이번 작품의 키 플레이어를 한 명만 꼽으라면 역시 마지마 신노스케일 거라고 생각합니다. 헤이시로(와 시중 사람들)에게 집요할 정도로 계속해서 추남이라는 평을 듣는 신노스케가 그로 인해 어떠한 심경의 변화를 겪게 되는가, 하는 것이 바로 하권의 관전 포인트입니다. 결말에 이르러 헤이시로부터 받게 되는 평가를 눈여겨 봐 주십시오.

후미노와 오키에는 문제적 인물입니다. 우선 후미노부터 말해 보자면 그녀는 태어나자마자 어미를 잃은 비극의 주인공이자 극강의 미소녀지요. 아버지가 정성을 다해 키웠지만 어딘지 모르게 쓸쓸해 보이고 실제 극중에서도 애정에 굶주린 캐릭터로 묘사됩니다. 미야베 미유키에 따르면 "십대에 사랑에 빠져 인생이 바뀌는 경우는 현대에서도 흔히 볼 수 있는데 그런 것을 반영"하고 싶었다고 합니다. 덕분에 이 소설에서 집필하기가 가장 어려웠던 인물이었다고 작가는 말하고 있습니다. 짱구의 친모이자 '반반한' 외모 덕분에 신분이 상승한 오키에에 대해서는 '아니 뭐 저런 못된 년이 다 있나' 하고 생각하셨을 줄 압니다. 하권으로 가면 그 생각에 변화가 오리라 예상되는데, 오키에를 등장시킨 이유는 하권에서 드러나는 이번 작품의 독특한 구조와 관계가 있습니다. 흥이 깨질 수 있으니까 더 이상은 설명하지 않습니다만.

한편 '연애 문제'와 함께 이 작품은 '장남이 아닌 남성의 삶'이라는 테마가 또 다른 축을 이루고 있습니다. 자식을 많이 낳지 않는 현대 사회에도, 어느 집안이든 장남이 잘돼야 한다는 부모의 소망이랄까 분위기 같은 것이 여전히 존재합니다. 지금에 비하면 에도 시대에는 사람이 훨씬 더 단순한 병으로도 쉽게 목숨을 잃곤 했기 때문에 특히 아이의 경우는 어느 정도 나이가 될 때까지 안심할 수가 없어 가급적이면 힘닿는 데까지 아이를 낳자는 분위기가 사회적으로 팽배했지요. 그러다 보니 이후로는 집에 남을 수 없는 장남 이외의 아이들이 어떻게 살아가야 하는가, 라는 것이 문제가 됩니다. 어차피 가업을 물려받을 수 없는 이상 그들은 "곁가지로 태어난 목숨"이자 "쓸모없는 입"일 뿐이어서 다른 집에 양자로 가거나 집을 떠나 일찌감치 스스로의 삶을 개척해야만 합니다. 장남 이외의 남성들이 부여받은 삶은 매우 어두웠다는 것을 보여 주기 위해 작가는 모토미야 겐에몬을 비롯한 여러 인물들을 통해 당시의 시대상을 묘사합니다.

이 소설에는 일반적인 의미의 '진상^{進上}'들이 나옵니다. 사랑에 눈이 머는 바람에, 제 한 몸 편하자고, 나이를 먹을수록 집안에서 점점 설 자리가 좁아지는 자신의 신세를 한탄하며 벌이는 행동으로 인해 그들은 사회적으로 지탄의 대상이 되고 주위 사람들로부터 손가락질 받습니다. 그리고 『진상』의 '장편'은 일단락됩니다.

하지만 미야베 미유키의 진가가 발휘되는 대목은 그 이후입니다. 북스피어와 했던 인터뷰(《Le Zirasi》 3호 참조)에서 미야베 미유키는 "실제로 제 작품은 장편의 경우에도 한 사람 한 사람의 스토리를 떼어놓으면 각각 단편으로서의 완결성을 가지는 경우가 많습니다. 즉, 저는 단편이 모여 하나의 장편을 이룬다는 기분으로 글을 쓰기 때문에 뭐가 어렵고 뭐가 더 쉽다고 느낀 적이 없어요"라는 말을 한 적이 있습니다. 『얼간이』와 『하루살이』는 그와 같은 구조가 잘 드러나는 작품입니다. 두 작품을 읽어보신 분은 아시겠지만, 작가는 전반부에 단편(들), 후반부에 장편을 배치하여 전체 이야기가 이어져 가는 구성을 취했습니다. 『진상』에서는 앞의 두 작품과는 반대로, 장편에서 큰 줄거리의 사건과 직접적으로는 사건과 관계없는 에피소드를 병행하여 그린 다음, 사건의 후일담이나 보조 에피소드를 전부 단편으로 완결 짓습니다.

'장편'이 끝난 후 미야베 미유키는, 하나의 사건이 일어나고 그 진상이 밝혀지면 그것으로 모든 게 끝이라 말할 수 있을까, 하고 묻습니다. 그것은 어쩌면 우리 주위의 현실을 돌아보게 하려는 의도였는지도 모릅니다. 즉, 장편 이후의 단편을 통해 모든 일의 '진상異相'을 밝히는 구조가 필요했던 것입니다. 그래서 저는, 원제가 『오마에상』('당신, 그이'라는 뜻)인 이 작품의 한국어판 제목을 『진상』으로 하자고 마음먹었습니다.

마지막으로 이번 작품과 향후 계획에 대한 작가의 말을 길게 인용해 보도록 하겠습니다. "이 시리즈는 일어나는 사건 자체는 비극적인 면이 있습니다만 등장하는 인물은 모두 밝습니다. 그래서 그들을 통해 저도 숨 돌리기가 가능합니다. 『진상』은 복잡하게 얽혀 있어서 읽어 주시는 것도 큰일이라고 생각합니다만 누군가 한 명이라도 마음에 드는 등장인물을 발견하실 수 있다면 즐겨 주실 수 있지 않을까 기원하고 있습니다. 게다가 이 시리즈는 여기서 끝이 아닙니다. 장편으로서는 이번에도 결말이 나와 있습니다만 아직 후일담을 미룬 것이 많이 있고, 유미노스케에게 첫사랑도 겪게 해 주고 싶기에 앞으로 더 쓰고 싶습니다."

……이렇다는군요. 유미노스케의 첫사랑이라니, 좀 기다려지긴 하네요.

자, 이제 하권을 읽을 시간입니다.

편집자 김홍민

초판 1쇄 발행 2013년 5월 31일
초판 3쇄 발행 2021년 12월 31일

지은이 미야베 미유키
옮긴이 이규원

발행편집인 김홍민 · 최내현
책임편집 안현아
편집 유온누리
마케팅 홍용준
표지디자인 이혜경디자인
용지 한승지류유통
출력(CTP) 한국커뮤니케이션
인쇄 청아문화사
제본 보경문화사
독자교정 권정현, 남궁가윤, 이다정, 정연희, 허신애

펴낸곳 도서출판 북스피어
출판등록 2005년 6월 18일 제105-90-91700호
주소 (10595) 경기도 고양시 덕양구 동송로 23-28 305동 2201호
전화 02) 518-0427
팩스 02) 701-0428
홈페이지 https://blog.naver.com/hongminkkk
전자우편 editor@booksfear.com

ISBN 978-89-98791-03-2 (04830)
　　　978-89-91931-29-9 (세트)

책값은 뒤표지에 있습니다.
파본은 구입하신 곳에서 교환해 드립니다.